राजगोपाल सिंह वर्मा

राजगोपाल सिंह वर्मा का जन्म 14 मई, 1957 को मुजफ्फरनगर, उत्तर प्रदेश में हुआ। उन्होंने पत्रकारिता तथा इतिहास में स्नातकोत्तर किया है।

उनकी प्रकाशित पुस्तकें हैं—'गोरों का दुस्साहस', 'चिनहट : 1857 : संघर्ष की गौरव-गाथा', 'औपनिवेशिक काल की जुनूनी महिलाएँ', '360 डिग्री वाला प्रेम', '1857 का शंखनाद : उत्तर दोआब के लोक का संघर्ष' (उपन्यास); 'अर्थशास्त्र नहीं है प्रेम', 'तारे में बसी जान' (कहानी-संग्रह); 'इश्क लखनवी मिजाज का' (ऐतिहासिक प्रेम कहानियाँ); 'जाने वो कैसे लोग थे : 1857 के क्रांतिकारी' (क्रांतिवीरों की प्रेरणादायक कहानियाँ); 'बेगम समरू का सच', 'दुर्गावती : गढ़ा की पराक्रमी रानी', 'जॉर्ज थॉमस : हांसी का राजा', 'The Lady of Two Nation : Life and Times of Ra'nna Begum' (जीवनी); 'यह वो दुबई तो नहीं' (सामयिक घटनाओं पर केन्द्रित); 'किंगमेकर्स' (इतिहास)।

उन्होंने उत्तर प्रदेश सरकार की साहित्यिक पत्रिका 'उत्तर प्रदेश' का पाँच वर्ष तक सम्पादन किया तथा केन्द्र सरकार के अधीन स्वास्थ्य एवं परिवार कल्याण और लघु उद्योग मंत्रालय की पत्रिकाओं के सम्पादकीय दायित्व का भी निर्वहन किया। 'दैनिक जागरण', 'जनसत्ता', 'हिन्दुस्तान', 'भास्कर', 'कादंबिनी', 'अहा! जिन्दगी', 'कथादेश', 'कथाक्रम', 'अभिनव इमरोज' समेत कई पत्र-पत्रिकाओं में उनकी रचनाएँ प्रकाशित हुई हैं।

उन्हें 'पं. महावीर प्रसाद द्विवेदी सम्मान', 'पाण्डेय बेचन शर्मा 'उग्र' सम्मान', 'कमलेश्वर स्मृति कथा सम्मान' से सम्मानित किया गया है।

ई-मेल : rgsverma.home@gmail.com

फिरंगी राजा

औपनिवेशिक काल में उत्तराखंड के सुदूर अंचल को अपनी कर्मस्थली बनाकर रहे एक फिरंगी की दुस्साहस कथा

राजगोपाल सिंह वर्मा

लोकभारती पेपरबैक्स

लोकभारती पेपरबैक्स में
पहला संस्करण : 2024

लोकभारती पेपरबैक्स : उत्कृष्ट साहित्य के जनसुलभ संस्करण

लोकभारती प्रकाशन
पहली मंजिल, दरबारी बिल्डिंग, महात्मा गांधी मार्ग
प्रयागराज-211 022
द्वारा प्रकाशित
शाखाएँ : 1-बी, नेताजी सुभाष मार्ग, दरियागंज, नई दिल्ली-110 002
अशोक राजपथ, साइंस कॉलेज के सामने, पटना-800 006
1, अनमोल सोराबजी सन्तुक लेन, धोबी तलाव, मरीन लाइंस, मुम्बई-400 002
वेबसाइट : www.lokbhartiprakashan.com
ई-मेल : info@lokbhartiprakashan.com

बी.के. ऑफसेट
नवीन शाहदरा, दिल्ली-110 032
द्वारा मुद्रित

मूल्य : ₹350

FIRANGI RAJA
Novel by Rajgopal Singh Verma

ISBN : 978-81-19996-17-9

हर्षिल और टिहरी रियासत के उन अनाम लोगों की स्मृति में, जो औपनिवेशिक काल में ईस्ट इंडिया कम्पनी, ब्रिटिश तथा स्थानीय शासन के साथ फ्रेडरिक विल्सन की अतार्किक और उत्पीड़क दुर्नीतियों का शिकार होकर पर्यावरणीय जटिलताओं, दोहन और अल्प-आय के कुचक्र में फँसे रहे।

विल्सन और उसकी दोनों पत्नियाँ

विल्सन द्वारा जारी किया गया सिक्का

पर्यावरणीय विनाश के इतिहास का विचित्र-विस्मृत अध्याय

विश्व साहित्य की ज़्यादातर कालजयी कथा-कृतियाँ कमोबेश इतिहास से जुड़ी रही हैं। दरअसल, इतिहास मानवीय गाथाओं का एक अक्षय कोश है। लगभग सभी भाषाओं के कथा साहित्य में ऐतिहासिक कहानियों और उपन्यासों की दमदार उपस्थिति देखी जा सकती है। हिन्दी में वृन्दावन लाल वर्मा, आचार्य चतुरसेन शास्त्री, अमृतलाल नागर, भगवतीचरण वर्मा, आनन्द प्रकाश जैन जैसे महारथियों ने अत्यन्त लोकप्रिय ऐतिहासिक उपन्यासों का सृजन किया है। इनके अलावा अन्य लेखकों ने भी इतिहास से गम्भीर कथ्य ढूँढ़े और उन्हें औपन्यासिक रूप दिया है, जैसे प्रताप नारायण श्रीवास्तव का बहादुर शाह जफर पर लिखा गया वृहद उपन्यास—*बेकसी का मजार*।

बीसवीं सदी का अन्त आते-आते ऐतिहासिक कहानियाँ लगभग विलुप्त होने के कगार पर आ गईं। स्वतंत्रता-संग्राम और उसके प्रमुख सेनानियों पर केन्द्रित कुछ महत्त्वपूर्ण लेखन जरूर हुआ मगर *मृगनयनी* और *चित्रलेखा* जैसे चित्ताकर्षक आख्यान नहीं आए। मुझे लगता है कि इस विरल और लगभग अनुर्वर हो गए क्षेत्र ने जिन नये लेखकों को आकर्षित किया है उनमें सबसे ज्यादा काम राजगोपाल सिंह वर्मा ने किया है और वह भी द्रुत गति से। उन्होंने मुगलकालीन और ब्रिटिशयुगीन भारत से कुछ बहुत रोचक और चर्चित/अचर्चित चरित्रों और 1857 के विप्लव जैसे आख्यानों पर लेखन के लिए परिश्रम और लगन से शोध कार्य किया है। *बेगम समरू का सच, पहली औरत* और *चिनहट 1857* जैसी कृतियाँ इसका अनुपम उदाहरण हैं। *फिरंगी राजा* उपन्यास इस क्रम में उनकी सद्यलिखित कृति है जिसमें आज के उत्तराखंड (तत्कालीन गढ़वाल) के इतिहास के कुछ विस्मृत मगर महत्त्वपूर्ण पन्नों को आधारभूमि बनाया गया है।

इस कथा का नायक है—ईस्ट इंडिया कम्पनी की फौज का एक फरार अंग्रेज अफसर, फ्रेडरिक विल्सन, जिसे हिमालय की गोद में शरण मिली और उसने अपने जीवट और पराक्रम से उस पर्वतीय राज्य के स्वरूप में आमूल-चूल परिवर्तन ला दिया। यह आज के पर्यटन के सुरम्य स्थलों की पुनर्निर्मिति का ऐसा इतिहास है जिसके बारे में बहुत कम लिखा और सुना गया है। अपनी शोधवृत्ति और उपलब्ध सीमित सन्दर्भ सामग्री के रचनात्मक प्रयोग से राजगोपाल सिंह वर्मा ने इस पठनीय और पर्यावरण विनाश के इतिहास को रेखांकित करती अपूर्व कृति का सृजन किया है। इसका महत्त्व इसलिए भी है कि आजकल विश्व की सभी प्रमुख भाषाओं में पर्यावरण पर केन्द्रित रचनाओं का दौर चल रहा है। हिन्दी में इस लिहाज से अपनी तरह की यह एक विरल कृति है।

—राजेन्द्र राव

प्राक्कथन

इस उपन्यास का कथानक उस एक ब्रिटिश इनसान के इर्द-गिर्द घूमती कहानी से बुना गया है जो 1857 के प्रथम स्वतंत्रता संघर्ष से पूर्व के कालखंड में शक्तिशाली बन गई ब्रिटिश ईस्ट इंडिया कम्पनी के शासन वाले हिन्दुस्तान में हत्या के एक प्रकरण में वांछित सैन्य अधिकारी था। सजा से बचने के लिए उसने जो रास्ता ढूँढ़ा, उससे उसके प्रारब्ध ने इस फिरंगी को टिहरी के दुर्गम, अपरिचित और अनजाने इलाकों में ला पटका। जेब में कुछ सिक्कों और सेना की एक राइफल के अलावा उसके पास खोने को कुछ नहीं था, पर उसने जब अन्तिम साँस ली तो वह आज के हिसाब से अरबों की सम्पत्ति का मालिक था। एक समय ऐसा रहा था कि उसने जिस मिट्टी में हाथ डाला, वह सोना बन गई, जिस व्यापार पर दृष्टि डाली वह देखते ही देखते उत्कर्ष पर जा पहुँचा।

फ्रेडरिक विल्सन नामक यह व्यक्ति मूल रूप से यॉर्कशायर, इंग्लैंड का निवासी था, पर हिन्दुस्तान के टिहरी क्षेत्र का दुर्गम पर्वतीय इलाका ईस्ट इंडिया कम्पनी की नौकरी के रास्ते उसके जुनून और सपनों का गन्तव्य बना। आरम्भ में विपरीत परिस्थितियों से जूझने और परिस्थितियों की असहजता के बाद एक बार वह थक कर अपने देश वापस भी लौट गया, पर जल्दी ही लौट आया। बाद के समय में विल्सन ने और भी जुनून से काम किया, नई रणनीतियाँ बनाईं, नये लोग, सहयोगियों का साथ लिया और रास्ते निकाले।

व्यापार का मूल सिद्धान्त निर्ममता होता है। किसी के लिए मुरव्वत नहीं, किसी से अदावत नहीं। कहते हैं कि व्यापार में दोस्ती नहीं चलती, पर अगर आपका व्यापार किसी के सहारे पर टिका हो तो मैत्री का निर्वहन भी जरूरी हो जाता है। यह नीति विल्सन ने टिहरी के राजा के साथ व्यवहृत की। यही होटल चार्ल्सविले और अन्य परियोजनाओं में साथ रहे सहयोगियों के साथ उसके सम्बन्धों में बनी रही। उसने गंग

नहर परियोजना के सृजक और अपने शुभचिन्तक मेजर कॉटले को सम्मान दिया और हर्षिल में जमने का रास्ता दिखाने वाले ब्रह्मदत्त को भी, पर सच बात यह भी थी कि वह सिर्फ अपनी शर्तों और प्रबन्धन पर भरोसा करता था, उन्हीं पर जीता था।

उसने अकूत दौलत कमाई। जब वह उत्कर्ष पर था तो कहा जाता था कि वह उत्तर भारत का सर्वाधिक अमीर व्यक्ति बन गया था। वह दौलत विल्सन को आरम्भिक रूप से वन्य-जीवों का शिकार कर उनकी खालों के निर्यात करने और हिरणों की कस्तूरी से, फिर गंग नहर और रेलवे की परियोजनाओं में देवदार की लकड़ी के ठेकों के रास्ते उस तक पहुँची, और जब पहुँची तो ऐसी पहुँची कि देखते ही देखते उसने धन, रुआब और शान-ओ-शौकत में टिहरी के राजा को भी पीछे छोड़ दिया। इतिहास में ऐसे लोग विरले मिलते हैं जो किसी राजशाही या सरकार का हिस्सा न रहे हों, फिर भी उनके नाम के सिक्के चले हों। फ्रेडरिक विल्सन किस्मत के ऐसे ही धनी, दुस्साहसी, फिरंगी यायावर, व्यापारी के रूप में चर्चित हो गया था।

उसकी सफलता की कहानियाँ कम नहीं हैं, पर वे अधिकतर ऐसी हैं जो हमें मात्र भौतिक उपलब्धियों के सोपान पर ले जाती हैं। यह शायद उसकी नियति थी कि हम विल्सन को एक शापित इनसान के रूप में अधिक जानते हैं। एक ऐसा इनसान, जिसकी धनपिपासा ने टिहरी के समृद्ध जंगलों की हरियाली को लील लिया, वहाँ के प्राकृतिक सन्तुलन को बिगाड़ दिया और पारिस्थितिकी को क्षति पहुँचाई। उसने कई बार लोगों से असंयत व्यवहार किया और अपनी लालसा की पूर्ति के मार्ग में आड़े आए किसी की नहीं सुनी। इनमें से अधिकांश बातें सत्य के करीब अवश्य हैं, पर केवल यह पूरा सत्य नहीं है। सच्चाई जानने के लिए आपको इस व्यक्ति के जीवन चक्र का एक ईमानदार आकलन करना होगा, उस काल खंड के इतिहास, सामाजिक-भौतिक परिस्थितियों आदि को भी समझना होगा, तभी इतिहास की परतों के बीच विस्मृत उसका एक निष्पक्ष व्यक्तित्व निकल कर सामने आ पाएगा।

दिक्कत यह है कि फ्रेडरिक विल्सन के विषय में गढ़वाल में जितना प्रामाणिक इतिहास उपलब्ध है, उससे कई गुना काल्पनिक किस्से-कहानियाँ और किंवदन्तियाँ फैली पड़ी हैं। उसे शापित मानने और ईश्वरीय प्रकोप का शिकार बनने के किस्सों में कितनी सच्चाई है,

या ऐसा मात्र एक संयोग रहा, इसे कोई नहीं जानता। एक बात अवश्य है, फ्रेडरिक विल्सन द्वारा किये गए अच्छे कामों, आमतौर पर उसके व्यवहार में ईमानदारी, जनकल्याणकारी कामों के लिए सजगता, नदी के उस पार सुगम आवागमन के लिए झूला पुल का बनाना, विदेशी प्रजाति के उत्कृष्ट सेब तथा सफेद राजमा की बेहतरीन किस्म के पौधों की सौगात देने जैसे उसके अच्छे कामों की चर्चा भी उस इलाके में हुआ करती है।

यह मानव स्वभाव है कि लोगों की नेकनामी तो भुला दी जाती है, पर बदनामी उनसे दो कदम आगे चला करती है, विशेष रूप से तब जब आप प्राकृतिक संसाधनों के अनैतिक दोहन में संलिप्त होकर धन अर्जन करते हों और इस धन ने आपको उत्कर्ष के शिखर पर पहुँचा दिया हो। उसकी यह धनपिपासा ही उसे परिवार पर ध्यान देने का समय भी नहीं निकालने दे रही थी। जब उसने परिवार की ओर ध्यान दिया, तब तक बहुत देर हो चुकी थी। उसे अपनी औलाद का वह सुख नहीं मिला, जिसकी एक खुशनसीब पिता आकांक्षा रखता है।

इस इनसान की कहानी कई दशकों के उस समय की प्यार, शक्ति और दुस्साहस की एक रोमांचक कहानी है जब देश राजनीतिक संक्रमण और अस्थिरता के काल से गुजर रहा था। तरह-तरह के विवाद, षड्यंत्र और राष्ट्रवाद की भावनाओं, सैन्य दुस्साहसों के साथ विकास की प्रक्रिया से अछूते देश के इस पर्वतीय हिस्से में इस फिरंगी यायावर ने कैसे अपनी धाक जमाई, कैसे एक 'राजा' सरीखी वैभवशाली जिन्दगी गुजारी, और बाद के वर्षों में किस तरह वह देखते ही देखते विस्मृति के गर्त में चला गया, यह जानना बहुत रोमांचक है।

विल्सन के चरित्र के विषय में, उसकी वास्तविक जिन्दगी में आए महत्त्वपूर्ण लोगों का विवरण भी आसानी से नहीं मिलता, क्योंकि तब का टिहरी गढ़वाल, और विशेष रूप से हर्षिल, एक उपेक्षित भू-भाग था, जहाँ इनसानी आवागमन न के बराबर था। उस समय का गढ़वाल का इतिहास भी व्यवस्थित रूप से नहीं मिलता। इसलिए चरित्रों के प्रस्तुतीकरण में घालमेल होना स्वाभाविक है। मैंने इस उपन्यास को ऐतिहासिक तथ्यों पर आधारित रखने का प्रयास किया है, इसका कथानक इतिहास से प्रेरणा लेता है, यह एक वास्तविक चरित्र की जिन्दगी के आसपास बुनी गई कृति अवश्य है, पर यह पूरी तरह इतिहास-सम्मत है, मैं ऐसा दावा नहीं करता। इसे इस विषय पर लिखी अन्य कृतियों के प्रभाव से मुक्त होते हुए लिखा गया है। आप भी इसे उसी रूप में पढ़ें, रोमांचित

हों और आनन्द लें। उपन्यास को जीवन्त बनाने के लिए लिए मित्र डॉ. अरुण कुकसाल, प्रो. विपिन शर्मा के लिए कृतज्ञता ज्ञापन जरूरी है। यूँ भी उन्होंने इस पुस्तक की परिकल्पना से लेकर प्रकाशन तक जो सक्रिय सहयोग दिया है, उसके समक्ष कृतज्ञता का अर्थ भी संकुचित हो जाता है।

—राजगोपाल सिंह वर्मा

सूरज का दहकना मन्द हो चला था। लाल, तेज लाल रंग अब अपने अवसान की ओर था। उसका यह उत्कर्ष ढलने ही वाला था, सूर्यास्त का समय जो आ रहा था!

धीरे-धीरे आसमान सन्तरी, गहरा लाल और बैंगनी हो चला था—एक बेहद खूबसूरत और रूमानी दृश्य की मानिन्द! सर्दियों के दिन यूँ ही छोटे होते हैं। तब सूरज को भी अस्त होने की शीघ्रता होती है।

पक्षियों के अपने घरौंदों में जाने और छिपते सूरज के ये लम्हे वहाँ की खूबसूरती की नैसर्गिक किस्सागोई को साकार-सा करते दिखते थे। अगर बात पहाड़ों की हो, और वहाँ सर्द मौसम तथा ठंड की इन्तहाँ न हो, तो भला यह कैसे सम्भव है। हर्षिल तो गंगोत्री के उद्गम स्थल के निकट था। उस निकटता की सर्दियाँ तो स्वाभाविक रूप से हाड़-कँपाऊ होती हैं। ऐसे में वह फिरंगी युवक हर्षिल से बहुत पहले, उस समय रास्ते में ही था जब सूरज अस्त होने की राह पर था। कितना विचित्र था कि यह पर्वतीय खूबसूरती और प्राकृतिक दृश्यांकन उस युवक की चिन्ता का कारण बन रहे थे।

जी हाँ, चिन्ता! क्योंकि अनजान जगह, ऊबड़-खाबड़ रास्ते, बर्फबारी का समय और मौसम की अन्यान्य विपरीत परिस्थितियाँ! इसे एक सख्त चेतावनी या प्रबल चुनौती ही कहा जा सकता था। गनीमत थी कि अभी बर्फ नहीं गिरी थी, अगर गिरती तो बचाव के विकल्प कम बचते। रास्ता अभी खुला था, हवा जरूर कँपकँपाती हुई थी लेकिन थोड़ी दूर पर्वतों की श्रृंखलाओं पर दिखती बर्फीली चोटियाँ आने वाली ठंड के कहर से आगाह कर रही थीं।

वह ठीक-ठाक कद का था। रहा होगा पौने छह फुट के आसपास। नीली गोल आँखें, जिनका आधा वृत्त उस समय बाहर की तरफ निकल आता था, जब वह आक्रोश या विस्मय की मुद्रा में होता था। कहते हैं कि नीली आँखों वाले व्यक्ति बहुत आकर्षक होते हैं, वे स्वभाव से दृढ़निश्चयी होते हैं, लेकिन ऐसे लोगों में एक कमी भी होती है—इन लोगों को दूसरों के सामने अपनी बात रखने में मुश्किल होती है। ये लोग स्वाभाविक प्रकृति, मौज-मस्ती और रोमांच पसन्द होते हैं। वे

समय के साथ चलना और परिस्थितियों के साथ ढलना जानते हैं, यह युवक ऐसा था भी, और नहीं भी! गोरा रंग, पतला पर चुस्त-गठीला बदन, और लम्बे-लम्बे बेतरतीब बाल। हँसता था तो पूरी दन्त-पंक्ति उजागर होती थी, पर गुस्से में उसकी नीली आँखें भी सुर्ख हो जातीं, अँगारे बरसने की मुद्रा में हों जैसे।

उस युवक के साथ जो सामान था, उसको फिरंगी युवक के शरीर के अनुपात से थोड़ा अधिक कह सकते हैं। काले बूट मजबूत दिखते थे, और एक नजर में ही उसके किसी सैन्य बल से सम्बद्ध होने का आभास देते थे। उसके साथ कमर पर लादने वाला एक बैग भी था, जिसमें रोजमर्रा का सामान और कपड़े होंगे। सच बात यह थी कि वह रहा होगा कभी सैनिक, पर जब लोगों की निगाह में आया, तब कोई सैनिक नहीं था। केवल लम्बे बाल ही, उसकी इस बात के लिए चुगली करने के लिए पर्याप्त थे। आज के समय में उसे हिप्पी अवश्य कहा जा सकता था।

उस फिरंगी ने पहाड़ का सीना काट कर बनाए गए जरूरत भर के बेतरतीब मार्ग की पगडंडी से नीचे उतरकर पानी की तलाश की। संयोग से वह मीठे पानी के एक स्रोत के निकट ही था। नजदीक बहते झरने की धारा से उसने मुँह पर छींटे डाले, थोड़ा पानी पिया और चल पड़ा। उसे पता था कि इस कच्चे-पक्के रास्ते का तो कोई भरोसा नहीं है। पर किस्मत देखिए, वह उस मार्ग पर थोड़ा और बढ़ा होगा कि तलहटी के एक किनारे पर, जो जगह उस मार्ग से अधिक दूर न थी, एक बूढ़ा डूबते सूरज को नमन करते लोकगीत गा रहा था। फिरंगी एक पल रुका और फिर ऊबड़-खाबड़ पगडंडियों का रास्ता ढूँढ़ता हुआ उधर ही चल पडा, जिधर कोई मगन होकर गढ़वाली भाषा में अस्त होते सूर्य देव की आराधना कर रहा था।

जैसे-जैसे वह फिरंगी पास आता गया, आराधना के वे स्वर स्पष्ट सुनाई देने लगे। पर फिरंगी गढ़वाली नहीं समझता था। हाँ, हिन्दी में निपुण हो चला था। पास आकर भी वह पीछे ही खड़ा रहा। उसने पूजा खत्म होने की प्रतीक्षा की। जब अर्चना समाप्त हुई तो युवक ने अभिवादन किया।

बाबा उसे देख कर स्वयं असमंजस में थे कि इन पर्वतों के शिखर के निकट, इस बियाबान में यह फिरंगी युवक कौन है जो पीठ पर सामान बाँधे बंजारे-सा घूम रहा है। दोनों की शंकाओं ने उनके बीच पल भर के लिए एक अलग किस्म की चुप्पी, एक खास दूरी-सी पसरा दी थी जिसे बाबा ने मुस्कराते हुए दूर किया। बोले, “मुझे नहीं पता कि तुम कौन हो, क्या प्रयोजन है तुम्हारा, पर मैं यहीं का वासी हूँ!”

बाबा के अनुभवी और झुर्री भरे चेहरे के भावों में एक अलग किस्म की निस्पृहता थी। बाबा की आँखों में उसके परिचय की बेताबी भी दिखी जिसे भाँपते हुए उस नीली आँखों वाले अंग्रेज ने कहा, “क्षमा करें बाबा, मैं जॉन हूँ, माइकल जॉन। भटक रहा था, अच्छा हुआ कि आप दिखे। ...मैं एक सर्वेयर हूँ। इस इलाके का सर्वे कर रहा हूँ...।”

“ओह! अकेले हो? पूरे इलाके का सर्वे? तुम्हारी कोई टीम नहीं है क्या? भला किसलिए?”

बाबा की आँखें विस्फारित हो गई थीं। जाने उस फिरंगी की ‘हिम्मत’ को देख कर या उससे सशंकित होकर! वह नहीं समझ पा रहे थे कि यह बाईस-चौबीस साल का फिरंगी किसी मजबूत काम के लिए बना भी है। वह आगे कुछ कह पाता, उससे पहले ही बाबा अपनी शंका के साथ बोले, “पहाड़ों का जीवन देखा है कभी? यह घनघोर जंगल का इलाका है, प्राकृतिक जंगल, जहाँ इनसानी दखल न के बराबर है। हम लोग अपना ठिकाना भी बनाते हैं तो प्रकृति से छेड़छाड़ नहीं करते, बस किसी कामचलाऊ तरीके से रहने का इन्तजाम भर कर लेते हैं...”

वह मुस्करा कर रह गया। बाबा पास पड़े एक बड़े पत्थर के किनारे बैठ गए थे, थका हुआ फिरंगी भी थोड़ी दूरी बनाकर बैठा था। सामान अलग रखा था, तो थोड़ी राहत मिली थी। बाबा ने बैठ कर दार्शनिक की मुद्रा में उसे टोका, “थकान दिख रही है तुम्हारे चेहरे पर...कुछ व्यवस्था करता हूँ तुम्हारे लिए। पहले भोजन, फिर विश्राम। कोई असुविधा तो नहीं? हाँ, यहाँ तुम्हारे तन और मन के इच्छित सुख तो नहीं मिल पाएँगे...”

फिरंगी युवक तो बाबा के मिलने भर से अभिभूत था। बोला, “नहीं, नहीं बाबा, आपका साथ मिला, यही क्या कम है। वरना इस रात का गुजारना मुश्किल हो जाता। बाकी चीजें गैर-जरूरी हैं, सब मन का भ्रम हैं। हैं तो हैं, नहीं तो कुछ भी जरूरी नहीं। मन की चंचलता है जो आपको बहलाती है, वही नियंत्रित भी करती है...”

बाबा फिर से मुस्कराए। बोले, “समझते सब हो, अच्छा है तुम्हारे लिए। सर्वे करके कुछ और समझ लोगे। पर कोशिश करना इनसानियत की बात को आगे रखना। वही रास्ता है जो इनसान को अन्य प्राणियों से अलग बनाता है, वरना वे हमसे कहीं बेहतर हैं...आओ मेरे पीछे-पीछे...”

फिरंगी युवक बाबा के पीछे हो लिया। पगडंडियों से रास्ता ढूँढ़ना इतना भी सरल नहीं, वह भी तब जबकि रात्रि का प्रथम प्रहर सब कुछ अपने अधीन करने को मचल रहा हो। निशा का रंग चढ़ने लगा था। ऐसे में ऊँचे-ऊँचे देवदार के वृक्षों के बीच की जगहों के झुरमुट, उनकी कोख में जबरन उग आए अन्य पौधों की नैसर्गिक सुगन्ध एक मादकता का माहौल बना रही थी। बीच-बीच में कोई खरगोश, काखड़ या उसके सरीखा जानवर तेजी से सामने से निकल जाता, कभी झुरमुटों की अनपेक्षित हलचलों के बीच भाग खड़ा होता। शायद उनको भी घबराहट होती होगी इनसानों की आवाजाही से। बाबा के लिए उसकी मनोदशा समझना अधिक मुश्किल न था। उन्होंने पीठ पर लदे उसके सामान को इंगित कर व्यंग्य से पूछा, “इस बोझ में क्या है? कोई ख़ास जरूरत का सामान?”

"हाँ बाबा। सबसे जरूरी तो नक्शे हैं। भटक गया तो वे रास्ता दिखाते हैं। फिर मेरा डेरा है, कपड़े हैं, और पीने का पानी, उसके संचय का एक छोटा-सा साधन है। और सबसे जरूरी...।"

"...तुम्हारी बन्दूक है!" बाबा ने सहज भाव से कहा।

उन तीन शब्दों में इतना भरोसा था, एक शत-प्रतिशत अनुमान का भरोसा, कि वह फिरंगी सशंकित हो उठा। अपने भावों को अनावृत करने से बचता था, हमेशा अन्दर की बात को कई परतों में रखने का आदी हो चला था, जैसे इसके लिए उसने कोई कठोर तपस्या की हो। वह हल्के से मुस्कराया और लापरवाही से बोला, "जंगली जानवरों से बचाव के लिए बहुत जरूरी है एक अच्छी बन्दूक का होना..."

"हाँ, पर मुझे लगता है कि उससे भी अधिक जरूरी है आत्मबल का होना। जंगली जानवर भी एक अच्छे अनुशासन का पालन करते हैं, वे प्रकृति के लिए अपनी प्रतिबद्धताओं का सम्मान करते हैं, सौहार्द को समझते हैं, मूल और नैसर्गिक रूप से स्नेहिल होते हैं। पर इनसान का मस्तिष्क थोड़ा अलग सोचता है। वह निर्भर करता है उधार के बल पर, तथाकथित साहस, फुर्ती और चुस्ती के होने पर। हथियारों का उपयोग न्यून हो, तो ही लाभकर होता है। ज्यादा उपयोग तो हर चीज का अहितकर होता है!"

फिरंगी मुस्कराया। बोला, "याद रखूँगा आपकी सीख।"

वह अब चुप था। थोड़ा थकावट से, कुछ बाबा के विचारों के प्रभाव, और सहमति-असहमति के सरोकारों पर विचार करते हुए। मुश्किल से पाँच सौ मीटर चले होंगे वे लोग। एक झुरमुट के बीच, देवदार के निष्क्रिय तनों, उसकी लकड़ियों, कुछ बड़े पत्थरों और छोटे पत्थरों के मेल से, हाथों से ही ठोक-पीट कर बनाए गए एक बड़े कमरे को घर का नाम दिया गया था। पीछे भी एक कमरा था, जो भूले-भटके अतिथियों के सत्कार के काम आता था। घर का सामान काम-चलाऊ था, थोड़ा अस्त-व्यस्त। रसोई अवश्य सुव्यवस्थित स्थिति में थी। खटर-पटर की आवाज सुन कर एक महिला की आकृति पीछे का दरवाजा ठेल कर भीतर आई। उसके हाथों में लकड़ी का एक गट्ठर था। रसोई में इस्तेमाल होने वाली लकड़ियाँ। घुप्प अँधेरा होने को था। उसने घर में तेल की ढिबरी जलाई, तो कमरे में प्रकाश का आगमन हुआ।

बाबा ने उस औरत को इंगित कर बताया, "ये रागिनी है। मेरी संगिनी। यही मेरी वह प्रेरणा है, जो इस जिजीविषा को बनाए रखे हुए है...और ये है... क्या नाम था तुम्हारा?"

"जॉन..." जॉन ने हाथ जोड़ दिये थे, भारतीय अन्दाज में।

रागिनी को कुछ समझ नहीं आ रहा था। वह लकड़ियों के गट्ठर को समेट

रही थी। उससे निवृत्त होकर उसे एकटक देखती रही। ऐसे, जैसे निहार रही हो या कुछ समझने की कोशिश कर रही हो।

तब तक बाबा ने पत्नी की मन:स्थिति को भाँप लिया था। अपनी गढ़वाली भाषा में बोले, "आज रुकेगा यहाँ...ऐसे कैसे भेज दें, रात हो गई है। जंगली जानवर शिकार की तलाश में छुट्टे घूमा करते हैं...खतरा ही खतरा है। वे क्या समझें कौन फिरंगी और कौन उनका अपना। वे तो दोस्त और दुश्मन सूँघते हैं। चला जाएगा यह कल सुबह। सर्वे कर रहा है कम्पनी की तरफ से। कुछ यूँ समझो कि हालत सुधरने वाले होंगे हमारे इलाके के, इसलिए यह काम पर निकला है।"

अन्तिम पंक्ति पत्नी को आश्वस्त करने के लिए बोली गई थी। बाबा के व्यवहार, उनके शब्दों ने स्नेह दिया था, तो उनकी पत्नी भी कम न थी। घर पर मांस-मच्छी का परहेज था, सात्विक लोग थे, इसलिए उनके बनाए गए निरामिष भोजन से काम चलाना पडा, कहें तो जॉन के लिए घास-फूस। यह कोई विचित्र स्थिति न थी। वह ऐसे दिन बिताने का आदी था। पर जो भी भोजन था, तृप्त करने वाला था।

पत्नी अपेक्षाकृत कम आयु की दिखती थी। सौम्य, सरल और निर्मल, बाबा की तरह व्यंग्यात्मक नहीं। बाबा भी रूखे न थे, उनका लहजा ही कुछ ऐसा हो गया था। फिर उनकी बातें नहीं बढीं। बकौल जॉन, 'उसकी नींद उसे जागने की हिम्मत नहीं दे पा रही थी'। लेकिन शायद बात कुछ और थी।

छोटे कमरे में जॉन का बिस्तर लगा दिया गया। वह निवृत्त हुआ, और बिस्तर पर जा लेटा। सोने से पहले उसने यह जरूर पुष्टि करनी चाही कि उन लोगों का सवेरा कब होता है!

"यही कोई सूर्योदय के आसपास..."

"ओह, बेहतर! शुभ रात्रि।"

जॉन उनींदेपन और उदासी से अवसाद की ओर जा रहा था कि पता नहीं कब नींद के झोंकों ने उसे घेर लिया। वह स्वप्नों की दुनिया में खो गया। थोड़ी ही देर बाद अचानक स्वप्न को अधूरा छोड़कर वह उठ बैठा। उसने मनन किया। नहीं! वह कायर नहीं है! जीवन से मुक्ति की खोज में अब तक उसे कोई शक्ति नहीं रोक सकी। कायरता तो बिलकुल नहीं, उसने तय कर लिया था कि वह अब जीवन का रहस्य और अन्तिम सत्य भी जान कर ही रहेगा।

रात अधिक थी पर कदाचित नींद उसे धोखा देने पर उतारू थी। जॉन की पलकों पर सन्ध्या की धुँधली होती घनी छाया जैसी उदासी थी और विचारों के कैनवास पर हल्की, मिटती हुई कल्पनाओं के चित्र मँडरा रहे थे। ठीक ऐसे, जैसे धूमिल क्षितिज पर धीरे-धीरे सूरज की किरणों की पंक्तियाँ अपनी आभा खोती जा रही हों...कहीं अनन्त में विलीन होने के लिए! कितना वैज्ञानिक है यह? तब एक पल के लिए जॉन ने सोचा!

2

उस खाली बिस्तर को भोर में पहले रागिनी ने देखा, फिर बाबा ने। उसने अपने बिस्तर को करीने से सहेज कर रखा था। साथ के स्टूल पर एक कागज का पुर्जा था, जो चाँदी के दो सिक्कों के नीचे दबा था।

"आपके स्नेह और आतिथ्य के लिए व्यक्तिगत रूप से शुक्रिया कहना चाहता था, पर जिन्दगी किसी और कोने पर मुझे व्यग्रता से पुकार रही थी, जाना पड़ा। ईश्वर में थोड़ा बहुत यकीन है मेरा भी, इसलिए विश्वास है कि मिलेंगे जरूर, किसी न किसी मोड़ पर, कभी भी! आपके स्नेह और आतिथ्य के निमित्त एक तुच्छ भेंट है, स्वीकार करेंगे।"

बाबा ने पढ़ा तो मुस्कराए। रागिनी ने पूछा, बाबा ने बताया पर नहीं समझ पाई कि फिरंगी बाबू यूँ कैसे अचानक गायब हो गए! समझने की कोशिश की तो बाबा हँसकर बोले, "तुम नहीं समझोगी रागिनी, यह मायावी दुनिया की गूढ़ता के मानिन्द उपक्रम है, बस यह मान लो, और अपनी दिनचर्चा में खो जाओ!"

उन्होंने रागिनी को दो सिक्के थमाए तो वह ठगी-सी देखती रही। बाबा भोर का गीत गुनगुनाते हुए निकल लिये।

जॉन पथरीले रास्तों पर बढ़ा जा रहा था। इस बार वह मुख्य मार्ग पर नहीं, तलहटी के मार्ग से ही आगे बढ़ा था। उस रास्ते पर इनसानों के होने के 'खतरे' कम थे और जानवरों से संघर्ष करने के लिए वह हमेशा सचेत रहता था। नदी के सहारे-सहारे वह बढ़ता गया, पर रफ्तार फिर भी धीमी थी। इसलिए कि उसके पास सामान कम न था, पर यह वही समझ सकता था कि उस सामान का एक-एक हिस्सा उसके जीवन के लिए, और आगे बढ़ चलने के लिए बहुत जरूरी था।

धूप-छाँव का आना-जाना ऐसा हो रहा था, जैसे कोई प्रतिस्पर्धा हो रही हो। अच्छी बात यह थी कि सर्दियों के दिन होते हुए भी मौसम की भयावहता कोसों दूर थी। उसके पैदल चलने से उत्पन्न हुई गर्मी भी ऐसी न थी कि उसे पसीने से लथपथ कर सके, या ऊर्जा का ह्रास करने में कामयाब हो। तलहटी में चलने का एक लाभ यह था कि नदी का साथ था। यह साथ निर्मल, स्वच्छ और पीने योग्य पानी का भी था, जिसके निकट होने भर से मिलने वाली ऊर्जा इस फिरंगी को अपनी राह पर बढ़ने की प्रेरणा दे रही थी।

एक उपयुक्त जगह देखकर जॉन विश्राम करने के लिए रुक गया। भूख तब तक उत्कर्ष पर आ पहुँची थी। आसपास के जंगली वातावरण में जो खाद्य कन्द-मूल लगे थे, उन्हें खाकर देखा तो समझ आया कि वे इतने कच्चे थे कि न उनमें मिठास थी, और न रस। फिर भी उसने अपने शरीर को ऊर्जित करने में उनका उपयोग किया।

पर्वतों के बीच से सूर्योदय होने से पूर्व की लालिमा जैसे-जैसे विराट रूप लेती

है उसी क्षण बर्फ की चादर ओढ़े हिमालय की पर्वत श्रृंखला का दृश्य ऐसा प्रतीत होता है जैसे किसी ने पूरे पर्वत की चोटियों को रक्त चन्दन का लेप लगा दिया हो। फिर जैसे ही सूरज की पहली किरण सामने के पर्वतों को छूती है तो जो नजारा सामने आता है, उसकी कल्पना मात्र ही की जा सकती है। लगता है जैसे सोना पिघलकर पर्वत के चारों ओर फैल रहा हो। जैसे-जैसे सूरज की किरणें अपना विस्तार करती हैं, उसी के अनुसार पर्वतों का रंग बदलता रहता है।

जिस जगह जॉन पहुँच गया था, वह ठीक-ठाक दिखती थी, एक आम पर्वतीय तलहटी स्थल की तरह। जॉन को चलते हुए समय भी बहुत हो चुका था, उसकी हिम्मत टूट रही थी। एक बार रुका तो फिर चलने का मन ही नहीं हुआ। हाँ, इतनी हिम्मत अवश्य थी कि टेंट गाड़कर रात वहीं बिताने का इरादा कर पाता। सूरज भी अब तक पर्वतों के पीछे जाने की तैयारी में जुट गया लगता था। सच में पहाड़ों की सर्दियाँ कितनी दुरूह हैं, जॉन ने सोचा। उसने टेंट को भली भाँति कस कर मजबूती दे दी थी।

बर्फ के कण भी धीरे-धीरे आसमान से उतर कर आसपास बिछौना बनाने की प्रक्रिया में शामिल हो रहे थे। फिरंगी के मार्ग की यह पहली बर्फबारी रही होगी। थी तो बहुत कम, पर थी बर्फबारी ही। उसने यह भी देख लिया था कि हर्षिल ही आगे एक बड़ा पड़ाव था, इसके बीच में कोई और जगह नहीं थी जहाँ पड़ाव डाला जा सकता। ऊँची चोटियों में बर्फ के फाहे गिरने के कारण कड़ाके की ठंड से आसपास के लोग भी अपने घरों की गर्माहट में दुबक गए होंगे।

भोजन के लिए जॉन को ज्यादा प्रतीक्षा नहीं करनी पडी। झुरमुट की ओर जाता एक हिरण उसकी पहली गोली का शिकार हो गया था, पर उस हल्की बर्फबारी के समय हिरण की चीत्कार ने न जाने कैसा असर किया कि उसका आर्तनाद वातावरण में दूर-दूर तक फ़ैल गया। आसपास की पहाड़ियों से कितने ही छोटे-मोटे जानवर निकल कर बेतरतीब भागे। आखिर सबको अपनी जान की चिन्ता थी।

आग का साधन उसके पास ही मौजूद था। उसने हिरण की बोटियाँ अलग कीं, कुछ जरूरी मसालों का उपयोग किया और साथ के कामचलाऊ बर्तनों में अपने शिकार को पकाना शुरू किया।

जॉन के लिए ऐसे भोजन का आनन्द अलग ही था। यही आनन्द उसके धैर्य की परीक्षा भी लेता था। भोजन लगभग पक गया था। अँधेरे ने इस नीरव जगह को अपने आगोश में ले लिया था कि पूर्व दिशा से आए एक हल्के कोलाहल ने उसका ध्यान भंग किया। वह कोलाहल कुछ अस्पष्ट परन्तु नजदीक आती आवाजों में तब्दील होता जा रहा था। अस्पष्ट आवाजें, आक्रोशित आवाजें और कर्कश स्वर! कुछ तो अवश्य था जो उसे सतर्क कर रहा था। हाँ, सच यही था। कुछ लोगों का एक समूह मशाल लिये इधर ही बढ़ा आ रहा था, वे रहे होंगे दो दर्जन के करीब।

सब के सब स्थानीय लोग थे। ऐसा इसलिए लगता था कि वे स्थानीय भाषा बोल रहे थे, जो जॉन की समझ नहीं आती थी।

जॉन ने अपनी राइफ़ल सँभाल ली। हालाँकि वह जानता था कि ऐसे मौके पर यह अपर्याप्त हथियार है। इसकी मारक क्षमता एक और बारह के अनुपात में होने की कल्पना भी नहीं की जा सकती थी, पर भय दोहन के हथियार के रूप में तब भी यह राइफल एक चर्चित असलाह जरूर था। इसलिए इसकी महत्ता भी कम न थी।

जैसे-जैसे वे लोग नजदीक आते गए, उसे बाबा की सीख याद आई। कल की ही तो बात थी। उसने वादा भी किया था, तो भला क्यों न इस्तेमाल करता। उसने जोर से पूछा, "कौन हो तुम लोग, और क्या चाहते हो? वहीं रुके रहना... मेरे पास नहीं आना। मैं कोई खून-खराबा नहीं चाहता।"

वे लोग थोड़ा दूरी पर रुक गए थे। उनमें वार्तालाप लगातार जारी था, यह साफ प्रतीत होता था कि उनमें आक्रोश भी कम न था। पर हर बार की तरह एक बात यहाँ भी जॉन के पक्ष में हुई थी। उनमें से एक व्यक्ति ऐसा था जो गढ़वाली से हटकर थोड़ा हिन्दी और अंग्रेजी के कुछ वाक्यों भर का ज्ञान भी रखता था। उन लोगों ने उसे अपना नेता मान लिया। वे उसे ही अपना प्रतिनिधि मानकर जॉन के निकट भेजने को रजामन्द हो गए।

जॉन को कोई ऐतराज न था।

ऊँची कद-काठी और छोटे बालों वाला गठीले शरीर का वह आदमी एक सैन्य अफसर की भाँति लगता था। जॉन समझ सकता था कि कौन सैनिक है, और कौन सिविलियन। जॉन अलर्ट हुआ। उसे थोड़ा दूर ही रुकने को कहा। व्यक्ति से कैफियत माँगी गई तो उसने बताया, "हम लोग पास के गाँव के हैं। रोज शाम को निकलते हैं। ख़ास तौर से यह देखने के लिए कि कहीं कोई दिक्कत तो नहीं, कोई राहगीर तो कहीं नहीं फँसा...पर तुम तो राहगीर नहीं, कम्पनी के आदमी हो। यहाँ क्यों डेरा लगाया है? इरादा क्या है?"

पहले उत्तर, फिर प्रश्न। जॉन ने उसे छकाने की सोची। उसने प्रतिप्रश्न कर डाले। पूछा, "क्या तुम कम्पनी बहादुर की सेवा में नहीं हो? तुम्हारे शरीर से तो यही भ्रम होता है कि तुम एक सैनिक हो, और शायद छुट्टियों में अपने गाँव आए हुए हो? मेरा अनुमान सही है न?"

उस व्यक्ति का जोश और आक्रोश थोड़ा कम पड़ गया था। बोला, "फिलहाल तुम अपने बारे में बताओ कि तुम हो कौन और क्या मकसद है तुम्हारा?"

उसके समूह के लोग भी इतनी दूरी पर नहीं थे कि वे समझ न सकें कि उनमें आक्रोश के स्वरों में बात हो रही है, अथवा सौम्य और सौहार्दपूर्ण वातावरण में चर्चा चल रही है। बीच में एक विरोध का स्वर गूँजा भी, जिसे उसने गढ़वाली भाषा में न जाने क्या कह कर चुप कराया।

वह व्यक्ति निकट चला आया। जॉन ने उसे अन्दर से लाकर अपना बैग दिखाया। उसमें तमाम तरह के रास्तों के नक्शे थे। वह बोला, "इन नक्शों से अनुमान लगा सकते हो कि मैं किस काम से ताल्लुक रखता हूँ। सर्वे करने आया हूँ। कम्पनी तुम लोगों की जिन्दगी सुधारने की कोशिश में है, इसी का वृहद सर्वे है, जिसका मैं हिस्सा हूँ।"

वह व्यक्ति थोड़ी दुविधा और थोड़ी सहानुभूति में था। बोला, "हम लोगों को हर किसी पर शक होना स्वाभाविक है, इनसानों की जिन्दगी ही ऐसी होती है। हम लोगों में ही भेड़िये की खाल में छिपे अपराधी होते हैं। ...इन लोगों को देख रहे हो न?" उसने भीड़ की तरफ इशारा करके कहा, "ये न कम्पनी बहादुर को समझते हैं, और न ही राजा को। ये धर्मभीरु लोग हैं। अपने भगवान में भरोसा रखते हैं। इन्हें तुम्हारे रुकने से नहीं, तुम्हारे तरीकों से ऐतराज है। यह जगह पवित्र धरती है। इस तलहटी में सोमेश्वर ईश्वर का वास है। वहाँ शराब, गोश्त और जानवरों की हत्या या उनका सेवन प्रतिबन्धित है, पूर्णतः प्रतिबन्धित। इस हेतु तुम यहाँ तो नहीं ही रुक पाओगे...।"

जॉन समझ गया था। बोला, "ठीक है, कल सवेरे ही अपना काम पूरा कर निकल जाऊँगा। मुझे पहले ही मालूम होता तो यहाँ डेरा डालने की भूल न करता। आप लोगों की भावनाओं की कद्र करना मेरा भी फर्ज है।"

वह व्यक्ति जाने को था, कुछ कदम चल चुका था कि रुका और बोला, "हम लोगों की वजह से तुम्हें असुविधा हुई, इसका दुःख है।"

जॉन मुस्कराया। वह दूर से ही देख सकता था कि उन लोगों में कभी गहन, कभी हल्का-फुल्का विवाद होता। एक बार को तो लगा कि वे एक पल भी इस फिरंगी के डेरे को बर्दाश्त नहीं करेंगे। पर समझ यह भी आ रहा था कि युवा लोगों के मुकाबले अनुभवी स्थानीय लोग उसके पक्ष में थे। वे चाहते थे कि जॉन को कुछ समय की और मोहलत दे दी जाए। तब तक के लिए, जब तक कि उसका सर्वे का काम पूरा न हो जाए।

...और खतरा टल गया। जॉन ने शुक्रिया अदा किया। उसने पर्वतीय लोगों के विश्वास, मान्यताओं, आस्थाओं और अन्ध-विश्वासों के तमाम किस्से सुने थे, पढ़े थे। अब उसे समझ आया कि वह सब कुछ असत्य नहीं था। आज भी ऐसे ही होते हैं लोग, ख़ास तौर से जब धर्म और आस्था पर बात आए।

शुक्र था कि भोजन तैयार हो गया था। शराब का भी इन्तजाम था, जिससे मिली ऊर्जा उसे आगे चलने की हिम्मत देती। भले ही इसका उपयोग, बकौल उन लोगों के यहाँ निषिद्ध था, पर वह जानता था कि यह उसके शरीर के लिए कितनी महत्त्वपूर्ण थी।

रात को गहरी नींद आई। इन आक्रोशित ग्रामीणों के नेता का चेहरा, और बाबा-

रागिनी के भाव, उनकी दार्शनिकता और भोजन उसके मन में हलचल उत्पन्न करते रहे। न जाने किस प्रहर उसे गहरी नींद आ गई। जब सवेरे आँखें खुलीं तो चिड़ियों की चहचहाट और नदी के कल-कल बहते पानी का प्रवाह उस नीरवता को भंग कर रहा था। डेरे के भीतर के झरोखे से ही दूर पहाड़ियों से उगता सूरज अपनी लालिमा बिखेरता हुआ बेहद खूबसूरत लग रहा था। पर बाहर कुछ अनजानी-सी आवाजों और सरसराहट ने उसे चौंका दिया। ऐसा लगा कि कोई बाहर है, एक नहीं एक से अधिक लोग।

जॉन सतर्क था, उसने फुर्ती से राइफल सँभाली, उसे चैक किया कि वह भली भाँति लोड है, और दबे पाँव बाहर निकल आया। उसकी हृदय गति नियंत्रित थी, और निगाहें तेज पर उसने जो देखा, तो उसके अधरों पर एक मुस्कराहट दौड़ गई।

हुआ यह था कि एक खूबसूरत चित्तीदार हिरण उसके टेंट के पास एक जगह पर पानी पी रहा था। उस पानी तक उसके छोटे बच्चे की पहुँच न थी, इसलिए वह चिहुँक रहा था। दोनों की मिली-जुली-आवाजें एक मनोरम दृश्य उत्पन्न कर रही थीं। वातावरण मनोरम था, और हवाएँ दिलकश।

'वाह क्या नजारा है', जॉन के मुँह से स्वत: निकल गया। पर हिरण और उसका बच्चा कुलाँचें लगाते हुए गायब हो गए थे। उन्हें भान हुआ होगा कि जॉन को भी भूख लगती है, और कहीं वे उसका शिकार न बन जाएँ। जबकि जॉन का ऐसा कोई इरादा न था। वह मुस्करा कर रह गया।

शायद आज का दिन उसके जीवन का एक महत्त्वपूर्ण दिन होने जा रहा था, उसने मन में सोचा। आज उसे कई काम करने थे—डेरे को छोड़कर बाहर निकलना था, इस इलाके का भ्रमण करना था, कुछ लोगों से चर्चा करनी थी, मार्केट देखना था, जहाँ से रोजमर्रा की चीजें सुगमता से मिल सकें।

सबसे पहले उसने नदी के जल से अपना मुँह धोया, और एक पात्र में भरकर पानी पीया। तरलता के बाद शरीर सक्रिय होता है तो सकारात्मकता आती है, ऐसा उसका मानना था। उसके बाद जॉन उस काम में जुट गया, जिससे उसमें सच में सकारात्मकता आती थी।

वह देवदार के वृक्षों की शृंखलाओं में खो-सा गया। वही देवदार जो यहाँ की पहचान हैं। सीधे तने वाले, असामान्य ऊँचाई, शंकुधारी पेड़, लम्बे और कुछ गोलाई लिये पत्ते, मजबूत किन्तु हल्की और सुगन्धित लकड़ी वाले होते हैं। इनके शंकु का आकार अकसर सनोबर यानी फ़र से काफी मिलता-जुलता होता है। देवदार के पत्ते हरे रंग के और कुछ लाली लिये हुए तीखे, तेज स्वाद और कर्कश सुगन्ध वाले हुआ करते हैं। कौन कहता है कि ये इस इलाके के मूल वृक्ष हैं? नहीं, इनका मूलस्थान पश्चिमी हिमालय के पर्वतों तथा भूमध्यसागरीय क्षेत्र में है। आमतौर पर यह निचले पहाड़ी क्षेत्रों में पाया जाता है, हर्षिल जैसी ऊँची जगह की पृष्ठभूमि में

नहीं, पर यह एक बार यहाँ आया तो इसका फैलाव हर्षिल और आसपास इतना हुआ कि कोई कोना शायद ही बचा हो, जहाँ देवदार न हों।

जॉन ने एक अँगड़ाई ली और आज का दिन आरम्भ किया। उसे अपने लिए सुरक्षित जगह की दरकार थी, फिर ऐसे काम की जहाँ वह अपने जीवन को मन से जी सके। बस उसे भला और क्या चाहिए था। कुछ भी तो नहीं।

वह सड़क मार्ग पर एक फर्लांग ही गया होगा कि सामने से आता एक आदमी उसे विस्मय से देखता हुआ रुक गया। जॉन ने सामान्य भाव से पूछ ही लिया, "बाजार कहाँ है?"

मध्यम आयु का व्यक्ति बिना कोई भाव दर्शाए उसे टुकुर-टुकुर देखता रहा। जॉन समझ गया कि वह नहीं जानता कि क्या पूछा जा रहा है। उसने अपनी अँगुलियों को अर्द्ध मुट्ठी का रूप देकर मुँह के पास ले जाने का संकेत किया। फिर बोला, "भोजन की व्यवस्था कहाँ होगी?"

उस व्यक्ति की आँखों में एक चमक आई। उसने अपनी भाषा में कुछ कहा, जो अस्पष्ट था, पर संकेत साफ़ था—जिधर से वह आया था, उधर ही जाना होगा। जानता था कि उत्तर नहीं मिलेगा, पर जॉन ने फिर भी पूछा, "कितनी दूर?"

"दो कोस",

आखिरकार दो नहीं, लगभग ढाई कोस के बाद लोगों की आवाजाही, और सामान का परिवहन होता दिखा। फल, सब्जियाँ, मसाले, लकड़ियाँ और फुटकर सामान की हाट लगी थी। मुख्य मार्ग से लगभग आधे फर्लांग हटकर। होंगे करीब पैंतीस-चालीस विक्रेता। ख़ास चहल-पहल न थी, पर लोग आ-जा रहे थे।

सभी दुकानें राह में थीं, आज की भाषा में कहें तो पटरी पर। एक फिरंगी इनसान, जॉन अनजाने में ही इस साधारण बाजार के आकर्षण का केन्द्र था। अकेला फिरंगी, राइफल लटकाए, पीठ पर बैग के साथ। वह कुछ ख़ास ढूँढ़ रहा था, पर थोड़ा निराश था।

3

आज का टिहरी गढ़वाल, तब की टिहरी रियासत और उत्तरकाशी जनपद बाहरी हिमालयी दक्षिणी ढलान पर पड़ने वाला एक पहाड़ी क्षेत्र है।

महाराजा सुदर्शन शाह ने दिसम्बर 1815 में अपनी राजधानी टिहरी नगर में स्थापित की। इसके पश्चात उनके उत्तराधिकारियों प्रताप शाह, कीर्ति शाह तथा नरेन्द्र शाह ने अपनी राजधानी क्रमश: प्रताप नगर, कीर्ति नगर और नरेन्द्र नगर में

बनाई। इनके वंशजों ने गढ़वाल क्षेत्र में सन 1815 से 1949 तक शासन किया।

राजा सुदर्शन शाह सुशील स्वभाव के माने जाते थे इसीलिए जल्दी ही उन्होंने अपने राज्य को व्यवस्थित कर लिया। राज्य की आय में बढ़ोतरी करने के लिए प्रजा पर कर लगाए। परिस्थितियाँ ऐसी थीं और चूँकि सुदर्शन शाह ईस्ट इंडिया कम्पनी की मदद से राजा बने थे इसलिए उन्हें सन 1857 के प्रथम स्वतंत्रता संग्राम के दौरान कम्पनी की सहायता में तत्पर खड़े रहना पड़ा। इस राजा ने अपने 200 सुदृढ़ सैनिकों को राजपुर की पहाड़ियों पर तब तक तैनात रखा जब तक कि आजादी का यह संघर्ष मृतप्राय नहीं हो गया।

इस सहायता के बदले में ईस्ट इंडिया कम्पनी की सरकार सुदर्शन शाह को बिजनौर का कुछ क्षेत्र देना चाहती थी लेकिन राजा की सोच कुछ और थी। वह उसके बदले में देहरादून और ब्रिटिश गढ़वाल का हिस्सा चाहते थे, जो दोनों पक्षों के लिए सामरिक दृष्टि से बहुत उपयोगी था। बात ज्यादा आगे नहीं बढ़ सकी क्योंकि सन 1859 के जून माह में सुदर्शन शाह का स्वर्गवास हो गया। उसके बाद उत्तराधिकारी राजा और ब्रिटिश सरकार के मध्य राज्य के सीमांकन को लेकर विवाद हो गया और देहरादून तथा गढ़वाल की बात तो अलग, बिजनौर का प्रश्न भी यूँ ही गुम हो गया।

सुदर्शन शाह ने कुल 45 वर्षों तक राज्य में शासन किया था। उस शासनकाल में जनता ने दो बार सत्ता के विरुद्ध संघर्ष किया जिसमें पहला संघर्ष सन 1835 में हुआ था जब जनता के दबाव के आगे ब्रिटिश शासकों ने उप राज्य सकलाना के मुआफीदार को टिहरी नरेश के अधीन कर दिया था। इसके पश्चात दूसरी बार सन 1851 में बद्री सिंह असवाल के नेतृत्व में एक आन्दोलन हुआ जिसमें आम जनता ने जागीरदारों के विरुद्ध अपना विरोध प्रदर्शन किया। इसके बाद ही कुछ भू-कानून परिवर्तित हुए थे।

राजा सुदर्शन शाह को योग्य और प्रजा वत्सल शासक के रूप में माना जाता है। यह वह समय था जब राजा-महाराजाओं की आय के साधन अत्यन्त सीमित हो चले थे। उन्हें अपने साम्राज्य की सेना रखने, कारिन्दों की फ़ौज और अपने व्यय चलाने भी मुश्किल हो रहे थे। ऐसे में ईस्ट इंडिया कम्पनी का वह तथाकथित सर्वेयर टिहरी के उपेक्षित भू-भाग के आन्तरिक इलाके में सर्वे के काम में लगा था, यह विस्मित करता था। इसका एक अर्थ यह भी था कि कम्पनी सरकार की निगाह अभी तक सुरक्षित माने जाते रहे टिहरी पर भी रही होगी। वे यहाँ की प्राकृतिक सम्पदा का दोहन करने के उद्देश्य से यह सर्वेक्षण कराने में रुचि रखते होंगे, ऐसा माना जा सकता है, पर यह सब भ्रामक था। सर्वे की बात अपनी पहचान छिपाने के लिए जॉन के दिमाग की उपज थी।

जॉन को आराम की इच्छा थी लेकिन रात के भोजन की व्यवस्था नहीं हुई

थी। ऐसे में आसपास के जंगल में शिकार ढूँढ़ना जॉन के लिए कोई बड़ी बात न थी। वह अपने खेमे से लगभग सौ कदम बढ़ा होगा कि उसे पहाड़ी हिरणों का एक झुंड दिखाई दिया। जॉन ने एक देवदार के पेड़ की आड़ में छुप कर जो गोलियाँ दागीं तो दो हिरण वहीं ढेर हो गए और बाकी छलाँग मार कर ऐसे गायब हुए जैसे गधे के सिर से सींग!

जॉन उन मृत मृगों को अपना भोजन बनाने के लिए कन्धे पर लाद कर ले आया। उसने एक हिरण को आज के भोजन के लिए इस्तेमाल किया और दूसरे को यूँ ही छोड़ दिया।

अन्धकार की गहनता बढ़ चली थी, क्योंकि आकाश में काले बादलों का साम्राज्य विस्तारित हो चुका था। बारिश जो हुई, तो न जाने कब थमी, कुछ पता नहीं चला। सवेरे जब आँखें खुलीं तो सूरज की किरणें पहाड़ी से ऊपर उग आई थीं, पर आसपास का छिछला पानी रात की कहानी कह रहा था। समय रहा होगा सवेरे के सात बजे का।

वह बाहर निकला ही था कि हेमचन्द आता दिखाई दिया। वही हेमचन्द जो एक दिन पहले उसे बाजार में मिला था। उसने अभिवादन कर सामान्य भाव से पूछा, "फिरंगी बाबू, आपका सर्वे कब तक चलेगा?"

जॉन चौंक गया। उसके मन में चोर था, पर कोई दूसरा यह बात जाने, यह असहज करने वाली बात थी। जॉन यह भी समझता था कि हेमचन्द स्थानीय लोगों के उस समूह का प्रतिनिधित्व करता था जो लोग उसके यहाँ पर लम्बे समय तक रुकने के पक्षधर नहीं थे। इसलिए वह उस पर अधिक भरोसा नहीं कर सकता था। उसका उद्देश्य अवश्य था कि वह हेमचन्द से कुछ ऐसी जानकारी ले सके जो आगे उसके काम आए। जॉन ने अपने भावों को सामान्य दर्शाते हुए कहा, "ऐसी कोई तारीख निश्चित नहीं है, परन्तु सर्वे के काम में लगे लोगों का कोई भरोसा नहीं होता कि कब उनकी रात हो जाए और कब उनका सूरज निकल आए!"

"मतलब?"

तब जॉन ने उसकी आँखों में दृष्टि गड़ा कर कहा, "अगर सर्वे का काम इतना ही आसान और समयबद्ध रहा होता तो तुम लोगों की सरकारें, रियासतें और राजा महाराजा क्यों नहीं वैज्ञानिक तरीके से अपने राज्यों का सीमांकन कराकर अपने नागरिकों के कल्याण के कामों में जुटतीं? क्यों नहीं अपने राज्य के बेहतर संचालन के लिए अतिरिक्त राजस्व जुटातीं? यह समझना आसान नहीं है कि सरकार को अपने लोगों, और अपनी प्रजा की भलाई के कामों की मुहिम चलाने के लिए एक ख़ास किस्म की इच्छाशक्ति की जरूरत पड़ती है। हम पश्चिमी देशों के लोग यह कूवत रखते हैं, तभी अपने घरों से हजारों मील दूर जंगलों में डेरा डालकर मूलभूत सुविधाओं के अभाव में भी ज़िन्दा हैं, कुछ करने के लिए ही न?"

जॉन ने मूल बात कह कर उन लोगों के मर्म पर चोट कर दी थी। उसका तरीका आक्रोश का नहीं था, पर निहितार्थ तो अलग थे ही। हेमचन्द को बुरा लगा। लगना भी था, क्योंकि वह अपने कुल और गाँव के लोगों से अलग होकर उस फिरंगी की मदद के लिए जुटा था। उसका मार्गदर्शक बनने को तैयार भी था। वह चाहता था कि उसका काम आगे बढ़े ताकि इलाके का विकास हो। तात्कालिक जरूरत उसकी भी थी। उससे खुद हेमचन्द को आर्थिक लाभ हो सकता था और यदि गोटी फिट हो जाए तो आगे के लिए कोई रास्ता भी बन सकता था।

हेमचन्द थोड़ा धार्मिक प्रवृत्ति का था। एकबारगी वह कुछ नहीं बोला, पर थोड़ी देर में ही उसने कहा, "हम लोग ईश्वर की कृति में अगाध विश्वास रखते हैं। हम उस देश के वासी हैं जो मानते हैं कि न केवल इनसानों में, बल्कि कण-कण और पत्ते-पत्ते में ईश्वर का वास होता है। आप शायद इस आस्था को आसानी से नहीं समझ पाएँ।"

जॉन को बुरा लगने की बात ही नहीं थी। वह चुप रहा, इसलिए उत्साहित होकर हेमचन्द ने कहा, "बात इनसानी मूल्यों की है। आप मानवता के लिए क्या करते हैं और लोगों की जिन्दगी सुधारने को कितना महत्त्व देते हैं, यह समझना महत्त्वपूर्ण है। हमारी सभ्यता और संस्कृति प्राचीन जरूर है पर लोगों के दिमाग में नई चीजें और विकास के मामले आसानी से अपनी जगह नहीं बना पाते। बस यही अन्तर है! मुझे यकीन है एक समय ऐसा आएगा कि जब आपका यह साम्राज्य यहाँ के लोगों की जिन्दगी आसान बनाने के लिए समर्पित होकर आगे आएगा।"

जॉन को हेमचन्द की बात से ऐतराज नहीं था। उसने कहा, "ऐसा होना ही चाहिए। हमारी पृष्ठभूमियाँ ही तो अलग-अलग हैं। रक्त वही है, सोच वही है और शरीर भी वही है। कोई अन्तर क्यों मानना! जहाँ तक धर्म की बात है तो उसमें हर इनसान को छूट होना कोई बुरी बात नहीं है। वह आपकी आस्था का विषय है, कर्म का नहीं।"

...और दोनों ने एक-दूसरे की सेहत के नाम एक-एक पैग और लिये। अच्छी बात यह थी कि विचारधाराओं के इस टकराव ने इन लोगों के लिए कोई तनावपूर्ण स्थिति पैदा नहीं की। जॉन स्वयं भी यह नहीं चाहता था।

4

जॉन की असलियत यहाँ कोई नहीं जानता था, सिवाय उसके। असलियत यह थी कि वह मूल रूप से यॉर्कशायर, इंग्लैंड का वासी था। उसका नाम जॉन

कभी नहीं रहा था। 23-24 वर्षीय आम कद-काठी और आँखों में तमाम प्रश्नों को पूछती-सी नीली आँखों के व्यक्तित्व वाला यह व्यक्ति कई बार इस तरह दिखता था कि भारत के, और ख़ास तौर से गढ़वाल के आम लोगों के बीच में भी गुम हो सकता था क्योंकि उसका बदन और त्वचा का रंग भारतीयों की शारीरिक संरचना से काफी मेल खाता था।

फ्रेडरिक विल्सन की जिन्दगी की जितनी परतें थीं, उन्हें जानकर विस्मय होना स्वाभाविक था। इसके कई कारण थे, जिनमें मुख्य था उसका ईस्ट इंडिया कम्पनी की सेना में लेफ्टिनेंट के पद पर तैनात होने के बाद उत्पन्न हुई आपराधिक परिस्थितियाँ। विल्सन ने कम्पनी की सेवा के दौरान इंडो-अफगान युद्ध में हुए एक विवाद में अपने एक सहकर्मी की हत्या कर दी थी और सेना की बन्दूक लेकर फरार हो गया था। यह घटना मेरठ कैंटोनमेंट की थी जहाँ उसे लेफ्टिनेंट पद का कमीशन मिला था। यही कारण था कि विल्सन उस बाबा के घर में मेरठ कैंटोनमेंट के समय का उनका चित्र देखने और उनके वहाँ होने की जानकारी के कारण उन्हें बिना बताए चोर की तरह निकल आया था। उसे मालूम था कि ईस्ट इंडिया कम्पनी के खबरी उस पर निगाह रखे हुए हैं और वे उसे पाताल से भी खोज लाएँगे। यह अपने किस्म का एक अलग किस्सा और अनुशासनहीनता का मामला जो था।

हर्षिल की तरफ बढ़ने से पहले विल्सन ने मेरठ से भागकर मसूरी को अपनी दिनचर्या का हिस्सा बनाने की सोची थी। वह हिम्मती था, अपने रास्ते बनाना जानता था और विश्वासपूर्वक झूठ बोलने का आदी था, इसलिए उसे उम्मीद थी कि वह वहाँ खप जाएगा। परन्तु मसूरी की रौनक ने उसे निराश कर दिया। वह यह देखकर अवसाद में आ गया कि वहाँ का हर दूसरा-तीसरा आदमी ईस्ट इंडिया कम्पनी से सम्बन्धित था। फिर भला ऐसे में कभी न कभी उसकी पोल क्यों नहीं खुलती? और फिर जो होता वह उसके लिए सजा-ए-मौत से कम न होता। इसलिए वहाँ से भी वह ऐसा गायब हुआ कि लोगों को पता ही न चला। परन्तु इस बीच वह एक ऐसा खतरनाक काम कर आया था कि पूरे इलाके में उसकी चर्चा थी। शुक्र यह था कि कोई यह जान नहीं पाया कि यह कांड विल्सन ने किया था।

इन विषम परिस्थितियों में, रात्रि के प्रथम प्रहर में फ्रेडरिक विल्सन ने हरनी हिल रोड, द माल के कुलड़ी बाजार के उस हिमालय होटल में चेक-इन किया था, जो उस समय वहाँ का एक चर्चित होटल था। यह सन 1841 के क्रिसमस के निकट की बात रही होगी। मसूरी हल्की बर्फ की चादर से ढका हुआ था। न केवल सिर पर बल्कि पैरों के नीचे भी ठंडक का अहसास मन को अन्दर तक बता रहा था कि यह समय किस तरह का है।

यहाँ आने के लिए उसने अपने दर्जी से एक सूट सिलवाया था। ऐसा सूट जिसका पहनना उन दिनों एक विलासिता माना जाता था। उसे बहुत कम लोग

पहनने की हैसियत रखते थे। वही सूट था जिसमें विल्सन अपनी सारी जमा पूँजी छुपा कर रख सकता था। मसूरी के होटल में जब अगले दिन सवेरे विल्सन की आँख खुली तो चर्च की घंटियाँ लगातार बज रही थीं। यह क्रिसमस के आगमन का सन्देश था और शायद फ्रेडरिक विल्सन की किस्मत का भी। उसने एक अँगड़ाई ली और निवृत्त होकर शहर में निकल आया। माल रोड से होता हुआ वह हिमालय क्लब के नये खूबसूरत परिसर में जा पहुँचा। चमचमाते हुए इस नये परिसर में क्लब के अध्यक्ष कर्नल फ्रेंड यंग मौजूद थे जो अभी तक देहरादून जनपद के अधीक्षक हुआ करते थे। कहा जाए तो क्लब में प्रवेश होने के उपरान्त सबसे पहले उन्होंने ही विल्सन का स्वागत किया। यंग ने विल्सन की मुलाकात वहाँ मौजूद अन्य लोगों से भी कराई जिनमें असिस्टेंट कैप्टन हेनरी किरके, दोआब के क्षेत्र में बनने वाली नई नहर के महा अधीक्षक मेजर प्राबी कॉटले, मेजर एडमंड स्वीटनहैम और नये जिला अधीक्षक फ्रेडरिक ओ वेल्स भी थे।

जब कर्नल यंग ने विल्सन को आमंत्रित किया तो वह विस्मित हुआ। उसने कर्नल की बहादुरी के किस्से सुन रखे थे और यह भी कि वह बहुत प्रसन्नचित्त, परन्तु थोड़ा रिजर्व इनसान था। ऐसे में उसे शराब के एक दौर के लिए इस अधिकारी द्वारा आमंत्रित करना निश्चित रूप से अच्छा लगा था। यह बात अलग थी कि उसे नहीं मालूम था कि आगे चर्चा क्या होने वाली थी।

अपने परिचय की तैयारी फ्रेडरिक विल्सन ने पूर्व में ही की हुई थी। उसने ठीक उसी तरह से व्यवहार किया। पूछे जाने पर बताया कि, "मैं कलकत्ता के बिशप डेनियल विल्सन का भतीजा हूँ..."

विल्सन ने यह झूठ आत्मविश्वास से बोला था, परन्तु उसे नहीं मालूम था कि उसका वास्ता किससे पड़ा था। उसने तो सोचा था कि उसके इस परिचय से उसे ऐसा सम्मान मिलेगा कि वह लम्बे समय तक अपना समय गुजारने के लिए अर्हता प्राप्त कर लेगा, पर कर्नल यंग की आँखों के भाव कुछ अलग थे। उन्होंने लगभग तत्काल ही पलटकर कहा, "मैं तो अक्सर बिशप डेनियल के पास आता-जाता रहा हूँ। न तुमसे वहाँ कभी मुलाकात हुई और न कभी तुम्हारा जिक्र आया। क्या तुम कहीं बाहर रहे हो? या उनसे लम्बे समय से सम्पर्क में नहीं हो?"

कर्नल की पूछताछ और प्रश्न विल्सन के लिए असहज करने वाले थे। इसके बावजूद वह जानता था कि कब अपनी चाल चलनी है। पैग का एक घूँट लेने के उपरान्त उसने बहुत सहजता से कहा, "आज की परिस्थितियों में मेरे लिए इतना आसान नहीं है कि कलकत्ता में बिशप अंकल से मुलाकात निरन्तर होती रहे। जब समय था तो उनके आसपास ही रहा और जब वहाँ से निकला तो न जाने कितने साल हो चुके हैं। मन बहुत करता है, परन्तु सब कुछ मन की कहाँ होती है...।"

कर्नल यंग के चेहरे पर उभर आए भावों से दिख रहा था कि उनमें फिर से

एक बदलाव आया। वह फ्रेडरिक विल्सन के इस दावे को स्वीकार करना चाह रहे थे परन्तु फिर भी उन्होंने अपनी पुष्टि के लिए पूछा कि उसके परिवार में और कौन-कौन हैं। और यह भी, कि क्या वह विवाहित है?

तब विल्सन ने उन्हें अपने बारे में कहानियाँ बतानी शुरू कीं। उसने बचपन की बात की। यॉर्कशायर और वैकफील्ड के किस्से सुनाए तथा अपनी प्रेम कहानी की भी झलक दिखा दी। उसने एक ठंडी साँस लेकर कहा, "मेरी यायावर प्रवृत्ति ने मुझे अगर कुछ दिया है तो बहुत कुछ मैंने खोया भी है। आज के समय में मेरा न कोई परिवार है और न कोई प्रेमिका। कोई नहीं जानता कि यहाँ मेरा भविष्य क्या है!"

कर्नल यंग जैसा अनुभवी इनसान फ्रेडरिक विल्सन जैसे संदिग्ध चरित्र के व्यक्ति की बातों को सहजता से स्वीकार कर ले, यह एक अपवाद की स्थिति थी पर जो भी थी, स्थिति वही थी। एक बार को स्वयं कर्नल यंग भी विल्सन के झाँसे में आ गए।

"फिलहाल क्या करते हो?" उन्होंने विल्सन से पूछा तो उसका जवाब तैयार था। बोला, "कम्पनी के लिए सर्वे के काम में जुटा हूँ। टिहरी गढ़वाल की जमीनों का, वहाँ के जंगलातों का नये सिरे से आकलन होना है कि उनको सरकार के हित में किस प्रकार से उपयोग में लाया जाए। एक अदना-सा सर्वेयर हूँ, पता नहीं इसके आगे भी कोई भविष्य होगा या नहीं।"

यंग थोड़ा प्रभावित हुए, ऐसा साफ दिखता था। उनकी आँखों में उत्साह तथा उत्सुकता के भाव देख कर विल्सन ने उन्हें अपने शौकों के विषय में बताना शुरू किया।

जहाँ वे लोग बैठे थे, उसके बगल की एक मेज के साथ एक और व्यक्ति बैठा था, जिसके कानों में यह वार्तालाप जा रहा था। वह कर्नल यंग का मित्र था, इसलिए बेतकल्लुफी से उठकर निकट जा बैठा और बोला, "क्या मैं भी आप लोगों के वार्तालाप का हिस्सा बन सकता हूँ?"

यंग ने हँस कर कहा, "मेजर कॉटले, बन सकते नहीं, बन चुके हैं। आपका स्वागत है!" फिर उन्होंने फ्रेडरिक विल्सन से उनका परिचय कराया।

जिज्ञासु कर्नल यंग ने फ्रेडरिक विल्सन से एक बार फिर थोड़ा घुमाकर पूछा, "ऐसा क्या है कि तुम इन पहाड़ों की धूल फाँक रहे हो?"

जाहिर था कि उनकी मित्रता का बन्धन कुछ कदम आगे निकल आया था। फ्रेडरिक को ऐसी बातें निराश नहीं करती थीं, बल्कि इनसे उसे ऊर्जा मिलती थी। उसने एक गहरी साँस ली, और बोला, "सच बताऊँ तो ये यात्राएँ, ये पहाड़, तलहटियाँ, ऊबड़-खाबड़ जमीनों के इर्द-गिर्द फैले जंगल, देवदार, बुराँस के पेड़ और उनके साथ ही वहाँ बिखरे हुए तमाम सुगन्धित पौधे, फिर यहाँ के लोग, जिनमें अज्ञानता ही अज्ञानता का वास है, और जिन्हें व्यावसायिक तार्किकता एक अपराध दिखती है, यह सब मेरे अध्ययन का केन्द्र हैं। मैं इस इलाके की स्थिति बदलने का स्वप्न

देखता हूँ। एक ऐसा स्वप्न जो मैंने कभी यॉर्कशायर, या सच मानिए वेकफील्ड के लिए भी देखा था, पर अब समझ आया कि वह पूरा क्यों नहीं हुआ?"

"क्यों?"

यह प्रॉबी कॉटले की उत्सुकता थी। उनके चेहरे के भाव गम्भीर थे, यह कोई भी समझ सकता था। इसलिए फ्रेडरिक ने उनकी आँखों में झाँका। वैसे भी कर्नल यंग तब तक एक जम्हाई लेकर उठ खड़े हुए थे। विल्सन ने कहा, "बात जरूरत की है। मुझे नहीं पता हम संसार के इस हिस्से में क्या कर रहे हैं... हमारे पास क्या अपने काम कम हैं? अपने लोगों की जिन्दगियों को सँवारने के स्वप्न कम हैं? नहीं! पर बात जरूरत की है। इस मुल्क का यह हिस्सा सैकड़ों वर्षों से उपेक्षा का शिकार रहा है। कोई नहीं जानता कि इसका भविष्य क्या है, जबकि मुझे पता है कि मेरी जन्मस्थली यॉर्कशायर का भविष्य क्या है। जिस दिन सरकार का एक अध्यादेश जारी हो जाएगा, वहाँ की रूह बदल जाएगी। उसके विपरीत इस सुदूर क्षेत्र में अपार प्राकृतिक सम्पदा तथा वन्यजीवों के बीच हम किसी तार्किकता की बात ही नहीं कर रहे। कारण एक नहीं अनेक हैं। गोरखाओं ने इस इलाके को क्या दिया? कुछ भी नहीं! केवल ऐसी समस्याएँ, जिनका फौरी तौर पर निदान हो सकता था। पर बात इच्छाशक्ति की भी तो है।"

प्रॉबी कॉटले प्रभावित हुए। वे उससे चर्चा करना चाहते थे। उनके दिमाग में भी एक कीड़ा न जाने कब से कुलबुला रहा था, पर दोनों के मन में अन्तर थे। एक ओर फ्रेडरिक विल्सन जहाँ अपने लिए कोई सुरक्षित रास्ता ढूँढ़ रहा था, भले ही उसके इरादे नेक हों, दूसरी ओर प्रॉबी कॉटले लोगों को दुर्दिनों और कष्टों से बचाकर मुख्य धारा में लाने और उनके दिन सहज बनाने के लिए अपने दिन के समय की ऊर्जा और रातों का तेल फूँक रहे थे। वह गम्भीर प्रवृत्ति के थे, और फ्रेडरिक विल्सन की इस तथाकथित 'विशेषज्ञता' का लाभ उठाना चाहते थे।

प्रॉबी कॉटले ने अगले दिन विल्सन को अपने लंढौर स्थित आवास पर रात्रिभोज पर आमंत्रित किया। वह उसे एक ख़ास ब्लूप्रिंट दिखाना चाहते थे, एक विशिष्ट परियोजना का नक्शा। शायद ईस्ट इंडिया कम्पनी का यह सर्वेयर अपनी विशेषज्ञ सरीखी टिप्पणियों से उनके काम में कुछ सहायक होता।

विल्सन प्रसन्न था। उसे उम्मीद से ज्यादा मिलने की उम्मीद जो थी, और वह जानता था कि उम्मीदों पर दुनिया टिकी हुई है, बशर्ते कि अपने लक्ष्य निशाने पर रहें। इंग्लैंड हो या भारत, इनसानों और जगहों में बहुत ज्यादा अन्तर नहीं होता। कॉटले को जाना था, वह निकल आए परन्तु यंग अब भी वहीं मौजूद थे।

फ्रेडरिक विल्सन चाहता था कि उसकी बातों से भरोसा जम जाए। वह आंशिक रूप से सफल रहा था, पर एक दिक्कत थी। कर्नल यंग बिशप को नजदीक से जानते थे। उन्होंने इस परिचय के विषय में अपना ज्ञान प्रदर्शित करने के उद्देश्य से कहा,

"कलकत्ता आने से पहले बिशप विल्सन का अधिकतम समय लन्दन में व्यतीत हुआ है। वह इस्लिंगटन में रहा करते थे। लोग बताते हैं कि उनके पिता का सिल्क का एक बड़ा व्यवसाय था, परन्तु उन्होंने उस व्यवसाय का मोह छोड़कर बिशप बनने को प्राथमिकता दी, इससे अधिक अचरज की बात और क्या हो सकती है। इसलिए उनके विषय में यही कहा जाता है कि उनमें अपने व्यापारी पिता का कोई गुण नहीं है। गलत भी नहीं है... तो तुम कलकत्ता कब आए थे मिस्टर विल्सन?"

यद्यपि बात खत्म होने को थी, परन्तु मिस्टर यंग ने एक नया सिरा पकड़ लिया था। उसने थोड़ा सोचा, और फिर बताया, "अब से लगभग तीन साल पहले, गर्मियों में।"

"ओह, मतलब जब बिशप मसूरी आए थे, तब तुम कलकत्ता में रहे होगे।"

पता नहीं किस आशय से पूछा था यंग ने, परन्तु स्वाभाविक रूप से खीझे नेत्रों से देखते हुए विल्सन ने कहा, "बेशक!"

मिस्टर यंग को अभी कोई जल्दी न थी। वह अँगुलियों पर कुछ गिनने की मुद्रा में आ गए थे, तभी विल्सन ने खड़े होकर इजाजत लेने के एक खास अन्दाज में कहा, "सुनिए मिस्टर यंग। हम लोगों के पास अभी चर्चा करने का बहुत वक्त होगा। मैं कहीं जा नहीं रहा हूँ। अगर हो सके, और आपकी इच्छा हो तो मेरे कॉटेज में आइए। आपका स्वागत है। तब हम और भी आराम से बातें कर सकेंगे। फिलहाल तो मैं कॉटले सर का अतिथि हूँ।"

5

नियत समय पर विल्सन मिस्टर प्रॉबी कॉटले के लंढौर स्थित बँगले में जा पहुँचा था। वाकई वह एक खूबसूरत आवास था। कॉटले के मन की ही तरह सुरुचिपूर्ण निर्मित और सज्जित। उसका वास्तुशिल्प रोमन कैथोलिक था, बड़े-बड़े स्तम्भ और चौड़े तथा ऊँची छत वाले कमरों का वह एक-मंजिला बँगला था।

मिस्टर कॉटले की बात बाद में, पहले लंढौर को तो जान लिया जाए!

लंढौर मसूरी से जुड़ा हुआ इस खूबसूरत पर्वतीय इलाके का वह हिस्सा था जो ईस्ट इंडिया कम्पनी के कैंटोनमेंट के रूप में विख्यात हो चला था। मसूरी और लंढौर को अगर एक मान लिया जाए तो यह इलाके तत्कालीन समय के उत्तरी भारत के बेहतरीन हिल स्टेशन का दर्जा पा चुके थे। यहाँ पर गर्मियों की रंगीनियाँ अलग ही हुआ करती थीं। दरअसल 'लंडरौर' इंग्लैंड के वेल्स इलाके का एक अल्पचर्चित गाँव है, जिसके नाम पर ही देहरादून घाटी के इस पर्वतीय स्थल को लंढौर का

नाम दिया गया था। यह खूबसूरत पर्वतीय इलाका मसूरी पर्वतीय शृंखलाओं के निम्न पश्चिमी हिमालय का एक भाग है। लंढौर की खूबसूरती इस तथ्य में है कि यह मसूरी के शीर्ष पर है, यह जानना वाकई विस्मयकारी है।

इस जगह की खूबसूरती का अनुमान इस बात से लगाया जा सकता है कि वहाँ से पूरब दिशा में धनौल्टी और सुरकंडा देवी मन्दिर के दर्शन होते हैं। इससे आगे तरणताल और टिहरी का वह भाग है जो अब पानी में डूब कर टिहरी बाँध के रूप में जाने जाने लगा है। चम्बा भी यहाँ से दूर नहीं है, पर यह वह चम्बा नहीं है जो हिमाचल प्रदेश का एक जनपद है। इसके पश्चिम में केम्पटी फॉल का खूबसूरत झरना तथा चकराता का सैन्य कस्बा है। वहीं से लगा हुआ हिमाचल प्रदेश का जौनसार-बाबर क्षेत्र है जो उन दिनों अपनी यौन उन्मुक्तता के चर्चित किस्सों में रहा करता था।

कॉटले का बँगला एक सक्षम अधिकारी के रूप में उनकी कलात्मक दृष्टि को दर्शाने के लिए पर्याप्त था। यह बँगला ग्रीक-ओरिएंटल वास्तुकला का खूबसूरत नमूना था, इसलिए अन्य मकानों और कैंट के बँगलों से अलग दिखता था। इस बँगले के स्वामी से ऐसी उम्मीद भी की जानी बेमानी न थी। विशेष रूप से इसका प्रवेश द्वार और अतिथि कक्ष सजावट के अनुसार सबसे अच्छा था। साथ ही उनका स्टडी रूम था, पर स्टडी रूम से जो नजारा दिखता था, वह किसी को भी साहित्यिक कृति लिखने की प्रेरणा दे सकता था। तब के वर्जिन पर्वतों की छोटी-बड़ी शृंखलाएँ, पल्लवित होते हुए पेड़, चीड़ और देवदार के इठलाते वृक्ष और रंग-बिरंगे ऐसे पुष्पों से लदे-फँदे नन्हे-नन्हे, कुछ बड़े वृक्ष तथा झाड़ियाँ किसी को भी अतिरिक्त जीवनदायिनी ऊर्जा देने के लिए पर्याप्त थे।

सन 1840 में कॉटले को प्रस्तावित गंगा कैनाल के काम के लिए नियुक्त किया गया था ताकि गंगा, हिंडन और यमुना नदी के बीच के इलाके को बेहतर तरीके से सिंचित किया जा सके। यही कॉटले का भी सपना था। उसने अपने स्वप्न को पूरा करने के लिए इस काम में अपनी पूरी ऊर्जा लगा दी। वह गंगा कैनाल के निर्माण के लिए छह महीने तक कभी पैदल और कभी घोड़े पर सवार होकर निकलता और रास्ते के एक-एक इलाके की खुद माप लिया करता। उसे विश्वास था कि यह नहर 500 मील लम्बी तक बनाई जा सकती थी। पर उसके रास्ते में तमाम तरह की अड़चनें थीं। कुछ लोग व्यक्तिगत रूप से उससे नाराज थे तो तमाम आधिकारिक रूप से भी उसकी राह में बाधा पहुँचाते थे।

गंग नहर परियोजना सन 1841 में स्वीकृत हुई थी । बाधाओं को दूर करना आसान नहीं था, पर यह कॉटले का जुनून था कि उसने हर विरोध के सामने अपने तर्क इस विद्वता के साथ रखे कि उसका विरोध धीरे-धीरे एक स्वाभाविक मौत मर गया। नहर के लिए खुदाई का वास्तविक काम अप्रैल सन 1842 से आरम्भ हुआ।

कॉटले को इस नहर के लिए अपनी स्वयं की ईंटें बनानी पड़ीं, अपने भट्ठे लगाने पड़े और स्वयं ही मिट्टी और गारे की व्यवस्था करनी पड़ी थी।

बाँध के निर्माण में तमाम तरह की तकनीकी जटिलताएँ भी आईं जिनमें पर्वतों से निकले जलस्रोत की धाराओं को उचित रूप से इस्तेमाल करना भी शामिल था। इसके निर्बाध प्रचालन के कारण नहर को खतरा हो सकता था। रुड़की के पास जमीन बहुत तेजी से नीचे की ओर कटान कर गई थी। कॉटले को इसे एक ऐसी धारा का रूप देना था कि आधे किलोमीटर तक यह नहर निर्बाध रूप से चल सके। परिणाम यह हुआ कि रुड़की नहर का 25 मीटर का भाग आज भी मुख्य नदी से ऊँचा है।

धीरे-धीरे यह कार्य अपने गन्तव्य को प्राप्त कर गया। सन 1854 के आठ अप्रैल का दिन निश्चित रूप से महत्त्वपूर्ण रहा था, जब गंग नहर को औपचारिक रूप से इलाके की सिंचाई के लिए खोला गया। उस समय इसकी मुख्य धारा 560 किलोमीटर लम्बी और इसकी शाखाएँ 492 किलोमीटर दूर तक फैली थीं, जिनसे कुल 4,800 किलोमीटर रजबाहों के जरिये सिंचाई की जा सकती थी। इस सिंचित होने वाली भूमि का क्षेत्रफल मापा जाए तो यह 3,100 वर्ग किलोमीटर से कम न था। अगर गाँवों की बात करें तो कम से कम पाँच हजार गाँव ऐसे थे जिनके लिए इस नहर का पानी वरदान बन गया था।

कहते हैं कि अगर गंग नहर न होती तो दोआब का इलाका भरपूर पानी होने के बावजूद सिंचाई के पानी से वंचित रहता और साथ ही वंचित रहता तमाम अन्य उत्कृष्ट संरचनाओं से, जैसे एक विशेष इंजीनियरिंग कॉलेज से। रुड़की के इस विशिष्ट इंजीनियरिंग कॉलेज का उद्‌भव भी गंग नहर से जुड़ा है, और इस सबसे जुड़ा है प्रॉबी कॉटले का नाम।

तो उस दिन विल्सन इन्हीं प्रॉबी कॉटले का मेहमान था। उसका गर्मजोशी से स्वागत हुआ। दोनों की पुरातत्त्व, वनस्पति विज्ञान में रुचि थी, इसलिए उस विषय पर भी बातें हुईं। भारत में और विशेष रूप से हिमालयन क्षेत्र के समृद्ध पुरावशेषों का जिक्र हुआ, पर असली बात नहर की थी।

कोई नहीं जानता था कि यह एक संयोगवश हुई मुलाकात दोनों के जीवन में कितना बदलाव ला सकती थी, विशेष रूप से फ्रेडरिक विल्सन के जीवन में इस बैठक के क्या अर्थ होंगे। दोनों के बीच तमाम समानताएँ होते हुए भी एक मुख्य असमानता थी कि जहाँ प्रॉबी कॉटले की दुनिया अपने काम के प्रति जुनून की हद तक प्रतिबद्धता और लोगों के भले के लिए बनी थी, वहीं फ्रेडरिक विल्सन की जिन्दगी अपने लिए कुछ कर गुजरने की जद्दोजहद से गुजर रही थी। उसका पूरा अस्तित्व ही झूठ पर आधारित था ऐसा कहना कोई अतिशयोक्ति न थी।

विल्सन को कैप्टन की बातों से थोड़ी राहत मिली। वह अनावश्यक रूप से विस्तार में अपना परिचय देना नहीं चाहता था। उसे इस बात की इच्छा जरूर थी

कि कोई उसके शौक के बारे में पूछे, उसके जुनून के बारे में जानने की कोशिश करे, पर उसके रिश्ते और लोगों से सम्बन्धों के विषय में पूछताछ की जाए, यह बात असहज करती थी। वह यह भी समझता था कि एक बार यह विषय विस्तार में सामने आया तो उसके विषय में वह सारे तथ्य आसानी से सामने आ सकते हैं, जिनसे वह बचना चाहता है, पर वह आशावादी भी था। उसे उम्मीद थी कि वह किसी भी विषय का विषयान्तर करने में सफल हो सकता था।

कॉटले ने अपना ग्लास उठा कर कहा, "यह आपकी सेहत के नाम..."

"और आपकी भी मेजर," यह विल्सन था।

दोनों ने पेग शुरू किये तो बचपन की बातें निकल कर आ गईं।

कॉटले विल्सन से लगभग डेढ़ दशक बड़े रहे होंगे। अनुभवी थे। पढ़ाई में अव्वल, इंजीनियरिग और सेना की पृष्ठभूमि के थे। वनस्पति विज्ञान में उनकी रुचि जगजाहिर थी। चेहरे से दार्शनिक और वैज्ञानिक का मेल लगते थे, एक सैन्य अधिकारी तो बिलकुल नहीं। उनकी नाक बाहरी ओर से थोड़ा चपटी थी और चेहरे पर हमेशा मुस्कराहट रहती थी। सैन्य अधिकारियों जैसी कड़ाई का नामोनिशान भी न था। विल्सन ने अपनी याद में किसी सैनिक अधिकारी को ऐसे लम्बे बालों में नहीं देखा था जो उसके कानों को ढक लेते हों, पर वह यह भी जानता था कि ईस्ट इंडिया कम्पनी के अफसरों के लिए नियम बहुत लचीले हुआ करते थे। न शिक्षा के मानक निर्धारित थे और न ही उम्र का कोई विशेष बन्धन था। विश्व के एक कोने से दूसरे कोने तक भरोसेमन्द लोगों, अधिकारियों और जुनून से लड़ते बेमुरौव्वत इनसानों की वैसे भी हमेशा कमी ही रहा करती है। ये न होते, तो बाकी सब तो पहले ही से शक के दायरों में थे न? फिर कॉटले तो बिलकुल फिट थे अभी।

फ्रेडरिक विल्सन अधिकांश मामलों में मेजर कॉटले से बिल्कुल भिन्न था। हाँ, उसमें लोगों से जरूरी जानकारियाँ एकत्रित करने और उनका सही वक्त पर उपयोग करने का गुण अवश्य था। देर रात तक चली बातों के सिलसिले ने फ्रेडरिक विल्सन की मित्रता सूची में एक नये अन्तरंग मित्र को जोड़ दिया था। वह मित्र जो एक बेहतरीन इनसान था, दार्शनिक था, कुछ कर गुजरने के जज्बे से भरा था और तार्किक बातें किया करता था। जब उसने विदा ली, तो विल्सन उनके इन गुणों का उल्लेख किये बिना न रह सका। बोला, "सर, इस मुल्क में आप जैसे जज्बे का इनसान तो पहली बार मिला, जो एक गैर-मुल्क में रहकर भी अपने मुल्क की तरह सोचता है, यहाँ की दिक्कतों को सुलझाने का बेड़ा उठाए हुए है, यह जानकर भी कि विपरीत परिस्थितियों में काम करना कितना मुश्किल होता है। आपको उससे कोई व्यक्तिगत लाभ भी नहीं होना है, उसके विपरीत हर कदम पर आपका रास्ता रोकने के षड्यंत्र होते हैं, लगता है कि परिस्थितियाँ आपके खिलाफ साजिश कर रही हों..."

इस पर कॉटले ने हमेशा की तरह मुस्कराते हुए उसे रुकने का संकेत किया और एक संक्षिप्त-सा उत्तर यूँ दिया, "विल्सन, हम सबको ईश्वर का शुक्रगुजार होना चाहिए। इसलिए कि उसने हमें औरों से अलग बनाया। ऐसा बनाया कि हम इस दुनिया को और भी बेहतर बनाने में, अपनी मनुष्य जाति के उन्नयन में, उनके बेहतर जीवन-यापन में अपना योगदान दे सकें। पानी की जरूरत और उसे निर्बाध रूप से मिलने का अधिकार सबको बराबर रूप से प्राप्य है। यह प्रकृति प्रदत्त अधिकार है, जन्मजात है और हर इनसान को उसे मिलना ही चाहिए।"

6

अगला दिन मेजर स्वीटेनहैम का दिन था। उन्होंने दोपहर में एक शिकार पार्टी रखी थी जिसके लिए फ्रेडरिक विल्सन को भी आमंत्रित किया गया था। विल्सन ने इस पार्टी में आमंत्रण के लिए धन्यवाद देते हुए अपनी अस्वीकृति दे दी थी, क्योंकि उस समय वह अपने पास राइफल होने का जिक्र नहीं करना चाहता था। मेजर ने इस बात को एक बहाना समझा और विल्सन की पीठ थपथपाते हुए कहा, "कैसी बातें करते हो मित्र। हमारे पास क्या शिकारी राइफलों की कमी है।"

और इस प्रकार विल्सन ने इस शिकार में भाग लिया। बाद में जब शिकारों की गिनती हुई तो पता चला कि विल्सन वहाँ सबसे बेहतरीन निशानेबाज साबित हुआ था। उसने जितने सटीक शिकार किये थे उतने ईस्ट इंडिया कम्पनी के किसी बड़े और चर्चित अधिकारी ने भी नहीं किये होंगे। इससे विल्सन सबकी निगाहों में चढ़ गया।

रात को जब पार्टी हुई तो लगभग 40-42 अतिथि उपस्थित रहे होंगे। आरम्भ में तो वह नहीं था, पर खत्म होते-होते कैप्टन जैक ऐप्सले भी आ चुका था। वह हाल ही में मेरठ कैंटोनमेंट से स्थानान्तरित होकर आया था। कैप्टन जैक दोपहर के शिकार अभियान में मौजूद नहीं था क्योंकि वह बीमार था और उसे डॉक्टर ने फिलहाल किसी अभियान या शिकार जैसी बाहरी जगह पर जाने के लिए मनाही की हुई थी।

अन्य लोगों के अलावा वहाँ फ्रेड वेल्स भी मौजूद था जो फ्रेडरिक विल्सन को देखते ही थोड़ा असहज हो गया। विल्सन को भी लगा कि यहाँ अब अधिक समय तक रुकना खतरे से खाली नहीं है। उसकी पोल कभी भी खुल सकती है। तब उसके पास बहाने भी नहीं होंगे। वेल्स विल्सन को थोड़ा पहचानता था, पर विल्सन ने इस बात से लापरवाह रहकर अपना आत्म-विश्वास बनाए रखा।

विल्सन ने कनखियों से देखा कि विदा होने से पहले कर्नल यंग और फ्रेड वेल्स की घुट-घुट कर बातें हो रही थीं। सिगार का आखिरी कश लेकर वह भी लोगों से

विदा ले ही रहा था कि कर्नल यंग ने उसे अपने होटल की कॉटेज की तरफ जाने से रोक लिया। अधिकार से बोले, "आप और हम अभी रुकेंगे, यंग मैन। हमें कुछ बातें करनी हैं। पर अगर आप जल्दी में हों तो हम लोग बाहर मिल सकते हैं। वैसे आप अभी कब तक यहाँ रुके हो?"

यद्यपि विल्सन के माथे पर इस सर्द रात में भी पसीने की बूँदें चुहचुहा आई थीं, लेकिन बाहरी तौर पर उसने अपना आत्मविश्वास बनाए रखते हुए लापरवाही से कहा, "सर, देर हो चुकी है, अभी थका हूँ। रही आतिथ्य और रुकने की बात तो वह तो मसूरी और लंढौर के आतिथ्य की गुणवत्ता पर निर्भर करता है कर्नल।"

कर्नल यंग ने विल्सन के आत्मविश्वास को जाया नहीं होने दिया। उन्होंने उसी विश्वास के साथ हँसकर कहा, "यह तो अच्छी बात है कि आप हम लोगों का इम्तिहान लेना चाहते हो, पर इसमें भी कोई बुराई नहीं। हमारी ट्रेनिंग ही कुछ ऐसी है कि हम लोग हमेशा परीक्षा की घड़ी के लिए तैयार रहते हैं। तो कल रात का डिनर हम लोग साथ करें?"

"जरूर सर, हालाँकि मेरा यहाँ रुकना या जाना अभी निश्चित नहीं है परन्तु आपके साथ रात्रिभोज करना मेरा सौभाग्य होगा।"

विल्सन ने यह कहा जरूर था पर वह अन्दर ही अन्दर हिल गया था। कर्नल यंग को भी कुछ बातें समझ में आ रही थीं और वह इस ऊहापोह की स्थिति का अन्त करने के लिए दृढ़प्रतिज्ञ था। ऐसे में इस मुलाकात से जरूर कुछ न कुछ गुल खिलता, यह निश्चित लग रहा था।

"ठीक है। तो हम लोग सम्पर्क में बने रहेंगे और फिलहाल कल रात आठ बजे, इसी आर्मी क्लब का समय तय रहा।"

"यकीनन, मुझे आपके साथ रहकर अच्छा लगेगा। मैं इस अवसर की प्रतीक्षा करूँगा।"

और वह इस सर्द रात में लंढौर के आर्मी क्लब की शानदार बिल्डिंग से अपने कॉटेज में जाने के लिए उतर आया। रास्ते भर उसका दिमाग इसी उधेड़बुन में रहा कि कल कर्नल उसे किस तरह अपने जाल में फँसाने वाले हैं और उसे कैसे उस जाल से बाहर निकलना होगा। उसे कर्नल यंग से कोई दिक्कत नहीं थी, पर विल्सन को फ्रेड वेल्स की जानकारियों से असहजता अवश्य थी। वह जानता था कि अगर फ्रेड अपनी पर उतर आया तो उसका भेद खुलने में कोई ख़ास देर नहीं लगेगी। और तब क्या होगा? शायद सजा-ए-मौत या जेल, और फिर प्रत्यर्पण।

'जिन्दगी इतनी भी खूबसूरत नहीं है,' विल्सन बड़बड़ाया।

जब वह क्लब से निकलने की सोच ही रहा था कि विल्सन को एक ऐसे इनसान की झलक दिखी, जिससे उसका न जाने कितनी बार वास्ता पड़ा था। वह

कैसे अनदेखी कर सकता था कि वह ऐप्सले ही था—जैक ऐप्सले। वह हाथ में जाम लिये अपने किसी मित्र की बातों में रुचि ले रहा था कि उनकी निगाहें टकराईं। विल्सन के लिए महत्त्वपूर्ण था वह। हाँ, वही था।

जैक ऐप्सले के चेहरे पर एक झटके से बदले हुए भावों से समझ आ गया था कि वह फ्रेडरिक विल्सन को पहचान गया था। अब उसकी कलकत्ता के बिशप की थ्योरी की धज्जियाँ उड़ने में भी कोई देर न थी। उसे जल्दी से निकल लेना था। न केवल क्लब से, बल्कि इस कस्बे से भी। उसे अफ़सोस भी हो रहा था कि वह मसूरी और लंढौर के चक्कर में क्यों पड़ गया। उसे तो ऐसी जगह की तलाश करनी चाहिए थी जहाँ सेना की पहुँच के लिए भी दुर्गम स्थल हो, न वहाँ उनकी रुचि हो, और न ही उन लोगों का वहाँ जाने का कोई इरादा बन सके। अब ऐसा फैसला लेने के अलावा उसके पास कोई विकल्प नहीं बचा था।

विल्सन अगले ही पल फुर्ती से निकास द्वार पर पहुँच चुका था। ऐप्सले को वहाँ तक जाने में देर हो चुकी थी। विल्सन उससे तेज निकला था। जैक अँधेरे में विलीन होती उसकी छाया मात्र को देख पाया था।

ऐप्सले का दिमाग बहुत तेजी से घूम रहा था। वह जानता था कि मेरठ कैंटोनमेंट में हर अफसर यही सोचता था कि फ्रेडरिक विल्सन अब ज़िन्दा नहीं है। या तो किसी ने उसकी हत्या कर दी है या उसने स्वयं आत्महत्या का वरण कर या खुद को गुमनामी में धकेल दिया था, और लोग उसे विस्मृत कर गए थे, पर ऐसा नहीं था। वह तो सशरीर मौजूद था, स्वस्थ और पहले जैसा ही मजबूत। वही नीली आँखें और वही भाव। शायद कुछ भी तो नहीं बदला था।

विल्सन क्लब से तेजी से निकल तो अवश्य आया था, पर अब वह इस भागम-भाग के प्रकरण को विराम देना चाहता था। एक डरे हुए यायावर की ऐसी जिन्दगी से आजिज आ चुका था वह, जिसका भूत उसे और आगे भागने को मजबूर करता हो, फिर और आगे, पता नहीं कितना आगे। उसे नहीं मालूम था कि उत्तरी भारत में मसूरी के बाद लंढौर जैसी शीर्ष पहाड़ी शृंखला से भी उच्च स्तर की कोई चोटी होगी, जहाँ उसका अतीत उसे स्पर्श न कर सके। उसने तो कम से कम यही सोचा था। पर शायद यह उसका दिवा स्वप्न था,और ऐसे स्वप्न कभी पूरे नहीं होते। वे यूँ ही मँडराया करते हैं, तमाम प्रश्नों को अनुत्तरित छोड़ते हुए।

विल्सन अपनी कॉटेज में आ गया था, पर इस रात के सर्द और बर्फीले मौसम में उसका शरीर एक ख़ास किस्म की गर्माहट की स्थिति से गुजर रहा था। वह उलझन में था। उसे अपने आगे के रास्ते बन्द होते दिख रहे थे। वह नहीं जानता था कि उसका अगला कदम क्या होना चाहिए। आखिर वह भी चाहता था कि वह अपनी सामान्य जिन्दगी जिए, समाज में रहे, लोगों से मिले, क्लब में बिन्दास आए-जाए और पार्टियों में शामिल हो तथा ऐसी स्थिति बनाए कि वह स्वयं एक

दिन समाज के उच्च वर्ग के लोगों को आमंत्रित कर सके। उन्हें बहुत ऊँची आवाज में बता सके, 'लुक, आई एम फ्रेडरिक विल्सन हेअर... मैंने जो चाहा उसे हासिल कर लिया। मैं आज एक सफल इनसान हूँ। मेरा वेकफील्ड छोड़कर भारत आने का फैसला जायज था, मैंने दिखा दिया है।'

पर ऐसा होता नहीं दिख रहा था। पहले फ्रेड यंग, कर्नल यंग और फिर अभी ऐप्सले के रूप में जो समस्या सामने आ खड़ी हुई थी, वह उसके मन का वहम नहीं, पूरी तरह वास्तविक थी। उससे निपटना, और उससे पहले निपटने की योजना बनाना बेहद जरूरी था।

ऐप्सले उसे देख कर विस्मित था। उसके अनुसार 35वीं बंगाल नेटिव इन्फेंट्री के इस सैन्य अधिकारी वाले घटनाक्रम को हुए काफी समय भी हो चुका था, परन्तु ऐप्सले जानता था कि मेरठ छावनी के कमांडेंट ब्रिगेडियर सिडनी कारवर ऐसे इनसान नहीं थे जो विल्सन को उसके कृत्य की सजा नहीं देते। वह सब कुछ बर्दाश्त कर सकते थे पर सैनिक कानून का उल्लंघन बिल्कुल नहीं। कानून के प्रति यही घोर बेपरवाही फ्रेडरिक विल्सन ने की थी। एक तो उसने अपने सहयोगी की हत्या की, दूसरे ईस्ट इंडिया कम्पनी की राइफल लेकर गायब हो गया। इससे कम्पनी की साख को बट्टा लगा था। ऐसे फरार इनसान को सजा तो मिलनी ही थी। ऐप्सले ब्रिगेडियर कारवर के स्टाफ में रहा था, इसलिए वह ऐसा विश्वास के साथ कह सकता था।

अभी तक उस सैन्य इकाई के लोगों को और खास तौर से कमांडेंट ब्रिगेडियर सिडनी कारवर को यह भरोसा था कि यदि किसी कारण विल्सन भागा होगा और जिन्दा होगा तो वह समय पर स्वयं को खुद ही कानून के हवाले जरूर कर देगा। यह कानून, सेना का कानून था, ईस्ट इंडिया कम्पनी का कानून था, न कि कोई सामान्य प्रशासनिक अथवा न्यायिक कानून। पर जब फ्रेडरिक विल्सन का कोई पता नहीं चला तो यह मान लिया गया कि वह अब जीवित नहीं है। लेकिन यह क्या? ऐप्सले ने अपनी आँखों से उसे न केवल जीवित रूप में देखा बल्कि उच्च वर्ग के लोगों के एक क्लब में जिन्दगी के खूबसूरत पलों को जीते हुए देखा था।

'यह तो बताना ही होगा।'

ऐप्सले ने दृढ़ निश्चय किया। उसने लंढौर के हिमालयन क्लब की इस घटना का विवरण अपने मन की डायरी में नोट कर लिया। रात बहुत गहरी हो चली थी इसलिए अभी इस विषय में अधिक सोचना गैर-जरूरी था। आवास पर आकर उसने देखा तो पत्नी भी गहरी नींद में सोई हुई थी। वह इस विषय में पत्नी से विवरण साझा करना चाहता था, जैसे ख़ास बातों के किया करता था, लेकिन यह बात सवेरे तक प्रतीक्षा कर सकती थी। दिक्कत यह भी थी कि ऐसे मामलों में वह पत्नी के अतिरिक्त और किसी पर भरोसा भी नहीं कर सकता था और न ही इस बात को

मन में रख सकता था। उसने भोर की प्रतीक्षा में रहकर रात बिता दी। उसे किसी तरह थोड़ी-बहुत आधी-अधूरी नींद ही आ पाई।

सवेरे चाय की चुस्कियों के बीच उसने पत्नी को बताया कि, "मैंने अपनी आँखों से फ्रेडरिक विल्सन को देखा है...वही विल्सन, जो मेरठ में खतरनाक हत्याकांड कर फरार हुआ था। 35वीं बंगाल इन्फेंट्री का विल्सन, जिसके विषय में सब सोचते हैं कि वह मर चुका है।"

जैक ऐप्सले ने अपनी गम्भीर आवाज में पत्नी को आगाह कर दिया था। पत्नी ने डैफोडिल कॉटेज की बॉलकनी में बैठ कर कप में चीनी घोलने का उपक्रम करते हुए कहा, "जरूर वह रास्कल उसके बाद से आसपास की इन पहाड़ियों में छिपा रहा होगा।"

पत्नी के उत्तर से उसे राहत मिली। वह उसे एक भ्रम या खराब स्वप्न मानकर ही खारिज कर सकती थी। पत्नी ने इस मामले को लेकर जैक के चेहरे के बदलते भावों को भी देखा था, इसलिए वह इस प्रकरण का जल्दी पटाक्षेप करने के पक्ष में थी। बोली, "अब प्रश्न यह है कि उसका किया क्या जाए..."

पत्नी को विल्सन के होने या न होने से कोई विशेष अन्तर नहीं पड़ता था, पर वह यह जानती थी कि उसकी उपस्थिति से उसका पति बहुत आक्रोशित है, और वह इस घटना को लेकर कुछ करना चाहता था। इसलिए जैक ने सधा हुआ जवाब दिया, "ब्रिगेडियर साहब को खबर करवानी होगी, बहुत जल्दी। और किया भी क्या जा सकता है?"

पत्नी ने थोड़ा रुचि और अज्ञानता प्रकट करते हुए पूछा, "मुझे यह सब मामले और प्रक्रियाएँ नहीं पता, क्या वह काफी खतरनाक है?"

"हाँ, बहुत खतरनाक है। सब जानते हैं...उसके विषय में रिकॉर्ड में अंकन है कि विल्सन ने एक छोटी-सी बात पर मेरठ कैंट में अपने एक सहयोगी को मार डाला था।"

जैक ने हत्या का विवरण दिये बिना पत्नी की जानकारी को अपडेट किया तो वह बोल उठी, "फिर तो आप अपनी ड्यूटी पूरी करो। आपके और हम सबके हित के लिए उसका जेल में होना ही हितकर होगा। तब तक आपको इस मामले में अपने विवेक से काम लेना होगा। अभी इस मामले का विवरण किसी से साझा नहीं किया जा सकता। यह स्थिति कितनी रोमांचक है..."

स्त्री-सुलभ भावों से परिपूर्ण पत्नी इस मामले को स्वयं तक सीमित रखने की बात कह रही थी, पर लगता यह था कि वह सबसे अधिक उत्सुक हो रही थी, कि इस घटनाक्रम का विवरण यथाशीघ्र अपनी महिला-मंडल में साझा किया जाए।

बेड टी के बाद ऐप्सले वॉक पर चला गया। उसके दिमाग में फ्रेडरिक विल्सन का मामला हावी था। फिलहाल अन्य कोई बात उसके दिमाग में थी ही नहीं। उसे

अपनी पत्नी की सलाह भी पसन्द आई कि वह इस विषय की जानकारी अपने उच्चाधिकारियों को जरूर दे। सम्भवत: मैरी भी जानती थी कि उसका पति ऐसे मामलों में बहुत हड़बड़ाहट में होता है। यह कोई अच्छी बात नहीं थी। उसने ठंडे दिमाग से सोचा तो समझ में आया कि यदि एक प्रतिशत भी यह सम्भावना बनी कि वह इनसान फ्रेडरिक विल्सन न था, तो उसके परिणाम क्या होंगे?

मेरठ में तैनाती के दौरान ऐप्सले ने फ्रेडरिक विल्सन को मात्र कुछ महीनों तक के लिए ही जाना था। उसकी मुलाकात साल भर भी नहीं रही होगी, ऐप्सले को ऐसा याद था। वे लोग आसपास के डेरों में अपना दिन काटा करते थे पर दोनों कभी व्यक्तिगत मित्र नहीं रहे। इसके बावजूद ऐप्सले विल्सन को कैसे भूल सकता था। वह उन गुस्सैल नीली आँखों को आज तक दिमाग में बैठा कर रखे हुए था क्योंकि उसने विल्सन जैसा कोई दूसरा इनसान नहीं देखा था। उसे यह भी याद था कि छावनी के मेजर विंडम उससे कितनी नफरत करते थे। जैक को वाकई नहीं पता चल सका कि वह ऐसा क्यों किया करते थे।

सैन्य विंग के रिकॉर्ड के अनुसार लेफ्टिनेंट फ्रेडरिक ई. विल्सन 20 अक्टूबर, 1841 में अपनी रेजिमेंट से अचानक गायब हो गया था। उसके विषय में घोषणा की गई थी कि यदि वह कहीं दिखाई दे तो उसका सावधानीपूर्वक मुकाबला किया जाना जरूरी है। यह बात स्पष्ट शब्दों में और लिखित रूप में प्रचलित कर दी गई थी, इसलिए जैक को भी सतर्क रहना जरूरी होगा, ऐसा लगता था।

ऐप्सले विलम्ब करने का खतरा मोल नहीं ले सकता था। उसने सीधे हिमालय होटल जाकर पूछताछ की जहाँ फ्रेडरिक विल्सन ठहरा हुआ था। पता चला कि होटल का यह अतिथि अपने मॉर्निंग वॉक पर कैमल्स बैक रोड की ओर निकल गया है।

'इसका पीछा करने के लिए इससे बेहतर कोई और समय नहीं हो सकता था,' ऐप्सले बुदबुदाया।

फ्रेडरिक विल्सन का मन भी उथल-पुथल के दौर से गुजर रहा था। कल रात की घटनाओं से वह असहज अवश्य था, पर उसे अपनी असहजता छिपानी आती थी। ऐसी बातों में वह बहुत माहिर हो गया था। फिर भी कई बातों का उसे भी अनुमान नहीं हो पाता था, जैसे वह अभी इस बात को नहीं समझ पाया था कि मसूरी-लंढौर में उसका पीछा किया जा रहा है और वह निगाह में आ चुका है।

...वह एक खूबसूरत सुबह का आगाज था। मौसम में सर्दी अवश्य बनी हुई थी परन्तु बीच-बीच में बादलों के किनारों और आवाजाही से जब सूर्य देवता के दर्शन होते, तो बहुत अच्छा लगता था। हवाएँ अपनी ठंडक को विस्तारित कर जब परिधि में ले आतीं, उन्हें समझ आता कि उनकी सर्दी का प्रभाव तभी तक बना है जब तक सूर्य देवता अपनी सीमा को नहीं फैलाते। कितना अद्‌भुत है यह प्रकृति का नियम। इसे बनाने के लिए कोई मशक्कत नहीं करनी पड़ती और न ही कोई

विशेष अनुशासन रखना पड़ता है। सजा का समय और दिन भी मुकर्रर नहीं है पर उस सजा की शायद कोई सुनवाई भी नहीं।

विल्सन अब जान चुका था कि यह जगह सुरक्षित नहीं रह गई है। यहाँ रहने को लेकर उसके दिमाग में तरह-तरह की बातें आ रही थीं, फिर भी अनुमान न था कि उस पर ख़ास नजर रखी जा रही थी, इसीलिए थोड़ा बेफिक्र था। वह यहाँ से निकलना चाहता था परन्तु अभी उसने सोचा नहीं था कि उसे कहाँ जाना है, इसलिए उसके जाने में विलम्ब हो रहा था। अपनी आदत के अनुरूप उसने भोर में ही दिन की शुरुआत कर दी। सर्दी से बचने के लिए उसने लाँग कोट पहना, हैट लगाया तथा लाँग बूट भी पहने। वह फौजी छड़ी लेकर मॉर्निंग वॉक के लिए निकल गया था। जिस रास्ते से वह निकला वहाँ एक कतार से खूबसूरत देवदार के वृक्ष हल्के कत्थई रंग की छटा में बहुत खूबसूरत लग रहे थे। चूँकि पतझड़ के मौसम में भी उनकी रौनक कम नहीं हुई थी, ऐसा लगता था कि दूर आकाश का नीलापन, पहाड़ियों की ओट से निकलकर जैसे पूरे संसार को आच्छादित करने के लिए मचल रहा हो। जमीन पर मंकीज टेल-तिब्बत के नजदीक स्थित दोहरे उतार-चढ़ाव की पहाड़ियों की बात भी अलग थी जहाँ हर कोई पर्यटक जाने की इच्छा रखता है।

ऐप्सले भी वॉक के बहाने सतर्क निगरानी पर था। उसे जब फ्रेडरिक विल्सन दिखा, तब वह ऐसेक्स लॉज के निकट था। पर्यटकों की यह पसन्दीदा जगह कैमल बैक सिमेट्री के निकट ही था। तब तक लंढौर के पहाड़ का यह सिरा सोया हुआ था, इसीलिए उस रास्ते पर एक इनसान की छाया तक नहीं थी। विल्सन अपनी धुन में आगे बढ़ा जा रहा था, वह फिटनेस फ्रीक जो था। उसे आदत थी सवेरे कुछ मील वॉक करने की।

ऐप्सले ने उसे देखकर अपनी रफ़्तार तेज कर दी, ताकि वह आसानी से विल्सन तक पहुँच सके। फिलहाल तो उसका यही उद्देश्य था। विल्सन को पकड़ कर ईस्ट इंडिया कम्पनी की 35वीं बंगाल इन्फैंट्री बटालियन के कमांडेंट को सौंपना उसका लक्ष्य था। जैक जानता था कि उसे कोई फल मिले या न मिले, कम्पनी की साख बनी रहनी चाहिए। सेना का अनुशासन सर्वोपरि रहना जरूरी है, यही उसे सिखाया गया था। ऐप्सले का मन इस तरह के खयालों में डूबा था।

आखिरकार उसकी हिम्मत रंग लाई। ऐप्सले अब फ्रेडरिक विल्सन से कुछ ही दूरी पर था। इतनी दूर कि यदि वह उसे धीमे से भी पुकारता तो उस तक आवाज चली जाती। पर, उसे विल्सन को पुकारने की जरूरत न थी। वह अपने तरीके से काम कर रहा था।

अचानक जैक एक बड़ी छलाँग लगा कर विल्सन के बिलकुल निकट आ गया और बोला, "हेल्लो ...मिस्टर फ्रेडरिक विल्सन!"

उसकी आवाज में मित्रता के भाव वाली दृढ़ता नहीं थी, बल्कि पुलिसिया अन्दाज

था। विल्सन ने एक झटके से घूम कर देखा। बिना वक्त गँवाए वह आत्मविश्वास से बोला, जो शायद उसका छद्‌म आत्मविश्वास था, "अहा, मिस्टर...ऐप्सले... जैक ऐप्सले!"

पर दोनों जहाँ रुके थे, वहीं अपनी-अपनी जगहों पर खड़े रह गए। जिस जगह विल्सन खड़ा था, वह एक ऐसी पगडंडी का किनारा था जो घुमावदार रास्ते से नीचे तलहटी में उतरता था। एकबारगी विल्सन ने नीचे की तरफ झाँक कर देखा और फिर ऐप्सले की और मुस्करा कर।

ऐप्सले सम्भवत:: इस इन्तजार में था कि विल्सन उसे कोई आक्रोशित करने वाली बात कहे या हरकत करे और वह उसका उचित प्रत्युत्तर दे, परन्तु फ्रेडरिक विल्सन के मन को समझना इतना आसान न था। कुछ ही सेकंड के अन्तराल के बाद ही विल्सन ने बहुत आत्मीय स्वर से कहा, "देखो जैक, यह जिन्दगी कितनी अजीब है न? किसको कहाँ और कब, किन परिस्थितियों में मिला दे, कोई नहीं जानता। शायद हम लोगों का गॉड भी यह नहीं जानता होगा कि हम एक दिन अचानक यहाँ, लंढौर की खूबसूरत पहाड़ियों के निकट ऐसे निर्जन स्थान पर मिल सकेंगे...मैंने ठीक कहा न?"

विल्सन ताड़ गया था कि जैक के इरादे नेक नहीं हैं। उसके चेहरे पर आक्रोश और दृढ़ता के भाव स्पष्ट दिखाई दे रहे थे। जैक ने उसी दृढ़ता को बनाए रखते हुए कहा, "इन बातों को सोचने का कोई वक्त नहीं है अब। मैं नहीं मानता कि परिस्थितियाँ किसी को मिलाती हैं। वह तो हम लोगों के कर्म हैं जो हमें वक्त-बेवक्त एक-दूसरे के सामने ला खड़ा करते हैं। फिर मुझे तुमसे इन परिस्थितियों में मिलने का कोई शौक नहीं था। मैं ईस्ट इंडिया कम्पनी का एक वफादार अधिकारी हूँ और यह मेरी जिम्मेदारी बनती है कि मैं तुमको... फ्रेडरिक विल्सन, लेफ्टिनेंट एब्सकॉन्डिंग, 35 बंगाल इन्फेंट्री बटालियन को एक खतरनाक अपराध करने, स्वयं को कानून के हवाले न करने और बिना किसी पूर्व सूचना के छावनी से अनुपस्थित होने के जुर्म में गिरफ्तार करूँ।"

यह कहते हुए उसने अपने कोट की दाहिनी जेब से हथकड़ियों का सेट बाहर निकाल कर विल्सन की ओर लहरा दिया। उसके दूसरे हाथ में एक लोडेड रिवॉल्वर था जिसका निशाना फ्रेडरिक विल्सन पर था। पर विल्सन भी अलग ही मिट्टी का बना था। वह अंश भर भी विचलित नहीं हुआ, बल्कि ऐसे मुस्कराता रहा जैसे यह कोई नाटक चल रहा हो जिसका वास्तविक जिन्दगी से कुछ लेना-देना न हो। जबकि वास्तविकता यह थी कि ऐप्सले गम्भीर था और पर्याप्त सतर्क भी। वह इस मामले को आर-पार करने की दृष्टि से यहाँ पर उपस्थित था।

घटना का एक दूसरा पहलू भी था। शायद ऐप्सले के जीवन में इतना ढीठ इनसान पहले कभी न आया हो जिसके सामने साक्षात मौत खड़ी हो और वह

बेपरवाह दिख रहा हो। विल्सन ऐसी ही भाव-मुद्रा में था। अगर कहा जाए कि ऐप्सले ने फ्रेडरिक विल्सन के विषय में सही आकलन नहीं किया था तो कोई अतिशयोक्ति न होगी। जो उसने कहा वह उसकी लापरवाही कही जा सकती थी। वह पगडंडी की पहली या दूसरी सीढ़ी पर होगा। वहीं से गर्दन घुमा कर, मुस्करा कर बोला, "मिस्टर ऐप्सले, आपने सुबह सवेरे ही मिलकर एक अच्छा सरप्राइज दिया। देखिए यह सुबह का मौसम कितना खूबसूरत है। हम लोगों को मिलने का अवसर जितनी अच्छी जगह पर मिला है उतनी अच्छी ही बातें भी होनी चाहिए।"

ऐप्सले इस समय बात की गम्भीरता को कम करने के मूड में नहीं था। वह यह भी समझता था कि विल्सन एक शातिर अपराधी बन चुका था और उससे व्यवहार करने के लिए उसे बहुत सतर्क रखना होगा, इसलिए उसने आक्रोशित होते हुए कहा, "चुपचाप पीछे की तरफ घूम जाओ और अपने दोनों हाथों को कसकर पीछे बाँध लो। ज्यादा होशियारी करने से आज का यह पल तुम्हारी जिन्दगी का आखिरी दिन और आखिरी लम्हा साबित हो सकता है।"

ऐप्सले की निगाह हथकड़ियों के जोड़े पर थी, और विल्सन के चेहरे पर भी। दिक्कत यह थी कि उसे यह भी समझ नहीं आ रहा था कि पिस्तौल को वह किसी आकस्मिकता की स्थिति में कैसे उपयोग में लाएगा, परन्तु यह उसका अतिविश्वास ही कहा जा सकता था कि उसे लगता था कि फ्रेडरिक विल्सन का भाग्य अब उसके हाथों में कैद हो चुका है। बस इस औपचारिकता में कुछ ही क्षण बाकी थे।

विल्सन कद-काठी में अपेक्षाकृत रूप से ऐप्सले से थोड़ा कमतर था। उसने ऐप्सले की ओर आने का कोई प्रयास करने की इच्छा भी रखी हो, ऐसा उसके हाव-भाव से नहीं लगता था। फिर भी ऐप्सले ने उसे चेतावनी दी, "मिस्टर विल्सन, आप यह बात जान लो कि अगर कोई चालाकी करने की कोशिश की तो मैं यह सब भूल जाऊँगा कि आप कभी मेरे साथ काम कर चुके हो। हो सकता है, इसका मुझे नुकसान हो, पर मैं आपको यहाँ से जिन्दा या मुर्दा लेकर ही जाऊँगा।"

विल्सन ने एकबारगी अपने आसपास देखा। उचक कर फिर से पगडंडी के रास्ते को नीचे की ओर जाते हुए भी देखा और गर्दन थोड़ा ऊपर कर ऐप्सले की आँखों से आँखें भी मिलाई। अब उसने अपने हाथ ऊपर की ओर समर्पण की मुद्रा में उठा लिये थे। वह लगभग चार कदम ही चला होगा कि ऐसा लगा मानो कहीं से भूचाल आया। विल्सन मुख्य मार्ग पर आते ही इतनी फुर्ती से ऐप्सले के ऊपर झपटा था कि उसके हाथ से रिवॉल्वर नीचे जा गिरा। नीचे का अर्थ पहाड़ी रास्ते से सैकड़ों फुट नीचे, जहाँ से उसे खोजना लगभग नामुमकिन हो। अब रिवॉल्वर के बिना ऐप्सले का आधा आत्मविश्वास यूँ ही डगमगा गया था, परन्तु फिर भी उसने बराबर की फुर्ती से विल्सन को कब्जे में लेने की कोशिश की। यह उसकी मजबूत पर एक हारी हुई कोशिश मात्र थी। वह इसके लिए तैयार नहीं था जबकि विल्सन

अपनी निगाहों से ही अपनी सुदृढ़ रणनीति को बनाकर झपटा था।

बर्फीले मौसम में गुत्थम-गुत्था होकर इस मौत के खेल के खतरनाक इरादे न जाने किस ओर मोड़ ले सकते थे, यह दोनों में से कोई नहीं जानता था। दुर्भाग्य यह भी था कि इस विवाद को देखने के लिए कोई साक्षी या राहगीर वहाँ पर मौजूद न था। हथियार की लड़ाई अब पीछे छूट गई थी और शारीरिक बल के प्रयोग से ही विजय प्राप्त होनी थी। दोनों सैन्य अधिकारी एक-दूसरे से इस कदर भिड़े थे कि कोई भी कम पड़ता नजर नहीं आ रहा था। इस बीच में ऐप्सले ने विल्सन को चेतावनी भी दी, "मुझ पर हाथ उठाकर तुमने अपने लिए एक और अपराध बढ़ा लिया है। अब तुम्हारी माफी का मामला बेहद मुश्किल पड़ेगा। मुझ पर हमला करने के इस प्रकरण को तुम किसी भी तरह से न्यायोचित नहीं ठहरा सकते हो।"

विल्सन की आँखों में खून उतर आया था। उसने ऐप्सले को इस तरह से अपने चंगुल में पकड़ा हुआ था कि वह केवल कसमसा भर पा रहा था। परन्तु विल्सन यह भी जानता था कि यह स्थिति अधिक देर तक चलने वाली नहीं है। या तो उसके हाथों से ऐप्सले की पकड़ कमजोर हो जाएगी अथवा किसी आते-जाते राहगीर के देखने से उसका पकड़ा जाना निश्चित हो जाएगा। फिर भी उसके अन्दर हिम्मत की कमी नहीं थी। तभी वह बोला, "कौन जवाबदेह होगा यह किसे पता। क्या पता यह मेरी आखिरी सुबह हो या फिर तुम्हारी... कौन जाने!"

वाकई फ्रेडरिक विल्सन अब बहुत खूँखार दिख रहा था। सपनों की दुनिया उसके सामने से फिसलती जो जा रही थी। बात सिर्फ कुछ लम्हों में सिमट आई थी। जीवन-मृत्यु के प्रश्नों के बीच बस इतना ही फासला हुआ करता है। अगर आज, इस पल ऐप्सले उस पर भारी पड़ गया तो वह जानता था कि वह इस जीवन में फिर कभी न तो मसूरी का मुँह देख पाएगा और न ही अपना जीवन जी पाएगा। वह जानता था कि ईस्ट इंडिया कम्पनी के सैन्य अधिकारी द्वारा किये गए अपराध के लिए कानून क्या है। वह इस कानून का शिकार नहीं बनना चाहता था।

अगले ही पल विल्सन ने एक निर्णय लिया, न केवल लिया बल्कि अपनी पूरी ताकत से ऐप्सले के शरीर को घसीट कर सड़क की रेलिंग के किनारे बलपूर्वक ला खड़ा किया। तलहटी का वह डरावना भाग वहाँ से दिखाई दे रहा था जहाँ बहुत नीचे केवल बेतरतीब वनस्पतियों के अलावा और कुछ नहीं था। मानव जीवन की तो वहाँ कल्पना भी नहीं की जा सकती थी।

जिन्दगी-मौत के संघर्ष की इस उठा-पटक में फ्रेडरिक विल्सन की कम आयु का होना उसके पक्ष में था। उसके शरीर में एक तो ऊर्जा का संचयन कुछ अधिक था, दूसरे उसे ज्ञात था कि अगर आज के इस अवसर में वह परास्त हो गया, तो वह इस जीवन को कभी जीत नहीं पाएगा। फलत: उसकी पूरी शक्ति ऐप्सले को रास्ते से हटाने में लगी थी। इसी बीच ऐप्सले ने अपने हथकड़ी थामे हाथ से उसके

मुँह पर इतना कस कर वार किया कि फ्रेडरिक बिलबिला उठा। मुँह से रक्त की धारा बह निकली।

लगा कि विल्सन की मौत उसके सामने तांडव कर रही है, पर पलक झपकते ही उसने न जाने ऐसा क्या किया कि जैक ऐप्सले के हाथों को बाँधकर गठरी की तरह रेलिंग के उस पार ढकेलने में अपनी पूरी जान लगा दी। ऐप्सले ने खुद को विल्सन से छुड़ाने का पूरा प्रयास जारी रखा, पर वह क्षण निर्णायक था।

अचानक उस ईमानदार अफसर के हाथों से रेलिंग का किनारा छूट गया। इसी के साथ वह छिछले पत्थर से जा टकराया जिससे छिटक कर ऐप्सले सैकड़ों फुट नीचे की खाईं में न जाने कहाँ जा गिरा। गिरते समय भय, विस्मय और क्रोध ने एक असहायता का प्रारब्ध पा लिया था। उसकी फटी आँखें आख़िरी क्षणों में विल्सन की आँखों को भेदने का क्षीण प्रयास कर रही थीं। जैक का अन्तिम आर्तनाद सुनने के लिए वहाँ और कोई नहीं था। था तो सिर्फ फ्रेडरिक विल्सन।

इसके विपरीत यह फ्रेडरिक विल्सन के लिए आजादी की, जिन्दगी की आर्तनाद थी, प्रसन्नता की लहर थी, मौत की उदासी नहीं। उसने एक नहीं अनेक बार 'जैक... जैक...जैक' कह कर सुनिश्चित किया कि अपने कर्तव्य के प्रति ईमानदार वह अफसर वाकई एक असामयिक और अकाल मृत्यु के मुँह में जा चुका था। उसे पर्वतीय अंचल की वादियों ने सदा के लिए लील लिया था।

जिस रास्ते से विल्सन मॉर्निंग वाक पर निकला था, उस रास्ते पर आगे जाने का अब कोई माहौल न था, उसके मन में चोर जो आ बैठा था। उसका लौटना जरूरी हो गया था। न जाने किस-किस से जिक्र किया होगा जैक ऐप्सले ने। हो सकता है कि इस वॉक का भी उसने रोजनामचे में जिक्र किया हो, किसी रिकॉर्ड में लिख छोड़ा हो, अथवा अपने किसी विश्वस्त से चर्चा की हो। विल्सन को स्वयं को भी सहेजना था, ऐसे जैसे कुछ हुआ ही न हो। वह आराम से वापस लौट कर अपनी कॉटेज आया, मुँह धोया, मन नहीं माना तो इस सर्द मौसम में भी स्नान किया। गर्म पानी की व्यवस्था के बावजूद पानी में ठंडक मौजूद थी।

7

जैक ऐप्सले जब दोपहर तक भी लौटकर अपने कॉटेज में नहीं पहुँचा तो पत्नी को चिन्ता होनी स्वाभाविक थी। उसने अपने पति के मित्रों और परिचितों से जानकारी लेनी चाही, लेकिन कहीं से कोई ऐसी बात पता नहीं चली जिसे उसके गायब होने की घटना से सम्बद्ध किया जा सके। जैक से एक लापरवाही यह भी

हुई थी कि उसने वॉक पर निकलने से पहले अपनी पत्नी से यह जिक्र नहीं किया था कि वह सम्भवत: अभी से फ्रेडरिक विल्सन की जासूसी में और उसे गिरफ्तार करने की मुहिम में लगेगा। इसलिए अपने पति के गायब होने की घटना को विल्सन से जोड़ने का कोई खयाल ही पत्नी के मन में नहीं आया।

पहला दिन बहुत मुश्किल से बीता, बाद में एक के बाद एक दिन गुजरते गए लेकिन जैक ऐप्सले की कोई जानकारी नहीं मिल सकी कि वह अचानक कहाँ गायब हो गया। उसे धरती निगल गई अथवा वह पहाड़ों में कहीं गुम हो गया। जैक वैसे भी काफी मिलनसार अधिकारी के रूप में चर्चित था इसलिए उसके अचानक गायब होने से कई तरह की शंकाएँ और असहजताएँ भी व्याप्त हो गई थीं। इस घटना को लेकर ब्रिटिश लोगों और उनके परिजनों में एक अलग ही चिन्ता का माहौल बन गया था, जो जायज भी था।

उस वर्ष क्लब में नये वर्ष की पूर्व सन्ध्या को होने वाले उस रंगारंग कार्यक्रम को भी स्थगित कर दिया गया था, जिसका बहुत बेसब्री से इन्तजार हुआ करता था। ब्रिटिश ईस्ट इंडिया कम्पनी के अधिकारियों और उनके परिवारों में एक अलग किस्म की बेचैनी और अवसाद की स्थिति दिखने लगी थी। एक वरिष्ठ अधिकारी का यूँ लापता हो जाना कोई छोटी बात नहीं थी, वह भी बिना किसी कारण के। कोई नहीं समझ पा रहा था कि इस घटना की पृष्ठभूमि क्या रही होगी, यहाँ तक कि कर्नल यंग को भी इस बात का आभास नहीं था कि इस अफसर के गायब होने का मामला फ्रेडरिक विल्सन की उपस्थिति से जुड़ा है। हर एक व्यक्ति दूसरे व्यक्ति को टटोलकर जानकारी लेना चाहता था, लेकिन सब अँधेरे में थे। कर्नल यंग को एक अवसर पर लगा कि विल्सन से या उसकी गतिविधियों से इस सम्बन्ध में सुराग मिल सकता है। उन्होंने उससे पूछा भी, "क्या तुम जैक के गायब होने के विषय में कुछ जानते हो?"

"नहीं, पर मैं भी जानना चाहूँगा कि ऐसा क्या हुआ कि एक बेहतरीन अफसर यूँ ही टहलने निकला और फिर लौट कर नहीं आया। कहीं यह कोई पारिवारिक विवाद का मामला तो नहीं?"

शातिर फ्रेडरिक विल्सन ने बात को इस तरह से घुमाया कि फौज के अनुभवी कर्नल भी शायद गच्चा खा गए, उन्हें उलटे सफाई देनी पड़ी, "नहीं, उनका पारिवारिक जीवन बहुत सुखद था। मैं उसकी पत्नी को पूर्व से ही जानता हूँ। दोनों बहुत जीवन्त लोग हैं। जो भी उनसे एक बार मिला वह उन्हीं का हो गया, इससे अधिक उनके बारे में और क्या कहा जाए..."

"यदि ऐसा है तो उनके गायब होने के सम्बन्ध में उनकी पारिवारिक पृष्ठभूमि का कुछ लेना-देना नहीं है। हमें किसी और एंगल पर ध्यान देना चाहिए..."

फ्रेडरिक विल्सन एक खास किस्म के आत्मविश्वास से लबरेज था। ऐसा

आत्मविश्वास जो अपराधियों को आम इनसानों से अलग करता है, वही छद्म आत्मविश्वास उनकी जीवन रेखा होता है पर कर्नल यंग की चिन्ता भी जायज थी। उनकी अपने हर अधिकारी के प्रति एक आत्मीयता के स्तर की जैसी चिन्ता रहा करती थी, वही जैक के लिए भी थी। उसकी पत्नी भी गहन अवसाद में आ गई थी और इस सम्बन्ध में कुछ बात करने लायक स्थिति में नहीं थी, यह और भी परेशानी की बात थी।

विल्सन और कर्नल यंग के बीच एक गहरी चुप्पी छा गई जिसे तोड़ने की पहल स्वयं फ्रेडरिक विल्सन ने की। मासूमियत से उसने प्रश्न किया, "कर्नल, क्या आपको इस मामले में किसी गड़बड़ी का सन्देह है?"

कर्नल अपने विचारों की श्रृंखला से बाहर निकल आए, जैसे किसी नींद से जागे हों और बोले, "इस सम्बन्ध में कुछ भी कहना अभी जल्दबाजी होगी, लेकिन इतना जरूर है कि इस इलाके के आसपास तमाम डकैत और भगोड़े किस्म के लोग मँडराया करते हैं। दरअसल, इस पर्वतीय और निर्जन इलाके में उन्हें आसानी से पनाह की जगहें मिला करती हैं। जैक ने पिछले ही दिनों तीन ऐसे ही लोगों को गिरफ्तार किया था।"

कर्नल ने जानकारी दी तो विल्सन चौकन्ना हो गया। आगे की जानकारी के लिए उसने पूछा, "उन लोगों का क्या हुआ? कहीं उनमें से ही तो किसी की वारदात नहीं है यह?"

कर्नल ने संकेत से मना करते हुए कहा, "नहीं, नहीं। यह उन लोगों का काम नहीं है क्योंकि वे लोग तो देहरादून के काँजी हाउस में अपने दिन गिन रहे हैं। कुछ ही दिनों में उन्हें मेरठ के लिए स्थानान्तरित कर दिया जाएगा और उसके बाद यह पक्का है कि उन्हें फाँसी के लिए ले जाया जाएगा।"

विल्सन का दिल सन्न रह गया। बात थी भी ऐसी ही। उन दिनों छोटी-छोटी बातों की सजा मृत्युदंड होना आम बात थी। कानूनी प्रक्रियाएँ औपचारिकता से कुछ अधिक न थीं। फिर उसका अपराध तो अपेक्षाकृत काफी बड़ा था, और जो अभी उसने जैक के साथ किया उसकी माफी तो किसी कीमत पर उसे नहीं मिल सकती थी, यह वह जानता था।

बेचैन कर्नल यंग ने अपना सिगार सुलगाया और विल्सन से विदा ली। अचानक कर्नल यंग को विचार आया कि जैक के कार्यालय की छानबीन से भी उसके गायब होने के सम्बन्ध में कुछ अतिरिक्त तथ्य सामने आ सकते हैं। उन्होंने बिना विलम्ब किये सीधे जैक के ऑफिस का रुख किया। उन्होंने जैक के कार्यालय में उपलब्ध हर उस लेखे-जोखे को बारीकी से चेक किया जिसमें इलाके के चर्चित अपराधियों, हत्यारों, भगोड़ों और ऐसे ही असामाजिक तत्त्वों का विवरण दर्ज था। व्यापक खोजबीन के बाद भी उन्हें कोई ऐसी चीज हाथ न लगी जिससे इस मामले में आगे

बढ़ने की जानकारी मिलती। लंढौर स्थित जैक के इस कार्यालय में ऐसे करीने से रखे अभिलेखों का विवरण बता रहा था कि वह किस प्रकार का अधिकारी रहा था। निश्चित रूप से उसकी एक सुव्यवस्थित तथा त्वरित कार्यप्रणाली से अपराधियों में दहशत बनी रहती होती होगी।

यह छानबीन खत्म होने को ही थी कि एक ऐसा रजिस्टर कर्नल यंग के हाथ लगा जिसमें पिछले तीन वर्षों में उन डकैतों तथा भगोड़ों का विवरण दर्ज था जो मेरठ और देहरादून के इलाकों से फरार हुए थे या इस क्षेत्र में उनकी गतिविधियाँ सामने आई थीं। इनमें एक विवरण पर आकर कर्नल की निगाह अटक गई। उसके अनुसार तीन महीने पूर्व जारी इस वारंट में उल्लेख था कि फ्रेडरिक विल्सन नाम का एक व्यक्ति जो यॉर्कशायर के वेकफील्ड इलाके में 21 जनवरी, 1817 को पैदा हुआ था, यहाँ फरारी के एक मामले का अभियुक्त था।

जैक की हस्तलिपि में लिखे एक नोट में यह दर्शाया गया था कि 'विल्सन सन 1833 की गर्मियों के महीने में 11वीं ड्रैगन बटालियन में भर्ती हुआ था और भारत में फरवरी 1834 में आ पहुँचा था। दर्ज विवरण के अनुसार वह उसके तीन साल बाद 35वीं रेजीमेंट में स्थानान्तरित हो गया था जहाँ उसे कमीशन मिला था। गजनी के अफगानी किले पर कब्जे के बाद उसे 30 जुलाई, 1839 को लेफ्टिनेंट के पद पर समाहित किया गया था।'

ऐसी सूचना का प्रकाशन तत्सम्बन्धित गजट में हुआ था।

कर्नल यंग ने पल भर के लिए सोचा। अब उनका दिमाग इसी दिशा में जा ठहरा था। जितना उन्होंने विल्सन को जाना था, उतना ही वह उन्हें एक दृढ़-विश्वासी व्यक्ति लगा था, पर उनकी समझ में यह नहीं आया था कि वह भगोड़ा क्यों बन गया। क्या जरूरत थी उसे गैर-क़ानूनी काम करने की। अब यंग को समझ आ गया था कि उन्हें जल्दी करनी होगी, वरना विल्सन उनकी पहुँच से बाहर हो जाएगा। फिलहाल वही उनके शक के दायरे में था, बस पुष्टि करनी भर शेष थी।

दूसरी तरफ विल्सन एक अलग ही किस्म के अवसाद में आ गया था। वह पहले भी स्वयं ऐसी किसी हत्या का भागी नहीं बनना चाहता था, खास तौर से ऐसी हत्या जो उसके हाथ से हो गई थी। पर यह न होता तो आज वह भी देहरादून के काँजी हाउस के रास्ते मेरठ और फिर फाँसी के तख्ते पर चढ़ने की राह में होता। कम से कम अभी ऐसा तो नहीं था, यह सोच कर उसे सुकून भी मिला। पर खतरा अभी टला नहीं था। वह जानता था कि आज नहीं तो कल कोई न कोई इस बात की बारीकी से जानकारी प्राप्त कर लेगा कि वह कलकत्ता के बिशप का भतीजा नहीं है, और जो है वह इतना खतरनाक है कि उसकी गिरफ्तारी के लिए एक विशेष टीम भी गठित की जा सकती है। आगे का समय उसका नहीं रहेगा, यह भी उसे निश्चित पता था।

जैक को गायब हुए आज तीसरा दिन था। कर्नल यंग मानने को तैयार ही नहीं थे कि जैक ऐप्सले किसी साजिश का शिकार नहीं हुआ है। उन्हें यह लगता था कि शायद वह ऐसे किसी व्यक्ति के हत्थे चढ़ गया है जिसको उसने अपने कार्यकाल में कभी गिरफ्तार किया हो अथवा उसकी किसी अवांछित गतिविधि को सामने ला रखा हो। एक शक विल्सन पर था, पर सिर्फ शक के आधार पर कोई ठोस कार्रवाई नहीं की जा सकती थी। आज का दिन उन्होंने निश्चित किया हुआ था कि वह जैक की पत्नी से मिलकर इस सम्बन्ध में विस्तार से चर्चा करेंगे ताकि उन्हें कोई संकेत मिल सके। वह जानते थे कि अँधेरे में तीर मारने का कोई लाभ नहीं था। इस मामले को यूँ ही छोड़ा भी नहीं जा सकता था। वह चाहते थे कि देहरादून अथवा मेरठ कैंटोनमेंट के किसी वरिष्ठ अधिकारी द्वारा यहाँ आकर इस मामले की जाँच करने से पूर्व उनके पास इस सम्बन्ध में कोई न कोई और जानकारी या किसी पर शक की सुई अवश्य घूम जानी चाहिए।

जैक का घर नजदीक ही था। उस शाम कर्नल यंग ने वहाँ जाना तय किया हुआ था। उन्होंने टहलते हुए जैक के घर पर प्रवेश किया तो उसकी पत्नी के पास कई ब्रिटिश अफसरों की पत्नियाँ बैठी हुई थीं। उन्होंने कहा, "क्षमा कीजिए, मैं मिसेज जैक से उनके पति के गायब होने के सम्बन्ध में कुछ व्यक्तिगत जानकारी पर चर्चा करना चाहूँगा। यदि आप लोग थोड़ा समय दें तो आसानी होगी..."

और उनको निजता मिल गई। तब औपचारिक बातचीत के बाद उन्होंने मिसेज जैक से कुछ सवाल-जवाब किये, पर कोई खास सुराग नहीं मिला। मिसेज जैक ने कहा कि "उनका काम ही कुछ ऐसा था कि उन्हें लोगों पर शक करना होता था। न जाने कितने लोगों की गिरफ्तारियाँ की होंगी उन्होंने। वह हर किस्से की चर्चा मुझसे किया करते थे। सामान्य रूप से, हँस कर... कभी आक्रोशित नहीं हुए। पर हाल-फिलहाल तो ऐसी कोई बात नहीं हुई।"

कर्नल यंग की उम्मीद, नाउम्मीदी में बदलती जा रही थी। वह उठ खड़े हुए और बोले, "ठीक है, कोशिश कीजिए कि कुछ ऐसा याद आ सके जिसके सहारे हम अपराधी तक पहुँच सकें...कोई बात, चर्चा, विवाद, कोई नोट, या उनकी डायरी में अंकित कोई विवरण..."

"वेट! कर्नल वेट!"

अचानक मिसेज यंग को लगा कि उन्हें कुछ विशेष बात स्मरण हो आई है। वह उठीं और भीतर के कमरे में जाकर कुछ ढूँढ़ने लगीं। चूँकि वह कमरा उनके अतिथि कक्ष से ही जुड़ा था, इसलिए खट-पट की आवाजों से साफ़ था कि वह कुछ ख़ास चीज ढूँढ़ रही थीं।

बमुश्किल एक-डेढ़ मिनट में ही वह लौट आईं। उनके हाथ में एक डायरी थी। बोलीं, "इसके विवरण शायद आपके कुछ काम के हों। वह जब भी कोई

असामान्य बात देखते थे, हमेशा इस डायरी में दर्ज किया करते थे। वैसे वे मुझे काफी बातें बताया भी करते थे, पर आप समझ सकते हैं कि मैं उनमें वैसी रुचि नहीं ले पाती थीं, जैसी आप लोग ले सकते हैं।"

कर्नल यंग की आँखों में एक ख़ास चमक का संचार होता दिख रहा था। उनका विश्वास भी लौट आया था, और अवसाद फिलहाल पृष्ठभूमि में चला गया लगता था।

8

अब कर्नल यंग को सारा मामला समझ में आ गया था। उस डायरी में दो दिन पूर्व ही जैक ऐप्सले ने विस्तार से फ्रेडरिक विल्सन पर अच्छी-खासी टिप्पणी लिख रखी थी। यह एक अच्छे अफसर की पहचान थी कि उसने विल्सन के विषय में हर उस चीज को लिखा था जो उसने देखा-समझा था।

कर्नल यंग का खून खौल उठा। वह सारा खेल समझ गए। उन्हें समझ में आ गया कि हो न हो, जैक के अचानक गायब होने के कांड के पीछे फ्रेडरिक विल्सन का ही हाथ है। वह बुदबुदाए, 'फ्रेडरिक विल्सन...!'

इस विषय में कुछ और सोचते तब तक जैक की पत्नी को भी कुछ याद हो आया। उसने बताया, "अब मुझे याद आ रहा है कि उस दिन सवेरे घर से निकलने से पूर्व मॉर्निंग टी के समय हम लोगों ने जो चर्चा की थी वह फ्रेडरिक विल्सन के आसपास घूमती रही थी..."

"वह क्या चर्चा रही थी, मैं जानने का उत्सुक हूँ, मिसेज जैक!"

कर्नल यंग की उत्सुकता वाकई बढ़ गई थी। ठीक ऐसे जैसे कि उन्हें कोई पक्का क्लू मिल गया हो। उनकी निगाहें उस चर्चा पर टिकी थीं, जो जैक ने गायब होने वाले दिन अपनी पत्नी से की थीं...वह भी अपने निकलने से ठीक पहले। पत्नी एक गहन सोच-विचार में थी इसलिए उनको व्यवधान में डालना उचित न था। दिमाग पर जोर डालते हुए मिसेज जैक ने बताया, "उस रात जैक को आने में देर हो गई थी। काफी देर। तब तक मैं सो चुकी थी। फिर हम लोगों ने अपनी दिनचर्या के अनुसार भोर में चाय बनाकर साथ-साथ पी। हमारे पास दो ही समय होते हैं जब हम अपने दिन भर की विशिष्ट बातों पर चर्चा कर सकें। पहला मॉर्निंग टी का समय और दूसरा ब्रेकफास्ट का। उसके बाद दिन भर जैक हमेशा कार्यालय में व्यस्त रहते थे या फिर क्लब में। छुट्टी के दिन भी उनका समय अधिकतर बाहर ही बीतता था इसलिए उस दिन उन्होंने मुझसे सवेरे ही वह बात साझा की थी..."

मिसेज जैक याद करने के लिए सोच रही थीं। उनका सोचना जरूरी भी था

क्योंकि कई दिन बीत चुके थे और जिस बात का किसी महिला से कोई सीधा सम्बन्ध न हो, वह भला उसे क्यों मन में बिठाकर रखेगी। ऐसा होना नैसर्गिक भी था क्योंकि यह जैक की ड्यूटी का एक हिस्सा था और इस तरह की बातें, अपराधियों की चर्चाएँ अक्सर हुआ करती थीं। उन्हें सोच में डूबे देख कर्नल यंग ने कहा, "आप तसल्ली से सोच लें, जानकारी जितनी पुष्ट और सटीक होगी, हमारा काम उतना ही आसान होगा।"

पर मिसेज जैक को स्मरण हो चला था। बोलीं, "मुझे अच्छी तरह से याद है कि उन्होंने सवेरे चाय का घूँट भरते हुए कहा था कि आखिरकार वह रास्कल मुझे दिख गया है...मुझे उसके विषय में कुछ करना चाहिए।"

उन्होंने यह भी बताया कि 'रास्कल' शब्द का उपयोग जैक किसी अपराधी के लिए किया करते थे। खासतौर से ऐसे अपराधी के लिए जिसकी उन्हें तलाश रही हो। यह कोई विशेष बात भी नहीं थी, अक्सर ऐसा होता था। तब चाय पीते हुए पत्नी ने उनसे पूछा भी कि, "क्या वह वाकई कोई खतरनाक अपराधी है?"

तब जैक ने आक्रोशित होकर जवाब दिया था, "निश्चित रूप से। वह एक खतरनाक अपराधी है क्योंकि उसने एक निरपराध अधिकारी का कत्ल किया है। और यही नहीं, उसके बाद वह सरकारी राइफल लेकर फरार हो गया है।"

मिसेज जैक ने बताया कि उनके स्वयं यह कहने में जैक को कोई ऐतराज न था कि "ऐसे व्यक्ति को तत्काल मेरठ कैंटोनमेंट के कमांडेंट के हवाले करने में कोई देर नहीं की जानी चाहिए। बस उसके थोड़ी देर बाद ही जैक वॉक पर निकल गए थे।"

जाहिर तौर पर मिसेज जैक के मन में तत्काल फ्रेडरिक विल्सन का खयाल नहीं आया क्योंकि उसके पति ने ऐसा कुछ भी नहीं कहा था कि वह उस पर निगरानी रखने और कुछ अतिरिक्त जानकारी इकट्ठी करने के लिए निकल रहे हैं। यदि ऐसा कुछ भी आभास होता तो यह संकेत अपराध की इस कड़ी में पूर्व में ही सबसे कारगर क्लू होता।

"क्या उन्होंने उसका नाम फ्रेडरिक विल्सन ही लिया था?"

कर्नल यंग का उद्देश्य था कि वह इस विषय में पूरी पुष्टि कर लें ताकि कहीं किसी गलत इनसान पर हाथ न डाल दिया जाए। वह बात अलग थी कि अब वह स्वयं इतने आत्मविश्वास से भर गए थे कि हो न हो यह व्यक्ति वही फ्रेडरिक विल्सन था जो अपनी आधी-अधूरी जानकारी देकर यहाँ समय काट रहा था। वह निश्चित रूप से कलकत्ता के बिशप का भतीजा नहीं था और इस बात की पूरी सम्भावना थी कि जैक के गायब होने के अपराध में उसकी संलिप्तता है।

इस मामले में अब देर करना नुकसानदायक हो सकता था। इसलिए कर्नल यंग ने मिसेज जैक से क्षमा माँगी। वह बोले, "मुझे लगता है कि आपकी बातों और मिस्टर जैक की डायरी पढ़ने से जो जानकारी मिली है वह फ्रेडरिक विल्सन

की संलिप्तता की ओर पर्याप्त इशारा करती है, परन्तु मेरा आपसे अनुरोध है कि जब तक मामले में कोई ठोस कार्रवाई न हो जाए तब तक आप इस घटनाक्रम को अपने तक ही सीमित रखें अन्यथा उस अपराधी के सतर्क होकर फरार हो जाने का खतरा बन जाएगा।"

मिसेज जैक ने सहमति में सिर हिलाया। वह बीच-बीच में रो पड़ती थी इसलिए उनकी आँखों में अभी तक काफी सूजन थी। जब वह कर्नल यंग को बाहर तक छोड़ने के लिए आने लगीं तो उन्होंने विनम्रतापूर्वक मिसेज जैक को बाहर आने से रोक दिया।

अब कर्नल का एक-एक मिनट कीमती था। कर्नल यंग ने सबसे पहले सीधे हिमालय क्लब का रास्ता पकड़ा। वह वहाँ से अधिक दूर नहीं था। उसका मैनेजर कर्नल को भली-भाँति पहचानता था। उन्होंने उसके कक्ष में अलग से फ्रेडरिक विल्सन के विषय में विस्तार से जानकारी ली। उसने पुष्टि की कि उनका यह अतिथि आज ही दोपहर में चेकआउट कर गया है। कर्नल यंग को अब एक रास्ता मिल गया था। उन्होंने मैनेजर से जानना चाहा, "क्या आप बता सकते हैं कि विल्सन ने अपनी बुकिंग कब तक के लिए कराई थी?"

"श्योर सर, जस्ट ए मिनट!"

गेस्ट हाउस का मैनेजर शीघ्र ही अपने हाथ में वह बड़ा-सा रजिस्टर लेकर दाखिल हो गया था जिसमें आने-जाने वाले अतिथियों का विवरण दर्ज होता था। मैनेजर ने विल्सन के आने के अंकन से सम्बन्धित विवरण वाला पृष्ठ कर्नल के सामने रख दिया। उसमें अन्य विवरणों के साथ उसका मूल निवास का पता लिखा था, "फ्रेड विल्सन, केयर ऑफ मिस्टर ए विल्सन, बिशप ऑफ कलकता, फ्रॉम वेकफील्ड, यॉर्कशायर।"

वह उछल पड़े। बोले, "इस व्यक्ति ने कितनी देर पहले चेकआउट किया है?"

मैनेजर ने समय बताया तो पता चला कि लगभग कल दोपहर ही वह व्यक्ति गेस्ट हाउस को छोड़ कर निकला था। अब किसी भी संशय का कोई प्रश्न न था। कर्नल ने मैनेजर को धन्यवाद दिया। वह वहाँ से निकलने को ही थे कि मैनेजर ने एक जानकारी और दी, "वह यात्री अभी यहाँ पर अगले चार दिन और रुकने की इच्छा रखता था। उसने बातों-बातों में मुझे बताया था कि वह निर्जन जगह पर कहीं बसने की इच्छा रखता था। मैंने उससे चेक आउट करते समय यह पूछा भी था कि अचानक आपको जाने की जल्दी क्या हुई?"

"क्या बताया उसने?"

कर्नल यंग की उसके विषय में जानने की उत्सुकता से अधिक बेचैनी उन पर हावी थी। उसने बताया कि, "उसने कुछ खास नहीं बताया, बिल्कुल सामान्य बात की थी। उसका कहना था कि उसे इतना अधिक सर्द मौसम रास नहीं आ

रहा है...सम्भवत: उसकी तबीयत कुछ ढीली थी...। मुझे यह भी याद पड़ रहा है कि उसने एक बार मुझसे नजदीक के किसी अच्छे चिकित्सक के विषय में भी जानकारी चाही थी।"

"क्या उसने ऐसे किसी स्थान के विषय में चर्चा की थी, जहाँ वह जाना चाहता था?"

मैनेजर ने एक क्षण के लिए दिमाग पर जोर डाला, और कहा, "नहीं कर्नल! न मैंने पूछा, और न उसने कुछ जिक्र किया...लेकिन..."

"लेकिन क्या?" कर्नल यंग फिर आशावान हो चले थे।

मैनेजर ने बताया कि "होटल में काम करने वाले एक व्यक्ति ने विल्सन को लंढौर बाजार से गुजरते हुए देखा था...सुआखोली की तरफ।"

कर्नल यंग ने मैनेजर को धन्यवाद दिया और बाहर निकल आए। यह जानकारी उनके लिए पर्याप्त रूप से सहायक थी। इससे फ्रेडरिक के मन का भी पता चलता था कि कुछ बात ऐसी थी कि वह लंढौर में रहकर अपने आप को सुरक्षित महसूस नहीं कर रहा था, या सम्भावना यह भी थी कि मिस्टर जैक को गायब करने में भी उसकी कोई भूमिका रही हो और उससे बचने के लिए वह यहाँ से फरार होकर किसी बेहतर सुरक्षित जगह जाना चाहता हो।

कर्नल यंग लंच के लिए घर पहुँचे। वह डाइनिंग टेबल पर बैठे ही थे कि उनके विचारों की गति फिर से तीव्र हो चली। उन्होंने जब इस मामले की कड़ियों को मिलाना शुरू किया तो उन्हें समझ आया कि उनके बेहतरीन अधिकारी जैक ऐप्सले के गायब होने और फ्रेडरिक विल्सन के बीच जरूर कोई न कोई वास्ता है।

उन्होंने खानसामा को आवाज लगाई। वह लंच की प्लेट्स सर्व करने के लिए आ ही रहा था कि कर्नल ने उसे आदेश दिया, "घोड़ा तैयार कराने के लिए बोलो... और मेरी बन्दूक भी।"

उन्होंने भोजन ग्रहण नहीं किया और निकल पड़े चम्बा की ओर। इससे पूर्व उन्होंने अपने दो सहायकों के लिए सन्देश भी छोड़े थे। कर्नल को पता था कि फ्रेडरिक उसी तरफ गया होगा। पैंतीस मील दूर था चम्बा, उसी रास्ते में विल्सन मिल सकता था, कहीं और नहीं, ऐसा उन्हें लगता था।

चम्बा से पहले ही यह रास्ता दो भागों में विभाजित हो जाता था जिनमें से एक रास्ता पूरब की ओर टिहरी की तरफ जाता था जो उस समय टिहरी रियासत की राजधानी हुआ करती थी। दूसरा दक्षिण की ओर हरिद्वार पहुँचता था जो ईस्ट इंडिया कम्पनी के कब्जे में था। कर्नल यंग की सोच थी कि यदि उन्हें विल्सन को पकड़ना है तो उनको इतनी जल्दी करनी होगी कि उसके चम्बा पहुँचने से पूर्व ही उसे धरा जा सके। वह यह भी जानते थे कि सारी तेजी के बावजूद फ्रेडरिक विल्सन के लिए इस पहाड़ी रास्ते पर शीघ्रता से अधिक दूर जाना सम्भव नहीं होगा।

यंग को आशंका थी कि अगर विल्सन चम्बा पहुँच गया तो यह जानना थोड़ा अधिक मुश्किल हो जाएगा कि वह आगे किस ओर गया है। ऐसी स्थिति में केवल अनुमान से ही उसकी खोज की जा सकती थी।

बिना रुके, भूखे प्यासे कर्नल यंग ने दोपहर तक धनोल्टी का सफर पूरा कर लिया था। इसे चम्बा से आधे रास्ते का सफर माना जा सकता था। रास्ते में वह लोगों से विल्सन के गुजरने की जानकारी प्राप्त करते हुए आगे बढ़ रहे थे। एक आदमी ने उन्हें जानकारी दी कि उसने एक अकेले अंग्रेज को कुछ घंटे पहले अपना सामान बाँधे घोड़े पर विचरण करते हुए देखा है। यंग की आँखों में एक चमक उतर आई। उसे लगा कि विल्सन को लेकर उसका अनुमान बिल्कुल सटीक था। कर्नल ने उस व्यक्ति से पूछा, "क्या आप मुझे उस अंग्रेज के बारे में कोई और विवरण दे सकते हैं?"

तब उसने बताया कि "अपनी कमर पर एक बड़ा बैग लादे हुए, यह व्यक्ति लगभग 25-26 साल का रहा होगा। उसका कद औसत था और आँखें नीली। वह थोड़ी-थोड़ी हिन्दी भी जानता है...वह चम्बा की ओर ही गया है। कल रात वह निकट ही कहीं अपना टेंट गाड़ कर रुका था। एक बात और..."

"वह क्या?" कर्नल की उत्सुकता बढ़ गई थी।

उस व्यक्ति ने बताया, "वह किसी घोड़े या टट्टू को भी किराये पर लेने की बात कर रहा था। लगता था कि पहाड़ी इलाके में चलने की आदत नहीं थी उसे।"

यह जानकारियाँ काम की थीं। कर्नल ने उससे पूछा, "क्या आप उस स्थल की लोकेशन बता सकेंगे जहाँ उसका कैम्प गड़ा था?"

उस व्यक्ति ने वह जगह भी कर्नल यंग से अच्छे-से साझा कर दी। उन्हें समझ आया कि फ्रेडरिक विल्सन ने नदी के किनारे तलहटी में अपने रुकने की व्यवस्था की थी।"

धन्यवाद कहकर कर्नल यंग आगे बढ़ गए। उनकी तेज निगाह तलहटी में लगी थी। कई मील चलने के बाद अचानक उन्हें एक जगह कनात तनी हुई दिखाई दी। वह समझ गए कि यही विल्सन का डेरा है। उन्होंने लोड की हुई राइफल के निशाने के साथ धीरे-धीरे और बहुत सतर्कतापूर्ण एक-एक कदम बढ़ाते हुए अचानक उस कैम्प के पास पहुँच कर जायजा लिया। जब काफी देर तक कोई गतिविधि नहीं हुई तो उन्होंने कनात के मुख्य हिस्से को एक झटके से खोल दिया। लेकिन यह क्या? वहाँ कोई नहीं था। बस एक बिछौना था जिस पर एक व्यक्ति आराम कर सकता था।

कर्नल की समझ में आ गया था कि वह अपने भोजन के लिए कहीं शिकार करने निकला होगा। उन्होंने निकट ही छुपकर उसकी प्रतीक्षा करने का इरादा किया। इस हेतु वह थोड़ा दूर झाड़ियों के एक झुरमुट में घिरे पेड़ की आड़ में हो गए और विल्सन की प्रतीक्षा करने लगे।

कर्नल यंग की प्रतीक्षा व्यर्थ नहीं गई। लगभग आधे घंटे के इन्तजार के बाद उन्हें नदी के किनारे की तरफ से एक आकृति कैम्प की दिशा में बढ़ती दिखाई दी। जैसे-जैसे वह आकृति नजदीक आती गई, उन्हें समझ में आ गया कि अपने हाथ में शिकार और राइफल लिए यह इनसान और कोई नहीं फ्रेडरिक विल्सन ही है। वह 'अलर्ट मोड' में आ गए। कर्नल ने अपनी बन्दूक का निशाना विल्सन की ओर तान लिया, पर अभी वह दूर था। जैसे ही वह थोड़ा और नजदीक आया, कर्नल उस झुरमुट से निकलकर सामने आ गए और चिल्ला कर कहा, "रुको विल्सन। तुम्हारा खेल खत्म हुआ!"

फ्रेडरिक विल्सन ने चौंक कर देखा। यह उसके लिए वास्तव में एक विस्मित करने वाली स्थिति थी। परन्तु वक्त की मार ने उसे इतना चालाक और धूर्त बना दिया था कि उसे बन्दूक के निशाने पर आकर भी कोई ख़ास भय लगा होगा ऐसा उसके चेहरे से नहीं लगता था। वह वहीं रुक गया और मुस्करा कर बोला, "अरे कर्नल सर, आप और यहाँ? कितना खूबसूरत सरप्राइज है..."

कर्नल यंग का गुस्सा सातवें आसमान पर पहुँच गया। उन्होंने चीख कर कहा, "तुमको समझ नहीं आता कि मैंने अभी क्या कहा? मैं तुमसे कोई दोस्ती गाँठने के लिए यहाँ नहीं आया हूँ बल्कि एक ऐसे खतरनाक अपराधी को तलाशता हुआ आया हूँ जो न केवल कम्पनी के लिए बल्कि इस मुल्क के लिए भी खतरा बन चुका है। जैसा मैं कहता हूँ वैसा करो, चुपचाप।"

विल्सन थोड़ा दूर था पर इतना भी दूर नहीं था कि उसके चेहरे के भावों को पढ़ा न जा सके। उसने कहा, "सर, मैं कुछ समझा नहीं..."

कर्नल यंग का आक्रोश थोड़ा धीमा पड़ा। उन्होंने पूछा, "क्या तुम अभी भी यह दावा करते हो कि तुम कलकत्ता के बिशप मिस्टर विल्सन के भतीजे हो? या स्वीकार करना चाहोगे कि तुम्हारी वह पहचान झूठी थी?"

"जी सर, मैं स्वीकार करता हूँ। वह बात झूठ थी। बिशप से मेरा कोई नाता नहीं है।"

फ्रेडरिक विल्सन ने मौके की नजाकत को देखते हुए इस विषय में सच्चाई उगल दी थी। यह कर्नल यंग की पहली विजय थी। अब उन्होंने पूछा, "यह राइफल जो तुम लिये घूम रहे हो वह ईस्ट इंडिया कम्पनी के मालखाने से जारी की गई है न? तुम भगोड़े हो और इसी से अपराध कर फरार हुए थे। तुम्हारी तलाश आज भी जारी है। यह बात सही है न?"

इस बार फिर से फ्रेडरिक विल्सन ने साफगोई से बात की। उसने कहा, "यह बात सही है कि मैं सैन्य कानून के हिसाब से एक भगोड़ा हूँ...पर यह राइफल मेरी ही है जिसे मैंने एक स्थानीय बाजार से खरीदा था, कौन-सी दुकान से, शायद मैं अभी नहीं बता सकूँगा।"

कर्नल यंग ने किसी तरह से स्वयं की भावनाओं को काबू में कर सहजता से बातचीत करने का निश्चय किया था, परन्तु विल्सन की धूर्तता से उनके भावों की सौम्यता बनी न रह सकी। वह आक्रोशित होकर चीखे, "चुप करो! अपना अनावश्यक ज्ञान मुझे न दो। सौम्यता के लायक भी हो तुम? तुम झूठे, मक्कार, धूर्त और अपराधी हो, तुम हत्यारे हो...। अब जितना पूछता हूँ, उतना ही जवाब दो, और सच बताओ कि यह वही राइफल है न, जिसे लेकर तुम भागे थे?"

विल्सन चुप हो गया। वह जानता था कि चालाकी अधिक देर तक नहीं चलेगी और यदि आक्रोश में कर्नल यंग ने उसे गोली भी मार दी, तो उनसे कैफियत लेने वाला कोई नहीं होगा, यह भी उसे अनुमान था। इसलिए उसने क्षीण स्वर में और हारे हुए योद्धा की तरह ठंडे स्वर में जवाब दिया, "आपका अनुमान बिलकुल ठीक है, सर। मैं वही हूँ, जिसकी आपको तलाश है। यह भी सच है कि मुझे अपनी जान बचाने के लिए सैन्य सेवा को छोड़कर हमेशा के लिए गुमनामी में जाना पड़ा। बिल्कुल सर, अब मैं इस राइफल की पहचान भी छिपाना नहीं चाहता। आपने भी इस पर कम्पनी के प्रारम्भिक अक्षर और उसका लोगो खुदा हुआ देखा होगा। यह मेरे नाम से जारी की गई थी, तो भला उसकी पहचान कैसे छिप सकेगी?"

कर्नल यंग को थोड़ी राहत मिली, इसलिए कि विल्सन से सम्बन्धित उनके अनुमानों की कड़ियाँ जुड़ती जा रही थीं। उन्होंने आगे पूछा, "वह घोड़ा कहाँ है, जिस पर सवार होकर तुम भागे थे?"

विल्सन के पास जवाब तैयार था। उसने कहना शुरू किया, "सर, वह अफगानी घोड़ा मुझे बहुत प्रिय था, और मेरे बुरे दिनों में, छिप कर जिन्दगी काटने और पेट की आग को शान्त करने के लिए मजबूरी में मुझे उस घोड़े को बेचना पडा। यह निर्णय मेरे लिए बहुत कष्टकारी था...पर भूख के सामने सब जायज है सर।"

"कहाँ बेचा उसे? मेरठ? या मसूरी के रास्ते में कहीं?"

कर्नल यंग गहन पूछताछ कर रहे थे। उसने सपाट उत्तर दिया, "नहीं सर, मैं बहुत दूर निकल आया था। ऐसी जगह जहाँ कम्पनी के लोग कल्पना भी न कर पाएँ...। मैंने उसे पठानकोट में बेचा।"

"तो आखिरकार तुम एक शातिर अपराधी ही हो न? जानते हो तुम जैसे लोगों का अन्त क्या होता है?"

कर्नल यंग थोड़ा आक्रोश में थे। पर फ्रेडरिक विल्सन उनसे बेहतर मनोविज्ञान जानता था। बोला, "सर, आप मुझे कुछ भी कह सकते हैं। आपको अधिकार है, आप बड़े हैं, उच्च अधिकारी हैं, पर मुझे कोर्ट मार्शल के सामने वह सब कहने का अवसर नहीं मिलेगा जो आपके सामने कह सकता हूँ..."

"कहो...देखें तुम्हारे पास अपने विषय में और बताने को क्या है? क्या कुछ और भी कन्फेस करना चाहते हो?"

कर्नल यंग ने जो कहा, उस अभिव्यक्ति में सीधे-सीधे व्यंग्य की प्रबल भावना परिलक्षित हो रही थी, परन्तु फ्रेडरिक विल्सन की इतनी हिम्मत नहीं थी कि वह कर्नल की बातों को हल्के में ले सकता। फिर भी उसने अपने तरीके से सौम्य स्वर में कहा, "सर, मेरे पास बताने के लिए बहुत कुछ है, पर यह भी हो सकता है वह जानकारी आपके लिए उपयोगी न हो। मैंने ईस्ट इंडिया कम्पनी की नौकरी से भागकर अपराध किया है। इसके बावजूद मैं जानना चाहता हूँ कि क्या इससे किसी को कोई फर्क पड़ता है? मेरे लिए जरूर यह जिन्दगी और मौत की बात थी, तभी मैंने फौज की नौकरी से भाग जाने का फैसला किया। ऐसे फैसले करने आसान नहीं होते। आपका दिमाग कुछ कहता है और दिल किसी और दिशा में चलता है। फिर दोनों का साम्य बनाना बेहद कठिन हो जाता है। मेरे साथ भी कुछ ऐसा ही हुआ...ऐसी स्थिति में आप जो फैसला लेते हैं उस समय वही उपयुक्त फैसला होता है, पर जरूरी नहीं कि वह नियमानुकूल फैसला हो..."

"अब भी तुमने मेरे प्रश्नों का उत्तर नहीं दिया है, मिस्टर...फ्रेडरिक विल्सन?"

कर्नल के स्वर में दृढ़ता और कठोरता का सम्मिश्रण स्पष्ट था। पर विल्सन ने कहा, "सर, आपके लिए उस पृष्ठभूमि को जानना बहुत जरूरी है जिसके कारण मुझे कम्पनी की नौकरी से भागना पड़ा और आपको मुझे यहाँ तक ढूँढ़ने आना पड़ा। मैं संक्षेप में यही कहना चाहूँगा कि फौज को छोड़ने के पीछे हमारे वरिष्ठ अधिकारियों की अक्षमता मुख्य कारण थी। एक सैनिक को यह पूछने का कोई अधिकार नहीं होता, परन्तु उनकी जान की कीमत किसी भी एक आम इनसान से कम तो नहीं हो सकती, और लोग गाजर-मूली की तरह नष्ट हो रहे थे, सड़ रहे थे...मर रहे थे। ऐसे में मैंने उस नरक से मुक्ति पाकर अपने जीवन को जीने का फैसला किया तो क्या गुनाह किया? मैंने अपनी अन्तरात्मा की आवाज सुनी और उसके अनुरूप मरते दम तक जीने की ललक बनाए रखने की सोची तो इसमें क्या कुछ अनुचित है?"

फ्रेडरिक विल्सन ने अपनी बातों का जाल कुछ इस तरह से बिछाया था कि कर्नल यंग उसमें फँस कर भावनात्मक हो जाएँ। परन्तु उन्होंने भी सोचा हुआ था कि वह विल्सन की चाल में नहीं आने वाले। इसलिए बोले, "तुम्हारी बातें बहुत दार्शनिक पुट की हैं, परन्तु तुमको यह भी समझना चाहिए कि जब कोई इनसान सेना की नौकरी में योगदान देता है तो फिर उसका दिल, दिमाग और दर्शन केवल सैन्य विचारों से प्रभावित होता है। उसकी अपनी सोच तब गौण हो जाती है। तुम्हारे साथ यही दिक्कत है कि तुम इस समझौते के लिए कभी तैयार नहीं रहे। अगर हो गए होते तो यह नौबत न आती। फिर तुम्हारे पास इस बात का कोई जवाब नहीं है कि किसी इनसान की जान लेने का तुम्हें हक किसने दिया?"

इसी बीच कर्नल यंग की टीम के दो सदस्य अपने घोड़ों पर वहाँ आ पहुँचे थे।

उन्होंने सुनिश्चित किया कि अब आगे की बात यहाँ न हो। बोले, "जितना जल्दी हो अपना बोरिया-बिस्तर बाँध लो। हम लोग यहाँ से निकलने वाले हैं।"

"पर कहाँ, सर?"

कर्नल ने देखा कि काफी समय के बाद पहली बार फ्रेडरिक विल्सन के चेहरे पर घबराहट के भाव हावी होने लगे थे। कुछ कर्नल की दृढ़ता तथा कुछ उनकी टीम के सशस्त्र लोगों के आने से शायद उसके भावों में परिवर्तन आया था। तब कर्नल ने उससे कहा, "तुमको घबराने की कोई जरूरत नहीं है। हम तुम्हें ऐसी जगह ले जा रहे हैं जहाँ तुमसे आराम से बात कर सकें। तुम्हारे दिमाग में क्या चल रहा है और तुम क्या-क्या हरकतें कर चुके हो मुझे यह सब विस्तार से जानना है, समझना है। इसके लिए जंगल कोई बेहतर जगह नहीं है...अभी मुझे यह भी पता करना है कि तुमने जैक को क्यों मारा?"

"मैंने...और जैक को? क्या हुआ उनको?"

विल्सन ने निरीहता से पूछा। कर्नल यंग ने कहा, "तुमको इस विषय में बेहतर पता होगा। अगर तुम सच बताओगे और स्वयं को निरपराध साबित कर सकोगे तो मैं तुम्हारे विरुद्ध चल रहे मामलों से भी तुमको मुक्त कराने का वादा करता हूँ। वरना एक वादा और है मेरा..."

कर्नल की चुप्पी से फ्रेडरिक विल्सन के चेहरे पर उभर आई दहशत साफ़ दिख रही थी। वह उनके वाक्य को पूरा करने की इन्तजार में रहा कि एक झटके में उन्होंने कह दिया, "...वह वादा यह है कि, याद रखना, मैं ही तुम्हारा काल बन कर सामने खड़ा मिलूँगा। मेरे हाथ तुम्हारे लिए मौत के फन्दे की मानिन्द होंगे, मिस्टर फ्रेडरिक विल्सन!"

विल्सन ने कुछ नहीं कहा। वह कर्नल के दो सहयोगियों की निगरानी में अपना सामान बाँधने लगा।

ऐसा लगता था कि एक अध्याय के खत्म होने का समय आ गया है। पर भाग्य और दुर्भाग्य का मेल ऐसे ही साथ-साथ चलता है कि कोई नहीं जानता कि आने वाले दिनों में उसका समय कैसा रहने वाला है, कौन राजा तथा कौन रंक बनने का प्रारब्ध लिये है।

9

खच्चरों की व्यवस्था हो गई थी। कर्नल ने अपने सहयोगियों को वापस लंढौर भेजने के निर्देश दिये। अब उन लोगों के साथ दो गोरखा थे जो स्थानीय

रास्तों से परिचित थे। ऐसा लगता था कि इन खच्चरों वाले गोरखाओं की व्यवस्था पहले से ही कर्नल ने कर रखी थी। वे आम स्थानीय पहाड़ी नहीं दिखते थे क्योंकि उनके हाथों में आधुनिक किस्म की राइफलें भी मौजूद थीं। बाद में समझ आया कि कर्नल इस इलाके और वहाँ के काफी लोगों को व्यक्तिगत रूप से जानते थे। उन पहाड़ी रास्तों पर बढ़ते हुए उन लोगों ने काफी रास्ता पार कर लिया था। यह उस मार्ग से अलग था, जिससे विल्सन आया था। जैसे ही कोई ठीक-ठाक पैदल व्यक्ति दिखता तो वह कर्नल को जरूर सलाम करता। कई लोग तो ऐसे भी मिले कि जिन्हें कर्नल ने स्वयं रोक कर उनका हालचाल लिया।

कर्नल यंग को यहाँ के लोग 'जंग बहादुर साहब' के नाम से जानते थे। यहाँ के कई परिवारों के लोग उनके अधीन काम कर चुके थे। उनमें से राम बहादुर और उसका भाई दिल बहादुर भी शामिल था जो देहरादून स्थित सिरमौर बटालियन के मुखयालय में कर्नल यंग के अधीन रहे थे। ये भाई अपनी सेवा पूरी करने के बाद चम्बा के पूर्वी इलाके के लमकोट पर्वतीय क्षेत्र में अपने परिवारों के साथ बस गए थे। उन्होंने चीड़ के खूबसूरत जंगलों के बीच में अपना घर बनाया था।

कर्नल ने फ्रेडरिक विल्सन को आगे की पूछताछ के लिए इसी घर में ले जाने का निश्चय कर लिया था, पर अन्य कोई नहीं जानता था कि कर्नल कहाँ जा रहे हैं। कम से कम विल्सन तो बिल्कुल भी नहीं। चलते-चलते वह एक ऐसी जगह पर जा रुके जहाँ आसपास जंगल ही जंगल था, घना जंगल। इनसानी परिवेश का कोई संकेत तक न था। ऐसे में एक जगह आकर यंग ने गोरखाओं से अपने खच्चरों को बाँध देने के लिए कहा। वह उन्हें लेकर जंगल के भीतर स्थित पहाड़ी इलाके की चढ़ाई पर चलने लगे। इस परिस्थिति में विल्सन का सशंकित होना स्वाभाविक था। एक जगह विराम लेकर उन्होंने विल्सन से कहा, "घबराओ मत। अभी तुम्हारा खराब समय नहीं आया है। बस मुझे तुम्हारे विषय में और बारीकी से जानने की उत्कंठा है ताकि मैं समझ सकूँ कि तुम किस स्तर के इनसान हो..."

कर्नल को विल्सन से किसी उत्तर की अपेक्षा नहीं थी, इसलिए उसने भी चुप रहने में भलाई समझी। अन्ततः वे लोग थोड़ी देर बाद एक ऐसे घर पर पहुँच गए जो लगभग पचास मीटर ऊपर पहाड़ी क्षेत्र में बिल्कुल एकान्त में बनाया गया था। साफ दिखता था कि यह किसी विशिष्ट व्यक्ति की विशिष्ट सोच का परिणाम था कि प्रकृति के समीप इतने खूबसूरत स्थल पर एक काठ का स्थानीय परिवेश का सुन्दर घर बना हुआ था।

राम बहादुर ने कर्नल यंग और उनके सहयोगियों की सेवा की। रात हो चली थी, ऐसे में एक खूबसूरत घर में अच्छे वातावरण के साथ घर का बना भोजन मिलना कम बड़ी उपलब्धि नहीं थी। वह बात अलग है कि यह भोजन न तो कर्नल यंग की रुचि का था, और न ही विल्सन की रुचि का रहा होगा। ये विशुद्ध रूप

से गढ़वाली भोजन था जिसमें एक स्थानीय सब्जी और थोड़े कच्चे-पक्के चावल से बना, या कहें कि उबला हुआ भोजन और चपातियाँ उनकी सेवा में प्रस्तुत की गईं। राम बहादुर ने कहा, "सरकार, आज की रात तो इसी भोजन से काम चलाइए। कल यकीनन आपकी सेवा में बेहतरीन भोजन प्रस्तुत होगा। यह मेरे लिए सौभाग्य की बात है कि आपने हमें ऐसा अवसर दिया।"

कर्नल यंग व्यावहारिक थे। लोकप्रिय भी थे। तभी राम बहादुर उनके आने से असमंजस में न होकर बहुत प्रसन्न दिख रहा था। कर्नल ने कहा, "अरे राम बहादुर, यह तो हम लोगों का सौभाग्य है कि तुम्हारे घर पर शरण मिलने का अवसर मिल सका, वरना इस अँधेरी रात में हम जंगल में कहाँ भटकते फिरते।"

जिस कमरे में उनके ठहरने की व्यवस्था की गई थी वह अपेक्षाकृत गर्म था लेकिन चूल्हे की आँच से निकले धुएँ के भीतर तक आने से उनकी आँखें जली जा रही थीं। राम बहादुर भीतर आया और बोला, "बस हुजूर, अब चूल्हा बन्द हो गया है। अब आपकी आँखों में कोई धुआँ नहीं जाएगा..."

कर्नल यंग इस स्थिति से उबरने के लिए राम बहादुर को धन्यवाद ज्ञापित किये बिना नहीं रह पाए। मुस्कराते हुए बोले, "सुकून का समय आ गया है..."

ना चाहते हुए भी राम बहादुर हँस पड़ा तो उसी में कर्नल यंग भी शामिल हो गए। दोनों गोरखा आउट हाउस में रुके थे, पर फ्रेडरिक विल्सन उन्हीं के साथ था। फिलहाल उसी कमरे में। उससे कर्नल यंग को तमाम बातें जो करनी थीं।

औपचारिकताओं से मुक्त होकर कर्नल ने विल्सन की खबर ली। अपना सिगार सुलगा कर, ठहरे हुए स्वर में बोले, "अब बताओ फ्रेडरिक। सच-सच बताना। कोई चालाकी नहीं। मैं तुम्हें शायद इस चक्रव्यूह से बाहर निकाल सकूँ। मेरी आँखों में देखो। यहाँ बेईमानी नहीं मिलेगी। सच कहने से तुम्हारा भी कोई नुकसान नहीं होगा। और तुम जानते हो कि एक सच को छिपाने के लिए हजार झूठ बोलने पड़ते हैं। उन झूठ में से सच को निकाल लाना ही मेरी विशेषज्ञता है। तो, बेहतर होगा कि बिना किसी फरेब के बताओ। जितना ईमानदारी से बताओगे उतना ही अच्छा फल मिलेगा..."

विल्सन ने एक लम्बी साँस ली। गले को खरखरा कर साफ़ किया और बोलना शुरू किया, "यह उन दिनों की बात थी, जब मुझे स्कूल की पढ़ाई के बीच ही आर्मी में भर्ती होने का जुनून पैदा हुआ था। पर उसी अवधि में मेरे पिता काल के गाल में समा गए। आप समझ सकते हो कि उस दिशाहीन किशोर की स्थिति क्या रही होगी जिसके सर से अचानक पिता का साया उठ गया हो..."

"हाँ, मैं समझ सकता हूँ फ्रेडरिक।"

कर्नल यंग ने उसे सान्त्वना दी। विल्सन भी अब खुलकर बात करना चाहता था। उसे जीवन के प्रति मोह था। एक विशेष प्रेम, जिसके माध्यम से वह चाहता था

कि जीवन में रागात्मकता को जगाए रखे। वह जीना चाहता था, जीवन को उसके अनन्त आनन्द में जीना चाहता था, और अन्य लोगों से भिन्न अपनी उपस्थिति का अहसास भी कराना चाहता था। उसके लिए इस जिजीविषा का अर्थ था, ऐसा सुखमय जीवन जीने की प्रबल इच्छा, जहाँ सिर्फ सुकून हो। यही अब उसका मुल्क था, और यही उसकी कर्मस्थली, भले ही उसे पूरी जिन्दगी सलाखों के पीछे काटनी पड़े। सो, फ्रेडरिक विल्सन ने बात आगे बढ़ाई, "इसी बीच मुझे पता चला कि लीड्स में एक व्यक्ति है जो ग्यारहवीं लाइट ड्रैगन्स के लिए भर्ती कर रहा है। तब मैं बिना अपनी माँ को बताए एक सवेरे लीड्स के लिए निकल पड़ा। सौभाग्य कहिए या दुर्भाग्य कि उसने मुझे चयनित कर लिया। तब मेरी उम्र सोलह साल रही होगी..."

उसने एक अल्प ठहराव लिया और आगे की बात शुरू की, "उस रात मैं जब वापस घर आया तो मुझे जो दो सिक्के मिले थे। वे मैंने इस तरह माँ के हाथों में रख दिये जैसे मुझे कोई बड़ा खजाना मिल गया हो। वह चकित हो रही थी कि मैंने घोषणा कर दी कि मैं जल्दी ही भारत के लिए तैनाती पर निकलने वाला हूँ। परन्तु उसके बाद जो हुआ वह बताना बहुत कष्टप्रद है..."

फ्रेडरिक विल्सन भावुक हो चला था। उसका गला रुँध गया था और वह फिलहाल आगे बोलने की स्थिति में न था। विल्सन ने खुद को सँभाला, पास रखे एक गिलास पानी से कुछ घूँट पानी पिया और बताया, "माँ ने खुशी जाहिर करने के बजाय वे सिक्के जमीन पर फेंक मारे। उसने इतनी जोरों से चिंघाड़ निकाली कि जैसे उसके प्राण निकलने को हों। तब शायद उसे ऐसा ही महसूस हुआ होगा।"

कुछ पल खामोशी छाई रही। फिर विल्सन आगे बढ़ा, "यह नौकरी कोई बड़ी न थी। एक मामूली क्लर्क के पद की थी, जिसे रेजिमेंट का हिसाब-किताब सँभालना था। बस उसकी जो परीक्षा हुई थी वह गणित में उसकी दक्षता को लेकर हुई थी। वे लोग जानना चाहते थे कि मुझे पहाड़े दिल से याद भी हैं कि नहीं, और क्या मैं फुर्ती से जोड़, घटा और गुणा कर सकता हूँ। सौभाग्य से मेरे पिता वेकफील्ड के सेंट जॉन स्कूल में अध्यापक थे, और उन्होंने इस विषय में अपनी देखरेख में मुझे प्रशिक्षित किया था। तो, माँ के विलाप के बावजूद मेरा विश्वास नहीं डगमगाया। गर्मियों का मौसम खत्म होते ही, मैंने प्राप्त निर्देशानुसार अपने परिवार से विदाई ली और लन्दन की राह पकड़ी।

मैं एक आम किशोर की तरह ही था, परन्तु मैंने दृढ़ निश्चय किया हुआ था कि मैं या तो कुछ बनकर, कुछ अद्भुत करने के उपरान्त ही यॉर्कशायर आऊँगा, अथवा इस प्रयास में कहीं मर-खप जाऊँगा। मुझे सच में कोई आइडिया नहीं था कि 32 पौंड प्रति वर्ष के मेहनताने में मैं इतने बड़े-बड़े सपने कैसे देख पा रहा हूँ। यॉर्कशायर में एक कहावत चर्चित है कि जीवन में अमीर बनने के लिए तुम्हें उस स्थिति के अनुकूल बनना होगा, पर साथ ही ऐसे अवसरों के लिए जबकि तुम्हारे

भीतर चरित्र की दृढ़ता आए, तुम्हें जन्म के बाद से ही इस स्थिति की तैयारी में लग जाना होगा। यह दोनों ही स्थितियाँ मेरे अनुकूल तो नहीं ही थीं।"

फ्रेडरिक एक बार थोड़ा और रुका। फिर बोला, "लेडी हावरशाम नामक इस समुद्री जहाज की यात्रा में पाँच नये भर्ती रंगरूट थे और साथ में था एक नालबन्द। एक बार इस जहाज में प्रविष्ट होने के बाद मैं जहाज के ऐसे किनारे पर घंटों खड़ा रहा, जहाँ से समुद्र की लहरों की अठखेलियाँ दिखती थीं। कई बार उन लहरों से उत्पन्न पानी के ठंडे झोंके मेरे मुँह तक चले आते और अपना खारापन मेरे होंठों तक छोड़ जाते। सच कहूँ तो इन लहरों ने ही मेरी मासूमियत का अपहरण कर लिया था। फरवरी 1834 की एक सुबह जब मैं कलकत्ता बन्दरगाह पहुँच कर बाहर निकला तो वह मेरे लिए एक बिलकुल अपरिचित और नई दुनिया थी। तब मैं अचानक जवान हो गया था।"

कर्नल यंग जानते थे कि अभी तक विल्सन के कबूलनामे में तारतम्य बना हुआ है, पर वह यह भी समझते थे कि वह कितना शातिर है, और लोगों को झाँसे में लेना जानता है। उन्हें तो फ्रेडरिक से सच निकलवाना था। इसलिए बोले, "तुम्हारा सफर रुचिकर है। कई लोगों को तो इतना भी नसीब नहीं होता..."

फ्रेडरिक को समझ नहीं आया कि यह उसकी प्रशंसा है अथवा व्यंग्य। उसने अपना वृत्तान्त जारी रखा। बोला, "फोर्ट विलियम पहुँचकर उस जहाज का एक सार्जेंट मुझे अन्य साथियों के साथ वहाँ से 900 मील दूर पश्चिम दिशा की ओर ले चला। इस जगह को मेरठ छावनी कहते थे। वहाँ हमको बैरकों में हाँक दिया गया। उस बैरक में हर एक को व्यक्तिगत रूप से जो चीज मुहैय्या कराई गई थी वह एक चारपाई थी। मेरी तरह और भी लोग थे, कुल पचास, जिन पर निगाह रखने के लिए हर बैरक में एक कारपोरल की तैनाती थी। मुझे और उन सब रंगरूटों को इस कारपोरल की कड़ी निगाहों का सामना करना पड़ता था। जो चारपाई दी गई थी वह न केवल सोने के उपयोग में आती थी, बल्कि उसे डाइनिंग टेबल, खेलने के बोर्ड और गर्मियों में कमर सीधी करने के लिए रीक्लाइनर के उपयोग में भी लाया जाता था। यह वह समय था जबकि तापमान नये रिकॉर्ड बनाने को बेताब रहा करता था और पसीनों को सहन करने और नींद की कोशिश करने के अलावा कोई काम नहीं होता था..."

जब कर्नल यंग ने मेरठ की बटालियन पर प्रतिप्रश्न किया और विस्तार से बताने को कहा तो विल्सन ने बताया, "मेरठ की 11वीं ड्रैगन बटालियन ब्रिटिश आर्मी रेजिमेंट थी, जबकि 35वीं बटालियन ईस्ट इंडिया कम्पनी को रिपोर्ट करती थी। यह मेरा सौभाग्य ही कहा जाएगा कि मुझे इस बटालियन में तैनाती की स्वीकृति प्राप्त हो गई। फिर मुझे प्राप्त हुआ एक बँगले में साझा रूप से रहने का सौभाग्य। उस बँगले में मेरा साझीदार एक लेफ्टिनेंट था, लेफ्टिनेंट हावर्ड जेनकिंस। लन्दन में

पढ़ा और पला जेनकिंस मुझसे लगभग दो साल बड़ा था। हम दोनों जल्दी ही अच्छे मित्र बन गए। उसने मुझे दो बार ऐसी स्थितियों से बचाया, जहाँ से मेरा निकलना मुश्किल होता। इसलिए मैं उसका हमेशा आभारी रहा करता था।"

"पर तुम्हारे रिकॉर्ड में तो ऐसी कोई घटना अंकित नहीं है? क्या तुम मुझे इस सम्बन्ध में विस्तार से बता सकते हो?"

कर्नल यंग ने अब फ्रेडरिक विल्सन की बातों को सन्देह की दृष्टि से देखना शुरू किया था। परन्तु उसके पास जवाब था। बोला, "मेजर की रैंक पाया एक अफसर मेरी रैगिंग करता था। जेनकिंस ने मुझे अपने गुस्से पर काबू रखना सिखाया। उसने मुझे यह भी सिखाया कि सबसे साम्य कैसे बिठाया जा सके।"

कर्नल यंग इस सम्बन्ध में और भी विस्तार से जानना चाहते थे। तब फ्रेडरिक ने आगे बताया, "इस मामले का दोषी मेजर विंडम को कहा जा सकता है। मुझे तनिक भी झूठ बोलने की आवश्यकता नहीं है, पर मेरे लिए यह वास्तव में दुर्भाग्यपूर्ण था कि मेजर विंडम कर्नल के कान भरा करता था। कर्नल के अनुपस्थित होने पर वही रेजीमेंट को सँभाला करता था और अक्सर ही ऐसा होता था कि कर्नल मौजूद नहीं होते थे। उसका लाभ इस मेजर अपने अधीनस्थों को प्रताड़ित करने और उनसे बदला लेने में बिताया करता था..."

"विंडम, हुँह! उसकी पृष्ठभूमि क्या थी, क्या तुम जानते हो?" कर्नल यंग ने सिगार के कश को भीतर खींचकर धीरे-धीरे बाहर निकालते हुए पूछा।

"उसके पिता कोई दुकान चलाते थे, बस मुझे उसके विषय में इतनी ही जानकारी है परन्तु उनका यह बेटा न केवल उनके विषय में बढ़-चढ़कर बातें बताता था बल्कि खुद एक निम्न स्तर की सोच रखा करता था।"

कर्नल यंग के चेहरे पर मुस्कान दौड़ गई। वह ऐसे एक व्यक्ति को जानते थे। इसलिए उन्होंने कहा, "जहाँ तक मुझे याद है फ्रेडरिक...टॉम मोंटीथ तुम्हारा कमांडिंग अफसर था। क्या तुमने कभी इस मामले की उससे शिकायत की?"

"नहीं, मैंने इसकी जरूरत नहीं समझी। असलियत यह भी है कि मैंने ही स्वयं इस बटालियन को तैनाती के लिए चुना था, इसलिए मुझसे यह अपेक्षा नहीं की जा सकती कि मैं उसकी शिकायत करूँगा। विशेष रूप से तब, जब विंडम को उसके अफसर ने कहीं अधिक जिम्मेदार समझ कर व्यस्त रखने का निश्चय किया हो।"

कर्नल यंग इस विषय पर अधिक जानकारी रखते थे। उन्हें उन घटनाओं की भी अच्छी तरह से जानकारी थी जिनका परिणाम अफगान अभियान में सेना के बेहतर उपयोग से जुड़ा था। सन 1838 के अक्टूबर माह में लॉर्ड ऑकलैंड विलियम बेंटिक के उत्तराधिकारी के रूप में गवर्नर-जनरल बनकर आए थे और तब उन्होंने अपनी इच्छा जाहिर की थी कि काबुल का अमीर दोस्त मोहम्मद शासन करने के योग्य नहीं है इसलिए उसकी जगह शाह शुजा-उल-मुल्क को वहाँ तैनात किया गया

था। दुर्भाग्यपूर्ण यह था कि दोस्त मोहम्मद ने इस नये शासक को तमाम आरोपों के चलते 20 साल पहले अपदस्थ कर दिया था। तब इस अपदस्थ शासक ने अपने खजाने और शाही जवाहरात आदि की वापसी के लिए ब्रिटिश इंडिया की शरण ली थी। ईस्ट इंडिया कम्पनी के कर्ता-धर्ता लोगों ने उसे पेंशन और उसके स्तर के रहन-सहन की व्यवस्था कर दी थी क्योंकि वे जानते थे कि बाद के किसी समय में वह उनके बड़े काम आ सकता है।

बात उचित भी थी। इस हेतु फिरोजपुर में एक सैन्य कैम्प बनाया गया जहाँ से शाह शुजा को अफगानिस्तान पर हमला करने के लिए तैयार किया गया, परन्तु पंजाब के सिख शासक महाराजा रणजीत सिंह ने ब्रिटिश सेना को अपने क्षेत्र से गुजरने का रास्ता देने से इनकार कर दिया। इससे उस सेना को काबुल तक जाने के लिए सीधे रास्ते से वंचित होना पड़ा। कोई अन्य विकल्प उपलब्ध न होने के कारण आठ हजार सैन्य बल और लगभग 12 हजार सहयोगियों ने सिन्धु घाटी के दक्षिण-पश्चिम इलाके का रास्ता बनाया जिसे पूरा करने में उन्हें आठ महीने लग गए। उस अवधि में ब्रिटिश सेना गाँव के रास्ते से ऐसे गुजरी जैसे टिड्डी दल आकाश में दिखता है। जाहिर तौर पर इस रास्ते पर वहाँ के स्थानीय नागरिकों ने भी उनका भरपूर विरोध किया। वह घटनाक्रम कर्नल यंग को याद आ गया। उन्होंने कहा कि "मैं समझ सकता हूँ कि तुम्हें इस हेतु कई सजाएँ दी गई होंगी, और तुमको उन लोगों ने कम से कम आधा राशन करने की सजा तो अवश्य दी होगी।"

विल्सन ने उदास होकर कहा, "मेरे साथ और भी बुरा व्यवहार किया गया। मेरी स्थिति एक भिखारी से भी बदतर हो गई थी। जब मैंने इस बात की जानकारी मेजर मोंटीथ को दी, तो उन्होंने मुझे नसीहत दी कि मुझे अपने कमांडिंग ऑफिसर की बात की अवहेलना नहीं करनी चाहिए। ऐसे में मैं क्या कर सकता था? उन लोगों ने मेरे साथ बदतर व्यवहार किया..."

"मेरे विचार से ये बातें किसी भी रेजीमेंट की जिन्दगी में आम हुआ करती हैं। परन्तु मैं समझता हूँ कि तुम अच्छी स्थिति में कन्धार गए थे?"

विल्सन ने बताया, "पहले हमको गजनियों से मुकाबला करना पड़ा। उनसे निपट कर ही हम काबुल की ओर निकल पाए। तब तक अगस्त का महीना प्रारम्भ हो चुका था। हमारे लोग विरोधी पक्ष से लड़ने के बजाय आपस में ही तर्क-वितर्क कर अपनी ऊर्जा का अपव्यय कर रहे थे। एक बार स्थिति यह आई कि उन्हें अफगानों से लड़ने की फुर्सत नहीं थी। उनके आपस में लड़ने से हम लोगों पर बहुत नकारात्मक प्रभाव पड़ा। मुझे तो यहाँ तक कहने में भी कोई गुरेज नहीं है कि इस सब स्थिति का फायदा विरोधी पक्ष को जरूर हुआ होगा। दो मुख्य अधिकारियों के युद्ध को अनदेखा करने के लिए उन्हें हटाकर लॉर्ड ऑकलैंड ने एलफी बे को वहाँ भेजा।"

"तुम्हारा अर्थ है जनरल विलियम एलफिंस्टन?" कर्नल ने स्पष्ट जानकारी चाही।

विल्सन ने सहमति में अपनी गर्दन हिलाई और धाराप्रवाह रूप से इस जनरल के विषय में बताना आरम्भ किया। वह बोला, "न जाने कैसे हादसे की तरह का व्यक्तित्व था उनका। यह व्यक्ति बिना किसी सहायता के अपने बिस्तर से बाहर नहीं निकल पाता था। उसे लादकर बग्गी में ले जाना पड़ता था। उसे कोई बेहतरीन लड़ाका कहे तो इससे बड़ी हँसी की बात और कोई नहीं हो सकती। वह अपने बिस्तर से ही पड़े-पड़े स्थिति का नियंत्रण किया करता था। वह कैसा नियंत्रण होता होगा, यह आप भी समझते होंगे।"

"तो क्या तुम उस इनसान से आदेश लेने से बेहतर वहाँ से भागने को उचित समझते हो, जो तुमने किया?" कर्नल यंग निर्णय पर पहुँच रहे थे।

अब उन्हें विल्सन ने टोका। वह बोला, "बिल्कुल नहीं। यह स्थिति तो काफी बाद में आई जब यह निर्णय किया गया कि अफगानी प्रतिरोध टूट गया है और अब घर जाने का समय आ गया है। वरिष्ठ अधिकारियों ने ऑकलैंड को बताया था कि यह कोई ऐसी जीत नहीं थी जिसका जश्न मनाया जा सके।"

विल्सन से बात करते-करते फिलहाल रात हो गई थी, परन्तु घर का वातावरण अब भी ऐसा था कि ठीक-ठाक चहल-पहल थी। घर की स्त्रियाँ दो मृत छोटे हिरणों के बच्चों को टुकड़ों में काटकर उनकी खाल उतार रही थी और उस मांस में नमक, लहसुन तथा गर्म मसाले भर कर रखे जा रहे थे। यह स्त्रियाँ छोटे कद की थीं जो लाल रंग की चोली और ऐसा घाघरा पहने हुए थीं जो लगभग जमीन पर स्पर्श कर रहा था। उनके दो छोटे बच्चे कमरों में इधर-उधर घुटनों के बल चल रहे थे, जबकि दो बड़े बच्चे अपने छिटपुट कामों में लगे थे। रात के इस समय में भी घर के लोग बकरियाँ और अन्य जानवरों को हाँक कर ले आए थे। उन्हें कर्नल और विल्सन के संवादों और बातचीत का कोई भान न था। होता भी कैसे। वे अपनी दिनचर्या में जो व्यस्त थे।"

कर्नल ने दोनों के बीच पसरे एक सन्नाटे को तोड़ते हुए पूछा, "तो तुम काबुल से निकल आए..."

"मैं ऐसे ही नहीं भाग आया। वहाँ का माहौल ही कुछ इस तरह का हो गया था कि हम लोग उनकी छोटी-छोटी हरकतों का जवाब देने लायक नहीं रहे थे। मेजर विंडम ने अपने दिमाग का सही इस्तेमाल नहीं किया। उन लोगों के पास दूर तक वार करने वाले हथियार जो हमारे हथियारों से लगभग पाँच गुना बेहतर थे, मौजूद थे, ऐसे में वहाँ से निकल आना ही एक बेहतर रास्ता दिखाई दे रहा था।"

"पर इस समस्या को हल करने के लिए तुम लोगों की तरफ से एक एडवांस टुकड़ी भेजी जा सकती थी।" यह कर्नल यंग की उत्सुकता थी।

"नहीं कर्नल। वे बर्बर लोग थे। हम उनसे मुकाबला करने के लिए तैयार नहीं थे। उनकी आँखों में एक अलग किस्म का जुनून दिखता था जो हममें नहीं था।"

"तो तुमने इस कायरता को अपने भीतर आत्मसात कर लिया। है न?"

कर्नल यंग को अब फ्रेडरिक विल्सन में कई कमियाँ नजर आ रही थीं, पर वह बेफिक्र होकर सब जवाब दिये जा रहा था। उसने कहा, "हाँ कर्नल, आप एक तरह से ऐसा कह सकते हैं कि मैं दोषी हूँ, परन्तु आप विंडम जैसे फालतू के व्यक्ति के विषय में अपनी क्या राय रखते हैं यह मैं नहीं जानता।"

कर्नल को गुस्सा आ गया। बोले, "तुम कभी चुप रहना सीखे हो? मैनुअल के हिसाब से काम किया है? कम से कम मुझे तो ऐसा नहीं लगता। अब यह बताओ कि तुमने उस समय पहरेदारी किस तरह से की थी? सामान्य रूप से या कुछ अलग तरीका अपनाया था?"

"वह ऐसी स्थिति थी कि अधिकतर लोग थके हुए थे। जब दुश्मन की सेना के लोग हमारे ऊपर टिड्डी दल की तरह हमलावर हुए तो उन्होंने डकैतों की तरह व्यवहार किया, जैसे कि वे मूल रूप से थे। उन्होंने हमारे तम्बुओं को काट डाला, जानवरों को छुट्टा छोड़ दिया और हर उस चीज पर गोलियाँ बरसाई जहाँ से उन्हें कुछ चलने-फिरने की हरकतों का आभास हुआ। यह पूरी तरह से अराजकता की स्थिति थी और इस सब के बीच में जेंक्स ने हिम्मत दिखाई। मैं उसकी मदद के लिए गया ही था कि मुझे विंडम ने जोरों से पकड़ लिया जो मारे गए लोगों की संख्या को गिनने पर जोर दे रहा था। कुल मिलाकर 84 सैनिक और कुछ अफसर मारे गए थे। जेंक्स इतनी गम्भीर रूप से घायल था कि उसके जिन्दा रहने की सम्भावना नहीं के बराबर थी और हमारे आधे से अधिक जानवर गायब हो चुके थे।"

"और विंडम?" कर्नल यंग ने सीधे प्रश्न किया।

"मुझे स्पष्ट रूप से याद नहीं है परन्तु जब अगली सुबह ब्रिगेडियर सेल वहाँ पहुँचे तो उन्होंने हम सब से वहीं रुके रहने को कहा। तब तक, जब तक कि वे काबुल से नये जानवरों की व्यवस्था नहीं कर लेते। उन्होंने कुछ ऐसे स्थानीय लोगों की व्यवस्था कर ली थी जो मदद करने को तैयार थे। उन्हें असामान्य रूप से अधिक बख्शीश दी गई थी ताकि वे हमें बिना किसी बड़े प्रतिरोध के खुर्द काबुल के इलाके तक पहुँचा दें। हम एक तरह से मौत के मुँह से होकर गुजरे। लगभग पाँच मील तक बहुत सँकरी घाटी से होकर गुजरना खुद में एक डरावना अहसास था। कुछ जगहों पर यह रास्ता इतना सँकरा था कि एक समय में एक घोड़ा भी मुश्किल से पार हो पाता था। जेंक्स को यहाँ से एक डोली में ले जाकर पार कराया गया। परन्तु अभी बहुत कुछ देखना बाकी था। विरोधी पक्ष के लगभग पाँच हजार लोगों का सैन्य बल आगे उस रास्ते पर हमारा इन्तजार कर रहा था जहाँ से निकलने से रोकने के लिए एक मजबूत बाड़ भी लगा दी गई थी। ऐसे में हमारे पास कोई और चारा न था, सिवाय इसके कि हम उस बाड़ को किसी भी कीमत पर पार कर आगे बढ़ जाएँ। वह बात अलग है कि इस दुस्साहस में न जाने कितने लोगों की जान गई होंगी..."

"परन्तु तुमने अपना रास्ता बना लिया? तुमने और जेंक्स ने भी?" कर्नल ने पुष्टि के रूप में जानना चाहा।

"हाँ, हम लोगों ने वह रास्ता जरूर पार कर लिया पर अब मेजर विंडम का असली रंग सामने आ रहा था। उस रात को मैं कभी भूल नहीं पाऊँगा जब मेजर ने जेंक्स से पीछा छुड़ाने की बात कही। एक बार तो मुझे यकीन ही नहीं आया कि वह ऐसी बात कैसे कह सकता है। जो इनसान आपके साथ इतनी शिद्‌दत से वहाँ हो कि आप उसकी हँसी-खुशी और सुख-दुख में साथ रहे हों, और जब वह संकट में हो तब आप उस से पीछा छुड़ाने लगें, इससे अधिक अशिष्टता और कुछ नहीं हो सकती। कम से कम मेरा तो ऐसा ही मानना था क्योंकि मेरी जेंक्स से दाँत-काटी रोटी की स्थिति रही थी। उससे निकट मेरा और कोई नहीं था। इस पर दुर्भाग्यपूर्ण बात यह भी थी कि जेंक्स ने हम लोगों के बीच हो रही बातों को सुन लिया था। उसकी आँखें विस्मय से फट गई थीं। सम्भवत: यह स्थिति उसकी सोच से भी बाहर रही होगी। वह अभी मात्र 24 वर्ष का था और मरने की सोच भी नहीं सकता था। तब मैंने कुछ अलग किया। मैंने मेजर विंडम से कहा, 'सुनिए मेजर, कहीं ऐसा न हो कि आपके इस आदेश को मानने की जगह मैं आपकी जान लेने पर ही विवश हो जाऊँ'।

बकौल विल्सन, जब मेजर ने यह बात सुनी और उसका चेहरा किरमिची रंग में बदल गया। वह बिना बोले वहाँ से बाहर निकल गया।

विल्सन ने अपनी कहानी में आगे बताया कि "शायद हमारा यह सौभाग्य था कि उन स्थानीय लोगों ने बाद में अगले दो दिन तक हमें कोई परेशानी नहीं दी, परन्तु हम उसी स्थिति में आगे भी बढ़ नहीं पा रहे थे। हम वहाँ दुर्गन्ध भरे इलाके में रुके हुए थे। तीसरे दिन उन लोगों ने हम पर फिर से आक्रमण करना शुरू किया। ऐसे ही एक पल में जेंक्स की साँसें थम गईं। अगले दिन लगभग 30-40 लाशों के बीच अपने प्रिय मित्र जेंक्स को भी मुझे दफनाना पड़ा। कब्र के लिए गड्ढा खोदते हुए मुझे महसूस हुआ कि हम सब अगर रुके रहे तो इसी तरह मारे जाएँगे परन्तु हमें आदेश था कि हमें रुककर प्रतीक्षा करनी है।"

"हमें बताया गया था कि जल्दी ही पीछे से सेना की खेप हमारी मदद के लिए आने वाली है। परन्तु यह वास्तविकता नहीं थी क्योंकि उनके पास ऐसी कोई सैन्य बल की उपलब्धता थी ही नहीं। अन्तत: पाँचवें दिन सूर्यास्त के समय मुझे दिखाई दिया कि एक अकेला स्थानीय व्यक्ति लूट के माल को खोजता हुआ वहाँ तक आ पहुँचा है। मैंने एक चट्टान के पीछे उसकी प्रतीक्षा की। जब वह नजदीक आ पहुँचा, मैंने उसे एक फायदे का सौदा बताया। बदले में उसके घोड़े की माँग की। बात बन गई। तब मैंने कम्पास के सहारे रास्ता खोजने की कोशिश की और जितना जल्दी हो सकता था, उतनी जल्दी वहाँ से निकल आया। मैंने इससे पूर्व कभी इतना

बेहतरीन घोड़ा नहीं देखा था। वह लाजवाब था। मैंने उसका नाम अजधर रखा था।"

"पारसी भाषा में अजधर का अर्थ एक दैत्य होता है। क्या तुम पारसी भाषा बोल लेते हो?" कर्नल यंग ने जिज्ञासा व्यक्त की।

"नहीं, बाजार में लोगों को बातचीत करते देख कुछ शब्द जरूर सीखे थे। खैर, दक्षिण की ओर जाने के बजाय मैंने उत्तर दिशा में जाना अधिक बेहतर समझा क्योंकि मुझे लगा कि शत्रु पक्ष के योद्धा हमारे कैम्प के आसपास और जलालाबाद के रास्ते में जरूर फैले हुए होंगे। ऐसा करने में उन्होंने अपने गाँवों को भी छुट्टा छोड़ दिया होगा। यकीन मानिए, मेरा आकलन बिल्कुल सही था। जिस पहले गाँव से मेरा गुजरना हुआ, वह खाली था, सन्नाटे से लबरेज। कुछ इक्का-दुक्का बूढ़े जरूर चारपाई पर बैठे अपना समय व्यतीत कर रहे थे। जब उन्होंने मुझे देखा और उन्हें यकीन आ गया कि मैं कोई बुरा आदमी नहीं हूँ, तो न केवल उन्होंने मुझे और अजधर को सुरक्षा में रखा, बल्कि मुझे रहने की जगह और खाने के लिए अच्छा भोजन भी दिया।"

"अगले कुछ दिन हिन्दूकुश की छाया में भटकने के बाद दक्षिण में जमरूद की तरफ जाने का मन हुआ। मेरी पोशाक जगह-जगह से फट गई थी। वह टोपी कहीं गुम हो गई थी, जिससे मेरी फौजी होने की पहचान होती थी। मेरे पास केवल सरकारी राइफल थी और अजधर का साथ था। वहाँ के एक कैम्प में पहुँचकर मैंने सूचना दी कि ब्रिगेडियर सेल ने मुझे पेशावर के क्षेत्रीय कमांडर को अपनी खराब स्थिति के विषय में जानकारी देने के लिए भेजा है। यह मेरा सौभाग्य था कि वहाँ मौजूद मेजर ने मेरी बात पर यकीन कर लिया था। उसने मुझे ताजा भोजन दिलाया और फौजी सामानों की नई किट दी। मेरे लिए रात्रि विश्राम के लिए एक टेंट की व्यवस्था भी की गई।"

"क्या उन्हें तुम पर कोई शक नहीं हुआ?"

कर्नल यंग को स्वयं उसकी कहानी अविश्वसनीय लग रही थी, इसलिए उन्होंने मन की बात जाहिर कर दी। इस पर विल्सन ने कहा, "हाँ कर्नल। जमरूद के लोग जरूर मुझे संशय की निगाहों से देख रहे थे। मुझे इतनी समझ थी कि यदि उन्हें एक बार यह आभास भर हो जाता कि मैं सेना का एक भगोड़ा हूँ, तो निश्चित रूप से वे स्वयं मुझे फाँसी के फन्दे पर चढ़ा देते। इसलिए जब कैम्प में सब सो गए, तब मैंने अपने अलावा एक राइफल और खाने का जितना सामान ले जाया जा सकता था, वह लिया और निकल लिया। दोपहर बाद तक हम लोग कोहिस्तानी पर्वतों तक पहुँच गए थे। मुझे लगता है कि आगे का अनुमान आपने लगा लिया होगा..."

यद्यपि देर हो गई थी, पर इसी बीच घर की महिला उनके लिए कुछ भोज्य पदार्थ सजा लाई थीं। अब प्रश्न विल्सन का था। उसने पूछा, "सर, अफगानिस्तान की क्या ताज़ा खबर हैं?"

"खबर यह है कि वहाँ हमारी फौज को 70 मील की दूरी तय करने में लगभग छह सप्ताह का समय लगा क्योंकि जलालाबाद के रास्ते भर युद्ध कौशल के बल पर ही आगे बढ़ना हो पाया। जैसे ही वे लोग किले के अन्दर पहुँचे, दोस्त मोहम्मद के आदमियों ने एक सैन्य बल भेजकर उन्हें वहीं बन्धक बना लिया है। तब से तीन महीने बीत चुके हैं और वे वहाँ पर कैद हैं। उनकी स्थिति दयनीय बनी हुई है।"

निश्चित रूप से कर्नल यंग स्वयं भी चिन्तित थे। ऐसे में विल्सन ने उनसे पूछा, "बाकी सैनिकों का क्या हुआ, सर?"

"उनके बारे में बहुत कम जानकारी है। जो है, वह कोई उत्साहजनक नहीं है। वहाँ के लोग बड़े अजीबोगरीब हैं। वह पहले स्वयं आमंत्रित करते हैं और फिर लोगों की हत्या करने से बाज नहीं आते हैं। पर अब तुम अपनी आगे की योजना बताओ। तुम्हारे क्या इरादे हैं?"

अब विल्सन की चौंकने की बारी थी। विस्मित भाव से उसने पूछा, "तो क्या आप मुझे अपने साथ नहीं ले जा रहे हैं?"

"नहीं!"

यह 'नहीं' फ्रेडरिक विल्सन के लिए बहुत महत्त्वपूर्ण था। इतना कि यह उसके उलझन भरे अतीत और भविष्य को जिस सीमा तक प्रभावित करने की क्षमता रखता था, वह केवल विल्सन जान सकता था। यही सही था, जो कर्नल ने कहा था और उसने ध्यान से सुना था। इन पलों में ही उसके मन में भविष्य को लेकर एक खास किस्म का अहसास, एक उमंग फिर से जाग उठी थी। पर वह ऐसा दिखाना नहीं चाहता था। विल्सन ने गम्भीरता का लबादा ओढ़ा और सौम्य स्वर में बोला, "...तब मैं शायद एक शिकारी बन जाऊँगा। मुझे शिकार में मिली ट्रॉफियाँ बड़ी आकर्षित करती हैं। मुझे एक व्यावसायिक शिकारी बनने का बचपन से शौक रहा है। अगर मैं सेना में नहीं होता तो शायद शिकारी ही बना होता।"

कर्नल यंग जोर से हँसे। बोले, "देखो बेटा, तुम शिकारी तो नहीं, पर शिकार जरूर बन जाओगे कभी। सरकार तुम्हें ढूँढ़ने में पूरी ताकत लगा देगी। अगर एक हफ्ते में नहीं, तो महीने या साल में, पर तुम्हारा पकड़ा जाना निश्चित है। तुम्हारे कन्धे पर जो यह बोझ की चीज है, उससे तुम्हें ढूँढ़ना वैसे भी बहुत आसान है। क्या तुम्हें इतनी भी समझ नहीं है?"

विल्सन कुछ क्षण चुप रहा। वह जानता था कि कर्नल की बातें ठीक थीं, परन्तु मन की बात कहने में गुरेज कैसा। उसने कह ही दिया, "पर मैं अपनी रेजिमेंट में वापस लौटने का कोई इरादा नहीं रखता, कभी भी।"

यह जानते हुए भी कि कर्नल यंग के रूप में उसके सामने साक्षात मौत का साया मौजूद था, यह उसका अन्तिम निर्णय था। एक किस्म का दुस्साहस था यह, पर कई बार दुस्साहस काम कर जाते हैं। इस मामले में भी यही हुआ।

10

"तुम मुखबिर क्यों नहीं बन जाते, अगर अपना भविष्य सुरक्षित रखना चाहते हो तो?"

यह कर्नल यंग का प्रश्न कम, सलाह अधिक थी। यह एक ऐसा प्रस्ताव था, जिसके विषय में कभी फ्रेडरिक ने सोचा भी न था, पर उसे कर्नल के काम करने का तरीका पता था। वह जानता था कि मुखबिर के चोले में कोई भी इनसान हो सकता है - पत्रकार, कॉलम लेखक, सिपाही और जासूस। यहाँ तक कि उसके जैसा एक शिकारी भी। देखा जाए तो यह बुरा सौदा नहीं था। इसके सहारे उसे एक नया जीवन मिल सकता था। वह फिर से मुख्य धारा में शामिल हो सकता था। बस उसे कुछ ख़ास खबरों की जानकारी उच्च स्तर तक पहुँचानी होगी। उसे सोचता देख कर्नल बोले, "किस सोच में पड़ गए यंग मैन? इस दुनिया का फैलाव बहुत दूर तक है, अभी तुमने इसका एक छोटा भाग, एक अंश भर ही देखा है। अगर ज़िन्दा रहोगे, सुकून में रहोगे, तो और चीजों से भी वास्ता पड़ेगा। कुछ कर दिखा सकते हो...तुममें सम्भावनाएँ बहुत हैं। मैं देख सकता हूँ..."

"सर, मुझे क्या करना होगा?"

विल्सन की बातों से समझ आ रहा था कि वह अब इस ओर झुकाव रखने लगा था। उसे नई भूमिका समझने की उत्सुकता हो गई थी। कर्नल ने कहा, "तुम्हें मालूम है कि टिहरी का राजा भी मुखबिर रखता है। एक नहीं, उसके पास कई मुखबिर हैं, जो उसे तमाम षड्यंत्रों की सटीक जानकारी दिया करते हैं। इससे वह सतर्क बना रहता है और अपनी सुरक्षा चाक-चौबन्द बनाए रखता है। पर वह भरोसेमन्द आदमी नहीं है। उसके साथ काम करने का कोई लाभ नहीं है..."

"पर सर...यह सब आप मुझे क्यों बता रहे हैं। आप जानते हैं कि चाहे जितनी ही बुरी स्थिति हो, मैं ब्रिटिश हुकूमत को छोड़कर किसी देसी राजा के लिए काम करने की धारणा से सहमत नहीं हो सकता।"

दोनों एक-दूसरे के प्रशंसक हो गए थे, पर खुलकर नहीं, आँखों-आँखों में, और मन ही मन में। कर्नल समझ गया था कि विल्सन का व्यक्तित्व कई रंगों से मिलकर बना है, और वह हर स्थिति के लिए उपयोगी होगा। फ्रेडरिक विल्सन को भी कर्नल की कई बातें साफ़ हुई थीं। वह समझ गया था कि गुप्तचर सेवा का प्रमुख कर्नल यंग है। तभी उसकी उपयोगिता बनी हुई है। उसकी इस गुप्तचर सेवा में यूरोपियन अफसर भी थे और स्थानीय लोग भी, पर वह इतनी सावधानी से काम करता था कि कोई एक-दूसरे से परिचित नहीं होता था। उसके लोग कश्मीर से कुमायूँ तक फैले थे। वे संगठित डकैती, या सत्ता के विरुद्ध विद्रोह जैसी घटनाओं पर ख़ास निगाह रखा करते।

कर्नल ने विल्सन को बताया, "पता नहीं तुम्हें विश्वास हो पाएगा कि नहीं, पर यह सच है कि मेरे इन लोगों ने कई बड़ी डकैतियों को होने से बचाया है तो सम्भावित विद्रोहों का दमन करने की तैयारियाँ कराने में भी हमारी मदद की है। परन्तु दुखद यह है कि अब भी कुछ लोग इन मुखबिरों की सेवाओं को हँसी की बात समझते हैं। सर जैस्पर तो उन्हें देगची ब्रिगेड का नाम देकर हँसते हैं।"

तब तक विल्सन की समझ में आ गया था कि कर्नल यंग लोगों को जोड़ने और उनकी विशेषज्ञताओं का लाभ उठाने के माहिर हैं। कर्नल यंग वही व्यक्ति थे जिन्होंने ब्रिटिश पक्ष की ओर से लड़ने के लिए गोरखा रेजीमेंट को तैयार किया था और इस कारण पूरे देश भर में उनकी चर्चा थी। उन्होंने ही अपनी सभ्यता और बातचीत के ढंग से लोगों का विश्वास हासिल किया था, पर कर्नल जैस्पर की बात उसके समझ से परे थी इसलिए उसने फिर एक बार दोहराया, "देगची...मतलब वह भारतीय बर्तन जिसे भोजन को पकाने में उपयोग में लाया जाता है? उसका यह क्या सन्दर्भ हुआ?"

अब यंग ने उसके प्रश्न को हवा में उड़ा दिया क्योंकि वह कोई उत्तर देने योग्य प्रश्न नहीं था। तब विल्सन ने कर्नल यंग से अपनी दूसरी उत्कंठा जाहिर की, "इस काम में आमदनी कैसी है?"

"कोई आमदनी नहीं है। सच पूछो तो इस काम में कुछ भी आय नहीं होती है।"

कर्नल यंग ने चेहरे पर बिना किसी भाव लाए बताया तो फ्रेडरिक विल्सन सच में विस्मित हो गया। उसने उसी विषय की स्थिति में फिर से पूछा, "तब यह लोग अपना जीवन-यापन कैसे करते हैं?"

"अपनी बुद्धि और विवेक का इस्तेमाल कर। और मैं यह दावे के साथ कह सकता हूँ कि तुमने अब तक अपनी बुद्धि और विवेक का बेहतर इस्तेमाल किया जाना दर्शाया है। मैंने तुम्हें एक ऐसे खजाने की चाभी दे दी हैं जिसमें से तुम जब चाहो अपनी इच्छानुसार धन निकाल सकते हो। अगर तुम तरीके से और योजनाबद्ध ढंग से काम करो तो इस खेल में इतने इनाम मिलेंगे कि तुम्हारी जिन्दगी बहुत सुखमय हो सकती है। हाँ, यह बात जरूर है कि उस धनराशि में से थोड़ी धनराशि तुम्हें अपने लोगों के लिए भी खर्च करनी होगी, तभी तुम आगे बढ़ पाओगे।"

विल्सन का विस्मय और असमंजस बढ़ता जा रहा था। प्रस्ताव आकर्षक जरूर था पर जैसे-जैसे उसका विवरण सामने आता जाता था, वैसे-वैसे उसे नई चिन्ताएँ और घेर लेती थीं। वह समझ नहीं पा रहा था कि इस प्रस्ताव को स्वीकार करे या अस्वीकार कर अपनी जिन्दगी को फिर से जटिलता में डाल दे। फिर भी, उसने कहा, "यदि मैं इस प्रस्ताव को मना कर दूँ तो?"

एक मौत की-सी खामोशी छा गई। कुछ पल के लिए दोनों और से कोई बात नहीं हुई। पर जब बात शुरू हुई तो कर्नल यंग ने गम्भीरतापूर्वक कहा, "मुझे

बताया गया है कि ऐप्सले की योजना थी कि वह मेरठ के ब्रिगेडियर कारवर को यह जानकारी देने वाला था कि उसने 'ब्लैक डॉग' विल्सन को मसूरी में देखा था। मुझे विश्वास है कि कारवर दो और दो को चार बनाकर इस निर्णय पर पहुँचने से कोई गुरेज नहीं करेगा कि तुमने ही मेजर ऐप्सले की हत्या की थी। भले ही उनके पास तुम्हारे खिलाफ सीधे कोई सबूत न हों और न ही कोई गवाह हो, पर ऐसे मामले परिस्थितिजन्य साक्ष्यों पर चला करते हैं...और परिस्थितियाँ निश्चित रूप से तुम्हारे खिलाफ हैं। तुम्हें अब भी छूट है कि जो कहना हो और जो करना हो कर सकते हो। तुम पर कोई दबाव भी नहीं है।"

एक चुप्पी रात के उस माहौल को और भी गहन बना रही थी। पर इस बार विल्सन ने निर्णय लेने में विलम्ब नहीं किया। उसने एक ठंडी साँस ली और कहा, "ठीक है सर, मैं तैयार हूँ।"

एक प्रसन्न कर्नल को और क्या चाहिए था। उसके स्वर में दृढ़ता आ गई थी। कर्नल यंग ने कहा, "मुझे लगता था कि तुम इस प्रस्ताव पर सहमत हो जाओगे।"

पर विल्सन ने भी कच्ची गोलियाँ नहीं खेली थीं। वह जानता था कि उसकी इस स्वीकृति के पीछे क्या कारण रहा है। एक कारण हो तो वह बताता भी, पर सच यह था कि वह अपनी जिन्दगी जीना चाहता था और वह भी अपनी शर्तों पर। ऐसे में इससे बेहतर मौका और कैसे मिल सकता था। अब इधर-उधर की बात कर समय नष्ट करने का अवसर नहीं था। इसलिए उसने कहा, "कर्नल साहब, अब मुझे बताइए कि मुझे क्या करना होगा।"

कर्नल मुस्कराए और अपने बैग से एक बोतल निकाली जो एक पुरानी शराब की बोतल थी। गिलास पास में थे और पानी भी था। तो भला दो-दो पैग क्यों नहीं बनते। दोनों ने एक-दूसरे के स्वास्थ्य के नाम पर शराब के पैग लिये। इससे पहले कि उनको नशा घेर लेता, कर्नल यंग ने फ्रेडरिक विल्सन से कहा, "कल तुमको टिहरी शहर जाना होगा। वहाँ ब्रह्मदत्त नाम का एक व्यक्ति तुम्हें मिलेगा। शहर के मुख्य बाजार में उसकी किराना की दुकान है। वह तुम्हें रहने के लिए एक ऐसी जगह की व्यवस्था कर देगा जहाँ से तुम तिब्बत की ओर जाने वाले हर यातायात पर नजर रख सकते हो। परन्तु ऐसा करने में तुम्हें फिर से अपनी तीक्ष्ण बुद्धि और विवेक का इस्तेमाल करना होगा। यहाँ आमतौर पर फिरंगियों को अच्छी निगाह से नहीं देखा जाता है...यानी उनको विश्वास योग्य नहीं माना जाता है। तुम्हें उनको भरोसा दिलाना होगा कि तुम्हारा कोई काम उनके जीवन में बाधा उत्पन्न नहीं करेगा।"

कर्नल के अनुसार विल्सन के लिए आरम्भिक रूप से यह एक सरल काम था, परन्तु विल्सन की अपनी चिन्ता भी जायज थी। उसने प्रतिप्रश्न किया, "बस मुझे इतना बता दीजिए कि अगर काबुल से वापस आते समय मेरे किसी पुराने अफसर से सामना हो गया तो मुझे क्या करना होगा?"

कर्नल यंग ने इस प्रश्न का सीधे उत्तर देते हुए उसे चेतावनी दी, "याद रखना मुझसे कभी सीधे कोई सम्पर्क नहीं रखना है। जब भी मुझसे सम्पर्क करना हो तो ब्रह्मदत्त से बात करनी होगी। यह बताना जरूरी नहीं है कि यदि तुम किसी पचड़े में फँसते हो तो यह तुम्हारा नितान्त निजी मामला होगा। यह इस खेल का एक जरूरी नियम रहेगा।"

और भी बातें हुईं, धीरे-धीरे परतें खुलीं, पर इतना तय हो गया कि अब विल्सन की जिन्दगी को खतरा नहीं रहा। वह बेफिक्र रह सकता था। उसके सर पर अब कर्नल यंग का हाथ था, जो ईस्ट इंडिया कम्पनी की गुप्तचर सेवा का एक बड़ा नाम था।

अब फिर से उसे जिन्दगी सुहानी लगने लगी थी, अनन्त आशाओं से भरी। महत्त्वाकांक्षाएँ हिलोरें मार रही थीं, उसका यायावर मन स्वच्छन्द विचरण करने के लिए लालायित हो रहा था। वह सिर्फ घूमना चाहता था। इन जंगलों में, जल-प्रपातों में, यहाँ के लोगों के बीच, उनकी संस्कृतियों को जानते-समझते और जीते हुए।

कर्नल का काफिला दूर होते-होते आँखों से ओझल हुआ जा रहा था, पर उसके स्वप्नों में रंग भरते जा रहे थे, कैसा इत्तेफाक था। जब उनकी झलक दिखनी बन्द हो गई तो वह चल पड़ा। एक उपयुक्त स्थल की खोज में, पर उससे पहले उसे ब्रह्मदत्त से भी तो मिलना था।

11

टिहरी गढ़वाल का क्षेत्र हिमालय के दक्षिणी ढलान पर पड़ने वाला एक पहाड़ी भूभाग है। कहा जाता है कि इस ब्रह्मांड की रचना से पूर्व भगवान ब्रह्मा ने इस पवित्र भूमि पर तपस्या की थी। यहाँ के दो स्थान मुनि की रेती एवं तपोवन प्राचीन काल में ऋषियों की तप स्थली थीं। यहाँ के टेढ़े-मेढ़े कटावदार पर्वतीय इलाके जो आम यात्राओं के लिए सुरक्षित नहीं माने जाते हैं, संचार के साधनों की कमी के कारण उनके यहाँ की संस्कृति अभी तक अछूती है, संरक्षित है।

महाराजा सुदर्शन शाह ने अपनी राजधानी टिहरी में स्थापित की। इसके पश्चात उनके उत्तराधिकारियों प्रताप शाह, कीर्ति शाह तथा नरेन्द्र शाह ने अपनी राजधानी क्रमश: प्रताप नगर, कीर्ति नगर और अन्तत: नरेन्द्र नगर में बनाई। यह तब की बात था जब टिहरी शहर नया-नया सुदर्शन शाह के गढ़वाल की राजधानी बना था। पंवार वंश की इस राजशाही को भारतीय रजवाड़ों के प्रति एक सम्मान दिखाने के ब्रिटिश नियम के अनुसार बनाए गए प्रोटोकॉल में इसे ग्यारह तोपों की सलामी वाली राजशाही कहा गया।

याद रहे कि 21 तोपों की सलामी की स्थिति केवल कुछ बड़े महाराजाओं जैसे रणजीत सिंह आदि के लिए सुरक्षित रखी गई थी। इस 11 तोपों की सलामी के स्तर के राजा सुदर्शन शाह फिर भी स्थानीय शासकों में सबसे संयमित शासक कहे जा सकते थे। वह अपने वंश के 55वें राजा थे। वह सौम्य थे, कवि हृदय थे पर थे तो अधिपति ही। उनकी प्रजा अधिकांश रूप से निर्धन थी और उनका महल तथा जीवन शैली सामान्य थी परन्तु वह 'जंग साहिब' यानी ईस्ट इंडिया कम्पनी के वफादार कर्नल यंग के बहुत अच्छे मित्र थे। ऐसा इसलिए था कि कर्नल ने इन राजा को उनके पिता की गद्दी पर बिठाने में जितनी मदद की थी उतनी शायद किसी और ने न की हो।

सुदर्शन शाह जल्दी ही एक ऐसा राजा बन गया जिसके पास एक साम्राज्य तो था परन्तु कोई राजधानी नहीं थी क्योंकि ब्रिटिश लोगों ने उसके पिता की पुराने समय की राजधानी श्रीनगर को अपने हिस्से के पूर्वी गढ़वाल में शामिल कर लिया था। तब सुदर्शन शाह के पास इसके अलावा कोई चारा न था कि उसने टिहरी में एक तिकोनी बंजर जमीन को अपने महल के लिए चुना। यह जगह भागीरथी और भिलंगाना नदियों की धारा के निकट थी।

कहते हैं कि जब राजा सुदर्शन शाह ने यहाँ अपनी राजधानी बनाई तो उस जगह एक चरवाहे की झोंपड़ी तक नहीं थी। ऐसी जगह में और मूलभूत सुविधाओं के अभाव में राजा के अलावा और लोग वहाँ बसने को तैयार नहीं थे। ऐसे में राजा ने दूरदृष्टि से काम किया। उसने उन लोगों के मकानों के लिए ₹700 की व्यवस्था की जिनसे राजस्व की प्राप्ति हुई थी। उन पैसों से राजा ने 30 छोटे-छोटे मकान बनवाए जिन्हें ऐसे लोगों को किराये पर दे दिया गया जो जरूरतमन्द थे और वहाँ बसना चाहते थे। यह किराया बहुत कम यानी ₹3 प्रतिवर्ष रखा गया। बड़े चट्टानी इलाके को राजा ने अपने महल के लिए चुना था जहाँ उन्होंने एक गुलाबी रंग के महल का निर्माण कराया। फ्रेडरिक विल्सन जब तक गढ़वाल पहुँचा, तब तक वहाँ लगभग 2,000 लोगों की आबादी हो चुकी थी और यह शहर प्रगति की राह पर था।

ब्रह्मदत्त नाम के जिस व्यक्ति का सन्दर्भ कर्नल यंग ने फ्रेडरिक को दिया था, वह राजा सुदर्शन शाह का समकालीन था। उसने उसी समय टिहरी में आकर बसने का निर्णय कर लिया था। वह उम्र के हिसाब से राजा से लगभग दस साल छोटा रहा होगा। ब्रह्मदत्त का एक भतीजा टिहरी के इस राजा सुदर्शन शाह का प्रधानमंत्री हुआ करता था।

भागीरथी नदी पर बने लकड़ी के मजबूत पुल को पार करते हुए विल्सन मुख्य बाजार क्षेत्र में पहुँचा जहाँ उसने आसपास के दृश्यों का अवलोकन किया। यह वह समय था जब पतझड़ अपने शबाब पर था। सूखे पत्तों से ढके रास्ते एक अलग ही दृश्य उत्पन्न कर रहे थे। बाजार में तरह-तरह की दुकानें सजी थी जिनमें रोजमर्रा

और कच्चे सामान की कई दुकानें प्रमुख थी। वह गढ़वाली लोगों और खास तौर से पहाड़ी महिलाओं की रंग-बिरंगी पोशाकों को देखकर अभिभूत था।

जैसे ही विल्सन अपने घोड़े से उतरा, एक किशोर जो अपने शरीर की नाप से विषम अनुपात के आकार का, ढीला-ढाला स्वेटर पहने हुए था, भीड़ में से रास्ता बनाते हुए उसके बिल्कुल निकट आ गया। वह बार-बार उसकी बाँह को हाथ लगाता और कुछ बताने की कोशिश करता। शुरुआत में यह तरीका विल्सन को पसन्द नहीं आया और उसने किशोर को दूर रखने की कोशिश की परन्तु बाद में उसे लगा कि वह उससे कोई संवाद स्थापित करने की कोशिश कर रहा है। जब उसने उसकी आवाज को गौर से सुना तो वह जान पाया कि अपने गढ़वाली उच्चारण में वह विल्सन का स्वागत कर रहा था। वह कह रहा था, "...हुलसन साहब!"

विल्सन समझ गया कि उसका गन्तव्य आ गया। उसने अपने प्रिय घोड़े अजधर को एक सुरक्षित जगह बाँध दिया। मसालों और धूपबत्ती की गन्ध उसके दिमाग तक चढ़ रही थी परन्तु उसका यहाँ पर जाना जरूरी था, इसलिए यह गन्ध बर्दाश्त की जा सकती थी। वह इस जगह का निरीक्षण कर ही रहा था कि पीछे से एक आवाज आई। सौम्य स्वर में कोई समझने वाली हिन्दी में पूछ रहा था, "मैं आपकी क्या सेवा कर सकता हूँ, श्रीमान?"

विल्सन ने पीछे घूम कर देखा। वह व्यक्ति सम्बोधित जगह ही रहा करता होगा, इसलिए उसने अपना प्रश्न इस व्यक्ति के समक्ष रख दिया। बोला, "मैं मिस्टर ब्रह्मदत्त से मिलने आया हूँ।"

उस व्यक्ति के चेहरे पर बने भाव में कोई परिवर्तन नहीं आया। वह बोला, "बहुत अच्छा...मैं ही ब्रह्मदत्त हूँ...आप सम्भवतः हुलसन साहब हैं। है न?"

यह विल्सन के लिए एक सुखद आश्चर्य था कि वह ब्रह्मदत्त को ढूँढ़ सका था, पर इससे भी अधिक आश्चर्य की बात यह कि ब्रह्मदत्त को उसके आगमन की प्रतीक्षा थी। विल्सन ने इस विशिष्ट दुकानदार की आँखों में एक बार झाँक कर देखा और यह समझने की कोशिश की कि यह किस तरह का व्यक्ति होगा। उसके अनुसार ब्रह्मदत्त एक गोरे रंग का, थोड़ा छोटे कद का, अच्छे नैन-नक्श वाला व्यक्ति था। उसकी आँखें बहुत आकर्षक थीं। बाल हल्के भूरे रंग के और थोड़ा छोटे थे। वह दाढ़ी नहीं रखता था। उसके सपाट चेहरे को देखकर लगता था कि वह रोज शेव किया करता था। वह अभी उससे परिचित हो ही रहा था कि ब्रह्मदत्त ने कहा, "आइए, हम लोग आराम से बैठकर बातें करेंगे।"

उस अपेक्षाकृत खाली कमरे में कुछ भी ऐसा नहीं था, जिसकी चर्चा की जा सके। हाँ, वहाँ पर कुछ देवी देवताओं की मूर्तियाँ जरूर थीं और उन पर कुछ ताजे फूलों की पंखुड़ियाँ अर्पित थीं। धूपबत्ती की सुगन्ध वातावरण को एक रहस्यमय स्थिति प्रदान कर रही थी। वह खड़े होकर उन मूर्तियों को देखने लगा कि उनमें

ऐसा क्या है जिसके लिए यहाँ के लोग खून की नदियाँ बहाने तक को भी तैयार रहते हैं। उनके लिए ईश्वर का आशीर्वाद ही सब कुछ है और इनके ईश्वर...न जाने पत्थरों में कैसे ईश्वर रहा करते हैं। पर वह फिर स्वयं ही नतमस्तक हो गया, ऐसी सोच के आगे। जरूर इसमें भी कुछ बात रही होगी, कुछ तर्क और कुछ आध्यात्मिक बातें जरूर होंगी, तभी लोग पत्थरों, नदियों, हवाओं और यहाँ तक कि चाँद-तारों में भी ईश्वर का वास देखा करते हैं। कई बार विल्सन को यहाँ की संस्कृति और धर्म की अवधारणा बहुत आकर्षित करती थी, पर उसकी जिन्दगी की कठिनाइयाँ, जिन्हें जटिलताएँ भी कह सकते हैं, उसे इस विषय में विस्तार से समझने का अवसर नहीं देती थीं।"

चाय पीते हुए ब्रह्मदत्त ने बताया कि, "एक समय था कि यह पूरा क्षेत्र रहने योग्य नहीं था लेकिन अगर यह इस लायक बना है तो यह केवल पंवार वंश की देन है। इससे पहले यहाँ पर जंगली जानवरों—बाघ, चीते, भालू, लोमड़ी, हिरण और अन्य तमाम तरह के जानवरों का राज हुआ करता था। कम्पनी की निगाह पड़ी तो उन्हें यहाँ सोना दिखाई दिया...स्वर्ण भंडार।"

"स्वर्ण भंडार...यू मीन ट्रेजर ऑफ़ गोल्ड?", विल्सन ने विस्मय से पूछा तो ब्रह्मदत्त ने बताया, "जी, श्रीमान! यहाँ के सैकड़ों-हजारों साल पुराने जंगल किसी स्वर्ण भंडार से कम नहीं। हम लोगों के लिए यह वनस्पति पूजनीय है। हम लोग पेड़ों और पौधों में अपने देवताओं का वास मानते हैं। उन्हें भी अपनी ही तरह जीवित आत्मा समझते हैं, पर व्यापारिक दृष्टि अलग होती है। वे लोग तिलों से तेल निकालना जानते हैं। उन्हें पता है कि यह चीड़ और देवदार के पेड़, बुराँस के फूल और पूरे इस गढ़वाल अंचल में फैली प्राकृतिक सम्पदा उनके लिए कितना बड़ा और अनमोल खजाना है...ऐसा खजाना जो आसानी से जल्दी खत्म भी नहीं होने वाला। जो स्वयं वृद्धि करता रहता है, भले ही आप उसे घायल करें, नष्ट करने की सोचें और उसके प्रति लापरवाह बने रहें। प्रकृति की यही तो खूबसूरती है। हर वह चीज जो उसने गढ़ी है, वह अनमोल है..."

विल्सन किसी और मकसद से यहाँ आया था लेकिन इस गढ़वाली दुकानदार ने उसे जो दार्शनिक बातें बताईं, उसके बाद वह वास्तव में सोचता रह गया कि इस विषय पर तो उसने कभी सोचा ही नहीं। ब्रह्मदत्त ने उसकी तारतम्यता भंग कर दी। हँस कर बोला, "श्रीमान, आपकी चाय ठंडी हो रही है और चाय अगर ठंडी हो जाए तो फिर उसमें कोई रस नहीं रहता। इसलिए मेरा मानना है कि पहले चाय का सेवन कर लिया जाए।"

बातों का सिलसिला जारी रह सकता था अगर विल्सन केवल एक यायावर के रूप में ही ब्रह्मदत्त से मिला होता। पर अब बात यायावरी से ऊपर हो चुकी थी। उसे इस इलाके में हो रही गतिविधियों के विषय में अपडेट रहना था। इसलिए

उसने अपने मतलब की चर्चाओं पर ध्यान केन्द्रित करने के उद्देश्य से पूछा, "क्या अफगान युद्ध ने रूसी धारणा को भी खोखला कर दिया है, और क्या अब वे किसी इस तरह के युद्ध में कार्रवाई करने से बाज आएँगे?"

ब्रह्मदत्त कुछ क्षण के लिए शान्त रहा, पर जब जवाब दिया तो बोला, "कोई नहीं कह सकता कि युद्ध के बादल कब बरस पड़ें। इतिहास हमें बताता है कि वह स्वयं को दोहराता है, पर इस इतिहास से कोई कुछ सबक लेता हो, ऐसा दिखता नहीं है। इसलिए केवल तैयारी, सतर्कता और सतत सतर्कता ही मूल मंत्र कहा जा सकता है।"

विल्सन को ब्रह्मदत्त की बातों में बार-बार दार्शनिकता का समावेश अच्छा लगा। वह मुस्कराया। अभी उसके साथ एक बात अच्छी यह हुई थी कि वह एक आजाद पंछी बन गया था। विल्सन को अब न अपने पकड़े जाने का डर था और न ही छिप-छिप कर रहने का, पर एक समस्या अब भी बनी हुई थी। उसके पास कोई फंड नहीं थे। बिना किसी धनराशि के गुप्तचर का काम करना भी एक कठिन चुनौती से कम न था। ब्रह्मदत्त ने आगे कहा, "भागीरथी से लेकर सतलज तक कई ऐसी गतिविधियाँ हैं जो सन्देहास्पद होती हैं, जैसे शत्रु पक्ष अपना सर उठाने की कोशिश में हो। इस इलाके में वन्य-जीव बहुत हैं। काफी लोग उनका शिकार कर ही अपना काम चलाया करते हैं।"

ब्रह्मदत्त ने उसे क्लू दे दिया था, पर ऐसे किसी भी काम के लिए जरूरी फंड कहाँ से आएँगे यह बात स्वयं कर्नल यंग ने भी उसके साथ साझा नहीं की थी। पता नहीं ब्रह्मदत्त को कैसे इस बात का आभास हो गया। तभी तो उसने कहा, "जंग साहिब ने आपके बारे में बताया था कि आप एक अच्छे शिकारी हो। उन्होंने मुझे आपके लिए कलकत्ता में एक ऐसे एजेंट को ढूँढ़ने को कहा था जो आप के शिकार किये गए जानवरों की खाल और उनके पंखों के बाजार की व्यवस्था कर सके। आप मुझे इन चीजों को भेजते रहिए, और मैं एक छोटी सी फीस लेकर उस एजेंट को आगे भेजता रहूँगा जो इनके आपको उचित दाम दिलाएगा। मैंने आपके लिए एक खाता भी खोल दिया है। आपको अपनी भागदौड़ और काम के सिलसिले में जो भी पैसा चाहिए वह आप मुझसे ले सकते हैं, जिसे मैं इस खाते के माध्यम से बाद में वापस लेता रहूँगा। हुलसन साहिब, देखिए यह किस्मत भी अजीब होती है, कहाँ मैं और कहाँ आप। भला हम दोनों का कोई मेल है क्या? परन्तु सच यह है कि हम एक काम में साझीदार बन गए हैं।"

अन्तिम वाक्य कहते-कहते ब्रह्मदत्त के चेहरे पर एक भरपूर हँसी दौड़ गई थी। विल्सन भी इस हँसी में शामिल हो गया क्योंकि अब वह स्वच्छन्दता के साथ-साथ थोड़ा बेफिक्र भी हो चला था। पर उसके पास भी प्रश्न थे। विल्सन ने पूछा, "जंगली जानवरों की खाल और उनके पंख? वाह, मुझे नहीं मालूम था कि इनका

कलकत्ता में इतना बढ़िया बाजार है कि उसके लिए यहीं से बैठे-बैठे एजेंट की व्यवस्था हो सकती है।"

ब्रह्मदत्त जानता था कि हिरण की नाभि में छिपी कस्तूरी की बहुत अधिक माँग होती है। इससे छानकर जो तत्त्व प्राप्त होता है उसकी खुशबू तो लम्बे समय तक एक बेहतर अहसास बनाए ही रखती है परन्तु वह यह भी जानता था कि इस कस्तूरी का यौन रोगों में बेहतर उपयोग पुराने समय से होता चला आया है। इसी को प्राप्त करने के लिए छोटे-मोटे शिकारी हिरणों को ऐसा शिकार बनाने लगे थे कि देखते ही देखते उनकी प्रजाति पर ही संकट आ गया था। हिरण की नर प्रजाति में ही यह ग्रन्थि मिलती जिससे इस विशिष्ट तत्त्व प्राप्ति हो सकती थी परन्तु क्योंकि नर और मादा में आसानी से भेद करना मुश्किल था, इसलिए शिकारियों ने एक समय में तबाही मचा कर रख दी। हिरणों के अस्तित्व पर ही संकट आ खड़ा हुआ। अधिकतर शिकारी उनकी जान के दुश्मन बन गए थे। फिर टिहरी के राजा ने इस दंड को राजस्व प्राप्ति का एक अच्छा हथियार बना दिया। घोषणा कर दी गई कि हिरण पकड़ने पर एक निश्चित धनराशि देनी होगी। वैसे भी अपरिष्कृत कस्तूरी की एक खुराक के बदले में लगभग 12 चाँदी के सिक्के मिलना आम बात थी। इसलिए शिकार के मामलों में तो कोई कमी नहीं आई पर राजस्व जरूर बढ़ने लगा। लेकिन उसने विल्सन की उत्कंठा पर चुप्पी साध ली।

पर विल्सन ने उसे फिर कुरेदा, "मुझे मालूम है कि इस कस्तूरी का आप लोगों के देश में क्या महत्त्व है और उसे इस्तेमाल करने के लिए लोग किस सीमा तक जा सकते हैं।"

यह सुनते ही ब्रह्मदत्त के चेहरे की मुस्कान अचानक गायब हो गई। वह विल्सन के साथ अपनी भूमिका सीमित रखना चाहता था। बस इतनी, जितने में उसे उसका कमीशन मिलता रहे और जंग बहादुर साहब को खबरें। उसे समझ में नहीं आया कि वह विल्सन को कस्तूरी के विषय से दूर रखने की कोशिश कैसे करे। फिर भी उसने कहा, "हुलसन साहब, मेरा विचार है कि आप इस पचड़े में न पड़ो। यह एक ऐसी राह है जिसमें तमाम लोग नियम, कानूनों और परम्पराओं से परे चोरी-छिपे लगे रहते हैं। पर मेरा स्पष्ट मत है कि यह कोई साफ-सुथरा काम नहीं है। फिर अगर इस अनुपात में हिरणों का शिकार किया जाना जारी रहा तो एक समय ऐसा भी आएगा कि गढ़वाल के ये जंगल हिरणों से सूने हो जाएँगे। तब यह औषधि कहाँ से आएगी? इसीलिए राजा भी चाहते हैं कि कम से कम लोग इस व्यवसाय में प्रविष्ट करें। वह कस्तूरी के अन्धाधुन्ध उपयोग को बढ़ावा नहीं देना चाहते। प्राचीन काल से यहाँ जो हिरण हैं वह पंवार वंश की सम्पत्ति माने जाते हैं। उनका भरण-पोषण शाही खजाने से होता है। केवल बूढ़े और अनुपयोगी हिरणों के शिकार की अनुमति है, वह भी सीमित रूप से। आप शायद जानते होंगे

कि अवैध रूप से यह शिकार करने पर काँजी हाउस की सजा जरूर मिलती है। आप के मामले में अगर ऐसा हुआ तो यकीन मानिए कि आपको सजा के रूप में मेरठ कैंटोनमेंट के कमांडेंट को सौंप दिया जाएगा। इस प्रकार अगर कहा जाए कि आपके लिए कस्तूरी की चाह एक आत्महत्या की भाँति है तो कोई अतिशयोक्ति नहीं होगी। अगर आप मेरी मानो तो हिरणों की इन प्रजातियों को उनके हाल पर छोड़ दो। इसे आप राजा का आदेश भी मान सकते हैं..."

परन्तु विल्सन के मन में लालच जरूर बैठ गया था। उसने ब्रह्मदत्त की बात को बीच में काटते हुए एक किस्म की बेफिक्री और बेरुखी से कहा, "हिरण की कस्तूरी में बहुत पैसा है..."

"जरूर होगा। पैसे का क्या है, वह तो हर जगह, यहाँ तक कि मिट्टी में भी बिखरा पड़ा रहता है। मैं ऐसे लोगों को भी जानता हूँ जो केवल मिट्टी, रेत और ऐसी ही प्राकृतिक सम्पदा को इधर-उधर कर मालामाल हो गए हैं, पर इन हिरणों की बात अलग है। ये भी हमारी तरह जीव हैं। इनकी आँखें देखी आपने? हम लोग जब कभी किसी सुन्दर स्त्री को उपमा से नवाजते हैं तो उसे हिरणी की-सी आँखों की उपमा देते हैं। उनकी चाल देखी है आपने? किस तरह से उछल-कूद कर चलते हैं, जैसे कोई अल्हड़ युवती कूदा-फाँदा करती है। उनके शरीर पर चित्तियाँ जरूर देखी होंगी आपने? उनकी खूबसूरती ईश्वरीय देन है। और हम अगर इस ईश्वर की कृति के साथ हिंसा करते हैं, उन पर अत्याचार कर उन्हें दर्दनाक मौत की नींद सुलाएँ तो यह विशुद्ध रूप से आपराधिक कृत्य है। आप को इससे बचना चाहिए। रूपया पैसा मान-सम्मान कमाने के लिए बहुत विकल्प आपके सामने हैं और आगे भी आते रहेंगे।"

विल्सन हार मानने वाला नहीं था। उसने फिर कहा, "पर कोई तो रास्ता होगा जो इस कस्तूरी को पाने के लिए वैध रूप से प्रयुक्त किया जा सके..."

ब्रह्मदत्त को समझ आ गया था कि विल्सन की नीयत केवल आर्थिक लाभ देख रही थी। फिलहाल उसके अन्दर की मानवीय अनुभूतियाँ पृष्ठभूमि में चली गई लगती थीं, वरना वह इतना सब सुनने के बाद अपना मन-मस्तिष्क इस ओर से हटा सकता था। ऐसे में थोड़ा और स्पष्ट और कड़ा रुख दिखाना भी जरूरी था। इसलिए ब्रह्मदत्त ने दृढ़ता से कहा, "एक बात बताइए हुलसन साहिब...आप सर उठाकर चल सकें, गर्दन ऊँची रहे, क्या इसका कोई मोल है? मेरा विचार है कि आपको बात की नजाकत को समझना चाहिए। राजा सुदर्शन शाह के पास लगभग एक दर्जन मुखबिरों की टोली है जो उन्हें इस तरह की खबरों की छानबीन कर विस्तृत जानकारी दिया करते हैं। मैं नहीं चाहता कि आपके विषय में कोई ऐसी जानकारी उनके पास तक पहुँचे। अगर ऐसा हुआ तो आपका मिशन नाकामयाब होने की राह पर चल पड़ेगा। दूसरी बात यह भी है कि टिहरी के इस राजा ने अपने

लोगों को यह भी सख्त हिदायत दी हुई है कि इस तरह के शिकार में पाए जाने वाले लोगों के विरुद्ध वे स्वयं भी अपने स्तर से कड़ी कार्रवाई कर सकते हैं। और कड़ी कार्रवाई का आप अर्थ समझते होंगे? इसलिए मेरी सलाह है कि कृपया आप ऐसा करने की न सोचें।"

ब्रह्मदत्त की तरफ से यह मामला बन्द हो गया था पर फ्रेडरिक विल्सन एक अलग किस्म का इनसान था। और फिरंगियों से भी अलग। उसने फिर कहा, "बस एक बार। अगर हो सके तो एक बार के लिए मुझे कोई अच्छा ग्राहक दिला देना। मैं तुम्हारा शुक्रगुजार रहूँगा। अगर इस प्रक्रिया में मैं पकड़ा गया तो उसकी जिम्मेदारी मेरी अपनी है। तुम अपना पल्ला झाड़ सकते हो।"

ब्रह्मदत्त ने विल्सन की आँखों में झाँक कर देखा। वह समझ गया कि यह वाकई में कोई बिगड़ैल फिरंगी यायावर है। न चाहते हुए भी उसके चेहरे पर एक अलग किस्म की मुस्कान उभर आई। बोला, "एक बार का अर्थ सिर्फ एक बार है। पता नहीं क्या बात है कि मैं तुम्हें इस अवैध काम के लिए रोक पाने में असफल तो रहा हूँ, और तुम्हारा साथ भी दे रहा हूँ। ईश्वर मुझे क्षमा करें।"

और उसने सोमेश्वर भगवान की प्रतिमा के समक्ष हाथ जोड़कर आँखें बन्द कर ली। विल्सन उन क्षणों में उसे थोड़ा विस्मय और थोड़ा प्रसन्नता से देखता रहा। शायद विल्सन की जिन्दगी के बदलाव का पहला चरण शुरू होने जा रहा था, लेकिन ब्रह्मदत्त अपनी सीमाएँ जानता था इसलिए उसने स्पष्ट कर दिया और कहा, "साहब, आप अभी-अभी बड़ी खतरनाक स्थिति से निकलकर बाहर आए ही हैं। ऐसे में आप हिरणों के शिकार का दुस्साहस कर रहे हैं। सच में यह बहुत चकित करने वाली बात है। मुझे लगता है कि कहीं यह दुस्साहस आपको भारी न पड़े। साथ ही मुझे भी पिसना न पड़ जाए।"

"लेकिन आप तो तैयार हो चुके थे?"

एक सशंकित विल्सन ने ब्रह्मदत्त से जिज्ञासा व्यक्त की कि क्या उसके दृष्टिकोण और निर्णय में कोई परिवर्तन आया है, परन्तु ब्रह्मदत्त अपनी जबान दे चुका था इसलिए बोला, "मैंने अगर आपसे कहा है तो मैं अपना वादा निभाऊँगा। पर, सिर्फ एक बार। लेकिन एक बात फिर भी मैं कहना चाहूँगा कि आपके गैर-जिम्मेदाराना व्यवहार से मैं बहुत आहत हूँ। अगर आप अपनी सीमाओं का यूँ ही अतिक्रमण करते रहे तो वह दिन दूर नहीं जब आपको बर्बादी देखनी पड़ सकती है। आप जान सकते हैं कि शाही खानदान के लोग हम प्रजा पर किस तरह की नजर रखते हैं, फिर आप तो फिरंगी हो, आप पर तो और भी अलग किस्म की दृष्टि रखी जाएगी। पर आप अगर नहीं सोच रहे तो यह एक विचित्र स्थिति है।"

ब्रह्मदत्त को नहीं पता था कि फ्रेडरिक विल्सन किस-किस किस्म की बर्बादी और अपमान झेल कर यहाँ तक आया था। उसकी वास्तविक पृष्ठभूमि क्या थी,

और वह अगर व्यापक दृष्टिकोण न रखता, अपनी सतर्कता न बनाए रखता, तो शायद अभी तक इस संसार से विदा हो गया होता। बर्बादी और बेइज्जती को विल्सन अपने जीवन के अभिन्न अंग मानकर चलता था। उसने फिलहाल ब्रह्मदत्त की बातों से सहमति व्यक्त करने के लिए गर्दन हिलाई पर वह जानता था कि उसे इस व्यापार में कहाँ तक, किस सीमा प्रवेश करना है। वह सीमा मानकों का अतिक्रमण भी हो सकती थी। हाँ, वह दुस्साहसी था। भारतीय आस्थाओं में उसका विश्वास नहीं के बराबर था, उसने इस जानकारी को एक कान से सुना और दूसरे से निकाल दिया। उसे तो अपनी जिन्दगी जीनी थी, तिलों से तेल निकालकर, इस बेहद अनजाने स्थल में अपना रास्ता बनाना था, उसके कुछ स्वप्न थे, जिन्हें पूरा करने की इच्छा थी, भगवान सोमेश्वर या गढ़वाल के लोगों की आस्था से उसका क्या लेना-देना।

12

तब पूरे गढ़वाल की पर्वतीय शृंखला, ऊँचे-नीचे कच्चे-पक्के रास्तों और भरपूर वनस्पतियों के साथ तरह-तरह के जीव-जन्तुओं से भरी हुई थी। उस दिन विल्सन यूँ ही यायावरी करता हुआ बहुत आगे निकल गया था। जब तक उसे अहसास हुआ, वह लौटने लगा। पर यह क्या!

सामने उसका रास्ता रोकने के लिए पंक्तिबद्ध खड़े थे—एक नहीं, दो नहीं, कुल दस सफेद भालू, और वे भालू भी छोटे-मोटे पिद्दी भर के नहीं, विशालकाय शरीर के स्थूल जानवर थे। ऐसे जिन्हें देख कर ही कँपकँपी बँध जाए। उस समय कोहरे की परत ने उन्हें भी ऐसे ढक रखा था, जैसे कोई श्वेत वस्त्र धारक पुजारी पूजा करने के लिए ईश्वर के सामने आ खड़े हों! वह भी दस!

...उसकी आँखें खुल गईं। हाँ, यह एक स्वप्न था। एक दुःस्वप्न, जिसके प्रभाव से वह पसीने-पसीने हो गया था, जबकि यह सर्दियों के दिन थे, और भोर का समय। बस कुछ ही देर में चिड़ियों की चहचाहट सुनाई देने ही वाली थी और सूरज आकाश में उभरने की तैयारी में जुटा था।

विल्सन बिस्तर से उठ बैठा। उसने बाहर आकर अपने मुँह पर पानी के छींटे डाले, एक अँगड़ाई ली और चाय की तलब में ताँक-झाँक करने लगा। अचानक उस घर के दूसरी ओर के पट खुले। वह षोडसी, अलसायी-सी बाहर आई, उसके हाथों में अपने लिए एक चाय की प्याली थी। विल्सन को देखकर वह उलझन में पड़ गई। ठिठकी, फिर बोली, "चाय लोगे? रुको लाती हूँ!"

विल्सन चकित रह गया, यह तो उसके मन को पढ़ने जैसी बात हुई। उसे सच में चाय की तलब लगी थी, एक बढ़िया गढ़वाली चाय, ज्यादा मीठी, ताकि जल्दी और अधिक ऊर्जा मिले, दिन शुभ हो। लगा जैसे उसके ईश्वर ने मन की बात सुन ली हो।

वह चाय ले आई थी। उसने प्याली आगे बढ़ाई तो विल्सन ने पूछ ही लिया, "सुन्दरी, तुमको कैसे भान हुआ कि..."

"...आपको चाय की तलब लगी है।" उस युवती ने वाक्य पूरा कर दिया।

"हाँ, हाँ"

मंत्रमुग्ध-से विल्सन ने साथ दिया, तो वह बोली, "दुनिया में दो तरह के लोग होते हैं। एक सवेरे उठते ही चाय के तलबगार और दूसरे पूजा करने वाले। पूजा वाले तो आप लगते नहीं..."

विल्सन खुलकर हँस पड़ा। बोला, "सही आकलन है, ...क्या दिनचर्या रहती है तुम्हारी?"

"मेरी तो बस यही दिनचर्या है। माँ सुबह जंगल से लकड़ियों की कटाई, उनके लाने में थक कर ऐसी चूर हो जाती है कि मैं उनको नाश्ता बनाने के बाद ही उठाती हूँ, और पिता..."

"हाँ, वह कब उठते हैं?"

विल्सन की स्वाभाविक जिज्ञासा जाग उठी थी। तब उसने बताया, "वह दिन चढ़ने पर उठते हैं, जब उनकी दारू का असर खत्म हो जाता है। बस हम लोगों की यही जिन्दगी है, साहब!"

विल्सन उसकी बातों को तो सुन ही रहा था, उसके सौन्दर्य से भी अभिभूत था। वह एक आम गढ़वाली लड़की थी पर थोड़ा अधिक खूबसूरत, श्वेतवर्णा, शारीरिक रूप से समृद्ध, उसके अंगों से यौवन छलकने को बेताब दिखता था। वह बातों को कहने के ढंग से भी उतनी ही आकर्षक थी, जितनी शरीर से थी। उसके कान, नाक के आभूषण और गले के चाँदी-जैसी धातु का बड़ा हार उस पर फब रहा था। विल्सन उस बाला को देख रहा था कि वह हँसकर बोली, "क्या देख रहे हो भला? चाय की घूँट भी लेते रहिए, वरना ठंडी हो जाएगी।"

"हाँ, हाँ।" और विल्सन ने दो घूँट चाय पी। वह इस खूबसूरत युवती के हाथों बनी थी, इस आभास से ही उसका पेय सुस्वादु हो गया था। बातें जारी रखने के लिए बातों का सिरा पकड़ना जरूरी था। विल्सन ने बिना पूछे अपना औपचारिक परिचय दिया, "मैं विल्सन हूँ, फ्रेडरिक विल्सन, नाम क्या है तुम्हारा?"

"राईमत्ता! पर मैंने तुम्हारा परिचय कल ही जान लिया था, जब तुम मेरे पिता से बता रहे थे," उसने उत्तर दिया।

ओह! पर यह भला क्या नाम हुआ, विल्सन ने सोचा। वह दुविधा में था कि

पूछे या न पूछे, और संयोग देखिए कि यही दुविधा राईमत्ता के मन में ही चल रही थी, इसलिए उसने हँसकर कहा, "परेशान न होइए, हुलसन बाबू! जैसे आपके नाम का कोई खास अर्थ नहीं, वैसे ही मेरा नाम भी कोई मायने नहीं रखता। राई की तरह सूक्ष्म अस्तित्व है मेरा, यह भी मान सकते हो। बस कुछ भी पुकार दो, जो जुबान पर चढ़ आए।" और वह फिर खनकी। इस बार उसकी हँसी के साथ उसके पैरों में बँधी पाजेब भी खनक उठी थी।

"चलो, वहाँ बैठते हैं", विल्सन ने चार कदम पर पड़े एक बड़े से पत्थर की ओर संकेत किया तो वह दोनों प्यालियों को समेटते हुए बोली, "अभी आई।"

वह कुछ ही पलों में फिर से वापस आ गई थी। खाली हाथ थी, इसलिए यह समझा जा सकता था कि राईमत्ता केवल उन प्यालों को रखने गई थी। राईमत्ता का भी शायद इस फिरंगी नवयुवक को और करीब से जानने का मन हो आया हो, कौन जाने। उसकी नीली आँखें उसे औरों से अलग करती थीं। वह आकर्षक था, देहयष्टि से प्रबल था, इसे मानने में कोई संशय नहीं था। उसका हिन्दी उच्चारण इस अंग्रेज को मासूम साबित करता था, पर यह मासूमियत क्या सच में थी? यह न वह स्वयं जानता था, न राईमत्ता! यह उम्र होती ही ऐसी है।

वह दोनों पत्थर के किनारों पर बैठे थे। विल्सन ने पूछा, "क्या-क्या पका लेती हो?"

"सब कुछ, जो यहाँ पर दिखता है...घास-फूस और भला क्या?" और उसके चेहरे पर मासूमियत तथा मुस्कराहट के मिश्रित भाव उभर आए।

"मांस-मच्छी?"

"न, न, यह पाप मैं नहीं करने वाली। देवी माता रुष्ट हो जाएँगी तो कहाँ जाऊँगी? फिर वे भी तो हमारी तरह जीव हैं। उन्हें भी तो जीने का अधिकार है? है न?"

विल्सन उसका दिल जीतना चाहता था, पर यह बात उसके अपने दिल के विपरीत थी। कैसे बोलता! युक्ति सोच ही रहा था कि राईमत्ता फिर चहक उठी। उसकी इस चहक में एक संशोधन था, "कल की कौन जाने, अभी तो मैं न पकाने-वाली, न खाने वाली।"

विल्सन जोर से हँसा। बोला, "हे सुन्दर युवती, तुमने मुझे इस जन्म की एक अच्छी-खासी दुविधा से बचा लिया। तुम धन्य हो।"

राईमत्ता ने अपनी आँखों को ऐसे घुमाया कि विल्सन के लिए वह पहेली बन गई। उसे असमंजस में देख वह चंचला बन चुकी युवती बोली, "बड़े शरारती हो, आज का पता नहीं, जन्म-जन्मान्तरों की बात करते हो।"

मन से मन मिला, तो क्या चमड़ी, क्या देश-धर्म और क्या स्तर। राईमत्ता की बातों ने उसका मन मोह लिया था। वह थोड़ा और शरारती हो गया। चेहरे पर मासूमियत और जुबान पर हिम्मत लाकर मुस्कराते हुए बोला, "तुम एक अनजान

देश के, अनजानवासी से जिस बेतकल्लुफी से बातें कर रही हो, उसका अर्थ कुछ गलत न चला जाए?"

युवती ने आत्मविश्वास नहीं खोया। एक हल्की सी अँगड़ाई लेकर बोली, "जब मन सच्चा, तो क्यों हो खटका!"

"मतलब?"

फिरंगी वाकई नासमझ हो चला था। वह इतनी गूढ़ गढ़वाली नहीं समझ सकता था। उसकी राह युवती ने ही आसान की। उसी उच्छृंखलता और लापरवाही से बोली, "चाय पियो, देखो कहीं मिठास कुछ ज्यादा न हो गई हो।"

फिरंगी हँसा। बोला, "वह तो आदत पड़ गई है। मिठास के सहारे ही तो शरीर आगे बढ़ रहा है, वरना तो ढेर हो गए होते इन बेतरतीब इलाकों में।"

"ओह बाबू, ऐसा न कहो। ये बेतरतीबी तो ईश्वर की देन है। हम तो बस उसे सहेज कर रखे हैं। हम दिखावटी नहीं, जो है सामने है, मन में कुछ भी जमा कर नहीं...।"

वह आगे कुछ बोलती तब तक घर से आवाज गूँजी। "राईमत्ता, ओ राईमत्ता!" माँ पुकार रही थी।

"लो, बुलावा आ गया है, चलें अब।" और बिना किसी औपचारिकता के वह चल दी, एक हिरनी-सी, कुलाँचें भरती हुई, कूदती-फाँदती।

विल्सन सोचता रह गया। सच में उसका मन न था कि वह युवती उसके पास से जाए। वह उसे टटोलना चाहता था, कुछ और बातें करना चाहता था। समझना चाहता था, उसको, यहाँ के परिवेश को, आसपास को।

कमर पर अपना बैग लटकाकर वह चल पड़ा। उसे नहीं पता कि वह कहाँ जाने के लिए खड़ा हुआ था। वह चलता जाता और मस्तिष्क में इस युवती के संवाद, उसकी हँसी, मुस्कराहट और बेपरवाही जैसे भीतर तक उतर आई हो। सब कुछ किसी चित्रपट-सा उसके दिल में अंकित हो गया था। वह न जाने कितनी महिलाओं से मिला होगा, क्लब में महिलाओं से ठिठोलियाँ की होंगी, पर इस युवती में जैसी ताजगी थी, स्वच्छन्दता थी, और अपनापन था, वह शायद आज तक उसे कहीं नहीं दिखा था। रूप-सौन्दर्य में तो वह आकर्षक थी ही।

दोपहर हो गई थी, दिन भर अपनी खोज से थक कर वह भरी दोपहर में वह फिर से मंगतू की झोपड़ी के पास आ पहुँचा। उसने हिम्मत कर साँकल खटखटाई। इस बार उसे अलग किस्म की हिम्मत जुटानी पड़ी क्योंकि पहली बार वह भटकता हुआ इस झोपड़ी के पास तक पहुँचा था। तब उसके मन में राईमत्ता के मिलने या होने कि कोई कल्पना भी नहीं थी। उसे तो मंगतू ने खुशी-खुशी अपनी झोपड़ी में शरण दी थी। उसे नियमित रूप से रहने की जगह खोजनी थी। मंगतू से अधिक उसका परिचित फिलहाल तो कोई न था वहाँ।

पर उसका खटखटाना अच्छा रहा। दरवाजा मंगतू या उसकी पत्नी ने नहीं, उसी राईमत्ता ने खोला जो विल्सन की आँखों में आ बसी थी। कई बार अपनी पलकें झपकाने के बाद उस सुन्दरी ने अपने बालों को कंघी से सँवारते हुए, हिरणी-सदृश्य आँखों को नचाते हुए कहा, "आ गए आप? फिर से चाय की तलब लगी है या कुछ और चाहिए? ...मेरा मतलब नींद, थकान पूरी हुई है या नहीं? कहीं दिन में भी यूँ ही भटकते रहे हों।"

राईमत्ता ने एक के बाद एक कई प्रश्न दाग दिये थे परन्तु सच बात यह थी कि इन प्रश्नों के सभी उत्तर उसकी 'हाँ' में थे। वह मुस्करा कर बोला, "क्या तुम भविष्यवक्ता भी हो? या जो कुछ घटित हुआ वह देख लेती हो?"

इस बार वह बेपरवाह षोडसी खिलखिला कर हँस पड़ी। उसकी हँसी से घाटी में जो आवाज गूँजी वह इतनी मोहब्बत भरी थी कि लगा जैसे कई मन्दिरों की घंटियाँ मधुर स्वर में बज उठी हों। फिरंगी उस हँसी से विरत हो पाता कि उसने कहा, "अन्दर आओ, तो चाय बनाऊँ। क्या खाओगे?"

"पहले मेरे एक प्रश्न का उत्तर दो", फिरंगी ने कहा, तो राईमत्ता चहक उठी, "क्या कोई गहरी बात है? बापू से करोगे या मुझसे ही?"

उसने देखा कि षोडसी की आँखों में शरारत थी। विल्सन भी कम खिलाड़ी न था। उसका मन भी यहीं रम गया था। वह तुरन्त फैसले लेने के दुस्साहस के लिए चर्चित था। ये फैसले कई बार जिन्दगी बना सकते थे तो बिगाड़ने में भी कम न थे। वह एकबारगी शान्त हो गया। राईमत्ता के हर प्रश्न का जवाब उसे सूझ न रहा हो, ऐसा न था। बस वह जो बात कहने जा रहा था, उसमें गाम्भीर्य का पुट डालना चाहता था, इसलिए बोला, "हाँ, बात तो जरूरी है, और तुम्हारे बापू का निर्णय लेना होगा..."

लपककर बोली, "जरूर, अगर मेरे सम्बन्ध में कोई बात हो तो। अच्छा चलो, बाहर उसी पत्थर पर बैठो, मैं चाय लेकर आती हूँ, अधूरी बात वहीं पूरी करेंगे।"

विल्सन ने उस युवती की आँखों में झाँक कर देखा। वह मन्द-मन्द मुस्करा रही थी, पर विल्सन महसूस कर सकता था कि वह एक निश्छल मुस्कान है, प्रकृति-प्रदत्त।

"ठीक है, तुम भी आओ, मैं प्रतीक्षारत हूँ।"

और वह उस बड़े से पत्थर के ढलान के उस हिस्से पर जा बैठा, जिस पर सुबह भी बैठा था, चाय पी थी और राईमत्ता से परिचय प्राप्त किया था।

कुछ ही मिनट में राईमत्ता चाय ले आई। बोली, "क्या याद करोगे फिरंगी बाबू, कि किसी लड़की के हाथों की कितनी शानदार चाय पी थी, एक बार नहीं, एक दिन में दो-दो बार।"

"ऐसी चाय की तलब तो अब मुझे हर रोज लगेगी, क्यों पिलाई इतनी अच्छी

चाय...” शायद बिना सोचे ही बोल पड़ा विल्सन।

राईमत्ता ने टोकते हुए अपनी आँखों को एक खास अन्दाज में घुमाकर कहा, “अब यहीं कहीं आकर न बस जाना कि रोज-रोज इस चाय की तलब लग जाए।”

विल्सन के लिए अवसर अच्छा था। बात का सिरा पकड़ते हुए उसने अपने मन की भावनाओं को स्वर दिया। हिम्मत, धैर्य और गम्भीरता के साथ बोला, “हर चाय तलब वाली नहीं होती। यह चाय अगर नींद से जगा कर पिलाओ, वह भी हर रोज तो...”

“मतलब?” अब चौंकने की बारी राईमत्ता की थी।

विल्सन अपना तीर छोड़ चुका था। उसने मतलब समझाते हुए कहा, “तो बताओ कि जन्म-जन्मान्तरों तक चाय पिलाने की बात तुमसे सीधे करनी होगी कि तुम्हारे परिजनों से?”

अचानक बदले इस घटनाक्रम ने उस युवती को ऐसा चकित किया कि उसके कपोल लाल हो गए और आँखें नीची। अगले ही क्षण जब उसकी हिम्मत ने साथ दिया तो वह उठी और बहुत वेग से अपने घर की ओर दौड़ पड़ी। विल्सन घबरा गया कि शायद यह तो पाँसा उल्टा पड़ गया। न जाने क्या होगा।

पर राईमत्ता घर के दरवाजे पर जाकर रुकी। घूमकर जॉन का रूप धरे विल्सन की ओर देखा, जो अब भी धड़कते दिल के साथ वहाँ बैठा था। उस षोडसी ने अपने सीने पर हाथ रखा, जैसे तेजी से धड़कती स्पन्दनों का स्पर्श कर उस फिरंगी को अहसास कराना चाहती हो कि उसने क्या कह दिया था। फिर राईमत्ता ने दरवाजे के पट खोले और खुद अन्दर जाकर हल्के से पट खोलकर अपना आधा चेहरा बाहर निकाला और विल्सन को संकेत कर धीमी आवाज में कहा, “धत!”

विल्सन का दिल बल्लियों उछलने लगा। उसका तीर निशाने पर लगा था। पर क्या यह उसकी जल्दबाजी थी? उसे नहीं मालूम था। वह जल्दी में था, गढ़वाल में बसने की जल्दी में। प्रेम की बात तो वह ही जानता होगा, पर उस प्रस्ताव में विल्सन का सौदागर मन जरूर सहमत था। यह प्रेम का परताव कम, व्यापार की अपरिहार्यता और एक बेहतर साथ का लालच अधिक था। उसने सोचा था कि गढ़वाल में रहकर उन लोगों की संस्कृति से जुड़ना उसके लिए जरूर फायदे का सौदा होगा। राईमत्ता एक नजर में उसे ठीक चुनाव दिखती थी, शेष बातें भविष्य के गर्भ में छिपी थीं।

कुछ देर रुककर विल्सन नदी के किनारे पर उस राह पर चल निकला जहाँ उसने अपना अस्थायी डेरा डाल दिया था। उसे आराम करना था। पर उसकी आँखों में कुछ स्वप्न आ बसे थे। एक निश्छल-सी युवती के साथ के स्वप्न। वह बात अलग थी कि उसका भविष्य क्या होगा, उसे स्वयं ही पता न था, पर वह उत्साही था, और जानता था कि आसमान का सीना चीरकर, या पाताल में उतरकर भी

रास्तों को ढूँढ़ने वालों की ही विजय होती है, वे ही इतिहास बनाते हैं, इतिहास-पुरुष कहलाते हैं।

विल्सन राईमत्ता, उसके पिता और परिवार के रीति-रिवाजों से मिल-जुल कर आगे बढ़ना चाहता था, इसलिए वह अगली सुबह फिर उस दरवाजे पर आ खड़ा हुआ। खटखटा कर पूछा, "क्या तुम्हारे माता-पिता अभी घर पर नहीं हैं?"

राईमत्ता समझ गई कि वह क्यों हिचक रहा है। दरवाजे का हल्का सा पल्ला खोल कर बोली, "आ गए? उनके आने में तो काफी समय लग जाएगा। ऐसे में बिना कुछ खाए बाहर खड़े रहने की तो सजा नहीं है तुम्हारी। मैं हूँ ना, मैं तुम्हारी रक्षक भी तो हूँ।"

और फिर उसकी खिलखिलाहट वातावरण को स्निग्ध बना गई। मुस्कराते हुए थोड़ा झुक कर विल्सन ने झोपड़ी में प्रवेश किया।

इस बार विल्सन ने मंगतू की झोपड़ी का एक अवलोकन किया तो देखा कि जिस हिस्से में राईमत्ता रहती है वहाँ कई पत्थर की मूर्तियाँ स्थापित हैं। उनके आसपास फैली ताजा-ताजा खुशबू से समझ आया कि वह अभी पूजा करके निवृत हुई है। यहाँ भी उसकी चोर निगाहों को राईमत्ता ने पकड़ लिया। उसे समझाती हुई बोली, "ये मेरे देव हैं। मेरे जीवन में जो करेंगे, भला ही करेंगे। क्या इनसे ही माँगा था तुमने मुझे?"

राईमत्ता ने विल्सन से इस निगाह से पूछा कि उसका मन आन्दोलित हो उठा, स्पन्दन बढ़ गई और दायरे टूटने की राह चल पड़े। वह थोड़ा नजदीक आकर बोला, "तुम्हारे देव मेरे भी आराध्य हुए, और मैं धन्य हुआ कि तुम्हें निहारने का अवसर मिला...।"

"अहा, ऐसा अवसर कब मिला? हमारी और आपकी तो एक छोटी-सी ही मुलाकात भर है। है ना?"

जिस चंचलता से राईमत्ता ने कहा था उसे उस षोडसी का आमंत्रण समझकर विल्सन एक झटके से निकट आ गया, और अचानक राईमत्ता को अपनी मजबूत बाँहों में भर लिया। बिल्कुल ऐसे, जैसे कोई शिकारी अपने शिकार को पहले नजदीक आने का लालच देता है और फिर शिकार को पता नहीं होता कि कब वह शिकार बन गया। राईमत्ता कसमसाई, "अरे, यह क्या कर रहे हो, छोड़ो मुझे। छोड़ दो, यह उचित नहीं है।"

पर विल्सन पर राईमत्ता का जो आकर्षण सवार हुआ था वह कह रहा था कि प्रेम का एक-एक क्षण कीमती है। उसका उपयोग और उपभोग करना ही चाहिए। जो पल आज है, अभी है, वह पल कल हो, न हो।

विल्सन ने अपनी बाँहों में लिये-लिये अपनी नई नवेली प्रेयसी को हौले-हौले चूमना शुरू किया। वह एक हाथ से उसके बालों को सहला रहा था और दूसरे हाथ

से उसकी पीठ को। वह इस युवती की साँसों को, उसके सीने के उतार-चढ़ाव को शिद्दत से महसूस कर सकता था, उसके अंग-प्रत्यंग को अपने सीने से सटाकर, उसकी धड़कनों को अपने मन में उतार सकता था। यह उसका नितान्त प्रथम अनुभव था। पर ऐसी बातों की शुरुआत के लिए इनसान क्या जानवर भी जन्मजात अनुभव रखते हैं, उन्हें कुछ सीखने की जरूरत नहीं पड़ती। विल्सन ने पहला चुम्बन उसके ललाट पर किया, फिर दूसरा बाएँ गाल पर, फिर दाहिने गाल पर। स्वयं राईमत्ता पर एक नशा सवार हो गया था, तभी तो उसकी आँखें न चाहते हुए भी मुँदी जा रही थीं। वह आखिरकार उसके खूबसूरत गुलाबी होंठों पर अपनी छाप छोड़ने ही वाला था कि राईमत्ता ऐसे चिल्लाई जैसे किसी दुःस्वप्न से जागी हो, "बस, बस करो। यह मुझसे नहीं होगा। मैं कोई शिकार नहीं हूँ। मुझे प्रेम चाहिए। एक प्रेमी की चाह अवश्य है, किसी शिकारी की नहीं, बिल्कुल नहीं।"

और पूरे वेग, दृढ़ता और विपरीत बल के साथ उसने अपने आप को विल्सन की पकड़ से दूर कर लिया। वह चाह कर भी फिर से राईमत्ता को अपनी पकड़ में नहीं ले पाया। खिसिया कर बोला, "मैं भावावेश में बह गया था प्रिये। क्यों इतना सौन्दर्य दिया है ईश्वर ने तुम्हें? क्या केवल मेरी ही गलती है?"

वह कुछ नहीं बोली। बस स्वयं को संयत करती रही।

फिलहाल राईमत्ता और विल्सन के बीच में एक अच्छी खासी दूरी आ गई थी। उसने विल्सन को अपने नजदीक न आने की दृढ़ता दिखा दी थी। वह अगर उसके नजदीक आने की घात लगाता तो राईमत्ता विपरीत छोर पर चली जाती। फिर गम्भीरता से बोली, "किसी भी पल मेरी माँ या पिता आ सकते हैं। आपके लिए चाय बनाती हूँ और कुछ भोजन भी। खा कर चले जाना। प्रेम में प्रतीक्षा का आनन्द कुछ अलग ही है, यह जब तुम मुझे अपना बना लोगे तो आसानी से समझ सकोगे, वरना जटिलताओं के अलावा कुछ नहीं मिलेगा।"

"और तब तक?"

विल्सन ने अपनी जिज्ञासा और आकर्षण को छिपाया नहीं। पर राईमत्ता के पास उसका जवाब मौजूद था। शरारत से बोली, "तब तक जड़ी-बूटियों की खोज करो, जंगल के जानवरों से, यहाँ की चिड़ियाओं से और ऊबड़-खाबड़ रास्तों से परिचय करो, पर याद रहे तुम्हें किसी का शिकार करने की अनुमति नहीं है, समझे?"

"ओह, फिर एक नई शर्त!"

विल्सन ने कृत्रिम नाराजगी दिखाई तो वह अपने चिर-परिचित अन्दाज में बोली, "यह कोई शर्त नहीं। यह तुम जैसे लोगों पर नकेल है, जो हमेशा लागू रहेगी।"

और राईमत्ता विल्सन को सोचने पर मजबूर करते हुए अपने चूल्हे में जुट गई।

उसे व्यस्त देख विल्सन ने एक बार फिर से कोशिश की कि उससे नजदीकियाँ हो सकें, परन्तु वह भाँप गई और एक निःश्वास के साथ बोली, "मेरा विचार है

कि आज आपको चाय की तलब नहीं लगी है, आप आज का दिन बिना चाय के ही बिताने के इच्छुक हैं।"

विल्सन को भी उसकी इस असहजता में आनन्द आने लगा था। मुस्करा कर बोला, "आपके पूर्वानुमान हमेशा सही होते हैं, ऐसा मैं कह सकता हूँ।"

"तो निकलिए बाहर," और सचमुच राईमत्ता ने विल्सन का हाथ पकड़कर उसे बाहर का रास्ता दिखा दिया।

वह कसमसाया, परन्तु अन्ततः समझ गया कि इस युवती के आदेश का पालन करना ही होगा। एक हारे हुए शिकारी की भाँति वह दो कदम चला होगा कि राईमत्ता की आवाज आई, "रुको शिकारी। तुम्हारी जगह उस पत्थर पर है जहाँ कल और आज तुमने और हमने चाय पी थी, वहीं रुको, हम आते हैं चाय लेकर।"

"जो हुक्म महारानी का!" और विल्सन उस पत्थर पर जा बैठा, ठीक उसी मुद्रा में, जैसे कल बैठा था।

थोड़ी देर में राईमत्ता वहाँ आई। उसके हाथ में एक प्लेट थी जिसमें एक प्याली चाय और दो पराठे, थोड़ा अचार था। यह विल्सन के लिए एक अच्छा खासा नाश्ता जरूर रहा होगा क्योंकि जब उसने प्लेट वापस की तो उस भोजन का कोई भी अंश बाकी न था। मुस्कराकर बोली, "दाने-दाने पर लिखा है खाने वाले का नाम! अपने लिए बनाए थे, पर इन पर तुम्हारा नाम लिखा था।"

प्रत्युत्तर में विल्सन हँस पड़ा, बोला, "कम से कम अपनी चाय तो ले आओ...!"

"अभी पी है," कहकर उसने विल्सन को नाश्ता ग्रहण करने का संकेत किया।

सर्द मौसम की गुलाबी दुपहरी में विल्सन को उस पत्थर पर बैठना अच्छा लग रहा था। उसने राईमत्ता को भी वहाँ बैठने के लिए राजी कर लिया। अब दो प्रेमियों की चर्चा होने लगी। विल्सन ने नाश्ता करते हुए पूछा, "यह बताओ कि इस जंगल में, इन पहाड़ों और पथरीले रास्तों के बीच ऐसा क्या है जो तुम लोग जन्म-जन्मान्तर से इस जगह को अपना मानते आए हो? क्या यहाँ लगातार रहने का अर्थ यह नहीं है कि आप पूरी दुनिया से कट कर, बेखबर होकर यहाँ रहते हो?"

राईमत्ता ने कहा, "नहीं, ऐसा कुछ भी नहीं है। इसके विपरीत अगर यह कहूँ कि हम लोग यहाँ पर अधिक सुरक्षित, सौहार्द और प्रकृति के सौन्दर्य के बीच अपनी जरूरतों को पूरा करते हुए जीवन व्यतीत कर रहे हैं तो कोई अतिशयोक्ति न होगी। क्या आप हमारे देश की जाति व्यवस्था के विषय में जानते हैं?"

"हाँ, मैंने थोड़ा-बहुत जाति और वर्ण व्यवस्था को समझने की कोशिश की है। कहते हैं कि इस देश में जाति-विभेद से ही हर चीज संचालित होती है। यहाँ तक कि आपको मन्दिरों में जाने का अधिकार भी तब मिलता है जब आप एक किसी विशिष्ट जाति से वास्ता रखते हैं। यह जानना मेरे लिए वास्तव में विस्मय का कारण है...।"

राईमत्ता ने विल्सन को बीच में ही टोकते हुए कहा, "आपने बिल्कुल सच सुना है। यहाँ जाति व्यवस्था जन्म लेने से पूर्व ही निर्धारित हो जाती है। भला यह कैसी व्यवस्था है। यहाँ काम से मतलब नहीं है, उन्हें आपका वर्ण देखना है। और ऐसी स्थिति में यदि गढ़वाल के इस इलाके में हमने इन व्यवस्थाओं से मुक्ति पाने का आन्दोलन किया, उसमें सफलता प्राप्त कर ली है, तो कम से कम हम एक सुकून से तो रह सकते हैं। हमें कदम-कदम पर अपने अस्तित्व और जमीर को परखने देने का अवसर तो नहीं देना पड़ता है।"

विल्सन के पास कहने को कुछ नहीं था पर फिर भी उसे कहना पड़ा, "सच है कि आप लोग बहुत चुनौतीपूर्ण समय से गुजर कर यहाँ प्रकृति की गोद में एक खास किस्म के सुकून में हैं।"

पन्द्रह वर्षीय यह बाला अपने से लगभग दस वर्ष बड़े एक अंग्रेज अफसर रहे विल्सन को अपना बनाने में कामयाब हो गई थी, यह एक उपलब्धि की तरह था। वह बात अलग थी कि विल्सन की प्रकृति उसे ऐसे रास्तों पर ले चलने का प्रारब्ध बनाए हुए थी, जिन पर आमतौर पर लोग चलने से दूर रहते हैं। पर इसी को प्रारब्ध कहते हैं।

अचानक राईमत्ता उठकर खड़ी हो गई। उसने विल्सन की प्रश्नवाचक मुद्रा पर गौर किया। एक पल को ठहरी, फिर उसकी आँखों में देख कर मुस्करा कर बोली, "बस, अभी यह हमारी आखिरी मुलाकात थी, फिर मिलेंगे, जब तुम प्रस्ताव लेकर आओगे। मैं भी उतनी ही राह देखूँगी, जितनी जल्दी तुम चाहते हो।"

और वह अपनी झोंपड़ी में जाकर खो गई, लेकिन विल्सन उसे और उसकी यादों को अपने दिल में लेकर आगे की यात्रा के लिए चल पड़ा। अब इस यात्रा में राईमत्ता को अपना बनाना भी उसकी प्राथमिकता में शामिल था।

13

विल्सन अपने मिशन पर जुटा रहा। उसने ब्रह्मदत्त से मन की बात साझा की। वह बोला, "मंगतू की बेटी?"

"शायद वही, राईमत्ता नाम है उसका।"

विल्सन ने बताया तो ब्रह्मदत्त को समझ आ गया। उसने चेहरे और भावों में गम्भीरता लाते हुए कहा, "मेरी एक सलाह मानोगे, विल्सन बाबू?"

"हाँ, हाँ, बोलो।"

"गढ़वाली लोग बहुत सीधे-सादे होते हैं, उनके पास देने के लिए कुछ नहीं,

तो वे किसी लालसा में भी नहीं जीते। वे आज की उम्मीद में रहते हैं और कल को भविष्य पर छोड़ते हैं। ये ऐसे ही लोग हैं। पर इन्हें और लोगों से जो बात अलग करती है, वह है उनका मान-सम्मान। उनकी इज्जत से कोई खेले, यह कोई गढ़वाली बर्दाश्त नहीं कर सकता। फिर उन्हें अपने भविष्य का भी विचार नहीं रहता। वे मौत से नहीं डरते। तो कृपा करके ऐसा कोई काम न करना जो आपके लिए एक खेल की तरह हो। जो करो सोच-समझ कर करना, पूरे विचार के बाद करना, हँसी-ठट्टे के लिए यह जगह बिल्कुल नामाकूल है।"

विल्सन ने एक राहत की साँस ली, क्योंकि जो ब्रह्मदत्त ने कहा था, वह कुछ और नहीं, एक आम बात थी और विल्सन उससे सहमत था। वह शायद कुछ और ही अर्थ समझ बैठा था। यहाँ विल्सन ईमानदार था। प्रेम-व्रेम का तो पता नहीं, पर उसे बसने के लिए, उसकी गृहस्थी सँभालने और उसे आनन्दित करने के लिए काफी समय से एक सहयोगी की तलाश थी। ऐसा सहयोगी जो यहीं का हो। राईमत्ता उस साँचे में फिट कैसे न बैठती?

ब्रह्मदत्त ने विल्सन के मन को टटोलने की कोशिश की थी, जिस पर विल्सन का जवाब था, "रिश्तों में ईमानदारी दोनों तरफ से होती है। मैं अपनी तरफ से पूरा देने की कोशिश करूँगा। मुझे अगर इस गाँव में नहीं तो इसके आसपास ही कहीं, गढ़वाल में ही बसना है। यहीं मेरी जिन्दगी बीतनी है और यहीं मेरा कार्यस्थल रहेगा, यह मैं यकीन दिला सकता हूँ। शेष उस अदृश्य शक्ति के ऊपर निर्भर करता है जो हमारी जिन्दगियों की डोर को आगे-पीछे करती रहती है।"

यह एक आश्वस्त करने वाला वादा था। बाद के दिनों में साबित हो गया कि विल्सन ने इसे मन से निभाया था।

पारम्परिक रूप से, गढ़वाली समाज के तौर तरीकों से, इस कन्या का विवाह उस फिरंगी से होने के संयोग बन रहे थे, जिस इनसान की अपनी जिन्दगी का कोई भरोसा नहीं था, पर वह उतना ही दृढ़निश्चयी था जितना कोई एक आम इनसान हो सकता था। अगर कहें कि वह एक आम इनसान से थोड़ा अधिक विश्वासी था, तो कुछ गलत नहीं होगा। एक खास किस्म के दुस्साहस से लबरेज उस फिरंगी का विवाह पूर्व राईमत्ता से मिलना नहीं हो पाया। उस 'धत्त' वाली घटना के बाद एक मुलाकात और हुई थी। उसके बाद भी विल्सन ने अपनी प्रेयसी से मिलने के बहुत प्रयास किये परन्तु उसे सख्ती से ऐसे मिलन से दूरी रखने को कहा गया। यह ब्रह्मदत्त की सलाह थी जो उसका शुभचिन्तक भी था, मित्र और सलाहकार भी।

उस दिन मंगतू को ब्रह्मदत्त ने अपने घर बुलाया। यह उसके लिए सम्मान की बात थी, क्योंकि ब्रह्मदत्त और मंगतू का कोई मेल नहीं था। एक सफल व्यापारी, समाजसेवी और स्तरीय व्यक्ति था तथा दूसरा एक निठल्ला स्थानीय। उसकी योग्यता सिर्फ यह थी कि वह राईमत्ता का पिता था।

ब्रह्मदत्त ने उससे कहा, "राई के विवाह का क्या योग बन रहा है? क्या तैयारी है तुम्हारी?"

"अभी तो कुछ नहीं, हुजूर। उसकी माँ ने कुछ पैसे जोड़ कर रखे हैं, वही उसके लिए योग्य वर की तलाश भी कर रही है। जल्दी ही उसके हाथ पीले करने हैं।"

ब्रह्मदत्त ने बिना किसी भूमिका के अपना प्रस्ताव रखा। बोले, "मेरे पास उसके विवाह योग्य एक रिश्ता है, अगर तुमको एतराज न हो तो उस पर विचार कर लो। शायद तुम सुखी रहो।"

मंगतू की आँखें चौड़ी हो गईं। बोला, "आपका रिश्ता तो सर आँखों पर। भला हम जैसे लोग आपसे दूर कैसे रह पाएँगे। आप हो तो हम हैं, आपका रिश्ता हमें हर हाल में मंजूर होगा। यह हमारे परिवार के लिए और बेटी राईमत्ता के लिए बहुत उल्लास की बात होगी।"

"पर रिश्ते का विवरण तो जान लो?" गम्भीरता का आवरण धारण कर ब्रह्मदत्त ने स्पष्ट किया।

मंगतू की समझ में शायद कुछ नहीं आया। बोला, "बताइए हुजूर, मुझे बेचैनी हो रही है।"

"तो सुनो, वह एक अंग्रेज अफसर का रिश्ता है। वह तुम्हारी बेटी को पसन्द करता है। तुम्हें याद भी होगा कि एक रात वह भटकते-भटकते तुम्हारे झोपड़ी में भी रुका था।"

"कौन, हुलसन साहब?"

"हाँ, वही।"

ब्रह्मदत्त के पुष्टि करते ही मंगतू कुछ पल के लिए जड़ हो गया। वह न हाँ कहने की स्थिति में रहा और न न ही कहने के लिए तैयार हो पाया था। फिर अचानक जैसे कुछ याद आया हो, बोला, "लेकिन, लोग क्या कहेंगे। आप क्या सोचते हैं कि यह रिश्ता उचित होगा?"

ब्रह्मदत्त को समझ में आ गया था कि यह राईमत्ता की विवाह की औपचारिक स्वीकृति के लिए उसके पिता का बढ़ा हुआ कदम है। उन्होंने उसे उत्साहित करते हुए कहा, "लोग? कौन लोग? वही लोग जिन्होंने कभी तुम्हारी कोई मदद नहीं की। जो तुम्हारी पत्नी के जंगल से लकड़ियाँ बीनने तक में मदद नहीं कर सके? जो कभी तुम्हारे लिए दो वक्त की रोटी जुटाने में मददगार नहीं रहे? ऐसे फिजूल के लोगों की परवाह करना क्या तुम्हारे लिए जरूरी होगा?"

"पर..."

"मैं समझता हूँ मंगतू, सब कुछ समझता हूँ, तेरा दुख-दर्द भी, तेरी मजबूरी भी और तेरा अपनी बेटी से लगाव भी। पर यह भी तो सोच कि तू उसे पूरी उम्र

भर अपने साथ नहीं रख सकता, एक न एक दिन तो ब्याहना होगा। और जो तेरी चिन्ता है वह मैंने पहले ही सोच रखी है, उसका हल है मेरे पास। विल्सन से मैंने बात की है। वह गढ़वाल को छोड़कर कहीं नहीं जाएगा। यहीं पर काम-धन्धा करने की योजना है उसकी। तेरा भी ध्यान रखेगा और तेरी बेटी का वह पति होगा तो फिर चिन्ता किस बात की?"

मंगतू निःशब्द बैठा रहा। ब्रह्मदत्त ने स्थिति को सामान्य बनाने के लिए आवाज दी, "अरे, चाय लाओ, दो प्याली"

शायद चाय पहले ही तैयार थी, एक नौकर ट्रे लेकर आ ही रहा था। उसे मंगतू की ओर बढ़ाते हुए ब्रह्मदत्त ने कहा, "चाय पियो मंगतू, यह तुम्हारा ही घर है।"

"हाँ हाँ, पी रहा हूँ, पंडित जी",

और मंगतू ने चाय की घूँट भरना शुरू किया। दो घूँट लेने के बाद वह रुका और बोला, "मुझे आपकी बात समझ आ रही है। बस एक बार राईमत्ता की माँ से बात कर लूँ, फिर मेरी तरफ से हाँ समझिए। मुझे समाज से क्या लेना...।"

ब्रह्मदत्त के लिए इससे अधिक सुकून की बात और क्या हो सकती थी। उसी के प्रयासों से विल्सन और मंगतू के सम्बन्धों में सौहार्द उत्पन्न हो सका था।

आखिरकार वह मुहूर्त भी आ गया जब भगवान सोमेश्वर से आशीर्वाद लेकर विल्सन और राईमत्ता का विवाह सम्पन्न हो गया। यह एक सामान्य आयोजन था। दिखावे और आडम्बर से दूर। दोनों पक्षों को इससे लाभ था। विल्सन को वहाँ बसना था, अपनी जड़ें जमानी थीं, तो राईमत्ता को यह नीली आँखों वाला अंग्रेज भा गया था, उसकी भावनाओं को पंख लग गए थे, वह रोमांचित थी।

हाँ, एक रस्म अदायगी जरूर हुई। राईमत्ता का शुद्धीकरण हुआ, उसकी आपत्ति के बावजूद। उसने कहा भी, "आप लोग मेरी क्या शुद्धि कराओगे? मैं तो यहीं जन्मी, पली-बड़ी हुई हैं। शुद्धि करानी है तो उस अंग्रेज की कराओ जिसका कोई अता-पता भी नहीं है।"

पर कौन सुनता।

माँ ने अपनी इस विवाह के लिए तैयार हो रही बेटी को नहलाया, उसके शरीर पर तिब्बती तेल की मालिश की और उसे पति का दिल जीतने के गुर सिखाए। पर राईमत्ता तो अलग ही थी। वह बोली, "दिल तो उसने पहले ही दे दिया है मुझे। अब उसके ऊपर है कि वह मुझ कितना सँभाल कर रखता है। थोड़ा रस्म उसकी भी कर लो।"

माँ ने झिड़क दिया, "लड़कियाँ कम बोलती अच्छी लगती हैं, और एक तू है कि कैंची की तरह जुबान चला करती है तेरी।"

"ओ माँ, ठीक है, नहीं बोलूँगी," कहकर राईमत्ता नाराज होने का उपक्रम करने लगी तो माँ ने उसके गाल पर एक चुम्बन जड़ दिया।

"क्या याद करेगा वह नीली आँखों वाला अंग्रेज...," और माँ-बेटी समवेत स्वर में हँस पड़ीं।

और विल्सन? वह कभी किसी शिकार की तलाश में रहता तो कभी किसी वनस्पति के पौधे और बीज पर प्रयोग में जुटा होता। दिल में राईमत्ता थी, और दिमाग में व्यापार, अजीब सम्मिश्रण था।

उस रात को जब विल्सन थककर अपने डेरे में पहुँचा तो वह यूँ ही सो गया। रात को उसे लगा कि उसके बिस्तर के पास कोई आकृति है। उसने सतर्क होकर चेतावनी दी, "कौन है वहाँ?"

वह आकृति वहीं रुक गई, पर उसकी खुशबू पूरे डेरे में फैल गई थी। एक महिला स्वर सुनाई दिया, "मैं, आपके लिए सोमेश्वर भगवान का उपहार हूँ।"

"मतलब?"

विल्सन चकित था, कि देर रात यह स्त्री उसके डेरे में क्या कर रही है, इसलिए उसका जानना जरूरी था। उसने कहा, "रुको, मैं दीया जलाता हूँ।"

और उसने दिये के प्रकाश में देखा तो अपलक देखता ही रह गया। वह राईमत्ता थी। श्रृंगारित। सिर से पैर तक। महीन और झीने अंगवस्त्र तथा कसावदार कपड़ों में वह सौन्दर्य की अनुकृति के रूप में उसके बिल्कुल निकट थी। विल्सन ने पहले आँखें मलीं, गौर से देखा, अपलक। फिर उसके मुँह से अनायास निकला, "तुम? राईमत्ता यह तो तुम हो? क्यों स्वयं को भगवान की भेंट बता रही हो?"

पर वह चुपचाप, हौले-हौले, यंत्रवत विल्सन के निकट चली आई। इतना निकट कि वह उसकी साँसों को आज फिर महसूस कर सकता था। उस दिन की बात अलग थी, और आज की बात बिल्कुल अलग। उस दिन विल्सन अपनी इन्द्रियों को काबू में न रख सका था और एक कोशिश कर राईमत्ता के सामीप्य का दीवाना बना था, पर आज वह स्वयं अप्सरा का रूप धारण कर उसकी बाँहों में आने को मचल रही थी, वह भी एक सौगात के रूप में। विल्सन ने एक बार फिर उस षोडसी ने कहा, "तुम स्वयं को भेंट क्यों कह रही हो?"

"अभी जो मैं हूँ, वही तो कहूँगी न? आओ, मेरे बिल्कुल निकट आओ। मुझे स्वयं में समा लो...। और मेरा उपभोग करो!"

वह एक दैवीय शक्ति की तरह उसके हाथों को पकड़ कर धीरे-धीरे उसके शरीर में एकाकार होने के लिए उद्विग्न हो उठी। विल्सन की कुछ समझ नहीं आ रहा था, बस राईमत्ता और उसका शरीर, शरीर का उसके अंगों से टकराव, एक ज्वालामुखी और प्रबल वेग का आगाज। बस इतना ही!

उसके बाद की घटना इतिहास बन कर रह गई। सोमेश्वर भगवान की भेंट स्वीकार हो गई थी। वे दोनों हर बन्धन से मुक्त हो गए थे। राईमत्ता के वैवाहिक सम्बन्ध को मूक ईश्वरीय स्वीकृति मिल चुकी थी। वह तृप्त थी, और विल्सन स्वयं भी, शायद!

विल्सन को होश आया तो लगा कि रात देर हो चुकी है। उसने आग्रह किया, "इतनी देर रात को तो मैं तुम्हें जाने न दूँगा। भोर में मैं तुम्हें छोड़ आऊँगा, पूरी तरह सुरक्षित।"

चंचल आँखों को उसके चेहरे पर गड़ाती हुई राईमत्ता फुसफुसाई, "एक बार और भोग लगेगा न?" और फिर एक खनकती हँसी। वह इनकार न कर सका।

उन दोनों को पता नहीं चला कि भोर कब हुई। यह भोर से थोड़ी देर बाद की बात थी कि विल्सन की आँखें खुलीं। जब वह सोया तो राईमत्ता निर्वस्त्र उसके साथ सोई हुई थी, पर जब जागा तो पता चला कि वह सुन्दरी पहले ही जाग चुकी थी। उससे नजर मिलते ही बोली, "चाय पिलाओगे या भोग ही लगाते रहोगे?"

बरबस विल्सन की हँसी छूट गई। वह बोला, "चाय बना रहा हूँ, पर तुम्हें देर हुई है। तुम्हारी खोज हो रही होगी।"

"नहीं, मेरी कोई खोज नहीं कर रहा है। क्योंकि आज से मैं तुम्हारी अर्धांगिनी हुई। रस्में बेमानी हैं, मात्र औपचारिकता। यह रति-क्रिया हमारे जन्म-जन्मान्तरों के लिए निर्धारित रस्म की गवाह है," और तृप्त विल्सन चाय बनाने लगा। दो कप चाय।

...अचानक उसकी आँखें खुलीं। सर्द मौसम में उसके माथे पर पसीने की बूँदें चुहचुहा आई थीं, धड़कनें तेज गति से चल रही थीं, मानो बेकाबू होना चाहती हों। उसने दिमाग पर जोर दिया। मन-मस्तिष्क को विराम दिया और अपने आसपास नजर डाली।

वह मुस्करा उठा। एक अँगड़ाई से विल्सन ने अपने दिन की शुरुआत की। उसे चाय की तलब लगी थी। इस बार स्वप्न में नहीं, सच में।

14

विल्सन के अगले काफी दिन व्यस्तता में बीते। एक और तो नई-नवेली दुल्हन के साथ सामंजस्य बिठाना, दूसरी ओर कर्नल यंग के निर्देशों का पालन करना, तथा तीसरा उसकी अपनी व्यावसायिक जिन्दगी को सुव्यवस्थित करना। कुल मिलाकर व्यस्तता तो बहुत थी। यहाँ उसे सामाजिक रूप से जो जगह मिली वह उसकी संस्कृति से बिल्कुल विपरीत थी, उसके धर्म और भाषा से बिल्कुल अनजान। पर फिर भी एक अलग किस्म का आकर्षण था जो उसे गढ़वाल में होने के कारण राईमत्ता के नजदीक खींच लाया था। वरना उसने जीवन की इस अभिरुचि के विषय में तो कभी सोचा ही नहीं था। उसे इस नये जीवन में आनन्द आ रहा

था परन्तु कर्नल यंग का दबाव भी उस पर बढ़ने लगा था। साथ ही उसके मन का दबाव था कि वह अपनी व्यावसायिक सफलता की राह भी सुनिश्चित कर ले।

विल्सन को अपने नये बॉस से आदेश प्राप्त हुए कि वह भागीरथी से गंगोत्री की तरफ जाने वाले धर्म यात्रा कर रहे लोगों के आवागमन पर निगाह रखे, यानी उनकी जासूसी की जाए। दिखने में यह जितना सरल काम लगता था उतना था नहीं क्योंकि यात्रियों के काफिले अनियमित रूप से चला करते। उन पर निगाह रखना कोई सरल काम नहीं था, परन्तु यह काम होना था और ऐसा करना विल्सन की जिम्मेदारी बनती थी। ये श्रद्धालु हिन्दुस्तान के हर कोने से आया करते। जब विल्सन ने उनकी निगरानी रखने के लिए अपने विश्वस्त लोगों को लगाया तो उसे जो खबरें मिलीं वह उसके अपने बाल नोचने के बराबर थीं। वे तमाम ऐसी बातें थीं जिनका न उसके लिए कोई महत्त्व था और न ही कर्नल यंग के लिए। अब भला पड़ोसी की पत्नी की दिनचर्या, स्थानीय राजनीति और लोगों के रहन-सहन, पहनावे आदि को लेकर हो रही चर्चाओं, कुछ किस्से, कहानियों और चुटकुलों में उसकी और कर्नल यंग की क्या रुचि हो सकती थी। परन्तु उन लोगों के पास यही था। वे फिरंगी शासन का तख्ता पलटने की किसी कोशिश में निश्चित रूप से नहीं जुटे थे। ऐसा आम श्रद्धालुओं की बातचीत को सुनने से समझ आ सकता था, परन्तु निगाह रखनी इसलिए जरूरी थी कि कहीं किसी बगावत के बीज तो नहीं पनप रहे। अगर ऐसा था तो तत्काल उसकी रिपोर्ट की जानी थी। कर्नल यंग को उन बातों का विश्लेषण कर यह भी समझना था कि अगर लोग ईस्ट इंडिया कम्पनी के प्रशासन से, उनके लोगों से नाखुश हैं तो उसके कारण क्या हैं?

विल्सन लोगों की भावनाओं को समझने, भाषा और स्थानीय बोलियों को आत्मसात करने में गजब की रुचि और सामर्थ्य रखता था। काम भर की हिन्दी वह पहले ही जानता था, अब वह गढ़वाली भाषा की गूढ़ता को भी समझने लगा था। उसने लोगों की जासूसी का काम स्वयं नहीं किया, बल्कि कुछ भरोसे के लोगों की तैनाती की। उस अनियमित तैनाती में लोगों को जानकारी उपलब्ध कराने के बदले में एक निश्चित धनराशि दिये जाने का आश्वासन था इसलिए उसे जिम्मेदार लोग मिलने लगे। उसने लगभग एक दर्जन लोगों को इस काम के लिए तैनात किया। विल्सन ने उनको बताया कि उनका काम क्या होगा।

"आप लोगों को इन श्रद्धालुओं से निकटता स्थापित करनी होगी, उनकी बातों में रुचि लेनी होगी, उनसे संवाद स्थापित करने होंगे और उनके मन मस्तिष्क में चल रही भावनाओं की एक रिपोर्ट प्रस्तुत करनी होगी। यह कोई बड़ा काम नहीं है पर मुख्य बात है भरोसे की। आपको उनका भरोसा जीतना है और हमारा भी।"

कहने और सोचने की बात अलग थी, पर यह कोई छोटी बात नहीं थी कि विल्सन तीनों मोर्चों पर धीरे-धीरे सफल होता गया। यह तीन मोर्चे थे - राईमत्ता का

प्रेम, यानी उसका सुखमय गृहस्थ जीवन, कर्नल यंग द्वारा सौंपा गया काम, तथा उसकी व्यावसायिक तथा व्यापारिक सफलता।

राईमत्ता को पाकर उसे जो सुकून मिला था, उसे शब्दों में बयान नहीं किया जा सकता। उसे अपनी पत्नी से जो उम्मीद थी वह उससे भी कहीं अधिक साबित हुई। वह विल्सन का हर काम में हाथ बँटाती, विशेष रूप से उसके व्यवसाय में। वह उसे सलाह भी देती और उचित मार्गदर्शन भी करती। जब भी किसी दुविधा में होता, विल्सन की उस दुविधा का समाधान केवल राईमत्ता के पास होता।

बड़े जानवरों की बात करें तो विल्सन ने इस बीच दो चीते, एक तेंदुए और एक बनबिलाव का शिकार किया। इस बीच में ही उसे एक बूढ़ा व्यक्ति मिला जो जानवरों की खाल की सफाई का विशेषज्ञ था। विल्सन के सहयोगी बनने के प्रस्ताव पर वह सहमत हो गया था। उसने जानवरों की खालों की जिस विशेषज्ञता के साथ सफाई की, उन्हें मूल रूप में सामने ला दिया, वह यूरोप की गुणवत्ता से किसी भी तरह कम नहीं था। विल्सन जब भी उसका काम देखता, उसके मुँह से निकलता, "वाह, अद्‌भुत।"

विल्सन ने लोगों के मन को पढ़ने की कला सीख ली थी। खास तौर से वह अपने फिरंगी उच्च वर्ग के लोगों की आदतों से कुछ तो पहले ही वाकिफ था और कुछ अपने व्यवसाय के माध्यम से उन्हें और बेहतर जानने लगा था। वह जानता था कि लोगों को शिकार का शौक हो न हो, उन्हें अपने ड्राइंग रूम में ऐसी ट्रॉफियों को सजाने का शौक जरूर है जो जरूरी नहीं कि उनके शिकार के फलस्वरूप ही मिली हों। दूसरे शब्दों में कहा जा सकता था कि लोग पैसा खर्च कर अपने आपको शिकारी दिखाने की झूठी शान शौकत में भी आनन्दित होते थे। ऐसे में अगर उनकी इस शान-ओ-शौकत की आदत का लाभ उठाकर विल्सन ने अपने व्यवसाय की उन्नति की कल्पना की हो, तो क्या बुरा था। एक समय ऐसा आया कि लोग इन जानवरों की खाल के मुँह माँगे पैसे देने लगे। देखते ही देखते विल्सन के व्यवसाय को पंख लग गए थे, उस पर पैसा बरसने लगा।

हालाँकि यह बात राईमत्ता को पसन्द नहीं थी, पर विल्सन चोरी-छिपे हिरण की कस्तूरी के व्यवसाय में भी कूद पड़ा। हुआ यह कि उसकी मुलाकात एक हकीम साहब से हुई जो ऋषिकेश में रहकर लोगों का इलाज करने के लिए चर्चित थे। उन्होंने विल्सन को एक अच्छी-खासी धनराशि की एवज में नियमित रूप से कस्तूरी खरीदने का प्रस्ताव दिया तो विल्सन उन्हें मना नहीं कर पाया। फिर उसने पीछे मुड़कर नहीं देखा।

यह तो बात रही विल्सन, पत्नी राईमत्ता और कर्नल यंग के सम्बन्धों तथा विल्सन के व्यापारिक मामलों की। याद रहे कि यह ईस्ट इंडिया कम्पनी का शासन था जिसका साम्राज्य हिन्दुस्तान के अलावा आज के आसपास के मुल्कों को भी

प्रभावित किये हुए था। सर्दी के मौसम की विदाई और गर्म तापमान के साथ ही एक बुरी खबर आई। अफगानिस्तान के अभियान से वापस लौट रही ब्रिटिश सेना पर ऐसा हमला हुआ कि लगभग 20 हजार सैनिकों की ब्रिगेड में से कोई उनकी खबर देने वाला भी नहीं बचा। उन लोगों को स्थानीय विद्रोहियों ने घात लगाकर मार डाला। इस संहार के बहुत व्यापक परिणाम हुए। मेजर-जनरल विलियम एलफिंस्टन की विद्रोहियों की कैद में ही मौत हो गई। काबुल का कठपुतली बादशाह शाह शुजा भी मारा गया।

भारत के गवर्नर-जनरल लॉर्ड ऑकलैंड ने घटनाक्रम को दुर्भाग्यपूर्ण मानते हुए अपना इस्तीफा सौंप दिया। उनके स्थान पर लॉर्ड एलनब्रो को नया गवर्नर-जनरल बनाया गया जिसने विद्रोही अफगानियों को सबक सिखाने के लिए जनरल जॉर्ज पुलक को निर्देश दिये। इस जनरल की ब्रिगेड काबुल में सितम्बर 1842 में पहुँच गई। इन लोगों ने स्थानीय लोगों को आतंकित करने के लिए शहर के दो सदी पुराने बाजार को जलाकर खाक कर दिया। उन्होंने शहर पर ब्रिटिश पताका फहरा कर यह साबित करने की कोशिश की कि उन लोगों को हराना आसान नहीं है। असलियत यह थी कि अफगानिस्तान के इस भाग में वहाँ के कबीले के अपेक्षाकृत बहुत कम लोगों ने अपने परम्परागत और पुरातन हथियारों के बल पर जिस तरह से ब्रिटिश सेना को परास्त किया था वह रोमांचकारी तो रहा ही था, एक आधुनिक शस्त्रों से सुसज्जित और प्रशिक्षित सेना को मिली हार के रूप में उनकी कमजोरी भी दिखाता था। इस घटनाक्रम ने साबित किया कि अगर विद्रोह चरम पर पहुँच जाए तो न तो हथियार काम आते हैं और न ही कोई अन्य संसाधन। ऐसे में सिर्फ मनोबल और चारित्रिक गुण ही लाभ पहुँचाते हैं। यही कारण था कि कर्नल यंग अपने जासूसी तंत्र को इस सीमा तक विकसित करना चाहते थे कि कोई विद्रोह होने से पहले ही उनके पास सारी जानकारी मौजूद रहे ताकि वे लोग अपनी क्षमता के अनुसार ऐसे किसी भी विद्रोह को सिर उठाने से पहले ही कुचल सकें। इस धार्मिक अनुष्ठान के लिए जा रहे श्रद्धालु यात्रियों में इस बात की काफी चर्चा थी कि फिरंगियों का अजेय होने का अभिमान कितनी आसानी से वहाँ ध्वस्त हो गया था। लोग दबी जबान से ऐसे ही किसी चमत्कार की यहाँ भी उम्मीद करते थे, परन्तु वे लोग किसी गम्भीर षड्यंत्र में शामिल रहे हों, ऐसा कोई संकेत नहीं मिला।

उन्हीं दिनों विल्सन को कर्नल यंग का एक सन्देश मिला जिसमें उन्होंने उसके काम के प्रति सन्तोष व्यक्त करते हुए एक खास जानकारी भी साझा की थी। इस जानकारी के अनुसार ब्रिगेडियर कारवर ने उसके विरुद्ध चल रही कार्रवाई की फाइल को दाखिल दफ्तर कर दिया था, अर्थात अब वह मामला समाप्त समझ लिया गया। यह खबर किसी और के लिए महत्त्वपूर्ण हो या न हो, विल्सन के लिए एक बड़ी राहत की बात थी। इस आशय का एक समाचार गजट में भी प्रकाशित हुआ था।

इसके बावजूद सब कुछ सही नहीं था। ऐसा इसलिए कहा जा सकता था कि उसके आसपास के लोग विल्सन से नाराज होने लगे थे। इनमें पंडित ब्रह्मदत्त भी थे जो अभी तक विल्सन के संरक्षक की तरह जाने जाते थे। पहली बार उन्हें इस अंग्रेज के विरुद्ध आक्रोश में देखा गया। नाराजगी का कारण विल्सन का वन्यजीवों के प्रति रवैया था। वह भागीरथी के दोनों ओर अपने शिकार की तलाश में राइफल लेकर घूमा करता और अक्सर सफलता के झंडे गाड़ दिया करता। उन्होंने विल्सन से कहा भी, "भगवान सोमेश्वर तुमसे अप्रसन्न हैं!"

विल्सन धर्मभीरु नहीं था पर वह स्थानीय धर्म और उनकी संस्कृति का सम्मान करता था। ऐसा करना उसकी मजबूरी थी लेकिन अगर स्वाभाविक रूप से देखें तो लगता था कि अच्छी खबरें और व्यापारिक सफलता ने उसे उड़ान भरने का मौका दे दिया था। वह हँसकर बोला, "पर मेरे ईश्वर मुझसे प्रसन्न हैं! मैं आपके इलाके की सूरत और सीरत बदलने आया हूँ, उससे मुझे कोई नहीं रोक सकता।"

उस दिन के बाद से ब्रह्मदत्त और विल्सन के बीच जो दूरियाँ बढ़ीं तो फिर कभी वह नजदीकियाँ नहीं बन पाई जो आरम्भिक दिनों में थीं। हालाँकि समय पड़ने पर विल्सन इस बात का ध्यान रखता था कि पंडित ब्रह्मदत्त को या उनकी किसी भावना को ठेस न पहुँचे परन्तु जो हुआ उस पर उसका वश नहीं रह गया था।

बाद में एक दिन और ऐसी कोई घटना हुई जिससे उनके अप्रिय सम्बन्ध और भी खराब हो चले। लोग विल्सन की तारीफ करने लगे थे परन्तु उसके पीछे छिपे राज लोगों के सामने नहीं आए थे। यह वह समय था जब विल्सन का देवदार की लकड़ी का कारोबार भी चल निकला था। एक दिन पंडित ब्रह्मदत्त के घर उसकी निगाह पड़ी कि उनकी छत की लकड़ी खराब हालत में है। उसने कहा, "मैं कल इसकी मरम्मत के लिए कुछ मजबूत लकड़ी भेज देता हूँ, इसे ठीक करा लीजिएगा।"

परन्तु ब्रह्मदत्त की नाराजगी अपनी जगह कायम थी। वह बोले, "उसकी कोई जरूरत नहीं है। अगर तुमको ऐसा लगता है कि तुम्हें कोई उपकार करना है तो भगवान सोमेश्वर के मन्दिर के ऊपर की छत की मरम्मत करा लो, वही काफी होगा।"

विल्सन केवल हँसकर रह गया, उसने आगे बात बढ़ाने में रुचि नहीं ली, अच्छा था, वरना उसे फिर से कोई ऐसी अप्रिय बात सुननी पड़ती जिससे उनके खराब सम्बन्धों में और भी गम्भीर दरार तत्काल आ गई होती।

ये वे दिन भी थे जब विल्सन की जीवनसंगिनी राईमत्ता माँ भागीरथी से एक पुत्र रत्न की प्राप्ति की कामना में लगी थी। हर तरह की समृद्धि और विल्सन के प्रेम के बावजूद उसकी गोद नहीं भर सकी थी। शायद ईश्वर उसे मातृत्व सुख नहीं देना चाहता था इसलिए गर्भवती होने के बाद सितम्बर 1842 में उसका गर्भपात हो गया। यह उस स्त्री के लिए एक बड़ा सदमा था। विल्सन भी कम दुखी नहीं था।

राईमत्ता ने ऐसे ही एक उदास दिन में अपने पति से कहा, "क्या ईश्वर हमसे ऐसे ही नाराज बने रहेंगे? मैंने तो हमेशा उनकी सेवा की है, उनके मन की की है, या कोई मेरी गलती हो तो मुझे बताया जाए।"

विल्सन के पास पत्नी की उदासी को दूर करने का कोई साधन न था, उसने साथ देने और माहौल को खुशनुमा बनाने के लिए कहा, "तुम्हें हर वह सुख मिलेगा, जिसकी तुम्हें कामना है, आज नहीं तो कल। मैं तुम्हें हर दृष्टि से समृद्ध रखूँगा, यह मेरा वादा है।"

"पर कोई वादा ईश्वर से भी तो करो।"

राईमत्ता की उदासी दूर नहीं हो सकी थी परन्तु उसकी खुशी के लिए विल्सन भगवान सोमेश्वर की श्रद्धा में दो शब्द बोलने में कृपणता कर गया। उसे अपने अभियान पर जाना था, नियमित जाना था, धनी जो बनना था। न जाने किसके लिए। भला वह कैसे चूक सकता था। फिर से राईमत्ता नितान्त अकेली रह गई। पहले वह अपनी निश्छल, परन्तु व्यस्त माँ और नशेड़ी पिता के साथ होते हुए भी अकेली थी, अब एक अंग्रेज सफल व्यापारी की पत्नी के रूप में एकाकीपन उसका साथी हो लिया, ऐसे जैसे अकेलेपन से उसका चोली-दामन का साथ हो। उसके पास हर सुख था, काम के लिए नौकर-चाकर, एक बँगला भी बन गया था, उससे भी बेहतर एक और बँगला बनाने की प्रक्रिया जारी थी। विल्सन का जो काम चला तो उम्मीद से कहीं ज्यादा चला। पर उस काम से राईमत्ता की खुशियाँ नहीं लौट पाईं।

दिन पहाड़ की तरह ऊँचे होने लगे और रातें बेहद काली, स्याह काली! ईश्वर की कृपा राईमत्ता पर नहीं हुई, तो नहीं ही हुई। अभी तक वह गर्भधारण करने योग्य थी पर अब वह उससे भी वंचित हो गई। कहते हैं कि ईश्वर की प्रसन्नता पूरे परिवार और आसपास के लोगों को मिलती है परन्तु उसकी अप्रसन्नता का प्रभाव उस इनसान पर भी हो सकता है जो अप्रत्यक्ष रूप से उसका दोषी न हो। शायद ऐसी कोई सजा राईमत्ता को मिल रही थी। उसकी उदासियों का कोई अन्त नहीं था। उसे अपना समय और भी बोझिल लगने लगा। वह दिन भर पूजा-पाठ में लगी रहती और सांसारिक सुखों से विरत होने लगी। अपनी एक खुशी के लिए उसने सारी सांसारिक खुशियों को त्याग दिया था।

आसपास के लोग चर्चा करने लगे थे कि विल्सन को ईश्वर के प्रकोप का फल मिला है परन्तु वह कैसा प्रकोप था, जिसका असली प्रभाव वह नहीं, उसकी पत्नी भुगत रही थी। विल्सन इन बातों को नहीं मानता था, तो नहीं मानता था। उसे अपने काम का जुनून था, प्रेम भाव अपनी जगह था, पर काम उसकी प्राथमिकता में था, प्रेम नहीं। हाँ इतना जरूर था कि वह बीच-बीच में राईमत्ता की स्थिति से चिन्तित अवश्य हो जाया करता था, परन्तु उसके लिए विल्सन ने अपने मन को स्थिर कर कोई निर्णय लिया हो, ऐसा भी नहीं था।

15

परिवर्तन प्रकृति का शाश्वत नियम है। अगले एक साल में विल्सन की प्रकृति में बहुत परिवर्तन आया था। वह इस परिवर्तन को सकारात्मक कहता था क्योंकि वह सफलता के सोपान चढ़ता जा रहा था। ये वे सोपान थे, जो आर्थिक सम्बल देते हैं, परन्तु जरूरी नहीं कि उनसे सामाजिक और पारिवारिक समृद्धि का भान होता हो। इसके विपरीत उसके स्वभाव में पिछले एक साल के भीतर कुछ ऐसे परिवर्तन आए थे जिन्हें न तो राईमत्ता पसन्द करती थी और न ही उसके इर्द-गिर्द के लोग।

अगले ही साल यानी सन 1843 में विल्सन ने अपने व्यापार को विस्तार देने का फैसला किया। 26 साल का यह फिरंगी नवयुवक गढ़वाल की संस्कृति में ऐसे घुल-मिल गया था जैसे उन्हीं लोगों में से एक हो और कभी विदेश जाकर लौट आया हो। अब उसे पूरा विश्वास हो चला था कि वह टिहरी के राजा सुदर्शन शाह के महल में जाकर अपना कोई विचार साझा कर सकता है।

विल्सन ने अपने सहयोगी हकीम जी से चर्चा की, "मुझे राजा सुदर्शन शाह से मिलना है, उसके लिए क्या करना होगा?"

उन्होंने कहा, "उनसे मिलने का रास्ता बहुत सीधा है। उनके लिए कोई ऐसी भेंट ले जाओ जो कुछ अलग हो, वह तत्काल तुम्हें बुलाएँगे और खूब चर्चा कर लेंगे।"

यह कोई कठिन रास्ता नहीं था, विल्सन ने हकीम जी का शुक्रिया अदा किया और घर आकर विचार करने लगा उसे राजा को कौन सी भेंट देनी है।

उसने अपने मन को तैयार कर लिया था और एक सवेरे वह राजा से मिलने चल पड़ा। दरबार हॉल में और भी लोग उनकी प्रतीक्षा कर रहे थे। उनके हाथों में मुर्गी, बकरी अथवा किसी खाद्य पदार्थ जैसे चावल और दाल के बोरे थे। परन्तु विल्सन तो इनमें से अलग था इसलिए पहले तो उसने यह सुनिश्चित किया कि उसकी वेशभुषा पारम्परिक गढ़वाली परिवेश की हो। फिर उसने राजा के वजीर प्रेम हरि के भतीजे तक पहुँच बनाई जो एक चालाक तथा आलसी व्यक्ति था और छोटी से छोटी रिश्वत में बड़े से बड़े काम करने को तैयार हो जाता था। विल्सन ने उसका उपयोग राजा से उनके निजी कक्ष में मिलने की अनुमति प्राप्त करने में किया।

जब विल्सन राजा के कक्ष में पहुँचा तो उसने देखा कि सुदर्शन शाह क्रीम कलर की जैकेट और पाजामा पहने हुए हैं। उनके बाल फिरंगी लोगों के स्टाइल में कटे हुए थे। सुदर्शन शाह एक सौम्य व्यक्तित्व का राजा था। उसने विल्सन का स्वागत करते हुए कहा, "आओ फिरंगी बहादुर, मुझे यह जानकर अच्छा लगा कि तुमने गढ़वाल में बसने का फैसला किया है, यहीं शादी की है और यहाँ की उन्नति चाहते हो। मुझसे तुम्हारी जो अपेक्षा हों, खुल कर कहना। मुझे तुम्हारी मदद करने में अच्छा लगेगा।"

यह विल्सन के लिए एक सुखद संयोग था, ऐसा सुखद कि यह उसकी कल्पना में भी नहीं था। उसे उम्मीद थी कि राजा उससे एक औपचारिक मुलाकात करेंगे, परन्तु वह उससे इस स्तर पर बात करेंगे यह बात उसे विस्मित कर गई। उसे और क्या चाहिए था। वैसे भी विल्सन अवसर का फायदा उठाने में कभी नहीं चूकता था। चाहे वह बचपन की बात हो, सेना में उसके तैनाती का समय हो, फरार होने और व्यापार, हर जगह उसने सही समय पर सही प्रस्ताव दिया और उसी के अनुरूप निर्णय लिया। तभी तो वह कामयाब व्यापारी बन गया था। अगले ही पल उसने राजा से कहा, "यह राजा हुजूर के जन्मदिन के लिए मेरी तरफ से एक छोटा सा तोहफा है।"

राजा ने देखा कि एक सुन्दर मखमली थैली के भीतर कुछ सिक्के खनखना रहे थे। यह 10 स्वर्ण मुद्राएँ थीं। स्वाभाविक रूप से राजा को अच्छा लगा, वह हँसकर बोला, "मिस्टर विल्सन, क्या आप अनजान लोगों को इसी तरह से भेंट दिया करते हैं?"

विल्सन ने कहा, "नहीं श्रीमान, आप मेरे लिए अनजान नहीं हैं। आप टिहरी के राजा हैं और मैं आपकी प्रजा। तो अनजान कैसे हुए? मेरे तो रोम-रोम में आपके प्रति कृतज्ञता है, और वह हमेशा बनी रहेगी। मैं तो चाहता हूँ कि आपको इससे भी 10-20 गुना अधिक स्वर्ण मुद्रा भेंट करूँ।"

राजा की प्रसन्नता का पारावार न था। उसकी आँखों की चमक उसकी खुशियों की कहानी को बयाँ कर रही थीं। वह उत्साहपूर्वक बोला, "हे भगवान! ये तो बहुत स्वर्ण मुद्राएँ हैं। इतनी वजनी! इन्हें कहाँ से लाए तुम?"

विल्सन ने तुरन्त कहा, "बस श्रीमान, इस बार इतनी ही...। पर विश्वास रखिए, सब ईमानदारी की कानून-सम्मत कमाई की अर्जित की हुई हैं। मैं एक शिकारी हूँ, यहाँ के परिन्दों और छोटे-मोटे जीवों का शिकार कर, उनकी खालों को देश-विदेश में बेचा करता हूँ। उसी से अपनी आजीविका चलाता हूँ, यह उसी से कमाई धनराशि का एक हिस्सा है, जो आपको सौगात में दी है।"

यह सत्य था, पर अर्द्ध-सत्य। असलियत यह भी थी कि विल्सन के तेजी से पल्लवित होते व्यापार का कारण इस रियासत में प्रतिबन्धित वन्यजीवों के शिकार और उनकी खालों को बेचने से भी सम्बन्धित था। अगर यूँ कहें कि इन खालों से ही विल्सन को अधिक आमदनी होती थी, तो कोई अतिशयोक्ति नहीं होगी। राजा अभिभूत था। परन्तु इस प्रसन्नता के मौके पर राजा के लिए यह जानने और खोजबीन करने का कोई न तो अवसर था और न उसकी इच्छा। वह प्रमुदित स्वर में बोला, "तुमने आज मुझे एक अप्रत्याशित भेंट दी है, कल मेरा जन्मदिन है। इससे अच्छा उपहार और क्या हो सकता है। कल मेरे जन्मदिन के अवसर पर एक छोटा सा समारोह है, केवल पारिवारिक लोगों का, उसमें तुमको आमंत्रित किया

जाता है। कल शाम 6 बजे। तब तक के लिए तुम मेरे अतिथि रहोगे। परसों आप वापस जा सकते हैं।"

"मगर?"

विल्सन ने संकोच किया तो सुदर्शन शाह ने हँस कर कहा, "अगर-मगर कुछ नहीं, तुम जानते हो कि यह आपके राजा का आदेश भी है।"

विल्सन ने इस हँसी में राजा का साथ दिया और कहा, "बस मेरी चिन्ता यह थी कि यदि मुझे पूर्वानुमान होता तो मैं अपनी पत्नी को भी साथ लेकर आता। उसे भी आपसे मिलकर बहुत प्रसन्नता होती। वह आपके ही इलाके की है।"

राजा ने कहा, "ठीक है, अगली बार तुम दोनों लोग मेरे विशिष्ट अतिथि रहोगे। कभी भी मेरे योग्य कोई सेवा हो तो जरूर बताएँ।"

विल्सन अवसर की तलाश में था और अवसर स्वयं उसकी राह देख रहा था। पर उसने किसी तरह की जल्दबाजी नहीं दिखाई।

उस दिन रात को राजा ने उसके आतिथ्य में सुस्वादु भोजन और मनपसन्द शराब की व्यवस्था कराई। इस बार विल्सन ने अपनी भावनाओं को पूरा नियंत्रित करते हुए फिलहाल कोई व्यापारिक चर्चा नहीं की परन्तु उसने जैव वनस्पति, प्राकृतिक संसाधनों और वन्यजीवों की ऐसी जानकारी राजा को दी कि उनको समझ में आ गया कि यह बहुत पहुँचा हुआ इनसान है। वह उसके ज्ञान से प्रफुल्लित और हर्षित था।

अगले दिन जन्मदिन के समारोह के छोटे से आयोजन में राजा ने अपनी पत्नी और परिजनों से विल्सन की भेंट कराई। उसे पहाड़ी पर निर्मित आपने राजमहल में भी घुमाया। अगले दिन विल्सन शीघ्र ही मिलने का वादा कर वापस लौट आया।

लौटते ही राईमत्ता ने कहा, "मुझे चिन्ता हो रही थी, आप इतना विलम्ब से क्या लौटे?"

विल्सन ने कहा, "मुझसे गलती हो गई कि तुमको साथ नहीं ले गया। पता है राजा ने मुझे अपना अतिथि बना कर रखा था। वह मुझसे बहुत प्रसन्न है और अगली बार तुम्हें ले चलने के वादे के साथ वापस लौटा हूँ।"

राईमत्ता ने हँस कर कहा, "वह तो मैं जानती हूँ कि तुम कितने चितेरे हो। तुमने जब दो मुलाकातों में ही मेरा दिल लूट लिया तो राजा की बात क्या, वह जरूर ही तुम से प्रभावित रहा होगा। परन्तु एक मूल मंत्र तुम्हें देती हूँ। उसका ध्यान रखोगे तो लाभ में रहोगे।"

विल्सन राईमत्ता की उदासियों के बावजूद उसकी सरल प्रबुद्धता की हमेशा कदर करता था। बोला, "नि:संकोच कहो, मुझे तुम्हारी सलाह मानना अच्छा लगता है।"

"तो सुनो, राजा से कोई ऐसा कोई वादा न करना जो भविष्य में तुम पूरा न कर सको, और किसी भी तात्कालिक लालच के फेर में मत पड़ना। अगर उनकी निगाह टेढ़ी हुई तो तुम्हारा भविष्य भी अन्धकारमय हो सकता है, परन्तु अगर वह

सच में तुम से प्रभावित हुए हों, तो तुम्हें सोने की खान भी मिल सकती है। मेरी शुभकामनाएँ तुम्हारे साथ हैं।"

अपनी पत्नी की बात सुनकर विल्सन रोमांचित हो उठा। उसकी सोच भी लगभग वैसी ही थी जैसी सलाह राईमत्ता ने दी थी। वह पत्नी के हाथ पकड़कर उसे अपने सीने से सटाकर बोला, "आज के ये पल गवाह होंगे कि तुम्हारी इस सलाह का अक्षरशः पालन किया जाएगा। मुझे तुम पर गर्व है। मेरे साथ हमेशा ऐसी ही बनी रहना।"

राईमत्ता ने धीरे से अपने को विल्सन से अलग करते हुए मुस्करा कर कहा, "मेरी फिक्र मत करो। मैं हमेशा तुम्हारे साथ रहूँगी। तुमसे अलग होने या तुम्हारी शुभकामनाओं में शामिल न होने की तो मैं सोच भी नहीं सकती।"

विल्सन ने अचानक एक झटके से पत्नी को अपनी बाँहों में लेकर चुम्बनों की बौछार कर दी।

16

विल्सन का शिकारी अभियान जारी रहा और उसके कार्यक्षेत्र में बढ़ोतरी के साथ-साथ जानवरों की खालों और पंखों का व्यापार फलता-फूलता गया। टिहरी के राजा से हुए वादे के अनुसार वह एक दिन फिर से उनसे मिलने गया। राजा ने स्वागत किया और कहा, "कहिए, कैसा चल रहा है आपका शिकार और व्यापार?"

"बस ठीक है, आपकी कृपा बनी रहे।"

विल्सन ने सौम्य उत्तर दिया। परन्तु राजा ने इस बीच विल्सन की गतिविधियों और उससे सम्बन्धित थोड़ी और जानकारियाँ जुटा ली थीं। आखिरकार इस रियासत को सँभालने के लिए थोड़ी प्रबुद्धता उसमें भी थी। सुदर्शन शाह ने बिना किसी लाग-लपेट के पूछा, "सुना है तुम हिरण, चीते और तेंदुए का भी शिकार करते हो।"

विल्सन के लिए यह प्रश्न अप्रत्याशित था परन्तु उसे तत्काल ऐसा उत्तर देना था जो राजा की निगाह में उसके विरुद्ध कोई ऐसी राय न बनाए जिसको लेकर उसका भविष्य असमंजस में पड़ जाए। उसने आत्मविश्वास के साथ कहा, "हाँ, अगर शिकार सामने आ जाए तो मैं ऐसे शिकार भी किया करता हूँ। पर आमतौर पर मेरा लक्ष्य वे जानवर नहीं होते जिनका शिकार आप के राज में प्रतिबन्धित है।"

राजा ने एकबारगी विल्सन की आँखों में झाँक कर देखा। उस एक क्षण में विल्सन की साँस अटक कर रह गई थी, परन्तु उसने अपने आत्मविश्वास को नहीं डिगने दिया। परीक्षा का यह पल उसने पार किया क्योंकि राजा सुदर्शन शाह ने

मुस्कराकर कहा, "तुम इतने बड़े शिकारी हो, इसका अन्दाजा मुझे नहीं था। तुम्हारी साफगोई से मैं प्रभावित हूँ। क्या मेरे अतिथि कक्ष के लिए किसी विशिष्ट जानवर की खाल उपलब्ध करा सकोगे?"

विल्सन के लिए इससे बड़ी राहत और सम्मान की बात कोई और नहीं हो सकती थी। उसने अवसर को लपक लिया और बोला, "तेंदुए की एक खाल तैयार हो रही है, दो दिन बाद आकर उसको दे जाऊँगा।"

राजा ने विल्सन से कहा, "तुम्हें अपने खास मित्र की तरह समझता हूँ, इसलिए यह जानना बहुत जरूरी है कि अब तुमको मेरे संरक्षण में और मेरी अनुमति से ही काम करना होगा। कोई गैर-कानूनी काम करोगे तो एक सीमा के बाद मैं तुम्हारा साथ नहीं दे पाऊँगा। फिर भी, अगर अपने व्यापार में मेरी किसी मदद की जरूरत हो, तो बताना।"

विल्सन सन्तुष्ट था पर वह उतना ही जल्दबाज भी था। अवसर को लपकने में उसका कोई तोड़ नहीं था। राईमत्ता के समझाने के बाद भी वह अपनी रिफ्लेक्सेस को तत्काल काम में ले आता था। उसे लगता था कि कोई दूसरा अवसर शायद न मिले, और अगर मिले तो तब तक बहुत देर हो चुकी हो। इसलिए जो सामने हो उसे ही उपयुक्त समय मानो। उसने प्रस्ताव दिया, "मेरे व्यापार में अगर आपका सहयोग रहा तो दिन दूनी, रात चौगुनी तरक्की होगी। चूँकि यह तरक्की आपके सहयोग से होगी इसलिए आप का हिस्सा उसमें सुनिश्चित रहेगा। बस मुझे आप का संरक्षण चाहिए।"

राजा ने कहा, "मैंने तुमको वादा किया है, बताओ क्या करना होगा?"

विल्सन ने बिना किसी भूमिका के प्रस्ताव पर चर्चा करनी शुरू की, "हिरण की कस्तूरी में जितना पैसा है उतना और किसी चीज में नहीं। अगर उसकी अनुमति मिल जाए तो रातो-रात मालामाल हुआ जा सकता है। अभी भी शिकारी लोग उनका शिकार करते भी हैं परन्तु यदि आपका संरक्षण रहेगा तो आसानी रहेगी।"

सुदर्शन शाह ने तत्काल पैंतरा बदल लिया। दृढ़ता से बोले, "नहीं, इस प्रस्ताव को खारिज मान लिया जाए। हिरण की कस्तूरी पर सिर्फ मेरा अधिकार है, और मैं यह नहीं चाहता कि सोने के अंडे देने वाली मुर्गी को एक रात में ही मार कर मालामाल बन जाऊँ। मुझमें इतना धैर्य है। यदि कोई शिकारी ऐसी कोई कार्रवाई करेगा तो मैं जरूरी कदम उठाना अपना फर्ज समझता हूँ। तुम्हारे लिए भी यह क्षेत्र निषिद्ध है, इसलिए हिरण के शिकार की बात भी मत सोचना।"

राजा की मित्रता को वह अपने लक्ष्य प्राप्ति की एक आसान सीढ़ी मान बैठा था पर अपने एक ही वाक्य से राजा ने स्पष्ट कर दिया कि विल्सन को गढ़वाल में खुली छूट नहीं मिल सकती। वह प्रत्युत्तर में कुछ कहने की सोच ही रहा था कि राजा ने कहा, "...हाँ, इसके अलावा किसी और क्षेत्र में मेरी मदद चाहिए तो बताना।"

विल्सन की तीक्ष्ण बुद्धि ने काम किया। उसने मन के भावों को चेहरे पर नहीं आने दिया और तपाक से बोला, "बिल्कुल श्रीमान, आप मेरी एक और मदद कर सकते हैं।"

"बोलो विल्सन, नि:संकोच बोलो," राजा सुदर्शन शाह अच्छे मन से बोले।

"अगर आप मुझे अपने जंगलों से देवदार की लकड़ियाँ काटने की इजाजत दें तो मैं अपनी आजीविका अच्छे से चला सकूँगा और आपके खजाने में भी कुछ न कुछ योगदान जरूर करूँगा। पर मुझे रियायती दर पर काम करने की अनुमति मिलनी चाहिए।"

राजा अपने आसन से उठने वाले थे परन्तु उसका यह प्रस्ताव सुनकर रुक गए। थोड़ी विचार मुद्रा में दिखे, पर फिर तत्काल ही बोले, "अगर तुम ऐसा सोचते हो तो..."

विल्सन की साँसें रुक गईं, ठीक ऐसे जैसे शायद किसी फाँसी के कैदी को सजा पर ले जाने के समय होता होगा। उसको इस बात का अफसोस होने लगा कि राजा सुदर्शन शाह को इतनी महँगी भेंट करने की क्या जरूरत थी। फिर उसने आगे के लिए भी एक तेंदुए की खाल का वादा कर लिया था। इन खर्चों से तो उसका कम से कम एक साल आराम से बीत सकता था।

परन्तु राजा का उत्तर पूरा नहीं हुआ था, इसलिए विल्सन की जिज्ञासा बनी हुई थी। उसने अपनी उत्सुकता को अभिव्यक्त करते हुए पूछा, "बताइए श्रीमान, क्या आप मेरी कुछ मदद कर सकेंगे?"

"हाँ विल्सन, अगर तुम ऐसा सोचते हो तो वाकई मैं तुम्हारी मदद करने की इच्छा रखता हूँ। तुम्हारा प्रस्ताव मुझे स्वीकार है और हम लोग उस पर चर्चा कर लेंगे।"

एक बार फिर से विल्सन का दिल बल्लियों उछलने लगा मगर वह इस कला में प्रवीण था कि अपने दुख-सुख, आनन्द, हर्ष और अवसाद के पलों को अपने चेहरे पर उभरने नहीं देता था।

विल्सन ने चोरी छिपे लकड़ियों के कटान का काम पहले ही शुरू कर रखा था पर अभी तक वह मूल रूप से जानवरों की खाल के व्यापार से जुड़ा था। लकड़ी के व्यवसाय में उसने न तो कोई अनुभव लिया था और न ही उसे उसके भविष्य का कोई भान था। वह तो वन्यजीवों की खालों के व्यापार के एक विकल्प के रूप में उसने राजा के समक्ष प्रस्ताव दिया था। वह जानता था कि राजा से मिल-जुल कर ही वह अपना जीवन-यापन कर सकता था। इसलिए जो मिल रहा था, उसी में खुश रहना जरूरी था।

अब राजा की स्थिति जानिए। उन्होंने अपने नये बने मित्र से वादा तो कर लिया, परन्तु इस बात पर ध्यान ही नहीं दिया कि उनके इलाके की समृद्धि केवल वनस्पतियों से है, यहाँ के ऊँचे-ऊँचे पेड़ और हरियाली ही उनकी नैसर्गिक सुन्दरता

और समृद्धि का राज हैं। यही उनकी धरोहर है और यही विरासत। उन्होंने जब वादा किया तो शायद सोचा होगा कि समुद्र के अथाह जल से कुछ बूँदें निकाल देने से सागर को क्या फर्क पड़ता है। परन्तु आने वाले दिन कुछ अलग ही इतिहास रचने वाले थे, यह न तो राजा सुदर्शन शाह जानते थे और न ही फ्रेडरिक विल्सन के मन में ऐसा कोई संशय था।

जब इस विषय पर चर्चा चली तो राईमत्ता विस्मित रह गई। उसने विल्सन से फिर पूछा, "क्या देवदार के वृक्षों को काटने की छूट दे दी गई है?"

विल्सन ने बेपरवाह होकर कहा, "अभी तो नहीं, लेकिन मिल जाएगी, देवदार ही नहीं, किसी भी पेड़ को। राजा ने मुझसे वादा कर लिया है, और राजा अपने वादे के पक्के हैं, ऐसा मैंने सुना है।"

"लेकिन, इन जंगलों से ही तो हम लोगों की शान है। वे हमारे आराध्य हैं। अगर ये नहीं रहेंगे, तो यह इलाका कहाँ बचेगा," राईमत्ता ने कहा, लेकिन वह कन्धे उचका कर चला गया।

दरअसल, तब तक विल्सन भी इस पूरे गणित और अर्थशास्त्र से वाकिफ बिल्कुल नहीं था कि जंगलों की कटाई और देवदार के पेड़ों की व्यवसायिक आपूर्ति से उसकी जो कमाई होगी वह पुराने सब रिकॉर्ड ध्वस्त कर देगी। पर्यावरण की चिन्ता करना उसका काम नहीं था।

जैसे-जैसे राजा से मिलने का समय नजदीक आता गया, विल्सन ने लकड़ी के व्यापार के अर्थशास्त्र पर विचार करना शुरू किया। उसने लोगों से चर्चा की कि लकड़ी को मैदानी इलाके तक कम खर्चे में कैसे पहुँचाया जाए। ऐसा इसलिए जरूरी था कि उसे काटने की लागत से कहीं अधिक लागत और दुरूहता परिवहन की आ रही थी। इसके अलावा वादे के अनुसार राजा को भी एक निश्चित धनराशि देनी थी, तभी वह जंगलों से लकड़ी काट सकता था। ऐसे में किसी ने उसे समझाया कि नदी के रास्ते अगर लकड़ियों को बहाकर मैदानी इलाके तक पहुँचाया जाए तो यह बेहद सस्ता और सुलभ तरीका हो सकता है। अभी तक किसी ने इस विषय में सोचा नहीं था।

विल्सन ने प्रयोग करने शुरू कर दिये। उसने देखा कि उसका यह प्रयोग वाकई सफल हो रहा है और लकड़ियों को आसानी से नदी के सहारे हरिद्वार और आगे तक पहुँचाया जा सकता है। राजा से मिलने का समय निकट आ गया था, तो वह इस बार भी स्वर्ण मुद्रा की एक थैली लेकर राजा सुदर्शन शाह से मिलने जा पहुँचा।

"आओ विल्सन।"

राजा ने उसे अपने सीने से लगा लिया। बिना किसी भूमिका के विल्सन ने राजा को स्वर्ण मुद्राओं से भरी वह थैली भेंट कर दी। चकित राजा ने पूछा, "यह क्या है विल्सन?"

"यह हमारे व्यापार की शुरुआत है। अगले पाँच वर्ष तक आप मुझे अपने जंगलों से जरूरत भर की लकड़ी काटने का अधिकार देंगे, यह धनराशि उसी अनुबन्ध के बदले में है।"

राजा ने थैली को खनखनाकर देखा। फिर उसे खोलकर महसूस करते हुए बोले, "यह तो अच्छी खासी धनराशि लग रही है।"

"जी श्रीमान, ये पूरी 100 स्वर्ण मुद्राएँ हैं," राजा के चेहरे पर हर्ष मिश्रित विस्मय के भाव उभर आए। वह बोले, "तुम तो कमाल के आदमी हो। 10 स्वर्ण मुद्राएँ तो यूँ ही भेंट में दे गए, 100 स्वर्ण मुद्रा से व्यापार कर रहे हो। अपने लिए भी कुछ बचा कर रखा है या नहीं?"

विल्सन ने हँसकर कहा, "अगर जीवन बचा रहे, तो मुद्राएँ आती-जाती रहती हैं। मेरा तो यही मानना है और अगर सुखमय जीवन चलाना हो तो व्यापार से बेहतर और कोई चीज नहीं।"

राजा ने मंत्री को बुलाया और आवश्यक लिखा-पढ़ी करने के निर्देश दिये। जिस काम के लिए विल्सन को फिर कोई महँगी भेंट लेकर आना पड़ता, वह आज ही हो रहा था, यह उसके लिए सुखद शुरुआत थी। अभी तक विल्सन ने पूरी तैयारी भी नहीं की थी लेकिन उसने इस काम की रॉयल्टी के रूप में अगले एक साल की कीमत जरूर चुका दी थी। यह उसका आत्मविश्वास था अथवा नासमझी, कहा नहीं जा सकता था।

राजा ने प्रधानमंत्री प्रेम हरिदत्त से फरमान जारी करने के लिए भी कहा। इसके अनुसार विल्सन को टिहरी की जमीन पर उगे जंगलों की लकड़ी काटने का पाँच वर्ष का अनुबन्ध किया गया था। इसके लिए खजाने में कुल रुपए 150 की धनराशि जमा दर्ज की गई। विल्सन के लिए यह एक ऐसा अवसर था जिसकी उसने कल्पना नहीं की थी। इसके लिए विल्सन ने राजा का जिन शब्दों में धन्यवाद अदा किया वह कम अतिशयोक्तिपूर्ण न थे। उसने आदत के विपरीत, राजा सुदर्शन शाह की प्रशंसा के पुल बाँधने में कोई कमी नहीं छोड़ी। उसने उन्हें 'उगते साम्राज्य का सूरज', 'विश्व के सर्वाधिक खूबसूरत साम्राज्य के राजा', 'हिमालय के संरक्षक' आदि उपमाओं से अलंकृत भी किया।

लौटकर जब फ्रेडरिक विल्सन ने अपने सहयोगी, मित्र और सलाहकार ब्रह्मदत्त से इस अनुबन्ध की चर्चा की तो ब्रह्मदत्त स्वयं भी इस व्यापार की महत्ता को नहीं समझ पाए। उन्हें बस इतना लगा कि कुछ न होने से तो यह बेहतर ही होगा। ऐसा इसलिए भी था कि अब विल्सन के गैर-कानूनी शिकारी स्वरूप के व्यापार के दिन पूरे हो गए थे। विल्सन ने ब्रह्मदत्त से कहा, "अब हम लोग मालामाल होने की ओर जा रहे हैं।"

ब्रह्मदत्त का उत्तर था, "ऐसा तो नहीं है कि इस लकड़ी काटने-बेचने के काम

भर से आपको कोई गड़ा खजाना मिल जाएगा। हाँ, इतना जरूर है कि आपके खर्चे सहजता से अवश्य चल सकेंगे।"

विल्सन को अपनी योजना की बारीकियाँ बताने में कोई दिलचस्पी नहीं थी। वह आकलन के अनुसार उसी दिन से काम में जुट गया। उसने ब्रह्मदत्त से कहा, "आप देखते जाओ, आपका साथ मेरे लिए शुभ है, हमारे सम्बन्ध हमेशा सौहार्दपूर्ण बने रहें, यह प्रार्थना है।"

ब्रह्मदत्त को अच्छा लगा, बोले, "निश्चित रूप से, मैं भी यही चाहूँगा। फिर जंगलों में भटक कर शिकार करने, कस्तूरी मृग के पीछे दौड़ने, किसी अप्रिय घटना में फँसने से तो यह लाख गुना बेहतर काम है। मेरी शुभकामनाएँ आपको।"

विल्सन ने समय नष्ट नहीं किया। उसने कुछ लकड़हारों की व्यवस्था की। उनको थोड़ी-थोड़ी अग्रिम धनराशि दी। फिर अपने नियमित कारिन्दों की मदद से नदी में लकड़ियाँ बहाने का अनुभव एक बार फिर से महसूस किया। वह कारगर हो गया था। विल्सन प्रसन्नचित्त रहने लगा। उसके सपने साकार जो होने वाले थे। पर उससे पहले वह अपने पूर्व परिचित मेजर कॉटले से मिलना चाहता था। गंग नहर की परियोजना के सर्वेसर्वा वही थे और उनके एक संकेत भर से विल्सन को लकड़ियों की आपूर्ति का पूरा काम मिल सकता था। उसका काम करने का यही तरीका था।

वह कॉटले से मिलने रुड़की के लिए निकल गया। विल्सन के मन में एक भय अब भी था कि कहीं वह उसकी असलियत न जान चुके हों। परन्तु यह विल्सन का सौभाग्य ही था कि अभी तक मेजर कॉटले को कोई प्रतिकूल जानकारी नहीं मिली थी। ऐसा इसलिए भी था कि मेजर काफी दिन अपने खराब स्वास्थ्य के कारण इंग्लैंड में स्वास्थ्य लाभ कर आए थे। दूसरी बात यह कि कॉटले अनावश्यक बातों, किस्सों और कहानियों में कोई रुचि नहीं रखते थे। जैसे ही विल्सन उससे मिलने आया, वह उल्लसित होकर बोले, "कहाँ थे दोस्त! कितने दिन हुए, कोई खबर नहीं, कई बार तो बुरे खयाल भी आते थे। बहुत लम्बे समय बाद याद किया? कहाँ हो आजकल?"

कॉटले ने विल्सन का स्वागत करते हुए पूछा तो उसने सहज होकर बताया, "काम धन्धे की तलाश में भटक रहा हूँ, सर! पिछला काफी समय यात्राओं में बीत गया है। फिलहाल गढ़वाल के जंगलों में शिकार कर, जानवरों की खालों को टैनिंग करा कर कुछ विशिष्ट ग्राहकों तक पहुँचाने के काम से रोजी-रोटी चल जाती है।"

"क्या तुम गढ़वाल के जंगलों में रह रहे हो?"

कॉटले को स्वयं उससे जानकारी की जरूरत पड़ रही थी। परन्तु यहाँ भी विल्सन ने कोई जल्दबाजी नहीं की। वह समझता था कि अगर लकड़ियों के सम्बन्ध में कॉटले का स्वयं प्रस्ताव मिलेगा तो उसे बेहतर मूल्य तो मिलेगा ही, उसकी अन्य शर्तों पर भी आसानी से सहमति बन सकती है। वह गलत नहीं था क्योंकि

जब उसने अपने हर्षिल के आसपास होने का जिक्र किया तो कॉटले ने कहा, "मुझे गंग नहर की परियोजना के लिए काफी मात्रा में लकड़ियों की जरूरत है, जो गढ़वाल के जंगलों में बहुतायत से मिलती है, परन्तु उसके आवागमन के खर्चे इतने हैं कि वह यहाँ पहुँचते-पहुँचते कई गुना महँगी हो जाती है। स्थानीय मार्केट में क्या दूर-दूर तक उस जरूरत की कोई लकड़ी ही मौजूद नहीं है। क्या तुम इस काम में मेरी सहायता कर सकोगे?"

अन्धे को क्या चाहिए, दो आँखें! यहाँ तो उसे सब कुछ तश्तरी पर सजा कर मिल रहा था। कॉटले को केवल नहर परियोजना को शीघ्र से शीघ्र चालू करने का उतावलापन था, उसे इस बात से कोई मतलब नहीं था कि इससे मिले अनुबन्धों में कौन मालामाल होता है और किस का नुकसान। वह एक अलग किस्म का ईमानदार अंग्रेज था जो भारतीय लोगों की जिन्दगियों को खूबसूरत बनाने का सपना देखा करता था। पर विल्सन का तो सपना ही पैसा था, खूब पैसा, भरपूर पैसा और ऐश की जिन्दगी। वह खुद को एक शहंशाह की तरह बनते हुए देखना चाहता था।

वह कुछ कहने ही वाला था कि कॉटले ने उसे टोकते हुए फिर से मदद करने का अनुरोध किया। उसने कहा, "अगर मुझे मेरी जरूरत की लकड़ी की खेप नहीं मिलती है तो मेरा करा-कराया काम व्यर्थ जाएगा। मेरी सालों की मेहनत मेरी आँखों के सामने जाया हो जाए, यह मुझे मंजूर नहीं है। बोलो, तुम कैसे इस काम में मेरी मदद करोगे? क्या टिहरी के राजा हमारे लिए किसी तरह से लाभप्रद हो सकते हैं?"

"बिल्कुल, टिहरी के राजा सुदर्शन शाह से मेरी एक-आध बार चर्चा हुई है। उनको मनाने की जिम्मेदारी मेरी है। बस आप इतना कीजिए कि कम्पनी सरकार से ऐसी दरें दिला दीजिए ताकि उनके नुकसान की भरपाई हो और मुझे थोड़ा-बहुत फायदा हो जाए।"

कॉटले के लिए यह अच्छा प्रस्ताव था। उन्होंने कहा, "निश्चित रूप से मैं तुमको औपचारिक आदेश दिला दूँगा। उन लकड़ियों के परिवहन की जिम्मेदारी तुम्हारी होगी। मुझे कार्यस्थल पर लकड़ियों की खेप चाहिए। प्रति मील की दूरी के हिसाब से आवागमन की दर का भुगतान भी किया जाएगा। मैं ध्यान रखूँगा कि दरें ऐसी रहें जिससे तुम्हें कुछ उचित लाभ जरूर हो।"

हर्षिल वहाँ से निकट न था, बहुत दूरी थी और आवागमन के साधन दुर्लभ तथा रास्ते दुर्गम। इसलिए अगले पखवाड़े के बाद कभी मिलने का तय कर विल्सन रुड़की से निकल आया। उस समय रुड़की ही मेजर कॉटले का मुखयालय हुआ करता था।

कई दिन की यात्रा के बाद, उस दिन लौट कर आया विल्सन बहुत खुश था, इतना खुश कि उसने पूरी रात शराब में खुद को डुबो दिया। राईमत्ता कहती रही कि शराब तुम्हें बहुत नुकसान पहुँचा सकती है, परन्तु आज वह उसकी कोई बात सुनने के भी मूड में नहीं था। अब ऐसे दिन आ चले थे कि विल्सन के पैर जमीन

पर नहीं पड़ते थे। दूसरी ओर राईमत्ता का अवसाद बढ़ता जा रहा था, उसके शरीर की रौनक, उसके चेहरे का आकर्षण, मुस्कराहट सब निर्जीव हो चली थी। वह केवल एक हाड़-मांस की जिन्दा मूर्ति की तरह दिखने लगी थी।

दिन चढ़े जब विल्सन की आँखें खुलीं और नशा उतरा तो सबसे पहले विल्सन ने ब्रह्मदत्त के घर का रास्ता पकड़ा। उसने ब्रह्मदत्त को जानकारी दी कि रुड़की में उसे कैसा अनुबन्ध मिलने वाला है। दोनों ने तय किया कि एक कम्पनी का गठन किया जाए। इसका नाम रखा गया 'हरिद्वार आरा मशीन लिमिटेड'। कम्पनी का मुखयालय सहारनपुर में रखने का निर्णय लिया गया।

ब्रह्मदत्त को भी इस कम्पनी के गठन से फायदा ही था क्योंकि उसका एक भी रूपया इस कम्पनी के गठन में नहीं लग रहा था। उलटे उसे उम्मीद जरूर थी कि हमेशा की तरह विल्सन उसके आर्थिक हितों का भी खयाल रखेगा। यह स्वाभाविक भी था क्योंकि सबसे पहले गढ़वाल में ब्रह्मदत्त ने ही उसकी मदद कर उसे वन्य जीवों की खालों और पंखों, हिरण की कस्तूरी के व्यवसाय में प्रवेश करने का रास्ता दिखाया था।

17

जब विल्सन अगले पखवाड़े, वादे के अनुसार मेजर कॉटले के पास रुड़की पहुँचा तो वह उन दिनों एक नई ही समस्या से जूझ रहे थे। यह समस्या वहाँ के धार्मिक समुदाय द्वारा उत्पन्न की गई एक बाधा थी। ऐसे में विल्सन ने पूरी जानकारी लेने और समस्या का हल करने में अपनी रुचि दिखाई। वह बोला, "मेजर, मुझे बताइएगा, शायद मैं आपकी कोई मदद कर सकूँ।"

कॉटले ने बताया कि, "हरिद्वार के धार्मिक लोगों का एक समूह इस बात पर अड़ा है कि वे गंगा नदी की धारा को प्राकृतिक धारा से हटकर नहीं बहने देंगे। दिक्कत यह है कि वैज्ञानिक और व्यावहारिक रूप से इस कटान के बिना नहर का आगे सुगम प्रवाह बने रहना सम्भव नहीं है। वे लोग तर्कों से नहीं बल्कि अन्धविश्वासों और पुरानी ऐसी परम्पराओं का सहारा ले रहे हैं जिनका कोई वैज्ञानिक सबूत नहीं है।"

विल्सन ने इस मौके को एक चुनौती के रूप में लिया और दोहराया, "शायद मैं इस सम्बन्ध में आपकी कुछ मदद कर सकूँ।"

मेजर कॉटले प्रभावित न थे, उन्होंने एक नि:श्वास लेकर कहा, "मैं तुम्हारी चिन्ता समझता हूँ, परन्तु मैंने हर सम्भव प्रयास कर देख लिये हैं। उनकी जिद का कोई अन्त नहीं है। अगर कम्पनी चाहे तो उनके प्रति कड़ाई का रुख अपनाकर

रास्ता निकाल सकती है लेकिन यह रास्ता मैं नहीं अपनाना चाहता। इससे एक अनावश्यक संशय, विरोध और टकराव की स्थिति उत्पन्न होगी। तुम यह अच्छी तरह जानते हो कि मेरा यह प्रयास यहाँ के स्थानीय लोगों की सुख-समृद्धि के लिए है। इसमें न मेरा और न ही कम्पनी का कोई भला होने वाला है।"

विल्सन की चिन्ता केवल यह थी कि अगर यह परियोजना मूर्त रूप नहीं ले सकी तो उसके टिम्बर व्यवसाय का क्या होगा! उसके सपने कभी भी पूरे नहीं हो पाएँगे। उसके मन की बात जुबान पर आ गई। उसने फिर से मेजर को आश्वस्त करते हुए कहा, "हो सकता है कि मेरे थोड़े-बहुत प्रयासों से कुछ बात बने। कई बार बड़े-बड़े लोग जिस काम में असफल हो जाते हैं वह किसी छोटे प्रयास से सहजता से सफल हो जाता है। कृपया मुझे इस सम्बन्ध में बात करने की अनुमति दें।"

कॉटले को इससे क्या दिक्कत हो सकती थी, इसलिए उन्होंने विल्सन को अपने प्रयास करने के लिए शुभकामनाएँ दे दीं।

असलियत यह थी कि विल्सन ने पिछले कई सालों में अपने घुमन्तू जीवन और फौज की जिन्दगी में जो चीज आसानी से सीख ली थीं, वह स्थानीय लोगों की मानसिकता थी। वह उनकी मन:स्थिति को अच्छी तरह से पढ़ने की स्थिति में आ गया था, ऐसा वह खुद दावा किया करता था। उसके आसपास के लोग, सहयोगी भी इस बात की पुष्टि किया करते थे।

कॉटले से मिलने के बाद विल्सन का अगला ठिकाना हरिद्वार हुआ जहाँ से इस नहर परियोजना के विरोध के स्वर उठ रहे थे। उसने एक-एक कर उन लोगों से मिलना शुरू किया जो गंग नहर की धारा का विरोध कर रहे थे और अपने साथ ऐसे लोगों को जोड़ते चल रहे थे जिनका वास्तव में इस परियोजना से कोई लेना-देना नहीं था। उसने एक स्वामी जी से पूछा, "आपकी चिन्ता क्या है?"

स्वामी जी ने कहा, "हमारी चिन्ता यह है कि लोग हमारी पवित्र नदी, गंगा नदी को पूजनीय कैसे मानेंगे? जब उन्हें नहर का पानी उनके खेतों के लिए मिलने लगेगा, तो वह हरिद्वार क्यों आएँगे, वहाँ आचमन क्यों करेंगे?"

विल्सन ने उनसे कहा, "उनका इरादा तो यहाँ की उस आम जनता, उन किसानों की फसलों को बेहतर सिंचाई सुविधा देना है जो अब तक उससे वंचित हैं। अगर ऐसा होना सम्भव हुआ तो उनके जीवन में एक क्रान्ति आएगी और उस खुशहाली से पूरे देश को सम्पन्नता मिलेगी। क्या आप यह नहीं चाहते?"

उन्होंने कहा, "हमारा सिंचाई व्यवस्था के प्रति कोई विरोध नहीं है, परन्तु हम अपनी पवित्र नदी के साथ छेड़छाड़ कैसे बर्दाश्त करें? आप जानते हैं न कि हम उसे माता का दर्जा देते हैं?"

विल्सन ने वादा किया, "अगर मैं यह वादा करूँ कि हरिद्वार के गंगा नदी के हर घाट को बेहतरीन और पक्का बना दिया जाएगा, उनका सौन्दर्यीकरण किया

जाएगा, इस हेतु जो आप कहेंगे वह किया जाएगा तो क्या फिर भी आपको कोई दिक्कत होगी?"

स्वामी जी ने इस बिन्दु पर विचार ही नहीं किया था। वह बोले, "पहले आप इतना कर कर दिखाइए कि घाटों को पक्का कर दिया जाए, फिर हम आगे की सोचते हैं। मेरी शुभकामनाएँ आपके साथ हैं।"

विल्सन ने कई उन अन्य साधु-संन्यासियों और ऐसे लोगों से भी चर्चा की जो इस परियोजना का बिना किसी तर्क के विरोध कर रहे थे। उसने एक ऐसे प्रमुख समूह को धर्मशाला बनवा कर उसका स्वामित्व अधिकार देने की भी हामी भर दी। यह स्थिति तब थी जब उसे कॉटले से कोई हरी झंडी नहीं मिली थी, परन्तु यह उसका अतिरेक आत्मविश्वास था कि वह इस मामले को मेजर कॉटले की मदद से निपटा लेगा।

तीन दिन तक हर धार्मिक समूह से मिलकर विल्सन ने उनके विरोध के बिन्दु और उन पर की जाने वाली कार्रवाई की सहमति प्राप्त कर ली। फिर वह कॉटले के पास पहुँचा और उन्हें वस्तुस्थिति से अवगत कराया। कॉटले विल्सन के इस चमत्कार से प्रभावित थे। बोले, "तुमने असम्भव को सम्भव कर दिखाया, जो वादा तुमने उनसे किया है वह पूरा करना कोई बड़ी बात नहीं, बल्कि यह इतनी बड़ी परियोजना के लिए यह एक छोटा सा काम है। ये लोग तब समझेंगे जब इस परियोजना से उनको ही सारा लाभ होगा।"

फ्रेडरिक विल्सन और मेजर प्रॉबी कॉटले की मनोभावनाओं में एक मूल अन्तर था। विल्सन एक विशुद्ध व्यावसायिक दृष्टिकोण रखता था। उसके संसार में भावनाओं, अनुभूतियों और आम लोगों की जिन्दगियों के लिए कोई खास अर्थ अथवा उनकी उपयोगिता नहीं थी, बस उसके रास्ते में कोई बाधा नहीं आनी चाहिए, उसे पार करने के लिए वह किसी भी सीमा तक जा सकता था। इसके विपरीत मेजर कॉटले लोगों की भावनाओं को समझ कर, उनके व्यापक हितों को सुरक्षित रखते हुए निःस्वार्थ भाव से काम करने में भरोसा करते थे। काम में व्यवसाय खोजने की भावना से वह कोसों दूर थे।

अभी तक विविध समस्याओं से प्रभावित गंग नहर परियोजना निदेशक कॉटले विल्सन से इतना प्रसन्न हुए कि अब वह विल्सन की दक्षता का अपनी परियोजना में व्यापक इस्तेमाल करना चाहते थे। उन्होंने विल्सन को सलाहकार की भूमिका में ला खड़ा किया था। उससे बोले, "चलो एक बाधा तो दूर हुई, पर अब एक समस्या और सामने है। शायद तुम उसमें भी कारगर साबित हो सको।"

अपनी आदत के अनुसार विल्सन ने इस समस्या को जानने में भी उतनी ही रुचि दिखाई जितना वह अपने व्यवसाय में दिखाया करता था। उसने तत्काल पूछा, "बताइए श्रीमान, मैं हाजिर हूँ।"

"तो सुनो, विल्सन, मुझे इस परियोजना के लिए वृहद रूप से निर्माण सामग्री की जरूरत पड़ेगी। मुझे ईंटों की जरूरत है। थोड़ी बहुत संख्या में नहीं, लाखों-करोड़ों की संख्या में। यह निर्जन इलाका है जहाँ पर ऐसी कोई आपूर्ति मिलने की उम्मीद दूर-दूर तक नजर नहीं आती। मुझे नहर की चिनाई के लिए अच्छी किस्म की मिट्टी चाहिए जो यहाँ पर नहीं है। वह मिट्टी ऐसी हो जो लम्बे समय तक पानी के तेज प्रवाह को बर्दाश्त करते हुए मजबूती से रुकी रहे। यह काम यहाँ की मिट्टी नहीं कर सकती। पहली बात तो उसे ढूँढ़ना होगा, प्रयोगशाला में परीक्षण कर उसकी गुणवत्ता देखनी होगी, और फिर उसके आवागमन की व्यवस्था के लिए लोग लगाने होंगे। मेरे पास कोई विश्वसनीय टीम नहीं है। क्या तुम इस काम में मेरी मदद करोगे?"

विल्सन ने पल भर को सोचा। हाँ, सिर्फ पल भर के लिए। अगले क्षण उसके पास उत्तर मौजूद था। बोला, "आपको ईंट, मिट्टी के साथ-साथ और भी बहुत से सामान की जरूरत पड़ेगी, जैसे चूना, बाँस-बल्ली और न जाने क्या-क्या। वह भी बड़ी मात्रा में। छोटी जगहों पर ऐसी चीजें आसानी से नहीं मिला करतीं, परन्तु जहाँ चाह हो, वहाँ राह होती है, इसलिए आप चिन्ता छोड़िए। आप मुझ पर विश्वास कर सकते हैं।"

कॉटले और विल्सन ने उसके बाद जरूरी सामान का आकलन किया। कॉटले यह देखकर चकित थे कि विल्सन के व्यक्तित्व में छुपी हुई इंजीनियरिंग प्रतिभा भी थी। उसने हर उस जरूरी सामान का काफी सटीक आकलन किया था, जो कॉटले के अनुमान से मेल खा रहा था। अब उसने अपने लाभ का आकलन किया कि इस नहर की परियोजना भर के लिए उसे जितनी लकड़ी की और जिस गुणवत्ता की लकड़ी की जरूरत थी, वह पूरे रियासत के जंगल से ही पूरी होती दिख रही थी। दूसरे शब्दों में कहें तो इस परियोजना के लिए भारी मात्रा में लकड़ी की जरूरत थी जो आसपास के इलाकों से कहीं आसानी और सुलभता से गढ़वाल के जंगलों से मिल सकती थी, बस परिवहन सुगम होना चाहिए था।

कॉटले का मानना था कि यदि गढ़वाल के जंगलों से इतनी भारी मात्रा में लकड़ी की आपूर्ति हुई तो वहाँ पर्यावरणीय असन्तुलन पैदा हो जाएगा जिसका वहाँ के वातावरण पर बेहद प्रतिकूल प्रभाव पड़ेगा। परन्तु शानदार जिन्दगी जीने और अकूत दौलत कमाने के स्वप्न देखने वाला विल्सन इस सम्बन्ध में उन पर अपना प्रभाव छोड़ने में कायम रहा। उसने कॉटले को समझाया, "आपका कहना सही है, पर यह बात भी उतनी ही सही है कि जंगलों की कटाई की अपेक्षा इस नहर के निर्माण से जो विकास की धारा बहेगी, वह उस क्षति की प्रतिपूर्ति कर देगी। दूसरी बात यह है कि जंगल का पल्लवित होना कभी रुकता नहीं है। जो पेड़ काटे जाएँगे, वे फिर से अपनी वृद्धि करेंगे और देखते-देखते ही नये और विशाल जंगल को

फिर से इस तरह हरा भरा कर देंगे कि जो भी पर्यावरणीय क्षति हुई होगी, उसकी भरपाई आसानी से हो जाएगी।"

परन्तु कॉटले उससे सहमत न थे। प्रतिकार के रूप में बोले, "पर यह पल्लवित होना स्वयं से नहीं होगा। इसके लिए प्रयास करने होंगे।"

विल्सन ने तपाक से कहा, "सर, मैं हूँ न!"

अब असहमति नहीं बची थी। धीरे-धीरे नहर की परियोजना का काम पटरी पर आ निकला। टिहरी के राजा से विल्सन का अनुबन्ध मूर्त रूप ले चुका था। वहाँ के जंगलों में पेड़ों के कटान का काम आरम्भ हुआ, पर वह जल्दी ही इस चरम पर पहुँचा कि लोगों ने कल्पना भी नहीं की होगी। अगले तीन-चार महीने में यह कटाई इस कदर व्यापक हो गई थी कि राजा सुदर्शन शाह के पास लोगों ने गुहार लगानी शुरू की। लोगों ने राजा को चेताया कि यदि समय रहते इस स्थिति को नियंत्रित नहीं किया गया तो टिहरी रियासत वनस्पतिविहीन हो जाएगी। तब यहाँ के वन्य जीव-जन्तु भी कैसे जिन्दा रहेंगे? फिर इनसानों की बारी आएगी और अन्ततः यह प्रदेश, यह रियासत और यह खुशहाल इलाका नेस्तनाबूद हो जाएगा।

सुदर्शन शाह को भी बात की गम्भीरता समझ में आई। उन्होंने विल्सन को तलब किया तो विल्सन ने उत्तर देने और उन्हें समझाने के स्थान पर राजा से किया इकरारनामा और उसकी शर्तों को उन्हें विस्तार से समझाने का प्रयास किया। राजा को विल्सन की धूर्तता समझ आ गई थी। उस समय आक्रोशित राजा की बौखलाहट अब देखने लायक थी। उन्होंने चीख कर कहा, "मेरे इकरारनामे का मतलब यह नहीं कि तुम पूरे इलाके को वनस्पतिविहीन कर दो। अगर जंगल ही नहीं रहेंगे तो यहाँ कौन रहेगा?"

विल्सन ने उतनी ही दृढ़ता से कहा, "मैं प्रयास करूँगा कि कटाई केवल उचित मात्रा में ही और जरूरत पड़ने पर ही की जाए, परन्तु मैं पूरी तरह से उस पर रोक लगाने का आश्वासन नहीं दे सकता क्योंकि मुझे ईस्ट इंडिया कम्पनी की महत्त्वपूर्ण परियोजना के लिए यह आपूर्ति करनी है। यह कोई गैर-कानूनी काम भी नहीं है, सरकारी काम है। अगर मैं नहीं करूँगा तो आप करेंगे और फिर आपका और मेरा अनुबन्ध समाप्त हो जाएगा। सरकारी हित में आप यह काम निःशुल्क करेंगे और मेरे द्वारा दी गई धनराशि आपको वापस करनी पड़ेगी, ब्याज सहित। आप जैसा उचित समझें।"

और टिहरी के राजा सुदर्शन शाह को यह नया-नया व्यापारी बना फिरंगी निरुत्तर छोड़कर उनके अतिथि कक्ष से निकल आया। राजा ने अपने प्रधानमंत्री से विमर्श किया और किसी रास्ते पर पहुँचने के लिए अन्य लोगों से भी जरूरी बातचीत की परन्तु तत्काल कोई रास्ता दिखता नजर नहीं आया।

इस बीच विल्सन ने गंगा नदी की धारा से यहाँ की लकड़ी को हरिद्वार रुड़की

और आगे तक पहुँचाने की सफल तकनीक का इस्तेमाल कर लिया था। वह कारगर थी और न्यूनतम खर्चे में यह काम हो रहा था। उसकी आपूर्ति की लगभग 70 प्रतिशत लकड़ी विल्सन ने गंग नहर परियोजना के लिए पहुँचा दी थी। अगले कुछ महीनों में दिन-रात काम कर यह आपूर्ति लगभग पूरी कर ली गई, तब जाकर राजा एक ठोस निर्णय पर पहुँच पाए। उन्होंने बहुत कशमकश के बाद फिर से विल्सन को बुलाया और कहा, "जिस प्रकार मैंने यह अनुबन्ध किया था, उसी प्रकार नियमानुसार मैं तुम्हें इस रियासत के जंगल की लकड़ी को काटने और यहाँ से ले जाने की अनुमति को वापस ले रहा हूँ। आगे से तुम्हारा इस जंगल से कोई वास्ता नहीं रह जाएगा। इस अनुबन्ध को खत्म समझा जाए।"

उन्होंने अपने वजीर को संकेत किया और इस आशय का एक पत्र भी विल्सन को हस्तगत करा दिया।

विल्सन लोगों की मन:स्थिति समझने में बहुत शातिर था। वह भविष्य की घटनाओं का सटीक अनुमान लगाना जानता था। उसने ऐसी स्थितियों की पूर्व में ही कल्पना करने की तकनीक में विशेषज्ञता हासिल की हुई थी। आक्रोशित होने के स्थान पर विल्सन ने राजा को धन्यवाद अदा किया।

"मैं उन लोगों में से नहीं जो किसी के किंचित एहसान को भी भूल जाऊँ। आपने मेरे साथ जो सहयोग किया, उसका मैं शुक्रगुजार हूँ। मैं किसी बड़े काम के लिए छोटे हितों की कुर्बानी देने के पक्ष में रहता आया हूँ। यह ऐसी ही परियोजना थी, जिससे हजारों लाखों लोगों को, असिंचित भूमि को जो लाभ मिलेगा, उसकी कल्पना भी आप नहीं कर सकते। हम-आप अब साथ काम नहीं कर सकेंगे, यह मेरा दुर्भाग्य है, परन्तु फिर भी आपने मेरे साथ अभी तक जो सद्व्यवहार किया है उससे मैं अभिभूत हूँ। इस अनुबन्ध के टूट जाने के बाद भी मैं आपका धन्यवाद अदा करता हूँ और भविष्य में आपके साथ किसी भी काम में जुड़ने के लिए जरूर इच्छुक रहूँगा," उसने कहा।

राजा सुदर्शन शाह को विल्सन का व्यवहार अच्छा लगा। अपने रुख में नरमी लाते हुए उन्होंने कहा, "ईश्वर ने चाहा तो हम लोग जरूर फिर कभी साथ-साथ काम करेंगे। व्यक्तिगत रूप से मुझे तुमसे कोई शिकायत नहीं है।"

और उन्होंने विल्सन को विदा किया, एक अच्छे मित्र की तरह। यह बड़ी बात थी कि अलग रास्तों पर जाने के बाद भी दोनों के बीच में कोई विवाद नहीं था।

इस बीच विल्सन ने काफी पैसा इकट्ठा कर लिया था। यह धनराशि भी उसकी सोच से कहीं अधिक थी क्योंकि उसने न्यूनतम खर्च में लकड़ियों के परिवहन की व्यवस्था करा दी थी। अगर सामाजिक रूप से देखें तो जंगल कटान से कई नई समस्याएँ उत्पन्न हुई थीं क्योंकि गंग नहर के लिए जितनी लकड़ी की जरूरत थी वह बेतहाशा कही जा सकती थी, परन्तु यह कानूनी रूप से विल्सन का अधिकार

था। यह सब उस गंगा मैया का कमाल था जिसके लिए विल्सन के मन में एक बहते पानी के प्राकृतिक स्त्रोत से अधिक कोई भावना नहीं थी।

ईस्ट इंडिया कम्पनी के आला अफसरों के साथ-साथ मेजर कॉटले को प्रभाव में रखने के लिए विल्सन ने लकड़ियों के लिए जो दाम वसूले, वह जरूर न्यूनतम थे परन्तु उसको मिलने वाले ऑर्डर की मात्रा इतनी थी कि वह न्यूनतम धनराशि भी उस समय के अनुसार एक बड़ी धनराशि के लाभ में बदल गई थी। कोई और ईमानदारी से अगर इतनी लकड़ियों की आपूर्ति करता तो वह कम मार्जिन पर यह काम नहीं कर सकता था क्योंकि उसे लकड़ियों और परिवहन का भरपूर पैसा चुकाना जरूर पड़ता परन्तु विल्सन के पास ऐसा विकल्प था कि पूर्व में दिये गए रुपए 150 के बदले में अगले पाँच सालों तक उसे गढ़वाल के वनों के साथ खिलवाड़ करने की कानूनी इजाजत मिली हुई थी।

लकड़ियों की आपूर्ति के अलावा विल्सन ने इस नहर परियोजना के निर्माण के लिए अन्य सामग्रियों की भी व्यवस्था कराई परन्तु वह उस मोर्चे पर सामने नहीं रहा। इसके लिए उसने अपने एक परिचित के नाम और उसकी फर्म का उपयोग किया जिसमें वह 'साइलेंट पार्टनर' के रूप में मौजूद था। यद्यपि इस बात की जानकारी उसने मेजर कॉटले को जरूर दे दी थी। यहाँ भी उसका कोई खर्चा नहीं हुआ। बैंक से वित्तपोषण करा कर इस फर्म का काम शुरू किया गया और लाभ का एक बड़ा हिस्सा विल्सन के पास आया।

जानकार लोगों का कहना था कि विल्सन ने टिम्बर आपूर्ति के काम में स्वयं मेजर कॉटले को एक साझीदार बनाने का प्रस्ताव उनके सामने रखा था। कहते हैं कि जब विल्सन ने यह प्रस्ताव उनके सामने रखा तो उनका कहना था, "कम्पनी की सेवा के दौरान मैं इस तरह के किसी व्यावसायिक उद्यम में भाग लेने का अधिकार नहीं रखता हूँ, इसलिए मुझे उससे दूर रखना ही उचित होगा।"

परन्तु यह विल्सन की जिद थी क्योंकि वह जानता था कि कॉटले के साथ होने के कारण उसे कार्य करने में सुगमता होगी। इसलिए उसने कहा, "नहीं श्रीमान, आप अपने नियुक्ति के आदेश का फिर से अवलोकन करें। मुझे लगता है कि उसमें ऐसी कोई शर्त निहित नहीं है।"

काफी सोच-विचार के बाद दोनों सहमत हो गए और काम चल निकला। इस प्रकार ब्रह्मदत्त, विल्सन और मेजर कॉटले के संयुक्त उद्यम के रूप में जो सहारनपुर में आरा मशीन फर्म का जो पता पंजीकृत किया गया था, वहाँ धीरे-धीरे वास्तविक काम होता दिखाई देने लगा। बैंकों ने भी ईस्ट इंडिया कम्पनी की परियोजना के दृष्टिगत उसके लिए जरूरी धनराशि उपलब्ध कराना शुरू कर दी। अगर हिन्दी मुहावरे की बात करें तो इस परियोजना में विल्सन की सहभागिता को कहा जा सकता था, 'हींग लगे न फिटकरी, रंग चोखा!'

नदी में देवदार की लकड़ियों के परिवहन को सुगम बनाने के लिए विल्सन को काफी श्रमशक्ति की जरूरत पड़ी। उसने योग्यतानुसार लोगों को रोजगार दिया जिसमें नदी के किनारे लकड़ियों के भंडार ग्रह बनाने, हर दस मील के बाद यानी हर्षिल से धरासू के बीच उनके आवागमन पर ध्यान देने, उत्तरकाशी में उससे मिलने और विचार-विमर्श करने वाले लोगों की सहूलियत के लिए एक अतिथि गृह बनाने पर ध्यान दिया। उसका दस मीला-तंत्र काम कर गया। यह वह दूरी थी जो एक व्यक्ति आराम से एक दिन में पूरी कर सकता था। इस व्यवस्था ने साबित कर दिया कि विल्सन का तरीका पूरी तरह वैज्ञानिक था। इस तरीके को गढ़वाली लोगों ने भी पसन्द किया था। वह इस दस मील की दूरी की नदी में अवरोधों को दूर करने के लिए जिम्मेदार लोगों की एक अनूठी और मजबूत श्रृंखला के रूप में एक अभिनव प्रयोग का जीता-जागता उदाहरण बन गई। इस प्रकार लकड़ी की जरूरी खेप आराम से कटाई के स्थल से गन्तव्य पर पहुँचती रही। इस पूरे समय विल्सन इस सिस्टम को घोड़े की पीठ पर यात्रा कर एक जगह से दूसरी जगह तक निगाह रखा करता। जरूरत पड़ने पर वह कहीं भी रुक कर एक कप चाय और दो-तीन अंडे की भुजिया बनवा कर खा लेता और पूरी तरह ऊर्जित महसूस करता।

विल्सन का एक पैर रुड़की हरिद्वार और दूसरा सहारनपुर से हर्षिल के बीच में रहने लगा। वह युवा था इसलिए इन कष्ट भरी यात्राओं को भी बहुत सुगमता से पूरा कर लिया करता था। ऐसे में जब धन वर्षा हो रही हो तो शारीरिक कष्ट की दिक्कतें भी पृष्ठभूमि में चली जाती हैं, ऐसा ही कुछ विल्सन का अनुभव था।

अन्धाधुन्ध हो रही इस क़माई से विल्सन ने इस बीच अपने रहने के लिए एक और शानदार बँगला बनवा लिया था। इस आवास को बनवाने के लिए उसने स्थानीय पत्थर और लकड़ियों का करीने से उपयोग किया था। सुरुचिपूर्ण ढंग से बने इस आवास में अपना डेरा जमा लेने के बावजूद उसके सामने एक बड़ी समस्या मुँह बाए खड़ी थी। यह थी राईमत्ता को लेकर। सब कुछ होने के बावजूद, भौतिक रूप से सम्पन्नता के सभी मानकों को पूरा कर देने के बाद भी विल्सन की पत्नी राईमत्ता का दुख कम नहीं हुआ था, क्योंकि सन्तान प्राप्ति के उसके प्रयास पूरी तरह निष्फल रहे थे। इस चिन्ता को लेकर उसके स्वास्थ्य में जो गिरावट आ रही थी वह विल्सन को परेशान करती थी, लेकिन उसका पुरसाहाल न तो विल्सन के पास था और न ही किसी वैद्य-हकीम के पास।

अगस्त 1843 में हर्षिल में विल्सन का यह बँगला बनकर तैयार हुआ था। दूर से ही दिखने वाला पहाड़ियों तथा जंगल के सुरम्य वातावरण में फैला हुआ यह लकड़ी और पत्थर का घर अपनी पहचान बता देता था। इसका लम्बा वरांडा, शुरू से आखिर तक जाते हुए दस विशाल स्तम्भ और पनालीदार छत, बारिश में उनसे रिसता पानी, उसकी लय इस दो मंजिले आवास की विशिष्ट पहचान बन गई

थी। कोई अगर विल्सन का पता पूछता तो लोग कहते, "हुलसन साहब का? दस खम्भों वाला घर, वह इकलौता ही है यहाँ पर।"

इस मकान के भूतल पर ड्राइंग रूम, रसोई घर, बाथरूम थे जिनमें पाइप पानी से पानी की सुव्यवस्थित आपूर्ति सुनिश्चित की गई थी। ऐसा ही कुछ निर्माण प्रथम तल पर भी था जिसे अतिथियों के लिए उपयोग में लाया जाता था। बाद में विल्सन ने इस घर में और भी काम कराए जिससे यह महलनुमा बन गया। खास बात यह थी कि इस घर की देखभाल के लिए विल्सन ने अपने ससुर मंगतू को जिम्मेदारी दी हुई थी। मंगतू पुराने समय के विपरीत अब एक बेहतर इनसान के रूप में अपनी प्रतिभा दिखा रहा था। वह अच्छा व्यवस्थापक और प्रबन्धक सिद्ध हुआ। हर सवेरे विल्सन मंगतू को उस दिन के बारे में कुछ निर्देश देता और मंगतू अपनी जिम्मेदारी के निर्वहन में जुट जाता। कभी किसी ने मंगतू की ऊँची आवाज नहीं सुनी। वह सिर्फ काम से काम रखता था और मानव मनोविज्ञान की अच्छी समझ तथा ऐसी असाधारण बुद्धि रखता था कि लोगों से बेहतर काम कैसे कराया जा सकता है। एक विशेष बात यह भी थी कि जिन लोगों से उसे काम लेना होता था वह समाज के उच्च वर्ग के लोग थे परन्तु वह इस कुशलता से काम लेता कि उन्हें मंगतू के अधीन काम करने में कोई असुविधा या असहजता न होती।

18

वह एक आम सुबह थी। हमेशा की तरह अपनी यात्रा के एक कामचलाऊ पड़ाव पर विल्सन अपना चिर-परिचित नाश्ता कर रहा था कि घोड़ों की टापों ने उसे विचलित कर दिया। घुड़सवार जब नजदीक आए तो उसने देखा कि उनका नेतृत्व कर्नल यंग कर रहे हैं। लम्बे समय बाद बिना किसी पूर्व सूचना के अचानक आने से विस्मित विल्सन ने अपने अधिकारी का स्वागत किया, "आइए श्रीमान, आपका बहुत बहुत स्वागत कि आप यहाँ आए।"

कर्नल यंग ने आराम से घोड़े से उतर कर अपने शरीर को ढीला किया। उन्होंने एक अँगड़ाई ली और सहयोगियों को भी उतर आने का निर्देश दिया। वह विल्सन के साथ कैम्प के भीतर चले गए और बोले, "कैसे हो विल्सन? मेरी जानकारी में आया है कि तुम कर्नल कॉटले के साथ व्यापार के क्षेत्र में उतर आए हो। क्या यह बात सही है? क्या कॉटले जानते हैं कि तुम्हारे खिलाफ अब भी एक वारंट जारी है?"

ये प्रश्न ऐसे थे जिनसे अभी तक विल्सन बचने की कोशिशें करता आ रहा था और वह इन कोशिशों में सफल भी रहा था, परन्तु कर्नल यंग को वह किसी

भी तरह से धोखा नहीं दे सकता था क्योंकि कर्नल इस तथ्य के राजदार थे। उसने गम्भीरता का लबादा ओढ़कर कहा, "कॉटले को इस सम्बन्ध में कुछ नहीं पता, परन्तु सच बात यह है कि आपने ही जानकारी दी थी कि मेरा वह मामला अब समाप्त हो गया है। उस रिपोर्ट को खत्म मान कर बन्द कर दिया गया है। अब मैं मुल्क की एक बेहद जरूरी परियोजना के लिए उनकी मदद कर रहा हूँ, जन सेवा कर रहा हूँ, वह भी यह जानते हैं।"

"तुम ऐसा कैसे कह सकते हो? या कोई भी व्यापारी इस तरह का दावा कैसे कर सकता है?" कर्नल यंग ने पूछा तो विल्सन का उत्तर तैयार था।

"एक जरूरी सामग्री को ऐसे मूल्य पर और पर्याप्त मात्रा में उपलब्ध कराना, उसके लिए अगर कोई और अन्य व्यक्ति मौजूद न हो, तथा मैं उस हेतु काम आ सकूँ, तो क्या यह एक अच्छी-खासी जनसेवा नहीं है?"

जब कर्नल यंग ने उसकी आँखों में घूर कर देखा तो भी उसने अपनी बात जारी रखी, "असलियत यह है कि मेजर कॉटले को हजारों-लाखों टन टिम्बर की जरूरत थी और वह भी प्रतिस्पर्धात्मक मूल्य पर। अगर ऐसा न हो पाता तो उनकी यह वृहद परियोजना भरभरा कर गिर पड़ती। जब मेरी उनसे मुलाकात हुई तो वह इसको लेकर बहुत उलझन में थे।"

कर्नल यंग विल्सन की जानकारी से प्रभावित न थे। बोले, "तुम्हें अपने काम को मेरे सामने न्यायोचित ठहराने की जरूरत नहीं है। जितनी मुझे समझ है मैं उतना समझ सकता हूँ, वह भी तुम्हारे बिना बताए। मैं जानता हूँ कि तुम्हारा उद्यम प्रशंसनीय रहा है। परन्तु तुम्हें यह भी मालूम होगा कि इस समय एक खतरा भी है। मुझे उम्मीद है कि अब तुम ध्यानपूर्वक सुनोगे क्योंकि यदि तुम अपने अगले कदम को ठीक से चलोगे तो तुम एक अच्छी-खासी उम्मीद के साथ जीवन का सफर पूरा कर पाओगे। तुम सुन रहे हो न?"

विल्सन आगे की ओर झुक आया था। बोला, "जी श्रीमान, मैं सुन रहा हूँ। मुझे आपको अपने इस कैम्प में देखकर कितना सुखद आश्चर्य हुआ है यह मैं नहीं बता सकता। आपने मुझे समय-समय पर जो मदद की है उसका एहसान मैं कभी नहीं उतार पाऊँगा। हालाँकि आपकी आँखों में एक अलग किस्म की दृढ़ता दिखाई दे रही है परन्तु मुझे आपको देखकर हृदय में जो अनुभूति हो रही है वह सुखद आनन्द की है।"

विल्सन की सराहना से बेपरवाह और उससे आक्रोशित कर्नल यंग ने इस पहाड़ी फिरंगी के मुँह से निकली बातों पर ध्यान नहीं दिया और बोले, "तुमने इस बीच में टिहरी के राजा से कोई सम्पर्क नहीं रखा जबकि मैंने तुम्हें इसके बारे में साफ-साफ कहा था। तुम्हारा उद्देश्य केवल व्यापार तक सीमित हो गया है जबकि यह काम प्राथमिक नहीं द्वितीयक होना चाहिए था। तुम्हें जिस काम के लिए लगाया

गया था, उस पर तुमने कोई ध्यान दिया ही नहीं। तुमको शायद स्वयं भी नहीं मालूम कि फिलहाल पंजाब की क्या हालत है, वह किस स्थिति से गुजर रहा है। दस दिन पहले महाराजा नहीं रहे। महारानी जिन्द ने खुद को अपने पाँच वर्षीय पुत्र दलीप सिंह का संरक्षक घोषित कर दिया है। तुम जानते हो कि इन घटनाओं का ईस्ट इंडिया कम्पनी पर क्या प्रभाव पड़ने वाला है? परन्तु तुम केवल अपने व्यापार के मामलों में इतनी बुरी तरह जुट गए हो कि तुम्हें अपने काम की कोई परवाह ही नहीं रही। क्या तुम्हें मालूम है कि वह महिला ब्रिटिश लोगों से कितनी नफरत करती है? अगर उसका बस चले तो वह एक रात में ही हम सबकी सोते हुए ही हत्या करा डाले। हालाँकि हमने उस पर निगाह रखी हुई थी परन्तु वह अचानक हमारी नजरों से ओझल हो गई है और यह हमारी चिन्ता का कारण है।"

विल्सन यह समझने में कामयाब रहा था कि रानी जिन्द के गायब हो जाने से उसके ऊपर कैसे प्रभाव पड़ रहा था। इसलिए उसने आराम से कहा, "आपका कथन सही होगा, परन्तु सम्भव है कि वह अपने नये प्रेमी के साथ कहीं जा चुकी हो। मुझे यह समझ नहीं आता कि उसकी फरारी में मेरा कोई दोष कहाँ है?"

कर्नल यंग विल्सन के लापरवाह रवैये से थोड़ा विचलित होते हुए क्रोध में बोले, "क्या तुम यह नहीं जानते कि इतिहास की हर घटना दूसरी घटना के साथ जुड़ी होती है? अफसोस यह है कि जब हम परास्त हो जाते हैं तब हमें उस इतिहास की याद आती है जिस पर ध्यान देकर हम अपना भविष्य बेहतर सुनिश्चित कर सकते थे। तुम्हें क्या कहा जाए? तुम्हें अपनी जमीन बनाने की इतनी चिन्ता है, अपने लोगों को बचाने की उतनी न कभी रही और न अब दिख रही है।"

कर्नल के आक्रोश से विल्सन को समझ में आया कि उसका बोलना किस तरह से अतिरेक के रूप में प्रकट हुआ था। उसने क्षमा माँगी और कहा, "कर्नल, मेरा ऐसा आशय नहीं था, परन्तु सच यह है कि मुझे रानी जिन्द के विषय में कोई ब्रीफ़ भी नहीं मिला था। अगर ऐसा हुआ होता तो मैं अपनी जान की बाजी लगाकर उनका पता लगाता। जो व्यापार आप देख रहे हैं वह मेरे व्यस्त रहने का साधन मात्र है, एक कवर अप। कोई मेरा जुनून नहीं।"

कर्नल ने एक नि:श्वास लेकर कहा, "अब भी मुझे तुमसे थोड़ी उम्मीदें हैं, इसलिए तुम्हारे इस कथन को सही मानने का मन करता है।"

विल्सन ने कहा, "आप मुझ पर कभी भी, कहीं भी, पूरा विश्वास कर सकते हैं, यह मेरा वादा है।"

विल्सन ने अपने कर्मचारियों से दो कप चाय बनवा ली थी, चाय की चुस्कियों के बीच बातचीत में थोड़ी नरमी आई तो कर्नल ने प्रस्ताव रखा, "मुझे लगता है कि तुम्हें रानी को ढूँढ़ निकालना होगा, और यह काम तुम बखूबी कर सकते हो क्योंकि तुम हम में से एक होकर भी नेटिव लोगों की तरह बोल सकते हो, समझ

सकते हो और उनकी संस्कृति में घुल-मिल सकते हो। तुम्हारे लिए यह जितना आसान काम होगा, हम लोगों के लिए यह उतना ही दूभर।"

विल्सन को यह आइडिया नहीं था कि यह जिम्मेदारी उस पर ही आ गिरने वाली है। उसके गले में कुछ फँस गया लगता था इसलिए सही से आवाज तब निकली, जब उसने खँखार कर अपना गला साफ कर लिया। उसने स्वयं को संयत किया और बोला, "आप समझ सकते हैं कि इतने बड़े व्यापार को सुचारु रूप से अपनी अनुपस्थिति में बनाए रखने के लिए मुझे थोड़ा वक्त चाहिए होगा, वरना यह सब काम ताश के पत्तों से बने महल की तरह ढह जाएगा और मैं कहीं का नहीं रहूँगा। मेरी पत्नी भी जीवन-मरण के प्रश्न से जूझ रही है, उसको भी समय-समय पर मेरी जरूरत पड़ती है, परन्तु अगर आप कहेंगे तो मैं इस अभियान को सुचारु रूप से चलाने में आपका साथ अवश्य दूँगा, यह आप विश्वास कर सकते हैं।"

यह सच था कि उस समय विल्सन की सबसे बड़ी चिन्ता राईमत्ता थी। वह नहीं समझ पा रहा था कि उसे इस अभियान के बारे में क्या जानकारी दी जाए, ताकि वह सशंकित न हो। राईमत्ता ऐसे समय में उसको किसी सैन्य अभियान में जाने की अनुमति दे सकती थी, ऐसा उसे नहीं लगता था। इससे उसके स्वास्थ्य पर प्रतिकूल प्रभाव पड़ना भी सम्भावित था। परन्तु इस सम्बन्ध में बार-बार कर्नल यंग को नहीं समझाया जा सकता था। वह मन ही मन बुदबुदाया, 'मुझे कुछ करना होगा।'

इस बीच एक अच्छी बात हुई। राईमत्ता की उम्मीदें फिर से जग आई थीं। वह चार माह की गर्भवती थी। उसके बाद से लगातार विल्सन उसके आसपास हर्षिल में ही रहने लगा। उसने अपनी व्यावसायिक गतिविधियों को समय देना कम कर दिया या यूँ कहें कि उनका प्रबन्धन हर्षिल से ही करने लगा। उसकी देखरेख के लिए एक आया और एक वैद्य की तैनाती कर दी गई जो नियमित रूप से उसके आसपास बने रहते थे। उसे विशिष्ट किस्म के सूप और तरह-तरह के टॉनिक दिये जाते। प्रत्येक माह एक मेमने की बलि भी दी जाती। इस बार विल्सन बहुत सतर्क था। वह वैद्य जी के अनुसार पत्नी के लौह तत्त्व और भोजन में जरूरी तत्त्वों की बहुतायत पर ध्यान रखा करता। वैसे भी यह उसकी पत्नी के पेट में पलने वाला पिछले 15 महीनों में तीसरा बच्चा था। विल्सन इस अवसर को खोना नहीं चाहता था। यह गर्भ सामान्य रूप से प्रगति करता दिख रहा था। राईमत्ता की भी जिद थी कि "मैं चाहती हूँ कि मेरे इस समय में तुम मेरे आस-पास ही रहो।"

राईमत्ता में विल्सन की जान बसती थी, इसलिए उसने स्नेह से कहा, "जो हुक्म, मेरी महारानी! मैं आसपास ही बना रहूँगा।"

विल्सन ने इस नियम को निभाया और पूरी शिद्दत के साथ निभाया। हालाँकि यह वह समय था जब राजा टिहरी ने उसका अनुबन्ध समाप्त कर दिया था और गंग नहर का काम काफी सीमा तक पूरा हो गया था। विल्सन को भरपूर पैसा मिला

था परन्तु उसकी चाह अब भी खत्म नहीं हुई थी बल्कि अगर कहा जाए कि अब उसके मन में धन-दौलत हासिल करने की इच्छा और भी बलवती हो गई थी, तो कोई गलत न होगा।

विल्सन हर्षिल में बना जरूर रहा परन्तु उसका मन हमेशा इधर-उधर भटकता रहा। वह लोगों को सन्देश भेजकर, जिनको बुला सकता था उन्हें पास बुला कर आगे के व्यवसाय पर विचार करने लगा, लेकिन अब लगता था कि सफलता उससे थोड़ा दूर भाग रही है। पत्नी राईमत्ता भी विल्सन से नाराज रहने लगी क्योंकि वह देखा करती थी कि या तो विल्सन वहाँ नहीं है और यदि आसपास होता भी तो उसका मन पास नहीं रहता था। वह हमेशा अपना दिमाग किसी न किसी परियोजना में लगाए रखता और कई बार निकट बैठने के बावजूद राईमत्ता की बातों पर ध्यान नहीं दे पाता था। उस दिन जब राईमत्ता को पता चला कि विल्सन किसी परियोजना के सिलसिले में अपने घर में कुछ लोगों से मिल रहा है तो उसने आपत्ति प्रकट की। उसका कहना था कि, "जब तुमने तय किया है कि मेरी बीमारी के दौरान तुम मेरे आसपास बने रहोगे तो फिर तुम यह बैठकें क्यों कर रहे हो? क्यों लोगों को आमंत्रित करते हो? क्या कुछ समय तक तुम्हारा व्यापार विराम नहीं ले सकता?"

विल्सन ने प्रतिरोध किया। बोला, "यह सब मैं सिर्फ अपने लिए नहीं कर रहा हूँ। इसमें तुम्हारी खुशियाँ भी निहित हैं। मैं तुम्हारा और अपना भविष्य सुनिश्चित करना चाहता हूँ, केवल इसलिए काम करता हूँ वरना मुझे भी आरामतलबी बहुत पसन्द है।"

यह उस स्त्री को आक्रोशित करने के लिए पर्याप्त कारण था परन्तु उसने यथासम्भव कोशिश कर माहौल को सामान्य बनाए रखने का प्रयास किया। उसने ठंडे मन से चुप्पी साध ली। आखिर ऐसा कब तक चलता। एक दिन राईमत्ता ने साफ कहा, "मेरे आस-पास बैठने से क्या फायदा, जब तुम्हारा दिमाग यहाँ नहीं, कहीं और हो?"

इस बात से विल्सन झुँझला उठा और बोला, "मैं समझता था कि अपना कीमती समय तुम्हें देकर मैं तुम्हारे प्रति अपने प्रेम को दर्शाने की कोशिश कर रहा हूँ परन्तु मेरा ऐसा सोचना व्यर्थ था। तुम्हें हमेशा मुझसे कोई न कोई शिकायत बनी रहती है। ऐसा कब तक चलेगा?"

राईमत्ता उसका उत्तर सुनकर सन्न रह गई। वह पहले तो विल्सन की आँखों में झाँक कर देखने लगी, परन्तु उन आँखों की शून्यता और नीलेपन का रूखापन उसे स्पष्ट दिखाई दिया। वह अचानक बहुत जोर से रो पड़ी, ऐसी कि उसकी आया और वैद्य जी भी वहाँ पहुँच गए। उन्होंने राईमत्ता को सँभालने की कोशिश की परन्तु उसका रोना बन्द ही नहीं हो रहा था। पहले से ही झुँझलाए विल्सन ने आसान विकल्प चुना और वहाँ से बाहर निकल गया।

उस दिन के बाद से राईमत्ता पर औषधियों का अनुकूल प्रभाव होना कम हो गया और धीरे-धीरे वह फिर से उस स्थिति में पहुँच गई जैसे कई महीनों से रहा करती थी। उसका शरीर पीला पड़ने लगा और मन फिर कभी अवसाद से बाहर निकला ही नहीं। सारी औषधियाँ और प्रयास व्यर्थ होने लगे। विल्सन ने उससे अपने व्यवहार के लिए एक से अधिक बार क्षमा माँगी, परन्तु जो नुकसान होना था वह हो गया, एक अपूर्णीय क्षति।

इससे पहले इलाज को बदलने पर भी खूब विचार-विमर्श हुआ था। एक बार विल्सन पत्नी को मसूरी-लंढौर ले गया। वही मसूरी, जहाँ वह एक हत्या का अपराधी था, और वहाँ के हर हिस्से में उसकी वे यादें जीवन्त थीं। वह अभी इस अपराध से मुक्त नहीं हुआ था। ईस्ट इंडिया कम्पनी के एक बड़े अफसर की हत्या का दोषी विल्सन अब भी कर्नल यंग की कृपा पर निर्भर था। परन्तु अब राईमत्ता के मन में फिर से एक जिजीविषा जग उठी थी। उसने कहा, "प्रिय, क्या तुम मुझे मसूरी के अंग्रेज हकीम को नहीं दिखा सकते? जो भी आता है वह उस हकीम की तारीफ करता है।"

विल्सन न कैसे कर सकता था। हालाँकि उसकी हाँ के खतरे केवल वही समझता था, न राईमत्ता और न ही अन्य कोई। उसकी यह सफलता, यह टिम्बर की बादशाहत, राजा सुदर्शन शाह का अतिथि होना, वन्यजीवों के शिकार और हाल में ही बनवाया शानदार महलनुमा आवास, यह सब कभी भी बर्बाद हो सकता था। मसूरी-लंढौर में तो विल्सन के जेल के सींखचों के पीछे जाने की सम्भावनाएँ शत-प्रतिशत तक हो सकती थीं। परन्तु बात यह भी थी कि पत्नी राईमत्ता की जिन्दगी भी कुछ कम महत्त्वपूर्ण नहीं थी। यह उसके प्रेम और व्यावहारिकता की परख की घड़ी थी, उसके अनिर्णय के निर्णय में बदलने के पल थे। उसे कुछ न कुछ निर्णय करना ही था और जैसा कि वह जाना जाता था, उसने बिना विलम्ब किये अपनी सहमति प्रदान कर दी। बोला, "ठीक है, मेरी भी राय तुम्हारी राय से मेल खाती है। हम लोग अगले सप्ताह ही मसूरी के लिए निकल पड़ेंगे। तब तक यहाँ की कुछ आवश्यक तैयारियाँ पूरी हो जाएँगी।"

उसने कहा जरूर था, परन्तु वह परेशान था। एक बार फिर उसने अपने जीवन को खतरे में डाला परन्तु पूरी तैयारी के साथ। अगले दिन से ही उसने अपनी दाढ़ी बढ़ानी शुरू कर दी। विल्सन ने कुछ जोड़ी कामचलाऊ कपड़ों की व्यवस्था की और गढ़वाली लोगों की तरह वेशभूषा बनाना सीखा। अगले सप्ताह वह मसूरी जाने के लिए तैयार हो गया था। उसके पास राईमत्ता की जान को बचाने का कोई और विकल्प भी नहीं था।

उसने उत्तरकाशी से एक विशेष बढ़ई को भी बुलाया। प्रेम दत्त नाम के इस बढ़ई ने राईमत्ता को ले जाने के लिए एक ढकी हुई आरामदेह पालकी का निर्माण

किया। राईमत्ता अपने पति का प्रेम देखकर भावुक हो गई। यह पालकी उसके लिए सच में बहुत आरामदेह थी। अपने नौकर-चाकरों की एक छोटी सी फौज और जरूरी सामान के साथ राईमत्ता अंग्रेज हकीम को दिखाने के लिए रवाना हो गई।

दरअसल यह व्यवस्था मेजर कॉटले ने विल्सन के पत्र को प्राप्त करने के बाद कराई थी जो स्वयं भी उसकी पत्नी के स्वास्थ्य को लेकर चिन्तित थे। उन्होंने डॉक्टर सेडरिक लिली से उसे परामर्श दिलाने की व्यवस्था करा दी थी। वह हाल ही में इंग्लैंड से आए विशेषज्ञ चिकित्सक थे। विल्सन भी राईमत्ता के साथ एक महीने मसूरी में रुका। लेकिन मसूरी पहुँचकर उसकी शुरुआत कुछ अच्छी नहीं हुई थी। जैसे ही वह डॉक्टर लिली के पास पहुँचा, उन्होंने अपने सहायक को उन लोगों को यह कह कर बाहर निकालने का आदेश दिया, "मैं स्थानीय लोगों का इलाज नहीं किया करता।"

विल्सन के लिए यह बहुत अपमानजनक स्थिति थी। वह अंग्रेजी भाषा में डॉक्टर पर फट पड़ा, "आप किस तरह के डॉक्टर हैं? क्या केवल दिखावटी डॉक्टर हैं? मैंने पहली बार सुना है कि कोई चिकित्सक रंगभेद के आधार पर अपनी चिकित्सा करता हो।"

डॉक्टर लिली यह देखकर विस्मित रह गए कि यह स्थानीय दिखने वाला व्यक्ति इंग्लैंड में बोली जाने वाली अंग्रेजी में दक्षतापूर्वक बात कर रहा था।

परन्तु विल्सन का धाराप्रवाह प्रवचन जारी था। वह बोलता रहा, "क्या आप इस बात को समझ सकते हैं कि हम लोगों ने यहाँ तक आने के लिए 14 दिन तक कष्टपूर्ण यात्रा की है? मेरी पत्नी बेहद गम्भीर रूप से बीमार है और आप उसे देखने को भी तैयार नहीं हैं। अगर मेरे मन की बात आप पढ़ पाए हों तो समझिए कि मुझे लगता है कि मैं आपका सर फोड़ डालूँ, परन्तु मैं स्वयं को संयत रखना जानता हूँ और आपके इस बेहद अमानवीय व्यवहार की शिकायत गवर्नर-जनरल से जरूर करूँगा।"

यह डॉक्टर लिली के लिए एक खराब स्थिति में फँसने जैसी बात हो गई थी। उन्होंने हकलाते हुए कहा, "मैं क्षमा चाहता हूँ। मुझे नहीं पता था कि आप ब्रिटिश हो।"

विल्सन व्यावहारिक था और उसे डॉक्टर लिली की जरूरत थी परन्तु फिर भी उसने अपनी बात दोबारा रखी और दृढ़ता से बोला, "इस बात का आपके व्यवहार से क्या लेना-देना? आप एक मरीज को स्वस्थ करने की जिम्मेदारी से जुड़े हैं, चाहे वह किसी धर्म, जाति या रंग का हो।"

यह कहते-कहते विल्सन की आवाज बहुत तेज हो चली थी। डॉ. लिली अब बचाव की मुद्रा में थे। उन्होंने फिर से क्षमा याचना करते हुए कहा, "कृपया समझने की कोशिश करें, मुझे एक गलतफहमी हुई थी, जिसका मुझे गहरा खेद है। कृपया आप दोनों लोग मेरे कक्ष में आएँ।"

अभी तक डॉक्टर लिली ने यह जानने की कोशिश नहीं की थी कि विल्सन की पत्नी किस बीमारी से पीड़ित थी। एक बार आमने-सामने बैठने के बाद उन्होंने स्नेहपूर्वक पूछा, "कृपया आप बताएँ, मैं आपकी किस प्रकार मदद कर सकता हूँ?"

विल्सन ने डॉक्टर को पत्नी राईमत्ता के गर्भपात की पृष्ठभूमि समझाई और पिछले गर्भपात के बाद हुए जानलेवा रक्तस्राव की स्थिति का भी विवरण साझा किया। डॉक्टर लिली ने राईमत्ता को जाँच कक्ष में शिफ्ट करने का आदेश दिया और विल्सन को बाहर प्रतीक्षा करने को कहा। वह दरवाजा बन्द ही कर रहे थे कि विल्सन ने समझाया, "मेरा कक्ष में रहना बहुत जरूरी है क्योंकि मेरी पत्नी न अंग्रेजी बोल सकती है और न समझ सकती है।"

डॉक्टर लिली ने विल्सन की उपस्थिति की सहमति दे दी। उन्होंने राईमत्ता के पेट की बाहरी जाँच की। उसके मांस को अपने हाथों के दबाव से अन्दर की तरफ गहराई में दबाया और अन्ततः खोजते-खोजते उस जगह तक पहुँचने में कामयाब हो गए जहाँ पर उसके पेट के बाएँ हिस्से का संवेदनशील क्षेत्र मौजूद था। कुछ और परीक्षण करने के बाद वह अपने कक्ष में चले गए और उन्होंने राईमत्ता तथा विल्सन को बुलाया।

जब वह दोनों लोग डॉक्टर के सामने बैठे तो पल भर की चुप्पी के बाद डॉक्टर ने गम्भीर स्वर में कहा, "मैंने बीमारी का अनुमान लगा लिया है। यह स्वयं कोई खतरनाक बीमारी नहीं है परन्तु मुझे चिन्ता है कि वह कभी भी माँ नहीं बन पाएगी। इससे भी खराब बात यह है कि अगर कोई अगला गर्भपात हुआ तो वह जानलेवा हो सकता है। क्या तुम कुछ और पूछना चाहोगे?"

विल्सन ने हिम्मत नहीं हारी। उसने डॉक्टर से कहा, "डॉक्टर, एक बार फिर से देखिए। शायद कुछ और रास्ता मिले।"

परन्तु डॉक्टर ने इस बार और भी स्पष्टता के साथ उसे बताया कि, "यह एक बहुत दुर्लभ किस्म की बीमारी है। हजारों-लाखों में से एक स्त्री को इसका शिकार होने की सम्भावनाएँ होती हैं। इसका कोई कारण आज तक समझ नहीं आया है। कई बार बचपन में लगी गुम चोट से भी यह बीमारी अपना प्रभाव छोड़ सकती है परन्तु आपकी पत्नी के मामले में मुझे लगता है कि ऐसा मामला नहीं रहा होगा। वह सम्भवतः इस दोष के साथ ही पैदा हुई थी, यानी इसे जन्मजात बीमारी भी कह सकते हैं। जानकार चिकित्सक इसे पहली बार हुए गर्भपात के समय ही सुनिश्चित कर सकते हैं, पर ऐसा होता नहीं है क्योंकि हम डॉक्टर लोगों का इस ओर आसानी से ध्यान नहीं जाता। मैंने स्वयं 20 साल के अपने चिकित्सकीय जीवन में यह पहला मामला देखा है। मुझे दुःख है, परन्तु मुझे यह कहना ही होगा कि आधुनिक चिकित्सा विज्ञान के पास अभी तक इस बीमारी का कोई इलाज नहीं है।"

डॉक्टर के एक-एक शब्द ने विल्सन के दिल पर हथौड़े की तरह प्रहार किया

था। इस समय वह जड़ हो गया था परन्तु उसका मन करता था कि वह बुक्का फाड़कर रो पड़े। फिर भी, विपरीत परिस्थितियों में उसे धैर्य रखना आता था। बात पत्नी को समझाने की थी, वह स्वयं को इस स्थिति के लिए तैयार नहीं कर पा रहा था। पर पत्नी को बताना भी जरूरी था इसलिए दिल मजबूत कर विल्सन ने ईमानदारी से राईमत्ता को डॉक्टर की राय के मुख्य बिन्दुओं के बारे में बता दिया।

राईमत्ता कमजोर दिल की महिला नहीं थी पर वह एक संवेदनशील स्त्री अवश्य थी। फिर माँ बनना किसी भी स्त्री के लिए सर्वाधिक महत्त्वपूर्ण और जरूरी इच्छा होती है। उसे यह समझ में आ गया था कि अब वह मातृत्व की भूमिका में कभी नहीं आ पाएगी। इतना जानना उसके जीवन भर दुखी रहने का सबसे बड़ा कारण हो सकता था। एकबारगी वह चुप रही, शायद उस गढ़वाली बाला के जीवन में यह विल्सन का प्रभाव था अथवा उसकी स्वयं की इच्छाशक्ति कि उसने इस स्थिति का दृढ़ता से सामना करने का निर्णय कर लिया था। राईमत्ता को अधिक चिन्ता इस बात की थी कि वह अपने पर्वतीय इलाके में अब जीवन भर के लिए 'बाँझ' शब्द का बोझ ढोने के लिए अभिशप्त हो गई थी।

वे लोग डॉक्टर का धन्यवाद कह कर बाहर निकल आए थे, परन्तु राईमत्ता के आँसुओं पर उसका स्वयं का जोर नहीं था। एक बार रोना शुरू किया तो वह फिर रुकी नहीं। उसके आँसुओं की बाढ़ ने स्वयं विल्सन को भी विचलित कर दिया। रोते-रोते राईमत्ता ने कहा, "मुझे अपनी चिन्ता नहीं है, पर मुझे जो डर था वही हो गया है। मैं तुम्हारे लिए कहीं अधिक चिन्तित हूँ। कहीं यह हमारे परिवार पर सोमेश्वर भगवान का प्रकोप तो नहीं।"

विल्सन ने उसे हिम्मत बँधाई, "मैं हमेशा, हर पल तुम्हारा सुरक्षा कवच बनकर तुम्हारे आसपास मौजूद रहूँगा। तुम्हें कुछ नहीं होगा और हम फिर से खुश रहने का प्रयास करेंगे।"

राईमत्ता की स्वयं की आँखों में शून्यता थी। जब वह रो चुकी तो उसने कहा, "शायद ईश्वर की यही इच्छा हो, हमें उसका सम्मान करना चाहिए।"

इसके बाद उन दोनों के बीच किसी तर्क-वितर्क की कोई गुंजाइश नहीं थी। विल्सन चुप रहा। उसने अपना अधिकांश समय पूरी तरह राईमत्ता के आसपास बिताने का निश्चय कर लिया था। नौकर-चाकरों और सुविधाओं की उपलब्धता के बावजूद उसने अपनी पत्नी की व्यक्तिगत रूप से बेहद सेवा की। कई बार वह पति के सेवा भाव को देखकर रोने लगती और बोलती, "क्यों मुझे नरक का भागी बना रहे हो। जो काम मुझे करना चाहिए था वह तुम कर रहे हो। ईश्वर मुझे माफ नहीं करेंगे।"

ऐसे अवसरों पर विल्सन उसके होंठों पर अँगुली रख देता और आगे बोलने से रोक देता। वह अक्सर कहती, "मैं आपके बिना नहीं रह सकती, आपके साथ

बिताया एक-एक पल मेरे लिए विश्वास बनकर खड़ा रहेगा। मैं आपको नहीं जाने दे सकती। कुछ दिन व्यापार को भूल जाओ।"

विल्सन का व्यापार डाँवाडोल हो रहा था, बावजूद इसके कि टिहरी का राजा उस के पक्ष में आ खड़ा हुआ था और फिर से एक नया व्यापार शुरू करने के लिए सहमत हो गया था। ऐसे में उसने कोशिश की कि राईमत्ता के भाई पर ध्यान दिया जाए जो उसका एक सक्रिय और विश्वस्त सहयोगी हो सकता था। दिक्कत यह थी कि लम्बे समय तक वहाँ बने रहकर विल्सन का काम नहीं चल सकता था। उसने अपनी पत्नी से पूरी दृढ़ता से कहा, "तुम जानती हो कि जीवन चलाने के लिए काम करते रहना जरूरी होता है। मेरे पास कोई ऐसा खजाना नहीं है कि वह कभी खत्म न हो। मैं तुम्हारी सुख-सुविधा के लिए किसी भी सीमा तक जा सकता हूँ। जब हम लोग सम्पन्न होंगे तभी बेहतरीन सपने देख सकते हैं। मेरी चिन्ता मत करना, तुम्हारी देखभाल के लिए मैं पूरी व्यवस्था कर दूँगा। तुम्हें कोई कष्ट नहीं होना चाहिए परन्तु यह भी समझना होगा कि काम भी चलते रहना चाहिए। जैसे ही मुझे अवकाश मिलेगा, या कोई आकस्मिकता होगी, मैं रातो-रात तुम्हारे पास खड़ा मिलूँगा।"

"अगर आपको कोई आपत्ति न हो तो मैं भी आपके साथ ही चलूँ?"

पत्नी राईमत्ता के इस प्रस्ताव पर विल्सन ने फिर दृढ़ता से कहा, "नहीं, लकड़ियों, आरा मशीनों और मेरी यायावर जिन्दगी के बीच में तुम्हारा कोई काम नहीं।"

परन्तु राईमत्ता उसके साथ रहने का कोई अवसर नहीं छोड़ना चाहती थी, इसलिए उसने फिर से विनती की, "मैं वहाँ रहकर आपके भोजन और कपड़ों का ध्यान रख सकती हूँ।"

विल्सन का अपनी पत्नी पर स्नेह उमड़ आया। उसे अपने सीने से सटाकर बोला, "प्रिय, इस स्थिति में मैं तुमको किसी काम के लिए नहीं कह सकता। यह तुम्हारा आराम करने और स्वस्थ होने का समय है। बेहतर होगा कि तुम फिलहाल खुद पर ध्यान दो।"

इस बीच बहुत उतार-चढ़ाव आए। जो भी बेहतर चिकित्सकीय-वैद्यक सुविधाएँ उपलब्ध कराई जा सकती थीं, वह कराई गईं, उनके बावजूद गर्भ में पल रही नन्हीं जान के साथ ही माँ राईमत्ता की जान जोखिम में पड़ने लगी। एक दिन तो ऐसा आया कि 48 घंटों तक विल्सन राईमत्ता के पास से हिला भी नहीं, पर उसने पानी भी पीना बन्द कर दिया। राईमत्ता की बच्चा जनने की कुछ जिद, कुछ मानसिक अवरोध और एक जिजीविषा का संघर्ष देखने योग्य था। कभी राईमत्ता का पलड़ा भारी होता, उसकी बीमारी का। एक बार जब वह मूर्च्छा से जागी तो विल्सन को देख कर बुदबुदाई, "जाओ, आपने बहुत कष्ट सह लिए, अपना काम सँभालो... मैंने यमदूत की राह रोक कर रखी है। मुझे कुछ नहीं होगा।"

उसने अपने चेहरे पर एक हँसी का आवरण भी डालने की कोशिश की, परन्तु राईमत्ता के होंठों पर तैरती मीठी चाशनी यमदूत पहले ही ले जा चुके थे, शेष था उसका फीकापन। फ्रेडरिक विल्सन का दिल हाहाकार कर उठा था।

एक सवेरे राईमत्ता को फिर से गर्भपात हो गया। यह गर्भपात पहले से कहीं खतरनाक था। रक्तस्राव एक बार शुरू हुआ, तो रुका ही नहीं। वह उसके लिए जानलेवा साबित हुआ। कुछ ही समय में ऐसा घटित हो गया जिसे रोकने के लिए सारे प्रयास किये गए थे।

उसने दिलासा दिया, "तुम्हें कुछ नहीं होगा, तुम स्वस्थ हो जाओगी। ईश्वर तुम्हारे साथ है।"

पर क्या ईश्वर उसके साथ था? शायद नहीं। हाँ, ईश्वर ने उसके कष्टों को इतना जरूर हर लिया था कि जब उसकी मौत हुई तो प्राण हौले से निकले। स्वयं पास बैठा विल्सन भी नहीं जान पाया। जब वह निर्जीव हुई, तो उसकी आशाएँ भी उसी के साथ दफन हो गईं।

पत्नी की मौत के बाद विल्सन को समझ में आ गया था कि राईमत्ता का उसकी जिन्दगी में क्या मोल था। उसके रास्ते पहले ही बन्द होने लगे थे। टिहरी के राजा सुदर्शन शाह को उस पर कोई अधिक भरोसा नहीं रहा था, उधर कॉटले की परियोजना पूरी हो गई थीं। वहाँ से वह जो दोहन कर सकता था, कर लिया था, परन्तु उसका उपयोग करने के लिए न तो उसकी पत्नी जीवित बची थी और न कोई औलाद।

कुछ लोग कहते थे कि यह विल्सन के जंगलों के दोहन और बेजुबान वन्य जीवों के शिकार कर संचित किये गए धन का परिणाम था, जिसका कुफल सोमेश्वर भगवान ने विल्सन को न देकर उसकी निरीह पत्नी को दिया था।

19

फ्रेडरिक विल्सन की जिन्दगी में बड़ा बदलाव आ गया था। सब कुछ पास होते हुए भी वह देखते ही देखते अकेला पड़ गया। राईमत्ता के पिता मंगतू ने भी अपने दामाद से मुँह फेर लिया था। राजा सुदर्शन शाह का उससे अब कोई लेना-देना नहीं था। हालाँकि राजा ने राईमत्ता के अवसान पर दुख प्रकट किया परन्तु वह भी यही समझते थे कि उसकी मृत्यु विल्सन की अनदेखी के कारण हुई है।

जब विल्सन ने देखा कि अब उसके पास अन्य कोई विकल्प नहीं है तो वह वापस इंग्लैंड जाने की सोचने लगा। आखिरकार एक दिन उसने इंग्लैंड का रास्ता पकड़ ही लिया। मुखबा के अपने मकान और अन्य सम्पत्तियों की जिम्मेदारी

ब्रह्मदत्त को सौंप कर वह यॉर्कशायर चला गया। विल्सन लगभग डेढ़ साल तक ग्रेट ब्रिटेन के अपने गाँव में रहा। हर्षिल के उसके महलनुमा आवास की जिम्मेदारी पंडित ब्रह्मदत्त ने अच्छी तरह निभाई। इस अवधि में उसे न तो ब्रिटेन में ही कोई कारोबार सूझा और न ही उसकी जिन्दगी एक नियमित ढर्रे पर चल सकी। वहाँ उसे गढ़वाल की पहाड़ियों में बिताए दिनों की यादें सताने लगी। इन बीते डेढ़ साल में वह समझ गया था कि जो हर्षिल ने उसे दिया था, उसका एक अंश भी उसे ब्रिटेन में मिलना सम्भव नहीं था। उसने बहुत विचार किया और अन्ततः वह फिर से हिन्दुस्तान के लिए निकल पड़ा।

लगभग साढ़े चार महीने की अपनी समुद्री यात्रा के दौरान वह हर दिन किसी न किसी योजना के पहलू पर विचार करता। उसके पास जो सामान था उसमें ब्रिटिश सेब के विशिष्ट नस्ल की पौध और सफेद राजमा के बीज भी थे। वहाँ के सेब की गुणवत्ता हिन्दुस्तानी सेब से कहीं बेहतर थी। उसने यह भी जानकारी प्राप्त कर ली थी कि गढ़वाल की जलवायु इस सेब और सफेद राजमा की अच्छी पैदावार के लिए उपयुक्त रहेगी।

वापस आकर उसने दो काम किये—एक तो हर्षिल के अपने आवास को सुसज्जित किया। दूसरे आसपास के लोगों को अपने घर भोज के लिए आमंत्रित किया। वह उनसे जुड़ने और स्थितियों को सामान्य बनाने की प्रक्रिया में जुट गया था। एक दिन ब्रह्मदत्त ने सुझाव दिया, "आप राजा साहब से क्यों नहीं मिलते?"

विल्सन इस सुझाव से प्रभावित न था। बोला, "उससे क्या होगा? उन्होंने ही तो मेरे अनुबन्ध को रद्द किया है, मेरे रास्तों को अवरुद्ध किया है। ऐसे इनसान से मिलने का क्या लाभ?"

ब्रह्मदत्त ने तर्क दिया, "थोड़ा ठंडे दिमाग से सोचिए। आपका सब कुछ, आपकी पहचान, और यह महलनुमा आवास उनके प्रयासों से ही बन पाया है। अगर उनकी स्वीकृति न होती, तो आप यहाँ से लकड़ी का एक गट्ठर भी निकाल पाते क्या?"

विल्सन ने सोचा, तो उसे ब्रह्मदत्त की बातों में दम नजर आया। उसे शंका थी, इसलिए कहा, "पर क्या वह मुझसे मिलेंगे? मेरा मतलब है कि कहीं उनके मन में मेरे प्रति कोई दुर्भावना तो नहीं होगी?"

ब्रह्मदत्त ने कहा, "कैसी दुर्भावना? विल्सन साहेब, आप एक बात समझिए। वह राजा हैं, उनका हर तरह के लोगों से वास्ता पड़ता है, समाज के, मुल्क के हर किस्म के लोगों से उनका सम्पर्क बनता है, फिर आपके और उनके व्यापारिक रिश्ते रहे हैं। आपसे अन्तिम समय में, अनुबन्ध की समाप्ति के बाद भी आप लोगों का परस्पर सौहार्द बना रहा है, यह अच्छी बात रही है। मिलने में क्या हर्ज है? क्या पता उनके मन का मैल धुल गया हो, या उन्हें भी आपकी उतनी ही जरूरत हो, जितनी आपको है।"

ब्रह्मदत्त के तर्क विल्सन के पल्ले पड़ गए थे। उसने अगले हफ्ते राजा सुदर्शन शाह से मिलने का विचार किया। वह पूर्वाह्न में ही राजा के महल जा पहुँचा।

राजा सुदर्शन शाह को जब पता चला कि फ्रेडरिक विल्सन लौट आया है, और उनसे मिलने राजभवन आया है तो वह प्रसन्न हो गए। दरअसल विल्सन ने उन्हें जो सम्मान, जो भेंटें दी थीं, जो सब्ज-बाग दिखाए थे, उनसे वह प्रभावित तो थे ही। जब से वह इंग्लैंड चला गया था, उन्हें भी कम बुरा नहीं लग रहा था। राजा टिहरी विल्सन से मिलने तुरन्त अतिथि कक्ष में पहुँचे और उसकी तरफ बाँहें फैलाते हुए बोले, "आओ, प्रिय मित्र विल्सन! इस महल ने, यहाँ के लोगों ने, इन पेड़ों-जंगलों और जीवों ने तुम्हारी अनुपस्थिति में तुम्हें बहुत शिद्दत से याद किया है।"

विल्सन के लिए यह स्वागत अभूतपूर्व था। वह रोमांचित था, कम से कम उतना ही, जितना राजा सुदर्शन शाह दिख रहे थे। प्रत्युत्तर में उसने उत्साहपूर्वक कहा, "मैं भी आप सब लोगों को, इस जंगल को, इस पूरे इलाके को बहुत याद किया करता था। अब यही मेरा वास्तविक घर है, सच मानिए मुझे ब्रिटेन में जाकर उतना अच्छा नहीं लगा जितना सुकून यहाँ मिलता है।"

राजा ने कहा, "तुम्हारा हमेशा स्वागत है। हम लोग आपसी विमर्श से अपनी समस्याएँ सुलझा लेंगे और एक बार फिर से मिलकर काम करेंगे।"

यह एक अच्छी खबर थी। उसकी उम्मीद से भी ज्यादा। विल्सन को लगा था कि राजा के सम्बन्धों में दूरी आने के बाद किसी अन्य व्यक्ति ने उन सम्बन्धों का लाभ उठाकर उनसे नजदीकी बना ली होगी, परन्तु यह सच नहीं था। सच यह था कि राजा स्वयं विल्सन की राह देख रहे थे। आखिरकार राजा को घर बैठे जो राजस्व की धनराशि मिली थी, वह कम नहीं थी। विल्सन ने स्वर्ण मुद्राओं की भेंट के साथ एक नियत धनराशि भी उन्हें दी थी। ऐसा कोई और व्यक्ति नहीं था जो विल्सन की तरह इतना बड़ा दाँव खेल सकता। उसके जाने के बाद से राजा की जंगलों से कोई आमदनी नहीं हुई थी। उन्हें समझ आ गया था कि विल्सन के साथ अनुबन्ध को रद्द करना उनकी भूल थी। अधिक से अधिक इतना किया जा सकता था कि उस अनुबन्ध में कुछ संशोधन कर दिये जाते ताकि जंगलों का पर्यावरणीय नुकसान भी नहीं होता और उनको आगे के लिए भी कुछ राजस्व मिलता रहता। यद्यपि विल्सन ने इस बात पर कोई विशेष एतराज नहीं किया था कि पाँच वर्ष के लिए किये गए अनुबन्ध को सुदर्शन शाह ने अचानक बिना किसी क्षतिपूर्ति के खत्म करने का निर्णय लिया था। एक यही अच्छाई राजा के मन में विल्सन के प्रति सकारात्मक छाप छोड़ गई थी।

दोनों के बीच फिर से व्यापारिक चर्चाएँ होने लगी। पर इस बार राजा थोड़ा सतर्क थे। सँभल कर बोले, "पिछली बार धनराशि कुछ कम थी। इस बार अधिक धनराशि और स्वर्ण मुद्राएँ देनी होंगी?"

विल्सन ने कोई एतराज नहीं किया, बल्कि वह प्रसन्न होकर बोला, "आप अनुबन्ध के अभिलेख तैयार रखिएगा, जब कहेंगे मैं हाजिर हो जाऊँगा। जहाँ तक धनराशि की बात है, उसके लिए आपको मुझसे कोई शिकायत कभी नहीं मिलेगी।"

दोनों ने सकारात्मक चर्चा के बाद एक दूसरे से विदा ली, पर जहाँ राजा सुदर्शन शाह केवल व्यावसायिक दृष्टि और वह भी कुछ रुपयों के लिए विल्सन के साथ अनुबन्ध करने को फिर से लालायित थे, विल्सन स्वयं अपनी पूरी तैयारी से आया था। नई खबर यह थी कि ईस्ट इंडिया कम्पनी तत्कालीन हिन्दुस्तान में रेलवे लाइन तैयार करने की वृहद परियोजना पर काम कर रही थी। इन रेलवे लाइन के बिछाने में वहाँ गंग नहर से भी अधिक मात्रा में एक खास किस्म की लकड़ी, देवदार के वृक्ष की लकड़ी की आवश्यकता थी, जिसे स्लीपर कहते हैं। विल्सन के पास इस स्लीपर आपूर्ति की पूरी व्यवस्था थी, बशर्ते की सुदर्शन शाह से अनुबन्ध मूर्त रूप ले ले।

अगले तीन दिन में ही यह अनुबन्ध की कार्रवाई पूरी हो गई। इस बार विल्सन की तरफ से कई गुना अधिक राशि और भेंट प्रस्तुत की गई। सुदर्शन शाह के लिए यह राशि अकल्पनीय थी। विल्सन ने जो राशि राजा को इस हेतु भेंट की थी उसमें 400 स्वर्ण मुद्राएँ और ₹5000 की रकम शामिल थी। उस समय के हिसाब से यह एक राजसी धनराशि थी। यह धनराशि प्राप्त करते ही राजा की दृष्टि में पूर्व में उठे पर्यावरण के नुकसान के मुद्दे पृष्ठभूमि में चले गए, प्राकृतिक असन्तुलन की चिन्ता और स्थानीय लोगों के आक्रोश और दबाव की बातें गौण हो गईं। यह अनुबन्ध होते ही फ्रेडरिक विल्सन फिर से गढ़वाल के हर्षिल और आसपास के इलाकों में वहाँ के लुप्त हो रहे वन्य जीवों, जंगलों, देवदार के वृक्षों के व्यावसायिक दोहन में और भी बड़े पैमाने पर जुट गया।

कर्नल यंग फ्रेडरिक विल्सन की जासूसी सेवाओं का उपयोग पंजाब के चर्चित राजा रणजीत सिंह की रानी जिन्द पर निगाह रखने और उनकी गतिविधियों के आकलन के लिए किया करते थे, परन्तु सच यह था कि अब विल्सन को जासूसी में अधिक रुचि नहीं रह गई थी। उसका अधिकतम समय अपने व्यवसाय को बढ़ाने में बीतता था, उसी में वह आनन्द महसूस करता था।

राईमत्ता की मृत्यु के बाद विल्सन इतना अकेला हो गया था कि वह किसी से व्यक्तिगत नजदीकी होने का दावा नहीं कर सकता था। पत्नी की मृत्यु के बाद उसे समझ आया कि वह गैर-मुल्क के इस सुदूर इलाके में एक विवाहिता स्त्री के साथ के बिना जीवन अधूरा है। उसने अपने मन की संगिनी को ढूँढ़ने का प्रयास किया और इस प्रयास में वह कई महिलाओं के निकट सम्पर्क में आने लगा। अफवाहें ऐसी फैली कि लोग विल्सन को बुरे चरित्र का कहने लगे। इस बात में सच्चाई भी थी क्योंकि विल्सन इन दिनों जिस्मानी जरूरत को पूरा करने के लिए भटका करता था। एक चर्चा यह भी थी कि विल्सन ने गाँव के पुजारी की बेटी को अपनी रखैल

की तरह रखा हुआ है। अन्य लोग कहा करते थे कि वह एक ठाकुर परिवार की लड़की के साथ समय गुजारा करता है जिसका घर नदी के उस पार धराली में है। ऐसी चर्चाएँ भी जोरों पर थीं कि जमक नामक जगह में, जहाँ उसकी आरा मशीन स्थापित है वहाँ भी उसकी एक रखैल रहती है। उल्लेखनीय है कि जमक में उसने एक पक्षीशाला बना रखी थी जहाँ पर पर्वतीय इलाके में पाए जाने वाले विशिष्ट किस्म के तोते, मैना और अन्य पक्षियों की सैकड़ों प्रजातियाँ अलग-अलग पिंजरों में रखी जाती थीं। एक अनुमान के अनुसार इन चिड़ियाओं की संख्या पाँच सौ के आसपास रही होगी।

मंगतू का अब विल्सन से कोई खास नाता नहीं रह गया था परन्तु अब उसे फिर से विल्सन की जरूरत पड़ रही थी। पर्वतीय इलाकों में वैसे भी रोजगार के साधन बहुत कम होते हैं और मंगतू जैसे लापरवाह और नशेड़ी इनसान के लिए कोई रोजगार मिलना आसान न था। उसकी बहन सुंग्रामी की एक बेटी 18 साल की खूबसूरत लड़की थी जिसे उसके घर पर गुलाबो या गुलाबी कहकर बुलाया करते थे। हालाँकि यह बात सच थी कि वह सुन्दरता में राईमत्ता के सामने कहीं नहीं टिकती थी परन्तु फिर भी उसके नैन-नक्श काफी अच्छे थे। उसका पति एक निकटवर्ती स्थान पर चौकीदार के रूप में काम करता था, परन्तु उसकी नीयत अच्छी नहीं थी। वह गुलाबो को वेश्यावृत्ति की तरफ धकेलने की कोशिश किया करता था। इस कारण हर दिन उन दोनों में विवाद रहा करते थे। वह अधिकतर समय अपने पिता के पास ही रहती थी।

मंगतू ने एक युक्ति भिड़ाई। उसने गुलाबो से पूछा, "क्या तू कभी अपने पति के पास न जाएगी?"

गुलाबो ने मंगतू की तरफ सकपका कर देखा। अगले कुछ क्षण के अन्दर वह पहले फफक-फफक कर और फिर बुरी तरह से रोने लगी। मंगतू घबरा गया। उसने गुलाबो को हिम्मत बँधाई। बोला, "देख, अपने मन की सच-सच बात बता। तू जानती है कि तेरे घरवाले तुझे हमेशा के लिए अपने पास रखने में कितनी ना-नुकुर करेंगे। अकेली रहेगी तो तरह-तरह की बातें अलग उठेंगी, और फिर यह जिन्दगी अकेले किसकी कटी है? सारी बातों पर सोच।"

गुलाबो धीरे-धीरे शान्त हो गई थी। उसके आँसू हर दिन, दिन के हर प्रहर में न जाने कितनी बार बहते थे और फिर थम जाया करते थे। वह जानती थी कि उसका भविष्य अनिश्चित है, परन्तु पति के घर जाने के नाम से ही उसकी कँपकँपी बँध जाती थी। उसने स्वयं को सामान्य किया और बोली, "उसका घर मैं इसीलिए छोड़ कर आई हूँ कि इस जन्म में फिर कभी वहाँ वापस न जाना पड़े। अगर आप लोगों ने मेरा साथ नहीं दिया तो मैं अपने आप को जिन्दा जला लूँगी या किसी पहाड़ी से कूदकर जान दे दूँगी।"

मंगतू ने गुलाबो की आँखों में झाँक कर देखा तो वह फिर से बोली, "मेरी बात को मेरा यकीन समझना, मुझे जो कष्ट है वह मैं ही समझ सकती हूँ, इस लिए मेरा फैसला आखिरी फैसला है और यह एक पक्का फैसला है।"

अब मंगतू ने अपनी बात रखी। यही उसके लिए उपयुक्त पृष्ठभूमि थी। उसने कहा, " अगर तेरा घर फिर से बस जाए, और अच्छे से बसे, तो तुझे कोई आपत्ति तो नहीं?"

सीधी-सादी गुलाबो ने जीवन के जो रंग अभी तक देखे थे, उनसे वह बहुत आहत थी। एक निःश्वास के साथ बोली, "हमारे समाज में एक स्त्री को क्या चाहिए? एक सहारा भर, वह भी इसलिए बिना किसी सहारे के वह अधूरी है, पर वही सहारा अगर उसे नष्ट करने पर चल पड़े, तो ऐसे सहारे से दूर हो जाना ही बेहतर है। मुझे अब भविष्य की कोई खास उम्मीद नहीं बची है परन्तु अगर आप अब भी कोई उम्मीद रखते हैं, तो आपका फैसला सर आँखों पर।"

मंगतू खुश हुआ। बोला, " तेरी खुशी में ही हम लोगों की खुशी है। अब राईमत्ता तो रही नहीं, मैं तुझ में उसका रूप देखता हूँ। तू सामने रहेगी तो हमेशा उसकी याद बनी रहेगी।"

गुलाबो नीची निगाह करे जड़वत बैठी रही। मंगतू उठ खड़ा हुआ और अपना अन्तिम निर्णय सुनाते हुए बोला, "मैं हुलसन साहब से बात करूँगा। बिना औरत के उनका भी गुजारा कैसे होता होगा। बस तुझे कोई आपत्ति नहीं होनी चाहिए।"

गुलाबो, जो पहले से ही नीची निगाहें किये बैठी थी, उसकी दृष्टि अचानक उठी। उसने विस्मय से मंगतू की आँखों में झाँक कर देखा, और अगले ही पल वे दो अदद आँखें और भी नीचे झुक गईं। यह सुविचारित मौन उसकी स्वीकृति का परिचायक था।

20

विल्सन अपने काम के सिलसिले में शिमला के दौरे पर था। उसे आने में लगभग एक हफ्ता लग गया। जैसे ही वह अपने निर्माणाधीन बँगले को देखने हर्षिल पहुँचा, मंगतू को खबर हुई और वह जा पहुँचा।

राईमत्ता के निधन के बाद यह मंगतू और विल्सन की दूसरी या तीसरी मुलाकात थी। विल्सन राईमत्ता की मृत्यु के बाद स्वयं को मंगतू का अपराधी समझता था। मंगतू को देख कर वह थोड़ा चकित हुआ परन्तु उसने आगे बढ़कर मंगतू का स्वागत किया, " आओ मंगतू, कैसे हो?"

"मैं ठीक हूँ हुलसन साहब, आप भी अपना ध्यान रखिए।"

अपने श्वसुर के ये शब्द फ्रेडरिक विल्सन के कानों में एक शहद में डूबे हुए शब्दों की तरह उतर गए। उसे अच्छा लगा। वह समझता था कि अन्य लोगों की तरह मंगतू भी उसे राईमत्ता की मृत्यु का कारण मानता था, पर शायद अब ऐसा नहीं रहा था। कुछ समय तक इलाके और बँगले के निर्माण की चर्चा करने के बाद मंगतू मुद्दे पर आया। बोला, "मुझे लगता है कि चाहे अच्छा या बुरा आपको जो भी लगे, परन्तु आपकी बाकी जिन्दगी हमीं लोगों के बीच गुजरनी है। हम भी आपको अपनों में शामिल कर चुके हैं, और शायद आप भी। आप मेरे ही नहीं, इस इलाके के दामाद के रूप में जाने जाते हो। मैं चाहता हूँ कि आप फिर से उसी तरह हँसी-खुशी रहें और तरक्की करें।"

विल्सन गदगद हो उठा। अभी वह इस संशय में था कि यहाँ के लोगों का व्यवहार उसके प्रति बदल तो नहीं जाएगा, और अगर ऐसा हुआ तो उसके लिए यहाँ रह कर काम करना थोड़ा मुश्किल जरूर होगा। फिर उसने भी तो सच्चे मन से राईमत्ता से प्रेम किया था। वह इन यादों को अपने से अलग करने की स्थिति में नहीं था, भले ही परिणाम कुछ भी रहा हो। परन्तु मंगतू के स्नेह ने उसे दिखा दिया कि वह फिरंगी अब भी वहाँ के लोगों का प्रिय था, खासतौर से राईमत्ता के परिजनों के बीच। विल्सन ने भावुक होकर कहा, "तुम लोगों से जो प्यार मुझे मिला है, उसे पाते रहने के लिए मुझे जो करना होगा, वह मैं करूँगा। मैं इस भूमि को अपना ही वतन मानता रहा हूँ, और चाहूँगा कि मेरा पार्थिव शरीर इसी मिट्टी में मिल जाए, इन्हीं पथरीले कँटीले रास्तों पर मेरे अंश बिखर जाएँ, इस नदी और यहाँ के देवदार के वृक्षों को जब याद किया जाए तो मेरा भी जिक्र जरूर हो।"

मन की बात कौन जाने, परन्तु जो बात विल्सन ने कही थी वह मंगतू के आगे बढ़ने के लिए पर्याप्त थी। उसने कहा, "हम लोग चाहते हैं कि आप फिर से विवाह कर लें। अगर राईमत्ता जीवित होती तो शायद वह भी यही चाहती। जब आपका घर बस जाएगा, घर आँगन में किलकारियाँ गूँजेंगी, तभी आपका जीवन भी सफल होगा, और ऐसा जरूर होगा।"

माहौल भावुक हो चला था परन्तु अभी तक वह बात मंगतू के मुँह से नहीं निकली थी जिसके लिए वह कई दिन से मन बनाए हुए। विल्सन कुछ नहीं बोला था, पर मंगतू ने थोड़ा और हिम्मत कर आगे कहा, "मैं चाहता हूँ कि आप गुलाबो से विवाह रचा लें। वह आपके जीवन में साथ देने के लिए हर तरह से उपयुक्त रहेगी।"

एक तो अभी तक मंगतू के अचानक आने के इस अप्रत्याशित घटनाक्रम से विल्सन साम्य नहीं बिठा पाया था, परन्तु साथ ही विवाह के लिए एक विशिष्ट नाम के सामने आने से अचानक विल्सन चौंक उठा। उसने तुरन्त कहा, "गुलाबो? कौन गुलाबो?...पर वह तो विवाहित है?"

यह उत्तर मंगतू के लिए अपेक्षित था। विल्सन गुलाबो को इसलिए जानता था कि वह समय-समय पर राईमत्ता के पास आया करती थी। उसने सामान्य स्वर में कहा, "जी हाँ, आप गुलाबो को जरूर एक विवाहिता के रूप में ही जानते हैं, परन्तु यह हम लोग ही समझते हैं कि वह किस तरह की नारकीय स्थिति से गुजर रही है। वह अपने पति के साथ नहीं रहना चाहती और हमारे समाज में पति से अलग रहने वाली स्त्री की क्या स्थिति होती है शायद इसका आपको भी थोड़ा बहुत भान होगा।"

"हाँ, मगर ऐसा क्यों है कि वह पति के साथ नहीं रहना चाहती? उसका विवाह तो एक अच्छी जगह हुआ था ना?"

विल्सन की उत्कंठा पर मंगतू को वे सब बातें बतानी पड़ीं जिनके बारे में आमतौर पर वह बात करना भी नहीं पसन्द करता था। उसने विस्तार से विल्सन साहब को उसके पति और गुलाबो के पारिवारिक जीवन के विषय में, उसकी जिन्दगी की जटिलताओं की कहानियाँ इस तरह सुनाईं कि गढ़वाल को अपनी कर्मस्थली मान बैठा वह फिरंगी द्रवित हो उठा। उसने कहा, "लेकिन विवाहिता स्त्री से किसी अन्य पुरुष का विवाह कैसे हो सकता है? इसके लिए उसे नियमानुसार तलाक लेना होगा। तभी तो बात आगे बढ़ पाएगी।"

मंगतू ने कहा, "आपकी बात जायज है। विवाह के लिए आपकी सहमति मिलने के बाद वे सब औपचारिकताएँ पूरी कर ली जाएँगी जिनकी जरूरत होगी। गुलाबो फिर से अपनी नई जिन्दगी शुरू कर सकती है।"

विवाह की यह रस्म और उससे जुड़ी सामान्यता विल्सन को चकित कर गई। उसके देश में तो ऐसा कल्पना में भी नहीं हो सकता था, हाँ, उनकी कुछ रीतियाँ थीं, अलिखित परम्पराएँ थीं, तब जरूर हो सकता था। वह सोचता था कि चाहे यह देश और गढ़वाल का प्रान्त किन्हीं अन्य मामलों में पिछड़ा होगा परन्तु उनके संस्कार और वैवाहिक बन्धन आदि की रस्में जन्म-जन्म के लिए होती हैं। वह राईमत्ता के साथ भी उसी भावना के साथ जुड़ा था, पर सच यह भी था इससे इतर विल्सन एक परिवार की आस रखता था। वह अपने बच्चों को जन्म लेते और उन्हें अपने सामने बड़ा होते देखना चाहता था। उसके मन में एक प्रफुल्लित परिवार की जो एक आकांक्षा क्षीण पड़ गई थी, वह उसे फिर से हिलोरें मारते महसूस कर सकता था।

उसकी मूक सहमति पाकर मंगतू चला गया था, पर विल्सन के विचारों की गाड़ी अब भी दौड़ रही थी। क्या वह ठीक कर रहा था? क्या इससे राईमत्ता की भावनाओं को आहत तो नहीं कर रहा वह? भले ही अनजाने में! यही सोचते-सोचते उसे नींद आ गई।

अचानक मुख्य द्वार खुलने की एक आहट के साथ वह सामने खड़ी हो गई थी। हाँ, यह तो राईमत्ता ही थी। बहुत सौम्यता से प्रश्न किया उसने, "क्या तुम्हें मुझसे कोई शिकायत है?"

"नहीं, बिल्कुल नहीं।"

विल्सन ने एक अपराधी की तरह कहा, जो एक जज के सामने कठघरे में खड़ा हो। तब राईमत्ता ने पूछा, "फिर यह बताओ कि तुमने मेरे विषय में तनिक भी सोचा क्या? क्या यह सोचा कि मैं कहाँ रहूँगी? मुझे कैसा लगेगा?"

विल्सन को पसीने छूट गए। उसने हिम्मत कर कहा, "तुमसे जुदा होने की तो मैं सोच भी नहीं सकता। तुमसे ही तो मेरा अस्तित्व है, तुम न होती तो मैं यहाँ कैसे रम पाता, इन देवदारों से, इन रास्तों से कैसे मित्रता निभा पाता। तुम्हारे हाथ का स्वादिष्ट भोजन, संकट के समय साथ खड़े होने की भावना, उन सबसे बढ़कर तुम्हारा प्रेम ही तो मेरी शक्ति है। मुझे तुम्हारा पल-पल का साथ चाहिए। हर पल का।"

राईमत्ता मुस्कराई, फिर खिलखिला कर हँस पड़ी। जब उसकी हँसी थमी तो बोली, "तुम मर्द ही हो न? तो तुम्हारी फितरत अलग कैसे हुई भला? फिरंगी हो, पर खून वही है, दिमाग वही है, चेहरा-मोहरा भी हम जैसे लोगों का ही है, बस नीली आँखों से स्वभाव नहीं बदला करता। ...तुम्हारे सुखमय पारिवारिक जीवन के लिए मेरी मंगलकामनाएँ...।"

वह हड़बड़ाकर उठ बैठा। उसके हृदय की गति तेज थी और मन असहज। अभी जो स्वप्न देखा था, उसे याद कर लगता था कि राईमत्ता यहीं कहीं है, बिल्कुल पास। इतनी कि वह उसकी गन्ध भी इर्द-गिर्द ही महसूस कर सकता था।

पर यह सच नहीं था, यहाँ सिर्फ उसकी यादें थीं, उससे किये वादे थे, कुछ कसमें थीं, हमेशा साथ निभाने की, पर वह नहीं थी, राईमत्ता तो कब की अनन्त में विलीन हो चुकी थी।

उस रात विल्सन को नींद नहीं आई। रुक-रुक कर उसका राईमत्ता से संवाद जारी रहा, लगभग पूरी रात। अन्त में वही निर्णय हुआ जो अब उसके मन में पैठ कर चुका था, वह गुलाबो से विवाह कर सकता था। राईमत्ता को कोई आपत्ति न थी।

सवेरा हो चुका था, वह बाहर निकल आया। पक्षी चहचहा रहे थे। देवदार के ऊँचे-ऊँचे वृक्ष हवा के झोंकों से सलामी दे रहे थे, मानो कह रहे हों, 'हमें बख्शना महाराज, हम तुम्हारी दया पर निर्भर हैं।'

ऐसा इसलिए कि विल्सन ने पहले ही पर्याप्त संख्या में देवदार के वृक्षों की कटाई करा कर अपनी कम्पनी के जरिये उनकी लकड़ियों का सौदा कर लिया था। देवदार, जो देवों के भी पूज्य रहे थे, ये वही देवदार थे।

विल्सन ने गुलाबो से विवाह जरूर किया, पर वह अपने मन से राईमत्ता को भुला बैठा हो, ऐसा न था। उसने अपने नये घर का नाम रखा था, 'राईमत्ता निवास'।

अब विल्सन का अधिकांश समय जंगलों में, अपनी कम्पनी में, यात्राओं और गुलाबो के साथ बिताए समय के बीच बँटा होता। कभी-कभी वह गुलाबो को भी यायावरी में साथ रखता। वह अपने नये पति का खयाल रखती, उसे किसी बात

की कमी न होने देती। मानती थी कि एक अच्छी स्त्री वही है जो पति की जिन्दगी सुखमय रखे।

गुलाबो को अपने पति की नीली आँखों से बहुत प्रेम था। वह अक्सर गढ़वाली मिश्रित पर सायास विल्सन के समझने योग्य बातचीत में कहा करती, "तुम्हारी नीली आँखों में जो बात है, वह कुछ अलग ही है। वे आँखें हर समय कुछ न कुछ कहना चाहती हैं। तुम सचमुच औरों से बिल्कुल अलग हो।" और विल्सन प्रसन्न हो जाता।

उन दोनों का विवाह एक साधारण रीति रिवाज से हुआ था। गुलाबो के पति को उतनी धनराशि दे दी गई थी जितनी उसको छोड़ने की एवज में तय हुई थी। इस अवसर पर एक खास बात जरूर हुई थी जो विल्सन के दिल में चुभी थी। ब्रह्मदत्त ने नवविवाहित युगल को आशीर्वाद देने से इनकार कर दिया था। उसका कहना था कि वह गढ़वाली रीति-रिवाजों के अनुसार एक फिरंगी की शादी को वैधानिकता प्रदान करने की हैसियत नहीं रखता था और अगर वह ऐसा करेगा तो उसे भी वहाँ के देवताओं के कोप का भाजन बनना पड़ेगा। हालाँकि ऐसी असहमति उसने राईमत्ता से विवाह के समय नहीं रखी थी।

21

जो भी हो, स्थितियों ने ऐसा मोड़ लिया था कि एक बार फिर से विल्सन का सिक्का चल निकला था। वह दोबारा अपनी जिन्दगी के लक्ष्य के उत्कर्ष को पाने की ओर बढ़ चला था। जंगली जानवरों की खालों का व्यापार उसके लिए अब महत्त्वपूर्ण नहीं रह गया था। उसे देवदार के स्लीपर की आपूर्ति का अनुबन्ध जो मिला हुआ था। उसे पूरा करना विल्सन की प्राथमिकता थी और जरूरत भी। गुलाबो ने घर सँभाल लिया था तो मंगतू ने उसके कारोबार में फिर से सहयोग करना आरम्भ कर दिया था। आसपास के कई लोग उसके सहयोगी पहले से थे, वे और मन से अपने 'हुलसन साहब' के मददगार बन गए थे। इस बार उनकी तनख्वाह में थोड़ी वृद्धि भी हुई थी इसलिए जोश कायम था।

इस बार विल्सन ने वह भूल नहीं की जो उसने अनजाने में राईमत्ता के साथ की थी। गुलाबो को विल्सन अपने साथ ही रखा करता। वह काम के सिलसिले में जहाँ जाता, वहाँ गुलाबो भी साथ जाया करती। दोनों प्रसन्न थे, जीवन का चक्र उनके अनुसार बहुत आनन्दमय स्थिति में चल रहा था। मंगतू ने हर्षिल का काम अच्छी तरह से सँभाल रखा था। काम इतना बढ़ गया था कि अतिरिक्त लोग रखे जा रहे थे।

गुलाबो ने अपना जादू कुछ इस तरह से चलाया कि विल्सन एकबारगी राईमत्ता को भी भूल गया। वह भूल गया कि कभी उसकी स्वर्गीय पत्नी उसकी बहुत अच्छी सहयोगी हुआ करती थी, वह उसके प्रेम के आगे नतमस्तक रहा करता था और समझता था कि उससे बेहतर कोई जीवन साथी उसे कभी नहीं मिल सकता था। परन्तु जिन्दगी कदम-कदम पर नये अनुभव कराती है। ऐसे में नये लोगों का साथ पुराने लोगों को भुला देता है। ऐसा ही कुछ विल्सन के साथ हो रहा था।

एक दिन गुलाबो ने कहा, "एक अच्छी खबर है। पर मन में थोड़ा डर भी है, क्या तुम से साझा कर सकती हूँ?"

विल्सन को कुछ समझ नहीं आया। अच्छी खबर और साझा न करने का क्या कारण? उसने विस्मित होकर कहा, "दो में से एक बात सही हो सकती है। या तो खबर अच्छी है या साझा न करने लायक है तो जरूर कुछ गड़बड़ है। जो भी है, मेरे विचार से तुम्हें इसे साझा करना ही श्रेयस्कर होगा।"

परन्तु गुलाबो फिर भी अनमनस्क बनी रही तो विल्सन को कहना पड़ा, "क्या मैं तुम्हें आदेश दे सकता हूँ?"

गुलाबो ने आँखें उठाकर देखा। विल्सन की आँखों में आदेश नहीं, एक याचना भरा प्रेम झलक रहा था। गुलाबो ने एक नि:श्वास ली और कहा, "हम स्त्रियों का मन न जाने किस मिट्टी का बना होता है। जो बात कहना चाहते हैं वह जुबान पर नहीं आती और जो बात जुबान पर आती है, उसे जुबान पर आना ही नहीं चाहिए।"

विल्सन ने हँसकर कहा, "पहेलियाँ बहुत हुईं, अब बात बताओ।"

गुलाबो ने अपने आप को समेट लिया, फिर इधर-उधर देखा, यह सुनिश्चित करने के लिए कि वहाँ क्या केवल वही दो लोग मौजूद थे। फिर बहुत सौम्यता और लज्जा के मिश्रण की आवाज में धीमे से बोली, "मैं माँ बनने वाली हूँ।"

विल्सन हैरान रह गया। यह कैसी खुशी थी कि जिसके लिए गुलाबो पहेलियाँ बुझाती रही। वह यह निश्चित करती रही कि कोई अन्य इस बात की जानकारी न लेने पाए। उसने खुद को सँभाला और हँस कर बोला, "क्या यही वह खबर थी जिसके लिए तुम तरह-तरह की पहेलियाँ बुझा रही थीं?"

गुलाबो फिर भी कुछ नहीं बोली तो पल भर की प्रतीक्षा के बाद फ्रेडरिक विल्सन हौले से उसके नजदीक आया और पहले उसके गालों को अपने चुम्बन से सराबोर कर दिया। इतने से भी उसका मन नहीं भरा तो उसने अचानक अपनी पत्नी को बाँहों में भर कर ऊपर उठा लिया, जमीन से बहुत ऊपर।

"छोड़ो, छोड़ो मुझे, कोई देखेगा तो क्या कहेगा!"

गुलाबो कहती रही, पर सुन कौन रहा था। यह विल्सन की खुशियों के पूरी शिद्दत से लौट आने की खबर थी। हालाँकि मामला अभी समय के गर्भ में था परन्तु विल्सन को सकारात्मक रहना आता था। वह इस बार हर तरह की सावधानी

बरतने को तैयार था। उसे अपना वारिस चाहिए था, प्रत्येक दशा में। उसका जरिया गुलाबो को ही बनना था।

विल्सन ने गुलाबो की मदद के लिए नौकरों की एक फौज खड़ी कर दी। उनमें महिला परिचारिकाएँ भी थीं जो उसके मन के अनुरूप काम करना जानती थीं।

इन दिनों विल्सन ने अपनी आवाजाही कम कर दी थी क्योंकि वह अधिकतर समय गुलाबो के पास रहना चाहता था, व्यवसाय यहाँ से रहकर भी नियंत्रित किया जा सकता था। कोई विशेष बात होती तो समय पड़ने पर वह अचानक भी अपनी कम्पनी, गोदाम और क्षेत्र में जहाँ जंगलों की कटाई हो रही होती, पहुँच जाता।

देखते-देखते वह शुभ दिन भी आ गया जब गुलाबो ने एक बेटे को जन्म दिया। दाई जब तक बाहर आकर खबर देती, उससे पहले ही विल्सन ने प्रश्नचिह्न दाग दिया था, "बेटा हुआ है न?"

बात सच थी। विल्सन ने इस अवसर पर अपनी खुशियाँ जाहिर करने के लिए जो पैकेट दाई माँ को दिया वह उस समय के हिसाब से एक बेहद अनमोल तोहफा था। उसमें सोने के सिक्कों के अलावा तरह-तरह के परिधान और कीमती सजावटी सामान को पैक किया गया था।

बच्चे के जन्म के पन्द्रह दिन बाद विल्सन ने एक विशाल पार्टी का आयोजन किया। यह उसके लिए अपार खुशी का मौका था, वह ऐसे में किसी की नकारात्मक बात को सुनने को तैयार नहीं था। जब निकट के मन्दिर के पुजारी ने उसे बाद में शुभ मुहूर्त में आयोजन करने का सुझाव दिया तो विल्सन ने कहा, "आपका सुझाव सर आँखों पर, लेकिन इतना संशोधन समझिए कि आपके बताए समय पर जो पार्टी होगी वह इससे भी भव्य होगी। इस पार्टी को उसका पूर्वानुमान मानकर आशीर्वाद दीजिए। उस अनुसार यह एक बहुत छोटी पार्टी है। आप जब बताएँगे तब ऐसा विशाल आयोजन किया जाएगा कि हमारे इलाके का कोई परिवार भी आमंत्रित होने से वंचित नहीं होगा। मुझे इस बच्चे के लिए हर किसी के आशीर्वाद की जरूरत है।"

इस प्रकार कहने को तो विल्सन महन्त जी के प्रस्ताव से सहमत दिख रहा था परन्तु वह उस आयोजन को टालने को तैयार नहीं था जिसके लिए महन्त ने उसे सुझाव दिया था।

आयोजन का आकर्षण नवजात शिशु ही था, पर यह आयोजन पूरे गढ़वाल में चर्चा का विषय बना। गढ़वाल के राजा ने नवजात शिशु को आशीर्वाद में सोने का बाजूबन्द भेंट किया जो मूल्यवान पत्थरों से ज़ड़ा था। राजा ने कहा, "यह बालक अपना भविष्य लेकर आया है और साथ ही इस इलाके का भी। इसका जीवन शुभ हो, सफल हो, यही दिल से कामना है।"

गुलाबो और विल्सन राजा सुदर्शन शाह के इस आशीर्वाद से गदगद हो उठे।

बच्चे का नाम रखा जाना अभी शेष था। इसके लिए विशिष्ट लोगों से राय

ली जानी थी और नामकरण का मुहूर्त निकलवाया जाना था जिसके लिए विल्सन भी सहमत था।

बच्चे के जन्म की खुशी का आयोजन अच्छी तरह निपट गया था लेकिन गुलाबो और विल्सन के मन में एक गाँठ जरूर बनी रह गई थी। काफी स्थानीय लोगों ने इस आयोजन का बहिष्कार किया था। यह वे लोग थे जो गुलाबो या विल्सन से कोई बैर नहीं रखते थे, बल्कि गढ़वाल की परम्पराओं की मशाल जलती रहने देने के झंडाबरदार थे। उनका मानना था कि पुरानी परम्पराओं, और त्योहारों की अनदेखी करने से न केवल उस परिवार पर बल्कि पूरे गढ़वाल पर कोई विपदा आ सकती थी। इसलिए प्रचलित मान्यताओं और परम्पराओं के अनुरूप चलना सबके हित में था।

जब सब लोग चले गए तो विल्सन और गुलाबो के बीच हुए संवाद में भी यह जिक्र आया। गुलाबो ने कहा, "यह आपकी जिद थी कि बच्चे के जन्म की खुशी में आयोजन जल्दी हो, परन्तु क्या ऐसा करना किसी सुखद भविष्य की गारंटी देगा? मेरा मन घबराता है, खासतौर से जब मैं देवताओं की अप्रसन्नता की बात सुनती हूँ।"

हमेशा की तरह विल्सन के चेहरे पर एक अच्छी हँसी आई। वह बोला, "हमने देवताओं का कोई अपमान नहीं किया। उनके लिए अलग से एक विशाल आयोजन की व्यवस्था जरूर की जाएगी, बस समय का इन्तजार है। तुम निश्चिन्त रहो, ऐसा कुछ नहीं होगा कि तुम पर, हम पर या टिहरी के लोगों पर कोई ऐसी विपदा सिर्फ इसलिए टूट पड़े कि हमने अपने बच्चे के जन्म की खुशी में कोई आयोजन किया है। फिर अगर ऐसा होता तो महाराज सुदर्शन शाह क्यों आशीर्वाद देने आते? ऐसी दकियानूसी बातों के विषय में जितना सोचोगी, उतनी ही नकारात्मकता दिमाग पर हावी होगी।"

बात आई-गई हो गई, और विल्सन फिर से अपनी दिनचर्या में खो गया। देवदार के पेड़ों की कटाई, नदी में बहाकर आगे भेजना, आरा मशीनों से उनकी छँटाई और जरूरी जगहों पर पहुँचाना, फिर नये-नये ऑर्डर प्राप्त करना। न उसे दिन का खयाल रहता, न रात का। हाँ, इतना अन्तर जरूर आया कि वह घूम फिर कर कोशिश यह करता कि रात को हर हालत में घर लौट आए, गुलाबो के पास, और अपने बच्चे के पास। बेटा जो उसका वारिस था, वह उसके माध्यम से एक पर्वतीय साम्राज्य खड़ा करने के जुनून को पूरा करने की दिशा में बढ़ रहा था।

घर आकर विल्सन उस घुटनों के बल चलते बेटे के साथ खेलता, बातें करता और उसमें अपना भविष्य देखा करता। उस नन्हे बच्चे की आँखों में विल्सन के स्वप्न बसे थे।

एक दिन वह गुलाबो से बोला, "औलाद से बड़ा कोई सुख नहीं...यह बेटा मेरा, हम सबका और इस पर्वतीय अंचल का भाग्यविधाता बन कर आया है। इसे मैं वे

सब सुख-सुविधाएँ और सम्पन्नता दूँगा, जो मैंने खुद कभी स्वप्न में भी नहीं सोची।"

गुलाबो बोली, "इतनी बड़ी बातें नहीं किया करते। खुद की नजर औरों से कहीं अधिक जल्दी लगती है," और जल्दी से उसने बेटे के माथे के किनारे एक काला टीका लगा दिया।

विल्सन हँस कर रह गया, फिर हौले से बोला, "तुम नहीं समझ पाओगी।"

विल्सन और गुलाबो की खुशियों को तो जैसे पंख लग गए थे। कहाँ तो विल्सन एक औलाद की मन्नत माँगा करता था, कहाँ अगले साढ़े तीन सालों में उसे दो और बेटों का पिता बनने का सौभाग्य मिला। ऊपर से उसका व्यवसाय अनपेक्षित तरक्की पर था, कारोबार पूरे टिहरी गढ़वाल में विस्तारित हो चुका था। विल्सन का नाम दूर-दूर तक सफलता का पर्याय बन गया था। विल्सन के लोग पर्वतीय इलाके के चप्पे-चप्पे पर फैल गए थे। रात्रि विश्राम के लिए उसने इन सालों में कई अतिथि गृह बनवाए। देवी लक्ष्मी की उस पर जो कृपा हुई तो फिर उसने कभी पीछे मुड़कर नहीं देखा।

22

जब अच्छे दिन होते हैं, ऐश्वर्य, धन-दौलत और हर किस्म की शान-ओ-शौकत कदमों में बिखरी हो, तो समय के भी पंख उग आते हैं। वह समय जो निर्धनता, परेशानियों और उलझनों में बहुत मन्द गति से चला करता है, उसकी द्रुत रफ्तार इनसान को यह जानने ही नहीं देती कि समय कैसे बीतता गया, और पहला समय उसने किन दुर्गम परिस्थितियों और संकट में काटा था। ऐसा ही फ्रेडरिक विल्सन के साथ हुआ। समय बीतता जा रहा था, और वह अपने परिवार—पत्नी और तीनों बेटों—के साथ खुशियों की नाव में सवार होकर गोते लगा रहा था। हर ओर से धनवर्षा हो रही थी।

इस बार विल्सन ने धराली इलाके के देवदार के वृक्षों पर अपनी निगाह जमाई थी। धरासू में तो पेड़ों का कटान चल ही रहा था, नदी के उस पार धराली में भी देवदार के पेड़ों की कटाई भोर सवेरे से शुरू हो जाती और दिन छिपने तक पैनी आरियाँ चलने की आवाजें पर्वतों का सीना चीर कर लोगों के दिल दहलाती रहतीं। यह जगहें विल्सन के बँगले मुखबा से अधिक दूर नहीं थीं। वह पहाड़ी पर स्थित अपने घर के वरांडे से बैठकर लकड़ियों के इस व्यापार को पल्लवित होते देखा करता और प्रसन्नता की अनुभूति किया करता।

इसके विपरीत यही वह समय भी था जब लोग विल्सन की कम्पनी द्वारा

जंगल में चल रही देवदारों की इस अन्धाधुन्ध कटाई के विरुद्ध एक बार फिर से लामबन्द होने लगे थे। यहाँ के मन्दिर के छोटे पंडित ने सबसे पहले बगावत का झंडा उठाया। उसने देवी-देवताओं और देवदार के वृक्षों के प्रकोप की बात की तो विल्सन खिलखिलाकर हँस पड़ा। अतिशय आत्मविश्वास से बोला, "मेरे पास तो यहाँ की लकड़ी कटाई का ठेका है। पूरी तरह कानून-सम्मत काम है, ईस्ट इंडिया कम्पनी के लिए कर रहा हूँ, तुम्हारे राजा की स्वीकृति से कर रहा हूँ। इसमें देवी-देवताओं और देवदारों का प्रकोप कहाँ है?"

एक सुगबुगाहट के साथ शुरू हुई इस लामबन्दी को एक विशिष्ट व्यक्ति का साथ मिला, वह था, कभी विल्सन का मुख्य सलाहकार सहयोगी और मार्गदर्शक रहा ब्रह्मदत्त।

जब विल्सन को पता चला कि ब्रह्मदत्त उसके प्रति आक्रोशित है तो उसने ब्रह्मदत्त के घर जाकर बात सँभालनी चाही। विल्सन ने कहा, "आपको तो पता है कि आप के भरोसे के कारण ही मैं इस अनजान जगह पर अपना डेरा स्थापित कर पाया हूँ, आप मेरे सब कुछ हैं और जो मार्गदर्शक होता है वह हमेशा के लिए होता है। मेरा आपसे वास्ता कोई एक विशेष अवधि के लिए तो नहीं रहा। मैं हमेशा आपको अपना पारिवारिक और व्यापारिक मित्र मानता रहा हूँ। अगर आपको कोई शिकायत हो तो मुझसे कहें, शायद मैं उसको बेहतर रूप में समझ कर आपको सन्तुष्ट कर सकूँगा।"

असलियत यही थी कि ब्रह्मदत्त को व्यक्तिगत रूप से फ्रेडरिक विल्सन से कोई शिकायत नहीं थी, पर वह एक धर्मभीरु व्यक्ति था। शुरुआत में भी उसने विल्सन को समझाने की कोशिश की थी परन्तु बाद में वह यह समझ कर चुप रह गया था कि शायद यह कुछ दिनों की बात होगी और अनुबन्ध पूरा होने के बाद विल्सन पेड़ों की कटाई से विरत हो जाएगा। लेकिन ऐसा नहीं हुआ, और इसलिए नहीं हुआ कि ईस्ट इंडिया कम्पनी को अपने पैर पसारने के लिए पहले गंग नहर परियोजना और फिर रेलवे ट्रैक बनाने के लिए जिस खास किस्म की लकड़ी की आवश्यकता थी वह गढ़वाल से बेहतर उनको कहीं और नहीं मिल सकती थी। उस लकड़ी को हासिल करने का जो जरिया फ्रेडरिक विल्सन ने बना लिया था, उसका अंश भर भी कोई और तैयार नहीं कर पाया था। इसलिए अगर कहा जाए कि ईस्ट इंडिया कम्पनी के फैलाव के लिए विल्सन एक मजबूरी बन गया था और विल्सन के लिए गढ़वाल के जंगल, तो कुछ गलत नहीं होगा।

जब विल्सन ने ब्रह्मदत्त से मुलाकात कर अपनी स्थिति स्पष्ट करनी चाही तो ब्रह्मदत्त ने सपाट शब्दों में विल्सन से कहा था, "आप फिरंगी हो। चाहे आप जो कुछ कहो, आप अपने विषय में कितनी भी सफाई दो पर सच यह है कि आप इस मुल्क के नहीं हो। आप हमसे वह संवेदना साझा नहीं करते जो हम अपने

लोगों से किया करते हैं। आप हमारे रीति-रिवाजों को नहीं समझ सकते, हम पत्थरों को भी पूजते हैं और पेड़ों की भी अर्चना करते हैं। शायद आप इसे हम लोगों की रूढ़िवादिता, अज्ञानता और अवैज्ञानिकता कहकर खारिज कर सकते हो, परन्तु हम अपने इन बन्धनों से जुड़े हैं, यही नहीं हम उनसे इतनी मजबूती से जुड़े हैं कि हमें अपनी पृष्ठभूमि पर, अपनी तथाकथित रूढ़िवादिता पर गर्व होता है।

हम जानते हैं कि आपको भी यह पता है कि हर पेड़ साँस लेता है, उसकी पत्तियाँ जीवन्तता की प्रतीक हैं, वह भी हमारे लिए उतने ही जरूरी हैं, जितना जीवन का कोई हिस्सा या हम लोगों के शरीर का कोई अंग। पर आप जानते-बूझते हुए भी इस सत्य को स्वीकार नहीं करते। आप जानवरों का शिकार अर्थ अर्जन के लिए करते हो, भोजन के लिए करते हो, हम उनको सह-अस्तित्व की भावना से पालते हैं, उनको पल्लवित होते देख खुश होते हैं। तो कुल मिलाकर आप और हम दो विपरीत छोर पर खड़े हैं, जिनके निकट आने की सम्भावनाएँ नगण्य हैं, बशर्ते कि कोई चमत्कार न हो जाए। ऐसे में मैं आपकी इस व्यावसायिक उन्नति में अब और सहायक होकर अपनी आत्मा पर भारी बोझ लेकर नहीं जी सकता। यह स्पष्ट रूप से और पूरी दृढ़ता के साथ मेरा विश्वास है कि मैं आपके ऐसे सभी प्रयासों का विरोध करूँ जो हमारे इलाके के पर्यावरणीय सन्तुलन को नेस्तनाबूद कर देने पर आमादा हों। मेरी तरफ से आपको बिना किसी हिचकिचाहट के, यह साफ सन्देश है कि मैं आपके साथ नहीं हूँ।"

विल्सन के लिए अपने एक समय के सबसे प्रमुख सहयोगी के मुँह से ऐसे शब्द सुनना अकल्पनीय था। वह यह मानकर चलता था कि अगर गढ़वाल के इस हिस्से में उसे कोई भी समस्या आएगी तो उसके निदान के लिए ब्रह्मदत्त उसके साथ खड़ा होगा। परन्तु अब ऐसा होता नहीं दिख रहा था। ब्रह्मदत्त उसके विरोध में आ खड़ा हुआ था, और इस विरोध का सीधा अर्थ था कि वह उन लोगों का नेतृत्व करने को तैयार था जो विल्सन के व्यवसाय के विरोध में मुखर हो रहे थे। उनमें ऊँच-नीच, जाति-बिरादरी तथा निर्धन और अमीर का भेद नहीं था। वे लोग इसे अपनी संस्कृति पर सीधा-सीधा कुठाराघात होते देख रहे थे।

दोनों में कोई सहमति नहीं थी, यह तो पहले ही स्पष्ट हो गया था, पर अब बात उससे भी आगे बढ़ गई थी। विल्सन और ब्रह्मदत्त के आपसी सम्बन्धों में एक गहरी दरार पड़ गई थी। समय के साथ यह दरार और चौड़ी होती गई। दोनों अपने-अपने पालों में मजबूती से खड़े हो गए थे। पंडित ब्रह्मदत्त ने इस बीच एक काम और किया। उन्होंने विल्सन के घर अपना एक जासूस उनके व्यक्तिगत नौकर के रूप में तैनात करा दिया जो उनको इस फिरंगी व्यापारी के घर की दिन भर की खब्रें देने लगा।

इन्हीं दिनों मानसून के दौरान एक हादसा हुआ। नदी के आसपास का इलाका

भारी पानी से भरभरा कर ऐसा गिर गया कि सैकड़ों फुट गहरा गड्ढा बन गया। मीलों तक नदी पार करने का कोई रास्ता शेष नहीं रहा। न उस ओर जाने का कोई वैकल्पिक मार्ग रहा, जबकि दूसरी तरफ भी लोगों की खेती थी, जो उनकी जीविका का मुख्य साधन थी। गाँव के लोगों के लिए रोजी-रोटी का संकट उत्पन्न हो गया। संकट तो विल्सन के सामने भी उत्पन्न हुआ था क्योंकि उसका काम नदी के उस पार तक भी फैला हुआ था, परन्तु वह जानता था कि इस समय नदी के पार जाने की सबसे अधिक जरूरत उसके गाँव के लोगों की है जो उसके देवदार के वृक्षों की कटान का खुलकर विरोध करने लगे थे। ऐसे में उसने अपने आप से कोई पहल करने की कोशिश नहीं की। वह जानता था कि अगर ये लोग उसके पास आएँगे तो वह उनसे मोलभाव कर सकता था और कम से कम उनके ऊपर एक रौब गाँठ सकता था कि अगर वह नहीं होता तो वे कितनी संकटपूर्ण स्थिति में पड़ जाते।

आखिरकार वह समय आया जब लोगों ने विल्सन से इस सम्बन्ध में चर्चा करनी आरम्भ की। शुरुआती दौर में विल्सन ने कोई विशेष रुचि नहीं दिखाई परन्तु जब ब्रह्मदत्त ने भी मन मार कर उस से अनुरोध किया तो वह गम्भीर हुआ। बोला, "इसके लिए ऐसा समाधान करना होगा ताकि आने वाले कई वर्षों तक कोई समस्या उत्पन्न न हो। मैं चाहता हूँ कि यहाँ पर एक झूले वाला पुल बने जो गर्मी, सर्दी, बरसात हर मौसम में कारगर रहे। जिस पर आवागमन बहुत सरल बन जाए।"

"लेकिन यह कैसे होगा? क्या झूले वाला पुल मजबूत हो पाएगा?"

ब्रह्मदत्त के साथ अन्य लोगों को भी इस पर शंका थी, परन्तु फ्रेडरिक विल्सन का आत्मविश्वास बना हुआ था। उसने धैर्यपूर्वक उत्तर दिया, "वह पुल न केवल इनसानों के आवागमन के लिए मजबूत रहेगा, बल्कि घोड़े-खच्चरों और अन्य जानवरों तथा घोड़ा गाड़ी को पार कराने में भी पूरी तरह सक्षम होगा।"

ब्रह्मदत्त और अन्य लोग अब भी संशय में थे। इस पर विल्सन ने उन्हें समझाया, "हम 19वीं शताब्दी में रह रहे हैं, किसी आदिम युग में नहीं। सब कुछ सम्भव है, पर उसके लिए जो खर्चा होगा वह थोड़ा अधिक होगा, उस खर्च को आपस में बाँटने के लिए विचार करना होगा।"

यह सुनकर इकट्ठा हुए गाँव के लोगों की शंका और बढ़ गई। ब्रह्मदत्त ने प्रश्नवाचक मुद्रा के साथ विल्सन को देखा तो उसने कहा, "यह खर्चा मैं करूँगा, लेकिन मेरी एक शर्त है।"

लोगों की निगाहें विल्सन पर जा टिकीं। सब सशंकित थे। ब्रह्मदत्त ने भी शंका के साथ पूछा, "शर्त?"

"हाँ, शर्त। आप लोग जानते हो कि इस दुनिया में पैसे का क्या मोल है। और यह भी जानते होंगे कि इसे कमाने के लिए कितनी एड़ियाँ घिसनी पड़ती हैं, कितने पापड़ बेलने होते हैं..."

ब्रह्मदत्त ने विल्सन को टोका, "पर इस बात का यहाँ क्या वास्ता?"

विल्सन व्यावहारिक था। धैर्य के साथ बोला, "वास्ता है, तभी तो बोल रहा हूँ। इस पुल का उपयोग करने के लिए लोगों को एक टैक्स देना होगा ताकि मेरे द्वारा किया हुआ खर्चा कम से कम आंशिक रूप से मुझे वापस मिलता रहे।"

कई दिन तक और काफी चर्चा के बाद लोग तैयार हुए। कुछ लोग तो ऐसे थे कि वे इस परियोजना की सम्भावना को ही नकार रहे थे, कुछ डाँवाँडोल थे, न इधर और न उधर। पर कुछ ऐसे लोग भी थे जो इस व्यवस्था को तकनीकी रूप से कारगर मानते थे। अन्ततः निर्णय हुआ और वह निर्णय विल्सन के प्रस्ताव के पक्ष में था। ऐसा इसलिए कि उनके पास कोई अन्य विकल्प नहीं था। अगर पुल नहीं बनता तो उनमें से आधे लोगों का रोजी-रोटी का जरिया नष्ट हो जाना स्वाभाविक था।

सहमति प्राप्त होने के बाद विल्सन ने रुड़की जाकर इस पुल के निर्माण की सामग्री की खरीदारी करनी शुरू की। वहाँ के व्यापारियों के पास भी कई जरूरी सामान नहीं थे इसलिए उन्हें व्यवस्था करने में थोड़ा समय लगा। इस सब में कुल मिलाकर जो खर्चा आया वह लगभग रु 5,000 की एक बड़ी राशि था।

रुड़की, सहारनपुर और हरिद्वार से बुलाए गए विशेषज्ञों की मदद से हर्षिल के मुखबा के पास इस पुल ने मूर्त रूप लेना शुरू किया और देखते ही देखते अगले महीने भर में यह झूले वाला पुल तैयार हो गया। जैसी कल्पना विल्सन ने की थी, यह ठीक वैसे ही था। दूसरे शब्दों में अगर कहें कि यह स्थानीय लोगों की हर किस्म की शंकाओं से परे और अच्छे-खासे मजबूत पुल के रूप में तैयार हो गया था, तो कुछ गलत न होगा।

परन्तु क्या यह पुल बना इतना आसान था? उत्तर एक 'नहीं' के रूप में सामने था। यह तो केवल फ्रेडरिक विल्सन की इच्छा शक्ति और उद्यमिता कही जा सकती है वरना गाँव के लोग तो किसी भी रूप में इसे चमत्कार से कम नहीं देखते थे। लोहे की रस्सियों को दूसरी ओर बाँधने के लिए जब कोई और तैयार नहीं हुआ तो यह काम भी विल्सन ने खुद सँभाला। सर्द हवाओं और ठिठुरती ठंड में, बर्फीले पानी के बीच विल्सन ने अपना रास्ता बना कर इस रस्सी को दूसरी ओर पहुँचाया तो वह अच्छा खासा दुस्साहस था। इस दुस्साहस में उसकी जान भी जा सकती थी, लेकिन वही दुस्साहस इस पुल की परियोजना को सफल बनाने में कारगर हुआ। इस प्रयास में एक बार तो ऐसा भी लगा कि नदी में पड़े विशाल पत्थरों से टकराकर विल्सन कहीं अपनी जान से हाथ न धो बैठे, लेकिन अन्ततः उसकी हिम्मत ने वह कर दिखाया जो अभी तक असम्भव प्रतीत हो रहा था।

गाँव में जश्न का माहौल था। विल्सन ने अपने व्यापार के व्यापक विरोध और देवदार के वृक्षों की अन्धाधुन्ध कटाई के बावजूद स्थानीय लोगों के दिलों में अपने लिए खास जगह बना ली थी। यही वह समय था जब वहाँ के लोगों ने विल्सन

को 'पहाड़ी हुलसन साहब' का नाम दिया था। अगले कुछ सालों तक लोग देवदार के वृक्षों की दिन-रात हो रही कटाई को भूलकर विल्सन की वाहवाही में लगे रहे क्योंकि उन्हें हर मौसम में नदी के उस पार जाने का सरल रास्ता जो उपलब्ध हो गया था। यह केवल विल्सन का चमत्कार था, और लोग उसके शुक्रगुजार थे।

पुल के इस विस्मयकारी परदे की वजह से लोगों कुछ समय के लिए वह दिखना बन्द हो गया जिसकी कल्पना कर ही दिल दहल उठता था। हर्षिल के आसपास और गढ़वाल की उन जगहों पर जहाँ-जहाँ विल्सन का कटाई का काम चल रहा था, उन जगहों पर बिगड़ती पर्यावरणीय स्थिति के दृष्टिगत प्रकृति के कहर का प्रकोप दिखने लगा था। नदी का वह बहता पानी जिसने अभी तक कभी भी अपनी सीमाओं का अतिक्रमण नहीं किया था, बरसात के समय में अपने तटबन्धों को तोड़कर निचले इलाकों में भरने लगा था। इससे वहाँ की जमीनें दलदली और अप्रयोज्य होने लगी थीं। अब एक बार फिर से विल्सन के विरुद्ध, उसके जंगलों के प्रति किये जा रहे अन्धाधुन्ध कटाई के व्यवसाय पर प्रतिरोध के स्वर मुखर होने लगे। स्वयं गुलाबो भी उसे समझाया करती लेकिन विल्सन के तर्क अलग ही होते।

असलियत यह थी कि जगह-जग़ह उसके द्वारा की गई पेड़ों की कटाई के कारण तटबन्ध को तोड़ कर अतिक्रमण कर आई नदी को सीमाओं में बाँधने के प्रति विल्सन भी चिन्तित अवश्य था। वह समझता था कि यह जगह सोने के अंडे देने वाली मुर्गी है इसलिए उसका एक बार में भरपूर दोहन कर लेना सही नहीं है। लोगों के गुस्से को शान्त करने के लिए उसने एक दिन आसपास के प्रतिष्ठित लोगों को बुलाया और कहा, "मैं आप लोगों की चिन्ता समझता हूँ। यकीन मानिए कि जंगलों को नुकसान पहुँचाने का मेरा कोई इरादा नहीं है। मैंने निश्चय किया है कि जितने देवदार के वृक्ष काटे जाएँगे, उनके बदले में नई पौध लगाई जाएँगी। इस पौध की जिम्मेदारी मेरी और आपकी, दोनों की सामूहिक रूप से होगी। इससे हमारे टिहरी गढ़वाल में कभी भी कोई ऐसी दिक्कत नहीं आएगी जिससे जल प्लावन की समस्या हो सके। न ही नदी के किनारे अतिक्रमित होकर पानी निचले इलाकों में इकट्ठा हो सकेगा।"

कई लोगों ने फिर से अपनी शंका जाहिर की। ब्रह्मदत्त ने कहा, "यह एक लम्बे समय की प्रक्रिया है। अगर आज लागू करेंगे तो हमारी अगली पीढ़ी जरूर लाभान्वित होंगी। लेकिन फिलहाल का क्या दृश्य होगा, यह जानने के लिए कोई अतिरिक्त पढ़ाई करने की आवश्यकता नहीं है। विल्सन साहब, आपको तत्काल इस परिदृश्य को सँभालना होगा।"

विल्सन सहमत नहीं था। बोला, "आप देखते जाइए, यह मॉडल बहुत सफल रहेगा। आपको मुझसे कोई शिकायत नहीं रहेगी। मैं हमेशा आप लोगों के बीच ही बना रहूँगा, इसलिए अगर कभी कोई गलती होती भी है तो उसे सुधारने की जिम्मेदारी

भी मेरी है। इससे अधिक मैं और क्या विश्वास दिलाऊँ?"

लोगों ने विल्सन की बात पर पूरी तरह विश्वास नहीं किया। उनका थोड़ा भरोसा राजा में जरूर था, इसलिए एक प्रतिनिधिमंडल राजा सुदर्शन शाह से मिला और उन्हें हर्षिल की उस वस्तुस्थिति से अवगत कराया जो विल्सन के कारण बन रही थी। राजा सुदर्शन शाह विल्सन से पहले एक बार करार तोड़ चुके थे और उसके बाद उनके पास पश्चाताप के अलावा कुछ नहीं बचा था। यह अतिरिक्त आमदनी जो विल्सन के माध्यम से उनको हो रही थी, वह उनके ऐश-ओ-आराम के लिए काफी थी, इसलिए उन्होंने लोगों की बातों पर विचार करने का कोरा आश्वासन देकर उन्हें वापस भेज दिया, पर वह आश्वासन एक छलावा ही रहा। टिहरी का राजा विल्सन के विरुद्ध कोई कार्रवाई करने की मन:स्थिति में नहीं था।

23

विल्सन और मेजर कॉटले एक-दूसरे को बहुत पसन्द करते थे। मेजर कॉटले विल्सन की दक्षता से बहुत प्रभावित थे और विल्सन उनमें अपना मेंटर और एक ऐसा इनसान देखता था जिसने उसे फर्श से अर्श पर ला पहुँचाया था। कॉटले जब कभी विल्सन का परिचय कराते तो कहते, "इनसे मिलिए, यह हैं मेरी गंग नहर परियोजना के बचावकर्ता। यह न होते तो गंग नहर का मेरा सपना कभी साकार न हो पाता।"

बात सही भी थी। गंग नहर की इस महत्त्वाकांक्षी परियोजना के लिए जिस प्रकार की और जितनी मात्रा में लकड़ी की आवश्यकता थी, दुर्भाग्य से उसका सटीक आकलन करने में कॉटले से चूक हुई थी। यह उनके स्तर पर हुई एक भारी चूक थी। ऐसा इसलिए भी कहा जा सकता था कि गंग नहर परियोजना का काम आरम्भ हो चुका था और उसका सभी वित्तीय आकलन, यानी सम्भावित खर्चों का विवरण ईस्ट इंडिया कम्पनी के मुखयालय को भेज दिया गया था जहाँ से किस्तों में फंड्स दिये जाते थे। अब पुनरीक्षित खर्चों में लकड़ी का भारी-भरकम खर्चा जोड़ना एक ओर तो मेजर कॉटले की परियोजना की खामी उजागर करता तो दूसरी ओर यह उनकी विश्वसनीयता और ईमानदारी पर भी प्रश्नचिह्न उठाता। वह स्वयं समझते थे कि ईस्ट इंडिया कम्पनी से इस हेतु अतिरिक्त बजट की माँग करना बेहद दुश्वारी वाला काम हो सकता था।

इन्हीं दिनों विल्सन जब अतिरिक्त काम की तलाश में उनसे मिला तो देवदार की लकड़ियों के व्यापार पर चर्चा हुई। यह चर्चा एक ऐसे व्यापारिक अनुबन्ध में

बदल गई जिससे मेजर कॉटले की समस्या का समाधान तो हो ही गया, फ्रेडरिक विल्सन को एक ऐसा व्यापारिक रास्ता मिला कि उसने इस फिरंगी की जिन्दगी की दिशा ही बदल दी। दोनों अपने-अपने मार्गों पर चलकर जिन्दगी के उत्कर्ष पर पहुँच गए। तो ऐसे में जश्न कैसे न मनता।

मेजर कॉटले ने एक बार विल्सन की रुचि देखते हुए उसे कुछ पढ़ने की सामग्री दी थी। इसमें 'दिल्ली गजट' के पुराने अंक की एक प्रति थी जिसमें हेनरी लॉरेंस का तत्कालीन हिन्दुस्तान की स्थिति पर एक लेख छपा था। यह एक अच्छा सन्दर्भ वाला लेख था। परन्तु उससे भी कहीं अधिक महत्त्वपूर्ण एक सरकारी रिपोर्ट की प्रति भी उसके साथ संलग्न थी जिसमें फ्रेडरिक विल्सन की उत्कंठा जाग्रत हुई। यह भारत में रेलवे के भविष्य की सम्भावनाओं पर दृष्टि डालता हुआ एक वृहद दस्तावेज था। इसे पाकर विल्सन की आँखें चमक उठीं।

उसने इसे उलट-पुलट कर देखा और कॉटले से पूछा, "सर, रॉबर्ट स्टीफेंसन कौन हैं?"

कॉटले ने विल्सन को प्रशनवाचक दृष्टि से देखा, परन्तु जब उन्हें लगा कि उसका प्रश्न वास्तव में अबोध रूप से किया गया है तो उन्होंने विल्सन को समझाया, "विल्सन, तुम न जाने किस दुनिया में रहते हो कि तुम्हें रॉबर्ट का नाम नहीं पता? कुछ नहीं जाना इनके बारे में? चलो कोई बात नहीं, मैं बताता हूँ। यह वही इनसान है जिसने अपने पिता के साथ मिलकर स्टीम इंजन बनाया था। यह उसी का किया गया अध्ययन है जिसमें उसने आकलन किया है कि आने वाले सालों में रेलवे के निर्माण से इस महाद्वीप का नक्शा ही बदल जाएगा। दुर्भाग्य से इस रिपोर्ट के शीर्षक से ऐसा आभास नहीं होता, परन्तु सच्चाई यही है।"

विल्सन ने एक बार फिर से उस रिपोर्ट पर ध्यान दिया जिसका शीर्षक एक सरकारी रिपोर्ट की तरह लिखा गया था, 'ब्रिटिश भारत में रेलवे के आगमन की व्यावहारिकता और उससे होने वाले लाभ पर प्रस्तुत एक रिपोर्ट।'

विल्सन लौट कर कुछ दिन के लिए इस रिपोर्ट को भूल गया। एक दिन कोई कागज तलाश करते हुए उसे जब यह रिपोर्ट फिर से दिखाई दी तो विल्सन ने इसे पढ़ना आरम्भ किया। पहले ही दिन और कुछ पृष्ठ पढ़कर ही विल्सन को समझ आ गया था कि यह रिपोर्ट भारत में रेलवे की स्थिति के साथ उसकी व्यक्तिगत स्थिति को भी परिवर्तित करने की कूवत रखती है। रेलवे के लिए जरूरी संरचनात्मक ढाँचा रेलवे की पटरियों को बिछाए बिना तैयार नहीं हो सकता था और इन लाइंस के बिछाने में जिस लकड़ी की जरूरत होती, वह मुख्यत: देवदार की लकड़ी थी, जिसका सबसे बड़ा सौदागर विल्सन था। विल्सन इस काम में आने वाले कई दशक तक का सुनहरा भविष्य देख रहा था।

दरअसल, देवदार के वृक्षों से बने स्लीपर का यह गुण होता है कि वे आसानी

से विपरीत परिस्थितियों—पानी, धूप, नमी और तूफानों—को अच्छी तरह से झेलने की क्षमता रखते हैं। शायद ही कोई ऐसा अन्य वृक्ष होता होगा जो इस सीमा तक उपयोगी हो सके जितने देवदार के वृक्ष से उत्पन्न लकड़ी हुआ करती थी। क्या यह स्थिति विल्सन को एक अच्छा खासा रोमांच देने के लिए नहीं बनी थी? दरअसल, भारत में रेलवे की परिकल्पना मूर्त रूप लेने के आखिरी चरण में थी और लकड़ी के लिए अपनी जरूरतों का अनुमान लगाने का काम हो रहा था। ऐसे में विल्सन ने सही पहुँच बनाने के लिए एड़ी-चोटी का जोर लगा दिया। बात यह भी थी कि देवदार के इन पेड़ों से बने स्लीपर की आपूर्ति कोई और उतनी प्रतिस्पर्धात्मक दरों पर नहीं कर सकता था, जिन दरों पर विल्सन तैयार था।

फ्रेडरिक विल्सन किस्मत का धनी था कि गंग नहर परियोजना के पूरी होने के बाद रेलवे परियोजना का निर्माण का माहौल बहुत तेजी से बन गया था, परन्तु एक दिक्कत थी। रेलवे परियोजना उत्तरी भारत के उस हिस्से में अभी नहीं आई थी जहाँ विल्सन सक्रिय था। अभी बम्बई से पुणे और बम्बई से कलकत्ता की रेलवे पटरियों के बिछाने पर काम चल रहा था। लेकिन एक तात्कालिक व्यवस्था के रूप में उसे मेजर कॉटले ने अपनी जरूरत बताई। उन्हें रुड़की से सोलानी तक के लिए एक छोटी लाइन बिछाने की जरूरत आ पड़ी थी, ताकि इस 10 मील के ट्रैक पर वह अपने जरूरी सामानों की आपूर्ति सुनिश्चित करते रहें। इसके लिए इंग्लैंड से एक स्टीम इंजन आयातित कर लिया गया था। विल्सन ने रेलवे को आपूर्ति करने वाले अपने वृहद काल्पनिक अनुबन्ध के रूप में इस अवसर का लाभ एक परीक्षण के मामले के रूप में उठाने की सोची। दिये गए समय में रेलवे लाइन के लिए जरूरी स्लीपर की आपूर्ति करा कर उसने साबित कर दिया कि यह काम दोनों के लिए बहुत लाभप्रद होगा।

कलकत्ता से दिल्ली के लिए बड़ी रेलवे लाइन का सर्वे काम बहुत तेजी से चल रहा था। कॉटले ने उसे यह समझाने में मदद की थी इस परियोजना के लिए कितनी भारी संख्या में स्लीपरों की आवश्यकता होगी। उन्होंने कहा था, "यह इतने बड़े स्तर का काम है मुझे नहीं लगता कि तुम अकेले कलकत्ता-दिल्ली लाइन के लिए भी स्लीपर की पूरी आपूर्ति दे पाओगे।"

विल्सन का जुनून ऊँचाई पर था। उसने आत्मविश्वास के साथ कहा, "आप अपना हाथ मेरे सिर पर बनाए रखें, शेष मुझ पर छोड़ दें, मैं अपनी एक हजार गुना क्षमता देने को तैयार हूँ।"

मेजर कॉटले मुस्करा कर रह गए। वह जानते थे कि फ्रेडरिक विल्सन जिस काम के पीछे पड़ता है वह काम हर हाल में पूरा होकर रहता है। उन्होंने मुस्कराहट को बरकरार रखते हुए कहा, "मेरा आशीर्वाद तुम्हारे साथ है।"

विल्सन ने फिर पीछे मुड़कर नहीं देखा। यह तथ्य आज भी इतिहास में दर्ज है

कि दिल्ली से लगभग 400-500 मील दूर तक के रेलवे ट्रैक में जो स्लीपर लगे थे वे गढ़वाल के जंगलों में कभी लहलहाते हुए ऊँचे-ऊँचे देवदार के वृक्षों को धराशायी कर आपूर्ति किये गए थे। यह वह समय था जब पूरे गढ़वाल में देवदार के वृक्षों पर आफत आ गई थी। परन्तु इसका सकारात्मक पहलू यह था कि काफी स्थानीय लोगों को विल्सन ने रोजगार भी दिया। उसने किये गए अनुबन्ध के अतिरिक्त भी राजा सुदर्शन शाह को समय-समय पर ऐसी भेंटें और धनराशि दी कि उनका मुँह बन्द रहा। सालो-साल फ्रेडरिक विल्सन ने हर्षिल ही नहीं, पूरे गढ़वाल के उन इलाकों का अच्छा खासा दोहन कर दिया, जहाँ-जहाँ देवदार के वृक्ष लहलहाया करते थे। इस प्रक्रिया में ऐसे वृक्षों की भी शामत आ गई जो अभी वयस्क स्थिति में नहीं आए थे। उनके कोमल तन्तु न रेलवे के काम के थे और न अग्नि देवता के लिए उपयोगी रहे।

ब्रह्मदत्त ने इस फिरंगी यायावर व्यापारी को एक बार समझाया था, "सुना है कि ब्रिटेन और फ्रांस में कहते हैं कि लोग जंगल पाते हैं, रेगिस्तान छोड़ते हैं। दुनिया यही झेल रही है। पर अगर आप इस राह से हटकर इस धरती की पुकार सुन कर इसे हरा-भरा रखेंगे, तो यह धरती जन्म-जन्मान्तरों तक आपको याद रखेगी।"

विल्सन ने वादा किया। कहा, "आप मुझ पर भरोसा रख सकते हैं।"

उसने वादा किया था कि वह देवदार के वृक्षों की कटान की भरपाई करने के लिए उन स्थानों या अन्यथा उपयुक्त जगहों पर नये पेड़ों की पौध लगवाएगा, ताकि समय के साथ-साथ वे पौधे बड़े होकर फिर से जंगलात में बदल सकें, लेकिन यह वादा निर्वहन के लिए न था। केवल दिखावे के तौर पर किये गए इस वादे को विल्सन ने भुला दिया। जब भी उससे इस सम्बन्ध में बात होती, या कोई याद दिलाता तो वह कहता, 'मैं क्या यहाँ से कहीं जा रहा हूँ, सब मेरी जिम्मेदारी है, समय आने पर जरूर करूँगा।'

एक दिन और जब ब्रह्मदत्त ने विल्सन को टोका और विल्सन ने फिर वही राग अलापा तो ब्रह्मदत्त ने उसे एक कहानी सुनाई। उसने कहा, "आपके मतलब की कहानी है श्रीमान।"

विल्सन ने रुचि दिखाई तो ब्रह्मदत्त ने शुरू किया, "एक नदी के किनारे के गाँव के अन्तिम छोर की बात है। वहाँ एक बूढ़ी औरत रहती थी, बहुत खेत थे उसके, अच्छी आमदनी और खुशियों से घिरी थी। पाँच बेटे और बहुएँ भी कम सेवा न करतीं। भला उसे और क्या चाहिए था। अपने गले में और पाँवों में वो मोटे-मोटे चाँदी के ऐसे ढागुले पहनती कि दूर-दूर तक चर्चा हुआ करती। ...ढागुले जानते हो?"

विल्सन ने न में गर्दन हिलाई तो ब्रह्मदत्त ने ज्ञानवर्धन किया, "बस आप एक महँगा आभूषण समझो।"

"ठीक है," विल्सन ने कहा तो ब्रह्मदत्त ने आगे सुनाया, "बुढ़िया दिल की

साफ थी, पर जुबान की बहुत कड़वी। मजाल कि कोई पशु भी फटक जाए, इनसान की बात तो अलग।"

ब्रह्मदत्त ने देखा कि विल्सन गौर से सुन रहा था तो उसने कहानी आगे बढ़ाई। बोला, "बड़ा बेटा धर्म-कर्म को मानता था, इसलिए वह अक्सर माँ से कहता कि उसे भी औरों की तरह ईश्वर के दर्शन करने तीर्थयात्रा पर जाना चाहिए। पर वह हर बार कहती, अरे बेटा, एक लतड़ाक दूर ही तो है वो मन्दिर, कभी भी कर लूँगी दर्शन।"

ब्रह्मदत्त ने एक विराम लिया। फिर बोला, "पर वह एक दिन नहीं आना था, सो नहीं आया। उम्र बढ़ती गई और बुढ़िया अर्थ-संचय में जुटी रही। एक दिन वहाँ से गुजरते एक साधू ने जब उस वृद्ध महिला को किसी पर गालियों की बौछार करते हुए देखा तो रुक कर कहा, 'माता, इतनी आयु हुई तुम्हारी, अब तो मोह-माया छोड़कर स्वच्छ वाणी और ईश्वर के भजन करो, उद्धार होगा। कुछ नहीं तो राम-राम ही जप लिया करो, दो ही तो अक्षर हैं'।"

"जानते हो उस औरत ने क्या कहा? उसने कहा कि अरे भजन करने का ठेका तो तुम्हारा उठा है, हमारा तो काम ही, हमारे खेत ही भजन हैं, और हल हमारी घंटी हैं। कर लूँगी कभी मन्दिर और भगवान के भी दर्शन और भजन, अभी तो मरने की भी फुरसत नहीं। तुम जैसे लोगों ने ही रीत बनाई कि भजन और भोजन, तो तुम्हें ही मुबारक हो यह।"

ब्रह्मदत्त ने कहानी का समापन करते हुए बताया, "विल्सन साहब, खुशियों और समृद्धि के दिन पंख लगाकर उड़ा करते हैं। बुढ़िया साल दर-साल धान के बोरे समेटती रही, पर उसे न तो भगवान के दर्शन करने और न ही भजन करने का समय मिल पाया। वह माल-मत्ते का नशा था, भला कब तक रहता। हुआ यूँ कि एक दिन उसकी आवाज चली गई। बहुएँ, बेटे और वैद्य सब आए। पूरी सेवा-टहल हुई पर कुछ सुधार न हुआ। वैद्य जी ने घोषणा कर दी कि चला-चली की बेला दरवाजे पर दस्तक दे रही है। जो पाठ, भजन करने हों कर लिये जाएँ।

बड़े बेटे ने माँ के मुँह में गंगाजल की बूँदें डाली और कहा, 'माँ, बोल राम-राम,' बुढ़िया ने सिर उठाया, और खिड़की से अपने लहलहाते खेतों पर नजर डाली। फिर बोली, 'नी बोल सक्द बाबा!' और उसकी गर्दन लटक गई।"

कहानी का समापन कर ब्रह्मदत्त ने इसकी नैतिकता का पाठ भी पढ़ाया था, "तो लब्बो-लुआब यह कि चार शब्द—'नी बोल सक्द बाबा'—बोल गई, पर 'राम-राम' के दो बोल नहीं बोले गए, समझे विल्सन बाबू। यह मायाजाल आदमी के दिल को, उसकी सोचने-समझने की शक्ति को, उसकी चेतना को भी हर लेता है।"

ब्रह्मदत्त की सीख और उसमें छिपा आक्षेप समझकर विल्सन उठ खड़ा हुआ। बोला, "आपकी सीख का ध्यान रखूँगा।"

विदा लेते समय विल्सन ने 'शुक्रिया' कहा, और मजबूती से यह भी कहा कि, "आपके इन पर्वतों को, आपके लोगों को, आपकी जमीन और आसमान को, नदी-झरनों को उससे बेहतर अवस्था में छोड़कर विदा लूँगा इस धरती से, इस संसार से। वह कर्ज चुकाऊँगा अवश्य, यह वादा है मेरा।"

पर ये सब केवल कोरी बातें थीं। वादा पूरा होने का समय नहीं आना था, सो कभी नहीं आया। विल्सन टिहरी के बदलते पर्यावरण पर न ध्यान दे पाया, न उस खतरे की घंटी को सुन पाया, जिसे हर कोई सुन-देख पा रहा था, समझ रहा था। फ्रेडरिक विल्सन व्यक्तिगत रूप से सफलता के सोपान चढ़ता रहा, और गढ़वाल के जंगल इस आपराधिक और अन्धाधुन्ध कटाई से कराहते रहे।

24

विल्सन अपनी खुशियों में मेजर कॉटले को शामिल करता और उनकी सलाह को जीवन में सर्वोपरि मानता। ऐसा इसलिए भी था विल्सन के जीवन को समृद्ध करने में, उसके व्यापार और उद्यमिता को एक बेहतर अंजाम तक पहुँचाने में जो स्थान कॉटले का था, उसके जीवन में कोई और उस स्थान के निकट भी नहीं था। पर, एक बार रुड़की से लौट कर विल्सन ने जो निश्चय किया, उसमें कॉटले को भी साझीदार नहीं बनाया, जबकि वह एक बड़ा निर्णय था।

यह निर्णय उसे नाश्ता करते समय सूझा था। वह हर्षिल के अपने 'महल' में पत्नी गुलाबो के साथ नाश्ता कर रहा था, पर उसका मन नाश्ते में था, ऐसा नहीं कहा जा सकता था। उसका दिमाग किसी उधेड़बुन में था। अचानक वह उछल पड़ा और बोला, "मिल गया, मुझे हल मिल गया!"

गुलाबो ने चौंक कर देखा, फिर इधर-उधर नजरें घुमाईं परन्तु उसे समझ नहीं आया तो उसने अनायास गढ़वाली में ही पूछ डाला, "किस बात का हल? कोई समस्या है क्या?"

तब तक विल्सन संयत हो गया था। उसने प्रेम से गुलाबो को निहारा, फिर मुस्कराकर कहा, "हाँ प्रिये! व्यापार में समस्या तो बनी रहती हैं..."

"ओह, मुझे लगा कि तुम्हें यहाँ, इस मेज पर अचानक कोई समस्या हुई है।"

मुस्कराते विल्सन ने गुलाबो पर एक स्नेहिल दृष्टि डाली, उसकी आँखों में न जाने प्रेम का कौन सा पाठ पढ़ता रहा, फिर हौले-से बोला, "कितनी भोली हो तुम, इन जंगलों-सी मासूम, इन वृक्षों, वनस्पतियों और हवाओं की मानिन्द, जो केवल अपने इर्द-गिर्द सुगन्ध फैलाया करते हैं, देते हैं, लेते नहीं।"

गुलाबो ने भी उसी तरह से जवाब दिया। मुस्करा कर बोली, "क्या बात है, आज बहुत रूमानियत फूट रही है? सब खैरियत तो है न?"

विल्सन ठहाका मारकर हँस पड़ा, "खैरियत से भी अच्छी खैरियत। तुम साथ हो तो सब बेहतर ही होगा न?"

विल्सन अपने प्रेम की प्रतिच्छाया गुलाबो की आँखों में देख सकता था। वह देख रहा था कि उसकी पत्नी का मन कितना निर्मल, स्वच्छ था। वह यूँ ही इनमें खोया रहना चाहता था, पर उसके विचारों की शृंखला को गुलाबो के कथन ने व्यवधान पहुँचा दिया। वह बोली, "पहेलियाँ बहुत हुईं, अब बात बताओ।"

"बताता हूँ, बताता हूँ।"

गुलाबो को बहुत अधिक उत्सुक देख कर उसे बताना ही पड़ा। बोला, "यह मेरी, तुम्हारी, तुम्हारे लोगों की और यहाँ के लोगों की सबकी समस्याओं का निदान है, जिसके लिए सब बहुत परेशान थे..."

गुलाबो के लिए यह बात अब भी एक पहेली की तरह थी, इसलिए अपनी जिज्ञासा न रोकते हुए बोली, "मुझे कुछ समझ नहीं आ रहा है।"

तब विल्सन ने कहा, "जब पिछले साल मैं तिब्बत गया हुआ था तब तुम्हारे भाई को लकड़ी काटने वाले लोगों को उनकी मजदूरी का भुगतान करने में कितनी दिक्कत आई थी? वह उनको भुगतान नहीं कर पाया था बल्कि उसने उन्हें चिट के रूप में केवल एक आश्वासन दिया, और जरूरी नहीं कि यह आश्वासन सब के पल्ले पड़ा हो। लोग उससे कितना लड़े थे? जबकि उसका पूरा भरोसा था कि वह मेरे आने पर सब के भुगतान को अच्छी तरह से चुका देगा। लेकिन हम लोग बहुत शक्की स्वभाव के होते हैं। साथ ही बहुत बेचैन आत्मा भी, और विशेष रूप से रुपए-पैसों के मामले में तो पूछो ही नहीं। तो इस समस्या का हल अब निकल आया है। है न खुशी की बात?"

विल्सन के आत्मविश्वास को देखकर सच में गुलाबो के चेहरे की रंगत निखर उठी थी। वह जानती थी कि अगर विल्सन किसी बात को ठान ले तो वह पूरा होकर रहती है। लेकिन अब भी विल्सन ने अपनी पत्नी के साथ आधा बात साझा की थी और जितनी देर में वह अगली भूमिका की तैयारी कर रहा था, गुलाबो से रहा नहीं गया। फिर से उसी बाल सुलभ उत्कंठा के साथ बोली, "तो उसका क्या हल निकाला, मेरे हुजूर ने?"

"हल यह है कि अब मेरा व्यापार और काम सिक्कों से चलेगा। यह सिक्के मेरी मुद्रा होंगे और उन्हें बाजार में चलाकर उतने मूल्य की खरीदारी की जा सकेगी।"

लेकिन गुलाबो प्रभावित नहीं थी। बोली, "पर यह कैसे सम्भव है? सिक्के तो राजा लोग चलाया करते हैं या सरकारों के चलते हैं? तुम कौन से राजा बन गए? कहीं इस बात को लेकर कोई तूफान न खड़ा हो जाए?"

फ्रेडरिक विल्सन ने गुलाबो के प्रश्नों का उत्तर एक जोरदार हँसी में दिया। वह काफी देर तक हँसता रहा और गुलाबो उसे विस्मित होकर देखते रही। फिर सौम्यता से बोला, "यह राजा-महाराजा की धारणा अब पुरातन हो गई है। किसी भी राजा की साख उसके कामों और प्रजा के बीच उन कामों की पहुँच से होती है। तुम्हारा राजा इस योग्य कहाँ है कि उसकी कोई साख बची हो। असल सरकार ईस्ट इंडिया कम्पनी की है। मैं उन लोगों को समझा लूँगा। मेरे सिक्के टिहरी के लोगों, यहाँ के बाजार की व्यावहारिक जरूरतों को पूरा करेंगे। यदि कोई उन सिक्कों को लेने से मना करेगा तो मैं उसके बदले में उतनी धनराशि की मुद्रा देने का वचन पूरा करूँगा।"

गुलाबो की आँखों में अभी कुछ प्रश्न और जिज्ञासाएँ और भी थीं, परन्तु वह कुछ कह पाती इससे पहले ही विल्सन ने कहा, "तुम्हें मालूम नहीं है कि इस विचार को मेरे सामने मेरे गुरु बराबर मेजर कॉटले ने रखा था और उनका कोई विचार कभी असफल नहीं होता। अब तुम ही सोचो कि टकसाल से ढलकर आए हुए इन सिक्कों के बदले अगर किसी को चाँदी के सिक्के भी आसानी से मिल सकते हों, तो यह कितनी बड़ी उपलब्धि होगी? जब जो चाहे इन्हें चाँदी या अन्य बहुमूल्य धातु अथवा मुद्रा में बदल सकता है। इससे हमें एक फायदा और होगा कि अलग से कोई लेखा-जोखा नहीं रखना होगा। सिक्के दिये और भुगतान पूरा हुआ। तत्काल बाजार में उपयोग में आने वाली यह मुद्रा सबके लिए उपयोगी होगी।"

अब गुलाबो को पूरी बात अच्छी तरह समझ आ गई थी। उसने अपनी गर्दन सहमति में हिलाई, पर उसने अपने संशय को भी अभिव्यक्त किया, "हालाँकि तुमने इस बिन्दु पर विचार कर लिया है और मुझे बता भी दिया है, पर फिर भी मुझे लगता है कि राजा सुदर्शन साहब को यह बात शायद अच्छी न लगे..."

विल्सन ने गुलाबो की बात काटते हुए अट्टहास किया। फिर धीरे स्वर में कहा, "टिहरी के राजा की मुझे कोई परवाह क्यों हो! यूँ मेरी उनसे कोई प्रतिद्वन्द्विता नहीं है। वह अपना काम कर रहे हैं, और मैं अपना। शायद मैं उनसे कहीं अधिक शिद्दत से अपना काम कर रहा हूँ। मेरा यह कदम कोई राजनीतिक खेल नहीं, बल्कि व्यावहारिकता के लिए उठाया गया कदम होगा। तुम केवल उस भविष्य की कल्पना करो जब ऐसा होगा।"

गुलाबो को मानना पड़ा, "मुझे तो यह बहुत चतुर कदम दिखता है। इससे तो तुम जल्दी ही सचमुच के एक राजा के रूप में जाने जाने लगोगे।"

विल्सन ठहाका मारकर हँस पड़ा। बोला, "और तुम इस राजा की रानी कहलाओगी!"

एक समवेत स्वर की हँसी से आसपास का वातावरण गुंजायमान हो उठा।

एक अलिखित अनुबन्ध और मासिक वेतन पर रखे गए विल्सन के कर्मचारियों की संख्या देखते ही देखते पिछले कुछ सालों में एक हजार से भी अधिक पहुँच गई थी। इन लोगों का काम लकड़ी की गुणवत्ता नापने, उसकी कटाई-छँटाई, आरा मशीनों से काटने और फिर नदी में बहा कर गन्तव्य पर पहुँचाने के विभिन्न चरणों के कामों में लगी होती। हर इनसान का काम बहुत मुस्तैदी का होता, जिसमें किसी लापरवाही की कोई गुंजाइश नहीं थी। काम में कोताही करने वाले लोगों की तत्काल छुट्टी किये जाने के निर्देश थे। वह तनख्वाह देने में उदार था परन्तु काम के प्रति कोई लापरवाही विल्सन को कभी भी पसन्द नहीं आई। ऐसे लोगों से छुटकारा पाने का उसका नियम बहुत सख्त था।

विल्सन ने स्वयं सहारनपुर की टकसाल में जाकर अपने सिक्कों का डिजाइन निर्धारित किया। पहली खेप के जो सिक्के आए, वे जल्दी ही खप गए। विल्सन की आशा के अनुरूप इन सिक्कों को लोगों ने हाथो-हाथ लिया। किसी को कोई संशय नहीं था। यह एक अच्छा संकेत था। परन्तु कुछ ही दिनों में दिक्कत इसलिए आने लगी कि लोग इनका आदान-प्रदान करने के बजाय इन सिक्कों का संचय करने में लग गए। यह स्थिति विल्सन के लिए अकल्पनीय थी। उसने जल्दी ही एक-एक रुपयों के काँसे के सिक्कों की दूसरी खेप बनवाने का आदेश दिया।

अब उसने डिजाइन में थोड़ा परिवर्तन किया था। इस परिवर्तन का सुझाव स्वयं गुलाबो की तरफ से आया था। हुआ यह कि जानकारी मिली कि ग्रामीण अंचल की महिलाओं ने इन सिक्कों में छेद करा कर उन्हें अपने गले के हार के रूप में इस्तेमाल करना शुरू कर दिया था। इससे सिक्कों का प्रचलन सीमित होने की सम्भावना बन गई थी, इसलिए विल्सन को गुलाबो ने जो सुझाव दिया उसके अनुसार, "क्यों न हम लोग नये डिजाइन में सिक्कों के बीच में एक गोल छेद कर दें?"

"उससे क्या होगा?"

यह विल्सन की जिज्ञासा थी। तब गुलाबो ने बताया, "इससे दो लाभ होंगे। एक तो यह कि जो औरतें इन सिक्कों को हार की तरह पहन रही हैं वह धागे में पिरो कर ऐसा कर सकती हैं। जरूरत पड़ने पर इस सिक्के का उपयोग भी किया जा सकता है, जबकि उसमें बलपूर्वक छेद करने से वह बेकार हो जाता है। इसका दूसरा लाभ यह होगा कि इन सिक्कों की भारी मात्रा को एक जगह से दूसरी जगह ले जाने के लिए किसी मजबूत धागे में पिरो कर ले जाना अपेक्षाकृत बहुत आसान होगा।"

गुलाबो की युक्ति सुनकर विल्सन विस्मित हो गया। उसे अच्छा लगा कि उसकी पत्नी की तरफ से एक ऐसा सुझाव आया था जो शायद अभी तक उसने भी नहीं

सोचा था। उसके मुँह से अचानक निकला, "वाह! यह तो मुझे भी नहीं सूझा था!"

और अगले सिक्के जो आए, उस खेप में सिक्कों में बीच में मशीन से बना एक आनुपातिक डिजाइन वाला छेद था। लोगों ने इन सिक्कों को पसन्द किया। विल्सन ने गुलाबो के प्रस्ताव पर उसे बहुत धन्यवाद दिया। काँसे के इन सिक्कों की आकृति में सबसे ऊपर उसके नाम का प्रथम अक्षर एफ लिखा था, फिर विल्सन। आगे हर्षिल अंकित था। उसकी मुद्रा एक रुपए के बराबर थी। पीछे के भाग में एक पत्तेदार आकृति बनाई गई थी। बीच का छेद भली-भाँति बना था।

यह कोई नहीं जानता कि टिहरी के राजा सुदर्शन शाह ने इस बिन्दु पर विल्सन से आपत्ति की अथवा नहीं, या विल्सन ने उन्हें किस तरह मनाया, परन्तु उनका कोई विरोध आम लोगों के सामने चर्चा में नहीं आया। उनका विरोधी वही था जिससे विल्सन को खतरा था—उसका पूर्व सहयोगी और मार्गदर्शक ब्रह्मदत्त।

ब्रह्मदत्त को जब पता चला कि विल्सन ने टकसाल से भारी मात्रा में अपने नाम के सिक्के ढलवा कर मँगाए हैं तो वह समझ गया कि इस फिरंगी के इरादे किस दिशा में जा रहे हैं। ब्रह्मदत्त अकेला ऐसा व्यक्ति था जो विल्सन के दिमाग को पढ़ने की क्षमता रखता था, वैसी क्षमता शायद दिन-रात उसके साथ रहने वाली पत्नी गुलाबो में भी नहीं रही होगी। ब्रह्मदत्त ने अपने लोगों को इकट्ठा किया और उनसे इस विषय में चर्चा करते हुए कहा कि "ये सिक्के हमारे पहाड़ों को बर्बादी का रास्ता दिखाने, उन्हें अनैतिक धन्धे और भ्रष्ट आचरण में डालने का एक आसान जरिया बनेंगे, यह मेरा दावा है। हम लोगों को इसका विरोध करना चाहिए, अन्यथा कोई नहीं जानता कि इस फिरंगी के मंसूबे कहाँ जाकर खत्म होंगे।"

परन्तु अफसोस इस बात का था कि जिस भविष्य को ब्रह्मदत्त स्पष्ट रूप से देख सकता था, ऐसा उसके इर्द-गिर्द के लोग नहीं देख पा रहे थे। उन्हें इनमें एक सुविधाजनक और उपयोगी रास्ता दिखाई दे रहा था।

26

ब्रह्मदत्त विल्सन के इन सिक्कों के विरोध में डटा रहा पर न तो विल्सन को इससे कोई फर्क पड़ा और न ही लोगों को। सिक्कों की स्वीकार्यता बढ़ती ही गई। धीरे-धीरे आज के उत्तरकाशी जनपद के विश्वनाथ मन्दिर में भी सिक्के चढ़ने शुरू हो गए। जब वहाँ के पुजारियों ने थोड़ा विस्मय दिखाया तो लोगों ने चाँदी के अथवा ईस्ट इंडिया कम्पनी के सिक्कों से उन्हें बदल कर दिखा दिया। अब मन्दिर को भी इन सिक्कों के चढ़ावे पर कोई आपत्ति नहीं थी।

कहते हैं कि ब्रह्मदत्त ने लोगों को इस अफवाह को फैलाने के लिए पैसे दिये कि एक दिन यह हुलसन साहब उनकी कमाई को लेकर भी उड़न-छू हो जाएँगे, ऐसे में इन सिक्कों का कोई मूल्य नहीं रहेगा। धरासू में इस मुद्दे पर एक दंगा ही भड़क गया। विल्सन के गोदाम को तहस-नहस कर दिया गया। उसके एक भाग में आग लगा दी गई जहाँ अच्छी खासी हानि हुई। उसके खिलाफ लोगों का गुस्सा कई दिनों तक बना रहा और लोगों ने जमकर उत्पात मचाया।

विल्सन के पास जब इस दंगे की खबर पहुँची तब तक कई दिन बीत गए थे क्योंकि वह गढ़वाल के दूसरे छोर पर था। वह समझता था कि इस स्थिति को यूँ ही नहीं छोड़ा जा सकता। उसे अपना पक्ष रखना था और वह भी मजबूती से, तभी लोगों का आक्रोश शान्त हो सकता था अन्यथा उसकी योजना के साथ उसकी पूरी साख पर बट्टा लगने का खतरा था। उसने खबर मिलने के कुछ ही घंटों बाद धरासू का रुख किया। उसने सीधे-सीधे आन्दोलनकारियों से बात की और कहा, "आप लोगों का एक-एक रूपया सुरक्षित है। जिस किसी को यकीन न हो, वह उसे सरकारी सिक्के या चाँदी के रूप में, जब चाहे, बिना किसी कटौती के ले सकता है।"

लोगों ने सिक्के बदलवाने के लिए पंक्तियाँ लगानी शुरू कर दीं। सब काम छोड़कर विल्सन ने उन्हें एक-एक रुपए का भुगतान करा दिया। नियमित रूप से सिक्कों की अदला-बदली के लिए गढ़वाल के कई इलाकों में केन्द्र बना दिये गए, जहाँ से कोई भी, कभी भी, इन सिक्कों के बदले सामान्य अथवा चाँदी के सिक्के ले सकता था। इस अदला-बदली के लिए कोई कटौती भी नहीं हुई। अब आन्दोलनकारियों को कौन सा बहाना चाहिए था? इसका फल यह हुआ कि यह आन्दोलन धीरे-धीरे स्वत: ही समाप्त हो गया।

आन्दोलन ने अफवाहों का दौर इस तरह फैला दिया था कि विल्सन के काफी कारिन्दे भी उसके खिलाफ हो चले थे। उन्होंने जगह-जगह पर काम करना बन्द कर दिया था जिससे विल्सन के व्यापार को क्षति भी पहुँची परन्तु उसने एक सोची-समझी रणनीति के अन्तर्गत न तो किसी कारिन्दे के खिलाफ कोई कार्रवाई की और न उनमें से किसी को नौकरी से निकाला। उसकी यह सद्भावना लोगों के दिल में बेहतर जगह बनाने में काम आई। वे लोग अपने मालिक के आग्रह पर फिर से काम पर जुट गए।

अगर देखा जाए तो इस आन्दोलन से विल्सन को नुकसान पहुँचने के बजाय लाभ ही हुआ। उसके सिक्के अब गढ़वाल में धड़ल्ले से चलने लगे। अगर कहें कि इन सिक्कों ने ईस्ट इंडिया कम्पनी के सिक्के के साथ ही अपनी जगह बना ली थी तो कोई अतिशयोक्ति नहीं होगी।

पता नहीं यह फ्रेडरिक विल्सन के मन में उसके प्रति सम्मान था अथवा वह अपने पूर्व सलाहकार, और सहयोगी रहे ब्रह्मदत्त को, जो अब उसके कामों के

कारण विपरीत दूरी पर खड़े थे, को ईर्ष्या से कुपित करना चाहता था, पर वह एक दिन अपनी कुछ विशिष्ट भेंट लेकर उनके घर पहुँच गया।

ब्रह्मदत्त ने विल्सन के नौकर के हाथ में एक बड़ी टोकरी देखकर पूछा, "यह क्या है? और इसका प्रयोजन क्या है?"

विल्सन ने उत्साह से कहा, "पंडित जी, यह आपके आशीष और सहयोग का फल है। यह मेरे बागान के उगाए सेब की पैदावार की आरम्भिक खेप है, जो मैं आपको अर्पित करना चाहता हूँ।"

ब्रह्मदत्त फिर भी ठंडे बने रहे, बोले, "यह तुम्हारा शौक है, जो तुम यहाँ एक छोटे से हिस्से में, सेब की इस नई किस्म को उगाने का प्रयास कर रहे हो। अगर यह प्रयास व्यावसायिक स्तर के व्यापार में बदल कर लोगों को एक अच्छी आमदनी भी दिला सके, तो मुझसे अधिक प्रसन्न और कोई नहीं होगा। परन्तु प्रश्न यही है? मेरा संशय भी यही है।"

फ्रेडरिक विल्सन जोर से हँसा, फिर ब्रह्मदत्त की आँखों में झाँक कर बोला, "आप यहाँ के लोगों के लिए वह सब करके दिखाएँ, जिसकी आग आपके मन में जला करती है। जो मेरा काम है वह मैं कर रहा हूँ, मेरे इस शौक में भी अगर आपको कोई कमी दिखती है, तो मैं यह कैसे समझाऊँ कि आप देखते-देखते पूरी तरह नकारात्मक हो चले हैं। आप आधा भरा हुआ गिलास देखने के स्थान पर आधा खाली गिलास देखने के आदी हो गए हैं। कृपया इस आदत को अब बदल दें, आपकी आँखों के सामने ही इस टिहरी का, गढ़वाल का नक्शा बदल गया है, आपका खुद का गाँव बदल रहा है, लोग बदल रहे हैं, पर आप अभी वहीं हैं।"

पहाड़ी विल्सन नाम के इस अंग्रेज कारोबारी ने एक स्थानीय इज्जतदार व्यक्ति की टोपी उसी के घर में आकर उछाल दी थी। ब्रह्मदत्त विल्सन के शब्द बाणों का तीखापन महसूस कर सकते थे, परन्तु उन्होंने धैर्य बनाए रखा। वे संयमित आवाज में बोले, "तुम्हारे और हमारे बीच में अभी कुछ चीजें ऐसी बाकी हैं, जिन्हें तुम कभी आत्मसात नहीं कर सकते। हमारी स्थिति यह है कि हम उनसे अलग नहीं हो सकते, हम उनको श्रद्धा और विश्वास के साथ देखते हैं। हम पुरातन जरूर हैं, रूढ़िवादी हो सकते हैं, पर हम अपने व्यक्तिगत और भौतिक विकास को दरकिनार रखते हुए एक समग्र विकास की अवधारणा पर सोचते हैं, तुम व्यक्तिगत समृद्धि के लिए विनाश का सहारा लेते हो। बस इस तरीके को, इस सोच में अगर तुम सुधार सको तो यहाँ के लोगों के बराबर बन सकते हो, उन सबका प्यार पा सकते हो।"

विल्सन ने अपने भावों को बरकरार रखते हुए कहा, "मुझे आपके विकास के मॉडल से कोई आपत्ति नहीं, परन्तु कोई भी विकास व्यावहारिक होना चाहिए। उसके परिणाम दिखने चाहिए..."

ब्रह्मदत्त ने विल्सन को टोकते हुए कहा, "बस, यही तो मूल अन्तर है तुम्हारी

और हमारी सोच में। तुम आज का, इस पल का, अभी का सोचते हो, और हम अगली पीढ़ियों की चिन्ता करते हैं। हम सतत विकास के अनुयायी हैं और तुम हर चीज में दोहन का रास्ता ढूँढ़ते हो। कहीं ये फल भी तुम्हारी तात्कालिक लालसा की पूर्ति के माध्यम तो नहीं हैं?"

विल्सन ने फिर से हँसकर कहा, "एक न एक दिन आपको मेरा मॉडल जरूर समझ आएगा। तब अवश्य बताइएगा कि मैं आपके लिए क्या कर सकता हूँ?"

तब तक चाय खत्म हो चुकी थी।

विल्सन मुस्करा कर विदा हो गया, दोनों में विचारों का आदान-प्रदान जरूर हुआ परन्तु वह व्यंग्यात्मक ही रहा। दोनों अपने-अपने दायरों में बने रहे थे, एक सामाजिक चिन्तक था, तो दूसरा व्यापारी। वैचारिक तौर पर किसी को कोई लाभ होता नहीं दिखता था, पर यह दोहन आर्थिक रूप से विल्सन के जीवन को खुशहाल कर रहा था, यह बात ब्रह्मदत्त क्या हर गढ़वाली बाशिन्दा जानता-मानता था। दोनों की तल्खी न केवल मन में बसी थी, अब जुबान पर भी उतर आई थी। एक बात और हुई कि पिछले कुछ दिनों की तरह पंडित ब्रह्मदत्त ने विल्सन को अपना आशीर्वाद नहीं दिया, परन्तु विल्सन ने भी पहले की भाँति अपना सिर नीचे कब किया था।

क्या विल्सन को अब ब्रह्मदत्त या किसी अन्य के आशीर्वाद की जरूरत थी भी?

27

पंजाब के महाराजा रणजीत सिंह की सबसे छोटी महारानी जिनको रानी जिन्द के नाम से जाना जाता था, सन 1843 से 1846 तक उत्तरी भारत के प्रमुख सिख साम्राज्य की संरक्षिका रही थीं। अन्तिम महाराजा दलीप सिंह उनके ही पुत्र थे। वे अपने सौन्दर्य, ऊर्जा तथा उद्देश्य के प्रति समर्पण के लिए प्रसिद्ध थीं, किन्तु उनकी प्रसिद्धि का मुख्य कारण ईस्ट इंडिया कम्पनी के लोगों में उनके नाम का भय था।

सन 1843 ई. में जब पंजाब के शासक रणजीत सिंह का बेटा दलीप सिंह गद्दी पर बैठा तो वह नाबालिग था, अत: रानी जिन्द कौर उसकी संरक्षिका बनीं। 1845 ई. में प्रथम सिख युद्ध छिड़ गया। जब 1846 ई. में लाहौर की सन्धि के द्वारा युद्ध समाप्त हुआ तो रानी जिन्द कौर दलीप सिंह की संरक्षिका तो बनी रहीं, लेकिन उनकी गतिविधियों के कारण फिरंगी सरकार उनको सन्देह की दृष्टि से देखने लगी।

इन परिस्थितियों में ईस्ट इंडिया कम्पनी के गुप्तचर अधिकारियों को फ्रेडरिक विल्सन की याद आई। यह वह समय भी था जब विल्सन के साथ संवेदना रखने वाले शीर्ष गुप्तचर अधिकारी कर्नल यंग इंग्लैंड वापस लौट गए थे परन्तु उनका

प्रतिस्थानी भी विल्सन की उपयोगिता समझता था और एक अभियान के लिए उसकी सेवाओं का उपयोग करना चाहता था।

विल्सन ने इस मुलाकात के लिए शिमला जाने का जो रास्ता चुना वह मसूरी होकर जाता था। उन दिनों मसूरी से शिमला का सफर पाँच दिन से कम नहीं होता था। पत्नी गुलाबो और बेटा भी अकेला था लेकिन इस आदेश का पालन करना विल्सन के लिए उन लोगों की देखभाल से कहीं अधिक जरूरी था।

शिमला पहुँचकर विल्सन सीधे उन कैप्टन किर्के से मिला जिनसे उसे मिलने का निर्देश दिया गया था। उन्होंने गर्मजोशी से स्वागत किया पर तुरन्त कहा, "विल्सन, मुझे लगता है कि हम लोग पहले भी मिल चुके हैं? क्या यह सही है?"

विल्सन ने कैप्टन के जवाब में कहा, "हाँ, मुझे हिमालय क्लब में हुई आपसे एक संक्षिप्त भेंट याद है। भला आपकी रौबीली मूँछों, ऊँचा कद, बड़ी-बड़ी आँखों और उनमें दिखते दृढ़ विश्वास को कोई कैसे भूल सकता है।"

कैप्टन किर्के अपनी प्रशंसा पर एकबारगी खिलखिला उठे।

किर्के गढ़वाल से आए अपने इस विशिष्ट आगन्तुक को लेकर मेजर बॉयलू के घर पहुँचे। यही इनसान मेजर यंग की जगह क्षेत्रीय गुप्तचर विभाग के प्रमुख के पद पर तैनात था। जब वे लोग वहाँ पहुँचे तो मेजर अपने आलीशान बँगले के वरांडे में बैठे सिगार के कश ले रहे थे। उन्होंने नीले रंग का एक गाउन पहना हुआ था जिसके नीचे सफेद रंग की शर्ट झाँक रही थी। सर्दी से बचाव के लिए उन्होंने अपने गले के आसपास नीले रंग का ही एक स्कार्फ भी लपेटा हुआ था।

उन लोगों में संवाद की शुरुआत कुछ यूँ हुई, "ब्रांडी और सोडा?"

पर विल्सन या कैप्टन किर्के कोई जवाब दे पाते उससे पहले ही उन्होंने विल्सन की तरफ संकेत कर ऐसे कहा जैसे उन्हें कोई बहुत जरूरी चीज याद आ गई हो, "यंग मैन, मैंने सुना है कि तुम पिता भी बन गए हो, और यहाँ, गढ़वाल के इलाके के घने जंगलों के बीच अपनी ऐसी जगह बना बैठे हो कि लोग तुम्हें वहाँ का राजा कहने लगे हैं।"

विल्सन उनके संवाद से थोड़ा खुश, थोड़ा शर्मिन्दा महसूस करने लगा, परन्तु लोगों से बात करने में, उनके मन पढ़ने और अपने विषय में चर्चा करने में उसे आनन्द आता था। इसलिए बोला, "सर, बहुत शुक्रिया, मैं यहाँ के लोगों के बीच उनकी तरह रहकर, उन लोगों के मन में थोड़ी बहुत जगह बना पाया हूँ, इसलिए खुश रहता हूँ। बस टिहरी के उस छोटे से इलाके के आसपास ही मेरी जिन्दगी सिमटकर रह गई है।"

मेजर उसकी तरफ देख कर हौले-हौले अपना सिर हिलाते रहे। फिर वह उठ खड़े हुए और बोले, "नॉट बैड! मुझे तुम्हारा रहने का तरीका पसन्द आया।"

मेजर ने अपने ड्राइंगरूम के बाहर गैलरी में रखे बार में से ब्रांडी की बोतल

और ग्लास निकालने का उपक्रम किया तो कैप्टन किर्के तेजी से उनके पास चले आए। उन्होंने ग्लास बनाने में उनकी मदद की।

मिलकर जाम टकराए गए, "तुम्हारे अच्छे स्वास्थ्य के नाम!"

यह मेजर बॉयलू थे जिसका विल्सन और कैप्टन ने भी उसी रूप में साथ दिया। मेजर को अब इस अभियान की चर्चा करनी थी जिसके लिए विल्सन को यहाँ बुलाया गया था। पर वह बात शुरू कर पाते उससे पहले ही जाम की पहली घूँट भर कर विल्सन ने पूछा, "सर, कर्नल यंग सर की कोई खबर..."

"न, कर्नल नहीं, अब उनको ब्रिगेडियर कहो! वह इंग्लैंड सुरक्षित पहुँच गए हैं और अपने आवास को सुसज्जित करने में लगे हैं, बस यही अभी तक की खबर है," उन्होंने मुस्करा कर जानकारी दी।

"बहुत बढ़िया सर, उन्हें बधाई, मेरी जो थोड़ी बहुत तरक्की हुई है, उसमें उनका बहुत योगदान है। अगर वह नहीं होते तो शायद मैं किस स्थिति में होता, यह सोच कर ही डर लगता है।"

विल्सन ने अपने मन की बात कही तो मेजर ने सहमति में अपना सर हिलाया। फिर अगली घूँट लेकर बोले, "काम की बात करें?"

यह विल्सन के लिए संकेत था उसे किसी विशिष्ट उद्देश्य के लिए यहाँ बुलाया गया था और अब उसे उस पर चर्चा के लिए तैयार रहना होगा। उसने कहा, "श्योर सर, आई एम इन!"

मेजर ने बताना शुरू किया, "मुझे लगता है कि तुम्हें जानकारी होगी कि हीरा सिंह और पंडित जल्ला की हत्या कर दी गई है। रानी जिन्द के भाई जवाहर सिंह ने सत्ता पर अपनी पकड़ बना ली है। मेरे स्रोत उसके बारे में जो जानकारी देते हैं उनके अनुसार वह रूसी लोगों के प्रति झुकाव रखता है। चर्चा यह भी है कि वह रूस से एक सन्धि कर उनका सहयोगी बनना चाहता है। कल्पना करो कि अगर ऐसा कुछ हुआ तो यह हम लोगों के लिए एक बड़ी चिन्ता का कारण होगा। इसलिए हमें तत्काल कुछ करना होगा।"

विल्सन ने सुना और बोला, "पर मेरी इसमें क्या भूमिका है?"

मेजर ने कहा, "उसी की जानकारी देने के लिए और आगे के निर्देश प्राप्त करने के लिए तुम्हें चुना गया है। तुमको ऐसा कुछ करना होगा कि पंजाब की सत्ता रूस की सत्ता के निकट पहुँचने में किसी भी तरह सफल न हो पाए।"

विल्सन चकित था, उससे रहा नहीं गया इसलिए यंत्रचालित-सा बोला, "पर सर, मैं?"

"हाँ, हाँ तुम ही! तुम को चुना गया है तो कुछ सोच कर ही चयन किया गया होगा। वही जिम्मेदारियाँ तुमको बतानी हैं कि आगे उन लोगों से कैसे चीजों को समझना होगा और कुछ उन्हें समझाना होगा।"

"जी, थोड़ा समझा मैं," चेहरे पर गम्भीरता के भाव धारण करते हुए विल्सन ने कहा तो मेजर ने कुछ अधिक ही सौम्यता से प्रतिप्रश्न किया, "क्या आप बताएँगे कि अभी तक आपने क्या समझा है?"

विल्सन ने धाराप्रवाह रूप से कहा, "उन लोगों को दिग्भ्रमित कर और काल्पनिकता का पुट डालकर ऐसी स्थितियों का चित्रण करना, मानो वे वास्तविकता को प्रदर्शित करती हों, उससे इस खानदान के सत्तारूढ़ लोगों के मन में ऐसा भय बैठना चाहिए कि वे हम लोगों के विरुद्ध रूसी सहयोग की जरा-सी इच्छा भी मन में न लाएँ।"

मेजर ध्यानपूर्वक सुनते रहे, फिर बोले, "हाँ, लगभग यही, ठीक समझा तुमने, पर उसके लिए जो भूमिका बनानी होगी, उसका रास्ता तुम स्वयं बनाओगे। हम केवल इतना कर सकते हैं कि तुम्हारी योजना के कार्यान्वयन में पर्दे के पीछे रहकर मदद करें। ठीक है न?"

विल्सन एक अलिखित अनुबन्ध से बंधा था, इसलिए उसके पास हाँ कहने के अलावा कोई अन्य विकल्प था ही नहीं। उसने पूरी दृढ़ता से कहा, "यस सर।"

"पर मेरा एक सुझाव है, अगर तुम्हें उचित लगे तो," ऐसा कहकर मेजर ने गेंद विल्सन के पाले में डाल दी थी। उसने बिना समय खोए कहा, "सर, इससे अच्छी बात और क्या होगी। मेरा काम भी सरल हो जाएगा। कृपया बताएँ।"

तब मेजर बॉयलू ने अपनी योजना बतानी शुरू की। उन्होंने कहा, "तुमको उन्हें कुछ ऐसी जानकारी देनी होगी जो वास्तव में सच न हो और जिससे भ्रमित होकर वे लोग दूसरी दिशा में सोचने लगें। इससे तुम्हारे अभियान के लिए बेहतर पृष्ठभूमि बनेगी। हमारे पास इस काम के लिए एक और स्रोत हुआ करता था, परन्तु एक बात तो यह है कि वह लाहौर में है, जो मेरे कार्यक्षेत्र से बाहर है, दूसरी और महत्त्वपूर्ण बात यह है कि वह हमारे राजनीतिक एजेंट के साथ हमेशा उलझा रहता है। उन दोनों की आपस में बिल्कुल नहीं बनती। इसलिए हम उसका उपयोग नहीं कर रहे हैं।

अब जो मैं कहने जा रहा हूँ उसे गौर से सुनो। जनरल लाल सिंह जो रानी जिन्द का वर्तमान में विश्वस्त सैन्य अधिकारी है, उसके खेमे में घुसपैठ करो। भले ही वह तुम्हें नहीं जानता हो, पर यही तुम्हारी काबिलियत होगी कि तुम कितनी जल्दी और उसके कितने निकट आ सकते हो। हम इतना कर सकते हैं कि उसके पास यह खबर पहुँचा दें कि टिहरी से एक लकड़ी व्यापारी उनके शहर में आ रहा है। उन्हें अपने सैन्य ठिकानों के लिए व्यापक रूप से पुनर्निर्माण के लिए बेहतरीन लकड़ी की आवश्यकता है, जिसके लिए वे लोगों से सम्पर्क कर रहे हैं। तुम इस बहाने अपना व्यापार भी चमका सकोगे और हमारे लिए उम्दा जानकारियाँ भी एकत्रित कर सकोगे।"

यह सुनकर विल्सन के मन में दो तरह के खयाल आए। एक खयाल से वह

थोड़ा दुविधा में पड़ा परन्तु दूसरे विचार से उसका दिल बल्लियों उछलने लगा। आखिर वह दोनों भूमिकाएँ निभा रहा था—गुप्तचर सैनिक अधिकारी और एक व्यापारी की। उसने बाहरी तौर पर धैर्यपूर्वक कहा, "सर, मुझे आपका विचार पसन्द आया। यह मेरे लिए पंजाब की सत्ता के गलियारे में प्रवेश करने का एक सहज और उपयुक्त रास्ता दिखता है..."

"और हमारे काम को पूरा करने का भी", मेजर ने सधे और नपे-तुले शब्दों में वाक्य पूरा कर दिया था। उन्होंने कहा, "तुम्हारे बारे में एक बार अगर जवाहर सिंह का संशय दूर हो गया तो फिर उससे अच्छा दोस्त तुम्हें आसानी से नहीं मिलेगा। वह ऊँची जाति के ह़िन्दुओं और विशेष रूप से हिन्दुस्तानी राज परिवारों में सबसे अलग प्रकृति का इनसान है। वह सत्ता के प्रति उतना लालायित भी नहीं है जितने ये राजघराने और उनके परिजन हुआ करते हैं।"

विल्सन ने मेजर से सहमति दर्शाने के लिए उनकी हाँ में हाँ मिलाई परन्तु बात अभी पूरी नहीं हुई थी। इसलिए मेजर ने आगे कहा, "विल्सन, तुम्हारे लिए यह जरूरी है कि जवाहर सिंह को इस बात का विश्वास दिलाओ कि ईस्ट इंडिया कम्पनी के साथ सहयोग कर उसके हित सुरक्षित रहेंगे। अगर वह इस सम्बन्ध में कोई सूचना या जानकारी साझा करना चाहे, तो उसका स्वागत होगा। उसे यह बात साफ तौर से बतानी पड़ेगी कि चाहे कुछ हो जाए हम किसी भी संकट में उसका साथ नहीं छोड़ेंगे। उम्मीद है कि तुम उसकी मित्र मंडली में इस तरह अपनी जगह बनाओगे कि उसको तुम्हारी हमेशा जरूरत बनी रहे। बात यह भी है कि जो तुम कहोगे, उसे उस पर भरोसा होना चाहिए।"

विल्सन ने थोड़ा हँस कर और बाद में गम्भीरता के साथ कहा, "सर, यह क्या मेरे स्तर पर उम्मीद से ज्यादा बड़ा काम नहीं है?"

मेजर अचानक गम्भीर हो गए। कुछ पल के लिए उन्होंने एक विराम लिया, फिर बोले, "विल्सन, मैं तो इस स्थिति में केवल इतना जानता हूँ कि पंजाब का भविष्य, और उसके बहाने हिन्दुस्तान में कम्पनी की रणनीतियाँ तुम्हारे हाथों में हैं, तुम चाहो तो इसे बना दो और चाहो तो बिगाड़ कर रख दो।"

विल्सन जानता था कि अब इसके बाद कहने के लिए कुछ शेष नहीं था।

28

जरूरी तैयारियों के बाद फ्रेडरिक विल्सन पंजाब के लिए निकल पड़ा। अपने बहुरंगी जीवन में उसकी यह एक अलग ही भूमिका थी जिसके लिए उसने

अपने मन-मस्तिष्क को तैयार कर लिया था। वह जानता था कि इस अभियान के साथ उसका स्वर्णिम भविष्य जुड़ा ही था, उसके देश की उपलब्धि और ईस्ट इंडिया कम्पनी की सफलता का एक बेहतर रास्ता भी खुलता था। अगर ऐसा नहीं भी होता, तो उस पर जो विश्वास किया गया था, उस भरोसे को कायम रखने के लिए उसे अपना सौ नहीं, दो सौ प्रतिशत देना था।

जवाहर सिंह से उसकी भेंट बड़ी नाटकीय परिस्थितियों में होने जा रही थी। जैसा कि कहा गया था वह एक चहल-पहल वाले बाजार में एक मोची की दुकान के बाहर एक बीयर की बोतल और थोड़े भुने हुए काजू लेकर सीढ़ियों पर बैठ गया था। वह धीमे-धीमे बियर पीने का उपक्रम कर रहा था कि साधारण लिबास पहने व्यक्ति उसके पास आया और लगभग फुसफुसा कर बोला, "आइए, आपको सरदार लाल सिंह जी के कार्यालय में चलना है। तोशाखाना, शाही महल।"

विल्सन ने आराम से अपने बैग को पैक किया और उस व्यक्ति के बताए रास्ते पर पीछे-पीछे चल पड़ा। वह उसे गलियों के संजाल से घुमाते हुए ऐसी जगह ले गया जहाँ वास्तव में विल्सन के लिए स्वयं अकेले पहुँचना असम्भव रहा होगा। इस जगह से उसे जवाहर सिंह के प्रथम तल पर बने सुसज्जित आवास पर ले जाया गया लेकिन यह रास्ता नौकरों के लिए उपयोग किये जाने वाली पिछली सीढ़ियों से होकर जाता था।

एक बड़ी मेज के पीछे, कुछ फाइलों और किताबों के गट्ठर में खुद को व्यस्त दिखाते जवाहर सिंह ने उठ कर विल्सन का स्वागत तो किया परन्तु विल्सन उसकी गहरी काली आँखों में संशय और एक ठंडापन महसूस कर सकता था। भूरे रंग के अपने चोंगे को सँभालते हुए विल्सन से हाथ मिलाते हुए भी उसमें वह गर्मजोशी नहीं थी जो दो मित्रवत लोगों में हुआ करती है। उसका कारण यह हो सकता था कि उनकी वह पहली मुलाकात थी और जवाहर सिंह एक शाही परिवार का सदस्य था, जबकि विल्सन एक तथाकथित व्यापारी।

सिर पर सिखों की पहचान दर्शाती भूरे रंग की पगड़ी बाँधे हुए जवाहर सिंह ने उसे सामने पड़े हुए एक सोफे पर बैठने का इशारा करते हुए पूछा, "आने में कोई असुविधा तो नहीं हुई?"

"नहीं, मुझे कोई दिक्कत नहीं हुई।"

लाल सिंह अभी अपने मालिक से थोड़ी दूरी बनाए हाथ पीछे बाँधे खड़ा था। जवाहर सिंह ने उसे कुछ संकेत किया, शायद अकेला छोड़ देने के लिए। बातचीत आरम्भ होने को ही थी कि पीछे की चिक हटी और शाही नौकरों के लिए नियत वर्दी पहने हुए एक व्यक्ति ट्रे लेकर सामने बढ़ा। वह आगन्तुक के लिए शरबत था।

जवाहर सिंह भी अपनी टेबल छोड़ कर विल्सन के पास आ बैठे थे। उन्होंने

सीधे प्रश्न किया, "क्या आप गवर्नर-जनरल से इस भेंट के सम्बन्ध में स्वीकृति लेकर आए हैं?"

ऐसे किसी प्रश्न के लिए विल्सन पहले ही तैयार था। उसने सहज भाव से कहा, "नहीं श्रीमान, मेरे जैसे एक अदना व्यापारी को गवर्नर-जनरल जैसे सर्वोच्च पदधारक तक जाने की जरूरत नहीं, और न ही उनकी स्वीकृति अथवा किसी औपचारिकता का कोई बन्धन मुझ पर लागू होता है। मुझे लगता है वह तो सरकारी नीतिगत मामलों में ही अपनी स्वीकृति, सहमति अथवा सम्मति दिया करते हैं।"

जवाहर सिंह उत्तर से सन्तुष्ट दिखा। उसने पूछा, "तो आपके कमांडर-इन-चीफ को तो जरूर हमारी इस मुलाकात की जानकारी होगी?"

"नहीं, दरअसल श्रीमान मेरा दायरा थोड़ा सीमित है। मैं एक लकड़ी का व्यापारी हूँ, और ऐसे व्यापारी का सेना प्रमुख जैसे लोगों से कोई वास्ता पड़ता होगा, ऐसा मुझे नहीं लगता। हाँ, अगर उनके यहाँ भी किसी लकड़ी के बड़े ऑर्डर की बात आती है तो जरूर मुझे सन्देश मिलता है, परन्तु लम्बे समय से ऐसी कोई आवश्यकता नहीं आई है।"

दोनों के बीच कुछ देर सन्नाटा छाया रहा जिसे तोड़ने का काम विल्सन ने किया। उसने पूछा, "मैंने सुना है कि आपको काफी मात्रा में देवदार की लकड़ी की जरूरत है और राजा गुलाब सिंह ने इस लकड़ी को आपके यहाँ आपूर्ति करने का वादा नहीं निभाया है?"

जवाहर सिंह ने विल्सन की आँखों में देख कर कहा, "हाँ, तुमने सही सुना है। हमें अपनी सेना के लिए 500 टन लकड़ी की जरूरत होगी और वह भी गर्मियाँ का मौसम शुरू होने से पहले, क्या तुम कर पाओगे?"

"बिल्कुल, वह भी रियायती दरों पर," विल्सन ने आश्वस्त किया तो जवाहर सिंह ने अपनी जिज्ञासा प्रदर्शित करने ने में देर नहीं लगाई, "दर क्या होगी?"

"यही कोई लगभग ₹35 क्यूबिक फुट।"

विल्सन ने यहाँ आने से पहले ही अपना होमवर्क पूरा कर लिया था। उसने यह भी अनुमान लगा लिया था कि गढ़वाल से पंजाब तक लकड़ी की ढुलाई और मजदूरी का खर्चा भी एक बार में जोड़ दिया जाए ताकि अगर कोई मोलतोल करना हो तो इस बात को स्पष्ट कर दिया जाए कि इसमें वे खर्चे भी शामिल हैं।

"हम्म, एक टन में कितनी क्यूबिक फुट लकड़ी निकलेगी?"

यह प्रश्न सुनते ही विल्सन समझ गया कि जवाहर सिंह को लकड़ी बाजार की कोई खास जानकारी नहीं है। उसने तत्काल उत्तर दिया, "श्रीमान, एक टन में लगभग 100 क्यूबिक फुट लकड़ी निकलती है, अगर इस हिसाब से अनुमान लगाया जाए तो आपको लगभग 17-18 लाख रुपयों की लकड़ी की जरूरत पड़ेगी।"

विल्सन ने देखा कि जवाहर सिंह ने अपने मन ही मन में कोई अनुमान लगाया,

जैसे उसके दिमाग में कोई गणना चल रही हो। एक पल के लिए उसने अपनी आँखें बन्द कर छत की तरफ देखा, फिर आँखें खोल कर बोला, "ठीक है, मैं इस सम्बन्ध में रानी साहिबा से बात कर आपको जल्दी बताता हूँ। क्या इसके अलावा भी तुम किसी और मुद्दे पर बात करना चाहते हो?"

विल्सन शायद इसी पल का इन्तजार कर रहा था। उसने बहुत सहज भाव से कहा, "नहीं, मुझे अपने व्यापार के सम्बन्ध में जो बात करनी थी वह मैं कर चुका। आपको जब जरूरत हो तो बताएँ, मैं कोशिश करूँगा कि जल्दी से जल्दी आपको यह लकड़ी आपूर्ति की जा सके।"

"नहीं, नहीं लकड़ियों की बात नहीं अब। मेरा पूछना यह था कि क्या तुम हमारे लिए कोई लिफाफा भी लेकर आए हैं? कोई जानकारी?"

अनजान बनते हुए विल्सन ने कहा, "नहीं श्रीमान, मेरे पास कोई लिफाफा नहीं है।"

"ठीक है। कल तुम्हारी मुलाकात रानी साहिबा से कराते हैं, अगर उन्हें तुम्हारा प्रस्ताव पसन्द आया तो जरूर तुम्हें काम देने पर विचार होगा। कल सवेरे 10:30 बजे!"

इस बार जवाहर सिंह के हाथों की गर्माहट थोड़ा अधिक थी, यह विल्सन महसूस कर सकता था। उसने भी उतनी ही गर्मजोशी से हाथ मिला कर विदा ली।

वह दिन मुश्किल से कटा क्योंकि विल्सन लम्बी यात्रा की थकान से पीड़ित था, परन्तु वह पूरी नींद भी नहीं ले पा रहा था। अगले दिन सवेरे 10:30 बजे रानी साहिबा से भेंट करने आने का अवसर था, फिर से सुबह जल्दी उठकर तैयारी करने का। वह आराम करना चाहता था, लेकिन परिस्थितियाँ इसकी इजाजत नहीं देती थीं, इसलिए मजबूर था।

अगले दिन विल्सन उसी रास्ते से आया लेकिन जवाहर सिंह का आदमी इस बार उसे मुख्य महल के दीवान-ए-खास में ले गया। कई जगह सुरक्षा जाँचों के बाद जब वह उस हॉल में पहुँचा जहाँ रानी अपने अतिथियों से भेंट किया करती थी, तो वह उस जगह की खूबसूरती को देखकर विस्मित हो गया। ऐसा लगता था कि पूरे हाल को स्वर्णजड़ित कलाकारी से सज्जित किया गया है। हॉल की दीवारों पर शाही परिवार की वंशावली दर्शाती आदमकद कलाकृतियाँ ऐसी लग रही थीं, जैसे वे अभी बोल उठेंगी। वहाँ लगे हुए पर्दे, उनके सोफे, कुर्सियाँ तथा बड़े-बड़े चार झाड़फानूस इस बात की गवाही दे रहे थे कि सच में यह किसी शाही जगह का नजारा है।

विल्सन को लगभग दस मिनट की प्रतीक्षा करनी पड़ी, तब रानी जिन्द कौर अपनी परिचारिकाओं के साथ प्रविष्ट हुईं। विल्सन ने जैसे ही खड़े होकर दोनों हाथों को प्रणाम की मुद्रा में लेकर, झुक कर अभिवादन किया तो रानी साहिबा ने उसे बैठने का संकेत किया।

परिचारिकाएँ ऐसे ही चली गईं, जैसे आई थीं। बचे तो सिर्फ तीन लोग—रानी, उनका भाई जवाहर सिंह और एक सुरक्षा अधिकारी-सह-सचिव। रानी ने कहा, "हमारे अतिथिकक्ष में आपका स्वागत है श्रीमान..."

"विल्सन, मदाम, फ्रेडरिक विल्सन!" वह बोला, तो मदाम ने सहमति में सिर हिलाया।

"कोई असुविधा या समस्या तो नहीं हुई तुमको?"

रानी ने औपचारिकतावश पूछा तो विल्सन ने सौम्यता से कहा, "बिल्कुल नहीं मदाम, यात्रा के अनुभव तो हर बार कोई न कोई जटिलता देते ही हैं, परन्तु आपकी सरहद में आकर और फिर महल के इस कक्ष में आप के समीप बैठकर वह हर असुविधा या कष्ट दूर हो गया, यकीन मानिए।"

"धन्यवाद, क्या आप अपने विषय में कुछ और कहना चाहेंगे?"

रानी ने पूछा तो विल्सन ने उत्तर दिया, "नहीं मदाम, मेरे पास बताने के लिए कोई विशेष जानकारी नहीं है। परन्तु मैं यह जानता हूँ कि आज आपके समक्ष बैठकर मुझे उत्कर्ष पर पहुँचने का आभास हो रहा है। आपके विषय में जैसा सुना था, आप उससे भी कहीं अधिक खूबसूरत और प्रभावशाली व्यक्तित्व की महिला हैं। आपके चेहरे के हर हिस्से से राजत्व की रौनक दिखाई देती है। यह रौनक ऐसी है जैसे हमारे गढ़वाल की पहाड़ियों की चोटी नन्दा देवी पर बर्फ की परत चढ़ी हो।"

रानी जिन्द कौर जो अभी तक विल्सन को सहज भाव से देख रही थी, के चेहरे पर विस्मय और प्रसन्नता के भाव उभरते साफ दिख रहे थे। एकबारगी चेहरे ने गम्भीरता का लबादा हटाकर फेंक दिया लगता था। वह जोर से हँसी, फिर सहज होकर, परन्तु मुस्करा कर बोली, "बातें बहुत बना लेते हो, कहाँ से सीखा ऐसा?"

"नहीं मदाम, बातें बहुत नहीं, बस यह मेरा संक्षिप्त आकलन है। आपकी खूबसूरती इस आकलन से कहीं ज्यादा है, ऐसा मुझे लगता है।"

रानी जिन्द मुद्दे की बात पर उतरना चाहती थीं, पर उनके मन में कुछ प्रश्न थे। बोली, "मुझे ऐसा क्यों लगता है कि हम लोग पहले भी कभी कहीं मिल चुके हैं? तुम्हारी यह नीली आँखें मेरे मन की किसी तलहटी में बैठी लगती हैं, और ऐसा तभी हो सकता है जब हम लोगों का कोई न कोई संवाद कभी हुआ हो।"

"नहीं मदाम, मेरा ऐसा सौभाग्य कभी नहीं रहा। आपसे यह मेरी पहली भेंट है।"

विल्सन ने रानी का संशय दूर करने की कोशिश जरूर की परन्तु न जाने क्या बात थी कि उसके भाव मन में चल रहे अनुमानों से मेल खाते नहीं दिख रहे थे, इसलिए दिमाग पर जोर डालते हुए कहा, "फिर मुझे तुम्हारी इन नीली आँखों को देखकर बार-बार यह भ्रम क्यों हो रहा है। ...खैर, काम की बात करते हैं।"

विल्सन ने राहत की साँस ली क्योंकि ऐसा लगता था कि इस बहाने वह स्वयं विल्सन की पड़ताल करना चाहती थी। ऐसे किसी अवसर या जानकारी के लिए

विल्सन तैयार था परन्तु वह स्वयं नहीं जानता था कि उसकी जुबान और दिमाग का तालमेल कब लड़खड़ा जाए। इसलिए केवल विषय की बात हो तो बेहतर है। उसने काम की बात करने के अवसर को तेजी से लपक लिया, "यस, मदाम!"

"तो सुनो, मुझे देवदार की लकड़ी खरीदने का तुम्हारा प्रस्ताव इस सीमा तक समझ आया है कि हम उस लकड़ी के लिए रुपए 20 क्यूबिक फुट का रेट देने को तैयार हैं।"

"20? नहीं मदाम, यह दर तो मेरे लिए घाटे का सौदा है। बहुत कम दर लगाई आपने," विल्सन ने प्रस्ताव पर अपनी असहमति दर्ज कराते हुए कहा। लेकिन लगता था रानी जिन्द कौर को भी व्यापार की कोई कम समझ नहीं थी।

उसने साफ कहा, "तुम्हारे टर्नओवर के हिसाब से इस लकड़ी के व्यापार में तुम्हें फायदा ही फायदा है। मैं व्यापार के सिद्धान्त को समझती हूँ, इसलिए मुझे यह मत बताओ कि दर कम है।"

विल्सन ने अपनी असहमति दर्ज कराते हुए कहा, "मदाम, आप मेरा विश्वास कीजिए कि इस काम में कितना जोखिम है। पहले तो लकड़ियों की पहचान करो, फिर अपनी लेबर से चर्चा करो, उनकी कटाई, छँटाई, और भेजने का भाड़ा आदि इतने काम इस व्यवसाय में जुड़े हैं कि अगर एक भी कड़ी कमजोर पड़ जाए तो आपकी मेहनत तो व्यर्थ जाएगी ही, व्यापार में नुकसान भी झेलना पड़ेगा। मैं अकेले अपने बूते पर यह काम कर रहा हूँ तो आप मेरी स्थिति समझ सकती हैं।"

परन्तु रानी प्रभावित न हुई। सहज भाव से बोली, "हाँ, मैं समझती हूँ कि तुम्हें इस व्यापार को सँभालने में कितनी दिक्कत होती होगी, परन्तु इस दिक्कत को पार करने के बाद ही तुम अपने इलाके में इस तरह जगह बना पाए हो कि तुम्हें लोग पहाड़ी राजा विल्सन कहते हैं। मैंने सुना है कि तुम्हारे नाम के सिक्के भी चलते हैं। तुम राजसी ठाट से रहते हो। फिर कमी किस बात की, अब यह मत बताना कि इस दर पर तुम्हें कोई मुनाफा नहीं होगा।"

फ्रेडरिक विल्सन रानी के मुँह से कई ऐसी जानकारियाँ सुनकर चकित रह गया जिनके बारे में उसे कोई भान नहीं था कि रानी उस सीमा तक उसके विषय में पता करा चुकी होंगी। परन्तु वह व्यापार के मामले में अधिकतम मुनाफा वसूलने की रणनीति लेकर चलता था, इसलिए अपनी सफाई और दरों के औचित्य पर बोला, "नहीं मदाम, यह मुनाफा मैंने बहुत लम्बे संघर्षों के बाद कमाना शुरू किया है, परन्तु अब भी इस काम में लागत कम नहीं है। यही लकड़ी मेरठ में 100 रुपए प्रति क्यूबिक फुट की दर पर बिकती है। अब आप समझ सकती हैं कि मेरे द्वारा दिये गए ₹35 की दर कितनी कम है। और मेरठ से लाहौर की दूरी इतनी है कि अकेला इनसान भी हिम्मत करने के बाद ही वहाँ तक आ सकता है, लकड़ी की बात तो बाद की है। इस लकड़ी को मेरे गोदाम से लाहौर तक पहुँचने का खर्चा अगर आप

उठाने को तैयार हों तो मैं रुपए 25 की दर पर आपकी जरूरत के अनुसार लकड़ी का उठान करा सकता हूँ। चूँकि बात आपके सम्मान की है इसलिए मैं अभी इस दर में थोड़ी रियायत कर रहा हूँ। आपको पंजाब में, आपके नियत स्थान तक पहुँचाने के लिए मेरी दर 35 के बजाय 30 रुपए प्रति क्यूबिक फुट की रहेगी, पर आपको मुझे इस अनुबन्ध की एक हिस्सा धनराशि अग्रिम देनी होगी। यकीन मानिए कि देवदार की यह बेहतरीन लकड़ी आपको इस दर के आसपास कहीं से ढूँढ़े भी नहीं मिलेगी। मुझे लगता है अब आप इस प्रस्ताव से सहमत होंगी।"

रानी ने कहा कि "तुम तो एक बनिए व्यापारी की तरह मोल-तोल कर रहे हो। मुझे शक होता है कि तुम शायद जन्म से ही इस देश में रहे हो। 25 की दर में तुमको 30% मूल्य की धनराशि अग्रिम मिल जाएगी परन्तु याद रखना अगर नियत तिथि से एक दिन भी देरी होती है तो उसका जुर्माना तुम्हारे लाभ से नुकसान में बदल जाएगा, जिसका दोष मेरा नहीं सिर्फ तुम्हारा होगा।"

विल्सन को कोई जवाब देने का अवसर ही नहीं दिया गया था। उन्होंने विदा लेने के लिए उठने का उपक्रम किया ही था कि रानी को कुछ याद आया। बोली, "मैंने सुना है कि तुम हमारे लिए कोई सूचना भी लाए थे? तुम्हें हमारे सहयोगियों के विषय में कुछ जानकारियाँ बताई गई हैं, क्या यह सच है?"

अब विल्सन की असली परीक्षा थी, पर वह इसके लिए अच्छी-खासी तैयारी करने के बाद ही यहाँ आया था। लकड़ी का व्यापार तो एक बहाना था, उसे पंजाब की शासिका के मन की थाह लेनी थी। उसने अनजान बनते हुए कहा, "कैसी सूचना, कौन सी जानकारियाँ? मेरे पास तो एक आम जानकारी भर है, ऐसी कोई जानकारी नहीं जिससे आप कोई लाभ उठा पाएँ, ऐसा मुझे लगता है।"

रानी ने भी उसी सहज भाव से जवाब दिया, "हम आम जानकारी में से भी अपने मतलब की खास जानकारी निकाल लेते हैं, कृपया बताएँ कि आपको रूसियों और हमारे सम्बन्धों के विषय में क्या जानकारी है? ईस्ट इंडिया कम्पनी का नेतृत्व इस विषय में क्या सोचता है?"

यह ऐसा विषय था जिस पर विल्सन को एक-एक शब्द चुनकर, सोच-समझकर बोलना था, यह उसे अच्छी तरह मालूम था। अब फिर से उसे अपने उस प्रशिक्षण और कर्नल यंग के निर्देशों को दोहराने का समय था। उसने सामान्य रूप से कहा, "मेरे पास वास्तव में कोई खास सूचना नहीं है परन्तु मुझे लगता था कि आप जरूर सतलज के उस पार अपनी किसी सूचना को पहुँचाने में मेरी सेवाओं का उपयोग करना चाहेंगी?"

रानी जिन्द कौर ने एक भरपूर निगाह विल्सन पर डाली। उन्होंने एक विराम लिया और फिर निःश्वास के साथ बोली, "मुझे तो तुम फिरंगियों के बारे में कुछ समझ में नहीं आता। कभी तो तुम लोग बहुत भले इनसान दिखते हो, पर कुछ ही

दिन बाद तुम्हारे रंग-ढंग ऐसे लगने लगते हैं जैसे सच में ही इतिहास में तुम लोगों से ज्यादा क्रूर और निर्दयी कोई न हुआ हो।"

विल्सन ने थोड़ा प्रतिरोध किया, "हर कौम का एक अलग चरित्र होता है, कुछ गुण होते हैं तो कुछ अवगुण भी होते हैं, शायद इस बात को वैज्ञानिक और समाजशास्त्रीय परिप्रेक्ष्य में समझा जा सकता है।"

"नहीं, मुझे कौम से शिकायत नहीं है, व्यक्ति विशेष से शिकायत हुआ करती है। मुझे उन आला अफसरों की बुद्धि पर तरस आता है जो एक ओर तो हमारे जीने के सारे रास्ते बन्द करना चाहते हैं, और दूसरी ओर यह उम्मीद करते हैं कि हम उनके साथ कन्धे से कन्धा मिला कर अपने ही लोगों से लड़ पड़ेंगे। है न अजीब फिलॉसफी?"

प्रश्न का उत्तर देने की जिम्मेदारी उन्होंने विल्सन के पाले में डाल दी थी। फिलहाल, चुप रहना ही एक बेहतर उत्तर हो सकता था, यह विल्सन जानता था। क्षण भर बाद ही रानी साहिबा ने कहा, "सतलज के पूर्वी किनारों पर ईस्ट इंडिया कम्पनी की फौजें इकट्ठा करने का मकसद क्या है? क्या कोई इनसान इतना भी नहीं समझ सकता कि या तो यह युद्ध की तैयारी है अथवा हम लोगों के ऊपर अनावश्यक दबाव की रणनीति बनाई जा रही है। क्या आपके गवर्नर-जनरल साहब केवल युद्ध की भाषा समझते हैं? क्या उनको उस सन्धि का कोई सम्मान नहीं है जो सर ऑक्टरलोनी साहब ने कई साल पहले रणजीत सिंह साहब से की थी?"

रानी जिन्द कौर की प्रश्नवाचक मुद्रा देखकर फ्रेडरिक विल्सन को समझ आ गया था कि उसे कुछ प्रश्नों के उत्तर देने ही होंगे, भले ही वे रानी को सहज न कर पाएँ। उसने कहा, "रानी साहिबा, क्योंकि हम लोग खुले दिल से बात कर रहे हैं तो मैं आपको बताना चाहता हूँ कि गवर्नर-जनरल साहब हमारे समाज के बहुत वरिष्ठ और विनम्र अफसर माने जाते रहे हैं। अगर उनको यह जानकारी मिली थी कि आप लोगों ने लाहौर में एक रूसी राजनयिक को आमंत्रित किया है और इस क्षेत्र में ब्रिटिश हितों के विरुद्ध उनसे कोई सन्धि की जानी प्रस्तावित है तो आप स्वयं सोचें कि उनकी रणनीति क्या हो सकती थी? मेरे विचार से यह एक युद्ध की तरफ बढ़ता हुआ कदम माना जा सकता है। इसलिए मुझे लगता है कि हम लोगों को आग से खेलना नहीं चाहिए, इस खेल से क्या कुछ हासिल होगा?"

रानी जिन्द ने प्रश्न का सीधे जवाब न देकर प्रतिप्रश्न कर लिया, "सतलज के उस छोर पर आप लोगों की कितनी सैन्य इकाइयाँ तैनात हैं?"

विल्सन चकित था कि उससे सीधा ऐसा प्रश्न किया जा रहा है परन्तु उसने अपने भाव मुद्रा में कोई बड़ा परिवर्तन न करते हुए उत्तर दिया, "मेरा सैनिक गतिविधियों से कोई लेना-देना नहीं है, यह बात आप भी जान चुकी होंगी। परन्तु मेरा आकलन है कि वहाँ 40,000 से अधिक लोग तो जरूर रहे होंगे। काफी संख्या में और भी

लोग आ रहे हैं। घोड़ों से खींचने वाली मध्यम श्रेणी की तोपें और 24 ऐसी बड़ी तोपें जिन्हें बैलगाड़ी से खींचा जाता है, इसके साथ ही लगभग एक दर्जन विशाल तोपों को हाथियों से खींचकर लाया जा रहा है। वे अभी रास्ते में ही हैं। अगर इस सेना को युद्ध के मैदान में लड़ना होगा तो मेरा विश्वास है कि यह सेना अपने सेनापति सर ह्यूज गॉग के नेतृत्व में किसी भी चुनौती को स्वीकार करने के लिए तैयार मिलेगी। अगर युद्ध की स्थिति बनती है तो वर्तमान परिस्थितियों में सिख समुदाय को बहुत नुकसान उठाना पड़ सकता है, ऐसा मेरा मानना है।"

रानी साहिबा ने इस फिरंगी व्यापारी के मुँह से निकले एक-एक शब्द को गौर से सुना फिर वह उठ कर खड़ी हो गईं, जो इस बैठक के समाप्त होने का संकेत था। औपचारिक अभिवादन के बाद विल्सन ने शाही दरबार के अतिथि कक्ष से विदा ली। उसने अपना काम कर दिया था और बखूबी कर दिया था, यह वह समझता था।

बाद का घटनाक्रम बताता है कि विल्सन को लकड़ियाँ आपूर्ति करने के अपने अनुबन्ध की धनराशि के रूप में प्रथम अग्रिम राशि की किस्त दो दिन बाद ही मिल गई थी। उनके एक विश्वस्त सहयोगी ने विल्सन को उड़ती-उड़ती खबर दी थी कि रानी जिन्द बहुत घबराई हुई हैं। विल्सन की बातों ने निश्चित रूप से उसके मन में डर की भावना बिठाने का काम कर दिया था, परन्तु उसका भाई जवाहर सिंह इस बात पर अड़ा हुआ था कि उन्हें रूस के जार से सन्धि कर अपनी शान्ति हासिल करनी चाहिए। परन्तु क्या यह नीति उन लोगों के हित में थी? फिलहाल रानी के लिए यक्ष प्रश्न यही था और इस सन्धि को न होने देने की परिस्थितियों का निर्माण करने में सहयोग देना, यह विल्सन की चिन्ताओं में शामिल था।

विल्सन को एक बार और अवसर मिला कि वह रानी साहिबा से मिल सके। यह अवसर स्वयं विल्सन की पहल पर था जो एक औपचारिकता निर्वहन के लिए उसे व्यापार के लिए दी गई अग्रिम धनराशि के सम्बन्ध में उनका धन्यवाद अदा करना चाहता था पर उसके पीछे उद्देश्य और था। वह था रानी के दिमाग की थाह लेना।

इससे पहले विल्सन रानी के भाई जवाहर सिंह को रूसी सन्धि से बनी परिस्थितियों का विश्लेषण कर समझा चुका था कि "आप लोगों को बहुत ध्यानपूर्वक कदम रखने होंगे, मुझे ऐसा लगता है। रूसी लोग बहुत भ्रम में जिया करते हैं। जैसे हम लोग कहते हैं न कि वे लोग दिन में सपने देखने वाली प्रजाति है। फिर मेरी तो साधारण बुद्धि यह भी कहती है कि किसी युद्ध के लिए एक बड़ा, बहुत बड़ा कारण होना चाहिए, अन्यथा छोटी-मोटी बातों को तो मिल-बैठकर निपटा लेना ही श्रेयस्कर होता है।"

जवाहर सिंह को कोई उत्तर नहीं सूझा। वह चुपचाप नीची निगाह किये बैठा रहा। तब विल्सन को अपनी एक और चाल चलने का अवसर मिल गया। धीरे से बोला, "मैंने एक चर्चा और सुनी है। अगर किसी वजह से आप लोगों और ब्रिटिश

साम्राज्य की सेनाओं के बीच कोई युद्ध होता है तो उस स्थिति में राजा गुलाब सिंह किसी भी पक्ष की तरफ से खड़े नहीं होंगे, यानी दूसरे शब्दों में यह युद्ध आपको केवल अकेले लड़ना होगा।"

यह सुनकर भी जवाहर सिंह कुछ नहीं बोला। लगता था, वह जड़वत हो गया था परन्तु उसको इतना ध्यान था कि विल्सन को दिये गए समय पर रानी साहिबा से जरूर मिलाना था। वे लोग महल के उस हिस्से में पहुँचे जहाँ रानी अपने अतिथियों से भेंट किया करती थी। इस बार समय शायद विल्सन के साथ था इसलिए रानी बिना विलम्ब किये वहाँ आ गई। अभिवादन के बाद जो पहली बात हुई है वह रानी ने शुरू की, "हम तुम्हारे शुक्रगुजार हैं।"

"किस बात के, मदाम?" यह विल्सन के विस्मित होने का कारण था। परन्तु शायद वास्तव में ऐसा नहीं था, वह जानता था कि उसने रानी को जो जानकारियाँ उपलब्ध कराई थीं, और उन्हें जो सलाह दी थी वह अगर उसे एक खास परिप्रेक्ष्य में समझना चाहती तो जरूर उन्हें विल्सन का शुक्रगुजार होना चाहिए था। उसका अनुमान सही था। उन्होंने फिर कहा, "उस जानकारी, सूचना और सलाह के लिए जो तुमने हमें दी। कोशिश करेंगे कि सभी सम्भावित परिणामों को ध्यान में रखकर ही हमारी नीति का कार्यान्वयन हो। विशेष रूप से ब्रिटिश साम्राज्य और रूस की सत्ता से सम्बन्धों को लेकर।"

विल्सन अन्दर ही अन्दर अपनी सफलता पर खुश हुआ लेकिन उसने जो सौम्यता का लबादा ओढ़ा हुआ था, उसे बनाए रखते हुए उसने कहा, "मदाम, सफलता का फल पाने और उसे लगातार अपने पास बनाए रखने के लिए धैर्यपूर्वक रणनीतियाँ बनाना एक सच्चे और सफल राजनीतिज्ञ का काम है। मैंने आप जैसे लोगों से मिलकर काफी चीजें समझी और सीखी हैं। मैं यह भी समझ सकता हूँ कि रूसी लोग अपने सिद्धान्तों के अनुसार बहुत बड़े स्वप्नद्रष्टा हैं। वे चीजों को धरातल पर नहीं देखते जबकि हम यूरोपियन यथार्थ पर भरोसा करते हैं। वे लोग हर चीज का वादा करते हैं परन्तु दे कुछ भी नहीं पाते। फिर किसी के वादे पर या उनकी क्षमता पर दूसरा कोई युद्ध का खतरा मोल ले, इससे बड़ी दुर्भाग्यपूर्ण स्थिति और कोई नहीं हो सकती। जब बात चली है तो एक बात और आपके कानों में डालना चाहता हूँ, वह यह कि राजा गुलाब सिंह भी रूसी लोगों से एक गुप्त सन्धि करना चाहता है।"

"हाँ, मैंने भी कुछ ऐसा सुना है, परन्तु अगर मैं अपने निर्णय पर पुनर्विचार करूँगी तो शायद उसके लिए भी यह सन्धि लाभप्रद नहीं हो सकती," रानी की जुबान से अपने मन की बात सुनकर विल्सन के पास सहमत होने के अतिरिक्त कोई और विकल्प नहीं था।

कुछ औपचारिक बातों, चाय और कुशल-क्षेम के बाद जब विल्सन ने जाने

की इजाजत माँगी तो रानी जिन्द ने दूर खड़ी अपनी एक परिचारिका को संकेत किया। वह एक आकर्षक थाली में सजी हुई भेंट लेकर सामने आई। जिन्द कौर ने उस भेंट के आवरण को हटाकर उसे जो उपहार दिया वह एक नक्काशी युक्त चाँदी की ढाल और दो खंजर की एक खूबसूरत अनुकृति थी। विल्सन ने रानी की ओर देखा तो अब वहाँ संशय की जगह सम्मान और कृतज्ञता के भाव दिख रहे थे।

29

समय का चक्र अपनी गति से चलता रहा और फ्रेडरिक विल्सन की सफलता का इतिहास द्रुत गति से बढ़ता रहा। उस दिन एक विशेष पत्रवाहक विल्सन के लिए एक परवाना लेकर आया था। यह बम्बई के रेलवे ट्रैक के लिए देवदार के पेड़ों से बनी लकड़ी के स्लीपर की आपूर्ति का आदेश था।

यह परवाना उसके लिए कल्पनातीत था। उसकी निगाह अभी तक गढ़वाल, रुड़की और अधिकतम शिमला-लाहौर तक जाकर ठहर गई थी। परन्तु भारतीय रेल के लिए बड़े स्तर पर सबसे अधिक काम बम्बई और उसके आसपास के इलाकों में होना था, इसलिए यह प्रस्ताव आया था। अगर गणितीय अनुमान लगाया जाए तो 3,000 मील की रेलवे पटरियों को बिछाने के लिए जो स्लीपर की जरूरत होती वह प्रति मील 1,700 स्लीपर की खपत के अनुसार कुल 51 लाख स्लीपर की जरूरत होती। यह इतने बड़े स्तर का काम था कि एकबारगी विल्सन का दिमाग घूम गया।

बम्बई से आसपास के लकड़ी आपूर्तिकर्ता भी इस आपूर्ति के आदेश प्राप्त करने में जुटे थे लेकिन तकनीकी रूप से विल्सन का पक्ष अधिक सुदृढ़ था। वह जानता था और उसने ईस्ट इंडिया कम्पनी के अधिकारियों को इस बात का विश्वास दिला रखा था कि अगर कोई उसकी दी गई दर से 25 प्रतिशत कम पर भी आपूर्ति करने को तैयार होगा तो भी यह परियोजना के लिए एक घाटे का सौदा साबित होगा।

"ऐसा किसलिए?" जब कम्पनी के एक अधिकारी ने उससे पूछा तो विल्सन का जवाब था, "गढ़वाल के देवदार प्राकृतिक रूप से तैलीय प्रवृत्ति के हैं। यह विशिष्ट प्रकार का तेल उनकी दीमक से रक्षा की गारंटी सुनिश्चित करता है। इस लकड़ी का किसी भी प्रकार का ट्रीटमेंट कराने की जरूरत नहीं है जबकि अन्य लकड़ी में ट्रीटमेंट कराने के बाद भी उसकी इस बात की गारंटी नहीं है कि वह दीमक के आक्रमण के विरुद्ध कोई सुरक्षा कवच बनाने में सक्षम होगी।"

कम्पनी ने जब इस विषय में तकनीकी जानकारी प्राप्त की तो विल्सन का

दावा सच निकला। यह उसे एक बड़ा ऑर्डर मिलने में सहायक बना। विल्सन ने गढ़वाल के देवदारों से इतनी दूर के इलाके में रेलवे की आवश्यकता के अनुरूप जरूरी आपूर्ति समयबद्ध रूप से करने में सफलता प्राप्त कर ली थी। वह बात अलग थी कि इस आपूर्ति के लिए विल्सन ने गढ़वाल के इलाके पर इलाके देवदार मुक्त कर दिये थे। उसने अतिरिक्त लोगों को लगा कर और हर उपलब्ध साधन का उपयोग कर नियत जगहों और दिये गए समय पर इस लकड़ी को पहुँचाने का एक कीर्तिमान बना दिया था। तभी ईस्ट इंडिया कम्पनी का एक वरिष्ठ अधिकारी उसे 'वन मैन आर्मी' कहा करता था।

इस बीच पंजाब में घटनाक्रम तेजी से बदला था। वह बम्बई में ही था कि उसे मालूम हुआ कि पंजाब में सैन्य टकराव हो गया है। रानी जिन्द के भाई जवाहर सिंह को अपने सिख सेनापतियों से हुई मुठभेड़ में जान गँवानी पड़ी। विल्सन को यह भी लगता था कि अगर उसे पंजाब में पैर जमाए रखने हैं तो फूँक-फूँक कर कदम रखना होगा। यह उसके लिए भी उचित था और ईस्ट इंडिया कम्पनी के अधिकारियों के लिए भी।

विल्सन की जासूसी से पंजाब के सम्बन्ध मे ईस्ट इंडिया कम्पनी की गुप्तचर शाखा के पास अच्छी-खासी जानकारी आ गई थी, जिसका उपयोग उन्होंने रणजीत सिंह के साम्राज्य को विघटित करने में किया। खास बात यह भी थी कि पंजाब में हुए वास्तविक हमले के समय फ्रेडरिक विल्सन मजे से अपना जन्मदिन मना रहा था, अपने परिवार और मित्रों के साथ, ऐशले हॉल, देहरादून की अपनी खूबसूरत सम्पत्ति के सुरम्य वातावरण में।

इतिहास में दर्ज है कि सिखों से हुए युद्ध के भयावह परिणाम हुए। लगभग बीस हजार सिख सैनिकों ने अपनी जानें गँवा दीं, तो 2400 के आसपास ब्रिटिश अफसर-सैनिक भी मौत के मुँह में चले गए, पर विल्सन का व्यापार पल्लवित होता रहा। जब स्थितियाँ सामान्य हुईं तो सिख साम्राज्य से मिले उसके लकड़ी आपूर्ति के ऑर्डर का कम्पनी प्रशासन ने तो सम्मान किया ही, रेलवे ट्रैक के लिए जरूरी बड़ी मात्रा में अतिरिक्त स्लीपर्स की आपूर्ति के आदेश भी हाथ लगे थे। दरअसल, रानीगंज की कोयला खदानों के निकट तक 120 मील के रेलवे ट्रैक को युद्ध स्तर पर तैयार कराया जाना था। अनुमान था कि इसके लिए लगभग दो लाख स्लीपर्स की जरूरत पड़ेगी। विल्सन के अलावा यह काम किसी के बूते का न था।

अकूत खजाने के भंडार का हाथ लगना और किसे कहते हैं भला? फ्रेडरिक विल्सन का भाग्य लगातार उसका साथ निभाता रहा, सच में यह किस्मत का खेल था, जिसे उसकी हिम्मत, दूरदृष्टि तथा कुशल रणनीतियों ने मिलकर रचा था।

उसकी इस सफलता का वह पहलू जो गढ़वाल के जंगलों और समाज को पर्यावरणीय तथा सामाजिक समस्याओं की जटिलताओं के अन्धकार की ओर

धकेल रहा था, वह विल्सन के लिए विचारणीय न था।

वह व्यापारी था, एक सफल व्यापारी। उसकी निगाह वर्तमान पर थी, भविष्य की समस्याओं के विषय में उसे सोचने की फुर्सत ही नहीं थी। वैसे भी वह इस देश में ईस्ट इंडिया कम्पनी के अपने आकाओं की तरह यहाँ के प्राकृतिक संसाधनों के अन्धाधुन्ध दोहन की प्रक्रिया में हिस्सेदारी लेता हुआ एक अदना-सा सिपाही था। यह विनाश चक्र अगले सालों में और विकराल रूप धारण करता गया। इलाके के इलाके देवदार के पेड़ों से वंचित होते गए। हर जगह उन पेड़ों के तने के बिल्कुल नजदीक से काटे गए ठूँठ किसी नरसंहार में मारे गए बेगुनाह लोगों की बेतरतीब लाशों की तरह प्रतीत होते थे।

विल्सन के प्रति स्थानीय लोगों में आक्रोश बढ़ रहा था परन्तु दिक्कत यह थी कि वह उनकी रोजी-रोटी का वह एक बड़ा माध्यम बनकर उभरा था, इसलिए आक्रोश और विरोध के स्वर सही मुकाम पर पहुँचने से पहले ही धीमे पड़ जाते थे। अगले कई साल तक विल्सन का गढ़वाल के जंगलों से यह पर-पीड़क रोमांस जारी रहा। उसका दिन अपने व्यापार को बढ़ाने की चालों में बीता करता और रातें शराब, पार्टियों और आनन्द में बीततीं। कई बार गुलाबो उसके व्यापार से हो रहे जंगलों के नुकसान की चर्चा करती तो उनके बीच वे लम्हे इतने अप्रिय बन जाते कि पास होते हुए भी दोनों के मध्य एक अदृश्य दीवार बनकर खड़ी रहती। आखिरकार गुलाबो को ही इन सम्बन्धों को सामान्य बनाने की पहल करनी पड़ती, उसकी मजबूरी थी। वह इस सम्बन्ध को निर्बल बनाकर फिर से दोराहे पर नहीं खड़ी होना चाहती थी।

दिन, महीने और साल बीतते गए, लेकिन विल्सन की 'तरक्की' की राहें आसान होती गईं। वह अपने आलीशान महल में दरबार लगाया करता और लोगों की मदद के नाम पर उनको छोटी-मोटी आर्थिक सहायता देने से पीछे नहीं हटता। पर वह किसी की यूँ ही मदद करता हो, ऐसा न था। हर मामले को वह तोल कर देखता कि वह व्यक्ति भविष्य में उसके किस काम का हो सकता था, तब उसके लिए अपना हाथ बढ़ाता। एक बार गुलाबो ने उससे कहा, "अगर आप बुरा न मानें तो मैं कुछ कहना चाहूँगी?"

विल्सन की आँखों में उत्कंठा के डोरे दिखे। उसने कहा, "क्या कोई दिक्कत है?"

"नहीं, बात दिक्कत की नहीं है। मेरा आपको एक सुझाव है, एक विनम्र विनती है। ...मैं चाहती हूँ कि आप सोमेश्वर भगवान के मन्दिर का पुनरुद्धार कर ऐसा विराट रूप दें कि लोग आपके प्रति आत्मिक सद्भावना रखें। वे वह इस बात से आपको याद नहीं करें कि आपने सिर्फ उनके जंगलों को काट कर अपने जीवन की ऊँचाइयों को छुआ है। जो भी हो, ईश्वर की कृपा बनी रहनी चाहिए, और यदि हम कोई गलती करते हैं, जाने अनजाने में, उनसे क्षमा याचना कर भविष्य को

सँवारने का प्रयास करने में कोई बुराई नहीं है। हो सकता है कि मेरी बातें आपको दकियानूसी लगें, लेकिन हम पहाड़ के लोग ईश्वर की कृपा पर ही जिन्दा हैं, वरना हम लोगों और हमारे साथ आप जैसे लोगों के जीवन का भी पल-पल का कोई भरोसा नहीं है। मैं सिर्फ यह चाहती हूँ कि हम अपने ईश्वर के निकट रहें, ताकि सुखों के साथ दुख के भी किसी अनजाने समय में हमारे सिर पर हमारे इष्ट देव का हाथ बना रहे।"

उस दिन जो हुआ, वह अकल्पनीय था। विल्सन को वैसा आक्रोश शायद कभी नहीं आया था। अचानक उसकी नीली आँखें क्रोध से धधक उठीं। लगभग चीखते हुए बोला, "इन बातों को सुनते-सुनते मेरे कान पक गए हैं। हर मूर्खता की बात क्या मेरे जानने के लिए ही बनी है। ये देवी-देवताओं, ईश्वर और इष्ट देव का आशीर्वाद कभी मेरे पल्ले नहीं पड़ा। कहाँ था वह ईश्वर जब तुम्हारा पहला पति तुम्हारे साथ दुर्व्यवहार किया करता था, तुम्हारी इज्जत को तार-तार करने की फिराक में रहा करता था? मैंने किया क्या है? क्या है मेरा अपराध? सिर्फ यही न कि मैंने अपनी मेहनत से, लगन से, जुनून से आगे बढ़ने के रास्ते बनाए हैं? इन हाथों का और इस दिमाग का भरपूर उपयोग किया है, जरूरत से ज्यादा। इन पैरों को अन्तिम समय कब विश्राम दिया मैंने, मुझे खुद भी ध्यान नहीं।"

गुलाबो अवाक थी, पर अपनी स्थिति साफ करने के लिए बोली, "मैंने आपको बुरा कब कहा? मैं तो आपका भरपूर सम्मान करती हूँ, और यहाँ के लोग भी। बस मेरा तो एक सुझाव था..."

विल्सन का आक्रोश कम होने का नाम नहीं ले रहा था। फिर चीख कर बोला, "तुम्हारे सुझाव? वही देवी-देवताओं के शाप वाले न? तुम अपना ज्ञान और दकियानूसी बातें अपने पास ही रखो, तो बेहतर होगा। मैं इस जहालत में नहीं पड़ना चाहता। इस भाग्य का निर्माण मैंने अपने हाथों से किया है, इस विल्सन ने खुद को गढ़ कर इस रूप में पहुँचाया है कि लोग ईर्ष्या करते हैं। यह तो मानव स्वभाव की दुर्बलता है। जो कुछ नहीं कर पाते, वैसे लोग सफल इनसान के खिलाफ़ साजिशों के लिए एकजुट होने लगते हैं, भले ही वह इनसान आपकी जिन्दगी ही क्यों न सँवार रहा हो।"

"मुझे आपसे कोई शिकायत नहीं, इनसानों पर भरोसा हो, न हो, पर ईश्वर के विषय में तो कुछ न कहिए," यह गुलाबो का हल्का प्रतिवाद था, स्पष्ट था कि वह बात को बढ़ाना नहीं चाहती थी, इस मामले को किसी अप्रिय विवाद में बदलने का उसका कोई इरादा न था।

"ईश्वर? कौन सा ईश्वर? जो तुम लोगों को इन पत्थरों की मूर्तियों में दिखता है और घंटियों की आवाजों को सुना करता है? न, मैं इस ढकोसले में नहीं पड़ता। तुम्हारी श्रद्धा का सम्मान है, बस इतना क्या काफी नहीं।"

अब गुलाबो का धैर्य जवाब दे गया था। उसने वही किया जैसा ऐसे किसी अवसर पर महिलाएँ किया करती हैं। आँखों में डबडबाहट तो पहले से ही थी, अब मन ने भी जवाब दे दिया। वह सुबक-सुबक कर रोने लगी। अपने व्यवहार के विपरीत आज उसके रुदन से उबारने के लिए फ्रेडरिक विल्सन के पास संवेदना के दो मीठे शब्द न थे। उलटे उसका आक्रोश बरकरार था। उसने कहा, "डिसगस्टिंग!"

फ्रेडरिक विल्सन गुलाबो को यूँ ही छोड़ गया, रोता हुआ। वह बहुत झुँझलाहट में था, पर गुलाबो आहत थी। उसकी बातों से और उसके असंयत व्यवहार से।

दिन बीते, महीने बीते, साल-दर-साल बीतते गए, पर विल्सन और गुलाबो के दायरे फिर भी अपनी-अपनी जगह कायम रहे। पति-पत्नी वाली तकरार भी कम ही होती थी, क्योंकि मिल-बैठ कर बात करने और बीते पलों की सफलताओं-असफलताओं पर विचार करने का फ्रेडरिक विल्सन के पास समय ही कहाँ था! वह तो उस उत्कर्ष पर पहुँचना चाहता था जहाँ कोई न पहुँचा हो, जहाँ पहुँच कर वह चिल्ला कर कह सके, 'देखो, मैं सबसे अलग हूँ, तुम सबसे ऊँचा हूँ। तुम लोग मेरे सामने बौने हो।'

बात यह भी थी कि बाहरी तौर पर विल्सन और गुलाबो की दिनचर्या और उनके दिन सामान्य बने रहे थे। बच्चे बड़े होते देखना, उनको समय देना भी विल्सन की प्राथमिकता में जरूर था, पर अपने तथाकथित सिद्धान्तों का पोषक विल्सन अपनी आर्थिक-सामाजिक सफलता के बढ़ते सोपानों के सापेक्ष मिली सफलता और गर्व की भावना से बाहर निकलने को तैयार ही नहीं होता था। बच्चों को जिस तरह का समय अपने पिता से मिलना चाहिए था, वह वास्तव में उसके पास था ही नहीं। ईश्वरीय प्रकोप, सम्मान और कर्म की भारतीय पद्धति उसके पाश्चात्य विचारों से बिल्कुल मेल नहीं खाती थी। पर इसके बावजूद, एक बात अवश्य थी। वह अभी तक इस बात का ध्यान रखता था कि उसकी इस विचारधारा से किसी को आहत होने का अवसर न मिले।

लेकिन समय बदलता है, और कई बार तो समय 360 डिग्री के कोण पर जाकर ठहर जाता है। ऐसा ही कुछ विल्सन के साथ भी हो रहा था, शायद अनजाने में ही।

समय का चक्र अपनी गति पर था, पर विल्सन की चुनौतियाँ भी उसकी समृद्धि के अनुपात में बढ़ती जा रही थीं। टिहरी का राजा सुदर्शन शाह फिर से अपनी ऐश खर्ची पर उतर आया था। हालाँकि विल्सन से उसका जंगलों की कटाई का अनुबन्ध का समय अभी शेष था और इस सम्बन्ध में जो भी धनराशि तय हुई थी वह विल्सन अग्रिम रूप से दे चुका था लेकिन समय-समय पर विल्सन टिहरी के राजा को बहुमूल्य और आकर्षक भेंट देने से पीछे नहीं हटता था। यह सब उसकी कमाई का कुछ अंश होता होगा, परन्तु विल्सन का मानना था कि इस तरह के सम्बन्धों से आपको जो जानकारियाँ मिलती हैं, जो पहचान बढ़ती है, कृतज्ञता प्राप्त

होती है, वह लाखों रुपए खर्च कर कर भी उपलब्ध नहीं हो सकती। इसलिए वह जरूरी सम्बन्धों में निवेश करने की अवधारणा का हिमायती था और उसी के बल पर स्वयं को सुदृढ़ करता जा रहा था।

अभी पूरा देश या कहें कि उत्तर भारत के मैदानी इलाके ईस्ट इंडिया कम्पनी की आक्रामक और उत्पीड़न नीतियों के चक्र में पिस रहे थे। अलग-अलग धर्मों, सम्प्रदायों, जातियों और उपजातियों, या उनके अतीत के गौरव तथा एक छद्म आत्मसम्मान को अपना बैठे लोग आने वाले खतरे को नहीं देख पा रहे थे। खास तौर पर तमाम राज परिवारों के लोग तो इस बात से बिलकुल बेखबर थे कि उनके जीवन में क्या खास उतार-चढ़ाव आने वाले हैं। ऐसा ही कुछ हाल टिहरी के राजपरिवार का था। उन्हें अपनी शामें गुलजार करने का भी शौक चढ़ा था। अपने जीवन के उत्तर काल में शायद सुदर्शन शाह अवध की बादशाहत जैसे रंगों से टिहरी के राजमहल को भी रंगीन करना चाहते थे। इसीलिए तो उन्होंने उस दिन भी गीत और संगीत की एक महफिल सजाई थी जिसमें आगरा, जयपुर और लखनऊ घराने के साज और गायकी के उस्ताद, नृत्य की बारीकियों से मोह लेने वाली नृत्यांगनाएँ शाम को सुहाना बनाने की तैयारियों में जुटे थे।

राजा सुदर्शन शाह अतिथियों का स्वागत करने द्वार पर ही मौजूद थे। उन्होंने विल्सन को आमंत्रित नहीं किया था। वह दुविधा में थे कि उसे बुलाएँ या न बुलाएँ, क्योंकि उसके प्रति गढ़वाल का हर चौथा व्यक्ति आक्रोशित था। वह कोई तमाशा नहीं चाहते थे। पर विल्सन को पत्नी गुलाबो के साथ देखकर राजा ने कोई विस्मय प्रकट नहीं किया, बल्कि उत्साह से बोले, "आओ विल्सन। न जाने किस भूल से अतिथियों की सूची में तुम्हारा नाम अंकित होने से रह गया था। उसके लिए क्षमा चाहता हूँ।"

विल्सन ने सुदर्शन शाह के दोनों हाथ अपने हाथों में लेकर, राजा की आँखों में झाँक कर कहा, "हमारा यह साथ उस अनुबन्ध से कहीं प्रगाढ़ है, जिसके बूते पर मैं यहाँ जमा हूँ, मैंने गढ़वाल को अपनी कर्मभूमि बनाया है।"

राजा सुदर्शन शाह की आँखों में प्रश्न देखकर, विल्सन ने अपनी चिर परिचित हँसी के अन्दाज में कहा, "...और आप यहाँ पर मेरी आस्था हो, मेरा विश्वास हो!"

लगता था कि विल्सन की बात से राजा सुदर्शन शाह को और रोमांच हो आया था। उन्होंने बिना किसी औपचारिकता और परवाह के विल्सन को अपनी बाँहों में ले लिया। यह प्रतीक था इस बात का कि राजा विल्सन के कितने निकट था।

पूरी रात नृत्य, गीत और संगीत का समाँ बँधा तो लोग भूल गए कि रात के प्रहर कब शुरू हुए और कब निस्तेजना ने उनका हरण कर लिया। उस समागम में चुनिन्दा लोकगीत थे, तो स्थानीय नृत्य और विलायती गीतों की भी महक थी। अतिथियों में अधिकतर उच्च पदस्थ अधिकारी थे जो मसूरी, देहरादून और मेरठ

तक से इस आयोजन में भाग लेने के लिए आए थे। उनके रुकने की व्यवस्था भी राजमहल में थी।

चलते समय राजा ने विल्सन को अन्य अतिथियों की तरह भेंट देकर विदा किया और बोले, "आपके आने से मेरी महफिल की रौनक बढ़ गई, हर्षिल के राजा!"

पता नहीं यह राजा सुदर्शन शाह का तंज था अथवा ईमानदारी, पर जो भी था उसका स्वागत विल्सन ने मुस्कराहट से किया। गुलाबो की आँखों में भी खुशी के डोरे दिख रहे थे।

"आप ऐसे ही आयोजन करते रहें, और हम यूँ ही आते रहा करेंगे, बिन बुलाए, टिहरी के राजा साहब," विल्सन ने उसी अंदाज में जवाब दिया तो सुदर्शन शाह की खिसियाहट देखते ही बनती थी।

30

व्यापारिक मुश्किलों और व्यस्तताओं के बावजूद विल्सन को इस बात की खुशी हमेशा रहती थी कि आखिरकार वह एक सफल पारिवारिक व्यक्ति बन गया है, और यह भी कि उसके तेजी से फैलते 'साम्राज्य' को सँभालने के लिए अगली पीढ़ी तैयार हो रही है। शायद इस वजह से भी वह दिन पर दिन और महत्त्वाकांक्षी होता जा रहा था।

इस विशाल होते जा रहे साम्राज्य को विस्तार देने की उसकी योजनाओं का ही फल था कि अब वह अपरिपक्व देवदार के वृक्षों पर भी निगाह रखने लगा था। उसे पता था कि इन कोमल वृक्षों का कहाँ उपयोग होगा, और कहाँ से वह इनकी बेहतर कीमत वसूल कर सकता था।

स्थानीय लोग अपने भरण-पोषण की चिन्ता करें या विल्सन की नीतियों के विरोध में आन्दोलन। आखिरकार लोग थक जाते। खास तौर से तब जबकि टिहरी का राजा उसके खिलाफ किसी बात पर ध्यान न देता हो, और ईस्ट इंडिया कम्पनी का शीर्ष प्रशासन फ्रेडरिक विल्सन से अलग कब था!

अकसर राजा सुदर्शन शाह चट्टान की ऊँचाई पर बने अपने राजमहल के एक हिस्से से विल्सन के आदमियों को नदी में लकड़ियों के गट्ठर बहाते देखा करते। कई बार तो वे लोग इतनी बड़ी संख्या में होते कि उनकी गिनती ही नहीं हो पाती। यह भी दिखा करता कि इन लकड़ियों को नदी की धारा के अवरोधों को पार करते हुए आगे ले जाना कोई सहज काम न था। न जाने कितनी बाधाएँ आया करतीं। बड़ी और अड़ियल पथरीली बाधाओं को दूर करने के लिए विल्सन के लोग विस्फोटकों

का उपयोग करते और अवरोध टूट कर बिखर जाया करते।

राजा सुदर्शन शाह दिन गिना करते। विल्सन से हुए अनुबन्ध की उल्टी गिनती, ताकि वह फिर से बढ़े हुए दामों पर उस अनुबन्ध को नवीनीकृत कर कुछ मोटी एकमुश्त रकम हासिल कर सकें। पर अभी समय शेष था, लगभग दो साल, और राजा ठंडी साँस लेकर रह जाते। इन्तजार करना उनका प्रारब्ध था।

एक बार गुलाबो ने विल्सन से कहा, "आप इन जंगलों से इतनी दौलत कमा रहे हो, इस धरती ने आपको इतना दिया है कि आप राजा तक कहलाने लगे हो, क्यूँ नहीं यहाँ के लोगों के लिए कुछ करते। ऐसा कि लोग, उनकी पीढ़ियाँ याद करें।"

विल्सन प्रभावित न था। बोला, "ऐसा क्या चल रहा है तुम्हारे दिमाग में? क्या करूँ?"

"मन्दिर के पुनरुद्धार पर न सही, यहाँ के लोगों के बच्चों की शिक्षा पर तो ध्यान दिया जा सकता है। मेरा विचार है कि एक शानदार स्कूल खुले, विशाल, खूब बड़ा, जिसमें अंग्रेजी की भी पढ़ाई हो, खेलकूद हों और हर तरह की वैसी शिक्षा हो जैसी बड़े शहरों में होती हैं। यहाँ के बच्चे आगे बढ़ेंगे तो नाम तो आपका ही आगे बढ़ेगा।"

विल्सन ने इस प्रस्ताव को बहुत बेरुखी से लिया। लापरवाही से बोला, "यह सब करना कोई हँसी खेल नहीं है। गिरते-पड़ते ही पढ़ कर इनसान अपनी मंजिल पाता है, किसी को सोने की तश्तरी में चाँदी की चम्मच में रखकर भोजन नहीं मिला करता। समझे।"

पर गुलाबो को अब भी उम्मीद थी, इसलिए साधिकार बोली, "एक शुरुआत तो हो ही सकती है, वरना हमारे बच्चे भी यूँ ही भटकते फिरेंगे। बचपन से ही पढ़ाई का ध्यान रखना पड़ता है।"

विल्सन झुँझला गया था। बोला, "तुम क्या मेरे पास कोई कुबेर का खजाना मिल गया समझती हो। मेरे चेहरे की रंगत देखो। जब मैं आया था तब से अब तक वह रौनक न जाने कहाँ गुम हो गई है, बाल उड़ रहे हैं, हिम्मत जवाब देती है, कितनी मेहनत करनी पड़ती है, न जाने कितनी दिक्कतें पाल बैठा हूँ। मेरी समस्या यह भी है कि अपने कामों को आधा-अधूरा नहीं छोड़ सकता, वरना मैं अपने मुल्क में होता तो इतनी मेहनत के बाद अब तक घर बैठ गया होता। फिर तुम इस आमदनी का गणित, उसका अर्थशास्त्र समझती भी हो?"

"तुम कुछ समझाओ तो समझूँ भी..."

उदास गुलाबो ने कहा तो विल्सन ने बताया, "टिहरी के राजा ने मुझसे एक बड़ी धनराशि अग्रिम ले ली है। फिर कर्मचारियों की फौज है, लकड़ी काटने वाले, ढोने वाले, निगरानी वाले, आरा मशीन के कर्मचारी और न जाने कितने आलतू-फालतू लोग जिन्हें पाले जा रहा हूँ, कई को तो सिर्फ हरामखोरी पर नजर रखने भर

के लिए। दूसरी तरफ ईस्ट इंडिया कम्पनी के अफसर जब चाहे सिर उठा कर चले आते हैं, उनकी सेवा भी करनी पड़ती है। उस पर तुर्रा यह कि जितनी लकड़ी काटी जाती है, उसकी आधी से भी अधिक बर्बाद हो जाती है। तो मार्जिन कितना बचा?"

गुलाबो चुप। वह जानती थी कि विल्सन से तर्क करने में वह निर्बल पड़ जाएगी, इसलिए उसने चुप्पी को ही अपना हथियार बना लिया था।

उठकर जाते समय विल्सन ने कहा, "अगर जिन्दगी बची, तो कुछ न कुछ करूँगा, इतना भरोसा रखना।"

गुलाबो फिर भी नहीं बोली। शायद उसका भरोसा टूट चुका था। वह शान्त बनी रही।

विल्सन उन बच्चों से प्यार तो करता था, पर वह माँ-बेटों के प्यार की अपेक्षा वह क्षीण था। इसलिए बच्चे भी माँ के संरक्षण में ही पल-बढ़ रहे थे। वह उन्हें अक्षर ज्ञान सिखाती, गढ़वाली कहानियाँ-किस्से और गीत-लोरियाँ सुनाया करती, पिता विल्सन कई-कई दिनों तक अपनी ही दुनिया में कभी मसूरी-लंढोर, कभी देहरादून या शिमला के क्लब में, हर्षिल से कहीं दूर दिन की व्यस्तताओं के बाद खुशनुमा शामें बिता रहा होता।

गुलाबो को कोई दिक्कत न थी। अगर देखा जाए तो वह बहुत बेहतर और सुकून की स्थिति में थी। एक पूर्व पति-पीड़ित स्त्री यदि शान-ओ-शौकत की जिन्दगी गुजार रही हो तो भला उसे और क्या चाहिए था। अंग्रेज पति, मालामाल जिन्दगी, नौकरों-चाकरों की फौज और शानदार आवास! तीन बेटों की माँ गुलाबो को कोई भौतिक इच्छा पहले भी न थी। अब तो वह सन्तृप्त थी, पूरी तरह!

संयोग था कि लगभग उन्हीं दिनों एक ऐसे घटनाक्रम का विकास हुआ कि वह विल्सन-गुलाबो के सम्बन्धों पर गम्भीर प्रभाव डाल सकने में सक्षम था। यूँ भी पर्वतीय इलाकों में मीलों-मील तक पसरे सूनेपन, जंगलों की झाड़ियों, देवदार और अन्य वृक्षों की अनियंत्रित वृद्धि, जीव-जन्तुओं, जानवरों, कन्द-मूलों और स्थानीय पक्षियों के अलावा जो बात सबसे तेजी से सफर तय किया करती है, वह लोगों की जिन्दगी से जुड़े किस्से-कहानियाँ और अफ़साने थे। अगर ये किस्से प्रेम प्रसंग, और वह भी अवैध सम्बन्धों के हों तो क्या ही कहा जाए। विचलित करने वाली एक ऐसी ही घटना की चर्चा उड़ते-उड़ते गुलाबो के कानों तक भी पहुँची, लेकिन अच्छी बात यह रही कि ये सम्बन्ध किसी तार्किक परिणति पर पहुँचते, इससे पहले ही वे अपने स्वाभाविक विनष्टि की नियति पर नष्ट हो गए।

हुआ यह था कि राजशाही की युवा रानी से विल्सन की नजदीकियों के किस्से खूब चटखारे लेकर सुने जा रहे थे। वह बात अलग थी कि दोनों अपनी ओर से पूरे सतर्क थे कि कोई चर्चा बाहर न जाने पाए, पर इश्क और मुश्क कब छिपाए छिपा है। शुरुआत कुछ इस तरह से थी कि उस दिन जब वह अकेला अपनी मसूरी की

कोठी में विचारमग्न था, तो एक अनामंत्रित अतिथि आया। वह रानी कनेती थीं।

"रानी साहिबा...!" दरवाजे को नॉक करते ही विस्मित हो विल्सन ने दरवाजा खोल दिया था। वह उनके नाम के आगे भी कुछ बोलना ही चाहता था कि रानी ने उसके होंठों पर अँगुली रख कर कहा, "शान्त रहो, बिल्कुल शान्त, मैं यहाँ बिना किसी को बताए आई हूँ, और ऐसे ही चली जाऊँगी।"

वह और भी उलझन में आ गया। विल्सन ने उसे आगे बढ़कर अतिथि कक्ष का रास्ता दिखाया तो वह उसकी कलात्मकता का निरीक्षण करती हुई चली, "अहा, क्या टेस्ट पाया है तुमने डिअर विल्सन, स्प्लेन्डिड! एक बात कहूँ?"

"हाँ, हाँ कहो", उत्साहित विल्सन ने कहा, तो वह बोली, "तुम नाम के ही नहीं, सचमुच के राजा हो!"

उसकी मदहोश आँखों में खास डोरे तैर रहे थे, यह समझने में शिकारी फ्रेडरिक विल्सन को कोई खास समय नहीं लगा, पर पहल रानी ने ही की। वह अचानक उसके दोनों हाथों को अपने हाथों में लेकर चूमने लगी, "वो स्त्री कितनी भाग्यशाली होगी न?"

रोमांचित विल्सन ने पूछा, "कौन?"

"वही, जिसकी जिन्दगी पर तुम्हारा हक है, जो तुम्हारे बच्चों की माँ है, डियर।"

विल्सन मुस्करा पड़ा। एक सामान्य अर्थहीन-सी मुस्कराहट, जिसे भेद पाना सरल नहीं होता।

यह सच था कि फ्रेडरिक विल्सन अभी इतना रोमांचित था कि वह भूल चुका था कि गुलाबो के पति के रूप में भी उसकी पहचान बनी थी, और तीन बच्चों के बाप के रूप में भी। उसे यह स्मरण रखना भी जरूरी था कि यह रानी टिहरी के राजा की पत्नी थी। उस राजा की पत्नी जिसकी स्वीकृति और कृपा से विल्सन का यह शानदार कारोबार चलता था। उसकी आय का स्रोत उन्हीं लोगों के माध्यम से होकर गुजरता था। परन्तु स्थिति ही कुछ ऐसी थी कि विल्सन स्वयं अपने मचलते दिल को काबू में न रख सका। प्रेम और वासना के मिले-जुले भाव उसके मन-मस्तिष्क में हिलोरें मार कर शिराओं में प्रवाहित रुधिर को अनायास उच्च वेग से उच्छृंखलित करने की उस दिशा में बढ़ चुके थे, जहाँ से लौटना आसान नहीं होता। ये वही निर्णय-अनिर्णय के पल थे, जिनमें अगर मन पर नियंत्रण हो सके, तो हर उस घटना से बचा जा सकता था, जो अपने बन्धनों का अतिक्रमण कर कुछ न कुछ जटिलताओं की परिणति बनने को बेसब्र हुआ करती है।

पर, हमेशा की तरह, ऐसे माहौल के वे लम्हे तो न जाने कब के बीत गए थे। रानी के चुम्बन के जवाब में विल्सन का मन न मचलता, ऐसे कैसे हो सकता था। उसने भी खूबसूरत रानी के नाजुक शरीर को पहले धीरे से, फिर थोड़ा कड़ाई से कसकर अपनी बाँहों में झुला लिया था। उस शोख युवती के मुँदे नयनों और बन्द

अधरों पर अपनी आंशिक छाप छोड़ने में कामयाब विल्सन को हटाने के प्रयास के साथ ही किसी तरह अपने अनियंत्रित स्पन्दनों को नियंत्रित करते हुए वह बोली, "रुको फिरंगी, रुको! तुम क्या इतने ही जल्दबाज हो! मन जीता है, तो तन का क्या है! आज, अभी या फिर कभी, पा ही लोगे न?"

विल्सन फिर से मुस्करा कर रह गया। उसने अपनी पकड़ ढीली कर दी थी। रानी ने स्वयं को व्यवस्थित किया, थोड़ा दूरी पर जा बैठी, फिर बोली, "मेरा तुम्हारे पास आने का एक विशेष प्रयोजन है, बात ही कुछ ऐसी है, वरना शायद मैं न आती।"

विल्सन समझ कर भी नासमझ बना था, बोला, "आप बताएँ, मैं सुन रहा हूँ।"

रानी ने एक ठंडी साँस लेकर बताना शुरू किया, "मैं महिलाओं के लिए एक एकेडमी बनाना चाहती हूँ, यहीं, अपने एस्टेट में। मेरे पिता इस हेतु कुछ जमीन छोड़ गए थे, हरिद्वार की पर्वतीय शृंखलाओं के पास, जहाँ से गंगा नदी का प्रवाह और पर्वतीय शिखर अच्छे-से दिखते हैं। यह जगह इतनी खूबसूरत है कि मैंने इसका नाम भी सोच रखा है—आनन्दा। मैं यहाँ पर एक स्कूल और जरूरतमन्द बेसहारा स्त्रियों के लिए कुछ आवास बनाना चाहती हूँ, पर..."

"पर क्या? राजा साहब के पास भला कोई कमी है?"

यह विल्सन की पृच्छा थी, वह अभी तक इस प्रस्ताव को गौर से सुन रहा था जिस पर एक आक्रोशित उत्तर दिया रानी कनेती ने। बोली, "उसकी तो बात ही मत करो। सुदर्शन का साफ तौर पर कहना है कि उसके पास इस परियोजना के लिए कोई धन नहीं है। ...मुझे लगता है कि इस काम में सिर्फ तुम मेरी मदद कर सकोगे।"

रानी की आँखों में याचना से अधिक एक खास किस्म का विश्वास, एक उम्मीद दिख रही थी, और थी आशा की किरणें, एक अतिविश्वास। विल्सन स्वयं उसे निराश नहीं करना चाहता था, इसलिए सधे हुए शब्दों में बोला, "यह मेरे लिए सम्मान की बात होगी, रानी साहिबा। क्या आप मुझे बताएँगी कि आपने इस परियोजना के लिए कितनी धनराशि का आकलन किया है?"

रानी ने झिझकते हुए कहा, "मेरे विचार से बीस हजार रुपयों में काम चल जाना चाहिए।"

विल्सन गम्भीर हो गया। उसने मन ही मन कुछ आकलन किया और बोला, "कम से कम सौ महिलाओं की शिक्षा की व्यवस्था तो की जाएगी न वहाँ?"

"हाँ, कम से कम।"

"तो मेरे विचार से पचास हजार से कम रुपयों में काम नहीं चलने वाला। ठीक है न?"

रानी थोड़ा दूर जरूर बैठी थी, पर उसके शरीर की खुशबू, उसकी मदहोश करने वाली गन्ध विल्सन को बेचैन किये दे रही थी। वह सौम्यता का दायरा अतिक्रमित नहीं करना चाहता था, रानी भी अपनी सीमाओं को समझती थी। रानी ने उत्तर मिलते

ही विल्सन को गौर से देखा। वह उसे देखती ही रही, परन्तु अगले ही पल अचानक न जाने ऐसा क्या हुआ कि रानी कनेती उठी और विल्सन के हाथों को अपने हाथों में लिया। फिर उसने विल्सन के उन फौलादी हाथों को अपने नरम हाथों में लेकर अपने सीने से स्पर्श करा लिया। हौले से, लगभग फुसफुसाकर बोली, "इस नन्हे दिल की धड़कनों को महसूस कर पा रहे हो न?"

विल्सन ने बहुत सौम्यता से अपने सीने को उसके नाजुक अंगों से स्पर्श करने की कोशिश की। रानी ने कोई प्रतिरोध नहीं किया। विल्सन का एक हाथ धीरे-धीरे और बढ़कर उसकी पीठ को सहलाता रहा।

अचानक न जाने क्या हुआ कि वह खूबसूरत महिला स्वयं बढ़कर विल्सन की हथेलियों, उसके हाथों, चेहरे, गालों, माथे और गले को चूमने लगी।

रोमांचित विल्सन के पास खुश होने और आनन्द के उत्कर्ष की ओर बढ़ चलने के अलावा कोई अन्य विकल्प न था। रानी की प्रसन्नता भी सभी दायरों को तोड़ चली थी। वह विल्सन से चिपट कर बोली, "तुम स्त्री मन इतना अच्छा कैसे पढ़ लेते हो? मैं तो संकोचवश नहीं कह पा रही थी।"

विल्सन ने उसे हौले-हौले सहलाते हुए कहा, "स्त्री मन नहीं, आपका मन! जब कुछ करना है तो अच्छे से होना चाहिए, जो होगा वह आपकी शान-शौकत और स्तर के अनुरूप होगा।"

रानी चिहुँक उठी। वह उस फिरंगी के मोह में थी, सम्पूर्ण मोह में। उसने विल्सन के चेहरे पर चुम्बनों की झड़ी लगा दी। विल्सन मुस्कराता रहा। वह जो चाहता था, हो रहा था। उसने धीरे-धीरे अपनी इस पकड़ को बलिष्ठ शरीर के सुदृढ़ साँचे में इस प्रकार कस लिया कि शिकार तड़प उठा। पर यह तड़पन एक अलग किस्म की थी। अब रानी ने खुद को ढीला छोड़ दिया था, उसकी आँखें मुँद गई थीं, और शरीर विल्सन की पकड़ में होते हुए भी पास के पलँग पर आरोह-अवरोह की मुद्रा में आ गया था।

उत्कर्ष के उन क्षणों को यादगार बनाने के लिए विल्सन की बेचैनी ने सारे बन्धन तोड़ने के उपक्रम कर दिये थे। रानी के शरीर की गन्ध उसे मदहोशी के उस संसार में पहले ही ले जा चुकी थी, जहाँ से वापस आना सरल नहीं होता। उस एक-एक लम्हे को मन में सँजोए और हाथों से उसके उन्नत उभारों को सहलाते हुए विल्सन ने फुसफुसाते हुए अचानक कहा, "बीस हजार रुपयों की पहली किश्त आपको एक हफ्ते में मिल जाएगी।"

जिस तरह से अचानक विल्सन ने यह कहा, उसी तरह अगले ही पल, बेहद आक्रोशित होते हुए रानी ने खुद को एक झटके से छिटक कर अलग किया और गुस्से से बोली, "क्या तुम मुझे ऐसी-वैसी औरत समझते हो फिरंगी?"

घटनाक्रम के इस नये विकास से हक्का-बक्का विल्सन कुछ समझ पाता,

इससे पहले ही रानी कनेती ने स्वयं को व्यवस्थित करते हुए अपनी दृढ़ आवाज में कहा, "मैं कोई वेश्या नहीं हूँ कि बिस्तर गरम कर अपनी कीमत वसूल करूँ, समझे मिस्टर विल्सन, यू फिरंगी?"

हकबकाए विल्सन ने क्षमा याचना में कोई विलम्ब नहीं किया, उतनी ही तेजी से रानी को मनाते हुए कहा, "आप गलत समझ रही हैं, मेरा यह आशय न था।"

"तो क्या आशय था आपका? बताइए",

'आपका' सम्बोधन ही बता रहा था कि वह तत्काल पल भर पहले की अनौपचारिकता से औपचारिक स्तर पर उतर आई थी। विल्सन की क्षमा याचना के बाद भी वह आक्रोश में थी। विल्सन ने बात को सँभालने की पूरी कोशिश की। मिमियाते हुए सफाई देने की दृष्टि से बोला, "दरअसल, हम पुरुष लोगों को बात करने का शऊर नहीं होता, वो भी बिजनेस में सिर से पैर तक डूबे लोगों को। माने, कौन सी बात कब कहनी है, हम सच में नहीं जानते। हम राजपरिवार के जन्मे तो हैं नहीं, भले ही लोग राजा कहने लग गए हों।"

आखिरी शब्द उसने इस मासूमियत से कहे थे कि रानी एक नैसर्गिक हँसी हँसे बिना नहीं रह सकी। बोली, "जाइए, माफ किया आपको। आप भी जानते हो कि हम स्त्रियों का दिल नाजुक होता है, न कोई झटका सहन कर सकता है, न अप्रिय शब्द, और न खराब माहौल! हम किसी को आहत नहीं करते, तो हमारा खयाल भी तो आप जैसे भले पुरुष को रखना चाहिए? है न?"

विल्सन ने रानी की हथेली को हौले-से अपनी ओर लेकर, उसे चूमा। यह उसकी बात से सहमति प्रकट करने की प्रतीकात्मकता थी। प्यार के बन्धनों में अभी कसाव मौजूद था, यह दोनों अपनी-अपनी तरह महसूस कर सकते थे।

रानी का एकेडमी का सपना पूरा होने जा रहा था, यह उसके लिए कम बड़ी बात न थी। बड़ी बात यह थी कि इस पूर्णता के लिए राजा सुदर्शन शाह का नहीं, फ्रेडरिक विल्सन का सहयोग मिला था। यह एकेडमी उन दोनों के सम्मिलन का साझा उपक्रम होने जा रही थी।

एक दिन जब विल्सन ने रानी से इस एकेडमी की स्थापना का मुख्य ध्येय पूछा तो वह कहे बिना नहीं रह पाई, "मैं यहाँ की स्त्रियों को सुदृढ़ बनाना चाहती हूँ, स्वावलम्बी। जैसे तुम!"

"पर मैं किसी की प्रेरणा कैसे हो सकता हूँ? मेरी तो मजबूरी थी। मुझे तो इस खुले आसमान और जंगलों के बीच अपने जीवन-यापन की व्यवस्था करनी थी।"

विल्सन ने तर्क दिया तो रानी ने काट करते हुए कहा, "नहीं, मैं यह नहीं मानती कि तुमने कोई छोटा काम किया है। तुम तो हजारों-लाखों लोगों की प्रेरणा के केन्द्र हो, और जैसे तुमने अपने मौके को लाभ की स्थिति में बदल दिया है, वह तो अद्भुत है। ऐसा हमारे लोग, हमारी महिलाएँ क्यों नहीं कर सकतीं!"

लेकिन विल्सन अब भी खुद को रोल मॉडेल मानने को तैयार न था। वह बोला, "मैं यह न करता तो कितने दिन जिन्दा रहता? मेरे लिए तो अस्तित्व का प्रश्न था, इसलिए मजबूरी में यह रास्ता चुना।"

रानी हँसी, और जोर से हँसी। फिर गम्भीरता से बोली, "तुमने हिमालय के इलाके में जिस विशाल स्तर पर व्यावसायिक लकड़ी उद्योग को जन्म दिया, यह छोटी बात न थी। किसी और ने इस विषय में क्यों नहीं सोचा? बोलो? बिना सड़क मार्ग के, ऊबड़-खाबड़ रास्तों और दुरूह जंगली मार्गों तथा बाधाओं को पार करते हुए जैसे तुमने अपने लोगों की फौज खड़ी कर घटनाओं को अंजाम दिया, नदी का उपयोग किया, एक्सप्लोसिव्ज का सहारा लिया, और खुद की करेंसी चला दी, वह किसी को भी विस्मित कर सकता है। यह जज्बा और इसका लोगों में, खास तौर से यहाँ की महिलाओं के जीवन में आते देखना मेरा स्वप्न है, मिस्टर विल्सन!"

यह रानी की उसके प्रति साफ़गोई थी। विल्सन ने सौम्यता से माना, "हिन्दुस्तान में इतने विरोधाभास हैं कि उन विरोधाभासों से जूझते हुए आपको अपने लिए रास्ता बनाना पड़ता है, बस उसमें आप अगर सफल हो गए तो आगे के रास्ते तो खुद बन जाएँगे, रानी साहिबा। मेरा विचार है कि आपको अपनी एकेडमी खोलने में ये सब बातें ध्यान में रखनी होंगी।"

विल्सन और रानी का अगले हफ्ते तक हर रोज मिलन होता रहा। जब मन मिले हों तो तन का मिलन भी नैसर्गिक रूप से स्नेह में बदल जाता है। वह स्वप्न देखती और विल्सन उनको सच बनाने की मशक्कत में जूझा करता। विल्सन की मदद से इन दिनों में रानी ने एकेडमी का नक्शा बना लिया था। उनकी जोड़ी चल निकली थी, ऐसा लगता था। बस समस्या थी तो एक—सामाजिक। एक रानी और फिरंगी का साथ वहाँ के रूढ़िवादी लोगों की नजरों से अविश्वास और आक्रोश से देखने का आदी था। यह युगल भी कोई अपवाद न था।

31

भारत में ईस्ट इंडिया कम्पनी की सत्ता के विरुद्ध 1857 की पहली व्यापक क्रान्ति 10 मई को मेरठ से शुरू हुई थी, परन्तु उसकी खबर इन पहाड़ों में देर से पहुँची। ऐसा इसलिए था कि देहरादून से ऊपरी पर्वतीय इलाकों में तब तक टेलीग्राफिक तारों का संजाल नहीं बना था। और फिरंगी प्रशासन के लिए इस संघर्ष को दबाना, क्रान्ति पर नियंत्रण करना महत्त्वपूर्ण था, बनिस्पत इस खबर के फैलने देने के।

जब 1857 की क्रान्ति की खबरें फैलीं तो भी उनका यहाँ कोई प्रभाव न हुआ। राजा सुदर्शन शाह खुलकर फिरंगी प्रशासन के साथ थे। यहाँ के लोग फिरंगी सेना में बहुतायत से थे। जब सन 1858 में क्रान्ति का दमन हो गया तो अंग्रेजों ने पर्वतीय अंचलों के लोगों पर भरोसा करना शुरू किया, खास तौर से सैन्य बलों के लोगों पर। उन्हें विशिष्ट तरजीह दी जाने लगी और गढ़वाल तथा कुमायूँ बटालियन गठित करने की दिशा में प्रगति हुई। पर वास्तव में सन 1886 में सर रॉबर्ट, तत्कालीन कमांडर-इन-चीफ ने गढ़वाल राइफल्स के नाम से रेजीमेंट की स्थापना की।

फ्रेडरिक विल्सन क्रान्ति के समय में अपनी ब्रिटिश सेना के तंत्र के साथ खड़ा रहा, और ऐसे ही राजा सुदर्शन शाह भी। पर विल्सन के लिए शुक्र की बात यह रही कि इस क्रान्ति की बयार ने गढ़वाल को नहीं छुआ था। वहाँ कोई अनहोनी घटना नहीं हुई, न उसकी कोई भूमिका रह पाई। अगले ही वर्ष यानी सन 1859 में टिहरी के राजा सुदर्शन शाह की मृत्यु हो गई।

1857 का प्रभाव गढ़वाल पर तो नहीं हुआ था, पर वहाँ तक पहुँची खबरों के अनुसार इस बगावत ने अंग्रेजों को दिखा दिया था कि इस देश में एक ऐसी जागृति का संचार हो चुका है, जो कभी गढ़वाल को भी अपने घेरे में ले सकती है। उन्हें यह भी समझ आ गया कि यहाँ की जनता को अधिक दिनों तक गुलामियत का जुआ ढोने को मजबूर नहीं किया जा सकता।

इसी बीच विल्सन की एक और दोस्ती हुई। इटावा के कलेक्टर ए. ओ. ह्यूम से जो उस समय के हिसाब से एक बड़े सामाजिक सुधारक के रूप में जाने जाने लगे थे। उन्होंने उत्तर-पश्चिम प्रान्त में ऐसे 180 स्कूल खोलने का रिकॉर्ड स्थापित कर दिया था जिनके दरवाजे हर धर्म, सम्प्रदाय और जाति के लोगों के लिए खुले हुए थे। यही नहीं, उन्होंने किशोर अपराधियों के लिए अनेक सुधार गृह बनवाए थे, जो उस समय एक क्रान्तिकारी और सौहार्दपूर्ण विचार था।

क्रान्तिकाल में ह्यूम ने एक काम और किया था। उन्होंने स्थानीय भरोसेमन्द लोगों को लेकर एक घुड़सवार इकाई की स्थापना कर दी थी। यह इकाई पीड़ित अंग्रेज अफसरों और अन्य लोगों को बचाने और उनकी सहायता करने में बहुत कारगर सिद्ध हुई। एक बार इसी सिलसिले में ह्यूम का देहरादून आना हुआ, तो दोनों में खूब जमी। हालाँकि उनकी आयु में लगभग बारह वर्ष का अन्तर था, पर दोनों की वैचारिक समानता ने उन्हें एक-दूसरे के प्रति सम्मानजनक बना दिया। ह्यूम विल्सन की तरह प्राकृतिक विज्ञान में रुचि रखते थे।

ह्यूम संक्षिप्त अवधि के लिए देहरादून के कलेक्टर के पद पर भी तैनात रहे। यह वह समय भी था जब भारत के प्रथम सुगठित विद्रोह ने अंग्रेजों को बहुत सतर्क कर दिया था। क्रान्ति तो दबा दी गई, पर भावनाएँ अब भी कायम थीं, इसलिए ब्रिटिश लोगों ने अब फूँक-फूँक कर कदम रखना शुरू किया था। तब भारत में रेल

लाइंस का काम प्रगति पर था पर क्रान्ति के दौरान यह केवल हुगली से रानीगंज के 120 मील के इलाके में ही पूरा हो पाया था।

अगर ब्रिटिश भारत के साम्राज्य की रेलवे संजाल बिछाने की परिकल्पना ससमय पूरी हो गई होती, अर्थात उनकी रेलों का देश के महत्त्वपूर्ण स्थानों पर जाल बिछ गया होता, तो 1857 की क्रान्ति का दमन करने में वे पहले ही कामयाब हो गए होते। दुर्भाग्य से उस काम की गति तेज नहीं थी। जब क्रान्ति को काबू में रखने के लिए देश-विदेश से सशस्त्र सेनाएँ मँगाई गईं तो उनको रानीगंज तक पहुँचाया गया, जहाँ से फिर सड़क अथाव कामचलाऊ जलमार्ग से लखनऊ, कानपुर और दिल्ली के लिए रवाना किया गया। लगभग छह सौ मील की इस दुर्गम बारिश और गर्मी-उमस की यात्राओं ने उनकी सेनाओं को जितना कष्टकर स्थितियों का सामना कराया, यह जानना रोमांचक था।

ऐसे में विल्सन के व्यापार को पंख लग गए, क्योंकि रेलवे अब ब्रिटिश शासन की प्राथमिकता की परियोजना बन गई थी, और जब भी लकड़ी की आपूर्ति की बात होती तो जो नाम उभर कर आता, वह फ्रेडरिक विल्सन का होता। इन देवदार के स्लीपर्स का भारतीय रेल के संजाल में कितना योगदान रहा होगा यह बात इस तथ्य से समझी जा सकती है कि सन 1857 में 230 मील की पटरियों से बढ़कर रेलवे का संजाल अगले तेरह वर्षों में, यानी सन 1870 में 6,400 मील पहुँचा था, पर उससे अगले ही वर्ष यह नेटवर्क 16 हजार मील पहुँच गया।

रेलवे के इस संजाल को बढ़ते देखने का अर्थ था हर्षिल के राजा फ्रेडरिक विल्सन की आसमान छूती प्रगति को देखना। उसे एक पल की फुरसत न थी। कारोबार इस गति से चल निकलेगा, उसे उम्मीद भी नहीं रही होगी। दरअसल, विल्सन अकेले इतनी देवदार की लकड़ी की आपूर्ति करने में समर्थ न था, इसलिए अन्य स्रोतों से, अपेक्षाकृत महँगी दरों पर भी देवदार के स्लीपर्स की खरीद हुई, पर फिर भी रेलवे को आपूर्ति की जाने वाली विल्सन की यह लकड़ी उनकी आवश्यकताओं का कुल अस्सी प्रतिशत से कम न थी।

उस सस्ते समय में देवदार की लकड़ी के दस फुट लम्बे, छह इंच चौड़े और छह इंच मोटे स्लीपर्स के व्यापार से विल्सन ने मोटे तौर पर पाँच करोड़ रुपए कमाए थे, जो आज के अरबों रुपयों के बराबर होते हैं। वह एक अलग अध्याय था कि गढ़वाल के जंगलों का सूनापन बढ़ता जा रहा था। अनियोजित और अन्धाधुन्ध तरीके से काटे जा रहे देवदार के वृक्षों ने इस देवभूमि की पारिस्थितिकी में आमूलचूल परिवर्तन कर दिया था, पर उसके प्रतिरोध के स्वर फिर भी इतने कड़े नहीं हो पाए थे कि विल्सन या वहाँ का प्रशासन परवाह करता। करते भी क्यों, वे तो स्वयं इस लूट का हिस्सा थे, और टिहरी का राजा, पहले ईस्ट इंडिया कम्पनी, बाद में ब्रिटिश सरकार और उनका प्रशासन भी विल्सन की इन गतिविधियों के साझीदार बने रहे।

विल्सन ने अब तक अपने साम्राज्य को विधिवत रूप दे दिया था। उसके तीन बेटे भी इस कारोबार में हिस्सेदार बन गए थे। इस कम्पनी को 'विल्सन एंड संस' के नाम से जाना जाने लगा था। गढ़वाल के पहाड़ों पर विल्सन का तांबे का सिक्का एक स्वर्ण मुद्रा जैसा प्रभाव रखता था। यह वही सिक्का था, जिसे चलाने के लिए आरम्भ में विल्सन को न जाने कितनी कठिनाइयों और विरोध का सामना करना पड़ा था। जब यह मामला दुरुस्त हो गया तो ऐसे में अब किसकी हिम्मत थी कि विल्सन की कारगुजारियों के प्रति आवाज बुलन्द करता। फिर, गढ़वाल के हर परिवार या उनके कोई न कोई सदस्य रोजगार में लगे थे, और रोजगार देने वाला और कोई नहीं, फ्रेडरिक विल्सन था। उसके खिलाफ आवाज कौन उठाता। ब्रह्मदत्त ने जितना हो सका, विल्सन का विरोध किया, लोगों को उसके कारनामों के प्रति शिक्षित कर जोड़ने का प्रयास किया, पर वह अकेला पड़ गया। अधिकतर लोग या तो विल्सन से उपकृत थे, उसके साथ थे अथवा घटनाक्रम से उदासीन। हर्षिल, मुखबा और धराली तब गढ़वाल की मुख्य जगहें थीं, जहाँ विल्सन की गतिविधियों का आतंक छाया था।

इस बीच समय ने करवट लीं। सन 1858 में जब क्रान्ति की ज्वाला थम गई तो विल्सन ने टिहरी के राजा के साथ खड़े होकर उनकी रियासत का देहरादून पर अधिकार करने का रास्ता निकालना चाहा। उसका कहना था कि विद्रोह के सम्बन्ध में ब्रिटिश सत्ता के साथ खड़े होने, उनके लोगों की जिन्दगियों को सुरक्षित रखने का इनाम उसे देहरादून को टिहरी रियासत में देने में होना ही चाहिए। बात चली भी पर ब्रिटिश सत्ता ने राजा सुदर्शन शाह को इसके बदले में देहरादून नहीं, बिजनौर देने की पेशकश की। 75 वर्षीय राजा सुदर्शन शाह के असमंजस के बाद वह मामला तो टल गया। कुछ ही दिनों में राजा सुदर्शन शाह की मृत्यु हो गई थी, और यह प्रकरण वहीं दफन हो गया। अच्छी बात यह थी कि बदली परिस्थितियों और लॉर्ड कैनिंग, भारत के नये वायसराय की नीति के अन्तर्गत अब टिहरी गढ़वाल की रियासत के ब्रिटिश अंग बनने का खतरा टल गया था, वैध वारिसों के न होने पर राज्यों के अधिग्रहण की नीति निरस्त जो हो गई थी।

विल्सन उन दिनों दक्षिण भारत की यात्रा पर था, इसलिए वह राजा सुदर्शन शाह के अन्तिम संस्कार में भाग न ले सका, परन्तु जब वह लौट कर आया तो उसको भी स्वास्थ्य सम्बन्धी जटिलताओं ने घेर लिया था। उसकी यह सर्दियाँ बहुत कष्टप्रद रूप से कटीं। हालाँकि देखने में वह तन्दुरुस्त लगता था पर कहते हैं कि कृत्रिम, उच्च और लापरवाह जीवनशैली की वजह से इस रोग ने अपेक्षाकृत युवावस्था में ही उसे घेर लिया था। आमतौर पर महिलाओं के अन्दर यह शिकायत ज्यादा देखने को मिलती है, खासतौर से उनमें, जिनका वज़न ज्यादा हो। इसकी शुरुआत शरीर के किसी भी जोड़ से हो सकती है और समय के साथ-साथ यह शरीर के बाकी

जोड़ों को भी प्रभावित कर सकता है। विल्सन को यह शिकायत पैरों में हुई थी। एक अजीब बात यह थी कि उसने जैसे-जैसे इलाज किया, यह समस्या बढ़ती गई।

आखिरकार विल्सन ने बीमारी के प्रकोप से बचने के लिए खुद को लंढौर के अपने मेंशन तक ही सीमित कर लिया। ऐसा करना मजबूरी थी। आलीशान मकान रॉकबी उसके संकट का साथी बना, जिसने उसे अपने ऐश-ओ-आराम के अनुरूप सुसज्जित किया था। यह एक दोमंजिला ब्रिटिश शैली का शानदार बँगला था जहाँ से हिमालय पर्वत की शृंखलाओं का मनभावन दृश्य दिखा करता था। वहाँ विल्सन अगली गर्मियों तक रहा और स्वास्थ्य लाभ किया। उसे वहाँ का नीले से सतरंगा होता आकाश बेहद खूबसूरत लगा करता। शाम होने के बाद वह एक स्टूल पर अपना पैर टिका कर बैठा करता और उससे थोड़ी दूरी पर आग जलाई जाती, ताकि उसके गठिया से पीड़ित पैर में आराम मिले। उसका छोटा बेटा हेनरी अकसर अपने पिता के साथ होता। उस वातावरण में दोनों बाप-बेटे घंटों बैठते। हेनरी को बातें करने का शौक न था, परन्तु उसके विपरीत बड़ा बेटा चार्ली इतना बातूनी था कि वह कभी चुप ही नहीं बैठता था। वह या तो हेनरी को मूर्ख बनाने या अपने पिता से कुछ न कुछ पैसे ऐंठने के चक्कर में लगा रहता था। विल्सन चार्ली को 'चालू' कहता जबकि हेनरी को 'स्वप्नद्रष्टा'। एक बेटा और था, जिसे हमेशा से नत्थू के नाम से पुकारा जाता था। वह मन्दबुद्धि का था और उपेक्षित था।

32

कुछ बातें विल्सन-गुलाबो के बच्चों की।

क्रान्ति का तूफान थम गया था। यानी सन 1858 का अन्त आते-आते यह तय हो गया था कि अब फिरंगी देश में और भी मजबूती से जमने के लिए तैयार हैं। ऐसा इसलिए कि ईस्ट इंडिया कम्पनी से सत्ता का हस्तान्तरण सीधे ब्रिटेन की महारानी को हो गया था। कितनी अजीब बात थी कि पच्चीस करोड़ की जनसंख्या वाले एक सम्प्रभु मुल्क को फिरंगी शासक ऐसे हथिया रहे थे जैसे यह जन्म-जन्मान्तर से उनकी जागीर रहा हो। पर यह समय फिरंगी विल्सन के लिए भी संक्रमण काल के रूप में अंकित हो गया था। यॉर्कशायर से आकर गढ़वाल में जमा यह फिरंगी अब उम्र के उस पड़ाव पर पहुँच रहा था जहाँ उसके स्वप्न अपने बच्चों में अपना भविष्य खोजते थे।

विल्सन बच्चों से स्नेह के मामले में अपवाद न था। पर अफसोस कि आरम्भिक रूप से वह बच्चों से कहीं अधिक अपने व्यापार में डूबा था, वह भी आकंठ। उसने

शायद ही कई रातें लगातार अपने घर में रुककर उन बच्चों को पितृत्व सुख प्रदान किया हो, या उनकी जिन्दगियों के किन्हीं लम्हों में से कोई यादगार लम्हे सँजो कर रखे हों। पर जब उसने ऐसा करने की सोची, तब तक देर हो चुकी थी, इसका कहीं न कहीं पश्चाताप फ्रेडरिक विल्सन को जरूर रहा होगा। यह हेनरी का नौवाँ जन्मदिन था जब उसने बपिस्ता होने की इच्छा प्रकट की। तब वहाँ के सेंट पॉल चर्च के पादरी ने विल्सन के इस बेटे को औपचारिक रूप से ईसाई धर्म में प्रविष्ट कराने की कार्रवाई की। यह 24 नवम्बर, 1858 की बात थी। उस दिन लगभग तीस विशिष्ट अतिथियों के लिए एक समारोह का आयोजन किया गया।

विल्सन के जिस बेटे को ईसाई धर्म में रुचि नहीं थी, वह नत्थू था। वह हर्षिल में ही रहना पसन्द करता था। उसकी अपेक्षाकृत गहरी भारतीय त्वचा के कारण उसे गुलाबो 'कलुआ' कह कर पुकारती थी। वह स्थानीय लोगों-सा तो था ही, अपनी उम्र के साथ एक उद्दंड प्रकृति का किशोर बन कर उभर रहा था। पन्द्रह साल की आयु का होते-होते कलुआ वहाँ के एक छँटे हुए गुंडे के रूप में जाना जाने लगा था। एक बार उसने माँ गंगा के मन्दिर में ऐसा हंगामा मचाया कि वहाँ के पुजारी ने भविष्य में उसका मन्दिर परिसर में प्रवेश निषेध कर दिया। उसे चेतावनी भी दी गई कि यदि आगे ऐसी कोई हरकत हुई तो उसे उसके मेंशन में जाकर ही सबक सिखाया जाएगा।

विल्सन को अपने इस बेटे के गैर-जिम्मेदाराना व्यवहार की शिकायतें पहले भी मिलती रही थीं, पर जब उसकी हरकतों की गम्भीर शिकायतें आने लगीं तो विल्सन को चिन्ता हुई। शिकायतें भी उद्दंडता के साथ गुंडई की हरकतों की हों, तो यह वाकई चिन्ता का कारण था। अभी तक वह इस विषय को गम्भीरता से नहीं ले पाया था, पर एक जिम्मेदार पिता के रूप में विल्सन की यह लापरवाही एक गम्भीर भूल साबित हुई। उसे समझ आ गया था कि बेटा नत्थू अब हाथ से निकल गया है। उसने इस बेटे के साथ कड़ाई से पेश आने का निश्चय किया। पर हर बार की तरह विल्सन फिर से अपने ऐसे निर्णय को लागू करने में ढील देता आया, शायद अपनी शर्मिन्दगी या उस बेटे के प्रति अपने मन में छिपे स्नेह के अहसास के कारण।

एक दिक्कत और थी। गठिया से पीड़ित होने के कारण विल्सन लगभग तीन साल तक लंढौर के बँगले में ही रहा था, बिगड़ते शारीरिक स्वास्थ्य के कारण उसे हर्षिल आकर स्थिति को देखने की हिम्मत न थी। जब तीन साल बाद, सन 1861 में वह हर्षिल लौटा, तो उसे हर्षिल का बदला हुआ स्वरूप देखकर अच्छा लगा। यह जानना उसके लिए और भी सुकून भरा था कि लोगों के जीवन में उसके द्वारा दिये गए रोजगार के अवसर उपलब्ध कराने से अच्छा बदलाव हुआ था।

कई साल हुए, जब विल्सन अपने आरम्भिक दिनों में एक बार टिहरी के राजा द्वारा उसे दिये गए लाइसेंस को रद्द करने के उपरान्त इंग्लैंड वापस चला गया था, तब वह वहाँ से लौटते समय सेब के पौधे की एक विशिष्ट प्रजाति की

कलम के पौधे लाया था। अपनी जमीन के एक टुकड़े पर लगाने के बाद विल्सन ने उनके देखभाल की जिम्मेदारियाँ तो अपने लोगों को जरूर दी, परन्तु वह उन्हें भूल-सा गया था। जब उसने उन पेड़ों की खोज-खबर ली तो उसे जो अनुभूति हुई वह उसके हर्ष और रोमांच का कारण बन गई।

विल्सन के विस्मय का कारण था कि सेब के वे बागान अब पूरी तरह पल्लवित होकर फल देने लगे थे। उसने इन कलमों को भेंट स्वरूप कुछ स्थानीय उद्यमी लोगों को भी दिया था। उन्होंने भी इन कलमों का रोपण किया था, और वे भी इनकी भरपूर तथा शानदार पैदावार से प्रसन्न थे। वह सेब साधारण सेब न था। गढ़वाल के मौसम के अनुकूल इस सेब की मिठास और रसीलापन अद्भुत था, जिसे कम से कम यहाँ के लोगों ने तो पहले कभी नहीं चखा था।

अब हर साल सितम्बर माह में सोमेश्वर भगवान की स्मृति में मुखबा में दो दिवसीय मेला लगा करता। इस मेले में लगातार दो दिन और दो रात पूजा होती और भगवान से आशीर्वाद लिया जाता। इस बार, पहली बार विल्सन का मन हुआ कि वह भी मेले में जाए।

तब तक नत्थू 17 साल का हो गया था, पर वह सुधरने के बजाय और भी गैर-जिम्मेदार हो गया था। अब वह हर समय भाँग के नशे का लती हो गया था। फिर भी एक पिता की तरह विल्सन को उम्मीद भी बाकी थी। उसे लगता था कि बेटा सुधर सकता था जबकि उसे यह भी जानकारी मिलती रहती थी कि गाँव के आवारा लड़कों से उसकी संगत हो गई थी और उनमें अकसर मार-पिटाई या गाली-गलौच हुआ करती थी।

चूँकि विल्सन वहाँ नहीं रहता था, इसलिए उसकी अपने इस बेटे को लेकर चिन्ता लगातार बनी हुई थी। उसने अपने खानसामा गोविन्द को बेटे पर नजर रखने के लिए कहा, पर उसके इस निर्देश ने एक और समस्या को जन्म दे दिया, जिसके विषय में विल्सन ने कल्पना भी नहीं की होगी।

खानसामा विल्सन के इस उद्दंड बेटे के साथ क्रूरता करने लगा। वह छोटी-छोटी बात पर उसकी डंडों से पिटाई करता। इससे नत्थू ठीक तो हुआ नहीं, उलटे उसका व्यवहार और भी क्रूर तथा उद्दंड होता गया।

विल्सन को इस सबकी पूरी जानकारी न थी। गठिया रोग में थोड़ा सुधार हुआ तो वह पहले ही लंढौर के लिए निकल गया था। गोविन्द को छूट मिली हुई थी, सो वह नत्थू का अघोषित संरक्षक बन बैठा था। वह सिर्फ एक उपाय जानता था, उसकी पिटाई।

फिर एक दिन अचानक विल्सन का आना हुआ तो बेटे के शरीर पर चोट के निशानों की कैफियत ली गई। बेटे ने लापरवाही और व्यंग्य से कहा, "यह आपकी ही दी गई निशानियाँ हैं।"

विल्सन को जानकर हैरानी हुई, वास्तविकता जानकर वह ग्लानि से भर गया। ऐसा उसने नहीं सोचा था। यह अक्षम्य अपराध था। गोविन्द को बुलाया गया तो वह सकपका गया। आक्रोशित विल्सन ने तत्काल उसे फटकार कर नौकरी से निकाल बाहर किया। विल्सन इस बात पर काफी दिनों तक आत्मग्लानि से दुखी रहा था।

विल्सन के बुरे दिनों की आहट दस्तक दे रही थी, पर इसका कोई अहसास अभी तक उसके मन में नहीं था।

वह नत्थू को साथ ले जाना चाहता था, पर बेटा अलग ही मिट्टी का बना था। उसे हर्षिल और मुखबा में ही रहना भाता था। एक दिन और रुककर विल्सन ने उसके भोजन आदि की व्यवस्था की और निकलने को ही था कि एक बाबा ने उसे बग्घी के पास जाकर टोका, "हे बच्चा, कुछ भिक्षा दे, मोक्ष मिलेगा।"

विल्सन ने उस बुजुर्ग साधु को गौर से देखा। वह अधनंगा दाढ़ीवाला बाबा हाथ में सिर्फ एक कमंडल लिये था। विल्सन ने कुछ विचार कर लापरवाही से कहा, "मोक्ष? उसकी जरूरत तो तुम्हें है, बाबा।"

बाबा ने हँसकर कहा, "मैं तो कब का इस दुनिया को तज चुका हूँ, बस तुम जैसी आत्माओं के शुद्धीकरण के इरादों से जिन्दा हूँ। मेरा ईश्वर जानता है कि मोक्ष के बिना इस मायावी जीवन के झंझावातों से मुक्ति कहाँ..."

पर विल्सन ने हार कब मानी थी। वह बोला, "जीवन में कुछ न कर पाता, तो मोक्ष भी जरूरी होता। मैंने कर्म से भाग्य बनाया है, हमें यही सीख मिलती है, भिक्षाटन हमारे मुल्क में पाप की तरह है।"

बाबा विचलित नहीं हुआ। उसने कहा, "भौतिक सुखों, अकूत अर्थ के संचय, ऐश-ओ-आराम की व्यवस्थाओं से तात्कालिक सुख तो मिल सकता है, पर उसे मोक्ष से मिलने वाले सुकून से तो नहीं तौला जा सकता। तुम्हारे चेहरे पर पढ़ा जा सकता है कि तुम किस तरह के झंझावातों में उलझे हो। कम से कम मेरे लिए नहीं तो इस समाज के लिए कुछ करो, जिससे तुमने सब कुछ दोहन कर लिया है।"

विल्सन को थोड़ा क्रोध आया, पर उसने सप्रयास अपने आक्रोश को दबाकर कहा, "...और क्या दूँ मैं इस इलाके को? मैं कोई क्राइस्ट नहीं हूँ कि निरपराध सूली पर चढ़ जाऊँ। मैंने जो दिया है, वह इस इलाके की खुशहाली खुद गवाही दे रही है। देखते नहीं लोगों के दमकते चेहरों को, उनके मकानों को, जो दरिद्रता के जीवन-यापन से अच्छे-खासे घरों में तब्दील हो गए हैं, उनके कपड़ों को देखो, जो सेब वे खाते हैं, उसकी टक्कर का कोई सेब मिलेगा कहीं?"

बाबा के चेहरे का तेज उनकी स्मित के साथ और प्रगाढ़ हो गया था। बाबा धैर्यवान थे, इसलिए नपे-तुले शब्दों में बोले, "कृतज्ञता की बात करना तुम्हें शोभा नहीं देता। यह तुम्हारे अहंकार का जरूर परिचायक है। यह कहो कि यहाँ आकर तुम्हें क्या नहीं मिला। ये लोग अज्ञानी हैं, इसलिए तुम्हारी गुलामी को भी अहोभाग्य

समझते रहे हैं, पर असलियत तो तुम जानते हो। तुमने इस देवभूमि को जिस तरह उजाड़ा है, उसका प्रायश्चित्त तो तुम्हें ही करना होगा..."

"तुम गैर-वाजिब बात कर रहे हो, बाबा! मेरे लिए प्रायश्चित्त की बात करने वाले तुम होते कौन हो? अगर मैं इन आरोपों को निराधार कहूँ, इनका खंडन करूँ, तो तुम्हारा क्या विचार होगा? जाओ...जाओ भिक्षायाचन करो, कहीं आज का दिन फाके मारने के लिए यादगार न बन जाए।"

यह आक्रोशित विल्सन का उत्तर था, जिससे साफ तौर पर अहंकार का भाव झलक रहा था। बाबा ने हँसकर कहा, "बेटा, मैं यहाँ बसने नहीं आया हूँ, न यहाँ के प्राकृतिक संसाधनों के दोहन की मेरी कोई इच्छा रही है। मैं तो सिर्फ कन्द-मूल और जल का सेवन कर भी जीवित रह सकता हूँ। मनुष्य के जीवनयापन की पर्याप्त व्यवस्था उस ईश्वर ने की है, जिसने हमें अवतरित किया है। पर हम लोगों के लालची मन पर रोक की कोई व्यवस्था उसने नहीं की है, वह तो हमें ही सोचना है कि हम अपनी सीमा कहाँ तक अतिक्रमित करते हैं..."

"हाँ, हाँ, मैंने सीमाओं को अतिक्रमित करने का पाप किया है, जो होगा भुगतूँगा तो मैं ही, आप जाओ किसी और घर की राह देखो," विल्सन ने लगभग चीखते हुए कहा और बग्घी में जा बैठा।

बाबा मुस्कराते रहे। उन्होंने मन की बात फिर से, दृढ़तापूर्वक विल्सन से साझा की। कहा, "मैं भविष्यद्रष्टा तो नहीं, पर कुछ देख पा रहा हूँ, जो तुम्हें समझना जरूरी है। वह बात यह है कि तुम्हारे कर्मों की सजा तुम तो भुगतोगे ही, तुम्हारी औलादें व्यर्थ में इन पाप के कृत्यों की भागी बनेंगी। मैं देख पा रहा हूँ कि एक समय ऐसा आएगा कि तुम, तुम्हारी पत्नी और बेटे अपनी पहचान खो देंगे। वे उस दु:ख के साथ इस सांसारिक जीवन को कैसे भोग पाएँगे, यह विचारणीय है, दु:खद है।"

विल्सन का संकेत पाकर उसकी बग्घी का कोचवान चल निकला था। विल्सन प्रत्युत्तर में बाबा को कोई अपशब्द कहना चाहता था, पर आक्रोश और अधीरता में उसे उपयुक्त शब्द नहीं मिले, और उसकी यह इच्छा मन में ही रह गई।

बाबा ने जाते हुए विल्सन के भावों पर एक भरपूर दृष्टि डाली और नि:श्वास लेकर कहा, 'जाओ फिरंगी बाबू, जाओ। मैं अब भी चाहता हूँ कि तुम्हें सोमेश्वर भगवान का आशीर्वाद मिले। वक्त का क्या भरोसा, शायद आज नहीं तो कल तुम्हें समझ आ सके, तो क्या बुराई है। आखिर इनसान की योनि व्यर्थ जाने के लिए तो नहीं मिलती है। यही ऊर्जा तुम सकारात्मक रूप से लगाते तो ईश्वर के भेजे हुए देवदूत न कहलाते।'

विल्सन की बग्घी दूर निकल गई थी, शेष थी तो घोड़ों की टापों से उड़ती धूल जो धीमे-धीमे जमीन पर फिर से जमा हो रही थी।

33

उन दो दिनों में विल्सन ने नत्थू को साथ ले जाने की कितनी कोशिश की, यह वही जानता था, पर बेटा पिता से कहीं ज्यादा जिद्दी था। वह पूरी तरह हर्षिल के रंग में रँगा था, देसी-पहाड़ी रंग में। उसे शहरी और आधुनिक जिन्दगी जीने का कोई शौक न था।

विल्सन की चिन्ता दूसरी थी। उसकी अनुपस्थिति में अब हर्षिल बेटे के लिए सुरक्षित नहीं रह गया था। वह जानता था कि यह बेटा नशे की गिरफ्त में तो आ ही चुका था, उसकी संगत भी आवारगी की हो गई थी। पर नत्थू वहाँ से अपने पिता के पास जाने की माने तब न।

देहरादून का ऐशले हॉल बँगला विल्सन के लंढौर के बँगले से भी कहीं शानदार था। वह इतना विशाल, स्थापत्य की दृष्टि से समृद्ध और खुला परिसर था कि किसी राजमहल से कम नहीं लगता था।

नत्थू की अपने घर में किसी से नहीं निभती थी। अपनी माँ और भाइयों से भी नहीं। जब एक बार तेरह वर्ष की उम्र में विल्सन ने उसे नशा करते हुए पकड़ा तो उसे समझाने के लिए पुचकार कर पूछा, "तुम जानते हो कि नशा एक खराब आदत है, क्यों करते हो यह सब?"

"नशा करने के बाद मेरा शरीर सुन्न हो जाता है, और फिर मुझ पर किसी मार का असर नहीं होता है...," नत्थू ने कहा।

"तो?" विल्सन को जिज्ञासा हुई, पर वह चुप रहा।

विल्सन ने शायद उस दिन ही नत्थू को खो दिया था। उसने इस 'तो' को आगे बढ़ाया तो जो नत्थू को अनुशासन में रखने के नाम पर उसके साथ की जाने वाली खानसामे की मारपीट का पता उसे चार साल पहले ही चल गया होता।

खानसामे की क्रूरता के लिए वह खुद भी शर्म और रंज से भरा हुआ था पर दिक्कत यह थी कि अब तो गोविन्द की भी छुट्टी कर दी गई थी। अब नत्थू को फिलहाल कोई देखने वाला भी नहीं रहा था।

विल्सन के बड़े बेटे चार्ली और हेनरी मसूरी के मिशनरी स्कूल में पढ़ने जाया करते। गुलाबो कभी देहरादून रहती तो कभी बच्चों के पास मसूरी चली जाती। नत्थू की उसे भी चिन्ता थी।

इस बीच एक हादसा हुआ। नत्थू का नाम अपने पिता के मित्र की दो बेटियों से बलात्कार के मामले में चर्चा में आ गया। लोगों को आक्रोशित करने वाली यह खबर हर्षिल में आग की तरह फैल गई। लोग जितना नत्थू से गुस्सा थे, उससे कम विल्सन से न थे। वे उसके बेटे की हरकत को विल्सन के संस्कारों और ढील का नतीजा मानते थे।

जब खबर विल्सन तक पहुँची तो वह बेहद आहत और शर्मिन्दा हुआ। वह चाहे जैसा भी था, इस तरह की हरकत को बेहद बुरा कृत्य मानता था। उसने हर्षिल से हमेशा से वास्ता खत्म करने का निश्चय कर लिया। विल्सन तब भटवाड़ी में था, जहाँ वह स्वयं और पत्नी गुलाबो के लिए एक कॉटेज बनवा रहा था। उसने गुलाबो को तत्काल हर्षिल जाकर उन लड़कियों की देखभाल करने भेजा।

उस साधु का शाप काम कर गया दिखता था। कुछ ही दिनों बाद सुदर्शन शाह के बेटे राजा भवानी शाह ने विल्सन से अपनी अप्रसन्नता दिखानी शुरू कर दी। सरकार ने घोषित कर ही दिया था कि विल्सन को दिये गए जंगलात कटाई का पट्टा अब निष्क्रिय दर्ज कर दिया गया है, और यह कि गढ़वाल राज्य के जंगलों को एक खास प्रक्रिया के बिना कोई नहीं काट सकता था। कहने की जरूरत न थी कि यह खास प्रक्रिया विल्सन को व्यापारिक रूप से जंगलों से दूर करने के लिए लागू की गई थी।

परेशान विल्सन ने टिहरी के राजा से भेंट की तो वह उससे आदरपूर्वक मिला। राजा खुद भी विल्सन का हम उम्र था, और जानता था कि उसके पिता और विल्सन में कितनी छनती थी। जब वह भवानी शाह से मिला तो उसने विल्सन का स्वागत करते हुए कहा, "आइए विल्सन साहब, हम चाहते हैं कि अब आप हमारे सलाहकार बन कर रियासत के कामों में हाथ बँटाएँ।"

यह विल्सन को विस्मित करने वाला प्रस्ताव था। वह अचकचाया, पर उसने अपने विस्मय पर नियंत्रण रखते हुए कहा, "यह मेरे लिए सम्मान की बात होगी। मुझे क्या करना होगा?"

विल्सन के पूछने पर राजा ने बताया, "आप हमारी रियासत के जंगलों को बेहतर बनाने, संसाधनों को बढ़ाने और जैव-विविधता पर काम करेंगे।"

विल्सन बहुत प्रसन्न था, यह उसके लिए एक ऐतिहासिक दिन था। उसे लगता था कि उसका सफर एक अच्छे मुकाम की ओर पहुँच रहा था। उसे और क्या चाहिए था, रूपया-पैसा तो वह बहुत कमा चुका था। अब कुछ समाज के लिए करने का अवसर सामने था। वह रोमांचित था, उसने तुरन्त सहमति दे दी। अगले दो सप्ताह में विल्सन के लिए एक ऑफिस भी तैयार करा दिया गया और उसके सहयोग के लिए लोगों को भी तैनात कर दिया गया।

यह फिर से विल्सन के स्वप्नों की उड़ान का समय था। वह नई भूमिका से रोमांचित था, पर यह रोमांच अधिक दिन नहीं चल सका। वह काम शुरू कर पाता, उससे पूर्व ही राजा ने उसे मिलने का समय देना बन्द कर दिया था। लगभग एक माह से उनकी अनुपलब्धता विल्सन को यह इंगित करने के लिए काफी थी कि टिहरी का राजा उससे दूरी बना रहा है, शायद किसी खास रणनीति के क्रम में।

सुदर्शन शाह की पत्नी और विल्सन के निकट रही रानी कनेती से अभी तक

उसके सम्बन्धों के तार जुड़े थे। एक दिन वह उनसे मिलने गया। रानी अपने सौतेले बेटे से अलग अपने सपनों की उसी दुनिया 'आनन्दा' में रहा करती थी, जिसे मूर्त रूप देने में विल्सन की भूमिका रही थी।

अचानक उसके आने से चकित रानी ने मुस्कराकर पूछा, "आज मेरी इतनी भी याद कैसे आ गई कि यहाँ चले आए?"

फ्रेडरिक विल्सन वक्त की मार से परेशान था। उसने बिना भूमिका बनाए कहा, "हाँ, बात ही ऐसी है। टिहरी का राजा मुझे मिलने का समय ही नहीं दे रहा है। मैं तो उनसे मिलकर सामाजिक उपयोगिता के कुछ काम करना चाहता था, पर मुझे समझ नहीं आ रहा कि उसके मन में क्या चल रहा है। वैसे मेरा जंगल की लकड़ी पर अधिकार का अनुबन्ध अब भी लागू है। वह उससे कैसे मुकर सकता है?"

रानी ने विल्सन के आक्रोश को महसूस किया। 'आनन्दा' के निर्माण में विल्सन की भूमिका को वह भूली न थी। उसकी संवेदना विल्सन के साथ थीं। रानी ने गम्भीरतापूर्वक कहा, "भवानी खुद में बुरा इनसान नहीं है। यह सोच भी उसकी नहीं है, पर उसका खास सलाहकार कान भरने के लिए कुख्यात है। वह तुमसे पहले से ही खार खाए बैठा है...",

"कौन? मैंने उसका क्या बिगाड़ा है?"

बिना नाम जाने विल्सन ने प्रतिरोध किया तो रानी ने कहा, "रामजी साहिब को जानते हो न? क्या कभी तुमने उसे अपमानित किया था?"

विल्सन को याद आया। उसने कहा, "पर वह तो सात साल पुरानी बात है। म्यूटिनी के समय की। वह उसी लायक था।"

रानी पहले हँसी, फिर गम्भीरता से बोली, "सात साल क्या सात सदी भी कम होते हैं किसी को अपने अपमान को भूलने के लिए। वह अपने बच्चों से भी तुम्हारे सम्बन्धों को बता कर मरेगा। बहुत दुष्ट है वह। अब वह इस लायक है कि तुम्हारा खेल बिगाड़ने में सक्षम है।"

"तो अब मुझे क्या करना चाहिए?"

चिन्तित विल्सन ने जिज्ञासा दर्शाई तो रानी ने निस्पृहता से कहा, "तुमको क्या करना है। अब सत्ता की कमांड उन लोगों के हाथ में है। ब्रिटिश अफसर भी उनसे खुश हैं। फिलहाल चुपचाप घटनाक्रम को देखो, उनके तौर-तरीकों को देखो, और समझो। उलझने से अभी कोई लाभ न होगा, उलटे नुकसान होने का खतरा है। समय सबसे बड़ा हीलर होता है, कुछ न कुछ रास्ता निकलेगा।"

विल्सन पहले से ही अवसाद में था। वह रानी की सलाह को सुनता रहा। कनेती ने कहा, "मैं जानती हूँ कि रामजी साहिब ने भवानी से तुम्हारे बारे में क्या-क्या कहा है?"

"क्या-क्या?" विल्सन को उत्सुकता थी।

रानी ने सहज भाव से बताया, "वह कहता है कि तुम्हारे पास जंगलों को नष्ट करने के अलावा कोई योजना नहीं है। तुम केवल अपनी जेबें भरना जानते हो। अगर ऐसे ही जंगल कटते रहे तो गढ़वाल में क्या बचेगा? तुमको शायद पहले भी सलाह दी गई थी कि जितने देवदार काटो, उसका एक नहीं चार गुना रोपित करो, पर तुमने इस बात पर अमल नहीं किया।"

विल्सन चुप था क्योंकि आरोप सही था। रानी कनेती ने आगे कहा, "अभी भी समय है। मैं जानती हूँ कि तुम्हारे मन में इस इलाके का बुरा करने की बात न थी। जो हुआ, वह अनियोजित और बेतरतीब काम के दबाव में हुआ। ऐसा करो, अभी अपना एक संशोधित प्रस्ताव दो, और साबित करो कि तुम पुराने युग के नहीं हो। तुम्हें समय के साथ, नई टेक्नोलॉजी के साथ चलना आता है। आगे से तुम यहाँ के जंगलों को आबाद करोगे। उन्हें पल्लवित-पुष्पित करने के साथ साथ यहाँ की आमदनी बढ़ाना—रियासत की भी और रियाया की—तुम्हारी प्राथमिकता होगी।"

विल्सन ने रानी की आँखों में झाँक कर देखा। वहाँ उसे सच्चाई दिख रही थी, एक ईमानदारी की भावना। इतना तो वह समझ सकता था। फिर उस प्रस्ताव में कोई अनियमित बात भी न थी। समय के साथ चलता तो जरूरी होता ही है।

विल्सन उठ खड़ा हुआ और बोला, "शुक्रिया, मेरी हिम्मत बनाए रखने के लिए।"

रानी कनेती ने उसके दोनों हाथ पकड़कर अपने हाथों में लिये और बोली, "तुम मुझे हमेशा अपने साथ खड़ा पाओगे, जब भी मेरी जरूरत होगी। यह वादा है, भरोसा रखना। मैं निजी तौर पर तुम्हारी कृतज्ञ हूँ, और हमेशा रहूँगी।"

अवसाद के इन पलों में भी विल्सन के चेहरे पर एक मुस्कान उभर आई। उसने केवल एक शब्द और थोड़ी-सी मुस्कराहट से काम चला लिया। वह शब्द था, 'शुक्रिया!'

वह बाहर तक विल्सन को छोड़ने आई। अभिवादन के बाद जब विल्सन आखिरी सीढ़ी उतर कर नीचे पहुँच चुका तो जैसे रानी कनेती को कुछ ध्यान आया। बोली, "एक पल सुनो, विल्सन!"

उसने मुड़कर देखा तो रानी ने वहीं से थोड़ा जोर से कहा, "इनसान का सम्मान बना रहना चाहिए। जीवन सिर्फ रूपया कमाने के लिए नहीं होता। कुछ और भी चीजें होती हैं, जो आपके लिए उतनी ही प्रिय बनी रहनी चाहिए। उनमें सबसे ऊपर आपकी अस्मिता, सम्मान और आदर की भावना है। मैं जानती हूँ कि आप हमेशा उस स्तर को बनाए रखोगे। यह मेरी दिली इच्छा भी है।"

विल्सन मुस्कराया और हौले-हौले सकारात्मकता में गर्दन हिलाते हुए बोला, "गुड बाई, रानी साहिबा!"

उस मुस्कराहट को समेटे रानी विल्सन को जाते देखती रही। तब तक, जब तक कि वह नजरों से ओझल नहीं हो गया।

पर जरूरी नहीं था कि रानी कनेती की हर सलाह या संवेदना फलीभूत होने का प्रारब्ध लिये होती। हुआ यह कि दो दिन बाद कर्नल रैमसे का टिहरी के राजा से मिलने का कार्यक्रम तय हुआ। उनके स्वागत की तैयारियाँ जोर-शोर से हो रही थीं इसलिए विल्सन को भी यह खबर मिली। यह उसके चौकन्ने होने का कारण था, क्योंकि भारत के वायसराय लॉर्ड केनिंग रैमसे पर बहुत भरोसा करते थे, यह बात किसी से छिपी न थी। यहाँ तक कि उन्हें वायसराय की नाक और कान कहा जाता था। दूसरी बात और भी महत्त्वपूर्ण थी। रैमसे को ब्रिटिश सरकार ने भारतीय साम्राज्य के वन विभाग का प्रमुख बनाया हुआ था। यानी अगर रैमसे का आगमन हो रहा था, तो मामला जरूर वनों की खैरख्वाही से जुड़ा होगा। उसकी नींद उड़ गई थी, अगर यह कहा जाए तो अतिशयोक्ति न होगी।

34

नियत दिन पर कर्नल रैमसे का आगमन हुआ। टिहरी नरेश ने उनका जोरदार स्वागत किया। उसकी हैसियत, भले ही दिखावटी हो, पर फ्रेडरिक विल्सन का नाम भी अतिथियों की सूची में था। रात को हुए विशिष्ट भोज में कर्नल ने विल्सन का कुशल-क्षेम पूछा और उसकी सराहना की। विल्सन को थोड़ी राहत महसूस हुई। हालाँकि उस समय टिहरी के राजा का मन्द-मन्द मुस्कराना उसे तब भी नापसन्द आया था।

हर राहत की स्थिति देर तक बनी रहे ऐसा आमतौर पर नहीं होता। विल्सन पर तो यूँ भी अनिश्चितता और अवसाद का साया मँडरा रहा था। अगले दिन वन विभाग के भविष्य और गढ़वाल में नई रणनीति को लेकर एक औपचारिक बैठक का आयोजन था। उस बैठक में बिना किसी भूमिका के कर्नल ने टिहरी के राजा से कहा, "डिअर भवानी, तुम्हारे जंगलों ने, खास तौर पर यहाँ के देवदार के ट्रीज़ ने इस मुल्क को आगे बढ़ाने में बहुत मदद की है। सोचो अगर ये न होते तो गंग नहर का काम आगे कैसे बढ़ता, किसानों को सिंचाई के लिए पानी कैसे मिलता, उनकी खुशहाली कैसे आती? फिर रेलवे लाइंस का नेटवर्क भी इन्हीं देवदारों के स्लीपर्स से ही बना है।"

एक पल के लिए उन्होंने थोड़ा दूर बैठे विल्सन को संकेत कर कहा, "आई एम प्राउड ऑफ यू, मिस्टर विल्सन! यू हैव डन ए कॉमेंडएबल जॉब!"

यह सुनकर विल्सन का सीना गर्व से चौड़ा हो जाना स्वाभाविक था। उसने मुस्कराकर और सर झुकाकर सम्मान प्रकट करते हुए इस तारीफ को अपने दिल

से लगा लिया। पर अभी रैमसे की बात खत्म नहीं हुई थी। उन्होंने आगे कहा, "लेकिन, आज मुझे कुछ और भी कहना है। दरअसल, जंगलों का हमारे जीवन में बहुत महत्त्व है। सिर्फ नहर, रेल या फर्नीचर नहीं, ये हमारी लाइफलाइन भी हैं, वो क्या कहते है जीवन रेखा। क्यों ठीक है न?"

भवानी शाह ने सहमति में सिर हिलाया तो उन्होंने आगे कहा, "क्या आप लोग चाहेंगे कि एक समय ऐसा आए कि गढ़वाल में देवदार के पेड़ों का नामोनिशान ही न रहे? मेरे विचार से कोई भी ऐसा नहीं चाहेगा। आखिर वे हमारी जिन्दगी के महत्त्वपूर्ण अंग हैं। हम जो साँस लेते हैं, उनमें उनका भी योगदान है। इस हवा को स्वच्छ बनाने में उनकी भी भूमिका है। है न?"

भवानी शाह ने फिर सहमति में सिर हिलाया। पर जितना रैमसे आगे बढ़ रहे थे, और राजा टिहरी की सहमति होती जा रही थी, उतनी ही विल्सन की धुकधुकी बढ़ रही थी। वह समझ रहा था कि क्या होने वाला है, रैमसे के दिमाग में क्या चल रहा है। लेकिन फिलहाल उसके सामने कोई विकल्प न था।

अगले ही वाक्य में कर्नल रैमसे ने अपने मन की बात साझा की, "क्या हम समय के साथ नहीं चल सकते? गढ़वाल के जंगलों, खास तौर से इन देवदार के वृक्षों की कटाई के साथ उनकी अगली पीढ़ी को तैयार करने की जिम्मेदारी हमारी नहीं है? जमाना कहाँ से कहाँ पहुँच गया है, और हम सिर्फ कटाई, और विनाश पर ही ध्यान दे रहे हैं। अब नई तकनीकों को अपनाया जाएगा। फिलहाल के लिए कटाई बन्द, बिल्कुल बन्द। यह नई पौध को पनपने देने का समय है। अब नहीं तो कभी नहीं।"

भवानी शाह ने तालियाँ बजा कर इस प्रस्ताव का स्वागत किया तो देखते ही देखते अन्य सभी लोगों की बजाई तालियों की आवाजों ने भी कर्नल के प्रस्ताव पर खुलकर सहमति दी। विल्सन? वह शान्त था, और चेहरे पर था सौम्यता का जबर्दस्ती का ओढ़ा गया लबादा। वह समझ गया था कि यह भवानी शाह और रैमसे का मास्टरस्ट्रोक था, जिसकी उसे कोई भनक तक नहीं लगी, सिर्फ रानी कनेती की प्रारम्भिक सूचना के।

लेकिन कर्नल को और भी कुछ कहना था। उनकी निगाह विल्सन की तरफ घूमी। उन्होंने कहा, "मिस्टर विल्सन, तुम एक अच्छे व्यापारी हो, मेहनती हो, तुमने गढ़वाल के जंगलों की अच्छी मार्केटिंग की है, पर तुम निश्चित रूप से एक बेहतर रणनीति और दूरदृष्टि वाले इनसान नहीं हो।"

यह विल्सन पर एक कड़ा और प्रत्यक्ष प्रहार था। उसके उस मॉडल पर प्रश्नचिह्न था, जिसने उसे हर्षिल का राजा तक बना दिया था, और जिसकी वजह से वह वाकई एक राजा जैसी जिन्दगी जी रहा था। उसका मन किया कि वह खुलकर प्रतिरोध करे, पर ऐसा किया जाना एक बेहतर सन्देश न छोड़ता। इसलिए

विल्सन ने उस अपमान के घूँट को जज़्ब करना ही बेहतर समझा।

कर्नल रैमसे ने कहा, "हमें आपको बदलना होगा। इसलिए कि आप अपने तौर-तरीकों को नहीं बदल सकते, इसलिए कि आप रिसोर्स मैनेजमेंट के विषय में कुछ नहीं जानते, आपके अन्दर अब ऐसी कोई इच्छा भी नहीं बची होगी। सच मानिए तो हम आपसे ऐसी उम्मीद भी नहीं करते। अब हम सीधे ब्रिटिश क्राउन के अधीन रहकर टीम वर्क करेंगे और यहाँ के जंगलों को कम से कम उन्हीं हाल में ले आएँगे, जिन हाल में तुमने उनसे शुरुआत की थी। विनाश अगर हमने किया, तो विकास भी आखिर हम ही करेंगे।"

कर्नल रैमसे के इन शब्दों ने जादुई काम किया। इस बार तालियाँ बजाने की शुरुआत सभा के मध्य से हुई थी, राजा भवानी शाह द्वारा नहीं। तालियों की गड़गड़ाहट बता रही थी कि वे लोग अन्दर से फ्रेडरिक विल्सन से कितने आक्रोशित थे।

विल्सन नि:शब्द था, असहज भी। उसे लगता था कि यह सभा सिर्फ उसे अपमानित करने के लिए बुलाई गई थी। यह निर्णय अकेले में भी हो सकता था। पर कर्नल ने जिस तरह इसे आम सभा में किया था, उसके निहितार्थ कम से कम वह आसानी से समझ सकता था।

रैमसे की बात अभी अधूरी थी। उसने घोषणा की कि "सरकार ने तय किया है कि आगे से गढ़वाल के जंगलों के सम्बन्ध में जो भी अनुबन्ध किये गए होंगे, वे तत्काल प्रभाव से खत्म किये जाते हैं।"

यह विल्सन के लिए असहनीय था, एक बड़ा धक्का था। उसके पास अनुबन्ध के अभिलेख मौजूद थे और कानूनी रूप से उनमें अभी किसी परिवर्तन का अधिकार राजा को भी न था। उसने प्रतिरोध किया, "मैंने इस अधिकारों को समुचित धनराशि देकर क्रय किया है। इन्हें खत्म करने का एकतरफा अधिकार स्वयं टिहरी के राजा को भी नहीं है।"

"जरूर, आपका कहना उचित है मिस्टर विल्सन। पर आप जानते हैं कि राजा से ऊपर भी कोई चीज है, और वह सरकार है। यह तो जंगलों की बात है, यहाँ के और इस मुल्क की एक-एक इंच जमीन और उसके नीचे खजाने की, उस पर बने मकानों, कोठी-बँगलों और उनमें मौजूद ऐश्वर्यपूर्ण सामानों की मिल्कियत भी उस किसी व्यक्ति की नहीं है, जिसके जरूरी और वैध कागजात उसके पास हैं। यह एक अस्थायी स्वामित्व है—चाहे आप यहाँ के राजा हों या प्रजा! सरकार का एक कानून उसका स्वामित्व खत्म कर उसे सरकार में शामिल करने की शक्ति रखता है। तो इसलिए जो चीज रद्द हो गई, उसके विषय में विचार कर समय नष्ट न करें।"

यह टिहरी के राजा के लिए भी धक्का था। उनके मन में कुछ और ही था। वह कैसे चुप रह सकते थे, बोले, "पर अभी तो यहाँ के राजा हम हैं, और हमें ही सारे अधिकार हैं। आप तो जानते हैं कि आप लोगों से हमारे सम्बन्ध कितने प्रगाढ़ रहे हैं..."

कर्नल रैमसे ने मुस्कराकर भवानी शाह की बात काटते हुए कहा, "जो काम होगा वह पूरी तरह से कानून-सम्मत होगा। सरकार का ऐसा कोई इरादा नहीं है कि आपके या अन्य किसी के अधिकारों में, उनकी आय के स्रोतों में कटौती करे, या किसी की सम्पत्ति का अधिगृहण करने की सोचे। पर यह एक तकनीकी सम्भावना है, जिसकी तलवार हमेशा लटकी रहती है। ऐसा कुछ अप्रिय न हो, इसके लिए आपको स्वयं को साबित करना होता है।"

कर्नल की बातों में अब भी अस्पष्टता थी, शायद उन्होंने जानबूझकर यह अस्पष्टता छोड़ थी। उन्होंने एक विपरीत सम्भावना की बात कह कर राजा और विल्सन सहित सभी लोगों को सचेत भी कर दिया था। इसलिए राजा भवानी शाह को पूछना पड़ा, "जंगलों का क्या होगा?"

"उसके लिए सरकार कानून बना रही है। जितने पेड़ों की कटाई होगी उसके चार गुना पेड़ आपको लगाने अनिवार्य होंगे। वरना कटाई की बात तो छोड़ दीजिए, कोई पेड़ों को छूने की सोच भी नहीं सकेगा। साथ ही यहाँ के वन्य जीवों का शिकार भी प्रतिबन्धित कर दिया गया है। केवल आदमखोर जानवरों का शिकार किया जा सकेगा, वह भी सरकार से लिखित स्वीकृति के उपरान्त। कानून तोड़ने वाले लोगों को वही दंड दिया जाएगा जो किसी इनसान की हत्या पर दिया जाता है।"

सभा में सन्नाटा छा गया। राजा अपनी आय के लिए चिन्तित था तो फ्रेडरिक विल्सन अपने स्रोतों के सिमटने की वजह से। राजा ने ही पूछा, "पर जरूरत के लिए लकड़ी का व्यापार कैसे होगा? अनुबन्ध खत्म कराना तो ठीक, पर नया ठेकेदार कौन होगा?"

"हाँ, इस प्रश्न का उत्तर है मेरे पास। वह यह कि अब सरकार ही जंगलों की ठेकेदारी करेगी। हम लोग ही जंगलों की कटान और उनके बदले में नये पेड़-पौधों के रोपण की जिम्मेदारी सँभालेंगे। इसके लिए एक पूरा महकमा बनाया जाएगा जो मुल्क के कोने-कोने में प्राकृतिक सम्पदा के अनावश्यक रूप से दोहन को तो रोकेगा ही, नई पौध को बढ़ाने की भी एक वैज्ञानिक और तार्किक योजना पर भी काम करेगा।"

टिहरी के राजा ने कुछ पूछना चाहा तो कर्नल रैमसे ने उन्हें धैर्य बनाए रखने का संकेत करते हुए कहा कि "आपके हितों का ध्यान रखा जाएगा। हम जानते हैं कि आपका और आपके पिता का हमारे साथ कितना सहयोग रहा है। सरकार अगर आपसे 20 साल के अनुबन्ध की बात करे तो भला कैसा रहेगा?"

यकायक आश्चर्यचकित राजा ने कहा, "मुझे कोई आपत्ति नहीं है, पर मैं चाहूँगा कि इसके बदले में जो धनराशि हो वह सम्मानजनक अवश्य हो।"

कर्नल रैमसे ने मेज पर अपने सामने रखी एक फाइल खोली और उसमें से पन्ने पलट कर बताया, "अगर आपको टिहरी गढ़वाल के जंगलों से प्रतिवर्ष ₹10,000

की धनराशि रॉयल्टी के रूप में दी जाए, और हर साल उसमें 10% की वृद्धि होती रहे, तो क्या आपके लिए यह एक सम्मानजनक राशि नहीं होगी?"

भवानी शाह ने इतना नहीं सोचा था। उसके लिए यह एक गड़ा खजाना मिलने के समान प्रस्ताव था। वह रोमांचित हो उठे। उनका यह रोमांच टिहरी के इस राजा के चेहरे पर साफ दिखाई दे रहा था। उन्होंने बिना किसी विलम्ब के कहा, "निश्चित रूप से, यह प्रस्ताव सम्मानजनक है। मैं इसकी सहमति देता हूँ।"

एक विजयी मुस्कान के साथ कर्नल ने अब अपनी निगाह फ्रेडरिक विल्सन की तरफ घुमाई और बोले, "क्या आपको इस प्रस्ताव के विषय में कुछ कहना है, मिस्टर विल्सन?"

विल्सन कुछ पल के लिए शान्त बना रहा, फिर उसने बहुत नपे-तुले शब्दों में कहा, "मेरे पास कहने के लिए कुछ नहीं है। जो है, वह मेरी सिर्फ निजी सोच है। पर मेरी यह सोच थोड़ा अलग है। मैं जानना चाहता हूँ कि अगर राज्य ही व्यापार करेगा, तो प्रजा क्या करेगी? इसके बावजूद अगर यह लोगों की जिन्दगी को सुगम बनाने की पहल है, तो मैं इस अभिनव मॉडल को सफल होते हुए देखना चाहता हूँ। आपने सच कहा कि मैंने अपना जीवन जी लिया है, मैंने यहाँ के पेड़ों को, ऊँचे-ऊँचे देवदार के वृक्षों को पहले ईस्ट इंडिया कम्पनी और अब ब्रिटिश सरकार की सेवा के लिए, भारत के आम लोगों की खुशहाली के लिए प्रयुक्त किया है। मैंने जो दौलत कमाई वह उस काम से ही कमाई। मैंने यहाँ के लोगों को रोजगार के अवसर दिये, उनसे हिस्सेदारी की, और सरकार को प्रतिस्पर्धात्मक दरों पर लकड़ियों की आपूर्ति की। पर मैं समझ सकता हूँ कि अब समय बदल रहा है और मैं सच में अपने आप को इन परिस्थितियों, आप जैसे युवा अधिकारियों की अपेक्षाओं के अनुकूल व्यापार चलाने योग्य नहीं पाता हूँ। इसलिए सोचता हूँ कि आप जो करेंगे बेहतर करेंगे। सरकार वैसे भी सबके बारे में सोच कर चलती है। अगर यह भावना बनी रही तो जरूर विकास की वह धारा इस इलाके में भी अच्छे से बहेगी, जिससे यहाँ के लोग अभी तक वंचित हैं। इस विकास का भरपूर लाभ यहाँ के लोगों को मिले, इसके लिए मेरी शुभकामनाएँ।"

यह विल्सन का बदला हुआ रूप था, अलग सोच थी। उसने अपने हथियार डाल दिये लगते थे। यह सोच उसने उसी समय निश्चित की थी। उसके मन का यह बदलाव अच्छे भविष्य के लिए था अथवा वक्त की नजाकत को देखते हुए उसने चुनौतीपूर्ण समय में अपने मन के भावों को संयत कर सोच-समझ प्रकट किया था, यह कोई नहीं जानता था। कर्नल रैमसे की थोड़ी सहानुभूति अब भी विल्सन के साथ थी, इसलिए उन्होंने कहा, "डिअर विल्सन, मैं इस बात को मानता हूँ कि टिहरी गढ़वाल के इस दुर्गम इलाके को इस देश के मानचित्र पर प्रमुखता से लाने के लिए अगर कोई एक इनसान जिम्मेदार है तो वह तुम हो। तुम्हारे जुनून ने वह

कर दिखाया जिसकी किसी ने कल्पना भी नहीं की थी। वह भी तब जब इस देश में मजबूत और औपचारिक सरकार नाम की कोई संस्था नहीं थी। यह बहस का विषय हो सकता है कि जिस तरह तुमने काम किया क्या उसमें किसी बेहतर सुधार की गुंजाइश थी अथवा नहीं, परन्तु सच यह है कि काम किया गया और उसके फल तुम्हारे साथ यहाँ के लोगों को भी मिले।"

विल्सन के मन में अब भी एक प्रश्न बाकी था। उसे अपनी प्रशंसा नहीं सुननी थी, बल्कि वह व्यावहारिकता को समझना चाहता था, अपने भविष्य की चुनौतियों का मुकाबला करने के लिए कमर कसना चाहता था। वह जानता था कि गढ़वाल के जंगल के वे देवदार के ऊँचे-ऊँचे वृक्ष, जिन्होंने उसे हर्षिल का राजा बना दिया था, अब उन बचे-खुचे वृक्षों पर उसका कोई अधिकार नहीं रह गया था। चूँकि वन्य जीवन भी जंगल से जुड़ी हुई एक सामाजिकता थी और सरकार ने वन्यजीवों के शिकार को प्रतिबन्धित कर दिया था, इसलिए वह विकल्प भी अब विल्सन के पास नहीं बचा था। एक चीज बाकी थी, जिस पर वह अपना ध्यान केन्द्रित कर सकता था। वह थे उसके द्वारा लगवाए गए सेब के बागान। उसने कर्नल से पूछा, "क्या सरकार मेरे सेब के बागानों पर भी कब्जे का कोई कानून लागू करने का इरादा रखती है?"

कर्नल रैमसे ने कहा, "नहीं, नहीं विल्सन, मैं तो तुमको इस बात के लिए वायसराय लॉर्ड कैनिंग की तरफ से सम्मानित करना चाहता हूँ। मैंने इस विषय में उनसे बात भी की है। मुझे खुशी है कि वह सहमत हैं कि तुमने इंग्लैंड से लाकर जिन सेबों के बागान बनाए हैं, वह कोई छोटी उपलब्धि नहीं। उससे हम लोगों का सीना गर्व से चौड़ा हो गया है। आज से, अभी से, सेब की इस प्रजाति को 'विल्सन सेब' का नाम दिया जाता है। इस विशिष्ट फल की प्रजाति के उन्नयन के लिए जो भी करना होगा उसे सरकार खुले मन से करने के लिए तैयार रहेगी, तुम्हारा सहयोग करेगी, यह मेरा वादा है।"

आशा के विपरीत मिले इस प्रस्ताव और अपनी सराहना से फ्रेडरिक विल्सन अभिभूत हो उठा। भवानी शाह ने तालियों की ध्वनि से इस प्रस्ताव का स्वागत किया तो अन्य लोगों ने भी तालियाँ बजाईं। यह विल्सन के लिए एक राहत भरी बात थी। जो हाथ से गया, उसका दुख कम हो गया लगता था। जो शेष था, उस पर निगाह केन्द्रित करनी होगी, यह सोचकर वह सन्तुष्ट दिखता था। इन बागानों को बनाए रखना और इस सेब की किस्म का देश-विदेश में विस्तार करना पहले भी उसकी प्राथमिकता में शामिल था। सरकारी संरक्षण मिलने से अब उसे यह काम करना आसान हो गया लगता था।

कर्नल रैमसे के सौम्य व्यवहार और विल्सन के प्रति उनकी सहानुभूति के बावजूद उसे अब भी न जाने ऐसा क्यों खटक रहा था कि सब कुछ ठीक नहीं है।

उसे यह भी लगता था कि सरकार का रुख उसके प्रति पूरी तरह सकारात्मक नहीं है। अगले दिनों की घटनाओं से साफ हो गया कि विल्सन की सोच गलत न थी।

पर विल्सन के लिए एक आशा की किरण यह भी थी कि उसको टिहरी के राजा द्वारा दिया गया वजीर-ए-जंगलात का ओहदा अब भी उसके पास मौजूद था। विल्सन ने अपने लोगों को लगाकर तेजी से देवदार की लकड़ी के लम्बित आदेशों को पूरा किया। परन्तु वह बमुश्किल यह आदेश पूरा कर अपने गोदामों को साफ कर पाया होगा कि उसके पास एक आदेश आया। इस आदेश में लिखा गया था कि टिहरी गढ़वाल में जंगल के ठेके के काम की सुगमता के लिए विल्सन के हर्षिल वाले आवास और उत्तरकाशी के अतिथि गृह को उसे सरकार को सौंपना होगा।

उत्तेजित विल्सन ने इस आदेश को लाने वाले अधिकारी से कहा, "यह अन्यायपूर्ण है।"

उस व्यक्ति ने, जिसका नाम विलियम था, कहा, "यह सरकारी निर्णय है।"

तब विल्सन ने पूछा, "मुझे इन सम्पत्तियों की कितनी क्षतिपूर्ति मिलेगी?"

"कुछ भी नहीं, क्योंकि यह राजा की जमीन पर बनाई गई सम्पत्ति है, यानी सरकारी, और सरकार को किसी भी सम्पत्ति का अधिग्रहण करने का अधिकार है।"

विलियम के उत्तर से आक्रोशित फ्रेडरिक विल्सन ने कहा, "मैं इसका विरोध करूँगा।"

तत्काल उत्तर मिला, "उस प्रक्रिया को करने के लिए आपके सामने कोई बाधा नहीं है। आप वायसराय साहिब के यहाँ भी दरख्वास्त दे सकते हैं, और वहाँ से अस्वीकृति की दशा में ब्रिटेन की महारानी के पास भी अपील करने का आपका विकल्प खुला है।"

गुस्से से काँपते विल्सन ने कहा, "आपकी सीख की मुझे जरूरत नहीं है, जो मुझे करना है, वह मैं जरूर करूँगा। मुझे उससे कोई नहीं रोक सकता।"

विलियम मुस्कराया। उसने अपना सिगार निकाला, उसे सुलगाया और धुएँ का एक गहरा कश छोड़ते हुए तसल्ली से कहा, "बेशक, यह आपका अधिकार है, मिस्टर विल्सन। आपके पास तीन दिन हैं, जब आप यह सम्पत्तियाँ खाली कर सकते हैं। उसके बाद से सरकारी लोग यहाँ कब्जा कर अपना काम शुरू करेंगे," और विलियम उठकर चल दिया।

फ्रेडरिक विल्सन ने उसे रोका नहीं, क्योंकि उसको जो कहा गया था, वह उसी के अनुसार काम कर रहा था। विलियम की भूमिका एक सरकारी कर्मचारी की थी, एक अदना कर्मचारी, पर उसके पीछे सरकारी तंत्र का हाथ था, एक मजबूत हाथ और संरक्षण। इससे भी कहीं अधिक, इस बात का एक पहलू और भी था। विलियम कुछ साल पहले तक विल्सन की फर्म में एक सुपरवाइजर हुआ करता था, पर काम में लापरवाही और नशे में रहने के कारण विल्सन ने उसे नौकरी से

बाहर का रास्ता दिखा दिया था। आज वही विलियम हर्षिल के राजा पर अपनी शर्तें लागू कर रहा था, भले ही उनको सरकार ने गढ़ा हो, पर विल्सन को अपमानित करने, उसे आर्थिक रूप से निर्बल करने का माध्यम तो वही बना था।

35

उस रात विल्सन ने खूब शराब पी, अकेले ही। वह दिन में देर से सोकर उठा। उसने उसी दिन वह बँगला और अतिथि गृह खाली करना शुरू किया। अगले दिन उसका सब जरूरी सामान वहाँ से भेजा जा चुका था। कुछ लंढौर के लिए तो कुछ देहरादून के लिए। काफी ऐसा सामान जिसे वह उपयोगी नहीं समझता था, उसने अपने स्थानीय कर्मचारियों में बाँट दिया।

विल्सन ने टिहरी के राजा से भेंट करने का प्रयास किया, पर जब घंटों की प्रतीक्षा के बाद भी बताया जाता रहा कि 'राजा साहब अभी व्यस्त हैं, समय लगेगा', तो उसने एक कागज के टुकड़े पर अपना इस्तीफा लिखा, और उनके स्टाफ को देकर लौट आया।

लौटने से पहले वह एक बार फिर हर्षिल गया। न जाने क्यों उसे ब्रह्मदत्त से मिलने का मन था। अब तक हर्षिल, मुखबा और आसपास के सभी इलाकों में खबर फैल चुकी थी कि हुलसन साहब का जमाना गया, अब सरकार ने उनकी जगहों पर कब्जा कर लिया है।

ब्रह्मदत्त ने विल्सन का स्वागत किया, परन्तु विल्सन की गर्मजोशी और आत्मविश्वास आज हवा हो गया था। उसने उदास और मद्धिम स्वर में कहा, "मैं हार गया, ये पहाड़ अब मेरे लिए बेगाने हो गए हैं।"

ब्रह्मदत्त ने गम्भीरता से कहा, "ऐसा न कहिए विल्सन साहब। आपको इन पहाड़ों ने, इन जंगलों ने जो दिया है, उतना कभी आपने कल्पना में भी नहीं सोचा होगा। यह जिन्दगी का चक्र है, जिसमें उतार-चढ़ाव तो आया करते हैं। हम लोग तो इस ऊबड़-खाबड़ जिन्दगी के आदी हो चुके हैं, मोह-माया से दूर। आप भी अगर ऐसे बने रहेंगे, तो समझ आएगा कि आपके पास खोने के लिए कुछ नहीं है, आप हर तरह से सम्पन्न हैं, खुशनसीब हैं।"

पर विल्सन का दुःख गहन था। उसने कहा, "मैं जानता हूँ कि समय का यह चक्र मुझ पर हावी हो चला है। मैं अब खराब स्थिति की ओर बढ़ रहा हूँ, पर मेरे प्रति छल किया गया है, यह अन्याय है, जिसे मेरी ही सरकार, यहाँ के राजा और कुछ स्वार्थी लोगों ने मिलकर मेरे खिलाफ रचा है।"

ब्रह्मदत्त ने कहा, "नहीं, ऐसा नहीं है। आप खुद सोचो, आप यहाँ क्या लेकर आए थे? एक पोटली और एक बन्दूक। उसके बाद के जो किस्से हैं उनका रोमांच किसी को भी आसानी से नहीं मिलता। आपने काम किया, खूब किया। कुछ नियमों के अनुसार किया, कुछ स्वच्छन्द बन कर किया। आपको इस इलाके ने एक राजा के रूप में जाना। क्या किसी के नाम के सिक्के चले हैं कभी? पर आप भी मानव हो, मानवीय स्वभाव से मजबूर, जरूरत से कहीं अधिक संचय करने के शौकीन। इसलिए हो सकता है कि आपको अपने वे अवगुण न दिखते हों, जिन्होंने इस हरे-भरे गढ़वाल को, इसकी हरीतिमा को, यहाँ के पर्यावरणीय सन्तुलन को नष्ट करने में भी उतना ही योगदान दिया, जितना कोई शिकारी कर सकता था। इसके बावजूद एक बात तो निश्चित है कि हम नहीं, इतिहास आपका आकलन करेगा, तब समझ आएगा कि आपके गुण अधिक थे, या अवगुण।"

विल्सन चुपचाप बैठा रहा। वह अचानक उम्र से बीस वर्ष की अधिक आयु का हो चला था, ऐसा लगता था। हताश, परेशान और अनिश्चित विल्सन अब बिल्कुल अकेला था। ब्रह्मदत्त अगर उससे बात कर रहा था, उसके प्रति सौम्यता की भावना दिखा रहा था तो यह उसका गुण था, विल्सन का नहीं।

चलते-चलते ब्रह्मदत्त ने विल्सन को सलाह दी, "जो बीत गया, उसे एक दुःस्वप्न मानकर भूल जाओ। आगे बढ़ो, और सकारात्मक बनने की सोचो। पैसा कमाना, उसे बढ़ाते जाना मात्र ही मानव के जीवन का लक्ष्य नहीं होना चाहिए। उस ईश्वर का धन्यवाद करो कि उसने आपको जरूरत से अधिक दिया है, अब बस करो।"

विल्सन ने ब्रह्मदत्त को गले लगा लिया, आखिर वह दुर्दिनों में उसका आरम्भिक सहयोगी रहा था।

अब भी विल्सन के पास धन तो बहुत था, पर उसे उपयोग करने के विकल्प कम थे। उसका सेब दूर-दूर तक प्रसिद्ध होने लगा था। यहाँ तक कि इंग्लैंड में भेजी गई एक खेप को बहुत पसन्द किया गया था। उसकी गुणवत्ता मूल सेब से भी कहीं बेहतर थी। यह शायद गढ़वाल की जमीन का कमाल था।

पर एक दिक्कत थी। विल्सन इसे भली-भाँति जानता था कि सेब के बागानों को प्रायोगिक तौर पर आरम्भ करने में उसने जिन्दगी का एक बड़ा हिस्सा जाया कर दिया था। वह वैराइटी चाहे जितनी भी बेहतर क्यों न हो, उम्र का अगला पड़ाव वह इस धीमी गति से बढ़ने वाले उपक्रम में नहीं लगा सकता था।

विल्सन ने एक काम किया। उसने मुफ़्त में इस सेब के पौधों की कलमें बाँटना शुरू किया। उद्‌देश्य यह था कि लोग अधिक से अधिक बाग लगाएँ, और जब वे तैयार हों, तो विल्सन उनको एक उचित मूल्य देकर उनका मालिकाना हक खरीद ले। यह सोच अब भी विल्सन की व्यावसायिक मनोवृत्ति को दर्शाती थी। दिमाग से, पैसे से और परिस्थितियों से पैसे कमाने का उसका लालच अब भी कम नहीं हुआ

था, जबकि उसे यह नहीं पता था कि उसकी जिन्दगी कितनी बची है।

फ्रेडरिक विल्सन की असली चिन्ता अब भी इस बात को लेकर थी कि वह अपने अथाह खजाने को, जो उसने मूलरूप से देवदार के वृक्षों की लकड़ियों को पहले नहर विभाग और फिर रेलवे नेटवर्क को बेचकर इकट्ठा किया था, कहाँ बेहतर रूप में उपयोग कर सकता है।

ऐसे में उसे अपने एक मित्र की याद आई। मसूरी में एक नया निजी बैंक आकार ले रहा था। उसका स्वामित्व मेजर एडमंड स्वीटनहेम के पास था। उन दोनों की बहुत छनती थी, खासतौर से तब, जब विल्सन मसूरी में होता। उनका समय या तो क्लब की महफिलों में बीतता अथवा अपने बिजनेस के लिए उपयोगी योजनाएँ बनाने में।

वह मसूरी जाकर मेजर से मिला। मेजर स्वीटनहेम लगभग 65 वर्ष से अधिक आयु का था, पर आयु से कहीं अधिक सक्रिय और चुस्त-दुरुस्त दिखता था। दोनों में व्यापक चर्चा के बाद सहमति हुई। उसने विल्सन से पूछा, "तुम इस परियोजना में कितनी हिस्सेदारी की अपेक्षा रखते हो?"

विल्सन ने जो सोच रखा था, वह बताया, "बराबर की, यानी आधी-आधी।"

मेजर ने पल भर के लिए कुछ सोचा, फिर कहा, "तकनीकी रूप से यह दिक्कत वाला प्रस्ताव है, क्योंकि मैं इसमें अकेला नहीं हूँ। एक हिस्सा मेरी पत्नी का भी है।"

विल्सन इस अवसर को खोना नहीं चाहता था, इसलिए वह 25 प्रतिशत हिस्सेदारी पर भी तैयार हो गया। शेष 25 प्रतिशत मेजर की पत्नी और 50 प्रतिशत स्वीटनहेम के पास रहनी थी। यह उचित भी था, क्योंकि इस बैंकिंग व्यवसाय का मूल विचार मेजर का था, और उसका मॉडेल तैयार करने में मेजर स्वीटनहेम ने बहुत अध्ययन किया था, अपना कीमती समय दिया था। विल्सन इस व्यवसाय की जटिलताएँ भी नहीं जानता था, और न जानना चाहता था, उसका उद्‌देश्य सिर्फ पैसा कमाना था।

ब्रह्मदत्त से हुई चर्चाओं, उसकी सलाह, इससे पूर्व एक के बाद एक ऐसी घटनाओं, जिसने विल्सन के जमे-जमाए टिम्बर व्यवसाय पर समूल रोक लगा दी थी, बेटे की आवारागर्दी के किस्से, एक बाबा का शाप आदि अब भी विल्सन को उसके खुराफाती मन में चल रही युक्तियों से मुक्त नहीं करा पाए थे। वह इस बात को समझने को तैयार न था कि उसके जीवन का बेहतरीन काल अब बीत चुका है।

इस बैंक की परिकल्पना को मूर्त रूप देने के लिए जितनी धनराशि का योगदान विल्सन को करना था, वह उसकी अब तक की गई कमाई का एक बड़ा हिस्सा थी। यह एक जुआ भी हो सकता था, पर विल्सन के मन में लालच के कीटाणु अब भी कुलबुला रहे थे। इस बैंक के संचालन में उसे जिस लाभ की उम्मीद थी, वह बात उसने अपने मुख्य सहयोगी मेजर एडमंड से भी साझा नहीं की थी।

विल्सन का मानना था कि सम्पत्तियों को गिरवी रखकर दिये जाने वाली कर्ज

की राशि से वह भरपूर कमाई कर सकता था। उसकी कमाई के दो तरीके थे—ऐसे लोगों को थोड़ा बढ़ी हुई दरों पर कर्ज देकर अन्यों से अतिरिक्त धनराशि की उगाही, और दूसरे, कर्ज की धनराशि न चुकाने पर ऐसी सम्पत्तियों पर काबिज होकर उन्हें अच्छे मूल्यों पर बेचने से मिली धनराशि। उसका इरादा था कि जिन सम्पत्तियों को वह कर्ज के लिए लेगा, उनका आकलन बाजार भाव से आधे मूल्यों पर ही किया जाएगा। इस प्रकार उसके और बैंक के दोनों हाथों में लड्डू थे - एक तो उसे कर्जदार से बेहतर ब्याज की अदायगी होनी थी, दूसरे, कर्ज न चुकाने की स्थिति में बैंक को (यानी उसके हिस्से में) और भी अधिक तथा अकल्पनीय राशि मिलने की पूरी-पूरी सम्भावनाएँ थीं।

लेकिन हर बार मन का कहाँ हो पाता है! जिन्दगी में तमाम जटिलताओं का सामना करने के बावजूद विल्सन अब भी दीवार पर लिखी इबारतों को पढ़ने से इनकार कर रहा था। उसे लगता था कि उसके पास ईश्वर की दी हुई असीम कृपाशक्ति है, जिसका उपयोग कर वह इतनी धनराशि कमा सकता है, जितनी शायद दुनिया में कभी किसी ने न कमाई हो। हाल के ही कई वर्षों में बहुत-से मानसिक और शारीरिक आघात लगने के बावजूद वह अब भी पूरी तरह भौतिकवादी तो था ही, उसके अन्दर रूपया कमाने की लालसा बलवती होती जा रही थी।

हुआ यह कि मेजर एडमंड स्वीटनहेम की एक अल्प बीमारी से 67 वर्ष की आयु में मृत्यु हो गई। विल्सन तब मसूरी में ही था। यह वह समय था जब बैंक चालू होने की प्रक्रिया अन्तिम चरण में थी। विल्सन ने पूरी लिखा-पढ़ी के बाद अपने हिस्से की पूँजी मेजर को पहले ही सौंप दी थी। यह विल्सन के लिए बड़ा झटका था। उसकी जो पूँजी बैंक में लगी थी वह उसकी अपनी बचत का लगभग तिहाई हिस्सा थी। उस धनराशि से बैंक की परिसम्पत्तियों और विनिर्माण की कार्रवाई हो रही थी, इसलिए अगर इस धनराशि को डूबा हुआ मान लिया गया तो कोई हर्ज न था।

यह विल्सन के लिए एक बहुत बड़ा झटका था। शायद ईश्वर उसे संकेत दे रहा था कि उसका अच्छा दौर गुजर चुका है, और यह कि उसे अब व्यापार तथा पैसे का मोह छोड़कर एक आध्यात्मिक जिन्दगी व्यतीत करनी चाहिए। लेकिन विल्सन तो विल्सन था।

विल्सन ने इस घटनाक्रम से जो बात सीखी, वह यह थी कि उसने अपने स्वास्थ्य पर ध्यान देना शुरू किया। विल्सन पचास वर्ष की आयु पूरी कर चुका था, और यह उसका सौभाग्य था कि गठिया के अलावा वह किसी अन्य रोग से पीड़ित न था। उसके अन्दर जो हिम्मत थी, जो जज्बा था, वह अब भी उसी तरह से कायम था, जैसे उसने ईस्ट इंडिया कम्पनी के दिनों में, स्वयं को कानून के हाथों से बचाने और उस ऊर्जा का बेहतरीन उपयोग करने में बिताया था।

36

विल्सन इस उधेड़बुन में था कि वह कैसे अपनी धनराशि को बढ़ाकर कोई ऐसा उद्यम करे कि बैंक परियोजना में डूबी राशि की भरपाई हो सके, और उसकी आर्थिक सत्ता का स्रोत बना रहे। ऐसे ही समय में विल्सन के एक पुराने मित्र ने उससे सम्पर्क किया।

आगरा बैंक में काम कर चुके उसके मित्र ने बहुत सालों बाद विल्सन से सम्पर्क किया था। जब उनकी मुलाकात हुईं तो दोनों ने पिछले दिनों की खूब बातें कीं, पर कहते हैं न कि दूध का जला छाछ को भी फूँक-फूँक कर पीता है। वह बैंकिंग व्यवसाय में हाथ डालने का बिल्कुल इच्छुक न था। विल्सन की जिसमें रुचि जाग्रत हुई, वह माइकल हॉबसन का एक रियल एस्टेट का अलग ही तरह का प्रस्ताव था। उसने कहा, "मेरे पास एक मित्र की साझेदारी में मसूरी के चार्ल्सविले एस्टेट का स्वामित्व है।"

विल्सन चौंक गया, क्योंकि वह जानता था कि यह जगह मसूरी की बेहद खूबसूरत जगहों में से एक थी। उसने स्वयं कई बार इस जमीन के मालिक से इस विशाल भूखंड को खरीदने का प्रयास किया था, परन्तु वह उसके भाग्य मे नहीं लिखी थी, इसलिए किसी न किसी बहाने से विल्सन को जमीन का यह महत्त्वपूर्ण भू-भाग हाथ नहीं लगा। विल्सन इस जमीन की उपयोगिता को जानता था इसलिए उसने इसे क्रय करने के यत्न किये, परन्तु जो चीज उसकी किस्मत में नहीं थी वह उसे कैसे मिलती। विल्सन को इस बात की कोई जानकारी नहीं थी कि अब यह जगह माइकल हॉबसन के पास उपलब्ध है। उसने इस सम्बन्ध में बात बढ़ाने की इच्छा दिखाते हुए कहा, "हाँ वह जगह काफी उपयुक्त है। पर तुम्हारा उसके विषय में क्या विचार है, यानी तुम वहाँ पर क्या करना चाहते हो?"

उसकी रुचि देखकर हॉबसन ने विल्सन को अपनी योजना से अवगत कराया। वह इस एस्टेट पर एक शानदार होटल-कम-रिज़ॉर्ट बनाने का प्रस्ताव लेकर आया था। यह प्रस्ताव समझना इसलिए भी आसान था क्योंकि हॉबसन के पास इस होटल को बनाने के लिए जरूरी नक्शे और कागजात भी मौजूद थे। उसने एक टेबल पर एक बड़ा नक्शा फैलाते हुए विल्सन को दिखाया और कहा, "मेरे पास इस परियोजना को आरम्भ किये जाने के अगले 10 वर्ष बाद तक का परिदृश्य मौजूद है। लगभग तीन वर्ष के संचालन के बाद यह परियोजना मुनाफा देने लगेगी। आपको इस बात का पूरा अनुमान होगा कि इसके बनने के बाद मसूरी में क्या, उत्तरी भारत में इस स्तर का कोई होटल मौजूद नहीं होगा। फिलहाल मसूरी में जो होटल है वह अब आकर्षक नहीं रहा है। यह परियोजना आपके सहयोग से अगले डेढ़ वर्ष में पूरी तरह तैयार हो सकती है।"

"आप मुझसे क्या उम्मीद करते हैं?"

यह विल्सन की उत्कंठा थी अथवा उसका धैर्य, यह जानना मुश्किल है क्योंकि वित्तीय मामलों में विल्सन काफी धैर्य और विचार के उपरान्त ही कोई निर्णय लिया करता था। इस परियोजना में अपनी रुचि के बावजूद वह इस बात को हॉबसन के सामने प्रदर्शित करना नहीं चाहता था। विल्सन की जिज्ञासा का उत्तर हॉबसन के पास मौजूद था। उसने कहा, "आपके लिए पूरा प्रस्ताव बनाकर रखा गया है। अगर इसमें कोई संशोधन करना चाहें तो हम लोग उस पर विचार-विमर्श कर सकते हैं परन्तु यह प्रस्ताव पूरी तरह व्यावसायिक स्तर पर चर्चा कर और इस परियोजना के उद्देश्य की प्राप्ति के लिए उपयुक्त ढंग से बनाया गया है। बस आपको इस परियोजना के लिए वित्तीय साझीदार के रूप में हमारे साथ आना होगा।"

फ्रेडरिक विल्सन ने एक निगाह नक्शे और अन्य कागजों पर डाली। वह जमीन से जुड़ा आदमी था इसलिए कागजों, अभिलेखों और नक्शों से अधिक जमीन को देखकर ही अपने निर्णय लिया करता था। वह जमीन उसने न जाने कितनी बार देखी थी। उसे इस भूखंड की उपयोगिता का अच्छा अनुमान था। फिर भी उसकी ओर से कोई जल्दबाजी दिखाना उपयुक्त नहीं था, इसलिए उसने हॉबसन से कहा, "मैं जरूर विचार करूँगा। पहले मुझे अपनी परियोजना के मॉडल और उससे मिलने वाले रिवेन्यू के नमूने को समझाओ। मुझे यह जानना जरूरी है कि क्यों लोग आपके ही होटल को पसन्द करें?"

हॉबसन ने विल्सन को इस सम्बन्ध में विस्तार से समझाया। उसका कहना था कि "आज का पर्यटक इसलिए घर से बाहर निकलता है कि वह एक सुकून पा सके, उसे अपने आसपास की दौड़-भाग की जिन्दगी से बचकर किसी पर्वतीय इलाके में ऐसी जगह रहने का जो आनन्द मिलता है वह अनूठा होता है, वह ऊँची-ऊँची पर्वतीय श्रृंखलाओं को देखकर रोमांचित होता है और वहाँ की हरियाली तथा खुशनुमा हवाओं, नीचे स्तर पर घुमड़ते बादलों को देखकर जो रूमानियत महसूस करता है, उसका हम केवल अन्दाजा लगा सकते हैं। आज के समय में लोगों की क्रय शक्ति भी बढ़ रही है परन्तु हम अपने इस होटल में कई वर्ग के कमरे और सुविधाएँ रखेंगे ताकि अधिकतर वर्ग को अपने यहाँ ठहरने के लिए प्रेरित किया जा सके। लोग वैसे भी अच्छी सुविधाएँ देने के लिए अपनी जेब खाली करने को तैयार रहते हैं। यहाँ का स्टाफ पूरी तरह प्रशिक्षित और सौम्यतापूर्ण व्यवहार के लिए जाना जाएगा। शेष रही बात यहाँ की भौगोलिक स्थिति की, उसे मुझसे बेहतर आप जानते हैं।"

विल्सन मुस्कराया। उसने प्रस्ताव पर आरम्भिक रूप से ठंडा रुख दिखाया अवश्य था, पर उसका मन इस परियोजना में सहभागिता करने के लिए हिलोरें मार रहा था। वह इस जगह का भविष्य अपनी आँखों में सँजोए हुए था। उसके अनुमान कभी गलत सिद्ध नहीं हुए थे।

आखिरकार कुछ दिनों बाद विल्सन ने एक विस्तृत बैठक कर हॉबसन से उसकी होटल परियोजना में भाग लेने की सहमति दे दी। इस आलीशान होटल को बनाने के लिए हर व्यवस्था बेहतरीन की गई थी। इस प्रकार यह उत्तर भारत का पहला शानदार होटल-कम-रिज़ॉर्ट बनने जा रहा था।

विल्सन को इस होटल से अधिक उम्मीदें इसलिए भी थीं कि वह इस परियोजना के माध्यम से अपने बेटे, चार्ल्स को जीवन में स्थापित होते देखना चाहता था। उसकी सोच थी कि बेटा इस परियोजना के प्रबन्धन में सक्रिय भूमिका निर्वहन कर अपना रास्ता बेहतर ढंग से बना पाएगा, परन्तु 18-वर्षीय चार्ल्स विल्सन इस परियोजना के लिए रुचि रखता भी था अथवा नहीं, यह उससे नहीं पूछा गया था। जब बात हुई तो पता चला कि उसकी होटल व्यवसाय में कोई रुचि नहीं है। यह फ्रेडरिक विल्सन के लिए एक और झटका था। आखिर उम्र के उस पड़ाव पर वह किसके लिए सम्पत्तियाँ सहेजता।

बहुत विचार-विमर्श के बाद बेटा इस बात के लिए तैयार हुआ कि पहले वह अपनी सर्वेइंग की शिक्षा पूरी करेगा, ताकि उसमें इस परियोजना में और भी बेहतर रूप से शामिल होने की क्षमता विकसित हो सके। विल्सन ने चार्ल्स को उसकी रुचि के अनुसार काम करने से नहीं रोका, बल्कि विल्सन ने अपने सम्बन्धों का उपयोग कर बेटे को देहरादून स्थित भारतीय सर्वेक्षण विभाग में अप्रेंटिस के लिए तैनात करा दिया। उसकी सोच थी कि बेटा जब अपने मन के अनुसार और जीवन के झंझावातों से जूझ कर अपना रास्ता बनाएगा, तो अवश्य एक बेहतर व्यवसायी बन सकेगा। पर आने वाले समय में विल्सन को यह बात समझ आ गई थी कि बेटे चार्ल्स का मन व्यवसाय में बिल्कुल नहीं था, और उसे दबाव डालकर व्यवसाय में प्रवेश कराना घातक हो सकता था। एक उदासीन बेटे को एक बड़ी परियोजना वाले उद्यम में प्रबन्धन भूमिका में लगाने के प्रयोग से उसे आर्थिक रूप से नुकसान उठाना पड़ सकता था।

विल्सन ने एक गलती और की थी। उसने कभी भी अपनी पत्नी गुलाबो और किशोर वय से परिपक्व अवस्था की ओर बढ़ रहे बेटों को अपने आर्थिक तंत्र तथा निवेशों की विस्तार से जानकारी नहीं दी थी। वे यह नहीं जानते थे कि विल्सन का निवेश कहाँ-कहाँ पर है और उसकी सम्पत्तियाँ कहाँ तक फैली हुई थीं। जो सम्पत्तियाँ सबकी निगाह में थीं, केवल वही उसके परिजनों की जानकारी में थीं। इसका कारण यह था कि वह मँझले बेटे पर कोई भरोसा नहीं करता था जबकि बेटे हेनरी की व्यवसाय और उसके रुपयों-पैसों में कोई रुचि नहीं थी। पत्नी गुलाबो को वह हिसाब-किताब के जंजाल में फँसाना नहीं चाहता था इसलिए उससे भी कोई चर्चा नहीं होती थी। केवल चार्ल्स उसका वह बेटा था जिसे अपने पिता विल्सन की आर्थिक स्थिति और उनके निवेश की गई धनराशि के विषय में थोड़ी बहुत जानकारी

थी। परन्तु उसे भी विस्तार से इस सम्बन्ध में कोई जानकारी रही हो, यह दावा नहीं किया जा सकता था। उसे यह बिल्कुल नहीं मालूम था कि उसके पिता का बैंक का अधिकतम निवेश इंग्लैंड के न्यू कैसल की एक वित्तीय कम्पनी में निवेशित है।

दिन-रात के निर्माण और युद्ध स्तर पर तैयारियों के बाद मसूरी का चार्ल्सविले होटल जब बनकर तैयार हुआ तो वास्तव में वह एक अद्‌भुत और उत्कृष्ट तरीके का होटल था। उसके कमरों से पर्वतीय चोटियों के दृश्य दिखते ही थे, एक ओर बहता झरना और दूसरी ओर रिज के पुल का दृश्य एक रोमांचक दृश्यता उत्पन्न करता था। सर्दियों में ये पहाड़ियाँ जब बर्फ से ढकी रहती थीं, और रुई के फाहे की तरह बर्फ का एक-एक कण जो गिरता था, उस जैसी रूमानी स्थिति शायद किसी होटल में रहकर नहीं देखी जा सकती थी। इस होटल-कम-रिज़ॉर्ट के उद्‌घाटन के लिए मसूरी, देहरादून के सम्भ्रान्त लोगों को तो आमंत्रित किया ही गया था, मेरठ, दिल्ली और आगरा के वरिष्ठ अफसर और उद्यमी भी विशिष्ट अतिथियों के रूप में आमंत्रित किये गए थे।

होटल के मुख्य प्रवेश द्वार पर दो देवदार के वृक्ष अतिथियों का स्वागत करते प्रतीत होते थे। यह फ्रेडरिक विल्सन का हर्षिल और गढ़वाल के उन पेड़ों के प्रति सम्मान, कृतज्ञता या डर था, जिनकी प्रजातियों के बेरहम कटान से उस फिरंगी ने इन ऊँचाइयों को छुआ था कि वह उत्तर भारत के सबसे महँगे और आरामदेह होटल का साझीदार बन बैठा था। यूरोपियन लोगों के लिए यह देवदार क्रिसमस ट्री की भाँति सौभाग्य का प्रतीक माना जाता था। विल्सन ने इस वृक्ष की प्रजातियों की सौदेबाजी से ही तो अपनी जिन्दगी सँवारी थी।

देखते ही देखते चार्ल्सविले होटल की सफलता की कहानियाँ न केवल आसपास बल्कि दिल्ली, कलकत्ता और बम्बई के गलियारों में चर्चित होने लगीं। बात ही कुछ ऐसी थी कि उस तरह का शान-ओ-शौकत वाला, विशाल, खूबसूरत, हरीतिमा युक्त और बेहतर लोकेशन का कोई अन्य होटल किसी की निगाह में अभी तक नहीं आया था। वहाँ की बेहतरीन साज-सज्जा, झाड़ फानूस, विभिन्न प्रकार के इनडोर और आउटडोर खेलों की व्यवस्था तथा उम्दा भोजन के साथ सौम्य स्टाफ का मेल उसे एक प्रतिष्ठित होटल का तमगा देने के लिए पर्याप्त था। वहाँ ठहरने के लिए दूर-दूर से, देशी और विदेशी पर्यटक आने लगे। होटल में आसपास के इलाकों के प्रतिष्ठित परिवार वहाँ अपने सामाजिक आयोजनों को किया करते।

विल्सन इस होटल में अक्सर आया-जाया करता था लेकिन उसने कभी उसके संचालन में कोई हस्तक्षेप नहीं किया। जानकार लोगों को यह पता था कि इस होटल का एक बड़ा मालिकाना हिस्सा फ्रेडरिक विल्सन के पास था। इस होटल की वार्षिक आय से जो धनराशि मिलती थी उसे आरम्भिक वर्षों में अनुबन्ध के अनुसार विल्सन ने होटल की देखरेख में ही व्यय करने की सहमति दी थी और

उसका उपयोग उसी तरह किया जा रहा था।

होटल की सफलता और विल्सन की सम्पत्तियों में एक और बड़ी नामचीन सम्पत्ति के शामिल होने के बावजूद सन 1866 में विल्सन एक बार फिर से अपने बुरे समय से जूझने की स्थिति में आ गया था। इस साल सर्दी का मौसम थोड़ा जल्दी आ गया और जब यह आया तो अपने साथ खतरनाक बर्फीली हवाओं को लेकर आया। तिब्बत की ओर से आई इन तूफानी बर्फीली हवाओं ने जो कहर मचाया वह इतिहास में इससे पहले दर्ज नहीं किया गया था। इसके कारण वहाँ के चरवाहों ने अपने जानवरों को जल्दी मैदानी इलाकों में उतारने की सूझी। परन्तु जब तक वह कार्रवाई कर पाते तब तक गंगा माता अपने रौद्र रूप में आ गई थी। विल्सन के बनाए हुए झूला पुल को पार करने में तीन घुमन्तू चरवाहों, और कुछ भेड़ों की बलि चढ़ गई। तमाम प्रयासों के बावजूद उनको पुल के उस पार जाने के प्रयास में इस कामचलाऊ पुल के टूटने से 600 फुट की ऊँचाई से गिरने पर सुरक्षित नहीं बचाया जा सका।

यह घटना उस वर्ष नवम्बर के पहले रविवार की थी। घटना हर्षिल से दूर घटी थी इसलिए उसे हर्षिल आते-आते समय लगा। लोगों के प्रयास के बावजूद घायलों को बचाया न जा सका। कोई भी समझदार व्यक्ति यह आसानी से समझ सकता था कि इस घटना में विल्सन की कोई भूमिका नहीं थी। वह काफी लम्बे समय से हर्षिल के सम्पर्क में नहीं था। यह भी सही था कि उसने अपनी समझदारी के अनुरूप पुल को बेहतर बनाया था और उसका उपयोग किया जा रहा था, लेकिन लोगों को तो उसे कोसने का बहाना चाहिए था। आसपास के लोगों ने इस घटना के लिए विल्सन को जिम्मेदार बताते हुए बहुत हंगामा किया। वह टिहरी के राजा के पास भी गए और विल्सन के विरुद्ध कार्रवाई की माँग की।

विल्सन इस मामले में अपनी जिम्मेदारी समझकर हर्षिल के लिए चल पड़ा था। वह मौके पर पहुँचकर सब अपनी आँखों से देखना और समझना चाहता था। जैसे ही वह घटनास्थल पर पहुँचा, उसे लोगों ने घेर लिया। एक स्थानीय व्यक्ति जो उनका नेता बना हुआ था, ने कहा, "देख लिया, तुम्हारे पुल का क्या अंजाम हुआ! लोगों की जिन्दगी से खेलना तुम्हारा शौक है। इसके लिए ईश्वर तुमको माफ नहीं करेगा।"

विल्सन आक्रोशित हो गया। उसने पूछा, "यह बताओ कि इस गाँव के, टिहरी के या आसपास के इलाकों के कितने लोग और उनके कितने जानवर इस पुल के कारण घायल हुए हैं, उनका सामान क्षतिग्रस्त हुआ है, या उनकी जिन्दगियों को खतरा हुआ है?"

उसके पास इस प्रश्न का कोई उत्तर नहीं था। वह बगलें झाँकने लगा तो विल्सन ने कहा, "मैंने अकेले वह सब कर दिखाया जो आपका राजा और आपके ये लोग

नहीं कर पाए जो यहाँ खड़े होकर हंगामा कर रहे हैं। कोई भी पुल, मकान या बिल्डिंग कभी न कभी कमजोर होती है, पर यह क्या मेरा दोष है कि बर्फीली तेज हवाओं और एक सीमा से अधिक बोझ की मार ने इसे ध्वस्त कर दिया? क्या मैंने इसे कमजोर बनाया था? या मैं स्वयं इस पर सैकड़ों बार चढ़कर नहीं निकला हूँ?"

इस पर भी भीड़ से कोई जवाब नहीं मिला तो विल्सन ने स्वयं ही कहा, "दरअसल, तुम लोगों को बैठे-बिठाए अच्छे काम करने वाले किसी भी इनसान में खोट ढूँढ़ने की आदत है। वह इसलिए है कि तुम्हारे पास कोई काम-धन्धा नहीं है। पर यह बात जान लो, कि अब मेरी इस तरह के खैराती काम करने में कोई दिलचस्पी नहीं है। फिर भी आखिरी बार मैं चाहूँगा कि यह पुल सुधर कर इसकी जगह और मजबूत बने। लेकिन अगर तुम लोग सोचते हो कि इसमें भी कोई मेरा स्वार्थ है तो तुम इसे खुद बनाओ या टिहरी के राजा से इसके लिए अनुरोध कर लो।"

और, विल्सन वहाँ से निकल आया। किसी की ऐसी हिम्मत नहीं थी कि विल्सन से बहस करता या उसे अपमानित अथवा प्रताड़ित करने की सोचता, हाथ लगाने की बात तो बिल्कुल अलग थी।

घटनास्थल से मुक्त होकर जब विल्सन अपने हर्षिल के गेस्ट हाउस में पहुँचा तो उसे वहाँ उसका श्वसुर मंगतू मिला। उसकी अलग ही कहानी थी। वह इस अवसर का उपयोग ब्रह्मदत्त से अपनी दुश्मनी को निकालने में करना चाहता था। उसने यह कह कर विल्सन को समझाने की कोशिश की कि इस दुर्घटना को लेकर लोगों को भड़काने में ब्रह्मदत्त का हाथ है। उसने दावा किया कि, "ब्रह्मदत्त लोगों को यह कहकर भड़का रहा है कि इस हादसे के लिए पहाड़ी हुलसन जिम्मेदार है। वह चाहता है कि आप हमेशा के लिए इस इलाके से दूर चले जाएँ।"

विल्सन ने गौर से मंगतू के चेहरे को देखा। वह उसके भावों को पढ़ना चाहता था, और उसे अच्छी तरह समझता था। वहाँ विल्सन को एक खास किस्म की धूर्तता दिखाई दी, इसलिए उसने बहुत धैर्यपूर्वक कहा, "हो सकता है, उसका आकलन सही हो। पर मैं तो पहले ही हर्षिल को छोड़ चुका हूँ। यहाँ मेरा क्या बचा है! नत्थू मेरी बात सुनता नहीं है, इसलिए उसका यहाँ होना, न होना बराबर है। रही बात तुम्हारी, तो तुमको यहाँ पर अपनी जिन्दगी बितानी है, इसलिए मैं चाहता हूँ कि तुम उन लोगों से सौहार्दपूर्ण ढंग से रहो। मेरा मुझ पर छोड़ दो।"

यह सुनना मंगतू के लिए बहुत अप्रिय था। उसकी चाल जो सफल न हो पाई थी। परन्तु विल्सन इस बात को लेकर दृढ़ निश्चयी था कि वह अपने जीवन के उत्तर काल में किसी झंझट में नहीं पड़ना चाहता था, खास तौर से ब्रह्मदत्त के साथ तो बिल्कुल नहीं, जिसने उसका हर्षिल में हर उस स्थिति में साथ दिया था, जब भी विल्सन को जरूरत पड़ी थी। अगर कहा जाए कि विल्सन को हर्षिल की राह दिखाने वाला ब्रह्मदत्त ही था, तो कोई अतिशयोक्ति न होगी।

37

विल्सन मसूरी लौट आया था। हर्षिल में हुई भाग-दौड़ और अशान्त मन से उसका स्वास्थ्य थोड़ा बिगड़ गया था। गठिया का दर्द उसे बहुत परेशान किये था। वह एक दिन अपने मेंशन के बैकयार्ड में दिन की धूप सेंक रहा था कि उसे पता चला कि मेरठ छावनी से कोई सन्देशवाहक आया है।

विल्सन इतना थका हुआ था कि उसने उस सन्देशवाहक को वहीं बुला भेजा। वह एक अंग्रेज था। विल्सन जानता था कि अंग्रेज सन्देशवाहक को भेजे जाने का अर्थ था कि सन्देश कोई विशेष महत्ता का है। उस सन्देशवाहक ने अभिवादन करने के बाद उसे एक सीलबन्द लिफाफा पकड़ा दिया। उसे खोल कर विल्सन ने पढ़ा तो उसके चेहरे के भाव उतरते-चढ़ते गए। दिक्कत यह थी कि विल्सन इस समय एक चुनौतीपूर्ण समय से गुजर रहा था—शारीरिक और मानसिक दोनों रूपों में वह कई समस्याओं से जूझ रहा था। ऐसे में इस पत्र के माध्यम से उसे जो निर्देश मिला था, वह उसकी समस्या को और बढ़ाने वाला था। वह पत्र यूँ था—

"मिस्टर फ्रेडरिक विल्सन,

लगभग तीस साल बीत गए होंगे, जब हमारी-तुम्हारी कांधार में मुलाकात हुई थी। मैं ब्रिगेडियर यंग से तुम्हारे विषय में जानकारी लेता रहा हूँ। अचानक इस सन्देश को भेजने का कारण तुम्हें मिस्टर जॉर्ज हेवर्ड से परिचित कराना है। अगर तुम इच्छुक हो, तो मैं तुमसे एक आखिरी काम भी कराना चाहता हूँ।

मिस्टर हेवर्ड को मैं हिन्दुस्तान के उस उत्तरी सीमावर्ती इलाके में भेदिये के रूप में भेजना चाहता हूँ, जहाँ से हम रूसियों की इस देश में प्रवेश करने की गतिविधियों और सम्भावनाओं पर निगाह रख सकें, उनके बारे में गुप्त बातें जान सकें। चूँकि हेवर्ड इस खेल में नया है, उसे ऐसे किसी काम का कोई अनुभव नहीं है, इसलिए मैं चाहूँगा कि तुम उसे हमारा जासूस बनाने के लिए अच्छी ट्रेनिंग दो। उस इलाके में मेरी निगाह में तुम अकेले ऐसे इनसान हो जिस पर मैं भरोसा कर सकता हूँ। इसलिए मैं कृतज्ञ हूँगा कि यदि तुम इस काम को अपने हाथ में लेकर हमारी जरूरी मदद कर सको। इस विषय में काम करने या अपने आप को तैयार करने का तुम्हारे पास काफी वक्त है। इस बीच अच्छी तरह से सोच लो कि इस काम को कैसे अंजाम देना है ताकि हेवर्ड अपने पहले ही मिशन में एक सफल जासूस बन कर हमारे लिए उपयोगी सिद्ध हो सके।

मुझे यह बताने की जरूरत नहीं कि यह बेहद गुप्त मिशन है, और इस पत्र को पढ़ने के बाद नष्ट करना होगा।

—हेनरी रावलिंसन"

विल्सन जानता था कि यह एक खतरनाक खेल था। खुद कोई काम करना होता तो भी गनीमत थी, पर अपना दिमाग दूसरे के शरीर में घुसाना, और उससे मन-मुताबिक काम लेना, यह तो और भी मुश्किल काम था। परन्तु विल्सन यह भी जानता था कि यह असम्भव न था। फिर जिस अफसर की ओर से यह सन्देश आया था, उनको इनकार करना एक किस्म की हुकुमउदूली होती। यह आभास विल्सन बिल्कुल नहीं होने देना चाहता था। तो उसने मन में ही हाँ कर दी। वह अपने आप को फिलहाल किसी काम में व्यस्त भी करना चाहता था, ऐसे में यह काम करना उसके लिए एक चुनौती की तरह था, जिसे वह लेने में रुचि रखता था, बशर्ते कि उसका स्वास्थ्य और न बिगड़े।

सन्देशवाहक ही वह जासूस था, जिसे विल्सन को प्रशिक्षित करना था।

अगले छह महीने कब बीत गए, विल्सन को पता ही नहीं चला। इस बीच उसने हेवर्ड को वे तमाम गुर सिखाए, जिन्हें जानना, समझना और आत्मसात करना उसके लिए जरूरी था। वह उसे लेकर सीमावर्ती इलाकों में भी जाता, वहाँ के लोगों से भी परिचित कराता। उसका परिचय विल्सन ने अपने भतीजे के रूप में दिया था। यहाँ तक कि गुलाबो को भी यही बताया गया था कि वह बचपन में उससे मिला था, पर उसके इंग्लैंड में बसे होने के कारण लगभग बीस साल बाद वह हेवर्ड को देख पाया है।

हेवर्ड कुशाग्र था। उसमें चीजों को त्वरित रूप में समझने की बुद्धि थी। उसे वे सब शौक थे, जो विल्सन को भी प्रिय थे, पर अन्तर इतना था कि वह विल्सन की अपेक्षा अधिक शिक्षित था। हेवर्ड एक अच्छा भेदिया बनने की दिशा में कदम बढ़ा रहा था, यह देखकर विल्सन को प्रसन्नता होती। कई बार वह अपने बेटे के रूप में उसकी कल्पना किया करता कि 'काश मेरे बेटे इतने ही तेज बुद्धि के होते'। पर जो नहीं हो सकता था, उस पर क्या अफसोस करना। विल्सन ने बेटों की अनावश्यक परवाह करना छोड़ दिया था।

ऐसे समय में, जब विल्सन हेवर्ड के साथ उत्तरी सीमावर्ती इलाके में कहीं 'सर्वे' का काम कर रहा था, उसे मसूरी से एक कारिन्दा ढूँढ़ता हुआ आया।

वह बुरी खबर लेकर आया था। खबर यह थी कि नत्थू ने घर में रखी राइफल से गोली चलाकर तीन लोगों को मार डाला है।

"कैसे?"

विल्सन ने अपने को सँभाल कर माथे पर हाथ रख कर पूछा तो कारिन्दे ने

बताया, "वह कई दिन से बहका हुआ था। उसे यह डर बना रहता था कि लोग उसकी हत्या की साजिश रच रहे हैं। उसने घर से बाहर निकलना बन्द कर दिया था। यहाँ तक कि कई-कई दिन तक वह बिस्तर से भी नहीं उठता था।"

"फिर?" विल्सन मामले की तह में जाना चाहता था।

कारिन्दे ने बताया कि "उस दिन कई तीर्थयात्री जत्थों में घर के सामने से गीत, भजन और उद्घोष लगाते हुए जा रहे थे, जिससे नत्थू बेचैन था। उसे लगा कि वे लोग उसे मारना चाहते हैं।"

आगे के घटनाक्रम में उस कारिन्दे ने बताया कि जब कुछ लोग उसके घर के बाहर आराम करने की मुद्रा में रुक गए तो नत्थू का पारा सातवें आसमान पर जा पहुँचा। उसे लगा कि वे मौका पाकर उसे मार ही डालेंगे। उसने इन लोगों को वहाँ से चले जाने को कहा, पर वे उसकी खिल्ली उड़ाने लगे। बस इसी बात से आक्रोशित होकर नत्थू घर से राइफल निकाल लाया और अन्धाधुन्ध गोलियाँ चला दीं। इस घटना में तीन तीर्थयात्री मारे गए।

यह सुनना वाकई दुःखद था। फिर भी वह अपनी जिम्मेदारी से बच नहीं सकता था। उसके लिए यह सब जानना बहुत अवसादपूर्ण था। विल्सन को दुःख भी था और बेटे पर आक्रोश भी। उसने तत्काल हर्षिल के लिए निकलने का फैसला किया।

वहाँ तक पहुँचने में विल्सन को तीन दिन से भी ज्यादा समय लगा। वहाँ पहुँचकर मंगतू ने फिर वही राग अलापा। उसका कहना था कि ब्रह्मदत्त ने उसके बेटे को गिरफ्तार करा दिया है।

विल्सन यह सुनकर झुंझला गया। उसने मंगतू से कहा, "जिस इनसान ने होशो-हवाश में तीन लोगों की जान ले ली हो, उसे जेल में होना ही चाहिए। ब्रह्मदत्त की इसमें भूमिका कहाँ आती है?"

मंगतू कुछ कहना चाहता था, पर विल्सन ने उसकी नहीं सुनी। वह उत्तरकाशी पुलिस थाने के लिए निकल लिया। वहाँ पहुँचकर देखा तो बदहाल नत्थू सींखचों के पीछे बेसुध पड़ा था। विल्सन को उस पर दया भी आई। उसने थानेदार से बात की, पर वह अडिग था कि नत्थू एक गम्भीर अपराधी था, और उसे किसी हाल में नहीं छोड़ा जाना चाहिए।

आखिरकार बहुत प्रयास से उस थानेदार ने नत्थू को छोड़ा, पर उसने इस काम के लिए जितना उत्कोच प्राप्त किया था, वह उस थानेदार के एक वर्ष के वेतन की धनराशि से कम न था।

वह हर्षिल लौटकर ब्रह्मदत्त से मिला। विल्सन ने बेटे के कृत्य पर अफसोस प्रकट किया तो ब्रह्मदत्त ने उसे मित्रवत सलाह दी, "मेरी मानो, इसे अपने साथ ले जाओ। यहाँ यह सुधरने वाला नहीं है, इसकी संगति ही ऐसी है। आगे कोई बड़ी

समस्या में घिरे और पूरा परिवार लपेटे में आए, इससे बेहतर है कि यह आप लोगों की निगाह में बना रहे।"

विल्सन के पास सहमत होने के अलावा कोई विकल्प न था।

नत्थू देहरादून आ गया था, अपनी इच्छा के विरुद्ध। पर वह ज्यादा जी नहीं पाया। वह किसी आन्तरिक बीमारी से भी पीड़ित था, जिसने उसके मन और शरीर को निर्बल बना दिया था। चिकित्सक भी उसके रोग को नहीं समझ पाए। वह एक मानसिक विकार से ग्रस्त हो गया था, जिसमें उसे अकसर बुरे स्वप्न आते थे। कई बार वह दिन में भी अकारण चीख पड़ता था। एक रात जो वह सोया तो अगले दिन मिट्टी हो गया था।

बेटे नत्थू की मौत की घटना कोई ऐसी खबर नहीं थी जो चर्चा का विषय बनती। गुलाबो जरूर कई दिनों तक लगातार रोती रही। वह उसे प्रेम करती थी, एक माँ का नैसर्गिक और स्वार्थहीन प्रेम था वह, अपने अन्य दोनों बच्चों जितना।

नत्थू के मृत शरीर को ऐशले हॉल आवास के एक कोने में दफना दिया गया।

विल्सन के दोनों बेटे चार्ल्स और हेनरी युवा हो चुके थे। एक 21 साल का था तो दूसरा 18 वर्ष की उम्र पूरी कर चुका था। अब विल्सन ने सांसारिक चीजों से ध्यान हटाकर कुछ साहित्यिक अभिरुचि में मन लगाने की सोची। पर दो दिक्कतें थी, एक तो वह इतना पढ़ा-लिखा नहीं था कि साहित्य या पत्रकारिता की गूढ़ता को समझता हो। दूसरे, उसने पूरी जिन्दगी भौतिक सुख-सुविधाओं को एकत्रित करने और तिकड़मबाजी में वक्त दिया था, यह सम्भव न था कि वह अचानक एक लेखक या विचारक बन बैठता। फिर भी, उसने कोशिश की।

विल्सन के आरम्भिक लेख एलेन ह्यूम के प्रकाशन 'स्ट्रे फीदर्स' में प्रकाशित होने से उसका उत्साह बढ़ा। 'दिल्ली गज़ट' के पूर्व सम्पादक जॉन नॉर्थम ने उसके लेखों का सम्पादन कर उन्हें तराशने में विल्सन की मदद की। जॉन उन दिनों 'मसूरी सीजन' का सम्पादक था। एलेन ह्यूम और उसकी अभिरुचियाँ मिलती थीं। उसे भी पक्षियों के जीवन-चक्र और उनकी आदतों के अध्ययन के विज्ञान में बहुत रुचि थी, और विल्सन की भी। परन्तु उसके साथ दिक्कत यह थी कि 1857 के संघर्ष में ब्रिटिश सत्ता के साथ खड़े न रहने के कारण वह अपने ही नजदीकियों से दूर हो गया था। उसे लोग देसी फिरंगी कहा करते थे, जबकि विल्सन उसकी अपेक्षा चालाक था। वह दोनों ओर सन्तुलन बनाए रखता था। फिर गढ़वाल में 1857 की क्रान्ति का कोई प्रभाव भी नहीं हुआ था।

गढ़वाल अभी विल्सन के मन में पैठ बनाए हुए था। सन 1872 में टिहरी के राजा भवानी शाह का अवसान हो गया। उसका बेटा प्रताप शाह नया राजा बना। तब तक विल्सन अखबारों के लिए 'माउंटेनियर' के छद्म नाम से उनका गढ़वाल का प्रतिनिधि बन गया था। वह इस काम में आनन्द लेने लगा था कि उसे

राजपूताना और हाथरस की रेलवे लाइन बिछाने के लिए जरूरी देवदार के स्लीपर्स का एक ठेका मिला। हालाँकि अब वह इसमें कोई रुचि नहीं रखता था, पर रेलवे के अधिकारियों को उससे बेहतर कोई ठेकेदार नहीं मिल पा रहा था। उसने अनमने ढंग से अपने कुछ लोगों को बची-खुची लकड़ी को रेलवे को देने के काम पर लगाया। ध्यान रहे कि इससे पहले ब्रिटिश सरकार का जंगलात महकमा भलीभाँति काम शुरू करने से पहले ही बर्बाद हो चुका था। उनके भरसक प्रयासों के बावजूद वे लोग प्रतिस्पर्धात्मक दर पर देवदार के स्लीपर्स उपलब्ध कराने में नाकाम हो गए थे। हाँ, उन्होंने खुद की बर्बादी के साथ विल्सन की वहाँ से छुट्टी करने की कथा जरूर लिख दी थी, पर सरकार को इस महकमे से या लकड़ियों से कोई लाभ हुआ हो, ऐसा नहीं था।

बावजूद विल्सन की प्रबन्धन कला, उसकी सफलता की कहानी और अनुभव से कर्नल रैमसे ने कोई सीख ली हो, यह भी नहीं हुआ था। कर्नल तो सत्ता के नशे में था। वैसे भी वह भारत के तत्कालीन वायसराय लॉर्ड कैनिंग का मुँहलगा अफसर था। जब उसकी टिहरी गढ़वाल के जंगलों पर काबिज होने की रणनीति असफल हो गई तो उसने इसके लिए फ्रेडरिक विल्सन को ही दोषी ठहराया। राजा भवानी शाह को लिखे एक पत्र में कर्नल ने विल्सन के लिए लिखा था, "वह एक लुटेरा और अवसरवादी व्यक्ति है। उसमें जो अवगुण हैं, स्पष्टवादिता का न होना और झूठ का सहारा लेना, वे किसी अच्छे अंग्रेज में बिल्कुल नहीं हो सकते।"

पर यह सच नहीं था, कम से कम पूरा सत्य नहीं था। विल्सन एक आम अंग्रेज था। वह पहाड़ों में रहकर एक आम पहाड़ी बन गया था। उसने खूब रूपया कमाया, लोगों को रोजगार दिये, उनकी मदद की, जिन्दगियों में खुशहाली लाने की कोशिशें भी कीं, पर इस बात को नकारा नहीं जा सकता कि सबके पीछे उसका अपना स्वार्थ था। उसे अपने व्यापार को विस्तारित करने के लिए लोगों की जरूरत थी। उनको रोजगार देना विल्सन की भी एक बड़ी जरूरत भी थी। विल्सन ने उन्हें उनके श्रम की जो दरें दीं, वे उदार नहीं कही जा सकती थीं। इसलिए उस व्यक्ति को एक मालिक के रूप में जो सम्मान मिलना चाहिए था, वह नहीं मिल पाया था। अब जीवन की चला-चली की बेला में विल्सन को यह बात बहुत कचोटती थी। उसने विचार किया और एक युक्ति सोची।

विल्सन ने गुलाबो से ईसाई ढंग से विवाह करने की तैयारी की। उद्देश्य यह था कि ब्रिटिश समाज में उसे और उसके परिवार को वही सम्मान मिल सके, जो अंग्रेजों को मिला करता था। पर इसमें भी एक बाधा सामने आ रही थी। नियमानुसार चर्च में की जाने वाली शादी में दोनों पक्षों का ईसाई होना जरूरी था। गुलाबो अपने बपिस्ता किये जाने की रस्म के लिए तैयार हो गई। सन 1874 की गर्मियों में देहरादून के सेंट थॉमस चर्च में इस रस्म की विधिवत अदायगी की गई। गुलाबो को नया

नाम दिया गया—रूथ! वह अलग बात थी कि न तो गुलाबो ने इस नाम का कभी उपयोग किया, न विल्सन या किसी अन्य ने। वह पहले भी गुलाबो थी, बपिस्ता की रस्म के बाद भी गुलाबो ही रही।

आठ जनवरी 1875 के शुभ मुहूर्त में विल्सन और रूथ एक बार फिर से वैवाहिक बन्धन में बँधे। तब विल्सन की उम्र 57 वर्ष थी, जबकि गुलाबो उर्फ रूथ 44 वर्ष की थी।

रूथ बनी गुलाबो ने बहुत प्रयास से अंग्रेजी बोलने में कामचलाऊ दक्षता प्राप्त कर ली थी। वह लन्दन से आयातित और कलकत्ता मँगाए गए राजसी तरीके के परिधान पहना करती, चार पहियों की आरामदेह और सुसज्जित बग्घी में निकला करती, लेकिन ब्रिटिश समाज के स्थानीय लोगों के बीच घुलने-मिलने में कभी कामयाब हो पाई हो, यह नहीं कहा जा सकता। बहुत कोशिशों के बाद भी वह अपनी अंग्रेजी भाषा के ज्ञान और उच्चारण को इतना दुरुस्त नहीं कर पाई थी कि वह गढ़वाली उच्चारण से मुक्त हो सकती। गुलाबो ब्रिटिश रीति-रिवाज में जरूर ढल गई थी पर उसे ब्रिटिश समाज और खास तौर से उनकी महिलाओं ने कितना स्वीकार किया था, यह कहना मुश्किल था। सामाजिक व्यवस्थाएँ तो तब और भी रूढ़िवादी थीं।

उन दिनों विल्सन के रोगों की सूची में एक और रोग का इजाफा हो गया था, जो आम रोगों से हटकर था। कुछ लोग इसे रोग मानते ही नहीं, पर विल्सन का दिल जानता था कि वह इस बीमारी से कितना अवसादित था। यह रोग था - अनिद्रा! इससे भी खराब बात यह थी कि जब वह सोता था तो किसी दु:स्वप्न को देखकर हड़बड़ाहट में जाग जाया करता था। इस सोने-जागने का समय ऐसा होता था कि विल्सन का स्वास्थ्य बुरी तरह प्रभावित होने लगा। एक बार उसने स्वप्न में देखा कि एक मुकदमा चल रहा है, जिसमें टिहरी की रानी कनेती पर अभियोग दर्ज है, जबकि वह स्वयं को निर्दोष बता रही थी। वह हड़बड़ाहट में जो जागा तो फिर पूरी रात जागकर कटी।

उसी सवेरे विल्सन को उसके एक नौकर ने सूचना दी कि रानी कनेती का देर रात निधन हो गया। संयोग से यह भोर का वही समय था जब विल्सन को सपना दिख रहा था।

विल्सन धर्मभीरु नहीं था। उलटे वह ऐसे लोगों की खिल्ली उड़ाया करता था, पर कुछ दिनों से वह जैसी घटनाओं को भुगत रहा था, उससे विल्सन की विचारधारा बदलने लगी थी। वह दबी जुबान से ही सही, पर ईश्वर के सर्वव्यापी होने की धारणा को मानने लगा था, आत्माओं और पुनर्जन्म के वैज्ञानिक पहलुओं पर भी गम्भीरता से चर्चा करता तथा अध्ययन करता। वह चीजों और घटनाओं के प्रति अपने दृष्टिकोण में बदलाव की तैयारी में दिखता था।

ऐसे समय में विल्सन को उसके एक सबसे नजदीकी परिचित की मौत की खबर मिली। वह व्यक्ति ब्रिगेडियर यंग थे। हालाँकि उनकी उम्र 87 वर्ष थी, पर वह भी अपने जीवन के अन्तिम वर्षों में बुरे समय से गुजरे थे। उधर आगरा बैंक के संचालक के अचानक अवसान की खबर भर से उसकी जीवन भर की अच्छी-खासी कमाई जो वहाँ निवेशित थी, बैंक के शुरू होने से पहले ही डूब गई थी।

38

बढ़ती उम्र में जो चिन्ता विल्सन को खाए जा रही थी वह बच्चों, और परिवार के भविष्य को लेकर थी। उसका मन था कि दोनों बच्चे कम से कम उसकी तरह तो बनें, अपने रास्ते बनाएँ और लोग उन्हें उनके काम से जान सकें। पर दुर्भाग्य से वे दोनों उद्यमी कम मनमौजी अधिक थे।

बड़े बेटे श्रीमन चार्ल्स साहब ने खुद ही तय कर लिया था कि उनको अब चार्ल्स वॉकर विल्सन के नाम से जाना जाए। 32 साल की उम्र में चार्ल्स एक स्थानीय खूबसूरत लड़की पर फिदा हो गया। उसने बिना यह जानकारी प्राप्त किये कि वह किस परिवार की है, उसे विवाह के लिए प्रस्ताव दे दिया। उसके हाँ करने पर चार्ल्स ने आनन-फानन में तिथि निर्धारित कर दी। जब विल्सन को पता चला तो उसने पूछा, "तुम उसके परिवार के विषय में क्या जानते हो? क्या पृष्ठभूमि है उसकी?"

तो चार्ल्स ने बेपरवाह होकर कहा, "मुझे इस बात से कोई लेना-देना नहीं। मैं सिर्फ क्लारा को जानता हूँ और मैंने उससे शादी करने का फैसला किया है।"

"फिर भी, उसके विषय में और कुछ जानकारी भी है तुम्हें या सिर्फ उसकी खूबसूरती पर मर मिटे हो?" विल्सन ने धैर्यपूर्वक पूछा तो चार्ल्स आक्रोश में वहाँ से चला गया, बिना अपने पिता के प्रश्न का जवाब दिये।

विल्सन को क्लारा के सामाजिक स्तर से दिक्कत थी। उसका पिता आयुध फैक्ट्री में एक साधारण श्रमिक था। अगर बेटा उस लड़की से विवाह करता तो विल्सन के अरमान धरे रह जाते। वह चाहता था कि उसकी पुत्रवधू कुलीनं हो, सुशिक्षित हो और उसके मन की हो, पर बेटा धुन का पक्का था। उसने नियत तिथि और दिन को लंढौर के सेंट पॉल चर्च में विवाह सूत्र में बन्धने की रस्म पूरी कर ली। उम्र के तीन दशक से अधिक आयु वाले चार्ल्स वॉकर विल्सन की पत्नी क्लारा जूलिया मर्चेंट उस समय 19 वर्ष की थी।

चार्ल्स को मसूरी-देहरादून के इलाके में एक रंगीन मिजाज इनसान के रूप में जाना जाता था। उसके दो काम थे–एक तो वह प्रॉपर्टी एजेंट के रूप में काम

करता था, दूसरा काम सर्वेयर का था। हालाँकि विल्सन उसके विवाह से नाखुश था, पर उसने बेटे के विवाह के उपलक्ष्य में एक भोज का आयोजन किया। बेटे को पिता ने लंढौर बाजार में एक शानदार मकान भी भेंट किया, जिसे पत्नी गुलाबो ने 'इवानहो' नाम दिया था।

विवाह के ठीक नौ महीने बाद चार्ल्स की पत्नी क्लारा ने खुशखबरी सुनाई। सेंट पॉल चर्च में बपिस्ता किये जाने के उपरान्त इस बेटी को डोरा अल्मा जेन नाम दिया गया। पर ये खुशियाँ अल्प-अवधि की थीं। बच्ची के जन्म से आई प्रसन्नता ज्यादा दिन तक नहीं ठहर सकी। अपने-अपने व्यवहारों और विचारों में भिन्नता के कारण पिता-पुत्र में पहले ही सहज सम्बन्ध नहीं रह गए थे। विल्सन अब चार्ल्स से अधिक दूसरे बेटे हेनरी के सम्पर्क में रहने लगा जो अपने पिता का आज्ञाकारी बेटा था। इस दौरान कई घटनाएँ ऐसी हुई थीं कि विल्सन को समझ आ गया था कि चार्ल्स पर भरोसा नहीं किया जा सकता था। उन दोनों के तरीके, सोच और रणनीतियाँ सब अलग-अलग रास्तों पर जाती थीं।

चार्ल्स के साथ दिक्कत यह थी कि उसके पास सर्वेयर का जो काम था, वह इतना नहीं था कि उससे पर्याप्त आमदनी हो सकती। कभी ठीक-ठाक काम आ जाता तो कई बार वह महीनों खाली रह जाता। जो मिलता उसे किसी हाल में शानदार रकम नहीं कहा जा सकता था। पैसों के मामले में उसका हाथ हमेशा तंग बना रहा। इसलिए भी वह पिता से सम्बन्ध रखा करता कि वह वक्त-जरूरत पर बेटे की आर्थिक मदद के लिए मौजूद रहें, पर उनसे धन की माँग करना वह अपनी शान के विरुद्ध भी समझता था।

विल्सन को हर्षिल जाना था। हालाँकि चार्ल्स अकसर पिता के साथ हर्षिल जाया करता था, पर इस बार विल्सन केवल हेनरी को लेकर गया। उसे हर्षिल में थोड़ा काम था। कुछ लोगों से मिलना था, ब्रह्मदत्त से सलाह लेनी थी और अपने भंडार गृह से लकड़ियों के व्यवसाय को समेटने की अन्तिम कार्यवाई करनी थी। अब कोई नया ऑर्डर भी लम्बित न था, और ऐसे किसी ऑर्डर को पूरा करने के लिए न उसके पास अधिकार थे, न लोग और न इच्छाशक्ति।

39

विल्सन 22 अप्रैल, 1880 को हर्षिल के लिए निकला था, परन्तु वह हर्षिल पहुँचता इससे पहले ही एक हादसा हो गया।

विल्सन रास्ते में बहती नदी के ताजे पानी में पैर धोने के लिए रुका। वह पगडंडी

के रास्ते से नीचे उतरा। हेनरी ऊपर ही रुक गया था। विल्सन नीचे उतर कर अपने जूतों को उतारकर उस पानी में पैर लटकाने ही वाला था कि न जाने कितनी तेजी से कुछ पत्थर लुढ़कते हुए उसी ओर चले आए। उसने बचने का प्रयास किया परन्तु उन पत्थरों के साथ ही नदी के प्रवाह में एक भयावह तेजी आई। उसके पाँव स्थिर रहने का प्रश्न ही नहीं था। वह लहरों-सी उछलती नदी की धारा में तेज वेग से जो गिरा तो उसका पता ही न चला।

हेनरी उस पूरे समय नदी तट से दूर, ऊपर ही प्रकृति के नजारों का आनन्द उठाने में, रंग-बिरंगी चिड़ियाओं और तितलियों की मोहकता में खो गया था। जब काफी देर हुई, और पिता नहीं लौटे तो वह नीचे उतरा। पर वहाँ कोई न था। उसने इधर-उधर दृष्टि दौड़ाई, लेकिन विल्सन का कहीं पता नहीं चला। दी गई आवाजें भी लौट कर हेनरी के पास आती रहीं। घबराए हेनरी ने अपने तीन परिचारकों को ढूँढ़ने में लगाया, पर उनमें से एक केवल विल्सन के जूतों को खोजकर ला सका, जो पानी की ऊँची लहरों के प्रभाव में कीचड़ में सन गए थे।

ढूँढ़ते-ढूँढ़ते रात हो गई, पर विल्सन का पता नहीं लगना था, सो नहीं लगा। थक कर उन्होंने अपना खोज अभियान अगले दिन भोर तक के लिए स्थगित कर दिया। हेनरी का मन हाहाकार कर रहा था और परिचारक दुखी थे। उस दुर्गम जंगल में, नदी के किनारे, उनकी रात कैसे कटी, यह वही लोग जानते थे। अगले दिन भी कोई परिणाम हासिल न हो सका। पूरे दिन के अभियान में विल्सन का कोई सुराग न मिला। थक कर वे लोग वापस लौट आए।

"पहाड़ी विल्सन को नदी ने लील लिया!" 26 अप्रैल, 1880 को स्थानीय समाचारपत्र *हिमालय क्रोनिकल* की यह मुख्य खबर थी।

मसूरी, देहरादून, हर्षिल, मुखबा और टिहरी-गढ़वाल के गाँव-गाँव में खबर फैल गई कि हुलसन साहेब नहीं रहे। गुलाबो का रो-रोकर बुरा हाल था, वह बार-बार बेसुध हो जाती, फिर चिल्लाती, 'नहीं, यह नहीं हो सकता!'

हेनरी और अन्य लोग गुलाबो को सँभालते।

चार्ल्स की पत्नी क्लारा भी दुखी थी, पर चार्ल्स शान्त था। चुपचाप। ऐसे जैसे उसे गहन सदमा लगा हो। पर यह कोई सदमा न था, क्योंकि वह आगे की रणनीति पर विचार करने में मगन था। जिस व्यक्ति के कारण इस संसार में उसका अस्तित्व था, जो उसका पिता था, उसके जीवन के अन्तिम सत्य को सामने देख कर भी बेटे का मन किसी संवेदना की स्थिति में तो नहीं था, यह हर कोई देख-समझ सकता था।

गढ़वाल के 'टिम्बर किंग', लकड़ियों के सौदागर से बिना किसी साम्राज्य के खुद को राजा कहलवाने वाला यह इनसान फ्रेडरिक विल्सन उर्फ पहाड़ी विल्सन, उर्फ हुलसन साहब जिस जुझारू और थोड़ा रहस्यमयी व्यक्तित्व का मालिक था, उसके लिए ईश्वर ने उसकी जीवन शैली के अनुरूप रास्ता चुना था। जिस इनसान

का विल्सन से जीवन में कभी वास्ता रहा था, उस हर इनसान की आँखें नम थीं। जिसका उससे प्रत्यक्ष रूप से वास्ता भी नहीं रहा था, उन लोगों का मन भी इस दुख में गुलाबो के साथ था।

गुलाबो को पति की मौत का गम जैसे नाकाफ़ी रहा हो, एक समस्या और उठ खड़ी हुई। जब परिजन स्थानीय चर्च के पादरी से मिले तो उन्होंने दो टूक कहा, "किसको दफनाया जाए? बिना शव के यह कैसे सम्भव होगा? मैं अलिखित परम्पराओं से बँधा हूँ, कुछ नहीं कर पाऊँगा। बेहतर हो कि आप लोग कुछ दिन प्रतीक्षा करें, शायद उनका शव मिले या कोई हल निकल जाए।"

गुलाबो के गिड़गिड़ाने पर भी पादरी नहीं पसीजे। हर-थक कर गुलाबो, उर्फ रूथ घर वापस पहुँची ही थी कि देखा कि विल्सन के कमरे में अलमारियों के भीतर के सारे कागज, फाइलें और किताबें अस्त-व्यस्त हुई पड़ी थीं। चार्ल्स उनके बीच में पसीने से लथपथ जूझते हुए कुछ ढूँढ़ रहा था।

स्थिति से आक्रोशित और झुँझलाई गुलाबो ने कहा, "यह सब क्या हो रहा है?"

बेपरवाह चार्ल्स ने कहा, "देख रही हो न, कुछ ढूँढ़ रहा हूँ।"

और वह फिर से अपनी खोज में जुट गया। गुलाबो को बहुत गुस्सा आया। उसने गुस्से से काँपते हुए कहा, "तुमने जीते-जी कभी अपने पिता की बात नहीं मानी, अब जब वह इस दुनिया में नहीं हैं, कम से कम उनकी आत्मा को तो शान्ति से रहने दो। तुम क्या उनकी औलाद होने के तमगे को भुनाना चाहते हो? तुम्हारा उस भले इनसान के लिए कोई फर्ज है या नहीं?"

पर चार्ल्स चिकना घड़ा था। उसने कहा, "मैं व्यावहारिक हूँ, अपने पिता की तरह। यह गुण मैंने उनसे ही पाया है, और मुझे आपके ज्ञान की जरूरत नहीं है। उसे अपने ही पास रखिए।"

गुलाबो अपने निकम्मे बेटे के हाथों बेइज्जत होकर पैर पटकते हुए कमरे से बाहर निकल आई। पर चार्ल्स को कुछ नहीं मिलना था, सो नहीं मिला। दरअसल, विल्सन अपने निवेश और धनराशि के कागजों को इस तरह से सँभाल कर रखता था कि उसके विषय में गुलाबो तक को भी पता न था। गुलाबो को यह जानने में कोई रुचि भी न थी।

अगले कई दिन पारिवारिक तनाव के थे। यह शनिवार का दिन था, जब विल्सन को गायब हुए चार दिन हो चुके थे। दोपहर के समय अचानक मुख्य दरवाजे पर दस्तक हुई। एक नौकर ने दरवाजा खोला तो देख कर वह लगभग मूर्च्छित होने की स्थिति में आ गया। वहाँ फ्रेडरिक विल्सन था, धूल, गन्दे कपड़ों में अटा हुआ, उदास।

उस नौकर ने विल्सन को रास्ता दिया, तो दूसरा नौकर दौड़ता हुआ पहले तल पर मालकिन के कमरे के बाहर पहुँचा। वह शोर मचा रहा था, "चमत्कार हो गया, चमत्कार! साहब आ गए हैं, वह जिन्दा हैं। हुलसन साहब जिन्दा हैं।"

ऐसा विचित्र समाचार सुनकर गुलाबो की आँखें विस्फारित हो गईं। उनमें एक खास चमक और शरीर में अतिरिक्त ऊर्जा का संचय हो आया। वह आराम कुर्सी पर बैठी थी, वहाँ से उछलकर वरांडे की ओर दौड़ पड़ी, जहाँ हल्ला सुनकर हेनरी और चार्ल्स भी आ गए थे।

विल्सन धीरे-धीरे गुलाबो के पास ही आ रहा था। उसने दौड़कर पति के सीने से लगने में जो सुकून महसूस किया, उस रोमांच को सिर्फ वह ही अनुभव कर सकती थी। विल्सन की आँखें भी नम थीं, और गला भर्राया हुआ। विल्सन थका हुआ था, इसलिए धीरे-धीरे चलकर उस कुर्सी पर जा बैठा, जिस पर अभी तक गुलाबो विचारमग्न थी।

हेनरी अपने पिता के पास ही खड़ा था, हमेशा की तरह, उनके आज्ञाकारी सैनिक की तरह। चार्ल्स दरवाजे के निकट सहारा लिये खड़ा हुआ पिता की स्थिति को समझने का प्रयास कर रहा था, पर उसकी आँखें, और उनसे लिये जा रहे जायजे से वे उसकी चुगली कर रही थीं। चार्ल्स घर का वह सदस्य था, जो विल्सन के आने से रोमांचित कम, हताश ज्यादा दिख रहा था। विल्सन ने उसकी आँखें पढ़ ली होंगी, इसलिए पूछा, "तुम ठीक हो न चार्ल्स? तुम्हारी पत्नी और बेटी कहाँ हैं?"

चार्ल्स हड़बड़ा गया। उसने संयत रखने की कोशिश करते हुए कहा, "हाँ, मैं ठीक हूँ। वह अपने पिता के घर गई है।"

"अच्छा। ध्यान रखो अपना, कुछ अस्वस्थ दिख रहे हो," पर इस चिन्ता का जवाब अपेक्षित न था। अगर कोई चार्ल्स का मन पढ़ सकता तो वह जान पाता कि अपने पिता फ्रेडरिक विल्सन के जीवित लौट आने की खबर से वह कितना असहज हो गया था। न जाने उसके मन में क्या-क्या चल रहा था।

एक नौकर जल्दी से सबके लिए चाय बना लाया था। गुलाबो की खुशी उसके चेहरे से छन-छन कर वातावरण को खुशनुमा बना रही थी। उसने उत्साह से कहा, "ईश्वर ने हम सबकी सुन ली। जरूर आपने और हमने पूर्व जन्म में ऐसे काम किये होंगे कि आपको एक तरह से नया जीवन मिला। इस जीवन का एक-एक पल आप मानवता की सेवा में लगाएँगे, तो मुझे अच्छा लगेगा।"

चाय की चुस्की लेते हुए विल्सन के चेहरे पर मुस्कराहट लौट आई। उसने कहा, "सच में, यह मेरा दूसरा जन्म है। हालाँकि मैं अभी तक इन बातों में विश्वास नहीं रखता था, पर अब मुझे ईश्वरीय शक्ति में भरोसा हो चला है। मैं समझ गया हूँ कि कोई न कोई अदृश्य शक्ति अवश्य है जो इस संसार को संचालित किया करती है।"

"आप कहाँ थे इतने दिन?" यह हेनरी की जिज्ञासा थी।

विल्सन ने एक ठंडी साँस ली और बताया, "यह एक लम्बी कहानी है। दरअसल जब मैं उस नदी के तट पर पैर धोने के लिए नीचे उतरा तब तक पानी के प्रवाह के रौद्र रूप धारण करने का कोई संकेत न था। तुम ऊपर ही रह गए थे,

और नीचे आने की कोई जरूरत भी न थी। परन्तु मैंने जैसे ही अपने जूते खोलकर एक सुरक्षित और सूखी जगह पर किनारे रखे, न जाने पानी के स्रोत से कैसा बवंडर उठा। उस बवंडर का प्रहार और गति, दोनों भयावह रूप से कई गुना थी। इसी बवंडर में नदी के तट पर खड़े दो देवदार के वृक्ष उखड़कर मेरे शरीर को समेट कर, मुझे नदी के प्रवाह में ले चले। मैं मूर्च्छा की स्थिति में आ गया था। मुझे स्मरण है कि मैं तुम्हें पुकारना चाहता था, पर मेरी आवाज न जाने कहाँ फँस गई थी और मस्तिष्क भावशून्य हो गया था।"

विल्सन कमजोरी महसूस कर रहा था। उसने कुछ भोजन के लिए संकेत किया तो गुलाबो स्वयं मेज पर रखे कुछ ताजे सेब ले आई। उसने वहीं बैठकर उनको छोटे टुकड़ों में काटा और विल्सन को देने का उपक्रम किया तो वह मुस्कराते हुए बोला, "घर पर, और अपनों के बीच रहने से ज्यादा सुकून और कहीं नहीं।"

हेनरी की उत्सुकता कुछ अधिक थी। वह अभी तक अपराधबोध का शिकार था कि उसकी आँखों से थोड़ी ही दूरी पर वह हादसा हुआ था, जिसका उसे कोई भान भी न हो सका। उसकी व्यग्रता समझी जा सकती थी। कुछ देर प्रतीक्षा करने के बाद उसने पूछा, "फिर क्या हुआ? क्या आप नदी के प्रवाह में बह गए थे?"

विल्सन ने कहा, "मुझे कुछ नहीं पता। मैं मूर्च्छित था। जब मुझे होश आया तो एक दोपहरी की सूरज की किरणें मुझे गर्मी का अहसास करा रही थीं। मेरा शरीर नदी में फँसे पड़े कई देवदार के पेड़ों के सहारे रुका हुआ था। यूँ कहें कि वे लकड़ी के लट्ठे मेरे जीवन रक्षा के लिए वहाँ मौजूद थे, तो कुछ गलत न होगा।"

"क्या यूँ ही कई दिन बीत गए?" यह गुलाबो की चिन्ता थी।

इस पर विल्सन ने कहा, "जरूर, पर कई चरवाहे जब वहाँ अपने जानवर चरा रहे थे, उनकी निगाह मुझ पर पड़ी और वे मिलकर मुझे लाद कर अपने ठिकानों पर ले आए। वह जगह हर्षिल से आठ-नौ मील दूर रही होगी। मेरे शरीर में कुछ चोटें थीं, जिनसे मुझे दर्द हो रहा था। उन लोगों ने ही देसी तरीके से मेरी चिकित्सा की और साधिकार कहा कि जब तक मैं स्वस्थ महसूस नहीं करूँगा, वे लोग मुझे जाने न देंगे।"

गुलाबो ने अपने दोनों हाथ प्रार्थना की मुद्रा में आकाश की तरफ कर दिये और बुदबुदाई, "हे सोमेश्वर भगवान! हम पर कृपा करना। हम आपके कृतज्ञ हैं।"

विल्सन की आँखें भी भर आई थीं। उसने भी कहा, "सच में यह ईश्वरीय कृपा ही है कि मैं आज जीवित हूँ।"

वातावरण में थोड़ा गम्भीरता छा गई थी। घर के लोग गनीमत मना रहे थे कि इतने बड़े हादसे के बाद विल्सन जीवित बच आया था। गुलाबो ने कहा, "मेरा कहा मानो, यह आपका दूसरा जन्म हुआ है। अखबार में तो आपके लिए शोक-सन्देश भी प्रकाशित हो चुके, लोग आपकी सम्पत्तियों और निवेशों की टोह लेने

लगे थे। पर वह बात भूल जाओ और अब अपने जीवन की एकं और बेहतर पारी खेलने की व्यवस्था करो। इस बार ईश्वर को ध्यान में रखो, आपसे गलती से भी कोई आहत न हो पाए।"

विल्सन सहमत था, वह सच में एक नई जिन्दगी, नये संसार से रूबरू होना चाहता था।

हेनरी ने कहा, "क्या यह एक चमत्कार नहीं कि नदी के किनारे खड़े दो देवदारों ने तूफान के समय आपको अपने आगोश में लिया, फिर जिस जगह आप बहकर पहुँचे, वहाँ आप से ही आहत देवदारों ने आपको आश्रय दिया? सोचो, देवदार न होते तो क्या होता?"

इस बात पर किसी का ध्यान ही न था। शायद यह विल्सन के लिए एक संकेत था कि देवदार आहत हैं, अब उनसे कोई छेड़छाड़ न की जाए।

चार्ल्स जो अभी तक चुपचाप खड़ा सुन रहा था, वह अब भी पूरे घटनाक्रम पर संशय में लग रहा था। अब उसने हस्तक्षेप किया। बोला, "पर आप इतने दिनों तक थे कहाँ?"

विल्सन ने अब तक ठंडी हो चुकी चाय की आखिरी घूँट भरी और कहा, "मैं उन भले लोगों की कुटिया में रहा जो मुझे उठाकर ले गए थे। वे गरीब चरवाहे ईश्वर के प्रतिनिधि के रूप में मेरे लिए ही वहाँ आए थे। अगर कुछ और घंटों वे नहीं आते तो मेरा स्वतः संस्कार होना निश्चित था।

मसूरी के लोगों में जब विल्सन के लौट आने की खबर पहुँची तो हर जगह हर्षोल्लास मनाया गया। लोगों ने एक राहत की साँस ली। जिस अखबार ने विल्सन के अवसान, उसके गंगा में समा जाने की खबर सबसे पहले प्रकाशित करने का दावा किया था, उसी ने अपने समाचारपत्र के अगले अंक में भूल-सुधार करते हुए लिखा, "पहाड़ी राजा को माँ गंगा ने ही अपने कहर से सुरक्षित किया।"

लगभग एक सप्ताह तक यह खबर देहरादून, मसूरी, हर्षिल और अन्य सीमावर्ती इलाकों में खूब चटखारे लेकर सुनाई देती रही। कुछ लोग इसे विल्सन के दूसरे जन्म और उसके प्रतिस्थापना के रूप में देखते थे तो एक वर्ग वह भी था जो इसे किसी ईश्वरीय चेतावनी का आभास बताता था। *क्रोनिकल* के सम्पादक की सबसे अधिक किरकिरी हुई थी कि कैसे उसने गहन परीक्षण के बिना ही इस खबर को प्रमुखता से प्रकाशित कर दिया था।

उस घटनाक्रम के बाद विल्सन के व्यक्तित्व में आमूलचूल परिवर्तन आया था। वह और भी सौम्य तथा निर्मल होने के प्रयास में रहता था। विल्सन की धनलालसा अब उसके मन पर हावी न थी। वह चार्ल्सविले होटल और अपनी अन्य सम्पत्तियों के विषय में भी उतनी ही जानकारियाँ रखता, उनके संचालन में उतनी ही रुचि लेता, जितनी न्यूनतम आवश्यक होतीं। शेष समय वह लेख लिखने, उनके सम्पादन

और उन्हें पत्र-पत्रिकाओं तथा जरनल्स में प्रकाशित कराने की उधेड़बुन में रहता। वह अपने नये शौक के प्रति ईमानदार था, यह उसके नजदीक रहने वाले लोग समझ सकते थे।

सरकार ने गढ़वाल के मूल निवासियों के हितों का ध्यान रखने के लिए टिहरी-गढ़वाल के जंगल के वृक्षों को बिना पूर्व अनुमति के काटना अपराध बना दिया गया था। यह कानून बहुत सख्त था और ऐसा लगता था कि गढ़वाल के ईंधन के लिए छोटी-मोटी लकड़ियाँ बीनने वाले स्थानीय लोग भी उसकी जद में जरूर आएँगे। इससे ब्रिटिश सरकार के विरुद्ध लोगों में सुगबुगाहट थी। किसी को नया रोजगार नहीं मिला था, उनकी अर्हता और जरूरत भी दरकिनार कर दी गई थी। अगर ध्यान से देखा जाए तो यह फ्रेडरिक विल्सन के नेटवर्क को ध्वस्त करने की कवायद थी, जबकि सरकार को शायद यह पता नहीं था कि अब विल्सन ने स्वयं ही इस उद्यम से अपने हाथ खींच लिये थे।

रेलवे कम्पनियाँ हालाँकि इस बात को जानती-समझती थीं कि विल्सन की आपूर्ति के बिना स्लीपर्स की व्यवस्था ही नहीं हो पाएगी, पर उनके लोग वैकल्पिक व्यवस्था के लिए जोर-शोर से जुटे थे। वह बात अलग थी कि उनके प्रयास अभी तक सफल नहीं हो पाए थे। नये सरकारी जंगल कानूनों को गौर से देखने के बाद एक बात तो समझ आती थी कि सरकार विल्सन को प्रभावहीन करना चाहती थी, पर साथ ही वह स्थानीय लोगों की जरूरतों के प्रति भी इस सीमा तक असंवेदनशील हो सकती थी कि वे ईंधन के लिए लकड़ियों की व्यवस्था के लिए भी त्राहि-त्राहि कर उठें। लेकिन नियम तो नियम होते हैं, और ये नियम स्थानीय लोगों की जंगलों में गतिविधियों, लकड़ियाँ बीनने तक को भी प्रतिबन्धित करते थे। यह स्थानीय लोगों को सरकार का एक तरह का अघोषित 'इनाम' था।

अब सरकारी कारिन्दे जो अकसर उन निकटवर्ती गाँवों के न होकर बाहरी इलाकों से लाए गए थे, वे उन लोगों की निगरानी रखते जो जंगली लकड़ियों को ईंधन के रूप में या और कामों के लिए प्रयुक्त किया करते। रोजाना के विवाद, झगड़े, मार-पिटाई और कलह की घटनाएँ आम हो गईं, पर राज्य का राजस्व बढ़ता नहीं दिख रहा था। जो जंगल मूल रूप से अभी तक वहाँ के लोगों के स्वामित्व में माने जाते थे, अब उनकी ही पहुँच से दूर हो गए थे। कोई लकड़ियों को काटने और उन्हें ले जाने की चेष्टा करता तो उसे चोरी का अपराधी, राष्ट्रीय सम्पदा का चोर कहा जाता और उसी रूप में कानून अपना काम करने लगा।

ऐसे कठिन समय में लोग विल्सन के समय को याद करने लगे। वह उन्हें कम से कम रोजगार तो देता था। यहाँ तो सरकारी उगाही हो रही थी, वह भी बन्दूक की नोक पर और सरकारी नियम-कानूनों के नाम पर डरा-धमका कर।

40

स्थितियाँ अब ठहर गई थीं। विल्सन की जिन्दगी के उतार-चढ़ाव आराम की मुद्रा में आ गए लगते थे। पर अब वह दूसरे मोर्चे पर जूझ रहा था, जो उसका नितान्त निजी था। विल्सन का स्वास्थ्य खराब हो चला था। वह दिन प्रति दिन अपनी गठिया की बीमारी के प्रकोप से परेशान रहने लगा। दिक्कत यह थी कि इस शारीरिक व्याधि ने विल्सन के मन पर भी हमला किया था। उसका जीवन अब नीरस हो गया था, उसमें उत्साह तो बिल्कुल भी शेष नहीं बचा था।

विल्सन का अधिकांश समय अब मसूरी में ही बीतता था, हालाँकि उसके पास लंढौर, देहरादून और हर्षिल में अब भी छह आलीशान सम्पत्तियाँ मौजूद थीं जहाँ उसके नौकर ऐश कर रहे थे। उसका अधिकांश समय यह सोचने में बीत जाता था कि उसने गढ़वाल के लोगों की जीवन शैली सुधारने, उन्हें समृद्ध बनाने के लिए क्या नहीं किया, और उन्होंने? सच में गढ़वाल के लोगों ने हमेशा विल्सन को एक सन्देह के दायरे में रखा, उसकी भावनाओं पर भी प्रश्न-चिह्न लगाए। यह सोचना भर ही उसे अवसादित किया करता था।

हिन्दू धर्म की मान्यताओं, देवी-देवताओं के विषय में कभी-कभी वह सोचता कि ये सब बातें ढकोसला मात्र हैं। पर अगले ही पल जब वह उन घटनाओं को स्मरण करता, जो उसी के साथ घटित हुई थीं, जैसे मौत के मुँह में जाकर उन्हीं देवदारों के बल पर उस स्थिति से सकुशल बाहर निकल आना, तब उसका मन इस ईश्वरीय शक्ति के सामने नतमस्तक होने को हो आता। उसे यह भी समझ आता कि अपनी उम्र के पाँचवें दशक में वह जिन समस्याओं और बीमारियों से जूझ रहा था, क्या यह उसके कर्मों, कुछ गलतियों, प्रकृति के साथ अन्धाधुन्ध छेड़छाड़ का परिणाम तो नहीं। वह एक अच्छा निष्ठावान ईसाई था और पुनर्जन्म में विश्वास नहीं रखता था, परन्तु स्वयं के शापित होने, उस बाबा की कड़वी बातें, और उनके प्रत्युत्तर में कई अप्रिय बातें कहने का उसे खेद भी था। वह खाली समय में होता, उसकी आत्मा उसे कचोटती और सही मार्ग पर चलने की सलाह देती।

ब्रह्मदत्त और उसके साथ गुजरा समय कई बार विल्सन को रोमांचित कर देता था। वह उसे आदर्श मानता था, शायद यही कारण था कि उम्र में लगभग बीस साल बड़ा होने के बावजूद ब्रह्मदत्त का स्वास्थ प्रेरणाप्रद था। लोग उसे 'अस्सी वर्ष का जवान' कहा करते। वह बिना किसी सहारे के चला करता और मस्त रहता, जबकि अपेक्षाकृत कम उम्र का विल्सन बिना छड़ी के कुछ कदम भी नहीं चल पाता। अपनी पोती के साथ खेलने की कोशिश में वह निष्प्राण-सा हो जाता। इससे विल्सन की हिम्मत और मन:स्थिति पर और भी विपरीत प्रभाव पड़ता।

कई बार विल्सन अपने आसपास पल्लवित होते हुए फूलों की बेलों को देखकर

खुश होने की कोशिश करता। जब मौसम बदलता और नई कोंपलें फूटतीं, पुराने निष्क्रिय पत्तों की चादर-सी कँटीली, पथरीली और ऊबड़-खाबड़ जमीन पर बिछी होती, तो प्रकृति की यह कृति विल्सन को बहुत रोमांचित करती, पसन्द आती।

लगातार खराब स्वास्थ्य से जूझते फ्रेडरिक विल्सन ने सन 1882 के मध्य में अपनी सम्पत्तियों के सम्बन्ध में एक और महत्त्वपूर्ण निर्णय लिया। उसने अपने एक बँगले को बेच दिया और अपनी वसीयत तैयार करा कर पंजीकृत करा ली। खास बात यह थी कि उसके दोनों बच्चों चार्ल्स और हेनरी को इस सम्बन्ध में कोई भनक तक न थी। उन बच्चों के लिए वसीयत में कोई व्यवस्था नहीं की गई थी, पर विल्सन ने अपनी पोती और सम्भावित बच्चों के लिए, उनकी शिक्षा और उचित लालन-पालन के लिए जरूरी व्यवस्था का प्रावधान कर छोड़ा था।

इस वसीयत का मुख्य बिन्दु यह था कि बच्चे अपने जीवन काल में सम्पत्तियों का उपयोग कर पाएँगे, परन्तु उसके अवसान के बाद यह सब एक ट्रस्ट या न्यास को सौंप दिया जाएगा। यहाँ उन बच्चों के शैक्षिक उन्नयन के लिए काम किये जाने का प्रस्ताव था, जिनमें व्यापक प्रतिभा थी, पर उन्हें उपयुक्त अवसर और स्रोत उपलब्ध न थे। इन बच्चों को छात्रवृत्तियाँ और पुरस्कार देने की योजनाएँ भी बनाई गईं।

41

अपनी वसीयत के काम से निवृत्त होकर विल्सन को एक सुकून और खुशनुमा अहसास ने घेरा हुआ था। इन दिनों उसका स्वास्थ्य भी अपेक्षाकृत बेहतर था। ऐसे में जब चार्ल्सविले होटल के उसके सहयोगी और मित्र नॉर्थम ने कहा, "सुहाना मौसम है, और तुम्हारा स्वास्थ्य भी बेहतर दिखता है, क्यों न कुछ रोमांचक किया जाए?"

विल्सन ने मुस्कराकर कहा, "इस चला-चली की बेला में बादलों का एक टुकड़ा भी सूने आसमान में उमड़ पड़े, पेड़ों पर बैठी चिड़ियाएँ चहक उठें, कोई हवा का झोंका बहता आए, तो कोई और नहीं जान सकता कि कितना अच्छा लगता है..."

बात पूरी की नॉर्थम ने, "...और पेड़ों, झाड़ियों और पौधों से झरते रंग-बिरंगे फूलों के बेतरतीब रूप से फैले हुए दृश्यों का भला क्या कहना।"

विल्सन सहमति में मुस्करा उठा।

इन भली बातों के बावजूद नॉर्थम जानता था कि विल्सन का स्वास्थ्य लगातार गिर रहा है। वह सच में चिन्तित था और अपने मित्र विल्सन के चेहरे पर खुशियाँ देखना चाहता था। उसे लगता था कि घुमक्कड़ी और शिकार के उसके पसन्दीदा

शौक के आयोजन से शायद विल्सन के स्वास्थ्य पर अनुकूल प्रभाव पड़े। यही सोचकर नॉर्थम ने प्रस्ताव रखा, "क्यों न एक एडवेंचर प्लान किया जाए? हम लोग हर्षिल के जंगलों में एक शिकार अभियान की तैयारी कर सकते हैं।"

विल्सन के चेहरे पर सच में उत्साह की किरणें दिखीं। उसने अपनी दुविधा को परे रखते हुए बच्चों-सा उत्साह प्रदर्शित किया और मन की बात साझा की, "क्या यह वास्तव में सम्भव है?"

"बिल्कुल सम्भव है मिस्टर विल्सन। आपसे अधिक उम्र के लोग इस तरह के रोमांच और जुनून से अपनी आयु को मात देते दिखते हैं। दरअसल बुढ़ापे की भावना आपकी शारीरिक स्थिति नहीं, मानसिक सोच में निहित होती है। फिर आप तो बहुत चुस्त-दुरुस्त हैं।"

नॉर्थम के शब्द विल्सन के मन को खुश रखने के लिए, उसके उत्साह को बढ़ाने के लिए पर्याप्त थे। उन्होंने जादुई काम किया। विल्सन कुछ पल रुक कर बोला, "मैं तैयार हूँ। कार्यक्रम बनाइए।"

"अहा, यह हुई न बात!" यह नॉर्थम था। उसकी प्रसन्नता का पारावार न था।

नॉर्थम ने इस दुर्गम इलाके की यात्रा करने का कार्यक्रम बनाना शुरू किया। विल्सन की इस सलाह का ध्यान रखा गया कि उसके स्वास्थ्य को देखते हुए यात्रा टुकड़ों में की जाए, भले ही देर से पूरी हो। नॉर्थम को इसमें कोई आपत्ति न थी।

आखिरकार काफिला चला, जिसमें विल्सन का बेटा हेनरी भी शामिल था। उन्हें हर्षिल के जंगलों में पहुँचने में दो हफ्ते का समय लग गया। आमतौर पर यह यात्रा ग्यारह दिन में पूरी हुआ करती, पर सँभलकर और धीमी गति से चलना एक अच्छी रणनीति थी। उसका उपयोग करने में न विल्सन और न नॉर्थम को कोई दिक्कत थी, न उनके सहयोगियों तथा सहायकों को। हेनरी जब भी पिता से बात करता तो मुस्कराता रहता। वह उनकी हर आज्ञा को पूरा करने को तत्पर रहता था। जब यात्रा अपने गन्तव्य पर पहुँची तो सब खुश थे।

उन्होंने एक पहाड़ी पर चढ़ने की योजना बनाई, पर वहाँ जानवर नहीं थे। नॉर्थम ने जरूर एक जंगली बकरे पर निशाना लगाया था। बाद में पता चला कि यह बूढ़ा बकरा था। उन्होंने उस बकरे के मांस को पका कर ही अपनी पिकनिक पूरी की। वे लोग आगे गंगोत्री तक गए। तपोवन की चढ़ाई विल्सन के लिए भारी पड़ रही थी, इसलिए उसने इसका इरादा छोड़ दिया। चकित करने वाली बात थी कि उन्हें इस लम्बी अवधि में एक भी हिरण नहीं दिखा था, शायद शिकारियों ने सबका सफाया कर दिया था। पर कुल मिलाकर विल्सन को इस यात्रा का हिस्सा बनना अच्छा लगा था। उसका स्थान परिवर्तन जो हुआ था। इस प्रयास में वह थक गया दिखता था, मन के साथ तन की थकान उस पर हावी हो चली थी।

अब उनका वापसी का समय था। जाने का समय तो मौज-मस्ती में बीत गई,

पर लौटना कष्टकर हो रहा था। इसी बीच मानसून का आगमन हो गया। रास्ते दुर्गम बन गए। जगह-जगह पत्थर खिसकने और कच्चे-पक्के रास्तों पर भी फिसलन का भय वास्तविक हो गया था। एक रात को कैम्प में विल्सन की तबीयत बिगड़ने लगी। उसकी साँसें रुक-रुक कर आ रही थीं और दाईं बाँह में असहनीय दर्द था, जो कभी कम, कभी ज्यादा हुआ करता था। लंढोर तक उसका आना एक चुनौती बन गया। किसी तरह से एक कुर्सी की व्यवस्था की गई और परिचारक उसको ढोकर लाए।

विल्सन को मसूरी लाया गया जहाँ आकस्मिक चिकित्सकीय सुविधाएँ उपलब्ध थीं। संयोग से डॉक्टर लिली फ्रेडरिक विल्सन से पूर्व परिचित थे। परीक्षणों के बाद डॉक्टर ने बताया कि विल्सन को दमे का दौरा पड़ा है। उन्होंने आश्वस्त किया कि अगले पन्द्रह दिन में वह स्वस्थ महसूस करेगा। उन्होंने इलाज भी करना शुरू किया। इलाज क्या था उसके शरीर की सूजन और दर्द कम करने के लिए गर्म सरसों के तेल की पट्टियाँ रखी गईं और नाश्ते से पहले मछली तेल का सेवन कराया गया। दर्द से राहत मिल पाए, इसके लिए विल्सन को मॉर्फीन का एक इंजेक्शन दिया गया।

एक दिन के इलाज के बाद, उस रात फ्रेडरिक विल्सन अचेत हो गया। यह अचेतावस्था अगले दिन भी बनी रही, और उसके बाद भी। यह डॉक्टर के लिए चिन्ता का विषय था, पर उनके पास कोई विकल्प न थे। जिस विल्सन ने हर्षिल के साथ-साथ गढ़वाल के एक बड़े हिस्से को देश-विदेश के मानचित्र पर प्रमुखता से ला खड़ा किया था, एक सवेरे उस धरती पर वह चुपचाप, बिना कोई हल्ला-गुल्ला किये ऐसी नींद की ओर प्रस्थान कर गया था, जिससे कोई वापस नहीं आता।

वह बुधवार की काली रात थी, जो बुरा प्रारब्ध लेकर अन्धकारमय हुई थी। तब से लेकर आखिरकार यह रविवार का दिन था, जब 22 जुलाई, 1883 की भोर में गुलाबो ने विल्सन का स्पर्श किया और उसमें कोई हरकत न हुई। थोड़े प्रयास और किये गए, पर जब उसे वास्तविकता समझ आई तो वह जड़ हो गई। होश आया तो गुलाबो बुक्का फाड़कर रोने लगी। ऐसा लगा कि उसके रुदन से एकबारगी मसूरी के उस शानदार महल की दीवारें भी काँप उठीं।

इस रुदन से घबरा कर सबसे पहले जो शख्स दौड़ा-दौड़ा वहाँ पहुँचा वह उसका बेटा हेनरी था। उसने स्थिति को समझ कर अपनी माँ को ढ़ाढ़स बँधाया। चार्ल्स ने भी आने में विलम्ब नहीं की। उसकी पत्नी और बेटी पीछे-पीछे चली आईं, फिर सब नौकरों का मजमा लग गया।

गुलाबो बीच-बीच में मूर्च्छित हो जाती थी, पर जब वह होश में आती तो जोर-जोर से रोया करती। इस रुदन से उसकी आँखें सूज गई थीं और आँसू सूख गए लगते थे। उसे सँभालने की जिम्मेदारी हेनरी की थी जबकि चार्ल्स घर के मुखिया की तरह लोगों का आतिथ्य कर रहा था और बता रहा था कि उसके पिता की मौत कब और कैसे हुई। वह यह कहना नहीं भूलता था कि जब उसके पिता

ने अन्तिम साँस ली, वह उनके निकट ही था। यहाँ तक कि वह अपनी माँ और भाई हेनरी के सामने भी दावे से यह बात रखता था, परन्तु उन्होंने इसका प्रतिवाद करने की नहीं सोची।

पूर्वाह्न दस बजे तक मसूरी के मुअज्जिज लोगों की इतनी भीड़ जमा हो गई थी कि घर में जगह नहीं बन पा रही थी, पर लोगों का आना नहीं रुक रहा था। लोग 'हर्षिल के राजा' के अन्तिम दर्शन करना चाहते थे, उसे श्रद्धांजलि देना चाहते थे। दोपहर बाद तक उस घर में इतनी भीड़ हो गई थी कि लोगों को पंक्तिबद्ध रूप से आकर श्रद्धा-सुमन अर्पित करने पड़ रहे थे। मसूरी के इतिहास में यह पहली बार था कि किसी व्यक्ति की मौत पर इतनी भारी संख्या में लोग इकट्ठा हुए हों।

जब तक पिता को ताबूत में रखकर दफनाने की प्रक्रिया पूरी नहीं हो गई, तब तक हेनरी ने एक पल भी अपनी माँ का साथ नहीं छोड़ा जबकि बड़ा भाई चार्ल्स अतिथियों को सँभालने में कम, उन लोगों को यह अहसास दिलाने में अधिक व्यस्त था कि पिता की मृत्यु के बाद वही उनका असली और पूरा वारिस होगा, और यह कि व्यापारिक बातों के लिए उसी से सम्पर्क किया जाना उचित होगा। गमी के मौके पर भी वह लोगों को यह बताने का अवसर को हाथ से नहीं जाने देना चाहता था कि किस प्रकार वह आधुनिक तरीकों से पिता के लकड़ी व्यवसाय को नई ऊँचाइयों पर पहुँचाने की इच्छा रखता है। चार्ल्स किसी से आधुनिक मशीनों को आयात कराने की बात करता था तो किसी अन्य से अपनी प्रबन्धन कौशल की विशेषज्ञता की डींगें मारता। कभी वह लोगों के सामने भविष्य की योजनाओं का एक खाका चित्रित किया करता।

चार्ल्स के इन बड़बोलेपन के बावजूद लोगों को यह बात जल्दी ही समझ आ गई थी कि उसमें एक भी ऐसा गुण नहीं है जिनके कारण उसके पिता को समाज के हर वर्ग से सम्मान मिला हुआ था, और जिसके बूते उन्होंने अकूत दौलत कमाने का रिकॉर्ड बनाया था। चार्ल्स का अधीनस्थ कर्मचारियों से व्यवहार बहुत असंयत था, जबकि बड़े व्यापारियों और अधिकारियों से उसकी बातचीत अहंकारपूर्ण और अतार्किक होती थी। वह किसी की पसन्द नहीं बन पाया। यहाँ तक कि चार्ल्स अपनी माँ और भाई हेनरी से किसी न किसी बात को लेकर टकराव अथवा विवाद के बहाने ढूँढ़ा करता। पत्नी से भी उसकी नहीं निभती थी। इस प्रकार मौत के बाद विल्सन का टिम्बर का व्यवसाय एक बार जो मृतप्राय: हुआ, वह फिर कभी पुनर्जीवित नहीं हुआ।

गुलाबो ने इस चुनौतीपूर्ण और विषाद के अवसर पर स्वयं को संयत किया, अपने आँसू पोंछे और दुनिया की वास्तविकताओं से रूबरू होने की हिम्मत दिखाई। वह अपने मृत पति को सच्चे मन से प्रेम करती थी, उनके सुख-दुख के लम्हों की साथी रही थी। यद्यपि पर्वतीय क्षेत्रों में मृत्यु को एक प्राकृतिक घटना के रूप में

लिया जाता है, पर गुलाबो ने पति के अवसान के उपरान्त जो संस्कार किये, वे ईसाइयत की परम्पराओं के अनुरूप थे।

न जाने यह किसका विचार था, पर फ्रेडरिक विल्सन के ताबूत को दफनाने के लिए जो जगह चुनी गई वह देवदार के पेड़ों के साये में थी। यह किस्मत की कैसी विचित्र बात थी कि उस इलाके में देवदार के इन पल्लवित वृक्षों पर विल्सन की निगाह नहीं पड़ी थी, वरना उस जगह कुछ जंगली घास और बंजर जमीन पर देवदार के पेड़ों के मृतप्राय: अंशों के अलावा कोई निशाँ न होता।

उन दिनों समाचारपत्र दैनिक नहीं साप्ताहिक अथवा पाक्षिक होते थे। प्रमुख अंग्रेजी साप्ताहिक समाचारपत्र *पायनियर* ने फ्रेडरिक विल्सन के अवसान पर उनके विषय में अपने आमुख में लिखा था कि "यह जानना कितना रोमांचक है कि एक भूतपूर्व सैनिक जिसने अब से चालीस साल पहले कलकत्ता से अपने कैरियर की शुरुआत की थी, और किस प्रकार वह जेब में कुछ रुपए और एक बन्दूक लेकर हिमालय की पर्वत शृंखलाओं के साये में अपना एक बेहद सफल आश्रय बनाने में कामयाब हो गया।"

उपसंहार

अतिथियों और परिचितों की भीड़ छँटने के बाद विल्सन की वसीयत पढ़ी जाने की कार्रवाई होनी थी। जब नोटरी ने विल्सन की वसीयत के मुख्य अंश पढ़ कर सुनाए, घर के सभी सदस्य मौजूद थे, "रोकबी का आवास हेनरी के नाम किया जाए, इवानहो पहले ही चार्ल्स के नाम कर दिया गया है, परेड पॉइंट का बँगला पत्नी गुलाबो के नाम हस्तान्तरित करने की प्रक्रिया की जाए। बैंक ऑफ बंगाल में ट्रस्ट के रूप में जमा पाँच लाख रुपए के व्यय की जिम्मेदारी भी गुलाबो की होगी।"

छोटी-सी वसीयत में एक ऐसे आवास के बने रखने की बात, जो पहले से ही उसके नाम थी, चार्ल्स के लिए किसी अपमान से कम न थी। वह अपने आक्रोश को छिपा नहीं पाया, और एक से अधिक बार बोला, "पर, और पैसे का क्या हुआ?"

उसकी पृच्छा से अविचलित नोटरी ने पूछा, "कौन-सा पैसा? मुझे जितना पता था, और जो अभिलेखों में दर्ज है, उसके प्रबन्धन की ही जिम्मेदारी दी गई थी, मैंने अपना काम कर दिया है।"

पर चार्ल्स बेकाबू था। उसने क्रोध से मेज पर मुक्का मारते हुए कहा, "यह गलत है, कुछ न कुछ गलत जरूर है। ऐसा नहीं हो सकता।"

पर सच यही था। विल्सन वसीयत में इतनी ही अचल सम्पत्ति छोड़ गया था। चल सम्पत्ति जरूर पत्नी के नाम की गई थी, पर उसको इस्तेमाल करने के लिए भी वह अकेली सक्षम न थी। उसे नियमों के अन्तर्गत गवर्निंग बॉडी की सहमति के अनुसार ही व्यय की कार्यवाई करनी थी, और किये गए व्यय का लेखा-जोखा रखना था। पर उसे इस शर्त से कोई शिकायत न थी, क्योंकि उसका मन लालच और धन संचय करने की की भावना से ग्रसित न था।

दरअसल ऐलेन फिंडले नामक उसका दोस्त एक बैंकर था। विल्सन की कमाई का एक बड़ा भाग उसके बैंक में लगा था। यह बात विल्सन ने अपने परिवार में किसी को नहीं बताई थी। विल्सन की मौत के कुछ दिन बाद फिंडले ने इस बैंक—बाक्सटर्स बैंक—को दिवालिया घोषित कर दिया। यह घोषणा करने से पूर्व वह उसका अधिकांश पैसा निकाल चुका था। पर उसने एक अच्छा काम किया। उसने धनराशि का एक बड़ा हिस्सा गरीबों, जरूरतमन्दों की संस्थाओं और निर्धन

लोगों को दान कर दिया। इस धन के एक भाग से गढ़वाल के दुर्गम इलाकों में, जहाँ शिक्षा व्यवस्थाएँ शून्य थीं, उसने कुछ स्कूलों, अस्पतालों और दवाघरों की स्थापना भी की।

ऐलेन फिंडले का यह काम इलाके की एक ऐतिहासिक जरूरत मानी गई। इस खैरात के काम की सराहना करते हुए ब्रिटेन की महारानी अलेक्जेंडरिया विक्टोरिया ने फिंडले को 'नाईटहुड' की उपाधि से अलंकृत करने का फैसला किया। यह फिंडले के लिए, उसके कामों की सराहना को दर्ज करने के रूप में एक बड़ा सम्मान था। अभागे फ्रेडरिक विल्सन, जिसकी सम्पत्ति से फिंडले ने यह खैरात बाँटी थी, के हिस्से में मरणोपरान्त भी कोई सम्मान नहीं आया।

विल्सन के उस बेटे चार्ल्स का आक्रोश थम नहीं पा रहा था, जिसके सारे स्वप्न चकनाचूर हो गए थे। विरासत में अकूत धन-सम्पदा मिलने की उसकी सभी उम्मीदों पर पानी जो फिर गया था। झुँझलाए बेटे ने अपने पिता की मृत्यु के कुछ दिनों बाद ही एक कांड कर डाला। पिता की सहयोगी कम्पनी विल्सन एंड संस के ऑफिस में कुछ किराये के गुंडों को ले जाकर उसने कार्यालय को तहस-नहस कर डाला। वह उस कार्यालय में फ्रेडरिक विल्सन के निवेश और उनके लेन-देन के विवरणों का पता लगाना चाहता था परन्तु जब उसे ऐसे किसी खजाने की कोई जानकारी नहीं मिली तो उसने वहाँ तोड़फोड़ कर डाली। उसे यह नहीं पता था कि उसके पिता ने इस कम्पनी के साथ-साथ अन्य दो कम्पनियों से भी अपनी मृत्यु से कुछ वर्ष पहले ही अपना हिस्सा लेकर अलग होने का निर्णय कर लिया था। उसने हरिद्वार की आरा मिल को भी अपने जीते जी बेच दिया था।

जब चार्ल्स ने ठंडे दिमाग से सोचा तो उसे समझ में आया कि अब उसके पास पिता की सम्पत्ति में अधिक कुछ नहीं बचा है। उनके हर्षिल वाले मुख्य आवास को सरकार ने पहले ही कब्जे में ले लिया था। परन्तु सरकार को यह समझ में नहीं आया कि इसका करना क्या है। बिना उपयोग के यह बँगला टूट-फूट की स्थिति में आने लगा। बाद में उसका और भी बुरा हाल हुआ। अगर चार्ल्स के पास सम्पत्ति के नाम पर कुछ बचा था तो वह मसूरी के चर्चित चार्ल्सविले होटल में विल्सन की हिस्सेदारी थी।

पत्नी गुलाबो हमेशा फ्रेडरिक विल्सन की निष्ठावान बनी रही, परन्तु पति की मृत्यु के बाद उसकी स्थिति भी बेहतर नहीं रही क्योंकि उसने मसूरी बैंक में जो धनराशि निवेश की हुई थी वह बैंक के दिवालिया हो जाने के कारण डूब गई। चार्ल्स ने और कई बेहूदी हरकतें की। उसने पिता की अधिकतर सम्पत्ति और उनके द्वारा इकट्ठी की गई चीजों, जिनमें उनके लिखे हुए और प्रकाशित हुए लेख भी शामिल थे, को आनन-फानन में आयोजित की गई एक खुली नीलामी में बेच डाला। इनमें विल्सन के प्राकृतिक विज्ञान पर लिखे गए लेख, कई महत्त्वपूर्ण जर्नल, रेखाचित्र

और बेहतरीन तथा दुर्लभ अभिलेखों का खजाना था जिसे चार्ल्स कूड़ा समझता था। यदि इन अभिलेखों को सँभाल कर रखा जाता तो ये इस दुस्साहसी विदेशी यायावर के जीवन चरित्र को समझने में जरूर महत्त्वपूर्ण भूमिका का निर्वहन करते।

बेटे हेनरी के विषय में फ्रेडरिक विल्सन का आकलन बिल्कुल सही था। हेनरी ने कभी शादी करने की इच्छा भी व्यक्त नहीं की। कुछ वर्षों बाद वह मुखबा के जंगलों में एक शिकार अभियान में अपने भाई चार्ल्स के साथ गया तो फिर कभी लौट कर नहीं आया। कहा गया कि जंगल में पैर फिसलने से वह किसी गहरी खाई में समा गया। उसकी लाश भी नहीं मिल पाई, लेकिन हर्षिल और आसपास के इलाकों में हमेशा चर्चा बनी रही कि हेनरी की गोली मारकर हत्या की गई थी। इस हादसे का एकमात्र गवाह उसका बड़ा भाई चार्ल्स था। उस पर शक की सुई घूमना स्वाभाविक भी था परन्तु बात धीरे-धीरे यूँ ही खत्म हो गई। चूँकि हेनरी का कोई वारिस नहीं था, इसलिए नियमानुसार उसकी सम्पत्ति चार्ल्स को स्थानान्तरित कर दी गई। पिता फ्रेडरिक विल्सन द्वारा की गई वसीयत में भी ऐसा लिखा गया था।

चार्ल्स ने वसीयत में हेनरी के नाम आवंटित आवास को एक अच्छी-खासी रकम में बेच डाला। उससे जो रकम प्राप्त हुई वह उसने मसूरी में एक रोलर स्केटिंग रिंक को बनाने में खर्च कर दी। उन दिनों यह स्केटिंग रिंक मनोरंजन के क्षेत्र में बहुत आकर्षक अवधारणा के रूप में चर्चित था। जब यह बनकर तैयार हुआ तब पूर्वी देशों में यह एक अनूठे किस्म के मनोरंजक साधन के रूप में विख्यात हुआ। यहाँ बेहतरीन लाउंज, क्लब रूम, बिलियर्ड सैलून, ऑर्केस्ट्रा और इंग्लैंड तथा अमेरिका से आयातित आधुनिकतम तरीकों और प्रौद्योगिकी के स्केट रिंक बनाए गए थे।

भाग्य ने फ्रेडरिक विल्सन के साथ अनूठा खेल खेला था। जिस बेटे को वह सबसे अधिक नापसन्द करता था, उसी ने पिता की अधिकांश सम्पत्ति हथिया ली थी। हालाँकि उसकी खुद की जिन्दगी नरकीय बन गई थी। शुरुआत से ही उसकी अपनी पत्नी से नहीं निभी। एक बेटी के अलावा उसे अन्य किसी औलाद का सुख भी नसीब नहीं हुआ, पर उसके कर्म अभी उसे उस प्रारब्ध की तरफ ले जा रहे थे जिसका वह पात्र था। फिलहाल कुछ वर्ष ईश्वर ने उसे मौज-मस्ती करने की छूट जरूर दी थी।

विल्सन जब अकेला हुआ करता था, तो अपनी जीवन यात्रा पर एक निगाह डालकर उदास हो जाता। वह गुलाबो में अपना सच्चा मित्र, सहयोगी और विश्वासपात्र इनसान पाता था, इसलिए मन की बात सिर्फ उसी से साझा करता था। ऐसे ही निजी क्षणों में विल्सन ने एक बार गुलाबो से कहा था, "मुझे चार्ल्स के लालची और बेहूदे व्यवहार पर आरम्भ से ही लगाम कस कर रखनी चाहिए थी। मुझे लगता है कि उस पर ध्यान न देने का दोष मेरा ही है। मुझे कभी समझ ही नहीं आया कि वह एक सड़े हुए सेब की भाँति है। यह मेरा ही दुर्भाग्य है।"

गुलाबो ऐसे अवसरों पर चुप रहना ही उचित समझती थी। वह माँ होने के नाते बेटे के पिता के दर्द को अच्छी तरह समझ सकती थी। यह फ्रेडरिक विल्सन का दुर्भाग्य नहीं तो क्या था कि जिस व्यक्ति का नाम इतिहास में उपयुक्त स्थान पर लिखा होना चाहिए था, वहाँ उसे न कोई जगह मिली, न उसकी किसी को याद रही। अगर उसे याद किया भी गया तो देवदार के वृक्षों की प्रजातियों को नष्ट करने और वन्य-जीवों का शिकार, प्राकृतिक संसाधनों का दोहन और लोगों की श्रम शक्ति का उचित मूल्य न देने जैसे गलत कारणों से।

कुछ ही सालों में अंग्रेजी के तत्कालीन महान लेखक रुडयार्ड किपलिंग की वह टिप्पणी भी भुला दी गई जिसमें उसने फ्रेडरिक विल्सन के जीवन के विषय में कहा था कि, "उसकी ऐसी शानशौकत की जिन्दगी है कि एकबारगी राजा-महाराजाओं को भी उससे ईर्ष्या होती होगी।"

यह तो रही फ्रेडरिक विल्सन के अन्तिम समय, उसकी वसीयत और उसे लेकर असहजता के किस्सों से लेकर दो बेटों की हादसे में मौत और तीसरे की डींगों तथा उलझन भरे जीवन की बातें, पर अगर कोई यह समझे कि उसको उसके कर्मों का फल नहीं भोगना पड़ेगा, तो इससे बड़ा भ्रम और क्या हो सकता है।

चार्ल्स की निराशा के बावजूद उसे बहुत सम्पत्ति मिली थी। इस विरासत की काफी चीजों को उसने बहुत तेजी से ठिकाने भी लगा दिया, लेकिन उसका खराब समय भी शनैः-शनैः उसे आगोश में ले रहा था। इनसान अपना प्रारब्ध अपने ही हाथों से लिखता है। चार्ल्स भी इस तथ्य का कोई अपवाद न था। विल्सन के अवसान के अगले ही साल चार्ल्स ने स्वयं को मसूरी में एक इनवेस्टमेंट बैंकर के रूप में स्थापित करने की कोशिश की। उसका प्रयास था कि लोग उसके पिता के नाम से उससे जुड़ें। पर लोगों में उसकी नकारात्मक छवि उससे मिलने से पहले ही बन जाती थी, उसकी हरकतें और नीयत के किस्से मसूरी क्या तत्कालीन गढ़वाल के बड़े हिस्से में फैले हुए थे। जो लोग उसके चंगुल में फँसते उनको वह इस तरह दुहने की कोशिश करता कि उसका तरीका और नीयत दोनों सन्देह के दायरे में आ जाते। अपनी खराब छवि के बावजूद वह काफी लोगों को उनके पैसे बढ़ाने के सब्जबाग दिखाकर उनकी मेहनत की कमाई हड़पने से बाज नहीं आया।

चार्ल्स के विरुद्ध पुलिस केस हुए, और अन्ततः आर्थिक मामलों में ईमानदार छवि के इनसान फ्रेडरिक विल्सन के इस बेईमान बेटे को न्यायालय ने धोखाधड़ी का दोषी पाया। उसे चार वर्ष की सजा हुई। उसने अपने तौर-तरीकों में सुधार करने के स्थान पर खुद को दिवालिया घोषित कर दिया। कहते हैं कि इस हथकंडे से जब वह अपनी सजा काटकर जेल से बाहर आया तो वह पहले से अधिक धनवान हो गया था। तब उसने एकबारगी मसूरी की जगह देहरादून को अपना कार्यस्थल बना लिया था।

फ्रेडरिक विल्सन का ऐशले हॉल का शानदार वैभवशाली बँगला वर्तमान में न जाने कितने हिस्सों में टूटकर, पुनर्निर्मित होकर एक भीड़भाड़ वाले व्यस्त व्यावसायिक केन्द्र के रूप में अपनी पहचान बना चुका है। हाल के वर्षों तक लंढौर की पहाड़ी पर स्थित रोकबी की सम्पत्ति, जो सेंट पॉल चर्च की ऊपरी पहाड़ी पर स्थित थी, उसी हाल में थी, जैसी विल्सन ने हेनरी के लिए छोड़ी थी। लम्बे समय तक यहाँ सरकारी अतिथि गृह चला करता था, पर बाद में इसे एक छात्रावास का रूप दे दिया गया। विल्सन की अन्य सम्पत्तियों के भी न जाने कितने मालिक और स्वरूप बदल चुके हैं।

एक बेहतरीन सम्पत्ति मसूरी का लग्जरी होटल चार्ल्सविले था। पर चार्ल्स ने उससे भी अपना हिस्सा ले लिया। आज लाल बहादुर शास्त्री प्रशासनिक एकेडमी मसूरी का पता यही चर्चित होटल है, जहाँ भारतीय प्रशासनिक सेवा के अधिकारियों को प्रशिक्षण दिया जाता है। हाँ, अधिगृहण करने के बाद उसमें काफी विस्तार किया गया है, वह बात अलग है।

हर्षिल में चर्चा होती है कि गुलाबो को जब विल्सन ने विवाह पूर्व पहला प्रेमपत्र लिखा था, उसे मसूरी के एक अधिकारी ने उसकी अनुकृति बनाने के नाम पर परिवार से लिया, पर कभी लौटाया नहीं। इसी तरह तत्कालीन ब्रिटिश भारतीय सेना के एक उच्चाधिकारी ने विल्सन के चलाए तांबे के जिन सिक्कों की बड़ी खेप उसके घर से बरामद की, उसका किसी सरकारी रजिस्टर में कोई इन्द्राज़ नहीं किया गया। आज वैसा दुर्लभ एक रुपए का सिक्का ही कई लाख रुपए की कीमत रखता है।

पढ़े-लिखे लोग ईश्वरीय प्रकोप या शाप की बात को हवा में उड़ाया करते हैं, पर स्थानीय लोग लगभग डेढ़ शताब्दी बाद भी इस बात को कहने में नहीं हिचकते कि फ्रेडरिक विल्सन को शाप लगा था। वही उसका प्रारब्ध था, पर वह उससे कहीं अधिक उसके परिवार ने भोगा।

यह उस फ्रेडरिक विल्सन की कहानी थी जिसे उसका भाग्य गढ़वाल के सूदूर जंगलों, पर्वतीय इलाके में ले गया। पर ऐसी दुर्गम जगह पर रहकर भी उसने अपनी उद्यमिता की भावना को नहीं छोड़ा, बल्कि उसका जुनून यहीं आकर अपने उत्कर्ष पर पहुँचा।

दुर्भाग्य से विल्सन को गढ़वाल ने जितना दिया था, उसने इस भूभाग को उससे कहीं अधिक आहत किया था। वहाँ के जंगलों को, जीव-जन्तुओं को, कला-संस्कृति, धर्म और सामाजिक मान्यताओं को अकेले फ्रेडरिक विल्सन ने जितनी चोट पहुँचाई, जितना धक्का दिया, वैसा कई संस्थाएँ और सैकड़ों-हजारों लोग भी मिलकर नहीं कर सकते थे, किसी अकेले व्यक्ति की तो बात छोड़िए।

पर विल्सन के कृत्य में एक बात जरूर थी कि यह सब सुनियोजित न था। हाँ, यह सही है कि उसने अपनी जीविका के उपार्जन के लिए नये प्रयोग किये,

नूतन रास्ते अपनाए। विनाश का यह खेल तब तक निर्बाध चलता रहा, जब तक उसे बेशुमार आमदनी होती रही। जब अपनी जिन्दगी के उत्तर काल में, उसने अपने जीवन का आकलन किया होगा, तो उसे इस बात का भान अवश्य हुआ होगा कि अपने निजी स्वार्थ और भौतिक सुखों की पूर्ति के लिए उसने इस देव भूमि की प्राकृतिक सम्पदा को जो क्षति पहुँचाई थी, उसकी भरपाई किया जाना आसान न था। दूसरी बात यह थी कि जिस शान शौकत की विरासत को उसने अपने बच्चों के लिए छोड़ा, वे उसका आनन्द नहीं ले पाए, जिसकी इस फिरंगी यायावर ने कल्पना की होगी।

विल्सन ने जो किया, उसकी नकारात्मकता के चिह्न आज भी टिहरी-उत्तरकाशी के इलाकों की पारिस्थितिकी में मिलते हैं। वहाँ का पर्यावरण अभी तक उसके दिये जख्मों से कराहता है। व्यापक वन संरक्षण और नये वन क्षेत्रों का विकास उस गति से नहीं हो पाया है, जिस गति से इस पहाड़ी विल्सन ने उनका विनाश किया था। पर अगर इस नकारात्मकता में भी एक सकारात्मकता देखने को मिले तो एक अलग ही अनुभूति होती है।

दरअसल विल्सन के कामों और उसकी व्यावसायिक विनाशकारी दृष्टि पर चर्चा करते हुए हम लोगों ने उस इनसान के कुछ अच्छे कामों को अनदेखा कर दिया। उस समय के गढ़वाल में उसके द्वारा मुहैया कराए गए उत्कृष्ट ब्रिटिश सेब की प्रजाति और सफेद राजमा की सफलता की कहानी को बिल्कुल विस्मृत कर दिया, जिसे फ्रेडरिक विल्सन आरम्भिक दिनों में लाया था। चूँकि इन पेड़ों की वृद्धि, उनकी प्राकृतिक बढ़ोत्तरी काफी धीमी गति से होती है, उनमें समय लगता है, इसलिए विल्सन ने सेब के बगीचों पर काम तो किया, उनकी स्थापना कराई, पौधों की कलमें जरूरतमन्द और नूतन प्रयोग करने के लिए सहमत लोगों में बाँटीं, पर वह उनसे कोई व्यावसायिक लाभ नहीं ले पाया। वास्तव में सेब की उपज उसकी व्यावसायिक योजना का महत्त्वपूर्ण हिस्सा नहीं थी, यह उसका शौक था। लेकिन किस्मत देखिए, जब हर तरफ से विल्सन को आलोचना, शाप और आक्रोश का सामना करना पड़ रहा था, तो ऐसे में उसे थोड़ा बहुत नाम किससे मिला? इन्हीं सेब की प्रजातियों से, इनकी गुणवत्ता से, रसीलेपन और साधारण तापमान में भी लम्बी अवधि तक खराब न होने के उनके विशिष्ट गुण के कारण।

राजमा की कहानी तो और भी दिलचस्प रही। प्रोटीन से भरपूर और मांस के विकल्प के रूप में जाने जानी वाली इस फलीय पैदावार के विषय में आरम्भिक रूप से हर्षिल के लोग भयभीत और सशंकित थे। इसके सफेद चित्तीदार बीजों की बनावट के विषय में वहाँ के लोगों के मन में कई प्रकार की शंकाएँ लम्बी अवधि तक फैली रहीं। ऐसे में विल्सन ने स्वयं इनकी बुआई कराई। परिणाम अद्‌भुत रहा। धीरे-धीरे कुछ स्थानीय लोगों ने भी इसकी फसल में रुचि दिखाई। आज यह उत्पाद

गढ़वाल के एक बड़े हिस्से की अच्छी-खासी नकद फसल के रूप में लोगों की जिन्दगियों को खुशहाल बना रहा है।

तथ्य यह भी है कि 19वीं सदी में देश के इस पर्वतीय सीमान्त क्षेत्र में आकर बसे फ्रेडरिक विल्सन ने अपने देश से सेब के पेड़ लाकर यहाँ विशिष्ट किस्म की बागवानी की शुरुआत किये जाने में जो योगदान दिया था, वह अप्रतिम था। उसके द्वारा पनपाए गए सेब के पेड़ आज भी भरपूर फल दे रहे हैं। बेहद रसीले, खुशबूदार और खट्टे-मीठे स्वाद वाले इस रॉयल डेलीसस सेब की विल्सन प्रजाति ने न केवल भारत बल्कि विल्सन के देश में भी धूम मचाई है। इंग्लैंड में निर्यात होने वाले इन सेबों की वहाँ हमेशा माँग बनी रहती है।

विल्सन द्वारा हर्षिल में रोपित किये गए सेब के पौधों, नाशपाती की किस्म और सफेद राजमा ने इलाके के किसानों की जिन्दगी में जो बदलाव ला दिया है, वह कम रोमांचक नहीं है। आज भी गंगा नदी की घाटी में बसे हुए गढ़वाल के कई गाँवों, मुख्यतः सुखी, पुराली, जसपुर, हर्षिल, झाला, बगोरी, धराली और मुखबा के लोगों की आय का मुख्य स्रोत 'विल्सन सेब' और सफेद राजमा की पैदावार है। ये गाँव प्रतिवर्ष आठ से दस हजार मीट्रिक टन सेब का उत्पादन करते हैं, जिनमें से अधिकांश का यूरोप और संयुक्त राज्य अमेरिका में निर्यात किया जाता है।

विल्सन सेब के वृक्षों से जुड़ी एक खास बात और है, जिसने कृषि वैज्ञानिकों को भी विस्मित किया हुआ है। वह यह कि विश्व भर में सेब के वृक्षों की औसत अधिकतम आयु पचास से साठ वर्ष होती है, पर फ्रेडरिक विल्सन द्वारा आरम्भिक रूप से रोपित किये गए ये पेड़ 150 वर्ष से अधिक आयु होने के उपरान्त भी पूरी तरह स्वस्थ खड़े हैं और भरपूर तथा शानदार गुणवत्ता का उत्पादन देते हैं।

उत्तराखंड सरकार विल्सन प्रजाति के सेब के वनीकरण की एक व्यापक योजना पर काम किया करती है। इस योजना के अन्तर्गत ग्राफ्टिंग एवं टिशु कल्चर लैब से इस प्रजाति के सेब की व्यापक स्तर पर पौध तैयार हुई ताकि अन्य क्षेत्रों में भी इस प्रजाति के सेबों का वृक्षारोपण कर उनका विस्तार किया जा सके। इसके लिए नेताला में टिशु कल्चर लैब तैयार की गई। फिलहाल गढ़वाल के ही रैथल, द्वारी एवं जरमोला के सरकारी फार्म में ग्राफ्टिंग से यह पौध तैयार किये जाने की व्यवस्था है। जिस विल्सन ने हर्षिल घाटी के लोगों को सेब, नाशपाती की बागवानी तथा सफेद राजमा की विशिष्ट प्रजाति की सौगात देकर उन्हें मालामाल होने का रास्ता दिखाया, उसी विल्सन की यहाँ एक खलनायक के रूप में कुख्याति आज भी बनी है, उसे एक शैतान की तरह नापसन्द किया जाता है क्योंकि उसने यहाँ के पर्यावरण सन्तुलन को बिगाड़ने का काम किया था।

मसूरी की कैमल बैक सीमेट्री के एक उजाड़ और उपेक्षित हिस्से में फ्रेडरिक विल्सन के अवशेष दफन हैं। इस बेहद साधारण, टूटी-फूटी और उपेक्षित कब्र को

देखकर कोई विश्वास नहीं कर सकता कि यह उसी इनसान का अन्तिम आरामगाह है, जिसकी कभी गढ़वाल में तूती बोलती थी, सिक्का चलता था और लोग उसे हर्षिल का राजा कहते थे। यहाँ अब खरपतवार उग आई है और कब्र भी जगह-जगह से दरक रही है। सन 2006 में विल्सन की कब्र को कुछ असामाजिक तत्त्वों ने खोदने की कोशिश की। उन्हें यह संशय था कि वहाँ खजाना छिपा है।

पत्नी गुलाबो की 1894 में आंत्रशोध से बीमार होकर हुई मृत्यु के बाद उसे भी पास में ही दफनाया गया था। उसकी मौत तो स्वाभाविक रूप से हुई पर उसके अन्तिम संस्कार को लेकर विवाद हो गया। उसके परिजन हिन्दू विधि-विधान से संस्कार करना चाहते थे, जबकि चार्ल्स ईसाई धर्म के अनुरूप अपनी माँ को दफनाने की रस्म अदायगी करना चाहता था।

फ्रेडरिक विल्सन की पहचान बन चुके तांबे के खास सिक्के 1962 तक पहाड़ी इलाके में चलन में रहे। अभी तक मुखबा और मारकंडे के बुजुर्गों के पास ये दुर्लभ सिक्के मिल जाते हैं। राष्ट्रीय और अन्तर्राष्ट्रीय दुर्लभ पुराने सिक्कों का व्यापार करने वाले लोगों का अनुमान है कि पिछले कुछ सालों के दौरान मात्र एक रुपए के ऐसे एक सिक्के की लिस्टिंग सवा लाख रुपए से पौने दो लाख रु. की राशि के बीच रही थी, परन्तु यह वास्तविक मूल्य नहीं है। दुर्लभ सिक्कों के अध्ययनकर्ता और विशेषज्ञ, आगरा के विख्यात चिकित्सक डॉ. विकास जैन ने इस लेखक से बातचीत में दावा किया कि वेबसाइट्स पर लिस्टिड ये सिक्के सम्भवत: उन मूल सिक्कों की अनुकृतियाँ हैं। उनके अनुसार विल्सनयुगीन यह एक रुपए मूल्य का तांबे का एक असली सिक्का आज की तिथि में कम से कम रु 50 लाख की कीमत का है। इस दृष्टि से ये सिक्के तत्कालीन दुर्लभ स्वर्णमुद्रा से भी कई गुना महँगे हैं।

चार्ल्स अपने पिता की मृत्यु के बाद भी कई वर्षों तक जीवित रहा, पर उसकी चर्चा एक ठग, धूर्त और जालसाज के रूप में अधिक होती थी, एक सफल उद्यमी के रूप में कम। उसकी मृत्यु 85 वर्ष की परिपक्व अवस्था में सन 1936 में जरूर हुई, पर जब उसने अन्तिम साँस ली तो विल्सन का यह बेटा नितान्त अकेला, असहाय, नि:शक्त, शापित और बीमार था। पिता की लगन, जुनून, उद्यम और धैर्य से कमाई सम्पत्ति और उनके नाम को चार्ल्स ने बर्बाद कर दिया था। विल्सन के इस बेटे के अवसान की खबर किसी अखबार की सुर्खी नहीं बनी, न उसके संस्कार में भीड़ उमड़ी। जो लोग शामिल हुए, वे सिर्फ परिजन, सम्बन्धी और नौकर थे।

चार्ल्स की इकलौती बेटी डोरा का विवाह कैप्टन ज्योफ्री डेविस से हुआ। उनके दो बेटे हुए जिनकी शिक्षा बिशप कॉटन स्कूल शिमला में हुई। छोटे बेटे ने इंडियन एयर फोर्स को अपना करियर बनाया परन्तु वह द्वितीय विश्व युद्ध में हुई एक विमान दुर्घटना में जान गँवा बैठा। दूसरा बेटा जो बड़ा था, 1946 में इंग्लैंड चला गया, जहाँ से वह लौट कर भारत नहीं आया। कहते हैं कि वहाँ उसने ब्रिटिश

सेना की नौकरी कर ली। कोई नहीं जानता कि वह या विल्सन के अन्य कोई वंशज आज कहाँ हैं, किस स्थिति में हैं, हैं भी या नहीं!

तो यह एक जुनूनी और दुस्साहसी इनसान की दुखान्त कहानी है। एक समय में आलीशान और वैभवशाली जिन्दगी बिताने वाले, लगातार समृद्धि और सत्ता के केन्द्र में रहे इस हर्षिल के 'राजा' फ्रेडरिक विल्सन की आत्मा को शान्ति मिली होगी, ऐसा नहीं लगता।

स्थानीय लोगों से उसका जिक्र कीजिए तो वे दावे के साथ बताएँगे कि इस यायावर फिरंगी व्यापारी की आत्मा अब भी हर्षिल के घरों, झूले वाले पुल और उसकी हरिद्वार, मसूरी-देहरादून की सम्पत्तियों के इर्द-गिर्द भटका करती है। लोक में कथा प्रचलित है कि रात को एक अंग्रेज हर्षिल के उस पुल पर घोड़ा दौड़ाता हुआ निकलता है, जो मूल रूप से विल्सन ने बनवाया था, और जिसे आजादी के बाद लोहे के पुल में परिवर्तित किया गया। लोग कहते हैं, और किंवदन्तियों-किस्सों पर भरोसा करने वाले विश्वास के साथ कहते हैं कि वह विल्सन की आत्मा है। उसके द्वारा कटवाए गए देवदारों की आत्माएँ कहाँ हैं उनकी बात अब कम ही होती है। भला देवदारों की व्यथा-कथा कौन सुने!